D1860806

उन सभी मिले-जुले लोगों के लिए जिन्होंने एक-दूसरे की ज़िन्दगी जी है। फ़िल्म 'काला पत्थर' के रिलीज़ के दौर में लौटकर ओढ़ लीजिए उन यादों की गुनगुनी रज़ाई जिसमें क़स्बाई बारीकियों को छाँट-छाँट कर पिरोया गया है।

ये कहना अतिशयोक्ति नहीं होगी कि ये उपन्यास रोचकता में कुछ-कुछ श्रीलाल शुक्ल की कथा-शैली की याद दिलाता है।

—तिग्मांशु धूलिया
फ़िल्ममेकर

रंग पुटुसिया

अमरेश द्विवेदी

वाणी प्रकाशन

प्रकाशन के उत्कृष्टतम 61 वर्ष

vaniprakashan.com

पेपरबैक पहला संस्करण : 2023
पेपरबैक दूसरा संस्करण : 2024

वाणी प्रकाशन

4695, 21-ए, दरियागंज, नयी दिल्ली-110 002

फ़ोन : +91 11 23273167, 23275710

शाखाएँ

अशोक राजपथ, पटना-800 004, बिहार
कॉफ़ी हाउस कैम्पस, महात्मा गांधी मार्ग, प्रयागराज-211 001, उत्तर प्रदेश
महात्मा गांधी अन्तरराष्ट्रीय हिन्दी विश्वविद्यालय, वर्धा-442 001, महाराष्ट्र
36/ए, शेक्सपियर सरणी, रानी बिरला गर्ल्स कॉलेज के पास, कोलकाता-700 017, प. बंगाल
sales@vaniprakashan.in
vaniprakashan@gmail.com

Rang Putusiya
by Amresh Dwivedi

ISBN : 978-93-5775-434-7
Novel

मूल्य : ₹ 399

आर. टेक ऑफ़सेट प्रिंटर्स, दिल्ली-110 032 में मुद्रित

वाणी प्रकाशन का लोगो मक़बूल फ़िदा हुसेन की कूची से

माँ और बाबूजी के श्रीचरणों में समर्पित

अनुक्रम

मुश्ताक़ जब तक ज़िन्दा है

गोठी ट्रांसपोर्ट खड़ी है। झरियातू बस स्टैंड पर। हल्के हरे रंग की बस। दूर से ही पहचान में आ जाती है। ये बस बड़े शहर बरावलपुर से कुण्डानगर तक जाती है। बीच में एक औद्योगिक शहर है पुटुसगंज। बस की ज़्यादातर सवारियाँ पुटुसगंज में ही उतर जाती हैं। पुटुसगंज जाने वाली ये दिन की आख़िरी बस है। शाम के छह बज रहे हैं। साढ़े छह बजे गोठी रवाना होगी। बस की छत पर लगातार सामान लादा जा रहा है। साइकिलें, छोटे-बड़े बक्से, मोटरी-गठरी, मुर्गे-मुर्गियों से भरा टोकरा, अनाज से भरी छोटी-छोटी बोरियाँ। आलू-प्याज़ की बोरी भी है इसमें।

खलासी झामलाल लगातार सामान ऊपर रखवा रहा है।

'अरे पहले बोरी रखो भाई। फिर उसके ऊपर साइकिल रखना। ए बाबा उ केला का गौद नीचे रख दोगे तो दबिए ना जायेगा। हटो हम रखवाते हैं। अरे काहे का हड़बड़ी है। सब सामान जायेगा। पर बैवस्था से जायेगा ना। एक पर एक ठूस दोगे तो थोड़े ना चला जायेगा। ए बाबू का करते हो जी। हम आ रहे हैं ना। अरे रुको। सबका इन्तजाम करते हैं अभी।'

बस के ऊपर चढ़े कई लोग अपने सामान को तसल्ली से रखवा देना चाहते थे ताकि उनकी अमानत सही-सलामत अपनी मंज़िल तक पहुँच जाये। लेकिन वहाँ आवाज़ सिर्फ़ खलासी झामलाल की सुनाई पड़ रही थी जो कि काफ़ी ऊँची थी और इसी काम में बरसों गुज़ारने के बाद अब उसे इस बात का विवेक भी नहीं रह गया था कि वो काफ़ी तेज़ बोल रहा है। पर वो भी क्या करे। बस स्टैंड के कोलाहल के बीच धीमी आवाज़ में बोलकर भी वो क्या हासिल कर लेता।

बस की छत लगभग भर चुकी थी। ऊपर तक। फिर भी सामान चढ़ाया जा रहा था। झामलाल ने फिर चिल्लाकर कहा, 'अरे! अब ना आ सकेगा भाई। अब कल ही जा पायेगा। बस करो अब।'

'अरे झामलाल भाई थोड़ा जगह बनाओ ना। बहुते इम्पोर्टेंट सामान है। पहुँचना जरूरी है बोस। इ लो ना ताजा खैनी बनाये हैं। खइबे तो दिमागे फरेस हो जतौ। थोड़ा जगहा निकलिए आयेगा। तू तो महारथी हीं बे झामलाल,' एक पैसेंजर ने मक्खन लगाया था।

खैनी को निचले होंठ के पीछे दबाने और दायें हाथ की हथेली को सूँघने के बाद झामलाल ने सुर्ती का एक-दो दाना जो होठों की ज़द से बाहर निकल आया था, उसे थूका और दमदार सुर्ती से जो पिनक चढ़ी थी उसका आनन्द महसूस किया। अब झामलाल को वाक़ई थोड़ी फ्रेशनेस महसूस हुई थी।

'अच्छा, करते हैं कुछ। रे बाबू उ साइकिल थोड़ा पीछे धकेल तो। हाँ, बस बस। अब आ जइतो इ सामान। चल भाई तोर काम तो हो गलौ। खैनी मस्त रहलौ बे। कहाँ से लेल्हीं?'

'अरे का झामलाल भाई। उ बिलौक मोड़ पे एगो बुढ़िया के दोकान है। ओकर पास दमदमपुर के टंच माल मिलते हउ। ओकर बेटा जोगाड़ी है। वही लाता है एकदम मस्त खैनी। खाते ही टन से माथा में लगता है। लेना उहाँ से नहीं तो हम ला देंगे, बताना रे बाबा।'

ऊपर सामान रखे जाने से बस की ऊँचाई बढ़ गयी थी और वो एक तरफ़ झुक भी गयी थी। झामलाल ने पीछे उतरते हुए एलान कर दिया था कि 'अब एक्को गो सामान ऊपर नहीं जायेगा'। खलासी नम्बर टू खेसारी को झामलाल ने ताकिद कर दिया कि उसके ऑर्डर का पालन हो। खेसारी वहीं बस के पीछे वाली सीढ़ी के सामने मुस्तैदी से तैनात हो गया था।

स्टैंड पर तमाम बसें लगी थीं। सवारियाँ चढ़ रही थीं। उतर रही थीं। जो बस जाने वाली थी, उसका ड्राइवर कुछ और सवारियों की उम्मीद में लगातार हॉर्न बजा रहा था। पें पें पें पों पों पों... पें पें पें पों पों पों... बार-बार। लगातार। अगर किसी का ध्यान उस बस के हॉर्न के शोर पर ठहर जाये तो सिरदर्द हो जाये। लेकिन यहाँ किसी को कुछ और सुनने-समझने की फ़ुर्सत कहाँ थी।

गोठी ट्रांसपोर्ट से बमुश्किल तीस मीटर की दूरी पर एक चाय की दुकान थी। खाने-पीने की चीज़ें भी थीं यहाँ। होटल के बगल में एक गन्दा नाला था जहाँ बर्तन धोया जा रहा था। वही प्लेट-गिलास वग़ैरह। नाली के ऊपर ही रखी चौकी पर दो लोग सिंघाड़े के लिए आलू छील रहे थे। एक आदमी प्याज़ काट रहा था। मक्खियाँ बेहिसाब भिनभिना रही थीं। हर सामान पर बैठी थीं। अगर कोई चाय पी रहा था

तो गिलास का जितना हिस्सा उसके मुँह से लगा था उसे छोड़कर बाक़ी की गोलाई पर मक्खियाँ आराम से भिन-भिन का संगीत पैदा कर रही थीं।

ये रग्घू होटल है। बस स्टैंड का मुख्य चाय-पानी का अड्डा। रोडवेज़ के कारोबार से जुड़े ख़ास और आम लोग अगर झरियातू स्टैंड पर आते तो रग्घू होटल पर चाय-नाश्ता कर उसका सम्मान ज़रूर बढ़ाते थे।

'का रग्घू भाई, सिंघाड़ा में देरी है का?'

'अरे नहीं नन्द गुरु, बस उतरने ही वाला है।'

'मक्खी बढ़ गया है रग्घू भाई यहाँ। बरसात का मौसम भी है। पर मक्खियो सब कहाँ जायेगा? ठीके है।'

'अरे उसका चिन्ता छोड़िए नन्द गुरु। इ मक्खा-मक्खी हमरा का बिगाड़ लेगा हो। आदम जात से डर लगता है। इ तो कीड़ा-फतिंगा है।'

'हाँ ठीके कहते हो।' फिर नन्द गुरु चाय लेकर साइड में सुड़क-सुड़ककर पीने लगे थे।

नन्द गुरु झरियातू बस स्टैंड के इंटीग्रल पार्ट थे। वो बस थे। क्यों थे, क्या करते थे, ये किसी को समझ में नहीं आता था। पर दिनभर बिज़ी नज़र आते थे। इधर-उधर तीन-पाँच कर कुछ पैसे भी कमा लेते थे जिससे उनका घर-संसार चलता था।

होटल के सामने की चौकी पर एक शीशे का बॉक्स रखा था जो ऊपर से स्लाइड कर खोला जा सकता था। पर ज़्यादातर वो खुला ही रहता था। उसमें लड्डू, पेड़े और बालूशाही रखे थे। मक्खियों ने वहाँ भी साम्राज्य क़ायम कर रखा था। पर इससे ग्राहकों को ज़्यादा सरोकार ना था। बीच-बीच में आकर लोग लड्डू-पेड़ा-बालूशाही ख़रीद रहे थे।

तभी गोठी ट्रांसपोर्ट के ड्राइवर दिलावर भाई का आगमन हुआ। हाथ में सिगरेट। शर्ट के तीन बटन खुले। स्टाइलिश काला चश्मा डिज़ाइनदार शर्ट की जेब में डला। शाम हो चली थी, इसलिए अब आँखों पर चश्मे की ज़रूरत नहीं थी।

स्टैंड पर बस के ड्राइवरों की शख़्सियत हिन्दी फ़िल्मों के हीरो से कम न थी। दर्जनों ज़िन्दगियों को जो रोज़ाना गन्तव्य तक पहुँचाता हो, स्टीयरिंग और गियर हैंडल को जो स्टाइल से नचाता हो, कभी-कभी बिना जलाये सिगरेट को होठों के बीच बस रखकर जो बीस-पच्चीस किलोमीटर यूँ ही बस उड़ा डालता हो, वो पैसेंजरों की नज़र में किसी जाँबाज़ से कम तो नहीं ही था। ऐसे ड्राइवरों का टशन देखकर नये-नये जवान हुए लौंडे तो इन्हें अपना आइडल तक मान लेते थे।

दिलावर देखने में वाक़ई हीरो लगता था। पूरा नाम था दिलावर हसन ख़ान। उम्र कोई 35 साल। ऐक्टर नागार्जुन जैसी मोटी मूँछ। बाल अनिल कपूर स्टाइल। बरावलपुर के सिनेमा हॉल में लगने वाली अंग्रेज़ी ऐक्शन फ़िल्मों का भारी शौक़ीन। हॉलीवुड के चर्चित हीरो सिल्वेस्टर स्टेलोन ने माचिस की तीली मुँह में रखकर शायद बाद में वो स्वैग पैदा किया था, पर दिलावर ख़ान उससे काफ़ी पहले से ही तीली मुँह में रखकर बस चलाता था। गोठी जब हवा से बातें करती तो दिलावर तीली को मुँह में इधर-उधर घुमाकर एक अलग ही क़ातिल अदा वाला दृश्य उत्पन्न करता था। बरावलपुर के कॉलेज में पढ़ने वाले और गोठी ट्रांसपोर्ट से सफ़र करनेवाले हीरो टाइप लौंडे लपाड़े दिलावर के तीली स्टाइल की नक़ल करते अक्सर नज़र आ जाते थे। पर बस चलाते हुए नहीं, यूँ ही सड़क पर चलते-फिरते।

रग्घू होटल के पास एक सिगरेट-पान की दुकान भी थी। गुमटी नुमा। चार पायों वाली गुमटी। उसका सामने का दरवाज़ा खुलने पर शेड का काम करता था। उसी टेंपररी शेड से तरह-तरह के पान मसाले और तम्बाकू के सैशे लटक रहे थे। वहाँ मध्यम स्वर में रेडियो भी चल रहा था जो शायद सिर्फ़ पान वाले के मनोरंजन और मोनोटोनी को ब्रेक करने के लिए था।

तभी बीस-बाईस साल के हीरो टाइप चार लड़के वहाँ पहुँचते हैं और सिगरेट की डिमांड करते हैं।

'चार पनामा देना।'

पानवाला गिलौरी चौरसिया पनामा सिगरेट के पैकेट के ऊपर का काग़ज़ खोलकर डब्बे को दो बार हथेली पर आगे की तरफ़ ठोंकता है। सिगरेट बाहर की तरफ़ झाँकने लगती है। चार सिगरेट निकालकर दे दी जाती है।

गुमटी की दायीं तरफ़ एक रस्सी लटक रही थी जिसके सिरे में सोयी हुई आग थी। चार-पाँच बार फूँक मारने पर वो लाल हो जाती थी। ये व्यवस्था लाइटर के अभाव में सिगरेट जलाने के लिए की गयी थी। सिगरेट जलाने के बाद अब ये लड़के कुछ दूर खड़ी गोठी ट्रांसपोर्ट की तरफ़ नज़रें गड़ाकर कश लेने लगते हैं। गोठी की बायीं तरफ़ वाली खिड़कियों को स्कैन करने के बाद उनकी नज़रें ठीक बस के बीचों-बीच और किनारे विंडो सीट पर बैठी एक लड़की पर ठहर जाती हैं। इतनी दूरी से लड़की के चेहरे-मोहरे का पूरा पता नहीं चल रहा। सिर्फ़ बाल और थोड़ी-बहुत आकृति नज़र आ रही है। लेकिन इन शोहदे टाइप लड़कों के लिए शायद ये काफ़ी है। चारों आपस में कुछ बातें करते हैं और फिर मुस्कुरा देते हैं। बस में बैठी वो लड़की उनकी इस हरकत से बिल्कुल अनजान है। एक बार उसने खिड़की से

बाहर की तरफ़ सिर निकालकर सामने की ओर देखा तो पहले तो ये चारों देखते रह गये। फिर आपस में इनकी नज़रें मिलीं। उन्हें समझ आ गया था कि लड़की सुन्दर तो है पर अभी काफ़ी छोटी है।

उसी समय एक आदमी धीरे-धीरे लड़खड़ाकर चलता हुआ उनकी तरफ़ बढ़ा और पूछा, 'बाबू, कुण्डानगर के लिए गाड़ी कहाँ मिलेगा?'

इस सवाल पर चारों ने एक-दूसरे को देखा। उनमें से एक आगे बढ़ा और साठ पार के उस शख़्स से पूछा, 'कहाँ से आ रहे हो बाबा?'

वो सीधा-सादा दिख रहा ग्रामीण लगभग सहमते हुए बोला, 'दूर गाँव से आ रहे हैं बाबू। कुछ काम से कुण्डानगर जाना है।'

तभी उनमें से एक लड़के ने मुस्कुराते हुए कहा, 'देख बाबा कुण्डानगर तो इहाँ से बहुत दूर हउ। ओकरा लिए पहले उ दूर खड़ा गाड़ी पकड़कर तू फूलपुर जो। फिन उहाँ से डिपना खातिर गाड़ी मिलतौ। ओकर बाद डिपना से कुण्डानगर के बस मिलतौ। काल शाम तक पहुँच जइमीं।'

ये बिल्कुल शरारत भरी हरकत थी। गोठी ट्रांसपोर्ट सीधी कुण्डानगर जाती है। लेकिन इन शरारती लड़कों ने एक सीधे-सादे ग्रामीण को भटका दिया था।

वो बोला, 'लेकिन गाँव में तो लइका सब बतइलौ कि झरियातू बस स्टैंड से दू घंटा लगतौ।'

'अरे तोर गाँव में केकरो कुछ नाई पता। जो जल्दी से जाकर बइठ उ बसवा में, ना तो बस निकल जइतौ।' एक लड़के ने गम्भीर मुद्रा बनाकर कहा था।

वो बुज़ुर्ग ग्रामीण और किसी से ताकीद किये बिना बतायी गयी बस की तरफ़ बढ़ गया था।

इधर इन चारों को अपनी शरारत भरी हरकत पर मज़ा आ गया था। जाते हुए शख़्स की पीठ के पीछे लड़कों ने सिगरेट के कश के साथ एक-दूसरे से हाई फ़ाइव किया।

'अब आयेगा मजा जब बुढ़वा एकदम उल्टे डायरेक्शन में पहुँच जायेगा।' बुज़ुर्ग को ग़लत जानकारी देने वाले लड़के ने हँसते हुए कहा था। उसे इस बात की बिल्कुल फ़िक्र नहीं थी कि उसने एक निहायत घटिया हरकत की है।

अब लड़कों की नज़रें फिर से बस की खिड़की पर टिक गयी थीं। लड़की थोड़ी-थोड़ी वैसे ही नज़र आ रही थी।

इस बीच बस के चलने का वक़्त हो चला। कंडक्टर नफ़ेलाल आगे के गेट पर खड़ा होकर सवारियों को अन्दर आने को कह रहा था।

‘चलो-चलो, पसिंजर लोग जल्दी चढ़ो। दस मिनट में गाड़ी खुलेगा।’

ड्राइवर दिलावर ख़ान चाय ख़त्म कर और स्टाइल से हाथ उठाकर रग्घू को ख़ुदा हाफ़िज़ कहने के बाद बस की तरफ़ चल पड़ा था। बाहर खड़े होकर इधर-उधर का नज़ारा देखते हुए बस के खुलने का इन्तज़ार कर रहे पैसेंजरों के लिए ये संकेत काफ़ी था। अभी खलासी की सीटी बजनी बाक़ी थी, लेकिन सवारियाँ समझ गयी थीं कि गाड़ी अब चलने ही वाली है।

वैसे तो ये बस साढ़े छह बजे खुल जाती है। लेकिन आख़िरी बस होने की वजह से अक्सर दस-बीस मिनट की देर हो ही जाती है। मतलब, जब तक गाड़ी खचाखच भर ना जाये, ऊपर सामान रखने की जगह एकदम फ़ुल ना हो जाये, तब तक इन्तज़ार की गुंजाइश बनी रहती है।

पान गुमटी पर खड़े चारों लड़कों ने देखा कि जिस बुज़ुर्ग को उन्होंने दूसरी बस की तरफ़ भेजा था, वो लौटकर उनकी तरफ़ ही आ रहा है।

‘अबे बुढ़वा तो आवत हउ बे।’ एक लड़के ने हैरानी से कहा।

‘त आवे दे, अभी अउर मजा देतौ।’ दूसरा मुस्कुराते हुए बोला।

‘का बाबू सीधा-सादा मनई समझ के हमरा चरावत हीं तों सब। बुड़बक समझ के गलत गाड़ी में भेज देल्हीं।’ बुज़ुर्ग ने शिकायत भरे अन्दाज़ में कहा।

‘अरे बाबा, एमे कुच्छो गलत ना हलौ। हमन तोरा के एगो नया बात सिखौली। कभी एक आदमी से पता नाहीं पूछे के चाही। दू ठो से पूछेके चाही।’

‘देख दू ठो से पूछल्हीं तो सही पता मालूम हो गलौ ना। जो बइठ गोठी में। सामने खड़ा हउ। सीटवा तो ना मिलतौ। पर का पता, तोरा देख के शायद कोई सीट छोड़ दे। जो-जो झटक के, बस खुले वाला हउ।’

‘बूढ़ इमदी से मजाक करत हीं तुमन सब बाबू। भगवान बतइतो तोरा।’

वो बुज़ुर्ग जाने लगा था। पीछे ये चारों आवारा टाइप लौंडे ठहाके लगाकर हँस रहे थे।

एक ने कहा था, ‘बुढ़वा को इतना नहीं सताना चाहिए था बे। साला, तुम लोग आदत से बाज नहीं आयेगा।’

‘अरे यार इतना सोचोगे तो आ गया मजा। मस्ती के लिए थोड़ा उल्टा-सीधा काम करना पड़ता है। तुम अपना नियम-कायदा अपने पास ही रखो।’ बुज़ुर्ग को ग़लत गाइड करने वाले लड़के ने कहा था।

दिलावर ख़ान ने बस स्टार्ट कर दी थी। जब-जब एक्सीलरेटर के पैडल पर पैर रखकर दबाव डालता, घों-घों की तेज़ आवाज़ उठती। खलासी झामलाल ने भी

लम्बी व्हीसल बजा दी थी। संकेत साफ़ था कि गाड़ी अब बस चलने ही वाली है। जो लोग नीचे खड़े थे वो लपककर बस में चढ़ने लगे। बस पूरी तरह भर चुकी थी। आगे और पीछे के दरवाज़े से लोगों के चढ़ने और धक्का-मुक्की की वजह से लोग एक-दूसरे में चिपकते जा रहे थे।

बस में खड़ी महिलाएँ चिल्ला रही थीं। 'एकदम का देह पर चढ़िए जैबे। अब कहाँ जगहा हउ खिसके ला।' गोद में बच्चा लिए एक आदिवासी महिला ने कहा था।

इसी भीड़ में एक बारह साल का बच्चा भी अपने पिता के साथ दुबका खड़ा था। उसके हाथ में क्रिकेट का नया बल्ला था जिसे वो बहुत जतन से अपने साथ चिपकाये था। उसे डर था कि कहीं कोई बल्ले पर चढ़ ना जाये या फिर बल्ले को कोई नुक़सान ना पहुँच जाये। पिता ने बहुत कोशिश की थी कि बच्चे को बैठने की जगह मिल जाये, लेकिन जगह की कोई गुंजाइश नहीं थी। बच्चा नये क्रिकेट बैट के रोमांच से भरा था। उसे सुरक्षित रखने की चिन्ता तो थी, लेकिन मन में इस बात की उमंग भी थी कि 'कल अपने नये बल्ले से बैटिंग करनी है। उसे किसी के साथ शेयर नहीं करना है। खूब रन बनाना है।'

बस अब धीरे-धीरे खिसकने लगी थी। स्टैंड में चारों तरफ़ बारिश के पानी के जमाव की वजह से जगह-जगह गड्ढे बन गये थे। जब गोठी इन गड्ढों के ऊपर से धीरे-धीरे सरकने लगी तो हिचकोले लेने लगी। जिन लोगों को खड़े होने में भी दिक़्क़त हो रही थी, वो इन हिचकोलों में ही ऐडजस्ट हो रहे थे। सबको पता था कि उनकी स्थिति तभी बदलेगी जब कुछ सवारियाँ अपने गन्तव्य पर उतरेंगी। तब तक तो सब्र करना ही होगा।

तभी चटाक् की आवाज़ ने सबका ध्यान खींचा। ये चाँटा एक महिला ने बग़ल में खड़े युवक को जड़ा था।

'लौकता नहीं है का तुमको। तब से धक्का दे रहा है। कभी इधर धक्का तो कभी उधर धक्का। कहाँ घुसना चाहता है?'

इस अप्रत्याशित चाँटे से तिलमिलाया नौजवान भी आपे से बाहर हो गया था। पूरी तरह लड़ने पर उतारू।

'हम धक्का नहीं दे रहे थे। पीछे से धक्का लगता है तो का करें। एतना धक्का से दिक्कत है तो टेम्पो में चली जाती। चलना है बस में और नफासत चाहिए टेम्पो और कार वाला। लेडीस जान के छोड़ रहा हूँ, नहीं तो बताइए देता। और हाथ कैसे छोड़ दिया तुमने।'

तापमान चढ़ता देख आसपास खड़े लोगों ने बीच-बचाव किया था, तब तनाव पर अंकुश लग सका था।

बस ने अब रफ़्तार पकड़ ली थी। कंडक्टर नफ़ेलाल ने चिल्लाकर दिलावर से कहा था, 'जब तक जगह खाली नहीं होता है, किसी को चढ़ाना नहीं है। हाथ देने पर रोकना मत, जब तक हम ना कहें। जब सवारी उतरेगा तभी किसी और के चढ़ने का जगह बन सकेगा।'

नफ़ेलाल ने टिकट काटना शुरू कर दिया था। वो आगे के गेट पर खड़ा था। धीरे-धीरे बढ़ते हुए लोगों से पैसे लेता जाता था और फाड़-फाड़कर टिकट देता जाता था।

वो भी इस बस अर्थशास्त्र का अहम किरदार था। उसकी हैसियत और इज़्ज़त दिलावर ख़ान से कम ना थी। मुँह में पान चबाते एक लड़के ने उससे पूछा, 'बाजा नहीं है का बस में?'

पान और सुर्ती से लाल-काले हो चुके दाँतों के बीच से नफ़ेलाल बोला, 'इ भीड़ के चिल्ल-पों में तुमको गाना सूझ रहा है बाबू। गाना है गाड़ी में, लेकिन अभी बज नहीं सकता। गाड़ी थोड़ा खाली होगा तो बजायेंगे। कहाँ उतरोगे?'

'हरहली।'

'देखते हैं, गाड़ी खाली हुआ तो बजा देंगे।'

'अरे बजा दीजिए। लोग अपने आप सांत हो जायेगा।'

'अच्छा देखते हैं। अभी काम करने दो।'

'दो, हरहली का दो रुपया दो।'

लड़के ने दो रुपये उसके हाथ में रख दिये थे और टिकट ले लिया था।

वहीं खड़े एक खल्वाट सिर वाले युवक ने कहा, 'पुटुसगंज का एक टिकट देना। एसटी काटना।' यहाँ एसटी से मतलब स्टूडेंट कॉन्सेशन वाले टिकट से था।

नफ़ेलाल ने उसे ऊपर से नीचे तक देखा और हँसते हुए बोला, 'पूरा चमन उजड़ गया, मैदान सफाचट हो गया और अभी तक एसटीए चला रहे हो बाबू। पूरा टिकट लगेगा। कालेज खतम हो गया है ना जी।'

अपने बालों की दुर्दशा पर किये गये इस कटाक्ष से पूरी तरह आहत और झेंप चुके युवक ने इस बात को यहीं ख़त्म करना उचित समझा और चुपचाप पैसे नफ़ेलाल की तरफ़ बढ़ा दिये। हालाँकि वो कहना चाहता था कि वो अभी स्टूडेंट ही है, बस बाल जल्दी गिर गये हैं। पर इस बात पर जितनी बहस होती, उसी की फ़जीहत होती,

लोग और मज़ा लेते, ऐसा वो मान रहा था। इसलिए उसने सोचा कि 'बाद में अलग से नफेलाल से बात कर ली जायेगी, फिलहाल तो पूरे पैसे देने में ही भलाई है।'

बारिश के मौसम की गर्मी और उमस से सवारियों का बुरा हाल था। पर उपाय क्या था। पसीना लगातार बह रहा था और भीड़ में तरह-तरह की बदबू के साथ मिलकर एक असहनीय बास पैदा कर रहा था। बीच-बीच में दुर्गन्ध का एक बवण्डर और भी उठता जब लोग शरीर के भीतर की गैस को कंट्रोल नहीं कर पाते थे। तब आस-पास खड़े और बैठे लोगों की हालत और बुरी हो जाती थी।

'अरे कौन गैस छोड़ा रे? पता नहीं लोग क्या-क्या खाकर बस में चढ़ जाते हैं। लोगों को दूसरों की तकलीफ का कोई लिहाज नहीं है।' एक सवारी ने बदबू से बेचैन होकर कहा था।

पर क्या इस गैस को रोका जा सकता था। कोई इधर मुँह घुमाता तो कोई उधर। कोई नाक पकड़ लेता। कोई छी-छी करता। पर थोड़ी देर बाद इस दुर्गन्ध के साथ भी तालमेल बिठा ही लिया जाता।

छोटे-मोटे स्पीड ब्रेकर को अनदेखा कर बस भागी जा रही थी। ड्राइवर दिलावर ख़ान ने माचिस की तीली मुँह में डाल ली है। बस में आगे खड़े और लगातार दिलावर की हरकतों को निहार रहे लौंडे उसके स्टाइल पर क़ुर्बान हुए जा रहे हैं। गोठी थर्ड और फ़ोर्थ गियर में ही चल रही है। सड़क जहाँ ऊँची-नीची होती वहाँ तेज़ रफ़्तार के कारण हिलोरें लेती। सवारियाँ थोड़ी असहज भी होतीं, लेकिन दिलावर को इससे फ़र्क़ नहीं पड़ रहा था। जो लोग खिड़की की तरफ़ बैठे हैं वो बाहर के नज़ारे का लुत्फ़ उठा रहे हैं। पेड़-पौधे पीछे छूटते जा रहे हैं। गोठी के रफ़्तार पकड़ने पर जो हवा खिड़कियों से भीतर आ रही है वो थोड़ी राहत दे रही है।

अब रात उतर आयी है। बस की हेडलाइट जल गयी है। रास्ते में कई जगह इन्तज़ार कर रही सवारियाँ बस को रोकने के लिए हाथ दे रही हैं, लेकिन दिलावर रोक नहीं रहा। जिन सवारियों को उतरना होता है वो खलासी झामलाल को बता देती हैं। वो गन्तव्य स्थल से थोड़ा पहले ही बस के दरवाज़े पर हाथ मारकर 'ठक-ठक' की ध्वनि पैदा करता है। दिलावर बस रोक देता है और सवारियाँ उतर जाती हैं। पर ये इक्का-दुक्का सवारियाँ ही हैं। इनके उतरने से खचाखच भरी बस के भीतर के माहौल पर ज़्यादा असर नहीं पड़ता। बस पैर रखने की थोड़ी जगह निकल आती है।

पुटुसगंज से पहले दो बड़े पड़ाव हैं जहाँ बस ज़रूर रुकती है। बरावलपुर से दस किलोमीटर की दूरी पर है जुम्मनपुर जहाँ अंग्रेज़ों का बनाया एक पागलखाना है। इस क़स्बे का आलम ये है कि सामान्य लग रहे व्यक्ति में भी लोगों को कुछ

न कुछ असामान्य नज़र आने लगता है। अगर दो लोग साथ में हाथ पकड़कर जा रहे हों तो लगता है कि हो न हो इनमें से कोई एक ज़रूर थोड़ा खिसका हुआ है। मतलब उसके दिमाग़ का स्क्रू थोड़ा ढीला है या खिसक गया है। स्थानीय स्लैंग में पागलखाने को लोग एसटीसी यानी स्क्रू टाइट सेंटर भी कहा करते थे।

पुटुसगंज के इकलौते पत्रकार प्रणव सहाय के दूर के एक चाचाजी जुम्मनपुर में रहते हैं। पागलखाने के अकाउंट्स डिपार्टमेंट में काम करते हैं। पत्रकार महोदय कभी-कभी उनके घर मिलने चले जाते थे। प्रणव सहाय की उम्र का ही चाचाजी का लड़का नयन खेलने-कूदने में तेज़ था। प्रणव बरावलपुर के एक कॉलेज में ग्रेजुएशन की पढ़ाई करते थे। पर क्लास कभी-कभी ही जाते थे। ज़्यादातर समय पुटुसगंज में ही रहते और अपनी पत्रकारिता चमकाते। इतनी छोटी उम्र में लोग जब उन्हें सम्मान देकर बुलाते या किसी काम के सिलसिले में उनसे मिलने आते तो उन्हें काफ़ी किक मिलता था। उस बार जब वो जुम्मनपुर पहुँचे तो नयन ने उनसे टेबल टेनिस खेलने की पेशकश की। खेलकूद के शौक़ीन प्रणव तुरन्त तैयार हो गये। लेकिन उन्हें पता नहीं था कि टीटी की टेबल पागलखाने के सबसे सुधरे हुए पागलों वाले वार्ड के कॉमन रूम में रखी है। उन पर तो बस खेलने की धुन सवार थी। जब दोनों दोस्त पागलखाने के गेट पर पहुँचे तो वहाँ का नज़ारा देखने लायक था।

पागलखाने का मेन एंट्रेंस गेट लोहे का था और काफ़ी ऊँचा था। मतलब, किसी भी सूरत में इसे फाँदकर पार नहीं किया जा सकता था। बड़े गेट के भीतर ही एक छोटा गेट बना था जिससे लोग आ-जा सकते थे। अन्दर काम करने वाले लोग उसी छोटे दरवाज़े से आ-जा रहे थे। वहाँ दो तगड़े दरबान खड़े थे जो लोगों से पूछताछ और काग़ज़ात देखने के बाद ही उन्हें भीतर-बाहर आने-जाने दे रहे थे।

प्रणव सहाय जब नयन के साथ हाथ में टीटी का रैकेट लिए भीतर जाने लगे तो गेट से एक शख़्स तेज़ी से उनकी बग़ल से बाहर निकलने लगा। दरबान ने उसे पकड़ा और एक ज़ोरदार झापड़ रसीद कर दिया।

'चल भीतर चल। कहाँ भागा जा रहा है रे?'

'अरे गार्ड साहब मैं पागल नहीं हूँ। मैं तो भीतर अपने रिश्तेदार से मिलने गया था। अब बाहर निकल रहा हूँ तो आप बेवजह रोक रहे हैं।'

फिर तड़ाक् से एक और कंटाप उसके गाल पर पड़ा। गार्ड ने उसके हाथ को मोड़कर पीछे की ओर पीठ पर दबाया और दूसरे गार्ड को पकड़ाते हुए बोला, 'ले जाओ इसको भीतर और लगवाओ करंट। हमें तो लग रहा था कि ये सुधर रहा है। पर ये तो कुछ ज्यादा ही सुधार दिखा रहा है।'

दरअसल वहाँ का माहौल कुछ ऐसा था कि मेंटल असाइलम के मुख्य द्वार से घुसते ही जो सबसे पहला वार्ड था वो सामान्य और ठीक होते मनोरोगियों का था। ये लोग आराम से परिसर के भीतर घूम-टहल सकते थे क्योंकि मनोचिकित्सकों को लगता था कि जितना ये ख़ुद को सामान्य महसूस करेंगे, ज़िन्दगी में जल्दी लौट सकेंगे। लेकिन ठीक होते इन पागलों में बाहर निकलने की बेसब्री होती। ऐसे ही कुछ मनोरोगी मेन गेट पर होने वाली भीड़ का फ़ायदा उठाकर कभी-कभी भागने की कोशिश करते। पर दरवाज़े पर तैनात गार्ड इतने मुस्तैद और चौकन्ने थे कि ऐसे भागते पागल पकड़ लिए जाते और वापस वार्ड में भेज दिये जाते। ऐसी हैरतअंगेज़ हरकत होने पर वहाँ के डॉक्टर उनका ठीक से इलाज करते। मतलब करंट लगाते, पनिश करते।

हालाँकि एक-दो वाक़ये यहाँ ऐसे भी हो चुके थे जब कुछ सुधरते पागल गेट की भीड़ का फ़ायदा उठाकर निकल भागे थे और फिर कभी मिल नहीं सके थे। ना तो पागलखाने को और ना ही अपने रिश्तेदारों को। वो कहाँ गये किसी को नहीं पता।

ये दृश्य देखने के बाद प्रणव थोड़े हैरान हो गये थे और विस्फारित नेत्रों से भीतर के माहौल का जायज़ा ले रहे थे। उन्हें थोड़ा डर भी लग रहा था क्योंकि अन्दर टहलते नज़र आ रहे लोगों में ज़्यादातर ठीक होते पागल ही थे। इक्का-दुक्का वार्ड कर्मचारी भी नीले गाउननुमा परिधान में आ-जा रहे थे।

नयन ने प्रणव को वार्ड की तरफ़ आगे चलने का इशारा किया था। प्रणव उसके साथ तेज़ क़दमों से चल पड़े थे। जब भी उनकी नज़र सामने से आ रहे या पास से गुज़रते किसी शख़्स से मिलती वो थोड़े सहम जाते। भीतर घूमते-टहलते कई लोग उन्हें देखकर तरह-तरह की मुद्राएँ भी बना रहे थे। एक-दो ने तो उन्हें गालियाँ भी दी थीं। नयन वहाँ फ्रीक्वेंटली टीटी खेलने आता था। इसलिए उसके लिए ये सब सहज और सामान्य बातें थीं।

प्रणव ने नयन से पूछा, 'अभी और कितनी दूर है टीटी हॉल?'

'बस थोड़ी दूर और।'

वैसे पागलों वाली बात छोड़ दी जाये तो भीतर का परिवेश बड़ा ही सुन्दर था। चारों तरफ़ पेड़-पौधे और फूल नज़र आ रहे थे। सुन्दर पंक्तिबद्ध क्यारियाँ थीं। पगडण्डियाँ एकदम साफ़-सुथरी। उन पर बजरी बिछी थी। उन्हीं रास्तों पर ठीक होते मरीज़ घूम-टहल रहे थे।

थोड़ी दूर चलने के बाद दोनों मित्र एक बड़ी-सी इमारत में दाख़िल हुए। गलियारे से होकर गुज़रने के बाद एक हॉल दिखा। ये पागलखाने का कॉमनरूम था। मनोरंजन और ज्ञानवर्धन का केन्द्र।

वहाँ का नज़ारा अद्‌भुत था। हॉल के एक तरफ़ बड़े-बड़े अलमीरों में किताबें रखी थीं। पास में लाइब्रेरी जैसी ही पढ़ने की जगह बनी थी। कई लोग किताबें पलटते नज़र भी आ रहे थे। हाँ, किसी ने शर्ट निकालकर सामने रख दी थी तो कोई किताब उल्टी कर बोल-बोलकर पढ़ रहा था। कोई पढ़ते हुए बीच-बीच में यूँ ही मुस्कुरा उठता था। वहाँ से थोड़ी दूरी पर चार कैरम बोर्ड स्टैंडिंग प्ले पोज़िशन के हिसाब से रखे थे। उनके ऊपर रोशनी के लिए लैम्प लगायी गयी थी। बग़ल में टेबल पर दो चेस बोर्ड भी थे। पर गोटियाँ नज़र नहीं आ रही थीं। वहीं से दायीं तरफ़ चार क़दम की दूरी पर टीटी की एक टेबल रखी थी। दो लोग खेल रहे थे। बहुत बढ़िया खेल रहे थे। एक टॉप स्पिन मार रहा था तो दूसरा डिफ़ेंसिव चॉपिंग कर रहा था। प्रोफ़ेशनल प्लेयर्स टाइप खेल चल रहा था।

नयन और प्रणव वहीं पास में रखी बेंच पर बैठकर अपनी बारी का इन्तज़ार करने लगे। थोड़ी देर प्रैक्टिस करने के बाद दोनों खिलाड़ियों में से एक ने प्रणव से पूछा-

'क्या आप भी खेलेंगे?'

प्रणव ने मुस्कुराकर कहा, 'हाँ हाँ। खेलने ही आया हूँ।'

'अच्छा बताइए मैं कैसा खेलता हूँ?'

प्रणव ने कहा था, 'बहुत शानदार।'

'और भाई साहब ये लोग मुझे पागल समझते हैं। कब से कह रहा हूँ कि मैं पागल नहीं हूँ, ठीक हो गया हूँ। पर ये मुझे बाहर जाने ही नहीं देते।'

'मैं अपनी नीला से मिलना चाहता हूँ। पर यहाँ कोई मेरी नहीं सुनता। क्या आप मेरी मदद कर सकते हैं?'

नयन ने कहा था, 'हाँ मैं बड़े बाबू से बात करूँगा।' प्रणव ये सब देखकर अवाक् थे। उस टीटी प्लेयर के जाने के बाद नयन ने बताया था, 'हर बार इसकी गर्लफ्रेंड का नाम बदल जाता है। पूरा पागल है। कभी जीनियस हुआ करता था। एक लड़की से प्रेम हुआ। फिर लड़की की किसी बीमारी से मौत हो गयी और इसका दिमाग खराब हो गया। बाकी तो तुम देख ही रहे हो।'

प्रणव, थोड़ी देर के लिए टीटी भूल गये थे। उस पागल के जाने के बाद नयन ने टेबल की दूसरी तरफ़ वाली जगह ले ली थी और खेलना शुरू कर दिया था।

प्रणव ने नज़रें घुमाकर हॉल का मुआयना किया। एक व्यक्ति कोने में नंगा ज़मीन पर लेटा था और तेज़ आवाज़ में दोनों हाथों से पकड़कर अख़बार पढ़ रहा था–'प्रधानमन्त्री मोरारजी देसाई ने बरावलपुर के बोरहा मैदान में भाषण देते हुए कहा है कि वो देश से बेरोजगारी की समस्या को हमेशा के लिए मिटा देंगे। उन्होंने ये भी कहा कि बरावलपुर में विकास की बहुत सम्भावनाएँ हैं और वो चाहते हैं कि प्रान्त का ये बड़ा शहर काफी तरक्की करे और यहाँ रोजगार के अनेक अवसर पैदा हों।'

'घंटा!' अख़बार में ख़बर पढ़ते हुए उस शख़्स का चिल्लाते हुए क्विक रिऐक्शन आया था। 'घंटा नौकरी दोगे तुम लोग! नौकरी मिल गया होता तो यहाँ पागलखाना में क्यों बैठे होते रे। काम नहीं था, बीवी ने घर से निकाल दिया। पागल नहीं होते तो क्या करते।' वो लगातार ख़ुद में बड़बड़ा रहा था।

हाँ, ये बात अलग थी कि वो कुछ महीने पुराना अख़बार पढ़ रहा था। उस वक़्त देश के प्रधानमन्त्री चौधरी चरण सिंह थे।

प्रणव को अब थोड़ा डर लगने लगा था। पर ख़ुद को सँभाले बैठे थे। तभी पीछे से किसी ने उनके सिर पर हाथ मारा और कहा, 'का जीजाजी अकेले काहे बैठे हैं ? चलिए हमरा साथ, ऐश करायेंगे।'

नयन ने उस शख़्स को डाँटा था। 'जाओ उधर, तंग मत करो।'

'अरे जीजाजी को तंग नहीं करेंगे तो किसको करेंगे। एतना तो हक बनता है।'

फिर मुस्कुराते हुए वो शख़्स दूसरी तरफ़ चला गया था।

अब नयन ने प्रणव को खेलने के लिए बुलाया। थोड़ी देर रैली करने के बाद प्रणव ने ही कहा कि 'चलो यार अब चलते हैं।'

'क्या हुआ खेलो ना। अरे ये लोग कुछ नहीं करेंगे। एन्जॉय करो।'

'तुम ही एन्जॉय करो। चलो बाहर चलते हैं, भूख भी लग रही है।'

'अच्छा चलो।'

फिर दोनों ने टीटी रैकेट बैग में रखा और निकल आये कॉमन रूम से बाहर।

प्रणव अब चारों तरफ़ आशंका भरी नज़रों से देख रहे थे।

तभी ज़ोर-ज़ोर से चीख़ने और चिल्लाने की आवाज़ से सहम गये।

आवाज़ काफ़ी तेज़ थी, 'छोड़ दो, मुझे जाने दो, दर्द हो रहा है। आआआआआआ। माँ बचा लो। बाबा इनसे बचाइए।'

नयन ने बताया था, 'ये आवाज बुरी तरह दिमागी सन्तुलन खो चुके लोगों के वार्ड से आ रही है। किसी ने कोई बड़ी गलती की होगी या कोई हिंसा हुई होगी। इसीलिए उसे इलेक्ट्रिक शॉक दिया जा रहा है। ये उसी की आवाज है।'

रोने-चिल्लाने की आवाज़ अभी भी आ रही थी।

प्रणव जब गेट से बाहर निकल रहे थे तब फिर एक शख़्स ने उनके साथ बाहर निकलने की कोशिश की थी। उसे भी दरबान मारने लगे थे।

बाहर निकलकर प्रणव ने नयन से पूछा था, 'तुम्हें ये सब देखकर परेशानी नहीं होती?'

'अरे क्या यार, अब तो आदत पड़ गयी है। पापा यहीं काम करते हैं, तुम तो जानते ही हो। हमारे लिए तो ये रोजमर्रा की बात है। ये हमारे जीवन का हिस्सा है। लोग तो कहते हैं कि यहाँ रहते-रहते हमारा नेचर भी थोड़ा-बहुत बदल ही गया है। पर पता नहीं, तुम बेहतर बता सकते हो।'

प्रणव, नयन की बात सुनकर मुस्कुरा रहे थे।

गोठी ट्रांसपोर्ट क़रीब आधे घण्टे के सफ़र के बाद जुम्मनपुर पहुँची थी। सवा सात बज रहे थे। चौक पर लोगों की आवाजाही कम होने लगी थी।

खलासी झामलाल ने सीटी बजायी थी और तेज़ स्वर में कहा था, 'जुम्मनपुर-जुम्मनपुर। उतरो भाई यहाँ का सवारी लोग उतरो।'

पहले से ही गेट के क़रीब पहुँच चुकी जुम्मनपुर की सवारियाँ उतरने लगी थीं। खलासी नम्बर टू खेसारी बस के ऊपर से पैसेंजरों का सामान पकड़ाता जा रहा था। हल्की चीज़ों को ऊपर से ही नीचे फेंक दे रहा था। दस-बारह लोग यहाँ उतरे होंगे। सवारियों के उतरने के बाद झामलाल ने लम्बी सीटी बजायी थी और दो बार गेट पर हाथ ठोंका था। 'जा बढ़ा के।'

और जब बस ने रफ़्तार पकड़ ली तो झामलाल की आवाज़ आयी थी, 'उड़ाइए ओस्ताद, एकदम किलियर है।'

बस भागी जा रही थी। जिन लोगों को सीट मिल गयी थी उनमें से कुछ उनींदे से हो रहे थे। रोज़ाना के अनुभवी कुछ सफ़रबाज़ खड़े-खड़े ही सो रहे थे। कुछ सवारियों के उतरने से बस में खड़े रहने के स्कोप में थोड़ा सुधार हुआ था। पर गोठी अभी भी भरी हुई थी।

क्रिकेट बल्ले वाले लड़के का नाम है अनिरुद्ध। अनिरुद्ध सिंह। सातवीं कक्षा में पढ़ने वाला, स्पोर्ट्स में दिल लगानेवाला चंचल, खिलन्दड़ लड़का। टीन एज की तरफ़ क़दम बढ़ाता। उसके सामने बैठी लड़की का नाम है पार्वती। पार्वती शुक्ला। वो भी सातवीं कक्षा में ही पढ़ती है। पर दोनों एक-दूसरे को नहीं जानते। अलग-अलग स्कूलों में पढ़ते हैं। पार्वती बहुत सुन्दर है। गोरा रंग। तीखे नैन नक़्श। दो चोटियाँ हैं। सफ़ेद रंग के फीते से चोटी बँधी है। अनिरुद्ध बीच-बीच में उसे देख लेता है।

सफ़र मुश्किल है। लगातार खड़े रहना है। पर पार्वती की मौजूदगी की वजह से उसे कुछ भी बुरा नहीं लग रहा। पार्वती अपने माता-पिता की बग़ल में खिड़की वाली सीट पर बैठी है। पिता सबसे किनारे बैठे हैं, आइल सीट पर। फिर माँ है और उसके बाद पार्वती। बैठे होने की वजह से वो कम्फ़र्टेबल लग रही है। बाहर अँधेरा है, पर बीच-बीच में घरों और बिजली के खम्भों से लटके बल्ब की चमकती रोशनी और खिड़की से आती ठण्डी हवा उसे काफ़ी अच्छी लग रही है। वो भी अनिरुद्ध को थोड़े-थोड़े अन्तराल पर माता-पिता की नज़रें बचाकर देख लेती है। उसे भी शायद अनिरुद्ध अच्छा लग रहा है। मासूम चेहरे वाला अनिरुद्ध। घुँघराले प्यारे बाल। सफ़ेट टी-शर्ट। सुग्गे जैसी नाक। दोनों के बीच नयनों की भाषा में संवाद हो रहा है। एकदम निश्छल और नैसर्गिक। इस सुखद क्रियाकलाप और मौन संवाद की दिशा क्या है दोनों को नहीं मालूम, पर दोनों एक-दूसरे को देख लेने में अद्‌भुत आनन्द पा रहे हैं। सिगमंड फ्रॉयड ने जो सिद्धान्त दिया था, वो यहाँ अच्छी तरह चरितार्थ होता नज़र आ रहा है।

बस चली जा रही है। बाहर घुप्प अँधेरा। बीच-बीच में घरों की टिमटिमाती रोशनी। भागते अँधेरे पेड़। कंडक्टर नफ़ेलाल ने सवारियों से पैसे वसूल लिए हैं और टिकट फाड़कर दे दिया है। वो पीछे की सीट पर बैठा पैसे का हिसाब-किताब कर रहा है। बीच में चिल्लाकर आदेश देता है, 'अरे जरा खैनी खिलाओ रे झामलाल।'

'जी ओस्ताद जी। अभी बनाते हैं।' दिलावर ने फ़िल्म 'काला पत्थर' का कैसेट लगा दिया है। गाना बज रहा है—'एक रास्ता है ज़िन्दगी जो थम गये तो कुछ नहीं। ये क़दम किसी मुकाम पे जो जम गये तो कुछ नहीं।' जो सवारियाँ गाना बजाने की डिमांड कर रही थीं उनके मन को थोड़ी शान्ति मिली है। ये फ़िल्म कुछ दिन पहले ही रिलीज़ हुई है। अमिताभ बच्चन, शशि कपूर, शत्रुघ्न सिन्हा, राखी, परवीन बाबी, नीतू सिंह अभिनीत। सुपर हिट फ़िल्म बतायी जाती है। लोग कहते हैं कि इसकी शूटिंग कुण्डानगर के आसपास की कोयले की खदान वाले इलाक़ों में ही हुई है। कई लोग तो ये कहते हुए भी मिल जाते हैं कि उन्होंने अमिताभ बच्चन और शशि कपूर की कार को पुटुसगंज से गुज़रते देखा था।

पीछे कंडक्टर नफ़ेलाल जहाँ बैठा था, उसके ठीक आगे की सीट पर बैठे दो लड़के आपस में लगातार गपिया रहे थे। वे पुटुसगंज में एक ही मोहल्ले में रहते थे। एक का नाम था दीपक और दूसरा प्रमोद। उनके बीच गाढ़ी दोस्ती थी। दोनों अपने-अपने पिता के साथ बरावलपुर गये थे। दीपक ने बरावलपुर से नयी साइकिल ख़रीदी है जो गोठी की छत पर रखी है। प्रमोद के दाँत में दर्द था। पिता उसे डॉक्टर

को दिखाने ले गये थे। डॉक्टर ने पीछे के दाँत की कैविटी भर दी है। अब वो काफ़ी बेहतर महसूस कर रहा है।

'काला पत्थर' का गाना सुनते ही दोनों मित्र रोमांच से भर गये। दीपक ने बताया कि इसके बाद 'बाँहों में तेरी' गाना बजेगा। फिर प्रमोद ने कहा कि उसके बाद 'मेरी दूरों से आयी बारात' वाला सॉन्ग बजेगा।

जब भी कोई नयी फ़िल्म रिलीज़ होती है तो इलाक़े में सबसे पहले बरावलपुर के हरमुनिया टॉकीज़ में लगती है। अगर हिट फ़िल्म हुई तो टिकट मिलना काफ़ी मुश्किल होता है। दो रुपये की मैटिनी की टिकट बीस रुपये तक बिकने लगती है। फ़िल्म जब थोड़ी पुरानी हो जाती है तभी वो पुटुसगंज के प्रीतम टॉकीज़ में लगती है। तब तक काफ़ी देर हो जाती है। इसीलिए धुरन्धर फ़िल्म प्रेमी बरावलपुर जाकर पहले ही फ़िल्म देखने की कोशिश करते हैं। फिर लौटकर पुटुसगंज में परिचितों और दोस्तों को फ़िल्म की कहानी सुनायी जाती है। एक-एक सीन का ब्योरेवार वर्णन होता है। 'ढेन ढेन, ढिक-चिक ढिक-चिक और डिशुम-डिशुम' के साउंड इफ़ेक्ट के साथ। फुल टू मनोरंजन। ऐसी मार्केटिंग कि कहानी सुननेवाला बन्दा फ़िल्म की गिरफ़्त में आ जाता है और अन्त में यही ठानता है कि जल्द से जल्द फ़िल्म निपटा देनी है।

दीपक के पड़ोसी रामदुलारे उर्फ़ रंगीले और मधुसूदन उर्फ़ फिरंटी को फ़िल्म देखने का भारी चस्का था। कोशिश ये रहती कि फ़िल्म 'फ़र्स्ट डे फ़र्स्ट' शो देख ली जाये। कॉलेज में पढ़ते थे। बरावलपुर आना-जाना लगा रहता था। नयी फ़िल्म शुक्रवार को रिलीज़ होती थी। दोनों दोस्त सुबह आठ बजे ही पहली बस पकड़कर बरावलपुर पहुँच गये थे। पता था कि टिकट मिलना मुश्किल है। नयी और चर्चित फ़िल्मों के लिए सुबह से ही लाइन लग जाती है। वो कोई टीवी, मल्टीप्लेक्स और वेबसीरीज़ का दौर तो था नहीं। मनोरंजन के आज जैसे साधन कम ही थे। पुटुसगंज में तो तब तक टीवी भी नहीं आया था।

दोनों दोस्त झरियातू बस स्टैंड पर उतरकर टेम्पो से जब हरमुनिया टॉकीज़ के सामने उतरे तो हैरान रह गये। गेट तक भीड़ लगी थी। मेन गेट से हॉल के एंट्रेंस तक क़रीब सौ मीटर की दूरी थी। पर भारी भीड़ की वजह से भीतर जाने के रास्ते में लोग ही लोग नज़र आ रहे थे। टिकट के लिए लगी लाइन घुमावदार और काफ़ी लम्बी थी। सर्पिली लाइन होने के कारण हॉल के भीतर तक पहुँचने का रास्ता लगभग बन्द-सा हो गया था। भीतर सिनेमा हॉल के मेन एंट्रेंस और उसके दस मीटर आगे बायीं तरफ़ बने टिकट काउंटर का माहौल देखने लायक था। तीन काउंटर थे जिसके लिए पतले गलियारेनुमा रास्ते से होकर काउंटर तक पहुँचना होता था।

इस गलियारे में एक बार में एक ही व्यक्ति दाख़िल हो सकता था। दोनों तरफ़ सीमेंट की आदमक़द दीवार बनी थी। टिकट काउंटर से ही एक पतला रास्ता दायीं और बायीं तरफ़ जाता था जिससे होकर निकलना होता था। भीड़ इतनी ज़्यादा थी कि टिकट लेकर निकलने वाला दायीं और बायीं दोनों तरफ़ का रास्ता ब्लॉक हो गया था। काउंटर पर एक की जगह दस लोग खड़े थे। कोई दायें से झुका था तो कोई बायें से। कोई ऊपर से टिकट खिड़की तक पहुँचने की कोशिश कर रहा था। 'हमको दीजिए, इस हाथ में दीजिए, जल्दी दीजिए, अरे पकड़ाइए ना' जैसी आवाज़ें सुनायी पड़ रही थीं। आठ-दस दादा टाइप लोग ब्लैक और ब्राउन चश्मा पहने और हाथ में रुमाल बाँधे अपने ग्रुप मेम्बर्स के साथ बाहर चहलक़दमी कर रहे थे। बीच-बीच में वो हाथ में पकड़े रुमाल को हवा में गोल-गोल घुमाकर अपना रोब व्यक्त कर देते थे। दो-चार ब्लैकियर भी इसी भीड़ का हिस्सा थे जो 'काला पत्थर' के लिए चार रुपये की डीसी की टिकट चालीस और दो रुपये की मैटिनी की टिकट बीस रुपये में बेच रहे थे। उस दौर में ये रक़म काफ़ी बड़ी हुआ करती थी। रंगीले और फिरंटी के लिए तो कल्पना से भी परे थी। ये उनके महीने भर के बाहरी ख़र्च के पैसे थे जो फ़िल्म के टिकट पर क़तई ख़र्च नहीं किये जा सकते थे।

भीड़ और कोलाहल के बीच दो-चार पुलिसवाले भी डण्डा फटकारते घूम रहे थे। पर उनका भी कोई वश नहीं चल पा रहा था। एक-दो डेयरिंग लोगों ने तो उनसे भी पूछ लिया, 'टिकट का कुछ इन्तजाम हो सकता है सिपाही जी'? 'साला ब्लैक करनेवाला समझा है बे। भाग यहाँ से।' डण्डा दिखाते हुए सिपाही ने झाड़ा था। ये सुनकर आसपास खड़ी भीड़ थोड़ी बिखर गयी थी।

तभी आवाज़ आयी—'काउंटर बन्द हो गया है। बोल रहा है कि पाँच मिनट बाद खुलेगा।'

'अरे साला इ सब टैक्टिस है। इसी पाँच मिनट में सब टिकट ब्लैक हो जायेगा। हॉल वाले को भी ब्लैक में बेचने में फायदा है न हो। दू रुपया के टिकट बीस रुपया में बिकते हउ तो कोई काहे दू में बेचतो रे?' भीड़ में से ये आवाज़ आयी थी।

'ठीक कह रहल हौं बे।' किसी और ने कहा था।

पाँच मिनट बाद जब काउंटर खुला तो फिर से वही शोरशराबा। 'हमको दे दीजिए। इधर पकड़ाइए।' मछली बाज़ार जैसा शोर था टिकट काउंटर पर।

इस बीच पुलिस के एक जवान ने काउंटर के पास जाकर ज़ोर से डण्डा पटका था। 'सब लाइन में रहो।' पर किसी पर भी उसके इस आदेशात्मक वाक्य का कोई असर नहीं हुआ था। जो लोग लम्बे क्यू में पीछे खड़े थे, उनके साथ आये साथी

आगे काउंटर के क़रीब जाकर अनुमान लगा आते थे कि टिकट की सम्भावना है भी या नहीं। इसी तरह बारी का इन्तज़ार करते-करते नौ से ग्यारह बज गये। बारह बजे से शो शुरू हो जाता है।

'अरे जल्दी भीतर नहीं जायेंगे तो ट्रेलर छूट जायेगा। विज्ञापन भी पहले ही देता है।' भीड़ से किसी की आवाज़ आयी थी।

ऐसे मुश्किल हालात में जिन लोगों ने उम्मीद छोड़ दी थी वो क्यू से बाहर निकलकर टहलने लगे थे। टिकट की लाइन अब नौ बजे जैसी लम्बी नहीं रह गयी थी। पर क़रीब डेढ़ सौ लोग अभी भी क्यू में खड़े थे। पर खड़े ही थे। लाइन सरकने का नाम ही नहीं ले रही थी, कोई मूवमेंट नहीं थी उसमें।

अचानक लोग लाइन तोड़कर आगे की ओर भागे। शायद किसी ने कुछ ऐसा कहा था जिससे लोगों के सब्र का बाँध टूट गया था। अब सारी भीड़ काउंटर के सामने जमा हो गयी थी। सीमेंट के गलियारे वाली तीन क़तारों को छोड़कर कहीं क्यू नहीं रह गयी थी। पुलिस वाले भी डण्डा पटकने और गाली निकालने के बावजूद कुछ कर नहीं पा रहे थे। दो चार डण्डे चलाए भी थे, पर जुनूनी टिकटार्थी पीठ सहलाकर डटे हुए थे।

आलम ये था कि जिस ख़ुशक़िस्मत शख़्स को टिकट मिल जाती थी वो भी बाहर नहीं निकल पा रहा था। बहुत जद्दोजहद करने के बाद ही इक्का-दुक्का लोग भीड़ के बीच से बाहर निकल पा रहे थे। निकलने के लिए आतुर और भीड़ में फँसकर कसमसा रहे एक-दो लोगों को तो भीड़ उठाकर ऊपर फेंक दे रही थी और कन्धे-कन्धे से होते हुए ही ऐसे लोग पीछे तक पहुँचकर ज़मीन पर पटक दिये जा रहे थे। ऐसा ही एक धोती-कुर्ता धारी शख़्स रंगीले और फिरंटी के सामने आकर गिरा। गिरने से उसे बहुत चोट लग गयी थी। होठों के किनारे से ख़ून रिस रहा था। मूँछ धूल में सन गयी थी। धोती सफ़ेद से मटमैली हो गयी थी। पहले तो लोगों को लगा कि गिरकर बेहोश हो गया है क्योंकि दस-पन्द्रह सेकेंड तक वो हिल-डुल भी नहीं पाया था। फिर उसके शरीर में हरकत हुई। वो उठकर खड़ा हो गया। पूरी तरह लुटा-पिटा। अचानक उसने अपनी मुट्ठी खोली और चिल्लाया—'भले ही दुर्गति हो गया पर साला टिकट तो ले ही लिए। बोले थे रे कि 'काला पत्थर' देख के ही लौटेंगे। चाहे कुछ हो जाये।' सामने खड़ी जनता अवाक्। लोगों की हँसी की लहर से टिकट ना मिल पाने का तनाव कुछ हल्का हो गया था, और टिकट पा जाने वाला धोतीधारी शख़्स अपने कपड़े झाड़कर हॉल के एंट्रेंस की ओर बढ़ गया था।

बिना टिकट वाले सिनेमची उसे हसरत भरी नज़रों से देख रहे थे। रंगीले और फिरंटी धीरे-धीरे हॉल परिसर से बाहर निकलने लगे थे।

गोठी ट्रांसपोर्ट जुम्मनपुर के बाद झारीपारी में थोड़ी देर के लिए रुकती है। ये जुम्मनपुर और पुटुसगंज की कुख्यात घाटी से पहले का बड़ा पड़ाव है। जुम्मनपुर से यहाँ पहुँचने में आधे घण्टे का वक़्त लगता है। रात गहरा रही थी तो झारीपारी का दूर से दिख जाने वाला पहाड़ नज़र नहीं आ रहा था। चारों तरफ़ घुप्प अँधेरा। सड़क पर सरपट भागती गोठी ट्रांसपोर्ट। बीच-बीच में बस की हेडलाइट में एक-दो कुत्ते या सियार जैसे जानवर सड़क पार करते नज़र आते। सड़क जहाँ ऊँची-नीची होती वहाँ गोठी पानी की लहरों पर हिचकोले खाती नाव की तरह ऊपर-नीचे हो जाती। भीतर बैठे ज़्यादातर यात्री अब थकान से भरे और शान्त नज़र आ रहे थे और सफ़र के ख़त्म होने का बेसब्री से इन्तज़ार कर रहे थे।

किसी ने पूछा था, 'कंडक्टर साहब झारीपारी केतना देर?

'बस पहुँच ही गये हैं। देखो आगे झारीपारी का लाइट नजर आ रहा है।' नफ़ेलाल ने आश्वस्त किया था।

गोठी झारीपारी चौक पर रुकी। रात के आठ बज रहे थे। दिन में चहल-पहल से गुलज़ार रहने वाला चौक अब सुनसान-सा था। इक्का-दुक्का दुकानों में पेट्रोमैक्स जल रहे थे। पर ग्राहक ना के बराबर थे। ज़्यादातर दुकानें बन्द हो चुकी थीं। इतनी रात गये चौक पर मिलनेवाली कचौड़ी, जलेबी या फिर पान-सिगरेट अब शायद किसी को नहीं चाहिए थी। ये क़स्बेनुमा जगह थी। दो-चार छोटे-छोटे होटल। पान की दो गुम्टियाँ। सब्ज़ी-फल की कुछ अस्थायी कच्ची दुकानें। चना-चबेना, मूँगफली और गोलगप्पे वाले के ठेले। दिन के समय इनके इर्द-गिर्द लोगों से रौनक रहा करती थी। पर इस वक़्त तो सन्नाटा ही पसरा था। दिलावर ख़ान नीचे उतर गया था और वो एक लम्बे-तगड़े से शख़्स से बातें कर रहा था। ये मुश्ताक़ भाई हैं। मुश्ताक़ अहमद ख़ान। झारीपारी चौक के सर्वेसर्वा और बेताज बादशाह। साढ़े छह फ़ीट ऊँचा क़द। लम्बे और पीछे लहराते बाल। डेनिस लिली जैसी नीचे ठुड्डी तक कर्व बनाती मूँछ। हाथ में सिगरेट। काली शर्ट और ब्राउन कलर की बेलबॉटम। मोटी बकल वाली बेल्ट। बस की हेडलाइट में मुश्ताक़ भाई और दिलावर की बातचीत की मुद्रा साफ़ नज़र आ रही थी।

जूँऊँऊँऊँ... भड़ाम।

आसपास के दरख़्तों पर आराम कर रहे पक्षी फर्र फर्र की ध्वनि के साथ उड़ने लगे थे।

'अरे गोली चली गोली।'

बस के भीतर बैठे यात्री डर से सन्नाटे में हैं। चौकन्ने, इधर-उधर देखते।

बस के आसपास खड़े लोगों के बीच अफ़रातफ़री का माहौल बन जाता है।

तभी खलासी झामलाल की तेज़ आवाज़ गूँजती है, 'पिछला टायर ब्रस्ट मार गया है।'

दिलावर और मुश्ताक़ भी पीछे दौड़ते हैं।

दो-चार हीरो टाइप लड़के जो बस के नीचे उतरकर पहले से ही चौक के माहौल का जायज़ा ले रहे थे। वो गोठी के पीछे दायीं तरफ़ पहुँच गये थे।

खेसारी ने बस के भीतर घुसकर देखा।

'अन्दर वाला टायर उड़ गया है।'

कंडक्टर नफ़ेलाल ने बिना समय गँवाए कहा, 'निकालो रे जैक निकालो। टायर उतारो ऊपर से खेसारी।'

बस में बैठे और थकान से चूर हो चुके जो लोग आधी यात्रा पूरी होने पर थोड़े सुकून के भाव में थे, उनकी चिन्ता बढ़ गयी थी।

'बस पंचर हो गयी है। पता नहीं कितनी देर लगेगी।' तमाम यात्री आपस में फुसफुसाने लगे थे।

'आधा घण्टा तो लगिए ना जायेगा।' खेसारी ने जवाब दिया था।

बस यात्री आपस में बातें कर रहे थे।

'अरे सब पुराना टायर डाल कर चलाता रहता है। इ बस वाला सब को सवारी का चिन्ता थोड़े ना है।'

'इनका का है जिन्दगी सड़क पर बीत रहा है। इनको का मतलब है कि किसका कौन इन्तजार कर रहा है। अब देर होगा तो घर में लोग चिन्ता से मरने लगेगा, इ लोग को थोड़े इस बात का फिकिर है।'

'अरे भाई, पंचर पर किसका बस चलता है। लग गया होगा कोई कीला-उला।'

अनिरुद्ध ने पिता की ओर देखा था और कौतूहल वश नीचे उतरने की इच्छा जताई थी। 'पापा, हम भी देख लें नीचे क्या हो रहा है?'

कुछ सवारियों के नीचे उतरने से जो सीटें ख़ाली हो गयी थीं, अनिरुद्ध के पिता ने उधर इशारा करते हुए कहा, 'चुपचाप उस सीट पर जाकर बैठ जाओ। कतई नीचे नहीं जाना। बस वाले पंचर बना रहे हैं, थोड़ी देर में बस चल पड़ेगी।'

बाहर हो रही बातचीत को सुन रही पार्वती की नज़र डाँट खाते अनिरुद्ध पर पड़ी थी। उसने अनिरुद्ध को देखा। थोड़ी देर तक देखती रही। पिता की डाँट से अनिरुद्ध

का मन थोड़ा भारी हो गया था। 'पता नहीं लड़की क्या सोच रही होगी!' उसने सिर नीचे झुका लिया था और पैरों के बीच रखे बल्ले को निहारने लगा था।

तभी झामलाल ने गेट से चिल्लाकर कहा, 'बड़ा लोग सब नीचे उतर जाइए। बच्चा और लेडिस बैठा रहेगा। टायर चेंज हो रहा है, आधा घण्टा का टाइम लग सकता है।'

बस में बैठे बड़े लोग अब नीचे उतरने लगे थे। अनिरुद्ध को लगा था कि पिता उसे भी साथ लेकर नीचे उतरेंगे। पर पिता ने ऐसा नहीं किया था।

अब बस में केवल सात-आठ महिलाएँ और चार बच्चे रह गये थे।

अनिरुद्ध और पार्वती के अलावा दो बच्चे पीछे की सीट पर बैठे थे।

जैक लगाकर बस ऊपर उठाई जा रही थी ताकि पंचर हो चुके टायर को निकाला जा सके और नया टायर लगाया जा सके।

भीतर बैठे बच्चों को मज़ा आ रहा था। उनके लिए शायद ये नये प्रकार का अनुभव था। बेहद रोमांचक।

अनिरुद्ध दायीं तरफ़ की खिड़की से लगातार नीचे पीछे की तरफ़ देख रहा था और वहाँ की बातचीत सुनकर अनुमान लगाने की कोशिश कर रहा था।

पिछले टायर के पास भीड़ जमा थी। टन् टन् हथौड़ा चलाने की आवाज़ आ रही थी।

बीच-बीच में एक-दो गाड़ियाँ बग़ल से गुज़र जातीं जो आगे जाकर झारीपारी के आसपास के गाँवों की तरफ़ मुड़ जा रही थीं।

अनिरुद्ध ये सब ग़ौर से देख रहा था। बीच-बीच में वो पार्वती की तरफ़ भी नज़रें डाल लेता। पार्वती के पिता नीचे उतर गये थे। माँ पार्वती से बातें कर रही थी।

माँ ने जब अनिरुद्ध को पार्वती को निहारते हुए देखा तो पूछ लिया, 'बेटा कहाँ रहते हो, किस स्कूल में पढ़ते हो?'

चाची जी, 'पुटुसगंज में रहते हैं, देवदार पथ में और दयानिधि माध्यमिक विद्यालय में पढ़ते हैं। सातवीं कक्षा में।'

'ये भी तो सातवीं क्लास में ही है। ये अलोकीदास माध्यमिक विद्यालय में है।'

'नया बैट खरीदे हो ना बेटा?'

'जी चाचीजी।' फिर थोड़ी देर रुककर कहा था, 'पता नहीं कितनी देर लगेगी बस को चलने में?'

'बना ही रहे हैं बेटा। अब हो ही गया होगा।'

वो भी पार्वती के बारे में जान लेना चाहता था। उसका नाम क्या है, वो कहाँ रहती है? पर हिम्मत नहीं हुई थी पूछने की।

माँ की बातचीत के बीच पार्वती उसे लगातार देख रही थी। उसकी नज़रों में भी उत्सुकता थी।

'चलिए-चलिए लग गया टायर।' झामलाल ने काम ख़त्म होने की सूचना दी थी।

'बैठिए सब लोग। जल्दी कीजिए। चलो रे हीरो लोग बैठो जल्दी।' ये नफ़ेलाल की आवाज़ थी।

झामलाल, खेसारी और नफ़ेलाल तीनों की तेज़ और कर्कश-सी हो चुकी आवाज़ रात के सन्नाटे में गूँज रही थी।

दिलावर ने मुश्ताक़ भाई को गले लगाया था और फ़ुटरेस्ट पर पैर रखकर ड्राइविंग सीट पर बैठ गया था। बस स्टार्ट करने के बाद उसने खिड़की से सिर निकाल कर वहीं खड़े मुश्ताक़ से पूछा था, 'घाटी में सब ठीक है ना भाई?'

'हाँ दिलावर, कोई दिक़्क़त नहीं है। आराम से जाओ। मुश्ताक़ जब तक ज़िन्दा है घाटी में पत्ता भी उसकी मर्ज़ी के बग़ैर नहीं हिलेगा, कोई तुमरा बाल भी बाँका नहीं कर पायेगा रे। जाओ फुल कॉन्फ़िडेंस से। चलो मिलते हैं फिर, ख़ुदा हाफ़िज़।'

मुश्ताक़ ख़ान अपनी काले रंग की बुलेट पर सवार होकर दायें पैर से किक को पंप करने लगे थे। बुलेट एक किक में ही स्टार्ट हो गयी थी। मुश्ताक़ भाई ने गियर डाल दी थी। बुलेट बस की हेडलाइट में आँखों से ओझल हो रही थी।

नीचे पंचर रिपेयर प्रकरण का गवाह बनने के लिए उतरी सारी सवारियाँ बस में चढ़ गयी थीं। जो लोग पहले जहाँ खड़े या बैठे थे, वहीं पहुँचकर उन्होंने अपनी जगह पकड़ ली थी। दिलावर ने एक्सीलरेटर पैडल को दबाया तो घर्र घर्र की ध्वनि तेज़ हो गयी। दिलावर ने पहला गियर डाल दिया था, पर क्लच दबा होने की वजह से बस स्थिर ही थी। उसने पीछे मुड़कर झामलाल को देखा था।

'सब लोग आ गया है ना?' झामलाल ने चिल्लाकर पूछा था।

झामलाल ने तसल्ली कर ली थी कि सारी सवारियाँ बस में लौट आयी हैं। बस की छत पर बैठे खेसारी ने भी ऊपर से सूचना दे दी थी कि वहाँ भी सब ठीक है। अब छत पर दो-चार लोग ही बैठे थे। बैठे क्या थे, ऊपर रखे बोरों पर लेट गये थे। छत पर हवा खाते हुए यात्रा करने का मज़ा ही कुछ और है। हालाँकि पुलिस का निर्देश ये है कि घाटी में बस की छत पर नहीं बैठना है। पेड़ों की डाल से चोट लग सकती है। पर डेयरिंग टाइप के कुछ लड़के कहाँ नियम-क़ानून में यक़ीन रखते हैं।

दो बार हॉर्न बजाने के बाद बस चल पड़ी थी। अपने निर्धारित समय से आधे घण्टे की देरी से। क़ायदे से अब से क़रीब आधे घण्टे में इसे पुटुसगंज पहुँच जाना चाहिए था। पर पंचर ने देर करा दिया था। रात के साढ़े आठ बज रहे थे।

झारीपारी और पुटुसगंज के बीच का रास्ता बेहद ख़तरनाक और घुमावदार घाटियों वाला है। इस घाटी से दिन में गुज़रने में भी डर लगता है। कोशिश ये रहती है कि दो-चार गाड़ियाँ आगे-पीछे साथ-साथ चलें ताकि कुछ हो भी तो बचने की सम्भावना रहे। लम्बे अरसे से घाटी में पुलिस की तैनाती की माँग की जा रही है, पर सरकार के कानों में जूँ तक नहीं रेंगती। जब कभी लूट-पाट की कोई बड़ी घटना हो जाती है तो दो-चार दिन पेट्रोलिंग करा दी जाती है और फिर वही भगवान भरोसे।

झारीपारी से आगे बढ़ते ही घुमावदार घाटी शुरू हो जाती है। पर उससे ठीक पहले वनदेवी का प्राचीन मन्दिर आता है। मान्यता है कि यहाँ पूजा कर लेने से या मन्दिर की तरफ़ मुँह कर प्रार्थना कर लेने से ख़तरनाक जंगलों वाली घाटी सुरक्षित पार हो जाती है।

वनदेवी वाले मोड़ पर जब गोठी पहुँची तो सवारियों ने उस ओर मुँह कर जो भी प्रार्थना करनी थी, कर ली थी। ड्राइवर दिलावर ख़ान भी यहाँ आकर अपने अल्लाह को याद कर ही लेता था। दिन में तो बस वाले यहाँ रुककर चढ़ावा भी चढ़ाते थे। उन्हें लगता कि वनदेवी का आशीर्वाद मिलता रहे तो घाटी महफ़ूज़ बनी रहती है।

वहाँ से आगे बढ़ने पर एक तीव्र ढलान आती है। यों कहें खड़ी ढाल वाली घाटी आती हैं। अगर ब्रेक फ़ेल हो जाये तो बस आधा किलोमीटर नीचे गहरी वादी में जा गिरती। यहाँ बस की रफ़्तार काफ़ी धीमी कर दी जाती है क्योंकि जहाँ ढलान कम होती है वहाँ से दायीं तरफ़ तीव्र मोड़ है। अगर रफ़्तार ज़्यादा हुई तो गाड़ी को मोड़ना मुश्किल हो जाता है। इस बेहद ख़तरनाक घाटी में ड्राइवर बनने के लिए छह महीने तक को-ड्राइवर बनकर बाक़ायदा ट्रेनिंग लेनी पड़ती है क्योंकि पतली-सी सड़क पर बमुश्किल दो गाड़ियाँ आमने-सामने से गुज़र सकती हैं और घाटी के कई मोड़ ऐसे हैं कि अगर सही ऐंगल और समय पर टर्न न लिया जाये तो बस का पहिया प्रोटेक्शन के लिए सड़क के किनारे बने बैरिकेड से टकरा सकता है और बस ख़तरे में पड़ सकती है।

गोठी में ख़ामोशी पसरी थी। कुछ लोग दिल थामे बाहर देख रहे थे तो कुछ मन में अपने-अपने आराध्य देवता को याद कर रहे थे। अब किसी ने फ़िल्मी गानों वाला कैसेट बजाने की डिमांड नहीं रखी थी। केवल ड्राइवर दिलावर ऐक्टिव था। वो शरीर कभी बायें करता तो कभी दायें। एरोबिक एक्सरसाइज़ की तरह। स्टीयरिंग को पूरी तरह घुमाने के लिए ये ज़रूरी था। उसके हाथ पूरी तरह सक्रिय थे। जब बस टर्न कर लेती तो घुमाव के बाद वो स्टीयरिंग को पूरा छोड़ देता था। वो तेज़ी से घूमकर उस न्यूट्रल पोज़ीशन में आ जाती जिससे बस सीधी चलने लगती थी।

बाहर घनघोर अँधेरा था। गोठी की लाइट के अलावा कहीं कोई रोशनी नहीं थी। दूर-दूर तक डराता बियाबान। जो लोग आगे बैठे थे वो बस की लाइट में सामने का रास्ता देख रहे थे। इस रास्ते पर दिन के उजाले में जो इक्का-दुक्का घर नज़र आते थे वो भी नहीं दिख रहे थे। ढिबरी या लालटेन की रोशनी तक नदारद थी। वनवासी जल्दी सो जाते थे। धीमे-धीमे घाटी से उतरते हुए गोठी हरहली पहुँची। वहाँ की चाय-पकोड़े-पान की गुम्टियाँ बन्द हो गयी थीं। पूरा सन्नाटा था। दो लोगों को उतरना था। बस रोक दी गयी। दोनों लोग नीचे उतरे और बगल की पगडण्डी से अपने घर की ओर चलने लगे। अब झामलाल बस को आगे बढ़ाने के लिए सीटी नहीं बजा रहा। धीरे से बोला—'चलिए ओस्ताद बढ़ाइए।'

गोठी चल पड़ी थी। हरहली नदी का पुल पीछे छूट गया था।

हरहली क्रॉस करने के बाद वो कुख्यात घाटी शुरू हो जाती है जहाँ चाह कर भी गाड़ी तेज़ नहीं चलाई जा सकती। अपने आप सड़क घुमाव के साथ ऊँची हो जाती है और पहला गियर डालने के बावजूद बस लगभग रुक-सी जाती है। आज तक बसों और दूसरी गाड़ियों के साथ हुई ज़्यादातर लूटपाट की घटना इसी दो किलोमीटर के स्ट्रेच में हुई है। जहाँ बस की रफ़्तार लगभग शून्य हो जाती है वहीं से एक कच्ची सड़क दायीं तरफ़ जंगलों से होकर आगे निकल जाती है। कहा जाता है कि ये रास्ता दस किलोमीटर दूर बरझावन में निकलता है। लुटेरे इसी रास्ते से लूट का सामान लेकर भागते थे और कभी पुलिस की पकड़ में नहीं आते थे। किसी आम इन्सान की हिम्मत नहीं हुई कि इस रास्ते पर दिन में भी जाकर देखे कि आख़िर सुनी-सुनायी बात सच भी है या नहीं। हाँ, इलाक़े के जंगलवासी ज़रूर उस रास्ते का प्रयोग करते थे। लकड़ी काटकर या जंगली कन्द-मूल तोड़कर उसी रास्ते से आते-जाते थे।

अनिरुद्ध ने ये कहानियाँ सुन रखी थीं। डर के मारे उसका बुरा हाल था। ऐसे मुश्किल समय के लिए बताये गये उपाय पर उसने काम शुरू कर दिया था। वो मन ही मन हनुमान चालीसा का पाठ कर रहा था।

घाटी की वो ख़ौफ़नाक जगह अब आ चुकी थी। दिलावर को न चाहते हुए भी फ़र्स्ट गियर लगा देना पड़ा। गोठी ट्रांसपोर्ट की ये बस पुरानी थी। घों-घों कर धीमी हो गयी। अब गोठी केवल धीमे-धीमे सरक रही थी। लोग मन में राम-राम, अल्लाह-अल्लाह कर रहे थे। धीरे-धीरे सरकते-सरकते वो जगह गुज़र गयी जहाँ से पगडण्डी बरझावन की ओर जाती है। बस ने भी अब थोड़ी रफ़्तार पकड़ ली। लोग राहत की साँस ले रहे थे। पर डर तो अभी बरक़रार है। घाटी अभी काफ़ी बची है। अब थोड़ी दूर तक बस तेज़ रफ़्तार में भागती है। दिलावर ने चौथा गियर डाल दिया है।

चार-पाँच किलोमीटर चलने के बाद एक घुमाव ऐसा आता है जहाँ अगर थोड़ी भी तेज़ गति में बस घुमाई जाये तो वो सड़क से नीचे उतर जाती है और बजरी पर चलने लगती है। डर रहता है कि बस बेक़ाबू ना हो जाये। ख़ैर, वो घुमावदार रास्ता भी बीता और गोठी अब घाटी के बीचों-बीच बने भुतिया गेस्ट हाउस के सामने से गुज़र रही है। ये एक पुरानी हवेलीनुमा इमारत है जहाँ कोई रहता नहीं। कभी-कभी पुलिस की गाड़ियाँ वहाँ खड़ी नज़र आती हैं। लेकिन इस रास्ते से गुज़रने वालों को इस हवेली को देखकर ये तसल्ली हो जाती है कि घाटी का मुश्किल और ख़तरनाक रास्ता अब बीत गया है। भुतिया हवेली से थोड़ा आगे बढ़ने पर और आख़िरी घुमावदार घाटी के शुरू होने से पहले ऊपर से ही पंडुरा डैम और उसकी कई किलोमीटर में फैली जलराशि साफ़ नज़र आने लगती है। डैम फाटक के दोनों तरफ़ बने तीन किलोमीटर लम्बे बाँध पर थोड़ी-थोड़ी दूरी पर ऊँचे-ऊँचे बिजली के खम्भे लगे हैं। इनसे लटके बल्ब की रोशनी जलाशय के पानी में रिफ़्लेक्ट हो रही है।

उधर, पुटुसगंज में गोठी जब अपने निर्धारित समय यानी नौ बजे बाबू बाज़ार स्टैंड पर नहीं पहुँची तो लोगों की चिन्ता बढ़ी। बस स्टैंड पर इन्तज़ार कर रहे रिक्शे वाले आपस में बातें करने लगे कि 'कुछ अनहोनी तो नहीं हो गया?'

कुछ सवारियाँ बस से उतरकर सामने के सरबती होटल से मिठाई वग़ैरह ख़रीदती थीं। इसीलिए होटल मालिक ब्यास जी शटर गिराने से पहले गोठी के पहुँचने का इन्तज़ार करते थे। उस समय तक शहर का ये मुख्य बाज़ार लगभग सुनसान हो जाता था। सड़क पर इक्का-दुक्का लोग ही नज़र आते थे। जब सवा नौ बज गया और बस नहीं पहुँची तो गोठी में बैठी सवारियों के घरों में चिन्ता बढ़ने लगी। कुछ लोगों के परिजन पता लगाने स्टैंड पर पहुँच गये।

अनिरुद्ध का बड़ा भाई आनन्द भी उनमें से एक था। उसने रिक्शे वालों से पूछा, 'बस अभी तक नहीं आयी है, कुछ पता चला कि क्यों देर हो रही है?'

'ना भैया। अभी नहीं आया है बस और कुछ पता भी नहीं चल पाया है। हम लोग भी ओही इन्तिजार कर रहे हैं।' एक रिक्शेवाले ने चिन्ता व्यक्त करते हुए कहा था।

'गोठी आये तो हम लोग भी अपना झोंपड़ी में जायें, खायें-पीयें। सुबह जल्दी जागना पड़ता है। बनवारी छहे बजे आ जाता है।'

बनवारी ट्रांसपोर्ट बरावलपुर जाने वाली दिन की पहली बस थी।

तभी वहाँ पुलिस की जीप आकर रुकी। एक लम्बे उदर वाला सिपाही जीप से नीचे उतरा।

'गोठी नहीं आया है का जी?'

आनन्द सिंह ने ही जवाब दिया था, 'अभी तक नहीं पहुँची है। पापा और छोटा भाई उसी से लौट रहे हैं। चिन्ता हो रही है।'

'अरे चिन्ता मत करो बुआ। पंचर-वंचर हो गया होगा। आ ही रहा होगा।'

दरअसल जब गोठी वहाँ से गुज़र जाती थी तो टर्मिनल टोला से आगे बने पुलिस थाने के दारोगा और सिपाही भी चैन की साँस लेते थे। लूटपाट की कोई ख़बर आने पर उन्हें जीप लेकर घाटी में जाना पड़ता था। लुटेरों का पता तो ख़ैर वो क्या ही लगा पाते थे, पर हाँ, जाते ज़रूर थे। मोबाइल फ़ोन तो था नहीं कि कॉल लगाकर पूछ लेते। ऐसे में अनुमान और क़यास काफ़ी अहम हो जाते थे। कई बार लूटपाट की घटनाओं के बाद एक नैरेटिव ये भी होता था कि पुलिसवालों को सब पता रहता है। 'अरे पुलिस की जानकारी के बिना कुछ हो सकता है? इ लोग को सब इनपुट रहता है। लूटपाट में इनका भी कट होता है।'

लगातार सड़क पर नज़रें टिकाये एक रिक्शे वाले ने आशंका जतायी, 'पंचर होने पर भी अब तक तो गाड़ी आ ही जाना चाहिए था। कुछ और बात लग रहा है।'

पुलिस मण्डली ने उसकी बात अनसुनी कर दी थी।

आनन्द के साथ इन्तज़ार कर रहे तीन-चार और लोगों में से एक ने आगे बढ़ कर पुलिसवाले से कहा, 'जाकर देखिए ना दारोगा जी ताकि कुछ पता चले। यहाँ बैठ कर इन्तजार करने से तो अच्छा यही है कि आप लोग जाकर देख लें। हमें भी थोड़ी तसल्ली हो जायेगी।'

'अरे बाबू हम लोग ड्यूटी में बिल्कुल सीरियस हैं और हमको सवारी लोग का चिन्ता है तबे ना गाड़ी भगा के यहाँ तक आये हैं। थोड़ा और देख लेते हैं, पाँच-दस मिनट। ना त जैबे ना करेंगे।' दारोगा ने जवाब दिया था।

गोठी अब घुमावदार जलेबीनुमा वादी में उतरने लगी थी। साँप के गुँजलक जैसी ये घाटी ख़ुद में ही ख़तरनाक थी। लूटपाट की घटनाएँ यहाँ कम ही होती थीं, लेकिन कई बार गाड़ियाँ घाटी के तीव्र मोड़ की वजह से हादसे का शिकार हो गयी थीं। यहाँ भी पैसेंजरों को डर लगा रहता था। कई मंज़िलों वाली घाटी उतरने के बाद पंडुरा नदी का पुल आता था। यहाँ पहुँचकर सवारियाँ चैन की साँस लेती थीं। पंडुरा पुल का टेंपररी चेकपोस्ट और स्पीड ब्रेकर पार करने के बाद गोठी तेज़ रफ़्तार से भागने लगी।

अब सवारियाँ आश्वस्त हैं। जो जहाँ है थोड़ा रिलैक्स लग रहा है। पर अनिरुद्ध अभी भी डरा हुआ है। वो बीच-बीच में पार्वती को देख लेता है। डर के इस माहौल में उसे पार्वती की झलक बहुत मीठी लग रही है। ख़ौफ़ की एक वजह ये भी है

कि पिछले हफ़्ते ही वो भैया आनन्द और उनके दोस्त ओपी के साथ कुण्डानगर के बॉबी टॉकीज़ में 'जानी दुश्मन' फ़िल्म देखने गया था। भूत के सिर का खड़े-खड़े चारों ओर घूमना, दुल्हन का डोली से ग़ायब हो जाना। भूत की वो दिल दहला देने वाली आवाज़ अब भी उसके ज़ेहन में कौंधती रहती है। फ़िल्म ख़त्म होने के बाद रात के सवा नौ बजे जब तीनों लोग स्टैंड पर पहुँचे तो बहुत देर तक कोई गाड़ी नहीं मिली। पुटुसगंज दस किलोमीटर दूर था। बस, कार और टेम्पो ही मुख्य साधन थे। बहुत इन्तज़ार के बाद जवान रोडवेज़ की मिनी बस आयी। वो खचाखच भरी हुई थी। उन्हें बस में छत पर ही जगह मिल सकी। कुण्डानगर से लौटने के लिए ये आख़िरी बस भी थी। छत पर बैठे अनिरुद्ध पर ताज़ा-ताज़ा देखी फ़िल्म का गहरा असर था। उसे हर अँधेरी जगह से 'जानी दुश्मन' वाला भूत झाँकता नज़र आता। जवान रोडवेज़ वैसे तो पुटुसगंज तक जाती थी, लेकिन उस रात वो प्रीतम टॉकीज़ पर ही टर्मिनेट हो गयी थी। तीन किलोमीटर का सफ़र बाक़ी था। तीनों लड़कों ने ये दूरी पैदल ही तय की थी। रात के अँधेरे में फ़िल्म के डरावने प्रभाव के बीच ये रास्ता अनिरुद्ध को काफ़ी लम्बा लगा था। जैसे-तैसे डरते हुए रात के क़रीब ग्यारह बजे तीनों लोग घर पहुँचे थे। घर में बड़े भाई आनन्द को बहुत डाँट पड़ी थी। छोटा होने की वजह से अनिरुद्ध को किसी ने कुछ नहीं कहा था। पर अनिरुद्ध को बहुत देर तक नींद नहीं आयी थी। माँ से चिपककर सोया था वो उस रात।

गोठी अब पुटुसगंज की सीमा में प्रवेश कर रही थी। पंडुरा डैम का विशाल सरोवर क़रीब आ गया था। डाक बंगले की खिड़कियों से झाँकती रोशनी का प्रतिबिम्ब जलाशय की लहरों पर थिरक रहा था।

गोठी चिनार चौक पर रुकी, उसके बाद सोनपा मार्केट, और फिर प्रेम नगर में। आधी सवारियाँ उतर चुकी थीं। क़रीब साढ़े नौ बजे बस जब बाबू बाज़ार पहुँची तो बेसब्री से इन्तज़ार कर रहे रिक्शेवाले बोल पड़े—'आ गया, आ गया।' अपने-अपने रिक्शे को ब्रेक में डालकर अब वो बस के गेट पर पहुँच गये।

एक सिपाही टहलते हुए ड्राइवर दिलावर के पास पहुँचा, 'कहाँ देर हो गया था जी?'

'अरे सर, झारीपारी में गाड़ी पंचर हो गया था। वहीं आधा घण्टा लेट हो गया।'

पुलिस की जीप स्टार्ट हो गयी थी और थाने की तरफ़ घुमा ली गयी थी।

आनन्द ने बस पर चढ़कर पिता के हाथ से सामान ले लिया था। अनिरुद्ध बैट लेकर उतर गया था।

'बैट खरीदवा ही लिए ना? पापा को बहुत तंग करते हो तुम।'

'इतना खराब लग रहा है तो तुम मत खेलना इससे। बड़ा पापा का खयाल रहता है तुमको।'

दोनों बेटों की मनोहारी नोक-झोंक देखकर पिता के चेहरे पर मुस्कुराहट तैर गयी थी।

उतरकर अनिरुद्ध ने एक आख़िरी बार पार्वती को देखा था। पार्वती ने भी बिना पलक झपकाये उसे नज़रें भरकर देखा था। पता नहीं क्यों।

पार्वती को पुटुसगंज में ही आगे के स्टॉप पर उतरना था। वे लोग बस में बैठे रहे थे।

पिता, आनन्द और अनिरुद्ध रिक्शे पर सवार हो गये थे। अब बस में ज़्यादा सवारियाँ नहीं बची थीं। झामलाल और खेसारी भीतर ही आगे की सीट पर बैठ गये थे।

'चलिए ओस्ताद। आज देर हो गिया।' झामलाल ने खैनी मुँह में दबाते हुए कहा था।

दिलावर ने बस बढ़ा दी थी।

घर पर इन्तज़ार कर रही अनिरुद्ध की माँ का बुरा हाल था। देवदार पथ के अपने फ़र्स्ट फ़्लोर के घर के बरामदे से वो लगातार रास्ते पर नज़रें गड़ाये थीं। जब रिक्शे को घर के आगे रुकते देखा तो तसल्ली हुई। सारे देवी-देवताओं को याद कर उन्होंने मन ही मन धन्यवाद कर दिया था।

अनिरुद्ध घर पहुँचते ही माँ से लिपट गया था। पिता ने संक्षेप में सारी कहानी सुनायी। जल्दी-जल्दी पिता-पुत्र नहाकर तैयार हुए, भोजन किया और फिर सब सोने चले गये।

जॉन लेज़्ली की ऐस्टन मार्टिन

पुटुसगंज में सुबह हो रही है। पक्षियों का कलरव और चहचहाना शुरू हो गया है। सूरज की लालिमा पूरब में क्षितिज के पीछे से झाँकने लगी है। पहाड़ों से आती हवा मन्द-मन्द बह रही है। इस मृदुल बयार में पुटुस के फूल हौले-हौले झूम रहे हैं। पुटुस के सुन्दर, रंग बिरंगे मुस्कुराते फूल।

सिंह डीलक्स कोच के ड्राइवर जोरावर सिंह लोटा लेकर फ़ारिग होने जा रहे हैं। थोड़ी ही देर बाद यानी छह बजे ये बस श्यामलपुर के लिए रवाना होनेवाली है। खलासी फेकूलाल और कंडक्टर बदन सिंह भी हल्के होने के बाद बस के बाहर खड़े होकर नीम की पतली टहनी में कूची बनाकर दातुन कर रहे हैं। बस के सामने और पीछे लगी लाल-पीली-नीली लाइट भक-भुक कर रही है। सवारियों को आमन्त्रण देती हुई।

बाबू बाज़ार के सरबती होटल, मिठास स्वीट हाउस, बिहारी होटल और रघु मिष्ठान भण्डार में कोयले का चूल्हा जल चुका है। धुआँ चारों तरफ़ फैल रहा है। होटल कर्मचारी कचौड़ी-जलेबी की तैयारी में जुट गये हैं। सुबह सात बजे से ही इन होटलों में बरावलपुर और बैरमगढ़ जाने वाली सवारियों का आना शुरू हो जाता है।

बरावलपुर को कुण्डानगर और आगे बैरमगढ़ से जोड़नेवाला मुख्य मार्ग यानी गांधी पथ अभी लगभग सुनसान है। बाँके मैगज़ीन कॉर्नर वाले स्टॉप पर अभी कोई हलचल नहीं। वहाँ सवारियाँ छह बजे की पहली बस के आने से थोड़ी देर पहले ही आकर खड़ी होती हैं। हाँ, वहाँ के सिलाव होटल ने सुबह के चाय-नाश्ते की तैयारी शुरू कर दी है। वहाँ के विख्यात या यूँ कहें कुख्यात सरजू पान दुकान का शटर डाउन है, नीचे ताला लटका नज़र आ रहा है। ये पान दुकान कुख्यात इसलिए है क्योंकि यहाँ बोरोलीन, इमामी जैसी क्रीम बोरोनीन और इमानी के नाम से और गोल्ड स्पॉट जैसी सॉफ़्ट ड्रिंक गोल्ट स्पूट के नाम से बिकती है। अगर ग़ौर से देखकर पूछ लिया जाये कि 'ये तो नकली है' तो सरजू यही कहते 'अरे पीछे से ही गलत दे दिया।

अच्छा छोड़िए बदल देते हैं।' और अगर बिक जाये तो क्या कहने। हड़बड़ी वाले ग्राहक अक्सर बोरोनीन और गोल्ट स्पूट जैसे फ़ेक प्रोडक्ट ही ख़रीद लिया करते थे।

टर्मिनल टोला के स्टॉप पर भी अभी सन्नाटा है, लेकिन बदरी सिंह तैयार होकर अपनी मोपेड पोंछ रहे हैं, उन्हें तुरन्त गाँजे का स्टॉक लेने कुण्डानगर जाना है। बदरी सिंह वैसे तो पान की दुकान चलाते हैं, लेकिन पूरा पुटुसगंज जानता है कि वो क्या बेचते हैं। वो आज से चार दशक पहले के होम डिलिवरी मैकेनिज़्म के पुरोधा थे। उनकी दुकान दिनभर खुली रहती, बस गुमटी ख़ाली नज़र आती। सब जानते हैं कि बदरी सिंह जब दुकान पर नहीं होते तो कहीं ना कहीं गाँजा डेलिवर करने गये होते हैं। गुमटी पर पान दुकान में पायी जानेवाली चीज़ें होती ज़रूर थीं, और इक्का-दुक्का लोग पान, गुटका, चॉकलेट, खैनी-चूना लेने आते भी थे, लेकिन बदरी सिंह की अर्थव्यवस्था का आधार ग्रास मतलब गाँजे का अवैध कारोबार ही था।

जामुन पथ के सामने ददन पान दुकान के बाहर नौकर किसना पानी छिड़ककर झाड़ू लगा रहा है। ददन के पिता और इस मशहूर दुकान की बुनियाद रखने वाले बैरागी जी उकड़ूँ बैठकर ताँबे के लोटे से पानी पी रहे हैं। कटोरी में बताशा भी रखा है। बग़ल की मिश्रा जी की दुकान अभी बन्द पड़ी है। वो कुछ देर से खोलते हैं क्योंकि वो शहर से बाहर आबाद कटिंगा बस्ती से आते हैं। मिश्रा जी की दुकान से सटे दिनेसर हज्जाम का सैलून भी अभी बन्द है। पर दिनेसर पाजामे और बनियान में खड़ा होकर दातुन करता हुआ पानी भरने जाती महिलाओं को निहार ज़रूर रहा है। ये उसका फ़ेवरिट पास्ट टाइम है। वो पुटुसगंज का ऑल इंडिया रेडियो है। हर उल्टी-सीधी ख़बर उसके पास होती है और हजामत बनवाने वालों के साथ वो इन ख़बरों पर चटखारे लेकर चर्चा भी करता है। पड़ोस की पहलवान की फल की दुकान और मोची की अस्थायी गुमटी अभी बन्द है।

जामुन पथ के दूसरे छोर पर प्राचीन भैरव मन्दिर में भवानी पण्डित ने एलपी रिकॉर्ड पर हनुमान चालीसा लगा दिया है। इसके ख़त्म होने के बाद वो एम एस सुब्बुलक्ष्मी का 'चलपते तव सुप्रभातम' वाला रिकॉर्ड बजाते हैं। भवानी पण्डित स्नान कर चुके हैं और विभिन्न देवी-देवताओं के कक्ष में जाकर पूजा-अर्चना कर रहे हैं। थोड़ी देर बाद पूजा के लिए मन्दिर में लोगों का आना शुरू हो जायेगा, लेकिन फ़िलहाल तो शान्ति है। मन्दिर के दूर तक फैले परिसर में लगे फलदार पेड़ मन्द हवा में हल्के-हल्के झूम रहे हैं। आम, जामुन, शतालू, लीची, आँवला, अमरूद, बड़हर—हर तरह के फल के पेड़ मन्दिर के परिसर में मौजूद हैं। रातरानी की ख़ुशबू

अब कम होने लगी है। बेली की लम्बी-लम्बी क़तारों में खिले सफ़ेद फूलों की ख़ुशबू चारों ओर बिखर रही है।

ब्लूमबर्ड स्कूल में काम वाली ताई तेज़ी से कैम्पस की सफ़ाई में जुटी है। आठ बजे से शहर का ये अंग्रेज़ी स्कूल शुरू हो जाता है। इसके प्रिंसिपल हैं राम सिंहासन सिंह। नफ़ीस और रौबदार शख़्सियत वाले इन्सान। शहर के प्रतिष्ठित लोगों में गिने जाते हैं। अपने चमचमाते नाइट गाउन में वो बाहर लॉन में टहल रहे हैं और अख़बार का इन्तज़ार कर रहे हैं। महरी कप-प्लेट के साथ चाय ले आयी है। अब वो लॉन में ही बेंत की कुर्सी पर बैठकर पत्नी के साथ चाय का आनन्द लेनेवाले हैं।

बिजली घर की चिमनियाँ धुआँ उगलती जा रही हैं। सुबह के छह बजे जब कारख़ाने का तेज़ सायरन बजता है तो पुटुसगंज में औपचारिक रूप से दिन की शुरुआत हो जाती है। मॉर्निंग शिफ़्ट वाले प्लांट में पहुँचकर काम शुरू कर चुके हैं। कारख़ाने की कैंटीन में कचौड़ी और जलेबी तली जा रही है। कैंटीन के मैनेजर बिहारी जी पहुँच गये हैं और कामकाज का मुआयना कर रहे हैं। सात बजे से मॉर्निंग शिफ़्ट वाले कर्मचारी जलपान के लिए पहुँचने लगते हैं।

कामगारों के मनोरंजन के लिए बना किलकारी केन्द्र अभी बन्द है। लेकिन इसके केयर टेकर बेलगरामी सिंह बाहर दातुन लिए मुँह टेढ़ा-मेढ़ा बनाकर लगातार दाँत चमका रहे हैं। ये अलग बात है कि धुआँधार खैनी खाने से उनके दाँत अपनी प्राकृतिक चमक खो चुके हैं और दाँतों के बीच काली-काली लकीर-सी खिंच गयी है। ये शहर के बेहद ज़रूरी शख़्स हैं।

कारख़ाने की जीप के ड्राइवर लखन बिहारी को जीएम साहब को लेकर बरावलपुर जाना है। वो जीप की टंकी में पाइप डालकर टीन का पाँच लीटर का कनस्तर भर रहे हैं। ये कनस्तर 25 रुपये में किसी बाइक वाले को बेचा जायेगा। सब पहले से तय है। लखन ड्राइवर ये सब करने के बाद प्लांट में जाकर जीप की टंकी फुल करवायेंगे और फिर जीएम साहब को लेकर बरावलपुर निकल जायेंगे। लखन बिहारी की ड्राइवरी की तनख़्वाह कम है, लेकिन इस पेट्रोल अर्थशास्त्र से काम चल जाता है। परिवार बड़ा है, लेकिन ख़ुशहाल नज़र आता है।

छोटी पहाड़ी वाले हनुमान मन्दिर में पिनाकी मिश्रा का परिवार लगातार सीढ़ियाँ चढ़ रहा है। आज वहाँ पीतल का बड़ा घण्टा टाँगा जाना है। पिनाकी मिश्रा की पत्नी ने संकल्प लिया था कि बेटा मैट्रिक अच्छी तरह पास कर जायेगा तो बजरंग बली के मन्दिर में विशालकाय घण्टा ज़रूर टँगवायेंगी। इस कार्यक्रम को लेकर मन्दिर में शंकर पण्डित का परिवार ऐक्टिव नज़र आ रहा है।

गुलाब कॉलोनी के रिंकू राय गेट में ताला लगा रहे हैं। वो दफ़्तर के लिए निकलने वाले हैं। मोहल्ले के शोहदे इस डेली एक्सरसाइज़ को दूर से निहार रहे हैं। दरअसल रिंकू राय ने थोड़े दिन पहले ही शादी रचायी है। पत्नी बला की सुन्दर है। उन्हें इस बात का इल्म है कि पत्नी के रूप के सामने वो काफ़ी फीके हैं। इसलिए शादी के दिन से ही उन्हें ये डर सता रहा है कि पत्नी सुजाता को अगर स्वच्छन्द रूप से बाहर आने-जाने दिया गया या उसे बाहर की हवा लग गयी तो अनर्थ हो सकता है। उनकी ताज़ा-ताज़ा जमी गृहस्थी में आग लग सकती है। उन्हें नयी-नवेली पत्नी पर भरोसा नहीं है और मोहल्ले के ताड़नेवाले शोहदों की नीयत वो बचपन से जानते हैं। कभी उन्हीं में शुमार रहे थे। बड़े-बुज़ुर्ग कहते हैं ना कि लड़का अगर आवारा निकल जाये तो उसकी शादी करा दो, रास्ते पर आ जायेगा। रिंकू राय के माता-पिता ने उन्हें सुजाता के पल्लू से बाँधकर ये मक़सद तो हासिल कर लिया था, लेकिन रिंकू राय अब क्या करें। सुन्दर पत्नी के दर्शन के बाद ही उन्होंने ख़ुद को पूरा बदल लिया, मोहल्ले के लौंडे-लपाड़ों से दोस्ती तोड़ डाली, बोल-चाल तक बन्द कर दिया, सिर झुकाकर आने-जाने लगे, लेकिन अपने अतीत के संचित कर्म का क्या करें। उससे पीछा कैसे छुड़ाएँ। जिनके साथ मिलकर लफंगई की थी, उनको तो वो अच्छी तरह जानते थे ना। जीवन सामान्य गति से चल सके और वो निश्चिन्त रह सकें, इसका उपाय उन्हें घर को ताला लगाकर निकलने में ही दिखा था। अब उनकी साइकिल थोड़ी दूर निकल गयी थी। मोहल्ले के लड़के उनके और सुजाता भाभी के बारे में मसालेदार बातें कर अपने-अपने घरों को लौट गये थे। भाभी का दर्शन तो वैसे भी अब नहीं होना था।

दयानिधि माध्यमिक विद्यालय से सटे भुनेसर के खटाल में दूध लेने वाले जुटने लगे थे। कुछ साइकिल से आये थे और कुछ जो फ़िटनेस को तवज्जो देते थे, वो पैदल ही कैन लेकर पहुँचे थे और दूध दूहे जाने का इन्तज़ार कर रहे थे। भुनेसर क़रीब बीस साल से खटाल चला रहे थे। सबको पता था कि वहाँ दूध खाँटी मिलता है। तीस गाय-भैंसों का तबेला रखने के बावजूद भुनेसर लोगों की डिमांड पूरी नहीं कर पा रहे थे। उनके कई मवेशी आसानी से दूध दे देते और जो नहीं देते, उन्हें भुनेसर लगभग सिरिंज फेंककर इंजेक्शन लगाते थे। इस वक़्त वो दोनों पैरों के बीच बाल्टी फंसाकर दूध दूह रहे थे। भैंस के पीछे के पैर बँधे थे, लेकिन फिर भी वो बीच-बीच में पैर पटक रही थी। उसका बच्चा पास ही बँधा था जिसे भुनेसर ने थोड़ा दूध पीने के बाद ही हटा दिया था। बाल्टी में लगातार दूध की धार पड़ने से फेन उभर आया था। बदन बिहारी सिंह एक लीटर का डब्बा लेकर दूध मिलने का इन्तज़ार कर रहे थे।

उनका परिवार दस लोगों का था, लेकिन किफ़ायत या यूँ कहें कंजूसी से वो एक लीटर ही दूध लेते थे। उनका मानना था कि बड़े परिवार में चाहे पाँच लीटर दूध ही ले जायें, उसे कम ही पड़ना है, तो क्यों ना कम-से-कम में काम चला लिया जाये। इस काम में उनकी महाकंजूस पत्नी का भी पूरा सहयोग उन्हें हासिल था। वो घर पहुँचते ही एक लीटर दूध में एक लीटर पानी मिला देती। अब इस दो लीटर दूध का वो ऐसे इस्तेमाल करती कि बच्चे थोड़ा दूध पी भी लेते, मेहमानों को चाय भी मिल जाती और तीज त्योहार भी निपट जाते। हाँ, ये बात अलग थी कि उनकी चाय पीने वालों ने उसकी ब्रैंडिंग 'घोड़े के मूत' के रूप में की हुई थी। ज़्यादातर लोग चाय पीने का ऑफ़र ये कहकर अस्वीकार कर देते कि 'बस अभी ही घर से पीकर चले हैं, मन नहीं है या फिर चाय छोड़ दी है।' उधर, भुनेसर की पत्नी मवेशियों का गोबर अलग इकट्ठा कर रही है, इसे उपले बनाने और खाद के लिए बाद में बेचा जाना है।

दयानिधि माध्यमिक विद्यालय के सामने से गुज़र रहे गांधी पथ पर अगर चिनार चौक की तरफ़ बढ़ें तो बरतानिया कोठी के सामने तीखी ढलान है। मॉर्निंग वॉक पर निकले लोगों को यहाँ बड़ा मज़ा आता है। क़रीब एक किलोमीटर नीचे ढलान पर उतरने के बाद पहाड़ी मन्दिर वाली पुलिया से आगे सड़क ऊँची हो जाती है। ये मॉर्निंग वॉकर्स के लिए थोड़ा मुश्किल स्ट्रेच होता है। इसी सड़क पर आगे पीपल नगर आता है। इसे डिस्को कॉलोनी या प्रेम नगर भी कहा जाता है। ये पुटुसगंज के नये-नये इंजीनियरों का मोहल्ला है। दरअसल पुटुसगंज के गुलाब, गेंदा और कनैल मोहल्ले में अपेक्षाकृत पुराने स्टाफ रहते हैं। ओक, बुरुश, चीड़, फ़र्न आदि अफ़सरों के मोहल्ले हैं। सखुआ, साल और महुआ जैसे मोहल्लों में कारख़ाने के जूनियर स्टाफ रहते हैं। नयी नियुक्ति वालों को पीपल नगर, केवल नगर और चिनार चौक वाले मोहल्लों में घर अलॉट होता है। नये-नये इंजीनियर जब शादी करते तो अपनी दुल्हन लेकर पीपल नगर और केवल नगर के फ़्लैट्स में ही पहुँचते। ये शहर का अपमार्केट इलाक़ा है। करीने से पहनी डिज़ाइनर साड़ियों और अन्य फ़ैशनेबल ड्रेसेज़ में इंजीनियरों की सुन्दर पत्नियाँ इस रिहाइश को आकर्षक बना देती हैं। गांधी पथ से कोई भी गाड़ी गुज़र रही हो तो लोग एक बार डिस्को कॉलोनी पर नज़र डाल ही लेते थे। क्या पता कुछ अच्छा नज़ारा देखने को मिल जाये। 'भइया नमस्ते', 'भाभी जी नमस्ते' टाइप के रोमानी दुनिया में विचरण करने वाले लड़कों को जब प्रेम नगर में दाल गलती नज़र नहीं आयी। या यों कहें कि सुन्दर भाभियों से निकटता बनाने का अवसर नहीं मिल पाया तो ऐसे शोहदों ने कुछ स्मार्ट दम्पतियों को ये कहकर बदनाम करना शुरू कर दिया कि ये लोग मिल कर रात-रात भर ब्लू फ़िल्में देखते हैं

और वाइफ़ स्वैपिंक करते हैं। सच क्या था कभी मालूम नहीं हो सका, लेकिन फिज़ां में ये नैरेटिव ख़ूब तैरा था और हिट भी हुआ था। कई लोग जिनकी अंग्रेज़ी तंग थी वो इस कॉन्सेप्ट को समझ ही नहीं पाते थे। अक्सर पूछ बैठते 'इ वाइफ़ स्वैपिंग का होता है हो?'

केवल नगर से आगे और चिनार चौक से पहले गांधी पथ पर ही है सोनपा मार्केट जो आसपास के लोगों की रोज़मर्रा की ज़रूरतें पूरी करता है। ये बाबू बाज़ार का ही मिनिएचर रूप है। सारी चीज़ें मिल जाती हैं। किराने की दुकान, मेडिकल स्टोर, बर्तन प्वाइंट से लेकर सुनार तक, हर तरह की दुकानें हैं यहाँ।

रोज़गार की कमी पुटुसगंज की एक बड़ी समस्या है। नौकरी ना मिल पाने पर यहाँ के बेकार नौजवान कुछ धन्धा-पानी करने की सोचते। ऐसे ही लोगों में बिल्टू सेन को सोनपा मार्केट में लेडीज़ कॉर्नर खोलने का आइडिया आया। वो थोड़े स्त्रैण टाइप के थे। महिलाएँ उनके साथ ख़रीदारी में सहज महसूस करती थीं। जल्दी ही उनकी दुकान चल पड़ी। लेकिन पुटुसगंज की बेरोज़गारी की समस्या ने बिल्टू सेन की ख़ुशियों पर थोड़े समय में ही पानी फेर दिया। देखते ही देखते चिनार चौक और केवल नगर के कई खलिहरों को ये आइडिया इतना पसन्द आया कि आसपास ही कई लेडीज़ कॉर्नर खुल गये। ग्राहंक बँट गये और फिर पहले जो प्रॉफ़िट अकेले बिल्टू सेन ले रहे थे, उसके कई हिस्सेदार बन गये। अर्थशास्त्र की भाषा में कहें तो डिमांड की तुलना में सप्लाई काफ़ी बढ़ गयी। नतीजा सबका धन्धा चौपट हो गया। बिज़नेस आइडियाज़ कम होने की वजह से डिमांड और सप्लाई का ये कर्व हमेशा असन्तुलित ही रहता। हालाँकि कतरब्योंत और जुगाड़ से सबका काम इसी में चल रहा था।

सोनपा मार्केट की सबसे चर्चा में रहने वाली जगह थी रंगनाथ का होटल। एक कमरे वाले होटल के सामने शीशे के बॉक्स में दो-चार तरह की मिठाइयाँ रखी जातीं। चाय-सिंघाड़ा भी मिलता, लेकिन इसकी ख्याति की वजह दूसरी थी। बरावलपुर से आने वाली बस जब सोनपा मार्केट में रुकती तो मदिरा के उपासक यहीं उतर जाते और सीधे रंगनाथ के होटल का रुख़ करते। होटल के पीछे बर्तन धोने वाली जगह से सटी मिट्टी की एक दीवार थी। दीवार के पीछे दो-चार कुर्सियाँ, एक टेबल और एक छोटी चौकी रखी थी। पुटुसगंज के युवा मदिरा प्रेमी गला तर करने के लिए यहीं जुटा करते थे। होटल के पिछवाड़े की ये व्यवस्था पुलिस को हफ़्ता देकर एकदम टेंपररी तरीक़े से चलाई जाती थी, लेकिन हो लगभग स्थायी गयी थी। टीनू त्यागी टाइप लड़के बरावलपुर से कॉलेज कर लौटते हुए सोनपा मार्केट में ही उतर जाते।

माता-पिता को पता होता कि वो साढ़े आठ की आख़िरी बस यानी गोठी ट्रांसपोर्ट से लौटेंगे, लेकिन मदिरा प्रेमी टीनू पाँच बजे वाली बस से ही लौट आते। इस समय का इस्तेमाल वो रंगनाथ के मयख़ाने में बैठकर मदिरा पान करने में करते। दो-तीन हमप्याला दोस्त भी होते। अगर कोई नहीं होता तो भी उन्हें कोई फ़र्क़ नहीं पड़ता था। धीरे-धीरे रंगनाथ का ठिकाना उनकी आदत में शुमार हो गया था। तीन घण्टे वहाँ तसल्ली से गुज़ारने के बाद टीनू सौंफ़ या इलायची मुँह में डालकर घर में तभी घुसते जब उन्हें लगता कि वो पकड़े नहीं जायेंगे। घर पहुँचकर यही कहते कि 'बहुत थक गया हूँ, खाना खा लिया है, अब सोने जा रहा हूँ।' माता-पिता को लगता कि उनका लाड़ला कितनी मेहनत कर रहा है।

सोनपा मार्केट से आगे चिनार चौक पुटुसगंज का आख़िरी पड़ाव था। एस्बेस्टॉस की छत वाले घर यहाँ कभी गेस्ट हाउस के रूप में बनाये गये थे। जो लोग शुरुआत में ट्रेनिंग के लिए पुटुसगंज आते थे, उन्हें इन्हीं घरों में ठहराया जाता था। पर जब कई साल बीत गये और ट्रेनिंग की व्यवस्था या ज़रूरत उतनी ज़्यादा नहीं रह गयी तो इन घरों में कर्मचारियों को बसा दिया गया। इस इलाक़े की जान थे जॉन लेज़्ली। ये पुटुसगंज के एकमात्र एंग्लो-इंडियन परिवार के इकलौते चिराग थे। जॉन लेज़्ली के पिता माइकल लेज़्ली बिजली कारख़ाने में ठेकेदारी का काम करते थे। उन्होंने अपनी मेहनत और लगन से बहुत पैसे कमाये थे। उनका परिवार कारख़ाने की तरफ़ से मिले क्वार्टर में ही ठाठबाट के साथ रहता था।

जॉन लेज़्ली की छवि वैसी ही थी जैसी हिन्दी फ़िल्मों में डैनी की थी। एकदम स्मार्ट मैचो मैन। लाल रंग की येज़दी मोटर साइकिल पर जब जॉन लेज़्ली अपने लहराते बाल और काले चश्मे के साथ मोटरसाइकिल उड़ाते तो उनकी छवि एक अलग ही आँखों को ठहरा देने वाला दृश्य उपस्थित करती थी। जॉन लेज़्ली पुटुसगंज के युवाओं के हीरो थे। कई उनके जैसा बनने की तमन्ना रखते और कोशिश भी करते। लेकिन तमाम प्रयासों के बावजूद जॉन लेज़्ली का मुक़ाबला कोई क्या खाकर करता।

लेज़्ली परिवार के बिल्कुल पड़ोस में एक महाकंजूस मक्खीचूस दमड़ी भी सँभालकर रखने वाला पर पुश्तैनी रूप से समृद्ध परिवार रहता था जिसके मुखिया थे बनवारी बैठा। एक बार लेज़्ली परिवार से किसी बात पर झगड़ा होने पर बराबरी दिखाने के लिए बनवारी बैठा ने भी काले रंग की ठीक वैसी ही ऐस्टन मार्टिन कार ख़रीद ली जैसी लेज़्ली परिवार के पास थी। हाँ, ये बात अलग थी कि लेज़्ली की कार रोज़ चला करती, लेकिन बनवारी बैठा केवल महीने की आख़िरी तारीख़ को

अपनी काली चमचमाती कार निकालते और उस पर शान की सवारी करते हुए पगार लेने जाते। लौटते हुए परिवार के सदस्यों के लिए वो गिनकर कलाकन्द ख़रीदते। बाबू बाज़ार में रुकते, सोनपा मार्केट में थोड़ी देर यूँ ही गाड़ी खड़ी कर नज़ारा लेते ताकि सब लोग देख लें कि वो कार से निकले हैं और फिर लौटकर गाड़ी गराज में लगा देते। गराज में खड़ी होने के बावजूद वो कार को कवर से ढक दिया करते थे। सोच थी कि कहीं से भी कार में गन्दगी नहीं लगनी चाहिए थी।

अरेssssssssssss

बरावलपुर से लौटने की अगली सुबह अनिरुद्ध समय से पहले उठ गया। क्रिकेट के नये बल्ले का रोमांच जो था। वो जल्दी से उस बैट से खेल लेना चाहता था। मुँह-हाथ धोकर तैयार होते ही उसने आनन्द से कहा, 'भैया चलो छत पर क्रिकेट खेलते हैं।'

आनन्द तीन साल ही बड़ा था अनिरुद्ध से। दसवीं में पढ़ता था। खेलने के प्रस्ताव पर बोला, 'पापा से पूछे हो?'

'चलो ना भैया दस मिनट खेलकर आ जायेंगे।'

'अरे अनि छत पर खेलेंगे तो आवाज़ होगी। पापा को पता चल जायेगा और सुबह-सुबह डाँट खानी पड़ेगी।'

'भैया पापा से पूछ लो ना। क्या पता तुम्हारे बोलने पर वो मान जायें। बस दस मिनट के लिए।'

'ठीक है।'

आनन्द ने शेविंग कर रहे पिता के पास जाकर संकोच करते हुए ही पूछा। पिता अच्छे मूड में थे और ये भी समझ रहे थे कि बच्चों को नये ख़रीदे बल्ले का रोमांच हो रहा होगा। तो दस मिनट खेलने की इजाज़त दे देते हैं।

भागते हुए दोनों बच्चे छत पर पहुँचे और खेलने लगे। छत से धम्म-धम्म की आवाज़ आने लगती है। वहाँ डिफ़ेंसिव क्रिकेट ही खेली जा सकती थी। पर कितना भी रक्षात्मक खेलें, बॉल नीचे चली ही जाती है। दस मिनट होने से पहले ही अनिरुद्ध नीचे जाता दिखा तो पिता ने कहा, 'चली गयी ना बॉल! अब बस करो। थोड़ी देर पढ़ाई कर लो फिर स्कूल भी जाना है।'

बच्चों का स्कूल दस बजे से शुरू होता था। ब्रेकफ़ास्ट करके दोनों बच्चे थोड़ी देर पढ़ाई करते थे और फिर साढ़े नौ बजे स्कूल के लिए निकल जाते थे। आनन्द को स्कूल जाने के लिए साइकिल दी गयी थी।

बॉल लेने नीचे पहुँचने के बाद अनिरुद्ध ने वहीं से चिल्लाकर भैया को बता दिया था कि 'अब खेल नहीं हो पायेगा।'

अनिरुद्ध जब तैयार होकर पढ़ने बैठा तो उसका मन एकदम नहीं लग रहा था। वो आज सिर्फ़ क्रिकेट खेलना चाहता था। स्कूल जाने की उसकी क़तई इच्छा नहीं थी। पर पिता का डर इतना ज़्यादा था कि कोई रास्ता नज़र नहीं आ रहा था। माँ से एक बार पूछा भी कि 'क्या आज मैं स्कूल ना जाकर घर पर रुक सकता हूँ?' कोमल हृदया माँ वैसे शायद मान भी जातीं पर पिता घर पर थे तो उन्होंने भी कहा कि 'स्कूल से आकर खेल लेना नये बैट से। बैट कहाँ भागा जा रहा है।' और फिर प्यार से गले लगा लिया था। माँ से मिली इस ममता से अनिरुद्ध सराबोर हो गया था और स्कूल के लिए तैयार होने लगा था।

अनिरुद्ध दयानिधि माध्यमिक विद्यालय की सातवीं कक्षा में बी सेक्शन में पढ़ता था। क्लास रूम में पहुँचते ही उसके ख़ास दोस्तों ने सबसे पहले पूछा था, 'कल स्कूल क्यों नहीं आये? शाम को खेलने भी नहीं पहुँचे?'

राजन, विप्लव, रघु, सर्वेश, विजय, अमन सब आसपास जमा हो गये थे।

'अरे पापा ने कल मेरे लिए नया बैट ख़रीदा है। हम बरावलपुर गये थे।'

'अरे वाह, इसीलिए तुम कल नहीं आये।' राजन ने ख़ुश होते हुए कहा।

'कैसा है, पार्चमेंटेड या प्लेन?' सर्वेश ने पूछा।

'पार्चमेंटेड है। बीडीएम का। बहुत मन कर रहा है उससे खेलने का।'

'अरे तो फिर शाम को खेलते हैं ना। ट्राई तो करने दोगे ना।' रघु का सवाल था।

'हाँ एक-एक बॉल सब खेल लेना। मैं नया बैट शेयर नहीं करूँगा। कहीं टूट गया तो।' ये बोलकर अनिरुद्ध मुस्कुरा पड़ा था।

क्लास की लड़कियाँ आगे की बेंच पर उन्हें बातें करते हुए ग़ौर से देख रही थीं। माया, उदिता, रेवती, अपरा, नयना, रश्मिका और नन्दिनी—सबकी दिलचस्पी लड़कों की बातचीत में ही थी। फिर वो आपस में बातें करने लगी थीं।

कक्षा में एक तरफ़ लड़कियाँ बैठती हैं और दूसरी तरफ़ लड़के। एक-दूसरे को देखना तो ख़ूब होता है पर आपस में बातचीत कम ही होती है। लड़के-लड़कियों को पता चल गया है कि वे अब बड़े हो गये हैं। उनमें आकर्षण तो नैचुरल है पर आपस की दोस्ती सहज नहीं। स्कूल की दीवार पर अक्सर चॉक से लड़के और लड़कियों का पेयर बनाकर नाम लिखे होते। बच्चे उस पर गॉसिप करते। टीन एज सेंसेशन चरम पर था।

पर लड़कों के बीच आज चर्चा सिर्फ़ क्रिकेट की थी।

'स्कूल के बाद पाँच बजे मिलते हैं स्कूल ग्राउंड में। दस-दस ओवर का मैच खेला जायेगा। सब आ जाना।' अनिरुद्ध ने प्रस्ताव दिया था।

तभी प्रार्थना की घण्टी बज गयी।

'हाँ हाँ। शाम को पक्का खेलेंगे।' समवेत स्वर सुनायी पड़ा था।

सारे बच्चे क्लासरूम के बाहर कॉरीडोर में दीवार के साथ लाइन बनाकर खड़े हो गये। लड़कियाँ सामने की रो में खड़ी थीं। प्रार्थना के लिए बच्चों ने हाथ जोड़ लिया। कइयों ने आँखें बन्द कर ली थीं। कुछ लड़के ऐंगल बनाकर लड़कियों को ताड़ रहे थे।

फिर घण्टी बजी और प्रार्थना शुरू हो गयी—'आलोकित पथ करो हमारा, हे जग के अन्तर्यामी, शुभ प्रकाश दो स्वच्छ दृष्टि दो, जड़ चेतन सबके स्वामी...'

प्रार्थना ख़त्म होते ही पंक्ति टूट गयी और कोलाहाल के बीच बच्चे क्लास रूम में भागने लगते हैं। हालाँकि कुछ बच्चे पानी पीने और कुछ टॉयलेट की तरफ़ भी दौड़ते हैं। टीचर के क्लास में आने से पहले लौटकर आना जो है।

पहली-दूसरी बेंच पर गोल बनाकर बैठे अनिरुद्ध के ग्रुप में फिर से क्रिकेट की चर्चा शुरू हो जाती है।

क्लास के कैप्टन राजन ने कहा, 'यार हम लोग कब से रंजीत सर से पैड, ग्लब्स और स्टम्प माँग रहे हैं। फिफ्थ क्लास से सेवेंथ में पहुँच गये। सर देते ही नहीं हैं। खेल का सारा सामान बस खरीदकर स्पोर्ट्स रूम में रखा रहता है।'

'आज चलते हैं सर से बात करने। क्या पता मान जायें।' विप्लव बोला।

'हाँ हाँ चलते हैं। टिफिन में चलते हैं।' रघु ने कहा।

रंजीत सर गेम टीचर थे। बेहद सख़्त पर देखने में स्मार्ट। ठण्ड में काले रंग की लेदर जैकेट पहनते। गोरे चेहरे पर मोटी मूँछ बहुत अच्छी लगती। नागरिक जीवन पढ़ाते थे। पर पढ़ाने में उनका मन कम ही लगता था। प्रिंसिपल सर के ख़ास थे। अक्सर उन्हीं के साथ उनके चैम्बर में बैठे नज़र आते। गेम टीचर तो थे, लेकिन खेल उनकी प्राथमिकता में न था। स्कूल के सियासी खेल के वो ज़्यादा दमदार खिलाड़ी थे।

टिफ़िन जल्दी ख़त्म कर लड़कों की टोली जब स्टाफ़ रूम में पहुँची तो दो अन्य शिक्षकों के साथ लंच करते हुए रंजीत सर किसी बात पर ठहाका लगा रहे थे।

बच्चों पर नज़र पड़ी तो बोले, 'क्या है जी बच्चों?'

'सर एक बात करनी है।' राजन ने आगे बढ़कर कहा।

'हाँ बोलो।'

'सर आप खाना खा लीजिए, हम बाहर वेट कर लेते हैं।'

'अच्छा दो मिनट में बुलाते हैं।'

पाँच मिनट बाद बच्चे उनके सामने थे। बाक़ी दोनों टीचर जा चुके थे।

'सर हम लोग क्रिकेट अच्छा खेलने लगे हैं। पैड, ग्लब्स और स्टम्प इश्यू हो जाता तो हमारा खेल और बेहतर हो जाता।' राजन ने आपस में दोनों हथेलियों को जोड़ते हुए कहा था।

'क्यों बैट नहीं चाहिए?'

'चाहिए क्यों नहीं सर।' ख़ुशी में सब एक साथ बोले थे।

'ठीक है। करते हैं कुछ, अगले हफ्ते देखते हैं क्या हो सकता है।' अपनी ख़ास मुस्कान के साथ उन्होंने छात्रों को क्लास में जाने को कहा था।

सामान मिला नहीं था, पर रंजीत सर के आश्वासन से ही लड़के प्रफुल्लित हो गये थे। उमंग और रोमांच से भर गये थे।

विप्लव बोला, 'सर ने कहा है तो अब कुछ न कुछ तो इश्यू कर ही देंगे। मजा आयेगा।'

सारे बच्चे तेज़ी से बाहर की तरफ़ भागे थे। कुछ बच्चे तो क्लास में चले गये। अनिरुद्ध, राजन, विप्लव और रघु स्कूल के गेट से निकलकर बाहर चले गये। क्लास शुरू होने में अभी दस मिनट बाक़ी था। भागते हुए वे कैम्पस के बाहर खड़े ठेलों की तरफ़ गये। भूंजे वाला जोगिन्दर मुरमुरे, भुने मक्के और चने आदि में प्याज़ मिलाकर मिक्सचर तैयार कर रहा था। बच्चे इसे मिक्चर कहा करते थे। ठेले के सामने के हिस्से में शीशे के एक जैसे मर्तबानों में खाने की तमाम चीज़ें रखी थीं। बायीं तरफ़ एक डब्बे के ऊपर बाजरे के लड्डू रखे थे। ठेले की छत से लटकते तमाम छोटे-छोटे पैकेट्स में खाने की अन्य चीज़ें थीं। बच्चों में आजकल सिगरेट में भरे चूरन का बड़ा क्रेज़ था। ये प्रोडक्ट हाल ही में पुटुसगंज में आया था।

इस सिगरेट में कोई तम्बाकू नहीं होता था बल्कि सूखे बेर और अनार का मसालेदार चूरन भरा जाता था। बच्चे उसके एक तरफ़ की बट हटाकर मुँह के ऊपर ले जाते और उँगलियों से घुमाते जिससे सिगरेट में भरा चूरन मुँह में गिरने लगता था। इसका टेस्ट काफ़ी चटपटा होता था जो बच्चों को बहुत भाता था।

अनिरुद्ध ने माँ के दिये पचास पैसों में दस चूरन वाली सिगरेट ख़रीदी। राजन ने मिक्सचर ली, विप्लव और रघु ने बग़ल के ठेले से शक्कर की बनी लस्से नुमा खाने वाली माला बनवा ली थी और खाना शुरू भी कर दिया था। चारों बच्चे अपनी-अपनी चीज़ें लेकर तेज़ी से क्लास की ओर भागे।

इसी दौरान अनिरुद्ध को शरारत सूझी। उसने दोस्तों से कहा, 'तुम लोग क्लास में चलो मैं आता हूँ।' अब वो अपने क्लासरूम वाली बिल्डिंग और प्राइमरी विंग के बीच की जगह में अपनी क्लास के बाहर की दीवार के नीचे बैठकर ख़ाली सिगरेट में रेत भरने लगा। स्कूल की ये बारीक रेत बिल्कुल उस चूरन की तरह नज़र आती थी जो सिगरेट में भरी होती।

दो सिगरेट में अनिरुद्ध ने रेत भरकर तैयार कर लिया था और तीसरी में भरने में तल्लीन था कि आँखों के एकदम सामने धोती लहराती दिखी।

सिर उठाया तो चेहरे पर हवाइयाँ उड़ने लगीं। ये स्कूल के हेडमास्टर रामाधार प्रताप सिंह थे।

'क्या कर रहा है रे? घण्टी लग गयी है, क्लास शुरू होने वाली है और तुम यहाँ ज़मीन पर बैठकर टाइम पास कर रहे हो।'

तब तक अनिरुद्ध ने अपने हाथ पीछे कर लिए थे ताकि सिगरेट पकड़ी ना जाये।

लेकिन हेडमास्टर साहब ने उसकी ये हरकत देख ली थी।

बाल पकड़कर खींचा और मारने के लिए दायाँ हाथ उठाया ही था कि अनिरुद्ध कान पकड़कर उठक-बैठक करने लगा।

'सर कभी ऐसी गलती नहीं करेंगे। माफ कर दीजिए सर।'

पता नहीं क्यों हेडमास्टर साहब को दया आ गयी और उन्होंने धीरे-से पीठ पर मारते हुए कहा कि 'रामाश्रय जी के बेटे हो ना। जल्दी भागो क्लास में।'

'जी सर', कहते हुए अनिरुद्ध क्लास रूम की तरफ़ भागा था। रास्ते में ही उसने हाथ में छुपाई सिगरेट फेंक दी थी। शुक्र था कि क्लास में टीचर अभी पहुँचे नहीं थे।

जिन हेडमास्टर से अनिरुद्ध आतंकित हुआ था उनकी शख़्सियत बेहद ख़ास थी, और उनकी ख्याति दूर-दूर तक फैली थी।

रामाधार प्रताप सिंह छात्रों के बीच लायन के नाम से जाने जाते थे। छह फ़ीट लम्बा क़द। गठा हुआ शरीर। आर्यों की तरह चौड़ी ललाट। बालों को ऊपर की तरफ़ तेल लगाकर झाड़ते थे, वे पीछे की तरफ़ चिपके ही रहते। क्लीन शेव्ड रहते। चेहरा काफ़ी आकर्षक और प्रभावशाली था। हमेशा झक सफ़ेद धोती-कुर्ता पहनते और कुर्ते के ऊपर होती तरह-तरह के रंगों की बंडी जो उनके लम्बे-चौड़े और तगड़े व्यक्तित्व में चार चाँद लगाती। ईश्वर ने इन्हें बनाने में कोई कंजूसी नहीं की थी। आवाज़ अमिताभ बच्चन और रज़ा मुराद के बीच की थी। भारी भरकम दहाड़ती और रौब पैदा करने वाली आवाज़। ज़ोर से डाँट दें तो बच्चों की हवा टाइट हो जाया

करती थी। उन्हें किसी बच्चे को मारते कम ही देखा गया, लेकिन आतंक ऐसा कि गब्बर सिंह भी पानी भरे।

अक्सर असेम्बली के समय या टिफ़िन के बाद स्कूल में अफ़रातफ़री-सा माहौल होता। बच्चे शोर कर रहे होते, इधर-उधर धमाचौकड़ी मचा रहे होते। लगता कि इतने सारे बच्चों के शोर को आख़िर कैसे क़ाबू किया जा सकता है। तभी हेडमास्टर साहब अपने केबिन से निकलकर बस बाहर खड़े हो जाते और एक आवाज़ होती। बेहद ऊँची आवाज़... अरेSSSSSSSSSSSS। ऐसा लगता ये आवाज़ स्कूल के प्रांगण को चीरती हुई अन्तरिक्ष तक भी जा रही हो।

अचानक ऐसा प्रतीत होता जैसे स्कूल में कर्फ़्यू लग गया हो। एकदम शान्ति। बच्चे देखते-देखते दृष्टिपटल से ग़ायब हो जाते। ये नज़ारा ठीक वैसा ही होता जैसे जंगल में मृग शावक खेल रहे हों, हरी हरी घास का फुदक-फुदक कर आनन्द उठा रहे हों और अचानक कोई शेर आ जाये और दहाड़ उठे। कुछ ऐसा ही करिश्मा था रामाधार बाबू की शख़्सियत में।

अनिरुद्ध की हेडमास्टर साहब ने कभी पिटाई तो नहीं की थी, लेकिन भैया आनन्द के साथ हुई घटना वो कई बार सुन चुका था।

हुआ ये था कि आनन्द स्कूल के बाद किसी दिन साइकिल चला रहा था। पुटुसगंज की तमाम सड़कों के चक्कर लगा रहा था। ऐसा करते हुए वो स्कूल के पास ही हेडमास्टर साहब के घर के क़रीब से भी गुज़रा। उस समय रामाधार बाबू कहीं से आ रहे थे। उनकी नज़र साइकिल चलाते आनन्द पर पड़ी, पर कहीं खोए होने की वजह से आनन्द उनके बग़ल से गुज़र गया और उन्हें 'प्रणाम सर' कहना भूल गया।

पीछे से गरजती हुई आवाज़ आयी, 'अरे आनन्द!'

आनन्द की साइकिल इस जानी-पहचानी हुई आवाज़ पर रुक गयी।

'इधर आओ।'

आनन्द साइकिल से उतरकर उसे लुढ़काते हुए रामाधार बाबू के सामने हाज़िर हो गया।

'साइकिल खड़ी कर दो उधर और यहाँ आओ।'

साइकिल खड़ी कर आनन्द जब उनके पास पहुँचा तो उन्होंने क्रोध में कहा, 'साइकिल चलाते हुए मुझे प्रणाम करना कैसे भूल गया रे दुष्ट?'

थरथराते हुए आनन्द ने कहा, 'नहीं सर, मैं आपको देख नहीं पाया था। गलती हो गयी सर।'

आनन्द उस समय छठी कक्षा में पढ़ता था। स्कूल का होनहार छात्र था। कई बार रामाधार बाबू उसे पारितोषिक दे चुके थे। कक्षा में अव्वल आने पर उसकी सराहना कर चुके थे, लेकिन उनकी नज़रों में ग़लती तो ग़लती थी।

'ऐसी ग़लती कैसे कर सकते हो तुम।' रामाधार बाबू के हाथ मारने के लिए उठे ही थे कि...'अरे ये क्या किया शैतान। ओह छी छी।'

डर से काँपते आनन्द ने उनकी धोती गीली कर दी थी। पेशाब की धार इतनी तेज़ थी कि हाफ़ पैंट में बँध न सकी और एकदम सामने खड़े रामाधार बाबू की धोती और पैरों को उसने गीला कर दिया।

आनन्द के इस कृत्य पर नाराज़गी के साथ रामाधार बाबू को हँसी भी आ गयी थी।

'जाओ भागो यहाँ से।' ऐसा कुछ होगा इसके लिए वो क़तई तैयार नहीं थे। अपनी गीली पैंट में ही आनन्द सिंह रोते हुए साइकिल लुढ़काकर जाने लगा था।

ऐसा था लायन सर का आतंक। अगर किसी छात्र की शिकायत प्रिंसिपल ऑफ़िस तक जाती और उसे वहाँ बुला लिया जाता तो कई बार तो छात्रों का रास्ते में ही मूत्र विसर्जन हो जाता था। रामाधार बाबू के दफ़्तर तक जाने की नौबत ही नहीं आती थी।

सबसे दिलचस्प नज़ारा होता जब रामाधार बाबू किसी काम से बरावलपुर जा रहे होते। बस खचाखच भरी रहती। पैर रखने की जगह नहीं होती। ऐसे में जब रामाधार बाबू बस की सीढ़ियों पर क़दम रखते तो आठ-दस आवाज़ें एक साथ सुनाई पड़ती थीं...'आइए सर यहाँ बैठिए। यहाँ बैठिए सर। ये सीट ज्यादा कंफर्टेबल है सर।'

ये उनके छात्र होते जो सम्मान कहिए या डर या फिर आतंक–रामाधार बाबू को देखकर अपनी सीट छोड़ देते थे। इनमें वो छात्र भी शामिल होते थे जिन्हें स्कूल से पास आउट हुए कई साल गुज़र गये होते। वर्तमान या भूतपूर्व छात्रों के ऐसे तमाम प्रस्तावों को रामाधार बाबू बिना कोई एहसान समझे या जताये अपनी इच्छा के मुताबिक़ किसी एक सीट पर जा बैठते और बग़ल में बैठे शख़्स से बातचीत शुरू कर देते।

बस की बाक़ी सवारियाँ हैरान। कई बड़े लोग सोचने लगते कि क्या इज़्ज़त कमाई है इस बन्दे ने।

और बस में सवार उनके छात्रों का आलम ये होता कि जो बच्चे बस में आगे खड़े होते वो भी रामाधार बाबू की सीट से पीछे जाकर खड़े हो जाते ताकि उनकी नज़रों से बचे रहें।

सिगरेट में रेत भरने के प्रकरण में बाल-बाल बचा अनिरुद्ध भागकर कक्षा में पहुँच गया था। टिफ़िन के बाद पहली क्लास ददन दिवाकर सर की थी। विज्ञान के शिक्षक थे। महा आलसी और सुस्त मिज़ाज। क्लास में दाख़िल होने के बाद कुर्सी

पकड़ते तो उठने का नाम नहीं लेते। वहीं बैठे-बैठे कुछ लिखने को दे देते और अपनी कोई किताब निकालकर पढ़ने लगते।

ऐसा नहीं था कि उनका ज्ञान कम था या वो पढ़ा नहीं सकते थे। दरअसल वो पढ़ाना नहीं चाहते थे। ऐसा वो इसलिए करते थे ताकि बच्चे उनके यहाँ ट्यूशन पढ़ने आयें। ट्यूशन पढ़ाते वक़्त उनकी ऊर्जा देखने लायक होती थी। एक साधारण स्कूल टीचर की तनख़्वाह से उनके लिए पाँच बेटियों और चार बेटों का परिवार चला पाना असम्भव-सा था। शायद इसीलिए उन्होंने अपनी अर्थव्यवस्था को चलाने का ऐसा उपाय ढूँढ़ निकाला था। सुबह स्कूल जाने से पहले वो एक-एक घण्टे के दो बैच ट्यूशन पढ़ाते और फिर शाम को पाँच से सात बजे ऐसे ही दो बैच और होते। अपनी ज़िन्दगी में उन्होंने स्कूल जाने और ट्यूशन पढ़ाने के अलावा और कोई एंगेजमेंट नहीं रखा था। जो थोड़ा बहुत समय बच जाता, उसे वो पूजा-पाठ में ख़र्च करते। सामाजिक अवसरों जैसे सत्यनारायण कथा या शादी ब्याह के मौक़ों पर वो बस उपस्थिति दर्ज कराने के लिए ही जाते। ऐसी जगहों पर वो आते हुए नज़र आते, पर जाते हुए कोशिश करते कि किसी की दृष्टि उन पर ना पड़े।

दिवाकर सर के यहाँ ट्यूशन के लिए जाने वाले बच्चों को उन कुछ दिनों का बेसब्री से इन्तज़ार रहा करता जब वो किसी ज़रूरी काम से अपने गाँव या शहर से कहीं बाहर चले जाते। इस दौरान ट्यूशन पढ़ाने की ज़िम्मेदारी हाई स्कूल में पढ़ने वाले उनके दो बड़े बेटों की होती जो गणित और विज्ञान में काफ़ी तेज़ थे। लेकिन थे तो बच्चे ही।

ऐसे मौक़ों पर ट्यूशन के लिए जैसे ही बच्चे जुटते दिवाकर सर के दोनों बेटे जयेश और सुकेश इन्द्रजाल कॉमिक्स और अमर चित्र कथा का अपना कलेक्शन लाकर उनके सामने रख देते। फिर एक घण्टे तक बच्चे बिना शोर किये ये कॉमिक्स पढ़ते और अपना अतिरिक्त ज्ञान बढ़ाते। कभी किसी बच्चे ने जयेश और सुकेश की इस ट्यूशन व्यवस्था की दिवाकर सर से कोई शिकायत नहीं की थी। बाहर से लौटकर जब सर पूछते कि 'उनकी अनुपस्थिति में कैसी रही पढ़ाई?' तो बच्चे यही कहते कि 'भैया लोगों ने बहुत अच्छी तरह पढ़ाया, हमें आपकी कमी महसूस नहीं होने दी सर।' ऐसा कहते हुए बच्चों के चेहरे पर तैरती मुस्कान देखने लायक होती थी।

ऐसे उद्देश्यपूर्ण दिवाकर सर की स्कूली कक्षा में भला कौन छात्र सीरियस होकर लिखता या पढ़ता। धीरे-धीरे बच्चे आपस में बातें करने लगते। पाँच मिनट बाद ये बातचीत शोर में तब्दील हो जाती।

तब अचानक दिवाकर सर की आवाज़ गूँजती–'ए हल्ला। क्या हो रहा है। यही लिखा जा रहा है?'

क्लास रूम की बीचवाली खिड़की के ठीक बग़ल में बैठा वैभव मित्रा उर्फ़ बामी उम्दा कलाकार है। अपनी पेंसिल से दो मिनट में कैसी भी आकृति उकेर सकता है। खिलन्दड़ बच्चा। पढ़ने में उसका एकदम मन नहीं लगता, लेकिन ड्रॉइंग में उसका जवाब नहीं।

इस वक़्त वो सर के दिये टास्क को पूरा करने की बजाय मल त्यागते लड़के की आकृति बना रहा है। फ़िनिशिंग टच फ़ाइनल स्टेज पर है। अगल-बग़ल बैठे केवल किशोर और श्यामल श्रीवास्तव तस्वीर को देख कर हँसी रोक नहीं पा रहे। किताब पढ़ते दिवाकर सर ने ठीक इसी समय नज़र उठाकर कक्षा का अवलोकन किया था। उनकी नज़र इसी बेंच पर टिक गयी थी।

'अरे मित्रा क्या हो रहा है? खड़े हो जाओ।'

वैभव मित्रा को काटो तो ख़ून नहीं।

'कुछ नहीं सर। मैं तो लिख रहा था।'

'तुम ऐसा क्या लिख रहे हो जिसमें केवल और श्यामल को सिनेमा जैसा मजा आ रहा है?'

ये सुनकर केवल और श्यामल की हँसी अब फुर्र हो चुकी थी।

सिर्फ़ एक बात की आश्वस्ति थी कि आलसी स्वभाव के दिवाकर सर वहाँ आकर उन्हें पीटेंगे नहीं। हाँ, बुला ज़रूर सकते हैं।

दिवाकर सर ऐसी परिस्थिति में किसी एक छात्र को बुलाकर ठोंक दिया करते थे और फिर बाक़ी क्लास शान्त हो जाया करती थी।

पर आज शायद उनका मूड अच्छा था। मुस्कुराकर कहा–'विराजो।'

ये सुनकर वैभव अपनी बेंच से बाहर निकला और डरते हुए सर की तरफ़ बढ़ने लगा।

विराजो का मतलब उसे समझ नहीं आया था कि बैठने को कहा जा रहा है। डिफ़ॉल्ट सेटिंग से उसे लगा पीटने के लिए ही बुलाया जा रहा है।

'अरे यहाँ क्या करने आ रहा है मित्रा, मैंने कहा विराजो मतलब, बैठ जाओ। एकदम ही ठस गधा है। मित्रा जी का नाम बर्बाद कर देगा ये ढपोरशंख।'

वैभव अपनी सीट पर लौट गया था। तीनों छात्रों ने अपना मुँह नीचे कर लिया था। ये देखने की हिम्मत नहीं हो रही थी कि बाकी के सहपाठियों की क्या प्रतिक्रिया है।

घण्टी बजी और दिवाकर सर उठकर चले गये।

क्लास के लड़कों की भीड़ वैभव की बेंच के चारों तरफ़ जमा हो गयी।

'दिखाओ, क्या बना रहा था बे? जल्दी दिखाओ?' टीपू ने पूछा।

वैभव ने जब मल त्यागते बच्चे की तस्वीर दिखाई तो लड़कों में हँसी का विस्फोट हो गया।

'तुम दिवाकर सर की क्लास में इतना हिम्मत कैसे कर लेता है रे?' नकुल ने हँसते हुए पूछा था।

'अरे इसमें हिम्मत क्या है, मालूम है कि पास आकर तो नहीं ही देखेंगे कि हम लोग क्या कर रहे हैं।' वैभव ने कॉन्फ़िडेंस के साथ कहा था।

सारे लड़के बारी-बारी से कॉपी उठाकर देख रहे थे और उस पर बातें कर रहे थे। ये ध्यान ज़रूर रखा जा रहा था कि सच्चाई लड़कियों तक ना पहुँच जाये।

और लड़कियाँ केवल क़यास लगाने की कोशिश कर रही थीं। लड़कों के समूह की ओर देखते हुए वे लगातार बातें कर रही थीं। पर उन्हें कुछ पता नहीं चल पाया था।

इसी कोलाहल के बीच महेश मिश्रा सर तनतनाते हुए कक्षा में दाख़िल हुए। अचानक सन्नाटा पसर गया। उन्होंने पूरी क्लास को पहले निहारा और फिर दो बार टेबल पर डस्टर पटका। ये इशारा था कि यहाँ के बाद ग़लती की सज़ा तय है। मिश्रा सर गणित के टीचर थे। क़द छोटा था। धोती-कुर्ता पहनते थे और पतली आवाज़ में बोलते थे। काफ़ी धीमा स्वर। विषय के अच्छे जानकार थे। पर वे भी अपनी पाँच बेटियों की ब्याह की चिन्ता तले दबे रहते। उनका व्यक्तित्व कभी पूरी तरह उभर ही नहीं पाया था। इन्होंने भी घोर चिन्ता की किसी घड़ी में ददन दिवाकर से धनोपार्जन का मन्त्र ले लिया था और कक्षा में यही कोशिश करते कि किसी भी बच्चे का गणित का ज्ञान बढ़ ना पाये। हमेशा लगभग फुफकारते हुए ही क्लास में दाख़िल होते और डस्टर पटकने के बाद बात करते हुए जिस भी लड़के पर पहले नज़र पड़ जाती उसे सामने बुलाकर मुर्ग़ा बना डालते। उनकी 45 मिनट की क्लास में पाँच लड़के मुर्ग़े की मुद्रा में ज़मीन पर बैठे रहते। ये कोरम कभी टूटने नहीं पाता था। हाँ, जैसे ही कोई नया बच्चा शरारत करता पकड़ा जाता तो वो मुर्ग़ा बने उस लड़के को रीप्लेस करता जिस पर मिश्रा सर को दया आ जाती। वैसे लड़कियों को उन्होंने अपने इस पनिशमेंट मैकेनिज़्म से बाहर रखा था। कभी किसी लड़की को उनकी क्लास में ऐसी पोज़ में नहीं देखा गया। उनकी केवल बेटियाँ ही थीं, शायद इसलिए वो लड़कियों के प्रति एक सॉफ़्ट कॉर्नर रखते थे। 'हैं भई' उनका तकिया कलाम था। हर वाक्य

के आख़िर में तसल्ली करने के लिए कहते 'हैं भई'। उनकी अनुपस्थिति में बच्चे उनकी अच्छी नक़ल करते थे।

मिश्रा सर की क्लास में आज क्रिकेट मण्डली वाले किसी बच्चे का मन नहीं लग रहा था। वो बस छुट्टी होने का इन्तज़ार कर रहे थे। बीच-बीच में बातचीत करते हुए अनिरुद्ध, राजन और विप्लव पकड़े गये थे और काफ़ी देर तक मुर्ग़ा भी बने रहे थे। मुर्ग़ा बनने की सबसे बड़ी दिक़्क़त ये थी कि पूरी क्लास उन्हें देख सकती थी पर वे किसी को नहीं देख सकते थे। पैरों के भीतर से हाथ घुसाकर कान पकड़ने की क्रिया में सिर नीचे झुक जाता था। जब सज़ा से मुक्ति दी जाती तो राहत तो मिलती थी पर शरीर को अपनी सामान्य स्थिति में आने में थोड़ा वक़्त लग जाता था।

सातवीं और आख़िरी क्लास दीनदयाल मुण्डा सर की थी। पीटी की क्लास। बच्चों को बाहर जाकर मुण्डा सर के कहे अनुसार खेल-कूद करना होता था और फिर वहीं से छुट्टी हो जाती थी।

मुण्डा सर स्कूल की जान थे। मझोला क़द, साँवला रंग, गठा हुआ शरीर, नेल्सन मण्डेला की तरह बाल। मण्डेला जैसे ही लगते भी थे, पर क़द में छोटे थे। सामने के ऊपर वाले दाँतों के बीच थोड़ा गैप था जो उनकी शख़्सियत के साथ मैच करता था। भूगोल और नागरिक जीवन पढ़ाते थे। लेकिन उनकी पहचान खेल-कूद और सांस्कृतिक आयोजनों में उनकी रुचि को लेकर ज़्यादा थी। स्कूल के सांस्कृतिक आयोजनों में मुण्डा सर किसी नाटक या नृत्य नाटिका का निर्देशन करते और ख़ुद अभिनय भी करते। उनका एक एक्सक्लूसिव डांस परफ़ॉर्मेंस ज़रूर होता। गणतन्त्र दिवस पर होने वाला आयोजन शानदार हो, ये उनकी ही ज़िम्मेदारी होती थी। बेहद अनुशासन प्रिय शिक्षक थे। लेकिन उनका अनुशासन बच्चों को डराकर हासिल नहीं हुआ था, बल्कि बच्चे उनसे अत्यधिक प्रेम की वजह से उनके एक इशारे पर कुछ भी करने को तैयार हो जाते थे। कोई टीचर ऐसा सम्मान पा ले, ऐसा चाहता हर शिक्षक है, लेकिन मुण्डा सर जैसा रुतबा किसी-किसी का ही बन पाता है।

उस दिन मुण्डा सर ने अनिरुद्ध की क्लास के बच्चों को फ़ुटबॉल खेलने को कहा था। वो ख़ुद खेल का निरीक्षण कर रहे थे। चार बजते ही छुट्टी की घण्टी बजी और बच्चे बस्ता उठाकर अपने-अपने घर की ओर भागने लगे। मुण्डा सर भी अपनी धोती का कोर पकड़े स्कूल की ओर बढ़ गये थे।

मेरी फास्ट बॉलिंग से डर रहे हो क्या?

पैंतालीस मिनट बाद स्कूल के ही छोटे ग्राउंड में अनिरुद्ध की क्लास के क्रिकेट प्रेमी बच्चे जमा हो गये थे। बाँस के बने विकेट राजन ने गाड़ दिये थे। तीन ही स्टम्प थे। नॉन स्ट्राइकर एंड पर पुटुस के मोटे डण्डे को ईंट के सहारे खड़ा कर दिया गया था।

मैच शुरू होने से पहले सभी बच्चों ने बारी-बारी से अनिरुद्ध का नया बैट स्टांस लेकर चेक किया था। राजन और विप्लव ने गेंद से नॉक कर बैट के स्ट्रोक का जायज़ा भी लिया था। दस-दस ओवर का मैच तय हुआ था। दो टीमें बँटी थीं। एक का कप्तान राजन था और दूसरी टीम का विप्लव।

टॉस हुआ, विप्लव ने टॉस जीता और पहले बल्लेबाज़ी का फ़ैसला किया। विप्लव और अनिरुद्ध बैटिंग के लिए उतरे। स्ट्राइक अनिरुद्ध ले रहा था। नये बल्ले से खेलने को लेकर वो बेहद रोमांचित था। राजन बायें हाथ का गेंदबाज़ था। अच्छी मध्यम गति की गेंद डालता था। उसने पहली गेंद डाली। विकेट पर एकदम सीधी यॉर्कर लेंथ बॉल थी। अनिरुद्ध ने सुरक्षात्मक तरीक़े से ब्लॉक किया।

राजन दूसरी बॉल डालने के लिए रन अप एरिया की ओर जा रहा था कि तभी पार्थो दौड़ता हुआ ग्राउंड में दाख़िल हुआ। पार्थो प्रसाद उनका सीनियर था। शीशम पथ में रहता था। विप्लव वाले मोहल्ले में।

पार्थो क्रिकेट अच्छा खेलता था, लेकिन कभी कोई कॉन्ट्रीब्यूशन नहीं देता था या अपना कोई सामान नहीं लाता था। उसके माता-पिता शायद नहीं चाहते थे कि वो खेल-कूद में समय बर्बाद करे।

बहरहाल, पार्थो ने आते ही फ़ील्ड का मुआयना किया और राजन की तरफ़ बढ़ गया। उसे पता था कि इस टीम का कप्तान राजन ही है।

उसने राजन को प्रस्ताव दिया कि 'अगले रविवार को शीशम पथ की टीम के साथ एक फ्रेंडली मैच रखा जाये। बीस-बीस ओवर का। जीतने वाली टीम को हारने वाली टीम दस रुपये देगी। यानी दस रुपये के चैलेंज वाला मैच होगा।'

पार्थो का इस तरह अचानक आकर खेल को रोक देना बाक़ी खिलाड़ियों को अच्छा नहीं लगा था। ख़ासतौर से अनिरुद्ध और विप्लव को, जो क्रीज़ पर थे।

हालाँकि राजन को पार्थो का प्रस्ताव अच्छा लगा था। उसने सभी खिलाड़ियों को पास बुलाया और पार्थो के प्रपोज़ल के बारे में बताया। मैच के बारे में सुनकर सब तैयार हो गये। 'ठीक है, ठीक है, संडे को मिलते हैं बरगद पेड़ वाले ग्राउंड पर ना?' राजन ने पूछा था।

'हाँ वहीं खेलेंगे। बाक़ी सब ग्राउंड तो भरा रहता है।' पार्थो ने कन्धे उचकाकर कहा था।

फिर पार्थो ने राजन से कहा, 'लाओ ना दो बॉल डालकर देखें कि तुम्हारी टीम की बैटिंग में कितना दम है?'

'वाह अनिरुद्ध, तुम्हारा तो नया बैट है। खेलो ज़रा मेरी बॉल।'

'अरे यार मैच चल रहा है। छोड़ो ना संडे को तो तुम्हारी बॉल खेलेंगे ही हम लोग।' अनिरुद्ध ने उसे टालने के लिए कहा।

'अरे वो तो ठीक है आज भी दो बॉल खेल लो। मेरी फास्ट बॉलिंग से डर रहे हो क्या?'

'अरे इसमें डरने की क्या बात है।'

'तो फिर खेलो, दो ही बॉल डालेंगे।'

दो बॉल खेल लो अनिरुद्ध, पार्थो ख़ुद को कपिलदेव समझ रहा है, राजन ने कहा था।

'ठीक है।' क्रीज़ पर स्टांस लेते हुए अनिरुद्ध पार्थो का सामना करने के लिए तैयार था।

पार्थो अपने लम्बे रन अप से दौड़ता है और पूरी ताक़त से गेंद डालता है। गेंद टप्पा खाकर विकेटकीपर सर्वेश के हाथ से छूटती है और पीछे चली जाती है। थर्ड मैन की ओर। वाक़ई काफ़ी तेज़ गेंद थी।

पार्थो ने तंज़ कसते हुए कहा, 'समझ में नहीं आया ना बॉल?'

'ऐसी क्या बात है। डालो एक और बॉल तो बताते हैं।' अनिरुद्ध ने ग़ुस्से से भरकर कहा।

पार्थो ने एक और लम्बे रन अप के बाद अपनी दूसरी बॉल डाली।

टन् टन् टन् की आवाज़ के साथ विकेट हवा में उड़ गया था और मिडिल स्टम्प टूट गया था।

सारे बच्चे अवाक्! 'अरे ये क्या हुआ।' विकेटकीपर सर्वेश का सरप्राइज़ रिऐक्शन था।

दरअसल सभी बच्चों ने बहुत मेहनत कर ये बाँस का विकेट बनाया था। पहले वे तीन किलोमीटर दूर रेंदा बस्ती के पीछे पहाड़ पर गये थे। वहाँ से कुल्हाड़ी से काटकर लम्बा बाँस लाये थे। फिर उससे विकेट की लम्बाई के तीन डण्डे काटे गये थे। उसके बाद उन डण्डों को लेकर बच्चे लोहार के पास गये थे। लोहार ने विकेट के निचले हिस्से को लोहे के पत्तर से कवर कर दिया था ताकि उसे आसानी से मिट्टी में गाड़ा जा सके।

मिडिल स्टम्प का वही लोहे वाला हिस्सा पार्थो की तेज़ गेंद से टूट गया था और विकेट भी छोटा हो गया था। इतनी मेहनत से बनाये गये स्टम्प का इस तरह पहले ही दिन के खेल में टूट जाना बच्चों के लिए बड़ा सदमा था।

राजन के तो जैसे बदन में आग लग गयी। बाँस काटने में सबसे ज़्यादा मेहनत उसी ने की थी। डीलडौल में वो बाक़ी बच्चों से तगड़ा भी था। पूरे घण्टे भर लगातार कुल्हाड़ी चली थी तब जाकर विकेट बनाने लायक तीन डण्डे हासिल हुए थे।

यहाँ तक तो फिर भी ठीक था।

विकेट और उसका टूटा हिस्सा उठाकर जब अनिरुद्ध, पार्थो और राजन की ओर बढ़ा तो पार्थो ने चुटकी ली, 'अबे क्या कमज़ोर विकेट रखे हो तुम लोग! दो बॉल भी नहीं झेल पाया। असल में मेरा बॉल लिली की तरह आता है ना। तुम लोग का विकेट क्या टिकेगा उसके सामने।'

ये सुनते ही पहले से ही आग बबूला राजन ने अचानक पार्थो के सिर पर सामने एक तगड़ा पंच जड़ दिया।

'साले लिली बनता है। लिली बनना है तो अपना विकेट लाता और तोड़ता।' फिर एक पंच। और ये कोई साधारण पंच नहीं था। मुट्ठी बाँध कर बीच वाली उँगली ऊपर की तरफ़ मोड़ दी गयी थी ताकि उसके नुकीले हिस्से से ज़्यादा चोट लगे।

पर ये क्या! पंच पड़ते ही पार्थो के सिर पर गुमड़ निकल आया। राजन ने काफ़ी ज़ोर से मार दिया था उसे।

पार्थो ने सिर पर हाथ रखा और गुमड़ का अन्दाज़ा लगते ही रोने लगा।

'साला, राजन इतना जोर से मारा तुमने। मेरा क्या गलती था बे। तुम्हारा विकेट में दम नहीं है तो इसमें हम क्या करें।'

'पर हम इसका बदला लेंगे। अब तुम लोग के साथ कोई मैच नहीं होगा। पहले हम इस मार का बदला लेंगे।'

'जाओ जाओ साले, बदला लेंगे। भागो नहीं तो और मारेंगे। साला नया विकेट तोड़ दिया। अपना माल समझा था। कभी खेलने का कोई सामान निकलता तो है नहीं इससे, ऊपर से विकेट तोड़ दिया।' राजन ग़ुस्से से फुफकार रहा था।

'मालूम है तुम्हारे बारे में रे पार्थो। भाग यहाँ से।' ये रघु की आवाज़ थी।

पार्थो सिर सहलाता हुआ वहाँ से रोता जा रहा था। बीच-बीच में 'देखे लेंगे' की आवाज के साथ गालियाँ भी निकालता जा रहा था।

इधर अभी-अभी शुरू हुए खेल पर ग्रहण लग गया था।

'अब विकेट का क्या किया जाये। ये तो गड़ भी नहीं सकता। ऊपर से छोटा भी हो गया है।', अनिरुद्ध ने कहा था।

सभी बच्चों का मूड ख़राब हो गया था। एक पत्थर के सहारे विकेट खड़ा करने की कोशिश की भी गयी, पर अब वो मज़ा नहीं रह गया था।

मैच पाँच-पाँच ओवर का कर दिया गया क्योंकि सूरज डूबने लगा था और रोशनी कम हो रही थी।

अनिरुद्ध ने खेल से लौटकर ये बात आनन्द को बतायी तो वो हँस पड़ा था। कहा, 'बैट का जतरा ठीक नहीं लग रहा है। अच्छा कल सुबह पापा से पूछकर फिर छत पर खेला जायेगा। चलो अब तैयार होकर पढ़ने बैठो, अगले हफ्ते से एग्जाम है।'

'हाँ ठीक है, जाता हूँ।'

और अनिरुद्ध हाथ-मुँह धोने चला गया था।

पंजा छाप, जी हाँ, पंजा छाप

अगले दिन अनिरुद्ध जब सोकर उठा तो बिस्तर के बग़ल में ही आनन्द टेबल पर बैठकर पढ़ रहा था। अनिरुद्ध ने पूछा, 'कब से पढ़ रहे हो भैया। खेलने नहीं चलोगे?'

'अरे पापा मुझे पढ़ने बिठाकर वॉक पर गये हैं। साढ़े छह बज गये हैं आते ही होंगे। कह रहे थे कि अगले हफ्ते से परीक्षा है और मैं तुम लोगों को कभी पढ़ते नहीं देखता।'

'तुम भी जल्दी से तैयार हो जाओ और पढ़ने बैठ जाओ। मौका मिलेगा तो पापा से पूछकर खेल लिया जायेगा।'

अनिरुद्ध का मन उदास हो गया था।

माँ ने भी कहा था, 'बेटा जल्दी से तैयार होकर पढ़ने बैठ जाओ। पापा बहुत नाराज हो रहे थे।'

अनिरुद्ध का पढ़ने का बिल्कुल भी मन नहीं था, लेकिन पापा के डर से वो तैयार होकर पढ़ने बैठ गया था।

आनन्द टेबल-चेयर पर बैठकर मैथ्स का काम कर रहा था। पूरी तल्लीनता के साथ लगातार पन्ने भर रहा था।

अनिरुद्ध ने हिन्दी की किताब खोल ली थी। एक कहानी पढ़ने की कोशिश कर रहा था।

तब तक पापा की आवाज़ सुनायी पड़ी। वो बोल-बोलकर पढ़ने लगा ताकि लगे कि देर से पढ़ाई चल रही है।

पापा ने आते ही कहा था, 'अनि, आधे घण्टे में तुम्हारा गणित का टेस्ट लूँगा। रिवाइज कर लो। कहीं से भी पूछूँगा।'

अनिरुद्ध की हालत ख़राब। वो इस तरह अचानक टेस्ट के लिए क़तई तैयार नहीं था।

पापा सीधे बाथरूम में चले गये और दस मिनट में नहाकर निकले।

पूजा करने के बाद उन्होंने कहा, 'अनि, नोटबुक लेकर आओ।'

पापा ने उसे गणित की टेक्स्ट बुक से दस सवाल हल करने के लिए दिये और ख़ुद चाय पीने लगे।

आधे घण्टे में अनिरुद्ध ने सवाल हल कर दिये और नोटबुक पापा को देते हुए पूछा, 'पापा अब तो पढ़ लिया, क्या थोड़ी देर भैया के साथ छत पर खेल सकता हूँ?'

पापा ने पहले उसे ऊपर से नीचे तक देखा। नाराज़गी के भाव थे। फिर वो उसकी कॉपी चेक करने लगे। पाँच मिनट में ही उन्होंने देख लिया था कि सवालों के जवाब सही लिखे गये हैं। उनका मूड थोड़ा सँभल गया। कहा, 'स्कूल जाने का टाइम हो रहा है, जाओ दस मिनट खेल लो भैया के साथ। फिर तैयार होकर समय से स्कूल चले जाना।'

फिर वो आर्यावर्त अख़बार पढ़ने लगे थे। लीड स्टोरी थी–रविवार को दिल्ली में इन्दिरा की चुनावी रैली। कांग्रेस पार्टी का नारा है–'आधी रोटी खायेंगे, इन्दिरा को लायेंगे।'

स्कूल की परीक्षा ख़त्म होते ही पुटुसगंज में चुनाव का माहौल गरमा गया था। जनवरी में आम चुनाव होने थे। वैसे प्रचार पहले से ही शुरू हो गया था, पर वोटिंग की तारीख़ नज़दीक आने की वजह से चुनावी कैम्पेन अब काफ़ी रंग में आ गया था।

प्रचार की गाड़ियाँ लगातार दौड़ रही थीं। इन पर लगे लाउडस्पीकर अनवरत चिल्ला रहे थे।

'पंजा, जी हाँ पंजा छाप पर मुहर लगाकर कांग्रेस उम्मीदवार सलीमा बेगम को भारी से भारी मतों से विजयी बनायें।'

दूसरी तरफ़ से आती जीप का लाउडस्पीकर चीख़ रहा था—'मौजूदा सांसद और जनता पार्टी के उम्मीदवार हेमन्त नारायण सिंह को हलधर किसान चुनाव चिह्न पर मुहर लगाकर विजयी बनायें और एक बार फिर से सेवा का मौक़ा दें।'

चारों तरफ़ इन्दिरा कांग्रेस के चुनाव चिह्न पंजा छाप और जनता पार्टी के चुनाव चिह्न हलधर किसान के झण्डे, बैनर, पैम्फ़लेट फैले नज़र आ रहे थे।

पुटुसगंज क्षेत्र में भारतीय कम्युनिस्ट पार्टी का भी ख़ासा दबदबा था। लेकिन इस बार चुनाव में मुख्य मुक़ाबला कांग्रेस और जनता पार्टी के बीच ही माना जा रहा था।

इमरजेंसी के दौरान परेशान हुई पब्लिक ने 1977 में केन्द्र में जनता पार्टी की गठबन्धन वाली सरकार बनवायी थी। लेकिन थोड़े ही समय में कोएलिशन की आपसी खींचतान ने अवाम को इन्दिरा की याद दिला दी थी। काँग्रेस विरोधी विपक्षी गठबन्धन के शासन के तीन साल में ही वोटर्स ने दो प्रधानमन्त्री देख लिए थे। मोरारजी देसाई

और चौधरी चरण सिंह दोनों ही प्रधानमन्त्री दलगत खींचतान को क़ाबू में नहीं रख सके थे और मुल्क मध्यावधि चुनाव का सामना कर रहा था।

पुटुसगंज खैराबाद संसदीय क्षेत्र के अन्तर्गत आता था। स्थानीय स्तर के नेता और कार्यकर्ता चुनाव में पूरी तरह व्यस्त हो गये थे। वोटिंग में पन्द्रह दिन ही रह गये थे, इसलिए प्रचार अपने चरम पर था। रैलियाँ हो रही थीं, घर-घर जाकर पर्चे बाँटे जा रहे थे। कैम्पेन की गाड़ियाँ सुबह से देर शाम तक लगातार दौड़ रही थीं। एकदम उत्सव जैसा माहौल था।

शहर के आमतौर पर ख़ाली रहनेवाले युवा भी आजकल काफ़ी व्यस्त थे। रणविजय सिंह टर्मिनल टोला के रौबदार युवक थे। काफ़ी दबदबा था उनका। हमेशा आठ-दस युवकों की मण्डली के साथ चलते। मेटल वाली बेल्ट पहनते। ग्रुप के पास बैग में साइकिल की चेन भी होती। पता नहीं कब ज़रूरत पड़ जाये। हालाँकि ये रौब दिखाकर वो कोई वसूली का धन्धा नहीं चलाते थे। इन्हें बस यही अच्छा लगता कि लोगों में उनका एक प्रभाव रहे। किसी पहचान वाले की बहन को किसी शोहदे ने छेड़ दिया हो। रणविजय सिंह न्याय दिलाने के लिए हाज़िर। स्कूल में किसी जान-पहचान वाले का पंगा हो जाये। रणविजय सिंह दलबल के साथ उपस्थित। वैसे उम्र में कोई बहुत बड़े नहीं थे रणविजय। आनन्द सिंह के सहपाठी ही थे। पर रुतबा बड़ा था। डरते थे लोग। स्कूल कभी-कभी ही जाते। जाते भी तो बीच में ही बाहर निकल आते। कभी ग्राउंड में अपनी मण्डली के साथ बैठे होते तो कभी प्रीतम टॉकीज़ में सिनेमा देख रहे होते। सिनेमा हॉल में भी इनका सिक्का चलता था। किसी को टिकट ना मिले तो इनके कह भर देने से मैनेजर ख़ुद टिकट लेकर हाज़िर हो जाता था।

रणविजय सिंह के प्रभाव और पहुँच को देखते हुए हेमन्त नारायण सिंह ख़ुद उनसे मिलने पहुँचे। रणविजय सिंह ने पैर छूकर आशीर्वाद लिया। फिर सांसद जी बोले, 'पुटुसगंज में तो पार्टी की जीत आप पर ही निर्भर करेगी बुआ।' सौ की एक गड्डी निकालकर दी। 'इसे रख लीजिए, और ज़रूरत हो तो माँग लीजिएगा, पर कोई कमी नहीं रहनी चाहिए।'

'आप चिन्ता मत कीजिए सांसद जी। रणविजय के रहते ना केवल पुटुसगंज बल्कि बुलेट बाजार, गापुस, जमरा, भैरागाँव—इन सब इलाके का वोट भी आप ही को मिलेगा। यहाँ से निश्चिन्त होकर जाइए। रणविजय कोई कोर कसर बाकी नहीं रखेगा। बस चुनाव के बाद हमारा खयाल रखिएगा आप।'

'अरे बेटा ये भी कोई कहने की बात है।'

हेमन्त सिंह ने रणविजय को गेंदे के फूल की माला पहना दी थी। हेमन्त सिंह के साथ आये कार्यकर्ता प्रचार की सामग्री ट्रक से उतारकर रख रहे थे।

'रणविजय भैया सब सामान रख दिये हैं। कुछ और चाहिए होगा तो बताइएगा।' हेमन्त नारायण सिंह के कर्मचारी ने कहा था।

रणविजय सिंह ने भी माला पहनाकर हेमन्त सिंह के पैर फिर से छू लिए थे।

अगले दिन से रणविजय सिंह एंड टीम पूरी ताक़त से हेमन्त सिंह के प्रचार में जुट गयी थी। सुबह आठ बजे ही पोस्टर, बैनर और झण्डे से लदी जीप निकल जाती और सिर्फ़ चाय-पानी के लिए ही कहीं रुकती। नारा लगाते-लगाते न केवल रणविजय सिंह बल्कि टीम के बाक़ी मेम्बर्स का भी गला बैठ गया था। साफ़ आवाज़ नहीं निकल पा रही थी। लेकिन उन्हें इसकी कोई परवाह नहीं। अभी बहुत काम बाक़ी है। हेमन्त सिंह जब तक जीत नहीं जाते रणविजय सिंह को चैन से नहीं बैठना है।

हँसना-रोना फ़िल्म

दयानिधि माध्यमिक विद्यालय में गहमागहमी का माहौल है। पहली, दूसरी और तीसरी कक्षा की इमारत और छठी, सातवीं कक्षा वाली इमारत के बीच के लॉन में जो कॉन्क्रीट का स्टेज बना है, वहाँ टेंट हाउस वाले सफ़ेद और लाल कपड़े का पण्डाल बना रहे हैं। शाम चार बजे यहाँ 'रोना-हँसना फ़िल्म' दिखाई जानी है। टेंट वालों के साथ-साथ स्कूल के चपरासी रामचरण और जगदीश भी पूरे दिल से जुटे हुए हैं। उन्हें ज़्यादा कुछ समझ में नहीं आ रहा, लेकिन वो लगातार काम का मुआयना कर रहे हैं। बीच-बीच में दीनदयाल मुण्डा सर आकर देख जाते हैं कि सब ठीक चल रहा है या नहीं। दो बजे तक स्टेज सज-धज कर पूरी तरह तैयार हो जाता है। साढ़े तीन बजे से स्कूल में बच्चों और उनके अभिभावकों का आना शुरू हो जाता है। स्टेज के सामने जिसे जहाँ जगह मिलती है वो बैठ जाता है। पीछे के लोग खड़े रहते हैं। जगह काफ़ी है, लेकिन पूरी तरह भर गयी है।

ठीक चार बजे सफ़ेद धोती-कुर्ता और नीले रंग की बण्डी में हेडमास्टर रामाधार प्रताप सिंह स्टेज पर दाखिल होते हैं और माइक के सामने जाकर खड़े हो जाते हैं। काफ़ी प्रभावशाली लग रहे हैं हेडमास्टर साहब। स्टेज पर सातों कक्षाओं के सभी सेक्शंस के क्लास टीचर और कुछ अन्य शिक्षक भी मौजूद हैं।

रामाधार सिंह बोलना शुरू करते हैं–'उपस्थित सभी शिक्षक गण, अभिभावक, स्कूल के कर्मचारी और मेरे प्यारे बच्चों। आज हम एक बार फिर हर साल की तरह इस बार भी 'हँसना-रोना फ़िल्म' देखने के लिए उपस्थित हुए हैं। जिन बच्चों ने साल भर मेहनत से पढ़ाई की होगी आज उनके लिए हँसने का मौक़ा है और जो बच्चे सिर्फ़ खेलने-कूदने में लगे रहे, पढ़ाई में थोड़ा भी मन नहीं लगाया, उनके लिए आज रोने का अवसर है। लेकिन मैं जब कहता हूँ कि जिनका रिज़ल्ट आज अच्छा नहीं आयेगा उनके लिए रोने का वक़्त है तो मेरा मतलब ये क़तई नहीं है कि ये रोना हमेशा के लिए है। इस रोने से मेरा आशय सिर्फ़ इतना है कि जिन बच्चों के नतीजे

ख़राब आयेंगे वो उन बच्चों से सबक लें जिनका रिज़ल्ट अच्छा आयेगा और ख़ुद को बदलें। अपने भीतर झाँक कर देखें कि उनसे क्या ग़लती हुई है। वो कैसे ख़ुद में सुधार ला सकते हैं।

मेरे प्यारे बच्चों, खेलना बेहद ज़रूरी है। हर बच्चे को ज़रूर खेलना चाहिए ताकि उसका मन प्रफुल्लित और शरीर स्वस्थ रहे। लेकिन साथ ही ये भी ज़रूरी है कि वो स्कूल में और घर पर समय निकालकर अच्छी तरह पढ़ाई भी करें क्योंकि अच्छी तरह शिक्षित विद्यार्थी ही आगे चलकर देश का एक ज़िम्मेदार नागरिक बनता है। आज की फ़िल्म जिनके लिए रोने का सबब बनती है, अगर वो चाहें तो अगले साल उसे हँसने के मौक़े में बदल सकते हैं। और जिन बच्चों के अच्छे नम्बर आयेंगे वो भी अगर आगे मन लगाकर मेहनत करना जारी नहीं रखेंगे तो उनके लिए अगले साल का रिज़ल्ट रोने की वजह बन सकता है। मेरी इस बात पर आप लोग ज़रूर अमल कीजिएगा। इन्हीं शब्दों के साथ मैं अपनी-अपनी कक्षा में अव्वल आये बच्चों को उनका रिज़ल्ट बताने जा रहा हूँ। समय की सीमा होने की वजह से मैं यहाँ सारे बच्चों का रिज़ल्ट नहीं बता सकता तो बाक़ी बच्चे यहाँ के बाद अपनी-अपनी कक्षा में जाकर अपनी क्लास टीचर से अपना रिज़ल्ट प्राप्त करेंगे।'

तालियों की गड़गड़ाहट होती है और हेडमास्टर साहब पहली कक्षा से बच्चों के रिज़ल्ट बताना शुरू करते हैं। वो प्रथम, द्वितीय और तृतीय स्थान पर आये बच्चों के ही नाम पुकार रहे हैं। ऐसे सफल बच्चे स्टेज पर आते हैं, हेडमास्टर साहब के पाँव छूते हैं और अपना रिज़ल्ट लेकर हेडमास्टर साहब के साथ फ़ोटो खिंचवाते हैं और फिर स्टेज से नीचे उतर आते हैं।

अनिरुद्ध का सारा ध्यान तो खेलकूद में ही लगा रहता है, लेकिन पिता और बड़े भाई के दबाव से उसने जो भी पढ़ाई की है, उसके आधार पर वो मान रहा है कि उसने परीक्षा अच्छी दी है। और इस पूरे दृश्य को देखते हुए उसकी आकांक्षा यही है कि उसका नाम भी पुकारा जाये और उसे भी हेडमास्टर साहब वैसे ही सराहें जैसे उसके बड़े भाई को सराहते रहे हैं। वो भी अपनी प्रोग्रेस रिपोर्ट लेकर उनके साथ फ़ोटो खिंचवाये। इस उम्मीद में वो पीछे से खिसकता हुआ एकदम आगे स्टेज के सामने जाकर खड़ा हो जाता है। अनिरुद्ध का रिज़ल्ट देखने साथ में गया बड़ा भाई आनन्द पीछे ही खड़ा रह जाता है।

लेकिन जब उसकी कक्षा की बारी आती है तो नाम पुकारा जाता है सुनीता सेन, अभिरंजन कुमार और विजय प्रसाद का। उसका मन बुझ जाता है। पलकें भीग जाती हैं। आज उसे ऐसा लग रहा है जैसे भारी बेइज़्ज़ती हो गयी हो। वो ये भूल जाता है

कि उसने कक्षा में टॉप आये बच्चों जैसा कुछ भी नहीं किया है, लेकिन उम्मीदों का क्या करें वो तो किसी को भी हो सकती हैं।

वो कार्यक्रम के समापन और हेडमास्टर साहब के धन्यवाद ज्ञापन तक भी नहीं रुकता और अपनी कक्षा की ओर क़दम बढ़ा देता है। आज उसे वाक़ई बहुत दुख हो रहा है। काश वो भी कक्षा में प्रथम आता तो आज लोग उसके बारे में बातें करते। वो ये भूल जाता है कि नाम तो राजन, विप्लव, रघु आदि उसके ख़ास दोस्तों का भी नहीं लिया गया। पर आज ये तर्क उसे बहला नहीं पा रहे।

कक्षा में क्लास टीचर मीरा सान्याल जब रिज़ल्ट उसके हाथ में देती हैं तो वो और भी हैरान रह जाता है। पाँचवें स्थान तक भी उसका नाम नहीं। छह सौ के पूर्णांक में उसे तीन सौ बीस अंक मिले हैं। कक्षा में उसकी पोज़ीशन काफ़ी पीछे हो गयी है। उसके दोस्तों के भी ऐसे ही अंक आये हैं। लेकिन उन्हें कोई फ़र्क़ नहीं पड़ रहा। सब उसे रोककर बातें करना चाहते हैं, पर वो घर की तरफ़ चल देता है।

घर पहुँचकर अनिरुद्ध माँ के पास जाता है और गले लगकर रोने लगता है। माँ पूछती रह जाती है, 'क्या हुआ। रिजल्ट अच्छा नहीं हुआ क्या। कोई बात नहीं बेटा। बताओ तो क्या हुआ?'

वो सुबकता हुआ ही कहता है कि 'मैं टॉप क्यों नहीं आया। मैं हमेशा पीछे क्यों रह जाता हूँ।' माँ उसके आँसू पोंछ कर सान्त्वना देती है। 'कोई बात नहीं बेटा। अगर तुम्हें ये बात बुरी लगी है तो आठवीं कक्षा में मन लगाकर पढ़ाई करना। तुम्हारा दिमाग इतना तेज है, अगर तुम ठीक से पढ़ाई कर परीक्षा दोगे तो जरूर कक्षा में टॉप आओगे।'

तब तक आनन्द भी पहुँचता है। 'अरे तुम स्कूल से कब चले आये? मैं तुम्हें वहाँ ढूँढ़ता रह गया।'

अनिरुद्ध अभी भी सुबक रहा था। 'अरे अरे। क्या हुआ रिजल्ट?' माँ ने बताया कि पास कर गया है, लेकिन इस बात से रो रहा है कि टॉप नहीं आ सका।

इस बात पर आनन्द को हँसी आ गयी। बोला, 'पढ़ते समय तुम्हारा मन लगता नहीं, लेकिन रिज़ल्ट अव्वल चाहिए। वाह वाह।'

ये बात अनिरुद्ध को बिल्कुल नागवार गुज़री थी। वो आनन्द को लगभग मारने दौड़ता है। 'भाग जाओ यहाँ से। हँस रहे हो मेरे ऊपर। बताऊँगा तुमको भी। तुमसे भी अच्छा नम्बर लाऊँगा।'

'हाँ हाँ ले आना। मुझे बुरा थोड़े ही ना लगेगा।'

थोड़ी देर में पिता दफ़्तर से लौटे तो उन्हें भी ये पूरा प्रकरण सुनाया गया। वो भी मुस्कुरा उठे थे। 'बच्चा है। धीरे-धीरे सँभल जायेगा। कहाँ है वो?'

माँ ने उन्हें पूरी बात बतायी थी, 'जब रोकर शान्त हुआ तो मैंने कहा कि अरे टॉप नहीं आये हो तो कोई बात नहीं, पास तो अच्छे ही नम्बरों से हुए हो। खुशी का मौका तो है ही। बोलो क्या खाओगे।'

माँ की इस बात पर पहली बार अनिरुद्ध के चेहरे पर मुस्कान आयी थी।

'आज मैं भर पेट सिंघाड़ा, जलेबी और गुलाब जामुन खाना चाहता हूँ।' ये सुनना था कि बग़ल में खड़े आनन्द को ज़ोरदार हँसी आ गयी। 'हाँ ये डिमांड तुम बिल्कुल ठीक रखे हो। मिठाई तो बनती ही है तुम्हारे रिजल्ट पर।'

'माँ देखो भइया चिढ़ा रहा है।'

'अरे चिढ़ा नहीं रहा है तुम्हें खुश करने की कोशिश कर रहा है।' और फिर दोनों भाई साइकिल पर बैठकर मिठास स्वीट हाउस चले गये थे।

पिता ने कहा, 'ठीक किया मिठाई खाने के लिए भेज दिया। अभी ही तो इनके पढ़ने-खेलने और खाने के दिन हैं, समय आने पर अपने आप सँभल जायेंगे।'

पिता कपड़े बदलने चले गये थे और माँ उनके लिए चाय बनाने किचन की तरफ़ बढ़ गयी थी।

तीन नम्बर पर मसाला डोसा मारेगा

शाम हो चली है। मिठास स्वीट हाउस पर रोज़ की बैठकी गुलज़ार हो रही है। ये होटल बाबू बाज़ार के बिल्कुल मध्य में है। इसके मालिक हैं कामाख्या सिंह। सिमराहां से पन्द्रह साल पहले आये थे और होटल का कारोबार शुरू किया था। पहले कच्ची इमारत में चलता था होटल, पर आमदनी अच्छी होने के बाद इसे जल्दी ही पक्का करा लिया था। ख़ूब चलता था होटल। सिंघाड़ा, कचौड़ी, आलू चॉप, जलेबी, मसाला और प्लेन डोसा इसके मुख्य आकर्षण थे। बाक़ी हर तरह की मिठाइयाँ भी मिलती थीं यहाँ।

होटल का आकार-प्रकार कुछ ऐसा था। आगे एक शेड था जहाँ एक तरफ़ बैठकी की जगह बनी थी। दूसरी तरफ़ सिंघाड़ा, जलेबी, कचौड़ी छानने के लिए कोयले वाले चूल्हे बने थे। वहीं हलवाई सुबह-शाम तरह-तरह की चीज़ें तलते। बाक़ी मिठाइयाँ होटल के पीछे के कमरों में बनतीं। सामने के शेड के ठीक पीछे एक तरफ़ कामाख्या सिंह का गल्ला था जहाँ बैठकर वो कामकाज पर नज़र रखते और ग्राहकों के साथ पैसे का लेन-देन भी करते। जब वो ब्रेक पर होते यानी दोपहर के भोजन के बाद आराम की नींद ले रहे होते तो उनका सबसे विश्वासपात्र कर्मचारी कृष्णा गल्ले का काम देखता। अन्यथा वो होटल में इधर-उधर चहलक़दमी करता हुआ सारा काम सँभालता।

गल्ले के सामने की जगह पर बड़े से शीशे के शेल्फ़ में तरह-तरह की मिठाइयाँ सजा कर रखी होतीं। लड्डू, पेड़ा, कलाकन्द, बालूशाही, मलाई चमचम, पंतुआ, काला जामुन, बुंदिया आदि-आदि। इसके ठीक पीछे के बड़े से हॉलनुमा कमरे में छह टेबल लगे थे और उनके चारों तरफ़ चार-चार कुर्सियाँ रखी थीं। यहाँ बैठकर लोग अपनी पसन्द की खाने-पीने की चीज़ें ऑर्डर करते। और फिर मैनेजर सिंह जी उसे पूरा करने में जुट जाते। उनके एक हाथ में लिखकर फाड़ने वाली छोटी नोटबुक होती और दूसरे में दर्जन भर चम्मच जो वो ग्राहकों के मांगने पर तुरन्त बढ़ा दिया

करते थे। हाथ में एक तौलिया जैसा कपड़ा भी रहता जिससे वो चम्मच को साफ़ कर कस्टमर को दिया करते। इस हॉल में ग्राहकों के कोलाहल के बीच उनकी भी आवाज़ गूँजती रहती।

'तीन नम्बर टेबल पर दो मसाला डोसा और एक सादा डोसा मारेगा।'

'छह नम्बर टेबल पर दो प्लेट सेव-बुनिया और दो प्लेट सिंघाड़ा और सब्जी देगा।'

'अरे चार नम्बर खाली हो गया है। रे बिगना, साफी मारो वहाँ, ग्राहक वेट कर रहा है।'

इस होटल के टर्न अराउंड के सूत्रधार थे बंगाली मिस्त्री। दस साल पहले कलकत्ते से पुटुसगंज अपने किसी दूर के रिश्तेदार से मिलने आये थे। बेरोज़गार थे। पुटुसगंज का माहौल देखकर उन्हें लगा कि यहाँ रोज़ी-रोटी का कुछ जुगाड़ बन सकता है। फिर वो यहीं रुक गये थे। उनके पास जलेबी बनाने का ख़ास हुनर था। एकदम एक्सक्लूसिव। मिठास स्वीट हाउस में पहले हेल्पर का काम शुरू किया। पर जल्दी ही उनकी ख़ूबी को पहचान कामाख्या सिंह ने उन्हें जलेबी बनाने का काम दे दिया।

इससे पहले पुटुसगंज के होटलों में बनने वाली जलेबी में वो बात नहीं थी जो बंगाली मिस्त्री ने इंट्रोड्यूस की। वो जलेबी बनाने के लिए ख़ास इंग्रेडिएंट इस्तेमाल करते थे जिसका राज़ उन्होंने किसी से शेयर नहीं किया था। उन्होंने कामाख्या सिंह को भी ये ताकीद कर दिया था कि इसके बारे में बताने से बिज़नेस पर असर पड़ सकता है। वो रात में ख़ुद ही जलेबी के लिए सामग्री तैयार कर ख़मीर होने के लिए छोड़ देते और फिर उसी से सुबह और शाम जलेबी बनाते। आलम ये था कि जलेबी निकलती रहती थी, लेकिन उसके ग्राहकों की भीड़ थमती नहीं थी। पुटुसगंज के तमाम घरों में उन्होंने अपनी इस ख़ास जलेबी की डिमांड पैदा कर दी थी। जब वो कड़ाही में छनौटा डालकर उस पर जलेबी छानते तो उनकी तन्मयता और तल्लीनता देखते ही बनती थी। जलेबी के बैटर को कपड़े में भरकर पहले वो छनौटे पर एक छोटा गोला बनाते और फिर उसके चारों ओर बेहद छोटी-छोटी रिंग बनाते जाते। ऐसा करते हुए उनका चश्मा आगे को निकल आता और नाक के एकदम बाहर तक पहुँच जाता। उनके होंठ भी सीटी बजाने की मुद्रा में बाहर निकल आते। उनकी ये शक्लोसूरत और भंगिमा ख़ासी रोचक लगती। कुल मिलाकर बंगाली मिस्त्री ने मिठास स्वीट हाउस के बिज़नेस को चमका दिया था। कायापलट कर दिया था। बाबू बाज़ार के ही सरबती होटल, बिहारी होटल और रघु मिष्ठान भण्डार के मालिकों ने उन्हें तगड़ा लालच देकर अपने यहाँ खींच लेने की तमाम कोशिशें कीं, लेकिन कामाख्या

सिंह ने एक तो उनका पैसे से मन भर दिया था और दूसरे काग़ज़ पर अँगूठा भी ले लिया था कि दस साल से पहले होटल छोड़कर गये तो पचीस हज़ार रुपये देने होंगे। ये पुटुसगंज के होटल कारोबार में पहला कॉन्ट्रैक्चुअल क़रार था जिसमें एक मिठाई कारीगर के लिए काम छोड़ने की बेहद कठिन शर्त रखी गयी थी।

मिठास स्वीट की बैठकी दरअसल आज के न्यूज़ चैनलों के प्राइम टाइम डिस्कशन जैसी होती। वहाँ महफ़िल जमाने वाले शहर के वो किरदार होते जो दिनभर अपना काम ख़त्म करने के बाद यहाँ बैठकर देश दुनिया की तमाम बातें करते ही, साथ ही पुटुसगंज से जुड़ी हर ख़बर का विस्तृत विश्लेषण भी किया करते थे। इस बैठकी के रेगुलर मेम्बर थे रामाधार तिवारी, रामाशंकर चौबे, सुबाश सिंह, अयोध्या सिंह, पिनाकी राय, जानकी महतो, नारायण साव, हरिशंकर प्रधान, ब्रज बिहारी चौधरी, आशुतोष वार्ष्णेय इत्यादि। ये लोग नियमित रूप से यहाँ अड्डा जमाते। चाय-सिंघाड़े का दौर चलता और शाम ढलने पर कभी-कभी गाँजे का लुत्फ़ भी उठाया जाता। होटल मालिक कामाख्या सिंह व्यस्तता के हिसाब से इस बैठकी में आते-जाते रहते। शाम साढ़े सात-आठ बजे तक ये बैठकी नियमित रूप से चलती। फिर सब अपने-अपने घरों की राह पकड़ते।

आज यहाँ चुनाव पर चर्चा हॉट है। पिनाकी राय ने बात छेड़ी थी। 'का लगता है हेमन्त सीट बचा पायेंगे? कांग्रेस का तो देश में लहर लग रहा है।'

'अरे सेमलगढ़ राज का एतना खजाना है हेमन्त नारायण सिंह के पास कि उनका जीतना तय है। वैसे कांग्रेस जिस तरह प्रचार कर रही है कुछ भी हो सकता है', हरिशंकर प्रधान ने चाय की चुस्की लेते हुए कहा था।

रामाशंकर चौबे पुराने कांग्रेसी थे। सिगरेट का धुआँ छोड़ते हुए बोले, 'विरोधी लोगों को लगता है कि कांग्रेस में खाली भ्रष्टाचार है। अरे मिला तो था राज करने का मौका। खुद में ही लड़ गये सोसलिस्ट और जनसंघ वाले। इन्दिरा की इमरजेंसी के खिलाफ खास कुछ कर भी तो नहीं पाये ये लोग। नहीं तो मध्यावधि चुनाव की नौबत ही क्यों आती। इस देश को अगर कोई चला सकता है तो वो कांग्रेस पार्टी ही है, इन्दिरा गांधी ही है।'

चुनाव पर चर्चा तेज़ हो रही थी कि तभी रणविजय सिंह की प्रचार गाड़ी वहाँ आकर रुकी। जीप में आठ-दस और लोग भी थे।

रणविजय सिंह ने पैर छूकर सभी लोगों को प्रणाम किया।

'आप सब चाचा लोग से एक्के गो रिक्वेस्ट है, हेमन्त जी को फिर से जितवाना है। आप सबका पूरा समर्थन चाहिए। अपना वोट बेकार मत कीजिएगा आप लोग।'

'रे पर्चा दो रे सब चाचा लोग को।'

'चाचा, जनता पार्टी का घोषणापत्र देखिए। कांग्रेस का राज तो आजादी के बाद से देखबे किये हैं आपलोग। मजबूत बहुमत दीजिए इस बार। पिछली बार गठबन्धन की वजह से मामला गड़बड़ा गया था। जनता पार्टी की इस बार अकेली बहुमत की सरकार बनी तो कांग्रेस का परिवारवाद खतमे हो जायेगा। इ लोकतन्त्र है, यहाँ जनता का शासन चलना चाहिए, परिवार का नहीं।'

बैठकी में शामिल लोगों ने घोषणापत्र का पर्चा ले लिया था। हालाँकि कांग्रेस समर्थक रामाशंकर चौबे, रामाधार तिवारी और अयोध्या सिंह रणविजय सिंह की बातों से सहमत नहीं थे। पर उस समय उन्होंने विरोध में कुछ कहा नहीं था।

अयोध्या सिंह ने मुस्कुराकर कहा, 'बुआ करो जमकर हेमन्त सिंह का प्रचार, लेकिन इस बार हवा का रुख कुछ अलग ही है। देखते हैं का होता है नतीजा।'

'हाँ चचा। लेकिन हेमन्त जी को आप लोगों का पूरा समर्थन चाहिए होगा। ध्यान रखिएगा चचा। चलिए चलते हैं। वोट जरूर दीजियेगा आप लोग।'

फिर रणविजय सिंह और उनके साथ आये कार्यकर्ता जीप पर सवार होकर आगे बढ़ गये थे।

लाउडस्पीकर चिल्ला रहा था, 'हलधर किसान पर मुहर लगाकर अपने प्रिय उम्मीदवार हेमन्त नारायण सिंह को भारी से भारी मतों से विजयी बनायें और दिल्ली की गद्दी पर जनता पार्टी को एक बार फिर से बिठाएँ।'

जीप में पीछे बैठे लोग प्रचार का पर्चा एक-एक कर उड़ा रहे थे। छोटे-छोटे कुछ बच्चे उसे लूटने के लिए जीप के पीछे दौड़ रहे थे।

अनिरुद्ध अपना रिज़ल्ट अगले दिन ही भूल गया था और पहले की तरह खेल-कूद और मौज-मस्ती में जुट गया था। परीक्षा परिणाम आने के बाद और नयी कक्षा शुरू होने से पहले जो हफ़्ते भर का वक़्त होता था वो बड़ा ही शानदार होता था। कोई पढ़ने को नहीं कहता था। सुबह से शाम तक खेल चलता रहता। ब्रेकफ़ास्ट करने के बाद जो निकले तो सीधा लंच के समय लौटे और लंच करने के बाद निकले तो फिर शाम को अँधेरा होने पर ही घर का रुख़ किया। और इस बार तो रोमांच और भी ज़्यादा है क्योंकि मिडिल स्कूल ख़त्म हो चुका है और अब हाई स्कूल में जाने की तैयारी है। फुल पैंट पहननी है, नयी क्लास, नये दोस्त, नये टीचर। सीनियर्स से जिन टीचर्स के बारे में सुन रखा है उन्हें साक्षात् देखने का मौक़ा मिलने वाला है। अनिरुद्ध का मन प्रफुल्लित है, उमंग से भरा है। क्या पता वो बस वाली लड़की भी वहाँ मिल जाये। उस लड़की का ख़याल आते ही वो अच्छा महसूस करने लगा था।

वो सोचता है, 'मिडिल स्कूल दो हैं, लेकिन हाई स्कूल तो एक ही है। जरूर वो वहाँ मिलेगी।' ये विचार आते ही वो ख़ुश हो गया था। अकेला बैठा था, लेकिन मुस्कुरा उठा था। 'पर अगर वो कहीं और चली गयी तो। उसके पिता का ट्रांसफर हो गया हो तो।' ऐसी आशंका भरे सवाल भी अचानक उसके ज़ेहन में उठे। 'नहीं नहीं। मैं भी क्या-क्या सोचता रहता हूँ। हाई स्कूल में वो जरूर मिलेगी।'

तब तक बाहर से मोहल्ले के दोस्त रैंकी की आवाज़ सुनायी पड़ी। 'अनि, ए अनि, क्रिकेट खेलना है तो नीचे आओ।' वो बाहर जाकर देखता है और कहता है, 'बस पाँच मिनट में आ रहा हूँ।' अनिरुद्ध बैट उठाता है और दौड़कर खेलने चला जाता है।

सड़क पर बिजली के खम्भे को विकेट बनाकर बच्चे क्रिकेट खेल रहे हैं। चुनाव प्रचार वाली गाड़ियाँ बीच-बीच में सड़क से गुज़रती हैं। 'हलधर किसान पर वोट डाल कर भारी से भारी मतों से अपने प्रिय उम्मीदवार हेमन्त नारायण सिंह को विजयी बनायें।'

दूसरी तरफ़ से आ रही जीप का भोंपू चिल्ला रहा है, 'पंजा छाप, पंजा छाप, पंजा छाप। जात पर ना पात पर मुहर लगेगा हाथ पर।'

'आयी आयी आयी आयी कांग्रेस की आँधी आयी। नमक रोटी खाना है इन्दिरा को जिताना है।' 'आपका नेता कैसा हो सलीमा बेगम जैसा हो।'

दोनों प्रचार गाड़ियों के गुज़रने तक बच्चों का खेल रुका रहा। प्रचार गाड़ियों ने ढेर सारा पर्चा हवा में उड़ा दिया था जिसे बच्चे दौड़-दौड़कर लूट रहे थे।

कोंक कोंक कोंक

हाई स्कूल में जाने का रोमांच केवल अनिरुद्ध को ही नहीं हो रहा था। उसके बैच के बाक़ी बच्चे भी उसी तरंग में थे। चुनाव की वजह से गेंदामल उच्च विद्यालय एक हफ़्ते की देरी से खुलने वाला था। ऐसे में लड़कों ने क्रिकेट खेलने के बाद तय किया कि पिकनिक का प्रोग्राम बनाया जाये। इसके लिए मीटिंग अगले दिन गेंदामल उच्च विद्यालय के ही ग्राउंड में रखी गयी।

पश्चिम का आकाश लोहित हो चला था। दिसम्बर का महीना था सो ठण्ड भी थी। अनिरुद्ध के दोस्तों की अल्हड़ टोली पहाड़ में पिकनिक का कार्यक्रम बनाने के लिए गेंदामल उच्च विद्यालय के ग्राउंड में जमा थी। अनिरुद्ध के अलावा, राजन, विप्लव, रघु, विजय, संजय, नरेश, मनोज, दिनेश, कामेश, ऋत्विक, अर्जुन, धर्मेन्द्र जैसे स्कूल के सारे क्लोज़ फ्रेंड्स मौजूद थे।

'संडे को यानी परसों सुबह छह बजे चलते हैं ना', राजन का प्रस्ताव आया।

'हाँ आइडिया तो अच्छा है। चलते हैं, चलते हैं।' कई बच्चों ने कहा था। 'पर खाने का क्या इन्तजाम होगा?' कामेश ने पूछा था।

राजन सिंह, अनिरुद्ध के बैच का क्रिकेट कप्तान तो था ही, इस ग्रुप का सबसे तेज़-तर्रार, आगे रहनेवाला और उत्साही लड़का भी था। आगे बढ़कर कोई ज़िम्मेदारी ले लेना वो अपना कर्तव्य समझता था। भले ही इस चक्कर में उसको लग जाये। उसे लगता था कि लीडर तो वही होता है जो किसी भी काम में सबसे आगे रहे। कहीं गोल गप्पे खाने का प्रोग्राम बन जाये तो बिल देने में शान समझे। भले ही उसके लिए किसी दूसरे साथी से क़र्ज़ ही क्यों ना लेना पड़ जाये। अगर किसी दोस्त का कहीं किसी लड़की पर दिल आ जाये तो दोस्त के साथ देर सबेर कभी भी इन्तज़ार या जुगाड़ की नौबत आने पर राजन बिना पूछे उपस्थित रहता था।

अनिरुद्ध ने सुझाया था। 'पहुँचते ही पहले ब्रेड और बटर खा लेंगे। अंडे भी उबाले जा सकते हैं। और फिर इत्मिनान से चिकन करी और चावल बनाया जा सकता है।'

कामेश तुरन्त उबल गया। 'साला, तुम लोग को खाली अपना ही सूझता है। जो लोग मीट-मछली नहीं खाता है वो क्या खायेगा।' वैसे वेजीटेरिन लोग तो इस टोली में कम ही थे, लेकिन जो तीन-चार लोग थे उनकी चिन्ता भी तो की ही जानी चाहिए थी।

राजन ने अगुवाई की, 'अरे कामेशी। तुम इ कइसे सोच लिया कि पिकनिक के प्रोग्राम में कुछ वेज होइबे नहीं करेगा। अरे ब्रेड बटर तो तुम खा ही सकते हो। अंडा मत खाना। हो गया समाधान। बहुत हुआ तो अंडे की जगह तुम्हारे लिए कोई मिठाई रख लेंगे। और तुम्हारे लिए क्या, सबके लिए रख लेंगे।'

इस बात पर कामेश को ग़ुस्सा आ गया। 'जब तुम लोग अंडा खा रहे हो तो भी मिठाई खाना जरूरी है क्या?'

मनोज ने मुस्कुराते हुए हस्तक्षेप किया। 'अरे कामेश, वेज लोगों को ऐसे आयोजनों में थोड़ा नुकसान तो होता ही है न। दिल बड़ा करो। केवल खाने के बारे में मत सोचो। ये भी तो है कि हम इतने लोग एक साथ मजा-मस्ती करने जा रहे हैं। उसके बारे में सोचो। अगर कोई काम बन रहा हो तो उसमें अपना कुछ न कुछ अड़ाए बिना तुम्हारा काम नहीं चलता?' मनोज की ये बात सुनकर ग्रुप में सब हँसने लगे थे। और कामेश हमेशा की तरह नाराज़ हो गया था। 'साले हमारा मजाक बनाने में तुम सब लोगों को इतना मजा क्यों आता है। खींच के एक दे देंगे बस।'

'अरे भाई, खिसिया काहे रहे हो। ठण्ड रखो और आगे का प्रोग्राम डिस्कस करो।' रघु ने कहा था।

काफ़ी देर विचार-विमर्श के बाद ये तय हुआ कि परसों सुबह सात बजे यानी संडे को पंडुरा पुल वाली घाटी में पिकनिक के लिए चला जायेगा। सबको दस-दस रुपये का कॉन्ट्रीब्यूशन देना था। मेन्यू था ब्रेकफ़ास्ट में ब्रेड-बटर और उबले अंडे। कामेश जैसे वेजीटेरियन के लिए एक रसगुल्ला। लंच में चिकन करी और चावल बनना तय हुआ था। वेजीटेरियन लोगों के लिए पनीर की सब्ज़ी बननी थी। हालाँकि ऐसे शाकाहारी चार लोग ही थे।

शनिवार को शाम में ही सारी चीज़ें ख़रीद ली गयी थीं। पाँच देसी मुर्ग़े भी ले लिए गये थे। मुर्गों को सँभालकर रखने की ज़िम्मेदारी राजन की थी। पिकनिक स्पॉट पर मुर्ग़ों को काटने के लिए विजय के घर काम करने वाले नौकर घूरन को भी शामिल कर लिया गया था। वो बाक़ी के काम में भी हेल्प करने वाला था।

तय कार्यक्रम के अनुसार, सभी लड़के अपनी-अपनी साइकिल पर पिकनिक का सामान लेकर चल पड़े। पंडुरा पुल पुटुसगंज से क़रीब दस किलोमीटर की दूरी

पर था। सब लोग भरपूर मस्ती में गाते-गुनगुनाते, एक-दूसरे की खिंचाई करते गन्तव्य की ओर चले जा रहे थे।

उतार-चढ़ाव वाले पहाड़ी रास्ते पर पैडल मारते हुए क़रीब घण्टे भर में सभी लड़के पंडुरा पुल पर पहुँच गये थे। पहले पुल पर ही रुककर थोड़ा आराम किया गया। वहाँ बने नाके के पास साइकिल खड़ी कर दी गयी और वहीं चाय की दुकान पर पानी पी लिया गया। जब रास्ते की थकान मिट गयी तो मण्डली में शामिल लड़के अपना-अपना सामान लेकर पंडुरा नदी की घाटी के लिए पैदल चल पड़े। पंडुरा पुल से बरावलपुर के लिए जानेवाले गांधी पथ पर क़रीब पाँच सौ मीटर की चढ़ाई चढ़ने के बाद सड़क से ही एक रास्ता जंगल में नीचे की तरफ़ जाता था। तीव्र ढाल वाला ये रास्ता काफ़ी घुमावदार था। थोड़ा भी सन्तुलन बिगड़ने पर फिसलकर गिरने और दूर तक सरक जाने का डर रहता था। पैर बहुत जमा-जमा कर चलना पड़ता। पर लगभग सभी लड़के पहले भी इस घाटी में माता-पिता के साथ पिकनिक के लिए आ चुके थे। इसलिए अभ्यस्त थे। दस मिनट तक लगातार सँभल-सँभल कर चलने के बाद सभी लोग पंडुरा नदी तक पहुँच गये थे। सबसे पहले राजन ने जूते उतारे और किनारे के एक पत्थर पर बैठकर बहती नदी में पैर डाल दिये थे। पानी काफ़ी ठण्डा था। राजन सिहर गया था। उसने बाक़ी दोस्तों को बताया कि 'पानी बहुत ठण्डा है। वे सँभलकर पाँव डालें।'

पतली धारा वाली पहाड़ी नदी कल-कल की ध्वनि के साथ बह रही थी। एकदम साफ़ पानी। किनारे के पत्थरों के नीचे नन्ही-नन्ही मछलियों की गतिविधि साफ़ नज़र आ रही थी। रघु वहीं बैठ गया और हाथ पानी में डालकर मछलियों को पकड़ने की कोशिश करने लगा। वो बहुत धीरे-से अपने हाथ पानी के नीचे ले जाता ताकि मछलियों को पता न चले और दोनों हथेलयों को मिलाकर पानी उलीचकर ऊपर लाता, इस उम्मीद में कि हथेली में एक-दो नन्ही मछलियाँ आ ही जायेंगी। पर शायद मछलियाँ उसकी सोच से ज़्यादा चतुर थीं। बार-बार ऐसा करने पर भी एक भी मछली पकड़ में नहीं आयी थी।

अनिरुद्ध ने सुझाव दिया कि 'पहले पिकनिक की जगह ढूँढ़ लेते हैं फिर बैठते हैं, नहीं तो देर हो सकती है।' बाक़ी लड़कों ने अनिरुद्ध की बात का समर्थन किया था। उसके बाद सब लोग नदी के किनारे-किनारे चलते हुए एक टापूनुमा जगह पर पहुँच गये थे। चारों तरफ़ पक्षियों के चहचहाने की आवाज़ सुनाई पड़ रही थी। मन्द-मन्द हवा बह रही थी। सर्दियों की धूप में चमकती नदी एक अद्भुत सौन्दर्य

पैदा कर रही थी। टापूनुमा स्थलाकृति के दोनों तरफ़ से नदी बह रही थी और बीच में रेतीली ज़मीन थी। सभी लड़के कुछ दूर और चलने के बाद वहीं एक समतल-सी जगह पर बैठ गये। कुछ ज़मीन पर ही पत्ते बिछाकर बैठे और कुछ ने पत्थर ढूँढ़कर उस पर बैठना उचित समझा ताकि पैंट गन्दी ना हो जाये। सारा सामान कन्धे से उतारकर रख दिया गया। मुर्ग़ों को भी बैग से निकालकर एक बड़े से पत्थर की ओट में रख दिया गया। छोटे-छोटे पाँच मुर्ग़े अब तक तो झोले में शान्त पड़े थे, लेकिन बाहर निकाले जाने पर कोंक कोंक कोंक की तेज़ ध्वनि करने लगे। फिर थोड़ी देर में शान्त हो गये। चौकन्ने होकर इधर-उधर देखने लगे। विजय का नौकर घूरन उनकी निगरानी कर रहा था।

दिनेश ने कहा कि 'पहले हाथ-मुँह धोकर ब्रेड-बटर खा लिया जाये। उसके बाद चिकन-चावल बनाने का काम शुरू किया जायेगा।' सबने इस बात का समर्थन किया था।

पहले जंगल में यहाँ-वहाँ से सूखी लकड़ी ढूँढ़कर कैरोसीन तेल की मदद से आग जलाई गयी। फिर उस पर उबालने के लिए अंडे रख दिये गये। थोड़ी लकड़ी जमा हो गयी थी। बाक़ी का इन्तज़ाम लड़के जंगल में घूम-घूम कर कर रहे थे। मनोज और ऋत्विक को आग में लगातार लकड़ी झोंकने की ज़िम्मेदारी दी गयी। अंडों को उबलने में क़रीब आधा घण्टा लगा। तब तक आगे की तैयारी के लिए लकड़ी का भरपूर इन्तज़ाम कर लिया गया। जहाँ आग जलाई गयी थी, वहीं बग़ल में सारी सूखी लकड़ी रख दी गयी।

अब नदी के पानी में हाथ-मुँह धोकर सब लोग नाश्ता करने बैठे। कुल 15 लोग थे जिनमें ग्यारह अंडे खाने वाले थे। सबको पाँच-पाँच स्लाइस और दो-दो उबले अंडे दिये गये। सब ब्रेड में बटर लगा रहे थे। कामेश भी अपने ब्रेड में बटर लगा रहा था। फिर उसने पूछा कि 'मिठाई कहाँ रखी है? तुम लोग तो अंडा उड़ाओगे। मेरी मिठाई दे दो।'

कामेश की इस बात पर सब एक साथ हँस पड़े थे।

'साला कामेसवा को लगता है कि हम लोग अंडा खाने के बाद कहीं मिठाई भी ना उड़ा दें। इसलिए पहले ही मिठाई कब्जे में ले लेना चाहता है।' राजन ने कहा।

'तुम लोगों का क्या भरोसा। तुम लोग ऐसा कर भी सकते हो।' कामेश ने कहा।

मनोज ने मिठाई का डिब्बा कामेश की ओर बढ़ा दिया था। कुल पाँच रसगुल्ले थे। कामेश ने एक रसगुल्ला निकाल लिया। बाकी अर्जुन, धर्मेन्द्र और दिनेश को

बढ़ा दिया गया। ये लोग भी वेजीटेरियन थे। एक रसगुल्ला बच गया। अब ये कौन खायेगा। तय हुआ कि ब्रेकफ़ास्ट के बाद टॉस किया जायेगा और जो टॉस जीतेगा, बचा हुआ एक रसगुल्ला उसे ही मिलेगा।

हमेशा असन्तुष्ट नज़र आने वाले कामेश को भी इस प्रस्ताव पर मज़ा आ गया था। लगा क्या पता रसगुल्ला उसकी ही क़िस्मत में लिखा हो।

ब्रेड बटर के पुष्ट नाश्ते के बाद जब रसगुल्ले के लिए टॉस हुआ तो राजन ने चालाकी दिखायी। सबका सबसे टॉस करवा दिया और जब आख़िर में मनोज बचा तो उसके साथ अपना टॉस किया और अब तक के टॉस के पैटर्न के हिसाब से 'टेल' बोलकर रसगुल्ला अपने नाम कर लिया। जब तक लड़कों को ये खेल समझ आता और वो इस पर अपना विरोध जताते राजन रसगुल्ला मुँह के अन्दर डाल चुका था।

नाश्ते के बाद सब लोग अपना बेहतरीन पोज़ बनाकर फ़ोटो खिंचवाने लगे। हॉटशॉट के कैमरे में 36 फ़ोटो खींचने का स्कोप था। सोच-समझकर तस्वीरें खींची जा रही थीं। कोशिश ये थी कि हर तस्वीर में ज़्यादा से ज़्यादा लोग आ जायें। लेकिन राजन की डिमांड थी कि एक तस्वीर वो पानी के बीच में खड़े होकर ज़रूर खिंचवायेगा। लड़कों ने विरोध किया कि सिर्फ़ वही क्यों अकेली तस्वीर खिंचवायेगा। बाकी लोग भी पानी वाली तस्वीर खिंचवाएंगे। काफ़ी बहस के बाद तय हुआ कि जो भी नदी के बीच में खड़ा होकर तस्वीर खिंचवाना चाहता है वो कैमरे के फ्रेम में आ जाये। राजन की कोई बपौती नहीं है कि एक्सक्लूसिव पोज़ वाला फ़ोटो वो अकेले ही खिंचवायेगा।

फ़ोटो सेशन के बाद राजन, रघु, अनिरुद्ध और विप्लव पानी में ही एक-दूसरे पर छींटे मारने लगे। नया खेल शुरू हो गया था। धीरे-धीरे और भी लड़के इसमें शामिल हो गये। तभी कामेश की आवाज़ गूँजी।

'तुम लोग पानी में मस्ती ही करते रहोगे कि खाना भी तैयार होगा? थोड़ी देर में भूख लग जायेगी।' कामेश दूर एक पत्थर पर बैठकर धूप सेंक रहा था।

राजन ने चुटकी ली थी, 'देखो इसको, अभी नाश्ता किया है कि खाने की चिन्ता सताने लगी। अच्छा कामेश, चलो घूरन के साथ मिलकर प्याज वगैरह काटो। हम लोग आते हैं।'

'नहीं हम अकेले कुछ नहीं करेंगे। सब लोग मिलकर खाना बनायेंगे।'

'अरे तुम अकेले कहाँ हो, घूरन भी तो है। हम बस आते ही हैं दस मिनट में तब तक तुम शुरू तो करो', राजन ने कहा। बाक़ी लड़के इस बात पर हँस रहे थे।

अर्जुन ने कहा, 'हम यहाँ पिकनिक में मस्ती करने आये हैं या बराबरी ढूँढ़ने। चलो जिसको सब्जी काटने में मदद करनी है आ जाओ।'

अर्जुन के ये कहने पर पानी से बाहर खड़े होकर जंगल का सौन्दर्य निहार रहे मनोज और दिनेश सब्ज़ी काटने के काम में जुट गये थे।

जब सब्ज़ी और सलाद का काम हो गया तो बारी थी मुर्ग़े को प्रोसेस करने की। राजन ने प्याज़ काट रहे घूरन से कहा, 'अब मुर्गों को काट कर तैयार कर दो।'

फिर चुटकी ली, 'कामेश, यहाँ से हट जाओ अब कत्ल होनेवाला है।'

सब हँस पड़े थे।

'पता नहीं तुम लोग क्या-क्या खाता है। पहले जीव को मारो फिर पकाओ और फिर खाओ। एकदम जंगली शौक हैं तुम्हारे। तुम सब लोग पिछले जन्म में जंगल में ही रहा होगा।' कामेश ने थोड़ा ग़ुस्से में कहा था।

'अरे पुटुसगंज के जंगल पहाड़ के बीच रह रहे हम लोग जंगली ही तो हैं कामेश। तुम क्या खुद को बम्बइया समझने लगे हो?' पीछे खड़े विप्लव की आवाज़ आयी थी।

सब हँस पड़े थे। एक सहज हास्य पैदा हो गया था।

घूरन छुरी लेकर जब बड़े पत्थर के पीछे मुर्ग़ों के पास पहुँचा तो हैरान हो गया। वहाँ तो केवल रस्सी पड़ी थी जिसमें मुर्ग़े बँधे थे।

'अरे भइया मुर्गवा सब कहाँ गया?'

'क्या हुआ घूरन? वहीं तो था। नहीं है क्या?', कई लोगों की आवाज़ आयी थी।

कामेश को छोड़कर सब भागकर पत्थर के पास पहुँचे तो देखा कि एक भी मुर्ग़ा वहाँ मौजूद नहीं है। बस रस्सी पड़ी है। चारों तरफ़ नज़र दौड़ाई गयी। पर कहीं मुर्ग़ों का कोई अता-पता नहीं चल पा रहा था। तभी मनोज चिल्लाया—'अरे वो देखो उस पेड़ पर एक मुर्गा बैठा है।'

'आऽऽऽ यानी सब मुर्गवा भाग गया?' रघु की त्वरित प्रतिक्रिया थी।

'चलो सब लोग मुर्गा पकड़ते हैं नहीं तो खायेंगे क्या। भूखे ही रहना पड़ेगा।' राजन चिल्लाया।

इसके बाद क्या था। जंगल में मुर्ग़े 'कोंक कोंक कोंक' कर एक पेड़ से दूसरे पेड़ पर फुदकते हुए भागे जा रहे थे और पिकनिक मण्डली के लड़के उनके पीछे-पीछे उन्हें पकड़ने की कोशिश कर रहे थे। क़रीब घण्टा भर ये खेल चलता रहा। जंगल के अपने प्राकृतिक परिवेश में मुर्ग़े कहाँ पकड़ में आने वाले थे। थक-हारकर जब सारे लड़के लौटे तो सबके चेहरे पर हवाइयाँ उड़ रही थीं। ज़ेहन में एक ही

सवाल चल रहा था। अब खायेंगे क्या। उधर कामेश और दिनेश मुस्कुराते हुए पनीर की सब्ज़ी बनाये जा रहे थे।

'कामेश जो भी है सब्जी पूरा रसदार बनाना। कम-से-कम उसी के सहारे हम लोग चावल खा लेंगे।' रघु ने कहा था।

कामेश भीतर ही भीतर बहुत ख़ुश था। बोला, 'ये सब तुम लोगों का खुदरा पाप है। ईश्वर सब देख रहा होता है। आ गया ना मजा, मुर्गों ने तुम लोगों से बदला ले लिया। ठीक है, ठीक है, पनीर के थोड़े-थोड़े झोर से तुम लोग खा लेना चावल। पर चावल चढ़ा तो दो।'

किसी तरह नाममात्र की पनीर की ग्रेवी के साथ चावल खाया गया था। भूख तो लगी ही रह गयी थी। बार-बार मुर्ग़ों का ख़याल हो आता। लौटते हुए तय यही हुआ कि मुर्ग़ों ने जो धोखा दिया और पिकनिक का ज़ायका बिगाड़ा उसका ज़िक्र किसी और से नहीं किया जायेगा। पर इतनी दिलचस्प बात कहाँ छुप पाती। दो-चार दिन में पुटुसगंज में ये कहानी चर्चा-ए-आम हो गयी थी। कई दिन तक पिकनिक मण्डली के किसी भी सदस्य के नज़र आते ही मुर्ग़ों के भागने के बारे में पूछ लिया जाता। और बाद में तो पिकनिक मण्डली के लड़के भी मज़े ले-लेकर अपनी आपबीती सुनाने लगे थे।

सब पइसा का खेला है

आम चुनाव के बाद जब मत पत्रों की गिनती शुरू हुई तो पुटुसगंज में चुनाव में रुचि रखने वाले लोगों के पास बस एक ही काम रह गया था। लगातार रेडियो सेट से चिपके रहना। हर घण्टे रेडियो पर जो बुलेटिन प्रसारित होता उसमें सीटों के रुझान बताये जाते। अगले दिन के अख़बार में चुनाव के अब तक के रुझान और नतीजों का विस्तार से ब्योरा होता। अनिरुद्ध के पापा का रेडियो सेट लगातार ऑन रहता और बाक़ी समय वो अख़बार पढ़कर अब तक के चुनाव परिणाम का विश्लेषण कर रहे होते। पुटुसगंज में उन दिनों टीवी नहीं आया था और चुनाव नतीजों पर आज की तरह लगातार कवरेज की शुरुआत नहीं हुई थी। दफ़्तर और बाक़ी ज़रूरी कामों को आधा-अधूरा छोड़कर बड़े-बुज़ुर्ग केवल चुनावी चर्चा में व्यस्त रहते। अनिरुद्ध के पापा ने तो दफ़्तर से दो दिन का अवकाश भी ले लिया था।

बहरहाल, जब नतीजों का एलान हुआ तो सन् 75 में इमरजेंसी लगानेवाली और सन् 77 का चुनाव बुरी तरह हारने वाली इन्दिरा गांधी की कांग्रेस पार्टी भारी बहुमत से विजयी हुई थी। लोकसभा में इन्दिरा कांग्रेस को तीन सौ पचास से ज़्यादा सीटों पर जीत हासिल हुई थी। विपक्ष का लगभग सफ़ाया हो गया था। पीएम रहे चौधरी चरण सिंह की जनता पार्टी (सेकुलर) पचास सीट भी नहीं जीत पायी थी। हालाँकि खैराबाद लोकसभा सीट पर जीत जनता पार्टी के हेमन्त नारायण सिंह की ही हुई थी। इन्दिरा लहर के बावजूद वो अपनी सीट बचाने में कामयाब रहे थे। उन्होंने अपनी निकटतम प्रतिद्वन्द्वी कांग्रेस की सलीमा बेगम को हरा दिया था।

देश भर में कांग्रेस के कार्यकर्ता उत्साह में थे, लेकिन पुटुसगंज में नतीजों का एलान होने के बाद रणविजय सिंह की रंगत देखने लायक थी। वो ख़ुद को किसी बड़े नेता से कम नहीं महसूस कर रहे थे। तीन-चार जीप किराये पर लेकर उन्होंने पुटुसगंज में विजय जुलूस निकाला। ख़ुद भी कुर्ते-पायजामे पर माला पहन ली थी। ऐसा लग रहा था कि वही सांसद चुन लिए गये हैं। हाथ में माइक लेकर रणविजय

सिंह लगातार 'जनता पार्टी जिन्दाबाद-जिन्दाबाद, जिन्दाबाद' और 'हेमन्त नारायण जिन्दाबाद-जिन्दाबाद, जिन्दाबाद' के नारे लगा रहे थे। हेमन्त नारायण सिंह ने भी रणविजय सिंह को निराश नहीं किया था। नतीजों के अगले दिन जनता का आभार जताने के लिए उनका विजयी काफ़िला जब पुटुसगंज पहुँचा तो सबसे पहले उन्होंने रणविजय सिंह के घर का रुख़ किया। रणविजय सिंह को उन्होंने सार्वजनिक रूप से गले लगाया और अपने गले में पड़ा हार निकालकर रणविजय के गले में डाल दिया। स्थानीय पत्रकार प्रणव सहाय भी वहाँ मौजूद थे और उनका फ़ोटोग्राफ़र सन्नी इस दृश्य को अपने कैमरे में क़ैद कर रहा था। फिर हेमन्त सिंह, रणविजय के घर के भीतर गये और उनके माता-पिता से मिले, उन्हें मुँह में लड्डू खिलाया। जब वो वहाँ से निकले तो जश्न मनाने के लिए रणविजय सिंह ने जिस आतिशबाज़ी का इन्तज़ाम किया था, उनके चेले उसे छोड़ने में जुट गये। पूरा जलसे का सा माहौल था। अब रणविजय ख़ुद भी हेमन्त सिंह के बग़ल में जीप पर सवार हो गये थे। जीप पुटुसगंज के हर महत्त्वपूर्ण स्थान से होकर गुज़री। सड़क के दोनों तरफ़ खड़ी होकर जनता हेमन्त सिंह का अभिवादन कर रही थी। वो भी हाथ हिलाकर और हाथ जोड़कर अभिवादन स्वीकर कर रहे थे।

जब ये काफ़िला बाबू बाज़ार पहुँचा तो वहाँ भीड़ काफ़ी ज़्यादा थी। किनारे पर खड़े लोग हेमन्त सिंह की एक झलक ले लेना चाहते थे। कुछ कार्यकर्ता उन्हें माला पहनाये जा रहे थे जिसे गले से निकालकर हेमन्त सिंह जनता में ही लहराकर फेंक देते थे। उनके बग़ल में खड़े रणविजय भी अपने नेता जी के साथ हाथ हिलाकर लोगों का अभिवादन स्वीकार कर रहे थे।

जब काफ़िला मिठास स्वीट हाउस के सामने पहुँचा तो वहाँ रोज़ बैठकी लगाने वाली पूरी मण्डली मौजूद थी। होटल के मालिक कामाख्या सिंह गल्ला छोड़कर बाहर निकल आये थे। रामाधार तिवारी, रामाशंकर चौबे, सुबाश सिंह, अयोध्या सिंह, पिनाकी राय, जानकी महतो, नारायण साव, हरिशंकर प्रधान, ब्रज बिहारी चौधरी के अलावा आज और भी कई लोग वहाँ मौजूद थे। रणविजय ने हेमन्त सिंह के कान में कुछ कहा। उसके बाद वे दोनों लोग जीप से नीचे उतर आये। अब हेमन्त सिंह ने वहाँ मौजूद लोगों से हाथ मिलाना और हाथ जोड़ना शुरू किया। इन महानुभावों ने वोट चाहे जिसे भी डाला हो, जब अपने सांसद को सामने खड़ा देखा तो उनसे मिलने में कोई कंजूसी या दुर्भाव नहीं दिखाया। कामाख्या सिंह ने लड़कों को मिठाई लाने का इशारा किया। तुरन्त होटल के मैनेजर सिंह जी हाथ में प्लेट भरकर कलाकन्द

के साथ हाज़िर हो गये। हेमन्त सिंह ने एक कलाकन्द उठाकर मुँह में डाल लिया था और फिर प्लेट अपने हाथ में लेकर सबको कलाकन्द खिलाने लगे थे। देखने लायक दृश्य था। रणविजय सिंह भले ही स्थानीय स्तर के नेता थे, लेकिन आज उनका भाव किसी बड़े नेता से कम नहीं था। सबसे मिलने के बाद हेमन्त सिंह का काफ़िला आगे बढ़ गया था।

मण्डली में अब ये चर्चा होने लगी थी कि इन्दिरा लहर के बावजूद हेमन्त सिंह अपनी सीट बचाने में कैसे कामयाब हो गये। तब कामाख्या सिंह ने व्याख्या की थी कि 'कम्युनिस्टों ने कांग्रेस का वोट काट दिया जिसका फायदा जनता पार्टी को हुआ और राजपूतों का वोट हेमन्त सिंह को जम कर मिला। भाई! राज परिवार का भी तो कुछ जलवा होता ही है।'

जानकी महतो आमतौर पर ऐसी डिबेट्स में चुप ही रहते हैं। उन्होंने निष्कर्ष दिया था—'सब पइसा का खेला है। हेमन्त सिंह एतना पइसा लुटाया जिसका हिसाब नहीं। ऐसा लगता है कि सारा वोटे खरीद लिया भाई। और कम्युनिस्ट पार्टी के वोट काटने का फायदा तो उसको मिला ही।'

'हाँ ये बात तो एकदम सही कहते हैं जानकी महतो।' सुबाश सिंह बोले थे।

तब तक गरम-गरम सिंघाड़ा और चाय आ गयी थी।

'लीजिए, लीजिए, सिंघाड़ा लीजिए आप लोग। अब पाँच साल हेमन्त सिंह पुटुसगंज नहीं आयेंगे। आज देख लिए सो देख लिए। बाकी सब तो जिन्दाबाद हइए है।' कम्युनिस्ट माने जाने वाले पिनाकी राय ने चुनावी चर्चा को विराम देने की कोशिश की थी। सात बजने को थे। ठण्ड काफ़ी बढ़ गयी थी। बाबू बाज़ार में अब लोगों की हलचल कम हो रही थी। सन्नाटा गहरा रहा था।

हैं भई

अनिरुद्ध हाई स्कूल में अपने पहले दिन की तैयारी में जुटा था। नयी ड्रेस पहनकर बार-बार ख़ुद को आईने में निहारता। सुना था कि मिडिल स्कूल में जो भी बन्दिशें रही हैं वो हाई स्कूल में थोड़ी कम हो जानी हैं। उत्साह से भरा मन। शरीर भी थोड़ा किशोर वय की ओर क़दम बढ़ाता हुआ। लड़कियों को देखने, सराहने और आहें भरने में थोड़ा ज़्यादा ही मज़ा आने लगा था। हाफ़ पैंट अब फुल पैंट में तब्दील हो गयी थी। स्कूल घर से थोड़ी दूरी पर भी था। गेंदामल उच्च विद्यालय के सीनियर लड़के-लड़कियों को आते-जाते देखकर मन पहले से ही प्रफुल्लित था। मन ही मन ऐसा लग रहा था कि थोड़े ही दिनों में कोई तो ऐसी घटना हो ही जायेगी। किसी न किसी लड़की से टाका भिड़ ही जायेगा। चंचल मन लगातार मयूर बना फिर रहा था। उन दिनों मिथुन चक्रवर्ती के हाई हील वाले जूतों का क्रेज़ हुआ करता था। अनिरुद्ध ने भी ऐसा ही एक जूता पिताजी से काफ़ी मिन्नतें करने के बाद बनवा लिया था। सफ़ेद शर्ट, नीली फुल पैंट और वही मिथुन टाइप जूता। बालों को सँवारने का अन्दाज़ भी अब बदला-बदला सा था। बीच माँग के साथ बिल्कुल बॉलीवुड हीरो वाला हेयर स्टाइल।

हाई स्कूल में छा जाने की तैयारी पूरी थी। कल स्कूल का पहला दिन था। ऐसे में उससे पहले की रात आँखों में नींद कहाँ। मन लगातार सोच रहा था कि पहले ही दिन क्या पता किसी सुन्दर लड़की से आँखें लड़ जायें। क्या पता वो लड़की ही उसके स्मार्टनेस पर फ़िदा होकर अप्रोच कर डाले। वैसे पुटुसगंज जैसे माहौल में इसकी सम्भावना लगभग नगण्य ही थी जहाँ लड़कियाँ बहुत एक्सप्रेसिव हो भी जायें तो चेहरा उठाकर एक चितवन भर लेने के सिवाय और कुछ नहीं कर पाती थीं। बाक़ी के अरमान बस मन में ही तरह-तरह के आयाम लेते रह जाते थे। बहरहाल अनिरुद्ध अपना दिल छोटा क्यों करे और अपने बारे में निगेटिव ही क्यों सोचे। अपने हिसाब से तो वो पुटुसगंज का सबसे सजीला और बाँका जवान बनने की ओर अग्रसर था।

रास्ते में आते-जाते जब किसी सुन्दर लड़की को अपनी ओर निहारते देख लेता तो उसी स्मृति के सहारे दो-चार दिन कट जाया करते थे।

किसी तरह ख़्वाब बुनते हुए करवटों-करवटों में कब सुबह हो गयी पता ही नहीं चला। वैसे अनिरुद्ध को लग रहा था कि रात भर सोना नहीं हो सका है। लेकिन सपनों वाले उस हाई स्कूल के पहले दिन के लिए एक रात की नींद तो क़ुर्बान की ही जा सकती थी। वो छह बजे ही उठ गया था। साढ़े नौ बजे स्कूल के लिए निकलना था। थोड़ा टहल आया। थोड़ी देर सड़क पर मोहल्ले के लड़कों से बात भी कर ली। पर समय था कि गुज़रने का नाम ही नहीं ले रहा था। अनिरुद्ध बीते घण्टे भर से तैयार हो रहा था। रगड़-रगड़कर नहा रहा था। साबुन दो बार लगा डाला था। शैम्पू भी कर लिया था। पर आईने में देखा तो चेहरे पर ज़्यादा फ़र्क़ नज़र नहीं आया था, लेकिन उसके मन ने एक वाक्य छोड़ा कि 'क्या लग रहो हो। आज का दिन तो बस तुम्हारा ही है, जाओ और छा जाओ।' पैंट-शर्ट पहनी गयी। हाई हील वाले जूते भी डाल लिए गये। बालों में बड़े भाई की ब्रिल क्रीम लगाकर कंघी की गयी। अपनी ओर से कोई कोर कसर बाक़ी नहीं रखी गयी थी। अपने हिसाब से अनिरुद्ध किसी हीरो से कम नहीं लग रहा था। उमंग, रोमांच, फुरफुरी जैसे मनोभाव से भरा था वो।

अनिरुद्ध तेज़ क़दमों से चलता हुआ पहले दिन स्कूल पहुँचा। मालूम नहीं था कि उसकी क्लास कहाँ है। एक लड़के से पूछा तो पता चला गलियारे में सीधे जाकर दायें मुड़ना है और दायीं तरफ़ ही कोने वाली क्लास उसकी है यानी आठवीं कक्षा का सेक्शन 'सी'। वैसे तो मिडिल स्कूल के उसके जाननेवाले दोस्त ही उसके सहपाठी और क्लासमेट होनेवाले थे, लेकिन कई बच्चे शहर के दूसरे स्कूल अलोकीदास माध्यमिक विद्यालय से भी आनेवाले थे। अनिरुद्ध जब क्लास रूम में पहुँचा तो राजन, विप्लव, विजय, राजेश, सर्वेश, अमन जैसे कई दोस्त पहली-दूसरी बेंच पर ही बैठे मिल गये। शोर अपने चरम पर था। कक्षा में थे भी क़रीब डेढ़ सौ बच्चे। पहले आये दोस्तों ने अनिरुद्ध को दूसरी बेंच पर बैठने की जगह दी। पीछे नज़र डाली तो देखा श्याम, दिनेश, राममोहन, लक्खी एक साथ बैठे थे और अनवरत एक-दूसरे से बातें किये जा रहे थे। यहाँ धीरे बोलने वालों के लिए कोई जगह नहीं थी।

अचानक इस कोलाहल को चीरती हुई घण्टी की आवाज़ गूँजी। टन् टन् टन् टन् टन्। यानी क्लास शुरू होने का वक़्त हो गया है और अब बच्चों को सावधान होना है। पहले शायद मिडिल स्कूल की तरह ही प्रार्थना होगी। सभी बच्चे अपनी-अपनी जगह खड़े हो गये। दूर से प्रेयर की आवाज़ आ रही थी। 'हम को मन की शक्ति

देना...।' सभी बच्चे या जिसका मन हो रहा था वो उस प्रार्थना लहरी में अपना स्वर घुला-मिला रहा था। पहला दिन था तो ज़्यादातर बच्चों को तो प्रार्थना के बोल आते ही नहीं थे। प्रेयर तीन मिनट चली होगी। पर इनमें से अधिकतर बच्चों का कॉन्सेंट्रेशन लेवल ज़ीरो था। प्रार्थना ख़त्म होते ही सब अपनी-अपनी जगह बैठ गये। फिर वही पहले वाला शोर जो अब और तीव्र हो गया था। सब बोल रहे थे। कौन किसकी सुन रहा था ये पता लगाना मुश्किल था। ये भी पता नहीं था कि पहली क्लास किस टीचर की है। शोर बढ़ता जा रहा था। तभी एक पिअननुमा इन्सान कक्षा में दाख़िल हुआ। सबको लगा यही टीचर हैं। उसके हाथ में एक रजिस्टर था। उसे देख बच्चे थोड़ी देर के लिए शान्त हो गये थे। पर उसने सूचित किया कि 'क्लास टीचर आज नहीं आये हैं, उनकी तबीयत खराब है। बच्चे शान्ति बनाये रखें। अब दूसरी क्लास होगी।' ये सुनना था कि क्लास में शोर और बढ़ गया। पिअन की समझ में कुछ नहीं आ रहा था। वो मुस्कुराया और रजिस्टर उठाकर बाहर निकल गया।

अनिरुद्ध और उसके दोस्त लगातार आपस में बातें कर रहे थे।

'अबे लड़की लोग तो सेकेंड फ्लोर पर है न।' अनिरुद्ध ने पूछा था।

'हाँ सेकेंड फ्लोर पर है।' रघु ने जवाब दिया था।

'मैं पानी पीने गया था तो ऊपर जाने की सीढ़ी देखी। कुछ लड़कियाँ भी पानी पीने वहीं आती हैं। अरे क्या लड़कियाँ थीं यार।' अमन ने ज़रूरी जानकारी दी थी।

फिर कहा, 'मैंने तो चिल्लाकर बोल भी दिया कि ये मेरी वाली है। वो पलटकर देखने लगी। मुस्कुरायी। उसके साथ आयी लड़कियाँ भी मुस्कुरायीं। मेरा तो सेट हो गया समझो।'

'पता होता कि हाई स्कूल में इतना मजा आने वाला है तो साला पहले ही आ जाते।' अमन के साथ चक्कर लगाने गये संजय ने कहा था।

'अबे क्लास तो हो नहीं रही। चलो पानी पीकर आते हैं।' अनिरुद्ध ने विप्लव को प्रस्ताव दिया था।

'मुझे प्यास नहीं लगी।' विप्लव ने कहा।

'अरे प्यास किसे लगी है। ये प्यास कुछ और है गुरु। तुम गुरुघण्टाल हो। समझ कर भी जैसे कुछ नहीं समझ रहे। कौन-कौन चल रहा है पानी पीने। अरे मतलब सुन्दरी दर्शन करने।' अनिरुद्ध ने कहा था।

'सब जगह क्लास चल रही है। वहाँ जाओगे। प्रिंसिपल ने पकड़ लिया तो गड़बड़ हो जायेगी।' विजय ने सलाह दी।

'अरे भले ही क्लास चल रही हो। लेकिन जिनकी नहीं चल रही उन्हें पानी की जरूरत तो महसूस हो ही सकती है ना। चलो चलते हैं।' अनिरुद्ध ने विप्लव का हाथ खींचते हुए कहा था। फिर दोनों चल पड़े थे।

पहला दिन था। डर भी था। 'पता नहीं क्या हो जाये। कहीं पुष्ट पिटाई ही न हो जाये।' विप्लव सोचने लगा था।

अनिरुद्ध ने क्लास से बाहर कॉरीडोर में झाँका।

दूर कुछ लड़कियाँ आती नज़र आयीं। दरअसल उसी गलियारे में सीधे जाने पर पानी पीने की जगह थी, ऐसा अमन ने बताया था।

अनिरुद्ध, विप्लव के साथ नल की तलाश में गलियारे में बढ़ चला। स्कूल के स्थापत्य के बारे में ज़्यादा कुछ पता था नहीं। इसलिए जिधर नज़र जाती जिज्ञासा होने लगती। 'वहाँ क्या होगा?'

सीधे चलते हुए वे दोनों पानी के नल तक पहुँचे। वहाँ दो गलियारों के जंक्शन पर कोने में एक साथ दस टैप लगे थे। कुछ से बूँद-बूँद पानी टपक रहा था। दो-तीन नल ही ठीक से काम कर रहे थे। अनिरुद्ध ने जल्दी-जल्दी नल में ही हाथ लगाकर दो कुल्ला पानी पिया। फिर इधर-उधर देखा। कोई नज़र नहीं आ रहा था। जिस उम्मीद में आये थे वो कहीं नज़र नहीं आ रही थी। सभी कक्षाओं में क्लास चल रही थी। अगर कहीं शोर सुनाई पड़ रहा था तो वो उसी की क्लास से छनकर आता कोलाहल था।

जब कोई नज़र नहीं आया तो अनिरुद्ध का मन बढ़ा। 'क्लास तो हो नहीं रही क्यों न स्कूल का मुआयना ही कर लिया जाये। कहाँ क्या है। कौन-सी क्लास किधर है।' अनिरुद्ध ने विप्लव से कहा था।

'कहीं पकड़े गये तो!'

'अरे कुछ नहीं होता', अनिरुद्ध ने हिम्मत बँधाई थी।

नल से दायें अपनी क्लास में जाने की बजाय अनिरुद्ध ने बायीं तरफ़ का रास्ता पकड़ लिया था। विप्लव सहमा हुआ था। लेकिन वो भी कुछ नया जान लेने के सुख से वंचित नहीं रहना चाहता था। गलियारे के आख़िर में पहुँचने पर ऊपर जाने की सीढ़ियाँ दिखीं। मालूम तो था कि लड़कियों की क्लास ऊपर के फ़्लोर पर है। लेकिन ये ठीक से नहीं पता था कि यही सीढ़ियाँ लड़कियों के समन्दर तक ले जाने का मार्ग थीं। किसी अनहोनी की आशंका से डर रहे विप्लव ने कहा कि 'लौट चलते हैं यार। मुझे तो डर लग रहा है। पकड़े गये तो बहुत मार पड़ेगी।'

लेकिन अनिरुद्ध का चंचल मन कहाँ मानने वाला था। कहा, 'अबे जल्दी से ऊपर जाकर देख लेते हैं और फिर तेजी से लौट आयेंगे।'

क़दम कब सीढ़ियों पर आगे बढ़ गये पता ही नहीं चला। दस सीढ़ी यानी आधे फ़्लोर तक पहुँचने के बाद मुड़े ही थे कि झक सफ़ेद धोती-कुर्ते में एक बेहद दुबले-पतले, लेकिन सख़्त नज़र आते शख़्स ने रोक लिया—'अरे कहाँ जा रहे हो लड़कों? मालूम नहीं कि ऊपर लड़कियों की क्लास है, लड़कों का वहाँ जाना मना है।' ये बात बहुत प्यार से और धीरे-धीरे बोली गयी थी।

'सर। मालूम नहीं था। हमारी क्लास में टीचर नहीं थे तो हमने सोचा कि थोड़ा घूम आयें और देख आयें कि स्कूल में कहाँ क्या है।' अनिरुद्ध ने सहमते हुए कहा।

'किस क्लास में हो?'

'सर एट सी।'

'बड़ा ही जिज्ञासु मन है। सब कुछ पहले दिन ही जान लेना चाहता है।'

अनिरुद्ध का कान पकड़ लिया गया था। अचानक दर्द का तेज़ झोंका उठा।

'आऽ आऽ। बहुत दर्द हो रहा है सर। गलती हो गयी सर।'

'हाँ वो तो हो गयी है। लेकिन ऐसी ग़लती तो दोबारा भी हो सकती है। दोबारा ग़लती न हो इसीलिए उपाय ज़रूरी है।'

दर्द और तेज़ हो गया था।

टीचर के हाथ में चाबियों का गुच्छा था। उसी में से एक चाबी उन्होंने कान पर रख दी थी और अँगूठे से चाबी को कान की लौ में ज़ोर से दबाये जा रहे थे। दर्द असहनीय होता जा रहा था। अनिरुद्ध का पूरा चेहरा लाल हो गया था। आँखों से आँसू बहे जा रहे थे। पीड़ा से बेचैन हो रहा था वो।

'फिर ऊपर जाओगे?'

'नहीं सर। अब कभी नहीं जाऊँगा।'

'आवारा बनना चाहते हैं। अभी स्कूल में क़दम नहीं रखा कि यायावर वृत्ति जाग गयी है। खोजी प्रवृत्ति है। सब कुछ जान लेने की अदम्य इच्छा है। गधा कहीं का।'

'क्या नाम है?'

'सर अनिरुद्ध सिंह।'

'और पिता का नाम'

'सर रामाश्रय सिंह।'

'वो देवदार पथ वाले।'

'जी सर'।

'रामाश्रय जी के बेटे हो और यही आदतें हैं। वो तो बेहद शरीफ़ आदमी हैं।'

अब बारी विप्लव की थी। उसने सहज ही अपने कान आगे कर दिये थे। दर्द की उसी पीड़ादायक अनुभूति से उसे भी गुज़रना पड़ा था। लेकिन शायद वो मानसिक रूप से तैयार था। उसके रुदन के स्वर अनिरुद्ध से भी तेज़ थे। लेकिन फिर भी टीचर महोदय को दया नहीं आयी थी। लगा चाबी कान को छेदकर दूसरी तरफ़ निकल जायेगी। पर कर क्या सकता था। मन में यही आ रहा था कि 'अनिरुद्ध का प्रस्ताव मानने की ज़रूरत ही क्या थी?'

'जाओ भागो। सीधे क्लास में जाओ। क्लास नहीं चल रही इसका मतलब ये नहीं कि आप भारत भ्रमण पर निकल जायेंगे। ये नहीं कि अपनी जगह बैठकर कुछ पढ़ा जाये। शैतान कहीं के। पहले दिन ही ये हाल है तो आगे न जाने क्या करेंगे।'

लाल कान और रुआँसा चेहरा लेकर कक्षा में नहीं लौटा जा सकता था। पहले उसी सुनहरे सपनों और प्रेरित करनेवाले नल पर मुँह धोया गया और चेहरे पर ये भाव ओढ़ा गया कि 'क्या मजा आया स्कूल दर्शन में।'

जब अनिरुद्ध और विप्लव तेज़ कोलाहल वाली अपनी क्लास में दाख़िल हुए तो कौतूहल और जिज्ञासा भरी नज़रों से इन्तज़ार कर रहे दोस्त उनका सारा अनुभव सच तुरन्त जान लेना चाहते थे।

'आखिर तुम लोगों ने क्या-क्या देखा। कितनी लड़कियाँ नजर आयीं। क्या, कुछ बात बनी?' राजन ने पूछा।

अनिरुद्ध ने बीच रास्ते में ही विप्लव के साथ तय कर लिया था कि कक्षा में बतायी जानेवाली स्क्रिप्ट क्या होगी।

क्लासमेट्स को बतायी गयी कहानी कुछ यूँ थी —

अनिरुद्ध बोला, 'अरे जब हम नल पर पहुँचे तो आँखों पर भरोसा नहीं हुआ। थोड़ा डर तो लग रहा था, लेकिन वहाँ तीन लड़कियों को देखकर मन गद्‌गद हो गया। तीनों लड़कियाँ पानी पी रही थीं और ही ही ही ही करते हुए आपस में कुछ बोल रही थीं। उनमें से जो सबसे सुन्दर थी उसने हमारी ओर देखा था। हम तो साला वहीं दिल दे आये। अब भी नल पर ही पड़ा होगा। उसके बाद वो तीनों वहाँ से जाने लगीं। हमारी जिज्ञासा बढ़ी। हम भी कुछ दूरी बनाकर उनके पीछे चलने लगे। बीच-बीच में वो मुड़कर हमें देख भी लेती थीं। हमारे भीतर तो कुछ होने लगा था। पाँव रुक ही नहीं रहे थे। आगे गलियारा खत्म होने पर वो दायीं तरफ मुड़ीं और फिर पता नहीं कहाँ गुम हो गयीं। जब हम वहाँ पहुँचे तो इधर-उधर देखने पर ऊपर जाने की सीढ़ियाँ नजर आयीं। हम भी चढ़ लिए। ऊपर पहुँचे तो चारों तरफ

लड़कियों की क्लास। अरे निहाल होकर आये हैं हम।' फिर अनिरुद्ध ने विप्लव की ओर देखा। उसने भी हैरानी भरे स्वीकार में 'हाँ यार बड़ा मजा आया' कहा। एक समझौता जो था दोनों के बीच।

ग़ौर से उनका दिया विवरण सुन रहे कक्षा मित्र इस हीरोइक कारनामे से दंग थे। अनिरुद्ध और विप्लव की शान उनकी नज़रों में बढ़ गयी थी।

'गुरु, तुम लोग ही एक हिम्मतवाले हो जो ऐसा कर सके। हम लोग तो सोचते ही रह गये।' सर्वेश ने कहा था।

विप्लव केवल सिर हिलाकर अनिरुद्ध की बातों का समर्थन कर रहा था। सोच भी रहा था कि ज़्यादा देर यह प्रकरण चलता रहा तो पोल खुल सकती है। चाहता था कि जल्दी से कोई विषयान्तर हो जाये।

तभी अचानक 'सट् सट् सट् सट्' की आवाज़ ने कोलाहल को चीरकर जैसे सब कुछ शान्त कर दिया था। नज़र दौड़ाई गयी तो पता चला कि एक शख़्स दरवाज़े से घुसते ही जो पहली बेंच थी वहीं से हर लड़के पर छड़ी बरसाता जा रहा है। वो लगातार छड़ी को तलवार की भाँति इस्तेमाल कर रहा है और अपने दुश्मननुमा छात्रों को छड़ीनुमा तलवार से काटता जा रहा है। लगातार सांय, सटाक, नहीं सर, हम कुछ नहीं कर रहे थे सर, आ... ऊ... नहीं... जैसे शब्द ही सुनाई पड़ रहे थे। दो मिनट में पहली रो में बैठे सभी छात्र छड़ी के प्रसाद से तृप्ति का अनुभव कर रहे थे। कोई गाल सहला रहा था, तो कोई पीठ, किसी के सिर पर छड़ी पड़ी थी। निर्बाध चलती छड़ी के बीच कुछ ऐसे छात्र भी थे जिन्हें छड़ी ने बख़्श दिया था। लेकिन वो ऐसा कोई संकेत नहीं देना चाहते थे जिससे टीचर को लगे कि उनके शरीर का उचित सम्मान नहीं हुआ है। वो भी रुआँसा चेहरा बनाये अपने बाक़ी के पिटे हुए दोस्तों जैसा ही आचरण कर रहे थे।

टीचर ने पहले रो की आख़िर तक पिटाई के बाद विजेता के भाव से पूरी क्लास को देखा था। पर पलटकर उन्हें देखने की हिम्मत किसी छात्र में नहीं थी। दूसरी रो में पीछे से पहली बेंच पर बैठे एक छात्र ने थोड़ी हिम्मत की और मुड़कर देखा ही था कि एक छड़ी सटाक से उसके सिर पर बजी। दर्द से सिर पर हाथ रगड़ता हुआ वो सामने देखने लगा था। उसने आग़ाज़ कर दिया था अब अंजाम टीचर को तय करना था। उसके बाद पीछे की बेंच से ही दूसरी रो में बैठे सभी छात्रों की सर ने छड़ी पूजा शुरू कर दी। प्रहार पीछे से हो रहा था। पीठ पर छड़ी बजती और दर्द का तेज़ झोंका उठता। इस बार टीचर दूसरी रो के बाद रुके नहीं। दण्ड के सामाजिक न्याय का पालन करते हुए उन्होंने कक्षा की चार रो में बैठे सभी छात्रों को समान भाव से

कूट डाला। पीटते-पीटते वो थक चुके थे। फिर सामने की अपनी टेबल-चेयर तक पहुँचे और सुस्ताने लगे। उनकी तेज़ चलती साँसों की आवाज़ अत्यधिक शान्त हो चुकी क्लास में साफ़ सुनी जा सकती थी। जिन छात्रों का दर्द थोड़ा कम हो गया था उन्होंने इस सिकन्दर जैसे विजेता भाव वाले महान शिक्षक की एक झलक ले लेनी चाही। लेकिन जैसे ही टीचर से उनकी नज़रें मिलीं, सिर अपने आप भय मिश्रित सम्मान से नीचे झुक गया। डर था कि सर कहीं दोबारा धुनाई न शुरू कर दें। इतनी शान्ति अब पूरे विद्यालय की किसी कक्षा में न थी। कुछ छात्र अभी भी अपनी पीठ या शरीर का जो भी अंग चोटिल हुआ था उसे पकड़कर बैठे थे। थोड़ी देर तक ऐसा ही रहा। न कोई कुछ कह रहा था और न टीचर ही कुछ बोल रहे थे। जब उन्होंने पर्याप्त आराम कर लिया और उनकी साँसें सामान्य हो गयीं तो उन्होंने मुँह खोला–

'हैं भई। क्लास को सिनेमा हॉल समझ लिया है। यहाँ गुलछर्रे उड़ाने आये हो। दोबारा ऐसी हरकत हुई तो और ज़्यादा सम्मान किया जायेगा।'

पिटाई से उबर चुके अनिरुद्ध और उसके सहपाठियों ने अब सर की तरफ़ नज़रें डाली थीं। पचास-पचपन साल का एक अजीबोग़रीब शख़्स। ऊपर से नीचे तक ढीला-ढाला रूप। ग्रे कलर की बेलबॉटमनुमा पैंट। गन्दी-सी चमड़े की चप्पल जिसने ख़रीदे जाने के बाद शायद ही कभी पॉलिश का स्पर्श किया था। शर्ट सफ़ेद थी, लेकिन उसका रंग मटमैला हो चला था। चौड़े से चेहरे पर पतली मूँछ जो वैसे तो आठ बीस की मुद्रा में थी, लेकिन घड़ी की सुई की तरह ही पतली थी। दूर से टीचर क्लीन शेव्ड ही नज़र आते थे। बाल आधे सफ़ेद आधे काले। यानी सॉल्ट एंड पेपर। तेल चुपड़ दिया गया था। कंघी शायद कभी हुई थी, लेकिन अब तेल और पसीने के असर से बाल कड़े और खड़े हो गये थे। बीच-बीच में वो बन्द होठों को थोड़ा आगे निकाल देते थे। शायद ये उनका ब्रेक लेने का अन्दाज़ था। सुबह पान खाया था, इसलिए मुँह के भीतर का हिस्सा लाल था। पान की पीक होठों के किनारे से रिसकर बायीं तरफ़ ठुड्डी के निचले हिस्से तक पहुँच रही थी जो कि अब सूख चुकी थी। इन टीचर महाशय का फ़र्स्ट इम्प्रेशन तो ज़ोरदार रहा था। अब बच्चे इन्तज़ार कर रहे थे कि क्लास को पिटाई से सम्मोहित कर देने के बाद आख़िर वो करते क्या हैं। क्या कोई इंट्रोडक्शन। ख़ुद का या छात्रों का। या फिर कुछ पढ़ाई से जुड़ी बात। लेकिन इन तमाम क़यासों का कोई नतीजा नहीं निकला था। टीचर ने अब कक्षा से बाहर जाना शुरू कर दिया था, और निकलते हुए सिर्फ़ ये कहा था—'उम्मीद है ये दिन आपको याद रहेगा और आप अपने पाजामे में ही रहेंगे। हैं भई।'

तहक़ीक़ात करने पर पता चला कि इन टीचर महाशय का नाम है आर पी सिंह। यानी रघुबर प्रताप सिंह। इनकी अजीबोग़रीब हरकतों के लिए छात्र इन्हें आपस में कभी-कभी 'पगलेट सर' कहकर भी सम्बोधित करते थे। आर पी सर दिन के किसी भी वक़्त पुटुसगंज की सड़कों पर यूँ ही आते-जाते नज़र आ जाते थे। मन ही मन मुस्कुराते। कभी-कभी चलते-चलते ठहाका भी लगा लेते थे। आसपास के लोगों की उपस्थिति से पूरी तरह अनजान। हमेशा अपनी ही धुन में रहने वाले आर पी सर।

एक दिन राजन, बाबू बाज़ार से पिताजी के लिए पान लेकर लौट रहा था कि सखुआ पथ के मोड़ पर आर पी सर का दीदार हो गया। गर्मियों की कड़कड़ाती धूप थी। सड़क जल रही थी। लू चल रही थी। लेकिन मौसम के इस ख़ूँख़ार रूप से बेख़बर आर पी सर चप्पल हाथ में उठाये और छाता भी हाथ ही में पकड़े चले आ रहे थे। कोई भी पूछ सकता है कि इतनी तपतपाती गर्मी और चिलचिलाती धूप में तो चप्पल पैरों में और छाता सिर पर होना चाहिए था। लेकिन आर पी सर तो आर पी सर थे। इस विपरीत परिस्थिति में भी मुस्कुराते हुए चले आ रहे थे। राजन से रहा न गया। टोक दिया, 'सर जब चप्पल और छाता है तो इतनी गर्मी में पहना क्यों नहीं है?'

'अरे भई विद्यार्थी! मैं तो कुछ और ही सोच में चला जा रहा था। ध्यान ही नहीं रहा। ठीक कहते हो तुम। अभी चप्पल पहन और छाता तान लेता हूँ।'

और वही चिर-परिचित मुस्कान। आर पी सर बारिश में भी हाथ में बन्द छाता और चप्पल लिए भीगते देखे जा सकते थे।

बम्मड़ बैल कहीं का

आर पी सर के जाते ही क्लास फिर से मछली बाज़ार में तब्दील हो गयी थी। सारे बच्चे ग्रुप बनाकर इस ताज़ा-ताज़ा मिले अनुभव के बारे में बातें कर रहे थे।

ऐसा सदमा फिर से ना लगे इसलिए अनिरुद्ध ने प्रस्ताव दिया कि 'ऑफिस में जाकर पता कर लिया जाये कि अगली क्लास किस टीचर की है और वो भी आये हैं या नहीं।'

ये सुझाव दोस्तों को पसन्द आया था। तय हुआ कि अनिरुद्ध और विप्लव को स्कूल का थोड़ा आइडिया हो गया है तो वे ही चले जायें। पर ये क्या! दोनों ने सिरे से इस प्रस्ताव पर ख़ुद अमल करने से इनकार कर दिया था। अचानक कान में थोड़ी देर पहले हुए दर्द का एहसास मस्तिष्क में कौंध गया था। उन्होंने कहा कि 'एक बार तो वो पहले जा ही चुके हैं इस बार राजन और कोई और चला जाये।' राजन तुरन्त तैयार हो गया था। विजय उसके साथ हो लिया। दोनों तेज़ क़दमों से ऑफ़िस की ओर चले। पानी पीने वाली जगह से बायीं तरफ़ मुड़कर प्रिंसिपल का ऑफ़िस और स्टाफ़ रूम था। अनिरुद्ध ने थोड़ा गाइड कर दिया था उन्हें। वहाँ प्रिंसिपल के कमरे के बाहर खड़े शख़्स से उन्होंने पूछा, 'सर, कौन बतायेगा कि एट सी में अगली क्लास किसकी है?'

ये थे स्कूल के चपरासी भीमसेन साव। मुस्कुराकर बोले, 'नया एडमिशन है ऐं। एक दो दिन में सब पता चल जायेगा बाबू। उ कमरा में जाके पूछो तो। वहीं रुटीन रहता है। तिग्गा मैडम बइठी हैं उहाँ।'

दोनों लड़के बताये गये कमरे के द्वार पर पहुँचे और पूछा, 'क्या हम अन्दर आ सकते हैं मैडम?'

'आओ आओ। कहो क्या बात है?'

'मैडम, हम एट सी से आये हैं। पहली क्लास में कोई टीचर नहीं आये। दूसरी क्लास में क्या कोई आयेगा?'

तिग्गा मैडम ने सामने रखे रजिस्टर में देखा और बताया, 'आप लोगों के क्लास टीचर गोवर्धन प्रसाद को आज अचानक छुट्टी लेनी पड़ गयी। नहीं तो आपको पहली क्लास में ही सब बता दिया जाता। कल तक सब पता चल जायेगा। आज दूसरी क्लास विद्रोही सर की है। वो पहुँचते ही होंगे। आप लोग क्लास में जाइए।'

जब वे दोनों क्लास में पहुँचे तो टीचर पधार चुके थे। उन्होंने अन्दर आने की अनुमति माँगी तो शिक्षक महोदय ने सिर के इशारे से भीतर आने की अनुमति दे दी। वो अटेंडेंस ले रहे थे। 'रोल नम्बर सत्रह, रोल नम्बर अठारह।' पीछे से आवाज़ आ रही थी—'प्रेजेंट सर।' 'उपस्थित श्रीमान।' वो क़तई सिर उठाकर ये नहीं देख रहे थे कि आख़िर हाज़िरी लगा कौन रहा है। वैसे भी आज पहला दिन था। छात्रों से कोई परिचय तो था नहीं उनका। अटेंडेंस लेने के बाद उन्होंने पूरी कक्षा पर नज़र डाली थी। फिर मुस्कुराये थे। बड़ी-बड़ी आँखों के साथ वो मुस्कुराहट थोड़ी देर तक उनके चेहरे पर चिपकी रह गयी थी। फिर पहली बेंच पर बैठे बच्चों से पूछा कि 'हिन्दी की किताब लाये हो तुम लोग?'

'जी सर।' कई बच्चों ने एक साथ कहा था।

'अच्छा-अच्छा।' और फिर वो किताब पलटने लगे थे।

महीने भर में ही छात्रों को विद्रोही सर की पूरी शख़्सियत पता चल गयी थी। हालाँकि उनका पूरा नाम क्या है ये कुछ ही लोगों को मालूम था। बाकियों ने कभी पता करने की कोशिश नहीं की क्योंकि विद्रोही सर अपने आप में छात्रों को पूरा और मुकम्मल नाम लगता था। कभी इसके आगे और पीछे के नाम को जानने की ज़रूरत महसूस नहीं हुई। ख़ैर! उनका नाम है विश्वम्भर शर्मा 'विद्रोही'। विद्रोही नाम कैसे पड़ा। इसके बारे में कभी भी पुष्ट जानकारी नहीं मिल सकी थी। तरह-तरह के क़यास ज़रूर लगाये गये थे।

बहरहाल, विद्रोही सर जन्मना आलसी थे। जो काम जितने संक्षिप्त में हो जाये उतना ही उत्तम। मोटी और स्थूल काया। गौर वर्ण। सदा चेहरे पर स्थिर मुस्कान का भाव। क्लीन शेव्ड। आधे खल्वाट यानी गंजे। धोती और कुर्ता परमानेंट परिधान। कभी उन्होंने शर्ट-पैंट या फिर किसी और तरीक़े के वस्त्र को अपनाना ज़रूरी नहीं समझा था।

जब विद्रोही सर घर पर होते हैं तब भी ज़्यादा इधर-उधर करना उन्हें क़तई पसन्द नहीं। पत्नी और बच्चे गाँव पर रहते हैं। पुटुसगंज की अकेली ज़िन्दगी में उन्होंने इस बात का ख़याल रखा है कि जितनी ज़रूरत हो बस उतने से काम चल जाना चाहिए। उन्हें मिला सरकारी मकान दो कमरों का है, पर एक कमरे में ही रहते हैं।

दूसरा कमरा बिल्कुल ख़ाली रहता है। जब परीक्षा नज़दीक होती तो पड़ोस में रहने वाले बच्चे इस कमरे का इस्तेमाल पढ़ाई के लिए करते। विद्रोही सर इसका बुरा नहीं मानते थे। बच्चों के आने से उन्हें अच्छा ही लगता था।

घर में जहाँ बैठकर वे पढ़ते-लिखते या खाना बनाते थे, उसे भी उन्होंने कस्टमाइज़ कर रखा था। वो जिस चौकी पर बैठते वहाँ से बेहद ज़रूरी होने पर ही उठते। जैसे कि जब हल्का होना निहायत ज़रूरी हो जाये। या फिर बर्तन वग़ैरह धोने के लिए या खाना बनाने के लिए उठना पड़े। अन्यथा उन्होंने अपने बैठने की जगह पर तीन-चार तरह के डण्डे रखे थे। अगर किसी ने दरवाज़ा नॉक कर दिया तो लम्बे डण्डे से बैठे-बैठे ही दरवाज़ा खोल देते थे। अगर पानी पीना हो तो छोटे डण्डे के आगे लगी रस्सी से बँधे गिलास से घड़े से पानी निकाल लेते थे। कोई चीज़ अपनी तरफ़ खींचनी हो तो उसके लिए अलग डण्डा था। छात्र अनुमान लगाते कि शायद जीवन जीने के सामान्य तरीक़े से विद्रोह की वजह से ही उन्होंने अपने नाम के आख़िर में 'विद्रोही' जोड़ दिया था।

हालाँकि पढ़ाई के मामले में उनके मानदण्ड बिल्कुल अलग थे। कक्षा में उनके प्रवेश करते ही एक दीर्घ शान्ति छा जाती थी। किसी भी छात्र में हिम्मत नहीं होती थी कि चूँ भी कर दे। यहाँ तक कि कक्षा के सबसे शैतान समझे जाने वाले नलिन, टीपू, श्याम जैसे लड़के भी टेकुए की तरह सीधे हो जाते थे। कम-से-कम अगले पैंतालीस मिनट के लिए। विद्रोही सर के हाथ में एक छोटी पर थोड़ी मोटी लकड़ी की छड़ी होती थी। हथेली से केहुनी जितनी लम्बाई वाली छड़ी। स्कूल में हमेशा साथ रखते। कक्षा में दाख़िल होते ही विद्रोही सर छड़ी को टेबल पर रख देते और फिर अपने स्वभाव के अनुसार जितना धीरे-धीरे सम्भव होता उतने हौले से कुर्सी पर बैठते। ऐसा लगता जैसे कूल्हे पर बालतोड़ हो गया हो। लेकिन ऐसा था नहीं। ये उनका अपना स्टाइल था। पहले बैठते फिर एक नज़र पूरी क्लास पर डालते। उन्हें अच्छा लगता था जब छात्र उनकी इस दृष्टि पर नज़रें झुकाकर उन्हें सम्मान देते थे।

'अरे नीचे ही देखते रहोगे सब या कुछ काम की बात भी होगी?'

'जी सर', समवेत स्वर में उत्तर मिला था।

विद्रोही जी हिन्दी विषय ठीक-ठाक पढ़ा लेते थे। ये नहीं कहा जा सकता कि उनकी क्लास बोरिंग होती थी। उनके स्वभावानुसार ही उनकी क्लास धीरे-धीरे चलती रहती। कहानी की बजाय निबन्ध पढ़ाना उन्हें ज़्यादा रुचिकर लगता। पढ़ाते-पढ़ाते वो निबन्ध को अपना एक अलग ही विस्तार दे देते। छात्र बस यही मनाते कि विद्रोही

सर से पनिशमेंट की घड़ी ज़िन्दगी में ना आये, क्योंकि जिसे सज़ा मिलती उसे नानी याद आ जाती। हाँ, बाक़ी के छात्र शान्ति पा जाते क्योंकि विद्रोही सर एक दिन में अमूमन एक ही छात्र को अपना प्रसाद दिया करते थे। फिर उस प्रसाद के प्रताप से पूरी क्लास लम्बे समय तक ज़बर्दस्त प्रभाव में रहती थी।

टीपू तलवार ने आज जुर्रत कर दी थी। वो विद्रोही जी की शान्त और अनुशासित क्लास में बग़ल में बैठे श्याम बैठा को शायद कुछ नॉन वेज जोक सुना रहा था। विद्रोही सर की नज़र पड़ी।

'अरे टीपू कहाँ ध्यान है तुम्हारा? घोड़े जैसे हो गये, लेकिन अकल खुर में ही अटकी है तुम्हारी।'

ये सुनकर टीपू की तो जैसे हवा ही निकल गयी। थरथराने लगा।

'नहीं सर, मैं तो कुछ नहीं कर रहा था।'

'हाँ बैठा को राम कहानी तो मैं ही सुना रहा था। चलो इधर आओ।'

पूरी क्लास अब उस क्लाइमेक्स के लिए तैयार थी जिसके लिए विद्रोही सर जगत प्रसिद्ध थे, विख्यात थे। विद्रोही सर ने चिर परिचित अन्दाज़ में कुर्सी के हाथ पर अपनी दायीं केहुनी टिका दी थी और अँगूठे और तर्जनी को खोल दिया था।

बाक़ी दण्ड पाने वाले छात्र को क्या करना है ये तो स्कूल के सभी छात्र जानते थे।

बस कान की लौ को विद्रोही सर के अँगूठे और तर्जनी के फैलाव से बने रिक्त स्थान में घुसा देना था और फिर उस नारकीय अनुभूति के लिए तैयार हो जाना था जिसके बारे में सोचकर ही छात्र सिहर जाते थे।

टीपू धीमे क़दमों से विद्रोही सर की ओर बढ़ा। पैर हाथी के पैर की तरह भारी हुए जा रहे थे।

'अरे जल्दी आयेगा कि घण्टी बजने तक तुम्हारा इन्तज़ार ही करता रहूँगा। जल्दी पहुँचो।'

टीपू ने सर के पास पहुँचकर किसी ट्रेंड सिपाही की तरह अपने कान की लौ विद्रोही सर की उँगलियों के फन्दे में डाल दी थी और विद्रोही सर ने उसे मसलना शुरू कर दिया था।

आ...आ...आ...

'अब नहीं करूँगा सर। माफ कर दीजिए। अब कभी क्लास में बात नहीं करूँगा सर।' टीपू पूरा शरीर इधर-उधर घुमा-घुमाकर दर्द को बर्दाश्त करने की कोशिश कर रहा था, लेकिन दर्द असहनीय होता जा रहा था।

किसी छात्र में हिम्मत नहीं थी कि दण्ड की इस प्रक्रिया को आँखें खोलकर निहार ले क्योंकि विद्रोही सर कान मसलते हुए पूरी क्लास पर नज़र रखते थे कि कहीं कोई इसका मज़ा तो नहीं ले रहा। किसी के चेहरे पर मुस्कान दिखी नहीं कि अगली बारी ऑटोमैटिक उसकी आ जाती थी।

टीपू का आर्तनाद जारी था। दबाया कान जा रहा था, लेकिन वेदना पूरे शरीर से बाहर आ रही थी। लगता था जान निकल जायेगी। आँखें आँसुओं से भर आयी थीं। आँसू अब छलककर क्लासरूम की फ़र्श पर गिरने लगे थे। ये विद्रोही सर की सज़ा के अंजाम का इशारा होता था। जब तक छात्र फ़र्श को आँसुओं से भिगो न दे, कान को मसलने का उपक्रम चलता रहता था। और यही आँसू ये तय कर देते थे कि अगले कितने दिनों तक विद्रोही सर की क्लास निविड़ शान्ति के भाव में रहनेवाली है। किसकी जुर्रत होती कि उनकी क्लास में आवाज़ निकालकर अपनी जान आफ़त में डाले।

'जा भाग। दोबारा क्लास में बैठा के मनोरंजन का ख़याल शायद अब नहीं आयेगा। बम्मड़ बैल कहीं का।'

'हाँ तो मैं क्या बता रहा था।'

ऐसा लगा कि पिछले पाँच मिनट में भयभीत छात्रों ने जो कुछ देखा वो हुआ ही न हो। कितने असंपृक्त और निश्छल थे विद्रोही सर।

सज़ा देनी थी दे दी।

अब जो पूर्व का कार्य व्यापार चल रहा था... मतलब क्लास में जो पढ़ाया जा रहा था, उसे तो जारी रहना ही था। हाँ, टीपू तलवार के लिए ये क्लास यादगार हो गयी थी। शायद अब वो विद्रोही सर की क्लास में अपनी चंचलता और उसके बहुरंगी विस्तार पर लगाम रखेगा। फिर विद्रोही सर ने आचार्य हजारी प्रसाद द्विवेदी का कोई लेख पढ़ाया था। कर्ण मर्दन के भयावह एपिसोड के बाद शायद ही किसी को पढ़ाया गया विषय समझ आ रहा था। लेकिन ज़्यादातर छात्र सिर हिलाकर ये संकेत देते रहे कि वे सब कुछ समझ रहे हैं।

घण्टी बजने के बाद जैसे ही विद्रोही सर अपनी स्थूल काया के साथ क्लास से बाहर गये, कक्षा में ज़बर्दस्त शोर होने लगा। कौन क्या कह रहा था, कुछ समझ नहीं आ रहा था, लेकिन चर्चा का केन्द्र टीपू तलवार ही था। लड़के उसके पास पहुँचकर उसके कान का हाल पूछ रहे थे। कुछ जो ज़्यादा शरारती थे, जैसेकि नलिन विश्वकर्मा, उसने पूछ ही लिया था, 'अबे टीपू, बैठा को आखिर क्या सुना रहा था तुम?'

‘अरे यार एक नॉनवेज कहानी थी। मैं बैठा से कह रहा था कि क्लास के बाद बताऊँगा, लेकिन वो तुरन्त बताने की जिद करने लगा।’

नलिन ने छूटते ही कहा था, ‘तब तो साले तुम्हारे साथ ठीक ही किया विद्रोहिया। तुम साला बाज नहीं आयेगा अपनी हरकतों से।’

बाक़ी बच्चे हँस पड़े थे।

बाकी इसका मैं देख लूँगा

गेंदामल उच्च विद्यालय के एक और बहुचर्चित टीचर थे महाजन सर। पूरा नाम था बलभद्र महाजन। छोटा क़द, साँवला रंग, काली-सफ़ेद दाढ़ी वाला क्रूर-सा नज़र आने वाला चेहरा। शर्ट बाहर निकालकर पहनते थे। चलते तो दोनों हाथ थोड़े स्थिर से रहते। लगातार बोलते तो थोड़ी देर में मुँह के किनारों पर फेन जमा हो जाती। रसायन विज्ञान पढ़ाते थे। विषय पर पकड़ बहुत ज़बर्दस्त थी। ऐसा लगता रसायन विज्ञान विषय का विकास उनकी ही मेधा को नया आयाम देने के लिए हुआ था। जब पढ़ाते तो पूरी तरह डूब जाते। सवाल अक्सर अगली पंक्ति में बैठे छात्रों से करते। कुछ छात्र उनके प्रिय थे। बाकियों के अस्तित्व से उन्हें कुछ ख़ास लेना-देना नहीं था। उनके होने, ना होने से उन्हें कुछ ज़्यादा फ़र्क़ नहीं पड़ता था। अनिरुद्ध की कक्षा में वैसे थे तो डेढ़ सौ छात्र, लेकिन महाजन सर पढ़ाते दर्जन भर छात्रों को ही थे क्योंकि उन्हें ही उनकी क्लास समझ में आती और वही कक्षा में पार्टिसिपेट भी करते। बाक़ी भौचक चेहरे बस महाजन सर को निहारते और बीच-बीच में सिर हिलाकर जताते कि उन्हें सब कुछ समझ में आ रहा है।

कक्षा में आगे बैठने वाले दर्जन भर प्रियपात्र लड़के, विद्वान केमिस्ट्री टीचर महाजन सर के यहाँ वीकेंड ट्यूशन के लिए जाने वाले छात्र थे। महाजन सर की इन पर विशेष कृपा रहती थी। वो सवाल इन्हीं से पूछते और चाहते कि जवाब इन्हीं छात्रों से मिले तो अच्छा। क्लास ख़त्म होने के बाद महाजन सर अपने प्रियपात्रों में से किसी छात्र से कहते पाये जाते कि 'शनिवार की शाम को थोड़ा जल्दी आ जाना।' उनके इस कथन का मतलब था कि ट्यूशन के टाइम से थोड़ा पहले आ जाना, गेहूँ पिसवाना है या सब्ज़ी लानी है या फिर घर का कोई और काम है। किसकी हिम्मत थी कि महाजन सर के इस आदेश की अवहेलना करता। उनके ग़ुस्से को सब जानते थे। प्रचलित था कि महाजन सर की नज़रें अगर किसी पर वक्र हो गयीं तो पूरे हाई

स्कूल उसके सुधरने की कोई सम्भावना नहीं रहती थी। और वार्षिक परीक्षा में नम्बर कैसा आयेगा, इसका अनुमान सहज ही लगाया जा सकता था।

उस दिन उन्होंने क्लास के ख़ुराफ़ाती, लेकिन तेज़तर्रार छात्र अमन को गेहूँ पिसवाने का सम्मान दिया था। ट्यूशन के बाद लौटते हुए रास्ते में लड़के अक्सर बातें करते कि 'महाजन सर जो आदेश देते हैं वो तो फिर भी सहन हो जाता है, लेकिन ट्यूशन के लिए घर जाने पर उनकी स्थूलकाय और भावभंगिमा से खुर्राट पत्नी सख़्ती के साथ जो आदेश देती है, वो बर्दाश्त नहीं होता।' अमन जब गेहूँ पिसवाने के लिए ट्यूशन के टाइम से घण्टा भर पहले महाजन सर के घर पहुँचा तो उनकी रूखे मिज़ाज और कर्कश वाणी वाली पत्नी ने सब्ज़ी भी साथ में लाने का फ़रमान सुना दिया। जबकि उनके दोनों बेटे और दोनों ही बेटियाँ घर पर ही बैठे कैरम खेल रहे थे। अमन को ये आदेश हैरानी और बोझभरा लगा। मन में विचार कौंधा, 'महाजनवा के बच्चे घर में बैठे कैरम खेलेंगे और हम उसके घर का काम करेंगे? ये तो सरासर अत्याचार और शोषण है, इसे रुकना ही चाहिए। साला नौकर समझ लिया है।' पर समझ में नहीं आ रहा था कि क्या उपाय करे। ख़ैर, गेहूँ से भरा झोला साइकिल के पीछे कैरियर पर रखकर और एक और थैला सब्ज़ी के लिए लेकर अमन बाबू बाज़ार की ओर चला। लेकिन मन अशान्त, व्यथित और चिन्तामग्न था। समझ में नहीं आ रहा था कि इस घोर अत्याचार का अन्त कैसे किया जाये। घर पर तो यही कहा था कि सर ने एक्स्ट्रा टाइम पढ़ाने के लिए पहले बुलाया है, लेकिन मन ही मन तकलीफ़ बहुत ज़्यादा हो रही थी। बहरहाल, दिमाग़ ने ये तय कर लिया था कि इस फ़ालतू और थैंकलेस काम का अन्त होना ही चाहिए। अमन बाज़ार पहुँचा, बिशंभर तिवारी की चक्की में गेहूँ पीसने के लिए दिया और भागकर माँगी गयी तमाम सब्ज़ियाँ ख़रीदने लगा। थैला पूरी तरह भर गया था। दोनों काम होने के बाद पीछे कैरियर पर पिसे हुए आटे का थैला और आगे हैंडल से सब्ज़ी का झोला लटकाकर साइकिल चलाने में उसे परेशानी हो रही थी। वो पैदल ही साइकिल लुढ़काकर चल रहा था। ग़ुस्सा बढ़ता जा रहा था। मन बेचैन था। उसे बाक़ी के साथी छात्रों का शोषण भी याद आ रहा था। सोच रहा था कि ऐसा क्या किया जाये कि साँप भी मर जाये और लाठी भी ना टूटे। अमन के शरारती दिमाग़ में एक आइडिया आया और उस विचार के आते ही वो मन ही मन मुस्कुरा पड़ा। अब उसकी चाल में सुस्ती नहीं मस्ती घुल गयी थी। जैसे ही अमन महाजन सर के घर के गेट तक पहुँचा, साइकिल समेत नीचे गिर पड़ा। ज़ोरदार आवाज़ हुई। सारा आटा नीचे ज़मीन पर बिखर गया था और सब्ज़ी का झोला भी फट गया था। तमाम सब्ज़ियाँ सड़क पर दूर तक बिखर गयी थीं।

अन्दर से महाजन सर की पत्नी भागती हुई आयी। 'अरे सत्यानाश कर डाला। तुमसे एक साइकिल नहीं सँभलती। एकदम नाकारा लड़का है। पता नहीं क्यों इसे काम दे देते हैं। ये तो किसी गत का नहीं।' महाजन सर के बच्चे भी बाहर निकल आये थे। ऋषभ हँसते हुए बोल पड़ा, 'बैलेंस गड़बड़ा गया था क्या?' अपराधबोध से ग्रस्त और सहमे हुए अमन ने सिर हिलाते हुए कहा, 'हाँ भैया।'

ऐसा लग रहा था कि अमन को बहुत ज़्यादा पश्चाताप हो रहा हो। लेकिन हक़ीक़त में उसके भीतर विजयी होने की उमंग भरी थी। उसके कलेजे को बहुत ठण्डक पहुँच रही थी कि शायद 'ये मोटी चाची अपनी आदतों से बाज आयेगी और आगे से उसे कुछ लाने को नहीं कहेगी'। उसे लग रहा था जैसे उसने अपने तमाम दोस्तों पर हुए अत्याचार का बदला ले लिया है। तब तक महाजन सर भी दोपहर की नींद लेकर ट्यूशन पढ़ाने के लिए उठ चुके थे। बाहर आये और जब ये सब नज़ारा देखा तो ग़ुस्से से लाल हो गये। पर अमन आज हर सितम सह लेने के लिए तैयार था। महाजन सर ने कहा, 'आँख में कोयला घुसा था जो देखकर साइकिल नहीं चला पाये। किसी काम के नहीं हो। आज से इसे कोई काम मत देना। बाकी इसका मैं देख लूँगा।'

अमन को लगा कि अब परीक्षा में उसे अच्छे नम्बर नहीं आ पायेंगे। वो अच्छा छात्र था और क्लास में भी उसकी परफ़ॉर्मेंस ठीक ही रहती थी, लेकिन भीतर के विजयी मन ने कहा, 'अरे परीक्षा अभी बहुत दूर है, उस समय तक बेलभदरवा सब कुछ भूल जायेगा।'

तब तक ट्यूशन वाले दूसरे छात्र भी आने लगे थे। जब उन्होंने ये नज़ारा देखा तो ऊपर से तो दुखी भाव दर्शाया, लेकिन भीतर बस गुदगुदी थी गुदगुदी।

हर आर्म्स एक्रॉस हर ब्रेस्ट शी लेड

अंग्रेज़ी पुटुसगंज के अधिकांश छात्रों की स्थायी समस्या थी। इस विषय से आतंकित रहते। काफ़ी मेहनत के बावजूद ऐसे कमज़ोर छात्रों का आंग्लभाषा का संघर्ष जारी रहता। पूरा टेंस रट लिए जाने के बावजूद कहाँ 'हैव बिन' लगेगा और कहाँ 'शैल हैव' ये ज़्यादातर बच्चों को समझ नहीं आता था। ट्यूशन पढ़ाने वाले टीचरों में गणित और विज्ञान के शिक्षक डिमांड में रहते, लेकिन अंग्रेज़ी के शिक्षक का भाव इन विषयों के टीचर से क़तई कम ना था।

स्कूल में अंग्रेज़ी गौरी शंकर सिंह, राम रतन ओझा और जीतन प्रसाद जैसे टीचर पढ़ाते थे, लेकिन क्रेज़ था हद नायाब टीचर बद्रीनारायण वशिष्ठ का। ऊपर से नीचे तक दिलचस्प इन्सान। सिर पर बराबर से कटे छोटे बाल जैसे ट्रिमर चलाया गया हो। चौबीसों घण्टे सरसों तेल में चुपड़े रहते और काँटे की तरह खड़े नज़र आते थे। चेहरा वैसे तो गोलमटोल और सुदर्शन था, लेकिन देखभाल की भारी कमी की वजह से अभिनेता महमूद का विकृत रूप लगता। रंग साँवला था। क़द मझोले आकार का। अक्सर मुस्कुराते नज़र आते। पैदल चलना ही पसन्द करते थे और तेज़ चाल में चलते थे। कोई बाइक पर लिफ़्ट देने की पेशकश करे तो बड़े अदब से 'ना' कह दिया करते थे। हमेशा हल्के हरे और क्रीम कलर को मिलाकर बनने वाले अजीब से रंग की हाफ़ शर्ट पहनते और ख़ूब ढीली पतलून। पतलून का रंग भी फ़िक्स था। लाइट ग्रे कलर की फुलपैंट जो इतनी ढीली होती कि बच्चे मज़ाक़ में कहते कि 'कुत्ते का पिल्ला भी सर की पैंट के पीछे छुपकर बैठ सकता है'। गर्मी में जब तेज़ हवा या लू चलती तो वशिष्ठ सर की आकृति अजीब-सी लगती। ढीली पैंट और शर्ट में हवा भर जाती और वो किसी कॉमिक कैरेक्टर की तरह फूले हुए चलते नज़र आते। पैरों में हमेशा चमड़े की लगभग लुटी-पिटी चप्पल होती जिसने अपनी ज़िन्दगी में कभी सफ़ाई या पॉलिश का सुख नहीं भोगा होता था। हिन्दी भी ऐसी बोलते जैसे भोजपुरी बोल रहे हों। पर जब अंग्रेज़ी पढ़ाते तो उनके व्यक्तित्व

का सारा भदेसपन ग़ायब हो जाता था और ऐसा लगता जैसे कोई अंग्रेज़ शेक्सपियर पर लेक्चर दे रहा हो। वशिष्ठ सर हमेशा खड़े होकर पढ़ाते। उन्हें इस बात से कोई फ़र्क़ नहीं पड़ता था कि कोई उनकी बात सुन भी रहा है या नहीं। वो लेक्चर देते जाते थे, देते जाते थे और तब तक नहीं रुकते थे जब तक टॉपिक पर उनका ज्ञान ख़त्म नहीं हो जाता था। आज वो अल्फ्रेड लॉर्ड टेनिसन की कविता 'बेगर मेड' पढ़ा रहे थे। ये कविता आठवीं क्लास के सिलेबस में नहीं थी, पर उनका यूँ ही मन हो रहा था कि छात्रों का ज्ञान बढ़ा दिया जाये।

"हर आर्म्स एक्रॉस हर ब्रेस्ट शी लेड;
शी वॉज़ मोर फ़ेयर दैन वर्ड्स कैन से;
बेयरफ़ुट केम द बेगर मेड,
बिफ़ोर द किंग कोफ़ेचुआ।

किंग कोफ़ेचुआ के दरबार में आयी उस सुन्दर भिखारिन का वशिष्ठ सर ने शायद टेनिसन से भी सुन्दर वर्णन किया था। कविता का विषय इतना रोचक लग रहा था कि भुनभुनाती और शोर मचाने वाली क्लास भी एकदम शान्त हो गयी थी।

वशिष्ठ सर जानते थे कि कक्षा में बैठे किसी भी छात्र को उनकी अंग्रेज़ी ठीक से समझ नहीं आती थी। पर ये उनका सिरदर्द क़तई नहीं था। मन भर पढ़ा लेने के बाद वो छात्रों से कहते कि अब वो क्वेश्चन आंसर लिख लें। फिर एक-एक कर प्रश्न लिखवाते और फिर उनके उत्तर भी। अपेक्षित था कि छात्र उसे ठीक से लिख भर लें और घोंट कर यानी याद कर परीक्षा में उसे ठीक से उतार दें तो अच्छे नम्बरों से पास हो जायेंगे।

क्लास में वशिष्ठ सर की धाँसू अंग्रेज़ी का आतंक ऐसा था कि शायद ही कोई छात्र कभी कुछ पूछने की हिम्मत जुटा पाता था। हाँ, उनके जाने के बाद उनके कॉमिक से दिखने वाले लुक पर बात ज़रूर होती थी। ख़ासतौर से उनके कपड़ों पर जो साल-दर-साल एक ही रहते। यानी एक ही रंग की शर्ट और पैंट वो हमेशा पहने नज़र आते। छात्र सोचते भी कि वशिष्ठ सर क्या अपने कपड़े कभी धोते नहीं हैं? फिर सोचते कि नहीं धोते तभी तो मैले-कुचैले और गन्दे नज़र आते हैं।

कई दूसरे टीचरों की तरह वशिष्ठ सर ट्यूशन पढ़ाना पसन्द नहीं करते थे। ख़ाली समय में वो अक्सर पुटुसगंज के बुद्धिजीवी समझे जानेवाले लोगों से मिलना और उनसे बौद्धिक विमर्श को ज़्यादा तवज्जो देते थे। लेकिन एक बार जब कुछ छात्र अर्ध वार्षिक परीक्षा में अंग्रेज़ी में फेल हो गये तो उन्होंने वशिष्ठ सर से बहुत मिन्नत की कि वो उन्हें अपने घर पर अलग से पढ़ा दें। अनिरुद्ध भी इनमें शामिल था।

छात्रों के बार-बार अनुनय-विनय करने पर वशिष्ठ सर मान तो गये, लेकिन कहा कि 'समय का पाबन्द होना होगा और वो एक घण्टे से ज्यादा नहीं पढ़ाएँगे।

वशिष्ठ सर वैसे तो शादीशुदा और बाल बच्चेदार आदमी थे, लेकिन उनकी पत्नी गाँव में रहती थी और पैतृक सम्पत्ति की देखभाल करती थी। बच्चे वहीं गाँव के ही स्कूल में पढ़ रहे थे। उन्हें कभी ये ख़याल नहीं आया कि बच्चों को भी उनकी तरह अच्छी तालीम का मौक़ा मिले। उन्हें लगता कि मेहनत के बल पर जब वो गाँव के माहौल से निकल पाये तो बच्चे भी कुछ न कुछ कर ही लेंगे। भाग्यवाद पर उन्हें पक्का यक़ीन था।

पुटुसगंज प्रशासन ने उन्हें दो कमरे का एक मकान दे रखा था जिसमें वो अपने हिसाब से रहते थे। ट्यूशन वाले बच्चों को वहीं पढ़ने पहुँचना था। अनिरुद्ध के साथ ही सी सेक्शन में पढ़नेवाले नरेश, राजेश, लखी, प्रजापति जैसे लड़के जब वशिष्ठ सर के यहाँ पढ़ने पहुँचे तो देखा कि घर में बैठने के लिए एक भी फ़र्नीचर नहीं है। पूरा का पूरा घर ख़ाली पड़ा है। बस फ़र्श पर दो-तीन दरियाँ बिछी हैं।

वशिष्ठ सर ने लड़कों को दरी पर बैठने का इशारा किया था और ख़ुद सुर्ती बनाने लगे थे। लड़कों को पता तो था कि वो सुर्ती खाते हैं क्योंकि उनके होंठ अक्सर बाहर की ओर निकले और फूले हुए नज़र आते थे और वो क्लास के बीच में थूकने बाहर जाया करते थे। आज लड़कों ने देखा कि वशिष्ठ सर जो सुर्ती बना रहे हैं उसका स्टाइल भी अजीब है। उन्होंने काफ़ी ज़्यादा मात्रा में सुर्ती हथेली पर रखी थी। उसमें चूना मिलाया था और बायीं हथेली में रखकर दायें हाथ के अँगूठे से उसे मसले जा रहे थे। बच्चे दरी पर बैठे पढ़ाई शुरू होने का इन्तज़ार कर रहे थे। वशिष्ठ सर सुर्ती मसलते और फिर बायीं हथेली को दायीं हथेली से ठोंक कर सुर्ती के डस्ट पार्टिकल और चूने को हवा में उड़ाते। हल्की ताली बजाने जैसी ध्वनि निकालकर वो सुर्ती को छाँटते और कुछ हिस्से को बायीं हथेली को हिलाते हुए नीचे गिरा देते। वो जहाँ बैठे थे, उनके सामने छँटते-छँटते सुर्ती की अच्छी-ख़ासी गन्दगी जमा हो गयी थी। लेकिन वशिष्ठ सर को इससे कोई फ़र्क़ नहीं पड़ रहा था। सुर्ती तैयार हुई और नीचे वाले होंठ के पीछे दबा ली गयी। इतने में लखी ने पूछा, 'सर, पानी कहाँ रखा है?' उन्होंने इशारा करते हुए कहा कि 'साथ वाले कमरे में पानी रखा है'। जब लखी उठकर बग़ल वाले कमरे में पानी पीने पहुँचा तो सन्न रह गया। वहाँ दीवार पर एक साथ चौहद कीलें गड़ी थीं और उनमें वशिष्ठ सर की एक जैसी सात शर्ट और सात पैंट लाइन से टँगी थीं। कोई वशिष्ठ सर से कभी ये पूछने की हिम्मत तो नहीं कर सका था कि वो एक ही शर्ट और पैंट क्यों पहनते हैं, लेकिन आज उस यक्ष

प्रश्न का जवाब मिल गया था और इस एक्सक्लूसिव जानकारी को हासिल करने का श्रेय लखी को हासिल हुआ था। वो हैरानी में पानी पीना भूल गया और वापस लौटा। खुसर-पुसर में उसने दूसरे लड़कों से उस अति महत्त्वपूर्ण जानकारी को साझा किया तो बच्चे कौतूहल से भर गये। अब हर कोई उस दृश्य को अपनी आँखों में क़ैद कर लेना चाहता था। बारी-बारी से सभी लड़के पानी पीने के बहाने दूसरे कमरे में गये और एक लाइन से टँगी शर्ट और पैंट का दीदार किया। जब सबने देख लिया तो मन में ये सवाल कौंधने लगा कि आख़िर ऐसी क्या मजबूरी होगी कि वशिष्ठ सर एक ही तरह की पैंट और शर्ट पहनते हैं। क्या कोई ख़ास वजह। लड़कों से रहा नहीं गया। सर ने अभी पढ़ाना शुरू नहीं किया था कि नकुल ने पूछ लिया, 'सर हमें अक्सर लगता था कि आप एक ही शर्ट और पैंट क्यों पहनते हैं। साफ करते हैं कि नहीं, लेकिन आज हमें जवाब मिल गया है कि आप शर्ट-पैंट रोज बदलते हैं। लेकिन सर, आखिर आप एक ही पैटर्न के कपड़े क्यों पहनते हैं क्या कोई खास वजह है?'

वशिष्ठ सर ठहाका लगाकर हँसने लगे थे।

'अरे तुम लोगों के पास और कोई काम नहीं है, इसी सब फालतू चीज में दिमाग लगाते हो। अरे भई कौन कपड़े की दुकान में बैठकर अलग-अलग कपड़े पसन्द करेगा। एक जो कपड़ा पसन्द आ गया उसी का सात सेट बनवा लिया। उसे ही रोज बदल-बदल कर पहन लेते हैं। कपड़े बदल-बदलकर पहनने के अलावा भी तो काम हैं कि नहीं। चलो निकालो सब, नाउन पढ़ाएँगे आज।'

सभी लड़के पहले एक-दूसरे का और फिर वशिष्ठ सर का मुँह देखने लगे थे। कोई कुछ बोल नहीं पाया था। सब निरुत्तर से हो गये थे। किसी तरह क्लास ख़त्म कर लड़के जब मोहल्ले से बाहर निकले तो काफ़ी देर तक वशिष्ठ सर की शर्ट-पैंट पर हँसते रहे। उस दिन के बाद वशिष्ठ सर की साफ़-सफ़ाई पर किसी ने सवाल नहीं उठाया था। पर स्कूल में गाहे बगाहे इस एपिसोड पर चर्चा होती रही थी।

देखऽ तऽ बाउंस कइसा है

पुटुसगंज के किलकारी केन्द्र का स्थान दिल्ली के तालकटोरा स्टेडियम से कम ना था। तालकटोरा से तुलना करने का आशय है कि ये शहर की खेल-कूद और सांस्कृतिक गतिविधियों का केन्द्र था। एक बड़ा हॉल, उसमें बना स्टेज, चार बड़े-बड़े कमरे। एक कमरा पेपर और मैग्ज़ीन के लिए था। दूसरे में दफ़्तर, तीसरे कमरे में टेबल टेनिस की टेबल होती और एक कमरा ख़ाली रहता जिसमें स्पेयर कुर्सियाँ और आयोजनों व जलसे से जुड़े दूसरे ज़रूरी सामान रखे जाते थे। हॉल मल्टीपरपस था। बंगालियों की दुर्गा पूजा हो, चुनाव की वोटिंग-काउंटिंग हो, मज़दूर यूनियन की बैठक हो, गायत्री यज्ञ का आयोजन हो, महिला मण्डली का भजन-कीर्तन हो या फिर बारातियों का ठहरना हो—शहर की ऐसी तमाम ज़रूरतें किलकारी केन्द्र से पूरी होती थीं। और जब कुछ नहीं हो रहा हो यानी ऑफ़ सीज़न हो तो स्थानीय खेल प्रतिभाएँ वहीं हॉल में टीटी, कैरम, चेस आदि खेला करती थीं। शाम पाँच बजे से रात के दस बजे तक हॉल में होने वाला कोलाहल जीवन्तता का प्रतीक था। कोई किसी काम से कहीं जा रहा हो, किलकारी केन्द्र के पास से गुज़रता हुआ भीतर झाँक भर ले तो शरीर में ऊर्जा का संचार हो जाता था। जो लोग यहाँ के चैम्पियन खिलाड़ी थे उनका सम्मान किसी सिलेब्रिटी से कम ना था और वो भी उसी हॉल में रहा करते थे। किसी को बुरी तरह हराने के बाद चेहरे पर व्यंग्यात्मक मुस्कान लाकर कुछ इस अन्दाज़ में कहते नज़र आते 'बच्चू! अभी बेबी हो, प्रैक्टिस करो प्रैक्टिस।' जो गेम में हारता वो अगले दिन नये उत्साह से पहुँचता कि आज तो टिल्लू लाल को हरा ही देना है। पर ये आसान न था। यहाँ जो अच्छा था वो बहुत ही अच्छा था और अपनी बादशाहत आसानी से खोना नहीं चाहता था। क्रॉस पैकेट वाले बड़े कैरम बोर्ड पर हारने वाले लड़के घर में छोटे बोर्ड पर अपना हुनर माँजते। जो टीटी में हारता वो डायनिंग टेबल या चौकी पर अभ्यास करता ताकि किलकारी केन्द्र की हार को जीत में बदला जा सके।

केन्द्र के संचालक राम जीवन सिंह हमेशा खादी के सफ़ेद कुर्ते-पाजामे में नज़र आते। पतली आवाज़, लम्बा क़द। दुबली काया, मुकरी टाइप मूँछ, घुँघराले बाल और आपादमस्तक राजनीति में डूबे। उन्हें लगता कि जीवन में कभी न कभी तो एमएलए बन ही जायेंगे। इसी आस में क़स्बाई आयोजनों में सक्रिय भूमिका निभाते नज़र आते थे। लोग उन्हें नेताजी, नेता चचा आदि कहकर बुलाते भी थे। राम जीवन सिंह को किलकारी केन्द्र के हर आयोजन में अवसर नज़र आता था। ये सर्वविदित था कि केन्द्र की बुकिंग में वो पैसे कमाते हैं। कर्मचारियों के लिए केन्द्र की सुविधा बहुत मामूली रक़म पर उपलब्ध थी, लेकिन नेताजी कृत्रिम अभाव दिखाकर डिमांड-सप्लाई का रोचक खेल खेला करते थे। जिसे ज़्यादा ज़रूरत होती वो उनकी मुट्ठी गर्म कर केन्द्र की सुविधा लेने की कोशिश करता। पीठ पीछे लोग उन पर हँसते या गरियाते पर सामने अदब से पेश आते थे क्योंकि उनसे पंगा लेने पर बहुत कुछ प्रभावित हो सकता था।

पर इस केन्द्र की जान थे बेलगरामी सिंह। पुटुसगंज कारख़ाने में कारिन्दे थे। लेकिन उनकी पहचान इस वजह से नहीं थी। दरअसल वो पुटुसगंज के बच्चों के हीरो थे। उनके कन्धों पर किलकारी केन्द्र की देखभाल की अतिरिक्त ज़िम्मेदारी थी। इस वजह से खेल-कूद वाले बच्चे बेलगरामी जी को बहुत महत्त्व दिया करते थे।

दुबली काया, गेहुआँ रंग, पतली-सी मूँछ थी जो ध्यान से देखने पर ही पता चलती थी। बहुत मीठा बोलते। कई बार तो बात समझ में भी नहीं आती थी। शर्ट बाहर निकालकर पहनते थे और पतलून ढीली होती थी। मूलत: भोजपुरी भाषी थे। रास्ते पर टकरा जाने पर पूछ बैठते – का हो, सब ठीक बा? आवत नइख आजकाल खेले। कौनो काम में बाझल बाड़ का?

बेलगरामी जी अगर किसी बच्चे से इतनी बात कर लेते तो वो ख़ुद को धन्य मान लेता था। वो ख़ुद भी टीटी और कैरम अच्छा खेलते थे। अगर किलकारी केन्द्र में कभी कोई खेलने वाला नहीं मिलता तो वो साथ में खेलते। और ठीकठाक खेलने वाले कई बच्चों को तो वो हरा भी देते थे। इसलिए उनकी बहुत पूछ थी।

केन्द्र से जुड़ी कोई भी समस्या हो बेलगरामी जी उसका हल ज़रूर निकाल देते थे। एक बार बहुत तेज़ बारिश हुई। केन्द्र की छत एस्बेस्टॉस की थी। ज़्यादा बारिश की वजह से एक जगह डैमेज हो गयी और पानी छत से टपककर नीचे आने लगा। दुर्भाग्य की बात ये थी कि ये पानी और कहीं नहीं सीधा टीटी टेबल पर गिरने लगा। इतना पानी गिरा कि पूरा कमरा पानी-पानी हो गया और टेबल पानी में फूल कर एकदम बेकार हो गयी। बारिश रुकने के बाद जब केन्द्र खुला तो टेबल की हालत

देखकर बच्चे दुखी हो गये। उन्हें लगा कि अब पता नहीं कैसे खेल पायेंगे। नयी टेबल आयेगी भी या नहीं। बेलगरामी जी भी बारिश की इस मार से मायूस हो गये थे। गाहे बगाहे टीटी में वो भी हाथ आज़मा लेते थे। अब क्या होगा।

पर बच्चों के हीरो बेलगरामी जी ने कहा, 'देखते हैं कुछ उपाय करते हैं। कोई ना कोई रास्ता तो निकलिए आयेगा। करते हैं कुछ जोगाड़ हो।' बारिश पूरी तरह थमने और धूप खिलने के बाद उन्होंने पहले तो टेबल को सूखने के लिए बाहर निकाल दिया। चार दिन तक टेबल सूखती रही। टेबल जब पूरी तरह ड्राई हो गयी तो उसे भीतर ले आये। उस पर बॉल एकदम बाउंस नहीं हो रही थी। लकड़ी एकदम सॉफ़्ट और डेड-सी हो गयी थी। बच्चे चिन्तामग्न खड़े थे। तभी बेलगरामी जी भीतर गये और अपनी ख़ास अलमारी से थैले में रखा सामान और हथौड़ा ले आये। मैले कुचैले-से थैले में छोटी-छोटी काँटियाँ भरी थीं। अब बेलगरामी जी ने टेबल की ऊपरी सतह पर काँटी मारना शुरू कर दिया। बच्चे बहुत ग़ौर से बेलगरामी जी का ये कारनामा देख रहे थे। एक-एक इंच की दूरी पर वो लगातार नेल ठोंकते जा रहे थे। पूरे दो घण्टे तक वो इस काम में जुटे रहे। जब काँटी ठोंकने का काम पूरा हो गया तो उन्होंने बच्चों से कहा, 'देखऽ तऽ बाउंस कइसा है?'

अब बच्चे बॉल पटककर टेबल की बाउंस चेक करने लगे थे। अरे ये क्या, टेबल तो पहले की तरह बढ़िया बाउंस दे रही थी। खिलाड़ियों में ख़ुशी की लहर दौड़ गयी। 'वाह बेलगरामी भैया वाह! वाह बेलगरामी चाचा वाह! आपने तो कमाल ही कर दिया।' ऐसे समवेत स्वर सुनाई पड़ रहे थे।

जब ऐसी तारीफ़ होती तो बेलगरामी जी की मुस्कुराहट देखते ही बनती थी। 'सोचिए रहे थे कि कइसे ठीक किया जाये। रात में दिमाग लड़ाते-लड़ाते इ आइडिया आया। चलऽ बढ़िया बा, काम हो गइल। अभी आज दरखास जाई त छ महीना में टेबुल आयी। तब तक त लइका लोग खेले भुला जाई।'

केन्द्र के पास ही एक लम्बी-चौड़ी जगह में पुटुसगंज का ओपन एयर थिएटर चलता था। हर हफ़्ते यहाँ एक फ़िल्म दिखाई जाती थी। शहर के लोगों के मनोरंजन का ये एक मुख्य आकर्षण था। लोग बेसब्री से शनिवार का इन्तज़ार किया करते थे। क़रीब सौ मीटर लम्बी और उतनी ही चौड़ी जगह पर सीमेंट की स्लैब रख कर परमानेंट सीट बना दी गयी थी। एक साथ सैकड़ों लोग वहाँ बैठकर चलचित्र का आनन्द लिया करते थे। सामने बने लोहे के ऊँचे फ्रेम पर सफ़ेद पर्दा टँगता था। शनिवार शाम जब पर्दा टँग जाता तो सिनेमाप्रेमी आश्वस्त हो जाते कि आज फ़िल्म

दिखाई जायेगी। कई दर्शक जो कम्फ़र्टेबल दूरी से फ़िल्म देखना चाहते थे, उनके बच्चे पहले ही स्लैब पर शीट बिछाकर जगह रिज़र्व कर लिया करते थे। फिर परिवार की महिलाएँ और बड़े आकर उन सीटों पर बैठ जाते और फ़िल्म का मज़ा लेते।

शो वाले दिन पान-बीड़ी-सिगरेट बेचने वाले पहले से ही परिसर में अपनी दुकान सजा लेते थे। सूरज ढलते-ढलते गोलगप्पे, छोले-चाट, मूँगफली इत्यादि के ठेलों की भी लम्बी क़तार लग जाया करती थी। ये उनके लिए कमाई का अच्छा मौक़ा होता था। जब फ़िल्म का एक पहिया ख़त्म हो जाता और दूसरा चढ़ाया जाता तो इस अन्तराल का फ़ायदा उठाकर कई लोग इन दुकानों में जाकर मन माफ़िक चीज़ें खा-पी लिया करते थे। जैसे ही फ़िल्म की रील ख़त्म होती एक शोर सुनाई पड़ता था। प्रोजेक्टर रूम के ठीक सामने की सीट पर पुटुसगंज के हीरो टाइप लड़के बैठा करते थे। रील ख़त्म होते ही ये अपनी सीट पर खड़े हो जाते। सीटी बजाते, शोर करते। ये वहाँ के अघोषित दादा थे। उनकी सीट पर बैठने की जुर्रत कोई नहीं करता था। अगर कोई ग़लती से बैठ भी जाता तो डाँटकर भगा दिया जाता। कई बार लात-घूँसे की भी नौबत आ जाया करती थी। पर वो संकोच नहीं करते थे। यदाकदा जब चलती फ़िल्म के बीच में बिजली चली जाती तो काफ़ी तेज़ शोर हो जाया करता था। इस शोर में मिली सीटियों की आवाज़ माहौल को और भी वाइब्रेंट बना देती थी।

वहाँ अमूमन दो-चार साल पुरानी फ़िल्में ही दिखाई जाती थीं। राजेन्द्र कुमार, दिलीप कुमार, राज कपूर, फ़िरोज़ ख़ान, अमोल पालेकर, नर्गिस, मीना कुमारी, वैजयंतीमाला जैसे कलाकारों की फ़िल्में ज़्यादा दिखाई जातीं। अमिताभ बच्चन, धर्मेन्द्र, जितेन्द्र, राजेश खन्ना जैसे बड़े स्टार्स की फ़िल्में कम आती थीं। पर जब आती थीं तो उस दिन का माहौल कुछ और ही होता था।

लोगों को पहले से क़तई पता नहीं होता था कि कौन-सी फ़िल्म दिखाई जाने वाली है। शाम में जब बरावलपुर से बस आती, तभी फ़िल्म के नाम का पता चल पाता था। लोहे के जिस बक्से में रील रखी होती उस पर फ़िल्म का नाम लिखा होता था। कई बच्चे बस स्टैंड पर पहुँचकर पहले ही इसका पता लगाने की कोशिश करते। जानकारी मिलते ही वो अपने-अपने मोहल्लों में ख़बर ब्रेक करने का श्रेय लेते। ये एक्सरसाइज़ बेहद दिलचस्प होती थी। आज इंटरनेट और सोशल मीडिया के दौर में ख़बरें आसानी से सर्कुलेट हो जाती हैं। पर उस दौर में छोटी-छोटी इनफ़ॉर्मेशन के लिए काफ़ी मशक़्क़त करनी पड़ती थी। और फिर उसे शेयर करने का मज़ा भी अलग ही होता था।

पर इस क़वायद से इतर भी एक ज़रिया था जहाँ से फ़िल्म की जानकारी हासिल की जा सकती थी। ये ज़रिया थे बच्चों के चहेते बेलगरामी जी। शहर भर में केवल बेलगरामी जी को ही पहले से इसकी सूचना होती थी क्योंकि डिस्ट्रीब्यूटर्स उनके ही सम्पर्क में होते थे। बच्चे उनके घर जाकर पता करने की कोशिश करते। फ़िल्म अगर अमिताभ और धर्मेन्द्र जैसे किसी ऐक्शन हीरो की होती तो उसका उत्साह और तैयारी अलग होती और अगर अमोल पालेकर और विक्रम जैसे शान्ति पसन्द हीरो की होती तो तैयारी अलग होती। लेकिन बेलगरामी जी ये ब्रेकिंग न्यूज़ आसानी से देते नहीं थे। बहुत भाव खाते थे।

'अरे थोड़ी देर में पता चलिए ना जायेगा।'

'पहले बता देंगे तो मजा खराब हो जायेगा।'

'कुछ तो सरप्राइज रहने दो।' ये सब उनके पेट डायलॉग थे।

हाँ, अगर कोई ऐसा लड़का बेलगरामी जी से पूछता जिसे वो पसन्द करते थे तो वो बता भी देते थे।

कई बार ऐसा भी होता था कि किसी कारणवश फ़िल्म नहीं दिखाई जाती थी। पर फ़िल्मों के शौक़ीन लोग तैयारी तो पहले से ही करते थे। जैसे भोजन बनाना या फिर शाम को किये जाने वाले अन्य कई ज़रूरी काम। अगर फ़िल्म देखने जाना हो तो इन सबकी तैयारी पहले से करनी होती थी। और अगर फ़िल्म नहीं दिखाई जा रही होती तो काम आराम से होते रहते। इस पूरी प्रक्रिया में जानकारी का अहम रोल था और वो बेलगरामी जी से ही हासिल हो सकती थी। इसलिए वो उस दिन सुपर इम्पॉर्टेंट हो जाते थे।

किलकारी केन्द्र में दिखाई जा रही फ़िल्म थोड़े ही अन्तराल के बाद नॉवेल्टी क्लब में भी दिखाई जाती थी। वहाँ बड़े अधिकारी और उनके परिवार के सदस्य बाक़ायदा कुर्सी पर बैठकर शानदार अफ़सराना माहौल में फ़िल्म देखा करते थे। वहाँ फ़िल्म पैंतालीस मिनट की देरी से शुरू होती थी। मतलब ये कि जब किलकारी केन्द्र में फ़िल्म का एक पहिया ख़त्म हो जाता था तो उसके इन्तज़ार में खड़ा राइडर उसे लेकर सरकारी जीप से नॉवेल्टी क्लब पहुँचता था। तब वहाँ फ़िल्म शुरू होती थी। इस क्लब में केवल मेम्बर ही फ़िल्म देख सकते थे। इसलिए बड़ा ही एक्सक्लूसिव माहौल था। और मेम्बर बनने के लिए अफ़सर होना ज़रूरी था।

अनिरुद्ध तो किलकारी केन्द्र में ही फ़िल्में देखता था, लेकिन इंटरमीडिएट में पढ़नेवाला उसका बड़ा भाई आनन्द नॉवेल्टी क्लब में देखता था। वो टीटी और बैडमिंटन का अच्छा खिलाड़ी था, इसलिए पापा के मेम्बर ना होने पर भी क्लब में

उसे प्रिविलेज हासिल था। पिछले साल ही उसने बीस वर्ष से टीटी और बैडमिंटन के चैम्पियन बनते आ रहे एस एन राय को हरा दिया था। शहर के लिए वो एक ऐतिहासिक पल था। एस एन राय क़रीब पचास साल के होंगे, लेकिन क्या चुस्ती-फुर्ती थी, क्या खेलते थे। क्रिकेट के भी बेजोड़ खिलाड़ी थे। पुटुसगंज के कर्मचारियों के बीच जब भी मैच होता, एस एन राय अफ़सरों की टीम का नेतृत्व करते और हर साल जीत दिलवाते। लेकिन जब आनन्द ने टीटी और बैडमिंटन की उनकी बादशाहत छीन ली तो पत्नी सविता ने क्लब में ही एलान कर दिया, 'बेटे ने हरा दिया है राय साहब, अब तो संन्यास लेने का समय आ गया है।' राय साहब ने भी अर्धांगिनी की इस बात को काफ़ी सीरियसली ले लिया था और फिर कभी क्लब के कॉम्पीटिशन में हिस्सा नहीं लिया था। लेकिन फ़िटनेस के लिए नियमित रूप से बैडमिंटन और टीटी खेलते रहे थे।

रामाश्रय सिंह प्रमोशन के बाद जैसे ही अफ़सर बने, आनन्द ने सबसे पहले उन्हें नॉवेल्टी क्लब की मेम्बरशिप दिलवाई। हालाँकि वो क्लब कभी जाते नहीं थे। आनन्द ही वहाँ रेगुलर था।

बड़े भाई से प्रेरित होकर अनिरुद्ध भी आठवीं में आने के बाद हर रविवार सुबह दस बजे से दोपहर दो बजे तक क्लब में टीटी खेलने जाता था। उस दौरान वहाँ कम ही लोग खेलते थे। अफ़सर लोग अक्सर शाम में ही क्लब में कार्ड, चेस, बैडमिंटन, कैरम, टीटी आदि खेलने पहुँचते थे।

अनिरुद्ध और उसके टीटी फ्रेंड रूपक का संडे अभ्यास जारी था, लेकिन खेल में तरक़्क़ी कुछ ख़ास नहीं थी। दोनों बस बॉल को टेबल पर इधर से उधर मारा करते। बॉल टेबल की बजाय ज़्यादातर बाहर ही गिरती थी। सर्विस ठीक-ठाक कर लेते थे, लेकिन रैली नहीं बन पाती थी।

एक दिन प्रेमल रॉय उनके खेल के दौरान ही क्लब पहुँचे। कभी टीटी के चैम्पियन खिलाड़ी हुआ करते थे। अनिरुद्ध और रूपक उन्हें जानते थे। देखते ही 'नमस्ते अंकल' कहा।

उन्होंने मुस्कुराकर उन्हें खेल जारी रखने को कहा और वहीं कुर्सी खींचकर बैठ गये। वो थोड़ी देर तक उनका खेल देखते रहे। फिर उठकर बताया कि उनकी ग्रिप में प्रॉब्लम है।

'देखो टीटी में ग्रिप सबसे इम्पॉर्टेंट होता है। अगर ठीक से पकड़ोगे नहीं तो ना तो रैली कर पाओगे और ना ही चॉपिंग। फुटवर्क और बॉडी का बैलेंस भी सही होना चाहिए।'

उन्होंने रैकेट हाथ में लेकर बताया कि 'सर्विस के समय बॉल कैसे उछालनी है, उसे किस ऐंगल में हिट करना है, पैरों की पोजिशन क्या होनी चाहिए।' अनिरुद्ध और रूपक बहुत ध्यान से उनकी बातें सुन रहे थे।

फिर थोड़ी देर उन्होंने दोनों के साथ प्रैक्टिस की और ये भी बताया कि घर की दीवार पर कैसे अभ्यास करना है। और जब जाने लगे तो अनिरुद्ध और रूपक दोनों को बैग से निकालकर एक-एक रैकेट गिफ़्ट किया।

'देखो इस रैकेट से हम चैम्पियनशिप जीत्ता था। इससे बहुत प्यार था हमको। आज तक सँभालकर रखा है। आज भी नया लगता है। आज तुम दोनों को दे रहा हूँ। इसे सँभालकर रखना और मन लगाकर सीखना। बहुत अच्छा खेलोगे तुम लोग।'

ये अनिरुद्ध और रूपक के लिए अप्रत्याशित भेंट थी। रैकेट मिलते ही उनके चेहरे खिल गये थे।

'थैंक्यू अंकल, थैंक्यू अंकल।'

'खुश रहो और खूब खेलो। एक दिन बड़ा खिलाड़ी बनना।'

और प्रेमल रॉय जाने लगे थे।

अनिरुद्ध और रूपक उन्हें जाते हुए देख रहे थे। भावुक से हो गये थे दोनों।

बाबूजी सहरा में पढ़े खातिर बोलवले बाड़न

अनिरुद्ध को हाई स्कूल में जाते कई हफ़्ते हो गये थे। दिनचर्या स्थिर हो गयी थी। वो सुबह उठकर पढ़ता। फिर तैयार होकर नाश्ता करता और स्कूल चला जाता। दोपहर डेढ़ बजे टिफ़िन होने पर दौड़ता हुआ घर आता, जल्दी से खाना खाता और फिर दो बजे से पहले स्कूल पहुँच जाता। शाम को चार बजे छुट्टी होती थी तो वो तेज़ी से भागकर घर पहुँचता। जल्दी-जल्दी कुछ खाता और फिर क्रिकेट खेलने हाई स्कूल ग्राउंड पहुँच जाता।

उस दिन स्कूल के गेम टीचर दीनदयाल पुरोहित सर ने उसकी कक्षा के खेलकूद में आगे रहनेवाले कुछ बच्चों को बुलवाया था। बच्चे उन्हें आपस में डीपी सर बुलाते थे।

डीपी सर वैसे तो खेल टीचर थे, लेकिन उनमें खिलाड़ी जैसे कोई गुण नहीं थे। हाँ, वो स्कूल की सियासत के माहिर खिलाड़ी थे और स्वभाव से आलसी थे। बोलते भी धीरे-धीरे थे। स्कूल के पास ही रहते थे और आते-जाते बच्चों का खेल देखा करते थे।

राजन, अनिरुद्ध, विजय, विप्लव, सर्वेश और टीपू स्पोर्ट्स रूम के बाहर पहुँचे तो डीपी सर रजिस्टर में कुछ लिखते हुए नज़र आ रहे थे।

'आओ आओ तुम लोग।'

'तुम तो राजन हो। अच्छा खेलते हो।'

'तुम लोगों का नाम क्या है बच्चों।'

'सर अनिरुद्ध।'

'मैं विजय, विप्लव, सर्वेश, मैं टीपू।' बच्चों ने बारी-बारी से अपना नाम बता दिया था।

'देखो तुम लोग अच्छा क्रिकेट खेलते हो ये तो मैंने ग्राउंड पर देखा है। लेकिन सिर्फ खेलने से नहीं होगा। कौन कैसा खेलता है इसका पता तो मैच में चलता है। दस दिन बाद रविवार को हम क्रिकेट का एक मैच करवा रहे हैं। आठवीं और नौवीं

कक्षा के बीच। तुम लोग आपस में ट्रायल कर टीम तैयार कर लो। तुम्हारी टीम एट ए और सी सेक्शन को मिलाकर बनेगी। नाइन्थ वालों की टीम तो तैयार है। वो पिछले साल भी खेले थे। तुम्हारा कैप्टन राजन होगा। बढ़िया खिलाड़ी है राजन। वाइस कैप्टन कौन बनेगा?'

राजन ने कहा था, 'सर अनिरुद्ध को बना देते हैं।'

'किसी को ऑब्जेक्शन तो नहीं है राजन और अनिरुद्ध से।' सर ने पूछा था।

'नहीं सर। अच्छा डिसिजन है आपका।' विप्लव और विजय बोले थे।

'तो ठीक है। उधर पीछे दो बैट रखा है और वहाँ एक बॉल है। लाओ इधर।'

'ये बैट-बॉल तुम लोगों के लिए इश्यू कर देते हैं। पैड, ग्लब्स वगैरह है ना तुम लोगों के पास।'

'हाँ सर काम चल जायेगा। वैसे विकेट कीपिंग ग्लब्स फट गया है।' टीम के विकेट कीपर सर्वेश ने कहा था।

'अच्छा देखते हैं।'

फिर डीपी सर अपनी कुर्सी से उठे थे और पीछे की तरफ़ रखी अलमारी तक धीरे-धीरे चल कर गये थे। लौटे तो उनके हाथों में एकदम नयी विकेट कीपिंग ग्लब्स थी।

बच्चे देखकर ख़ुश हो गये थे।

'कौन है तुम्हारा विकेट कीपर?'

'सर सर्वेश।' अनिरुद्ध ने कहा।

'ठीक है सर्वेश के नाम से इश्यू कर देते हैं। सँभालकर रखना इसे। नया सामान आठवीं के बच्चों को हम इश्यू नहीं करते हैं, लेकिन तुम लोग अच्छा खेलते हो, इसलिए दे रहे हैं।'

'जाओ तैयारी करो।'

लड़के वहाँ से लौटे तो उनकी ख़ुशी का ठिकाना ना था। उत्साह से भर गये थे।

बैट राजन और अनिरुद्ध के हाथ में थे। बॉल टीपू उछाल रहा था। ग्लब्स सर्वेश ने हाथों में पहन रखा था।

जब ये लोग क्लास में पहुँचे तो सारे लड़कों ने उन्हें घेर लिया।

'अरे वाह क्रिकेट का सामान। स्कूल से मिला है। हमें दिखाओ, हमें भी दिखाओ।' कई लड़कों ने एक साथ कहा था।

राजन ने बताया कि 'अगले रविवार को नाइन्थ क्लास के साथ मैच है। जम कर तैयारी करनी है। एट ए में तो दो ही प्लेयर अच्छे हैं। पर सबको इन्फ़ॉर्म करना होगा। आज शाम को ही सबका ट्रायल होगा। आज ही टीम फ़ाइनल कर लेनी है।'

फिर वो अनिरुद्ध के साथ एट ए की तरफ़ चला गया था।

शाम को गेंदामल के ग्राउंड पर दोनों सेक्शन के लड़कों की भीड़ जमा हो गयी थी। वैसे तो सबको पता था कि कौन अच्छा खेलने वाला है। पर फिर भी ट्रायल देने के लिए अनुमानित संख्या से काफ़ी ज़्यादा लड़के पहुँचे थे।

हाई स्कूल के दूसरे ग्राउंड पर नाइन्थ वाले खिलाड़ी प्रैक्टिस कर रहे थे। उनकी टीम तो तैयार ही थी।

तय हुआ कि सबको एक-एक ओवर बॉलिंग और एक-एक ओवर बैटिंग दी जायेगी। जिसका परफ़ॉर्मेंस अच्छा होगा, वही टीम में चुना जायेगा।

सारे खिलाड़ी फ़ील्ड में फैल गये थे। कप्तान राजन बारी-बारी से बॉलर्स को बॉलिंग दे रहा था और अनिरुद्ध बता रहा था कि अब कौन बैटिंग के लिए जायेगा।

अगले दो घण्टे तक ट्रायल और सेलेक्शन की प्रक्रिया चलती रही और आख़िर में टीम का एलान किया गया। टीम इस प्रकार थी—राजन कप्तान, अनिरुद्ध उप-कप्तान, विप्लव, टीपू, रघु, अमन, कामेश, परवाज़, संजय, विजय और सर्वेश। दिनेश, धनंजय और ऋत्विक एक्स्ट्रा प्लेयर थे। किसी को चोट लगने पर इनमें से ही किसी खिलाड़ी का खेलना तय हुआ था।

अगले दिन से सभी चुने हुए खिलाड़ी जम कर प्रैक्टिस करने लगे थे। मैच वाले दिन का उनसे इन्तज़ार नहीं हो पा रहा था। राजन एक अच्छे कप्तान की तरह ये सुनिश्चित कर रहा था कि टीम के बल्लेबाज़ों को प्रैक्टिस का भरपूर मौक़ा मिले और गेंदबाज़ भी थकने तक लगातार बॉल फेंकते रहें। लाइन और लेंथ का पूरा ख़याल रखें।

'विप्लव और टीपू तुम दोनों की फास्ट बॉलिंग पर टीम को सबसे ज्यादा भरोसा है। छोड़ना नहीं है नाइन्थ वालों को। कम-से-कम तीन-तीन विकेट तुम लोग जल्दी से पहले ही स्पेल में निकाल दोगे तो बाकी मैं और अनिरुद्ध देख लेंगे।' राजन ने कहा था।

राजन भी मीडियम पेस बॉलर था और अनिरुद्ध टीम का ऑफ़ स्पिनर।

खेल के बाद घर लौटते हुए बच्चे ऐसे ही रणनीति बनाते। नाइन्थ के कप्तान पुलक शर्मा को कैसे आउट करना है और बाँके बिहारी को कैसे रन बनाने से रोकना है। इन्हीं दोनों खिलाड़ियों से आठवीं की टीम को डर था। ख़ासतौर से नायाब नमूना और अनप्रेडिक्टेबल और धुरंन्धर खिलाड़ी बाँके बिहारी से।

बांके बिहारी सिंह पुटुसगंज में साल भर पहले ही गिरे थे। मतलब आये थे। सीधा अपने गाँव से। परिवार को भोजपुर के पुश्तैनी गाँव में स्थायी रूप से रखने वाले पिता को लगा था कि बेटे को अब ग्रामीण माहौल से निकालकर शहर का संस्कार देना चाहिए। सो बाँके बिहारी पिता के दो कमरे के सरकारी मकान में पहुँच गये थे।

कक्षा नौ में दाख़िला मिला था। पर देहयष्टि से कॉलेज के छात्र लगते। दाढ़ी-मूँछ से चेहरा भर गया था।

पहले दिन जब हाई स्कूल में क्लास के लिए पहुँचे तो छात्र उन्हें देखकर खड़े हो गये। सोचा कोई नया टीचर आ गया है। गाँव के दरीवाले स्कूल से पक्की इमारत और डेस्क-बेंच वाले स्कूल में पहुँचकर बाँके बिहारी थोड़े नर्वस तो थे, लेकिन उनकी सबसे बड़ी ख़ूबी थी उनका सेल्फ़ कॉन्फ़िडेंस। थोड़ी देर में जब छात्र समझ गये कि ये हट्टा-कट्टा शख़्स उन्हीं का सहपाठी है तो किसी ने पूछा, 'क्या नाम है तुम्हारा, नये नये आये हो?'

'हमार नाम बाँके बिहारी सिंह बा, गाँव से बाबूजी सहरा में पढ़े खातिर बोलवले बाड़न।' बाँके बिहारी के इस जवाब और शैली से वहाँ खड़े छात्र हँस पड़े थे। सबको बस मज़ा आ गया था। लगा कि एक आइटम टाइप का लड़का क्लास में आ गया है। ख़ूब मनोरंजन होने वाला है। पर बाँके बिहारी में ग्रामीण संस्कार और भदेसपन भले ही था, पर उसकी दुनियादारी की समझ कमज़ोर न थी। वो समझ गया था कि अपनी भाषा और हाव भाव से वो कक्षा में मज़ाक़ का पात्र बन रहा है। मेहनत कर वो शहर के तौर तरीक़े सीखने लगा। हालाँकि उसकी भाषा भोजपुरी और हिन्दी के बीच की कोई भाषा थी जो केवल उसकी थी। वही वैसा बोल सकता था। अपने जैसा एकदम अलग। हाँ, सहपाठियों को समझ में आ ज़रूर जाती थी। गाँव के अखाड़े में दमखम आज़माने वाला बाँके बिहारी जल्दी ही सहपाठियों की खेल मण्डली का अभिन्न हिस्सा बन गया था। फ़ुटबॉल के मैदान पर जो सबसे ज़्यादा और सबसे तेज़ दौड़ता वो बाँके बिहारी ही होता। अगर टीम तीन-चार गोल से जीतती तो दो गोल बाँके बिहारी के ही होते।

क्रिकेट में उसका हाथ थोड़ा तंग था। क्रिकेट तो जेंटलमैन गेम माना जाता है। बैट पकड़ने का एक अलग अन्दाज़ होता है। क्रीज़ पर स्टांस भी थोड़ा सलीके से लेना होता है। बॉलिंग करनी हो तो उसमें भी दोनों हाथों की अहम भूमिका होती है। एक ख़ास तरीक़े से जम्प लगाकर हाथ घुमाकर बॉल फेंकनी होती है। बाँके बिहारी ने बहुत दिमाग़ लगाया पर बैटिंग-बॉलिंग का सही तरीक़ा ना सीख सका। बॉलिंग करता तो दायें हाथ में गेंद लेकर दौड़ता और बायाँ हाथ उठा ही नहीं पाता, वो सीधा नीचे रह जाता। बड़ा ही फ़नी सीन क्रिएट होता था। हाँ, दौड़ता पूरे बीस क़दम से था। जैसा भी हो उसी कॉमिक ऐक्शन में वो पेस पूरा जेनरेट कर लेता था और एक-दो विकेट भी चटका लेता था। इस तरह कई खिलाड़ियों के ना चाहते हुए भी टीम में उसकी एक्सेप्टेंस हो गयी थी क्योंकि अगर कोई बात उसके मन मुताबिक़ ना

होती तो वो भोजपुरी में ऐसी गन्दी-गन्दी गालियाँ निकालता कि दूसरे बच्चे परेशान हो जाते। और बाँके बिहारी भी समझ गया था कि जब किसी को अनुकूल बनाना हो या रौब झाड़ना हो तो गाली अस्त्र का सहारा लिया जा सकता है। अगर गाली का स्कोप ना हो यानी कोई टीचर या बड़ा व्यक्ति आसपास हो तो तेज़ बोलकर या आँखें दिखाकर भी काम चलाया जा सकता है।

ख़ैर! बेसब्री से इन्तज़ार करते-करते मैच का दिन भी आ ही गया। मैच 20-20 ओवर का था। स्कूल में मशहूर और स्वनामधन्य बाँके बिहारी नौवीं की टीम में उप-कप्तान था। ये पद उसने दबंगयी से हासिल किया था।

कप्तान पुलक शर्मा ने टॉस जीतकर पहले बल्लेबाज़ी का फ़ैसला किया। वो धाकड़ बल्लेबाज़ था। ओपनिंग करते हुए उसने टीम को मज़बूत शुरुआत दी थी। एक तरफ़ से वो क्रीज़ पर जमा हुआ था। पर दूसरी तरफ़ से विकेट नियमित अन्तराल पर गिरते जा रहे थे। चार विकेट गिरने के बाद जब बाँके बिहारी बल्लेबाज़ी के लिए पहुँचा तो मैच देख रहे लोगों के बीच हँसी की एक लहर-सी उठी। आमतौर पर बल्लेबाज़ पैड दोनों पैरों में पहनकर बैटिंग के लिए उतरता है। पर बाँके बिहारी ने केवल बायें पैर में पैड पहनी थी। उसका मानना था कि दोनों पैरों में पैड पहनने से दौड़ने में दिक़्क़त होती है और बॉल से लगनेवाली छोटी-मोटी चोट तो वो यूँ ही झाड़ दिया करता था। बहरहाल बाँके बिहारी ने क्रीज़ पर पहुँचकर जब स्टांस लिया तो फिर एक बार दर्शकों के बीच हँसी का शोर सुनाई दिया। दरअसल बाँके बिहारी बल्ला उल्टा पकड़ता था। दायीं हाथ के बल्लेबाज़ का बैटिंग करते हुए दायाँ हाथ नीचे और बायाँ बैट के हैंडल पर ऊपर की तरफ़ होता है, पर बाँके बिहारी के मामले में उल्टा था। वो बायाँ नीचे और दायाँ हाथ ऊपर रखता। इस तरह तो एक बॉल खेल पाना मुश्किल था, पर कमाल की बात ये थी कि ताक़त का धनी बाँके बिहारी इसी उल्टे तरीक़े से चौका-छक्का लगा दिया करता था। लोग बैटिंग स्टाइल पर भले ही हँस लें, लेकिन ताबड़तोड़ लग रहे छक्कों-चौकों पर ताली बजाने से ख़ुद को रोक नहीं पाते थे। ये मान लिया गया था कि बाँके बिहारी रूल बुक से परे एक अपवाद और प्रतिभाशाली खिलाड़ी है जो रन तो बनाता ही है, भरपूर मनोरंजन भी करता है। पुलक शर्मा ने बीस ओवर तक ज़िम्मेदारी भरी डिफ़ेंसिव बल्लेबाज़ी की थी और नॉट आउट 75 रन बनाये थे, जबकि बांके बिहारी ने पाँच-छह ओवर की बैटिंग की और चौकों-छक्कों की बदौलत 42 रन बना डाले। दर्शकों का मनोरंजन किया सो अलग। नौवीं की टीम ने निर्धारित 20 ओवर में 165 रन बनाये।

166 रन के लक्ष्य का पीछा करने उतरी आठवीं की टीम भी अच्छा खेली। कप्तान राजन ने 65 रन की पारी खेली। उप-कप्तान अनिरुद्ध ने 22 रन बनाये। बाक़ी के बल्लेबाज़ों ने भी थोड़ा-थोड़ा योगदान दिया और मैच बेहद रोमांचक मोड़ पर पहुँच गया। जीत के लिए आख़िरी ओवर में राजन की टीम को 11 रन बनाने थे। क्रीज़ पर डटी विजय और विप्लव की जोड़ी ने ज़िम्मेदारी से बल्लेबाज़ी कर पाँच गेंद में 9 रन बना भी लिए। अब आख़िरी बॉल पर दो रन की ज़रूरत थी, पर बाँके बिहारी की तेज़ रफ़्तार गेंद ने विप्लव को विकेट के पीछे कैच करा दिया और मैच नौवीं क्लास ने जीत लिया। हाथ में आया मैच हार जाने से जूनियर्स की टीम बेहद निराश थी। सबका मुँह लटका था और वे गोल बनाकर ज़मीन पर बैठ गये थे।

कप्तान राजन ने कहा, 'अरे दोस्तों बहुत बढ़िया खेले हम। आखिर मैच में कोई जीतता तो कोई हारता है। आज का दिन शायद हमारा नहीं था। पर सब लोग अच्छा खेले। मुझे टीम से कोई शिकायत नहीं। आगे मौका आने पर नाइन्थ की टीम को देख लिया जायेगा।'

इन उत्साहवर्धक बातों से हार से हताश खिलाड़ी काफ़ी बेहतर महसूस करने लगे थे। अनिरुद्ध और विप्लव ने एक साथ कहा था—'हाँ देख लिया जायेगा अगली बार।' फिर सभी खिलाड़ियों ने एक-दूसरे का हाथ पकड़कर जीत का एक नया संकल्प लिया था।

उधर मैदान में प्राइज़ डिस्ट्रीब्यूशन की तैयारी चल रही थी। दो टेबलों को जोड़कर उसके ऊपर सफ़ेद टेबलक्लोथ बिछा दिया गया था और उस पर मेडल रख दिये गये थे। विनर और रनर टीम के लिए दो कप रखे थे। विनिंग कप सुनहरे रंग का था और रनर्स कप चाँदी के रंग का। और सांथ में एक सुन्दर सी ट्रॉफ़ी 'मैन ऑफ़ द मैच' के लिए रखी थी। टेबल के पीछे की तरफ़ दस क़ुर्सियाँ रखी थीं जिन पर बीच में डीपी सर बैठे थे और बाक़ी की कुर्सियों पर स्कूल के अन्य वैसे शिक्षकगण विराजमान थे जिन्हें खेल में थोड़ी-बहुत दिलचस्पी थी।

सारे खिलाड़ी एक्साइटेड थे और टेबल के सामने थोड़ी जगह छोड़कर गोल बनाकर बैठे थे। एक अच्छी संख्या पीछे खड़े दर्शकों की भी थी। टेबल के सामने एक तरफ़ नौवीं कक्षा की विजेता टीम बैठी थी और दूसरी तरफ़ आठवीं की टीम थी। दोनों टीमों के कप्तान सबसे आगे बैठे थे और पुरस्कार वितरण का इन्तज़ार कर रहे थे। खिलाड़ियों को थोड़ा कौतूहल भी हो रहा था कि 'मैन ऑफ़ द मैच' किसे मिलता है? इसकी वजह भी थी।

'मैन ऑफ़ द मैच' के लिए ट्रॉफ़ी के अलावा पचास रुपये का नक़द पुरस्कार भी रखा गया था। उस ज़माने में पचास रुपये एक स्कूली छात्र के लिए काफ़ी मायने रखते थे। खेल में प्रदर्शन के आधार पर लग रहा था कि नौवीं की टीम का कप्तान पुलक शर्मा स्वाभाविक हक़दार है। उसने 75 रन बनाये थे और दो विकेट भी चटकाये थे। ऑलराउंडर खिलाड़ी था। सभी को लग रहा था कि 'मैन ऑफ़ द मैच' उसे ही मिलेगा। लेकिन बाँके बिहारी को लग रहा था कि टीम की जीत में उसका योगदान सबसे ज़्यादा है। उसने मैच में 42 रन बनाये थे और निर्णायक विकेट भी उसी ने लिया था। मैच में उसने कुल तीन विकेट लिए थे। राजन, अमन और परवाज़ का अहम विकेट बाँके बिहारी ने ही लिया था। प्रदर्शन तो अच्छा 8वीं के कप्तान राजन का भी था। उसने 65 रन बनाये थे और तीन विकेट भी लिए थे। लेकिन वो हारी हुई टीम का खिलाड़ी था। अब सबकी नज़रें डीपी सर पर टिकी थीं।

हालाँकि निर्णायक मण्डल में संस्कृत शिक्षक भोलाराम शर्मा और हिन्दी शिक्षक ज्ञानचंद केरकेट्टा भी शामिल थे। पर उनका कोई मतलब नहीं था। डीपी सर को ही तय करना था कि मैच का सर्वश्रेष्ठ खिलाड़ी वो आख़िर किसे चुनते हैं। पारितोषिक समारोह में अच्छे खेल आयोजन पर भाषण देने के बाद उन्होंने दोनों टीमों के कप्तान का नाम अनाउंस किया था। मुख्य अतिथि थे इलाक़े के भूतपूर्व क्रिकेट खिलाड़ी और पुटुसगंज टीम के कोच अमोल दा। उन्होंने दोनों कप्तानों को ट्रॉफ़ी दी थी। विजेता टीम ने 'हिप हिप हुर्रे' की हुंकार और 'थ्री चीयर्स फ़ॉर नाइन्थ क्लास' के साथ जीत का जश्न मनाया था। फ़ोटो भी खींची गयी थी। अब सब दिल थामे 'मैन ऑफ़ द मैच' के नाम की घोषणा का इन्तज़ार कर रहे थे। डीपी सर ने चारों ओर नज़रें घुमाने के बाद एलान किया था—'और मैन ऑफ द मैच के हकदार हैं...' पुलक शर्मा बैठा तो ज़मीन पर था, पर थोड़ा उचकने की मुद्रा में आ गया था। पर ये क्या बाँके बिहारी तो खड़ा भी हो गया था। चेहरे पर पूरी मुस्कुराहट के भाव के साथ आगे बढ़ने को आतुर।

'और मैन ऑफ़ द मैच के हकदार हैं ...पुलक शर्मा'

पूरा मैदान तालियों की गड़गड़ाहट से गूँज उठा था। पुलक शर्मा आगे बढ़ा ही था कि एक तेज़ आवाज़ आयी। 'इ तो एकदमे अन्याय है, बयमानी है।' ये बाँके बिहारी था। ऐसा भी कुछ हो सकता है इसके लिए डीपी सर बिल्कुल भी तैयार नहीं थे। हाथों से इशारा कर बोले—'बाँके बिहारी बैठ जाइए।'

'अरे कइसे बइठ जायें। खुलेआम पछपात हो रहा है। अगर हम रन नहीं बनाते और लास्ट विकेट नहीं लेते तो नौवीं कछा का टीम आज कहाँ होता?'

डीपी सर ने फिर इशारा किया जिसका आशय था कि बाँके बिहारी चुप हो जाइए और नीचे बैठ जाइए।

'अरे यहाँ गलत हो रहा है।..अन्धेर मचा है और आप कहते हैं कि चुप हो जाओ। 42 रन बनाये हैं मैच में। वो भी चौका और छक्का के साथ। मेरा बालिंग सानदार रहा। तीन विकेट लिए। पाँच में से दो ओभर तो मैडम (मेडन) ओभर था।'

जो भीड़ हैरानी के साथ इस पूरे प्रकरण को देख रही थी, मेडन ओवर को मैडम ओभर कहे जाने से ठहाकों से भर गयी थी। बाँके बिहारी को समझ नहीं आया कि आख़िर हुआ क्या है। वो बोले जा रहा था—'तीन विकेट में से दो बोल्ड और एक एलपीडबलू।' एलबीडब्ल्यू की जगह एलपीडबलू सुनकर पहले से हँसते दर्शकों ने पेट पकड़ लिया था। हास्य से उभरा आनन्द चरम पर पहुँच गया था।

'और आप मएन आफ दि मंच पुलकवा को दे रहे हैं। पिछला बार भी सकूल टोनामेंट में मैन आफ दि सिरिंज (सीरीज़) पर हमारा हक था, लेकिन आपने पुलकवा को दे दिया था। ये बयमानी नहीं है तो क्या है।'

'मैन ऑफ़ दि मैच' के लिए 'मएन आफ दि मंच' और 'मैन ऑफ़ दि सीरीज़' के लिए 'मएन आफ दि सिरिंज' जैसे एक्सप्रेशन सुनकर खिलाड़ियों और दर्शकों का हँसते-हँसते बुरा हाल था। डीपी सर समेत अन्य अतिथि गण और दूसरे शिक्षक भी ये सब सुनकर अपनी हँसी रोक नहीं पा रहे थे। वो कुछ कहना चाह रहे थे, लेकिन हँसी रुक नहीं रही थी। डीपी सर सिर्फ़ हाथों से बाँके बिहारी को बैठने का इशारा कर रहे थे।

थोड़ी देर तक तक जब हँसी-ठहाकों का माहौल यूँ ही बना रहा तो बाँके बिहारी समझ गया कि खेल का प्रदर्शन उसका चाहे जितना भी अच्छा रहा हो, विरोध के उसके अन्दाज़ ने जनता का भरपूर मनोरंजन कर दिया था। वो अचानक उठा और अपनी चिर परिचित गाली वाली शैली में कुछ-कुछ बोलते हुए वहाँ से जाने लगा। किसी की हिम्मत नहीं हो रही थी कि उसे रोक पाता। वो गेंदामल ग्राउंड से बाबू बाज़ार की तरफ़ ओझल होता जा रहा था। इधर, ग्राउण्ड में गाइन्थ के खिलाड़ी पुलक शर्मा को कन्धे पर उठाकर घुमा रहे थे और राजन एण्ड कम्पनी की आठवीं की टीम रिफ्रेशमेंट में मिले सिंघाड़ा और जलेबी का लुत्फ़ उठा रही थी।

अनिरुद्ध घर लौटा तो भैया और माँ-पापा को उसने ये सारा प्रकरण ख़ूब मज़े ले-लेकर सुनाया। वे लोग भी हँस रहे थे। फिर पिता ने कहा था कि 'आजकल खाली खेल ही रहे हो या पढ़ाई पर भी कुछ ध्यान है।' दोनों बच्चे पिता का संकेत समझ गये थे और दूसरे कमरे में पढ़ने चले गये थे।

एकदम आवारा है, एक नम्बर का लुच्चा

मिठास स्वीट हाउस की मण्डली में त्रिलोकी उर्फ़ तिरलोकी की चर्चा गर्म थी। युवाओं के बीच वो तिरलोकी दा के नाम से मशहूर था। होटल मालिक कामाख्या सिंह गल्ला छोड़कर बाहर आ गये और सिगरेट का कश लेते हुए कहा कि 'लड़का का हिम्मत देखिए, उ तो लड़कियों का किस्मत अच्छा था कि बच गयी दोनों। ना तो तिरलोकिया तो आज जाने ले लेता उनका। बड़ा खराब जमाना आ गया है। हम्हीं लोग का समय ठीक था। समय पर 15-16 के उमिर में सादी हो जाता था। इ सब करने का नौबते नहीं आता था। बताइए लड़की को भगाने का हिम्मत कइसे किया होगा। माँ-बाप के इज्जत का थोड़ा भी खयाल नहीं आया उसको।'

'अरे ऐसा बच्चा को गोली मार देना चाहिए जो माँ-बाप का नामे डुबा देता है। साला कहता कि हमारा सादी कर दीजिए। ये क्या कि लड़की भगाने लगा।' नारायण साव ने गुस्से में कहा था।

'लेकिन का लड़की लोग का दोष नहीं है? उ दोनों का गलती भी कम नहीं है।' रामाधार तिवारी ने जोड़ा था।

'हमारा लड़का होता तो हम तो घरे से निकाल देते।' हरिशंकर प्रधान ने कहा था।

'लेकिन ताज्जुब का बात है कि तिरलोकी को इतना हिम्मत कैसे हुआ। लंठ है इसमें तो कोई शक नहीं, लेकिन इ हरकत कर देगा, ऐसा नहीं सोचे थे' ब्रज बिहारी चौधरी बोले थे।

जिस तिरलोकी प्रकरण की चर्चा से मिठास स्वीट हाउस की बैठकी हैरान थी वो पूरा प्रकरण पुटुसगंज के लिए नयी ही बात थी।

उस ज़माने में पुटुसगंज में सीसीटीवी की कल्पना भी नहीं की जा सकती थी। पर ऐसे-ऐसे सीसीटीवी कैमरे मौजूद थे जो घटना की रिपोर्टिंग और गवाही ज़रूरत वाली जगह पर पहुँचकर कर दिया करते थे। आज नज़र रखने के लिए जगह-जगह सीसीटीवी कैमरे फ़िट करने पड़ते हैं। पर उस दौर में घुमन्तू सीसीटीवी कैमरे ख़ुद ही

स्ट्रैटेजिक लोकेशन पर सुबह से ही फ़िट हो जाया करते थे। ये स्ट्रैटेजिक लोकेशन थे चिनार चौक बस स्टैंड, सोनपा मार्केट, प्रेमनगर, बाबू बाज़ार, बाँके मैगज़ीन कॉर्नर, महुआ पेड़, चौधरी बुक स्टॉल और टर्मिनल टोला जहाँ गाँजे वाले बदरी सिंह की मशहूर गुमटी हुआ करती थी। बस के इन पड़ाव स्थलों पर हर वक्त कोई न कोई शख़्स सीसीटीवी बना बैठा होता था और नज़ारा देखते हुए या गपियाते हुए समय काट रहा होता था।

तिरलोकी दा पुटुसगंज के लवर ब्वॉय माने जाते थे। आकर्षक चेहरा, लम्बे लहराते बाल, गोरा रंग, दुबली-पतली सुदर्शन काया। 17-18 साल की उम्र रही होगी।

पुटुसगंज के बेहद कंज़र्वेटिव समाज में प्रेम के लिए कोई जगह नहीं थी। माता-पिता को पर्दे पर अमिताभ-रेखा का रोमांस तो बहुत अच्छा लगता था, पर अगर अपना बेटा या मोहल्ले का कोई लड़का प्रेम की पिंगें बढ़ाता नज़र आता तो भारी आपत्ति हो जाया करती थी। ऐसे लड़के आवारा, लखेरा, मवाली और कई बार तो गुण्डा जैसे सम्बोधनों से अभिहित किये जाते थे। ऐसे लोग मोहल्ले की लड़कियों के जन्मजात दुश्मन समझे जाते थे। अगर ग़लती से भी ऐसे लड़कों के पाँव मोहल्ले में पड़ जायें तो महिलाएँ गॉसिप करने लगती थीं और उनके कॉमेंट्स कुछ इस तरह के निकलते–

'एकदम आवारा है, एक नम्बर का लुच्चा।'

'सुबहे से लड़कियों को ताड़ने और तंग करने घर से निकल जाता है।'

'खुद दो-दो बहनें हैं पर एकदम लाज नहीं है इसको।'

'कई बार बाप तक शिकायत गयी है पर सुधरता नहीं है लफंगा।'

ऐसी गॉसिप क्वीन्स ये भूल जाती थीं कि जिन कथित शोहदों पर वो टीका टिप्पणी कर रही होती थीं, वो मोहल्ले की जवान होती जयाप्रदा और श्रीदेवी टाइप तमाम लड़कियों के मन के राजकुमार थे, मिथुन चक्रवर्ती थे, जितेन्द्र थे।

ख़ैर, तिरलोकी दा की छवि पूरी तरह ऐसी नहीं थी, पर काम वो कुछ-कुछ ऐसा ही करते थे। पुटुसगंज के ज़्यादातर माता-पिता ने अपनी-अपनी बेटियों और उनकी गतिविधियों को तो बाँध रखा था, पर उनकी इच्छाओं और हसरतों गर अंकुश कैसे लगाते। आदिम काल से स्त्री और पुरुष एक-दूसरे के प्रति आकर्षित होते चले आये हैं। पुटुसगंज भी सुन्दर लड़कियों के पेरेंट्स की तमाम कोशिशों के बावजूद इसका अपवाद नहीं था। तिरलोकी दा ऐसी कई सुन्दर बालाओं के सपनों के राजकुमार थे। पर ज़्यादातर मामलों में बात नयनमटक्का और चितवन दर्शन से आगे नहीं बढ़ पाती थी क्योंकि मिलन की सम्भावना ना के बराबर थी। ऐसी परिस्थिति में तिरलोकी दा और उनके जैसे टैलेंटेड लवर ब्वॉय, परिचय वाले परिवारों में अपनी दमित

इच्छाएँ पूरी करने की कोशिश करते थे। यहाँ परिचय वाले परिवार से आशय है जहाँ माता-पिता का आना-जाना हो, ख़ूब अच्छी दोस्ती हो, गाहे बगाहे एक-दूसरे के घर जाकर खाना-पीना होता हो। तिरलोकी दा ने ऐसे ही एक परिचित परिवार की उम्र में एक साल छोटी लड़की से प्रेम कर लिया था। अच्छी बात ये थी कि लड़की भी कालान्तर में तिरलोकी दा को दिल से चाहने लगी थी। ये शायद सिनेमा का असर था कि 16-17 साल के लड़के-लड़कियाँ ख़्वाब देखते कि ब्वॉय फ्रेंड-गर्लफ्रेंड तो होना ही चाहिए। भले ही ऐसे सम्बन्धों की कोई उम्र या फ़्यूचर ना हो। तिरलोकी दा जब भी अपने माता-पिता के साथ अंजलि के घर जाते, फ़िराक़ में रहते कि एक-दो पल ऐसे भी मिल जायें जिसमें वो अंजलि को जी भरकर देख सकें या सम्भव हो तो छू सकें। किलकारी केन्द्र में देखी गयी हिन्दी फ़िल्मों ने पुटुसगंज के तमाम किशोर उम्र और उससे थोड़े ऊपर के लड़के-लड़कियों को एक रूमानी दुनिया में पहुँचा दिया था और ना चाहते हुए भी आमने-सामने या आस-पड़ोस में रहनेवाले लड़के-लड़कियों में प्रेम का अंकुर फूट जाया करता था।

उस दिन माता-पिता डिनर के बाद जब किसी अहम मुद्दे पर बातों में खो गये थे तो तिरलोकी दा ने मौक़ा पाकर अंजलि का हाथ पकड़ लिया। ऐसा लगा करंट लग गया हो। जवानी की दहलीज़ पर क़दम रखते और प्रेम रूपी रासायनिक प्रतिक्रिया से पूरी तरह घायल-चोटिल तिरलोकी और अंजलि फ़िल्मी पर्दे के धर्मेन्द्र और हेमा मालिनी से भी ज़्यादा कामदग्ध हुए थे। पर उसे व्यक्त कर पाने का कोई मौक़ा नहीं मिल पा रहा था। बस मन मसोसकर रह जाना पड़ता था। उस दिन जब तिरलोकी ने अंजलि के हाथों की गरमाहट को महसूस किया तो 'दिल माँगे मोर' का एहसास चरम पर पहुँच गया। पर तभी अंजलि की माँ ने पुकारा और अंजलि भागकर उनके पास चली गयी। पर प्रथम स्पर्श के रोमांच से तड़पते तिरलोकी दा को दूर बैठे ही नज़रों ही नज़रों में स्पर्श का एहसास हो रहा था। एक-दूसरे को देखना और अंजलि का शर्माना यूँ ही कुछ देर तक चलता रहा क्योंकि इससे ज़्यादा की गुंजाइश थी भी नहीं। कॉलेज दोनों का वैसे तो एक ही था, पर सीनियर-जूनियर होने और हमेशा दोस्तों से घिरे रहने की वजह से बस हाय-हलो ही हो पाता था। तिरलोकी दा पुटुसगंज महाविद्यालय में 12वीं में पढ़ते थे और अंजलि 11वीं में। लाख जतन करने पर भी जब मन भर मिलने का संयोग नहीं बन पाया तो दोनों एक-दूसरे को चार-चार पन्ने का प्रेम-पत्र लिखने लगे। ऐसा हफ़्तों चलता रहा। चिट्ठी में दोनों ने एक-दूसरे को इतना शेयर कर लिया था कि अब आस-पास बैठकर बातें करने की इच्छा बाँध तोड़ती जा रही थी। पर ये कैसे सम्भव हो। तिरलोकी दा ने अपने दो लँगोटिया मित्रों

के साथ मिलकर एक बहुत ही रिस्की प्लैन तैयार किया। तय हुआ कि गौरी शंकर के स्कूटर पर तिरलोकी दा अंजलि और उसकी एक दोस्त को बिठाकर पंडुरा डैम वाले डाकबंगले पर ले जायेंगे। कुछ गड़बड़ ना हो जाये इसके लिए गौरी शंकर और मंजीत, मंजीत की मोटरसाइकिल पर पीछे-पीछे आयेंगे। अंजलि नियत किये गये दिन के चार में से दो क्लास छोड़ देगी और प्रेमी युगल की महीनों से मिलन की आस पूरी हो जायेगी। प्लैन तो बन गया था, पर बहुत जोख़िम से भरा था। पुटुसगंज में रहनेवाले लोग अमूमन एक-दूसरे को जानते थे। अगर व्यक्तिगत सम्पर्क नहीं था तो देखकर पहचान ज़रूर जाते थे कि अमुक व्यक्ति, लड़का या लड़की कौन है। इस जोख़िम से बचने के लिए तय हुआ कि अंजलि और उसकी दोस्त मुँह पर पूरा दुपट्टा लपेट लेंगी ताकि कोशिश करने पर भी पहचानना सम्भव ना हो। बाइक चलाने वाले तिरलोकी दा को भी चश्मा टोपी वग़ैरह पहनकर अपनी आइडेंटिटी छुपानी थी। गौरी शंकर और मंजीत जो एस्कॉर्ट में थे वे पीछे-पीछे सामान्य रूप से चल सकते थे। योजना के मुताबिक़, उस दिन दूसरे पीरियड के बाद अंजलि और उसकी सहेली रेणु चुपचाप मुँह पर दुपट्टा लपेटकर कॉलेज के पीछे पहुँचीं और तिरलोकी दा के स्कूटर पर बैठ गयीं। स्कूटर चल पड़ा। बाबू बाज़ार में ढेर सारी कथित सीसीटीवी की नज़र पड़ने की आशंका थी, सो पीछे के दूसरे रास्ते से डाक बंगले का रुख़ किया गया। तिरलोकी दा स्कूटर पर अंजलि का स्पर्श पाकर जोश से भर गये थे। जिस स्कूटर की रफ़्तार 30-40 किमी प्रति घण्टा होनी चाहिए थी वो 70-80 की रफ़्तार में दौड़ने लगा। अंजलि ने कहा भी कि 'धीरे चलाइए।' पर तिरलोकी दा को अपनी प्राणप्यारी को ये भी तो दिखाना था कि वो एकदम हीरो मटीरियल हैं और अंजलि ने उन्हें अपना प्रेमी चुनकर कोई ग़लत फ़ैसला नहीं लिया है। चेहरा ढकी दो लड़कियों को लेकर स्कूटर भागा जा रहा था। तिरलोकी दा ने तेज़ रफ़्तार के लिए लड़कियों को तर्क भी दे दिया था कि 'धीरे चलाने पर पहचान लिए जाने का ख़तरा है। तेजी से निकलने पर लोग यही सोचते कि सवारी पुटुसगंज से बाहर की होगी और बरावलपुर जा रही होगी।' गौरी शंकर और मंजीत तय योजना के अनुसार पीछे-पीछे अपनी मोटरसाइकिल दौड़ा रहे थे। प्रेम नगर चौराहे पर जब तिरलोकी ने ब्रेकर पर स्कूटर तेज़ी से निकाला तो दोनों लड़कियों ने एक साथ विरोध किया। पर ब्रेकर पर हुए जम्प का नतीजा ये हुआ कि अंजलि रक्षात्मक मुद्रा में तिरलोकी दा पर लगभग लद-सी गयी। तिरलोकी को ये बहुत अच्छा लगा, मज़ा आ गया। आनन्द के अतिरेक में उन्होंने लड़कियों के विरोध पर ज़्यादा ध्यान नहीं दिया। डिस्को चौक के ब्रेकर पर भी कुछ ऐसा ही हुआ। सोनपा मार्केट के पास तिरलोकी दा ने स्कूटर स्पीड ब्रेकर के

साइड से निकाल लिया। हीरो टाइप बाइक चलाने का एक और नमूना पेश हुआ। वैसे अंजलि को भी अब मज़ा आने लगा था। स्कूटर डाकबंगले से बमुश्किल एक किलोमीटर दूर रह गया था। ऐसे में तिरलोकी दा ने सड़क ख़ाली देख रफ़्तार और बढ़ा दी। चिनार चौक पर थोड़ी-थोड़ी दूरी पर दो स्पीड ब्रेकर हैं। पहला ब्रेकर जब स्कूटर ने 70 की रफ़्तार में क्रॉस किया तो रेणु फिसलकर धड़ाम से सड़क पर गिरी। माजरा कुछ समझ में आता तब तक दूसरा ब्रेकर सामने था। स्कूटर ने जम्प लिया और अंजलि भी स्कूटर से नीचे गिरी और ज़ोर से चीख़ी। तिरलोकी दा ने तेज़ी से ब्रेक लगाया। स्कूटर घुमाया। पास पहुँचे तो देखा कि अंजलि लहूलुहान गिरी पड़ी थी। सिर फट गया था। थोड़ी दूर पर रेणु कमर पकड़कर बैठी थी। तिरलोकी दा ने जब ये नज़ारा देखा तो घबराहट के मारे उनका बुरा हाल हो गया। कुछ समझ पाते इससे पहले ही वहाँ लोग जुटने लगे। तरह-तरह की आवाज़ें सुनाई पड़ रही थीं।

'बहुत तेज चला रहा था।'

'पीछे दो-दो ठो लड़की को बैठाकर कोई एतना तेज गाड़ी चलाता है?'

'जवानी के नशे में चूर है।'

'आँख का अन्धा है, इसको ब्रेकर नहीं सूझा।'

अंजलि के सिर से ख़ून बहा जा रहा था। गौरी शंकर और मंजीत ने दिमाग़ दौड़ाया और अंजलि के सिर पर उसके ही दुपट्टे का एक हिस्सा फाड़कर बाँध दिया। रेणु को ज़्यादा चोट नहीं आयी थी। तय हुआ कि अंजलि को तुरन्त अस्पताल पहुँचाया जाये। तिरलोकी दा ने अंजलि को स्कूटर पर बिठाया और अस्पताल की ओर भागे। मंजीत पीछे बैठकर अंजलि को सहारा दे रहा था। गौरी शंकर रेणु को लेकर कॉलेज छोड़ने चला गया। आपस की सलाह से ये तय हुआ कि इस घटना के बारे में किसी से कोई बात नहीं करनी है।

उधर तिरलोकी दा की मानसिक हालत बेहद ख़राब थी। डर के मारे कुछ भी समझ में नहीं आ रहा था। उसी लम्बे रास्ते से गुज़रकर जब बाबू बाज़ार होते हुए अस्पताल पहुँचे तो अंजलि को देखते ही डॉक्टर झा ने पूछा, 'ये कैसे हुआ?' वो माजरा समझ गये थे। अभी तिरलोकी कुछ कह पाता कि एक महिला तेज़ी से ड्रेसिंग रूम में दाख़िल हुई।

'हम वहीं थे। इ बहुत तेज गाड़ी चला रहा था। हमको तो देखते ही समझ में आ गया था कि आज कुछ बुरा होगा। इ लड़का को पहचानते नहीं हैं, लेकिन सारा गलती इसी का है।'

डॉक्टर झा ने कहा, 'पहले तो पुलिस को इन्फॉर्म करना पड़ेगा, तभी मरहम -पट्टी हो पायेगा।'

ये सुनकर तिरलोकी दा रोने लगे।

'सर बात फैल गयी तो जिन्दगी बरबाद हो जायेगा। बाबूजी घर से निकाल देंगे। लड़की का सोचिए सर।'

'क्या नाम है पिताजी का?'

'सर पिताजी को पता चला तो बहुत दिक्कत हो जायेगा सर।'

तिरलोकी को कुछ पहचानते हुए डॉक्टर झा ने कहा था, 'अरे तुम तो मथुरा बाबू के लड़के हो ना जी?'

'हाँ भइया।' तिरलोकी दा ने उम्रदराज़ डॉक्टर झा को भइया कहा था, शायद उन्हें इस कॉम्प्लीमेंट पर दया आ जाये और बात बिगड़ने से बच जाये।

'भइया गलती हो गया। माफ कर दीजिए। अब कभी ऐसा गलती नहीं करेंगे। दिमाग खराब हो गया था भइया। बचा लीजिए भइया।' तिरलोकी ने रुआँसा चेहरा बनाकर डॉक्टर झा के पैर पकड़ लिए थे।

शायद 'भइया' सम्बोधन ने डॉक्टर झा पर थोड़ा काम किया था। वो थोड़ा पसीज गये थे। सीसीटीवी का रोल अदा कर रही महिला को उन्होंने बाहर भेजा। उन्हें सम्भवत: अपनी जवानी और कॉलेज के दिन याद आ गये थे। तिरलोकी की हालत पर दया करते हुए उन्होंने पहले अंजलि को टाँके लगाये और एक पेनकिलर खाने को दिया। काफ़ी ख़ून बह गया था। वो बुरी तरह नर्वस थी, पर होश में थी। तिरलोकी दा ने जब अंजलि के पूरे सिर पर बैंडेज बँधा देखा तो समझ गये कि उनकी प्रेम कहानी का अन्त हो गया है। तभी चटाक्-चटाक्-चटाक् की झन्नाटेदार आवाज़ हुई। चाँटों और घूँसों की मार से तिरलोकी ज़मीन पर गिर गये थे। और 'अरे नहीं', 'हम कुछ नहीं किये', 'गलती से हो गया' आदि कहकर ज़मीन पर लोटते हुए अपना बचाव कर रहे थे। उनका कॉलर फिर पकड़ लिया गया था और आठ-दस घूंसे और जड़ दिये गये थे।

'साला इस्कबाजी का सौक चढ़ा है। मार के फाड़िए देंगे।'

और फिर अनगिनत गालियों की बौछार।

ज़मीन पर गिरे तिरलोकी दा को दो-चार लात और पड़ी थी।

ये अंजलि के मामाजी थे। तीस साल के हट्टे-कट्टे पहलवान। किसी दूसरे 'सीसीटीवी' ने उन तक ख़बर पहुँचा दी थी। डॉक्टर झा ने हस्तक्षेप किया था,

'अरे बच्चा है दोनों, हो जाता है, उमर है। बचिया को थोड़ा ज्यादा चोट लग गया है, पर जल्दी ठीक हो जायेगी।'

अंजलि को साथ लेकर जाते हुए मामाजी ने तिरलोकी को एक लात फिर खींच कर मारी थी।

'आऽ आऽ गलती हो गयी मामा जी, माफ कर दीजिए।'

'माफी माँगता है रे हरामी। दबाइए देंगे।' उनका इशारा गर्दन की तरफ़ था।

इस घटना के बाद तिरलोकी दा अंडरग्राउंड हो गये थे। शर्मिन्दगी के मारे बाहर निकलना छोड़ दिया था। लेकिन पुटुसगंज में कई दिन तक गाहेबगाहे तिरलोकी प्रकरण चलता रहा। हाँ, उनकी और अंजलि की प्रेम बेल परिपक्व होने से पहले ही सूख गयी थी और दोनों परिवारों के गाढ़े सम्बन्धों की भी यहीं इतिश्री हो गयी थी।

चाचा भोंभा गाड़ी कब लायेंगे?

पिछले दिनों अनिरुद्ध की दादी गाँव से आयी थीं। सत्तर की हो चली थीं। अक्सर बीमार रहतीं। पिताजी उन्हें बेहतर इलाज के लिए पुटुसगंज ले आये थे। काफ़ी दुबली हो गयी थीं। हालाँकि खाना ठीक से ही खाती थीं। उन्हें बेटे से बहुत प्यार था, लेकिन बहू की एक भी हरकत अच्छी नहीं लगती थी। अलबत्ता अनिरुद्ध की माँ लगातार इस कोशिश में रहतीं कि सास ख़ुश रहें। वो उनके खाने-पीने, दवा, कपड़े सबका अच्छी तरह ख़याल रखती थीं। लेकिन सास हमेशा उनसे नाराज़ रहतीं।

उस दिन सुबह जब अनिरुद्ध की नींद खुली तो घर में शोर हो रहा था। पिता मॉर्निंग शिफ़्ट में दफ़्तर गये थे। दादी नहाने घुसी थीं और दाढ़ी बनाने के साबुन को शरीर में घिसे जा रही थीं। वो दरवाज़ा खोलकर ही नहाती थीं। उन्हें डर लगता था कि कहीं दरवाज़ा बन्द करें और भीतर उन्हें कुछ हो जाये तो किसी को पता ही नहीं चलेगा। अनिरुद्ध की माँ ने जब उन्हें साबुन लगाते देखा तो कहा कि 'ये नहाने का साबुन नहीं है माँजी, इससे शरीर को नुकसान पहुँच सकता है।'

'तुम्हें ही पता है कि ये नहाने वाला साबुन नहीं है। तुम हटो यहाँ से। ये मेरे बेटे का है। मैं तो इसी से नहाऊँगी।'

बहू ने काफ़ी समझाने की कोशिश की, लेकिन सास नहीं मानीं। शोर सुनकर पड़ोस में रहने वाले ज़ैनुल ख़ान भी वहाँ पहुँच गये थे।

जब उन्हें बताया गया कि दादी क्या कर रही हैं तो उन्होंने भी समझाने की कोशिश भरसक की। 'माँजी, ये नहाने वाला नहीं दाढ़ी बनाने वाला साबुन है। इससे आपका चमड़ा ख़राब हो सकता है।'

'अरे भाग जनुल। अब तू समझाने आया है। यही बुला कर लाई होगी। इससे मेरा सुख देखा नहीं जाता। मैं तो इसी से नहाऊंगी, ये मेरे बेटे का है।'

'अच्छा-अच्छा माँजी आप इसी से नहा लीजिए पर शान्त हो जाइए। सब लोग परेशान हो रहे हैं।' फिर वो चले गये थे।

अनिरुद्ध ने ये सब देखा फिर छत पर चला गया और बॉल हवा में उछाल-उछाल कर कैच-कैच खेलने लगा। तभी माँ की आवाज़ आयी, 'अनि जल्दी से तैयार हो जाओ और कुछ खाकर पढ़ने बैठो। पापा नहीं रहते हैं तो तुम दोनों भाइयों को छूट मिल जाती है। जल्दी नीचे आओ।'

'हाँ माँ, आता हूँ।'

ज़ैनुल ख़ान पन्द्रह साल पहले सामने वाले घर में अनिरुद्ध के पापा के साथ ही शिफ़्ट हुए थे। वो खैराबाद के ही शमशादगढ़ के रहने वाले थे। कुछ महीने अकेले ही रहे फिर आसपास के गाँव के चार अन्य लोगों को अपने घर में किरायेदार के तौर पर रख लिया। ये वो लोग थे जो बिजली कारख़ाने में कॉन्ट्रैक्ट मज़दूर का काम करते थे। अपना घर अफ़ोर्ड नहीं कर सकते थे, इसलिए ज़ैनुल ख़ान के घर के ही दूसरे कमरे में चारों लोग एक साथ रहते। अकरम, रहमान, मोईन और अशरफ़ी इनके नाम थे।

ज़ैनुल ख़ान इनसे बेहद मामूली रक़म किराये के तौर पर लेते। एक नौकर रखा गया था जो इन सबके लिए खाना बनाता, इनके कपड़े साफ़ करता, घर की सफ़ाई करता और सामान वग़ैरह भी लाता था। जिगना, ज़ैनुल ख़ान के घर की जान था। तक़रीबन अनिरुद्ध की उम्र का ही था। वो कंचे और गिल्ली डण्डे के खेल का उस्ताद था। अनिरुद्ध को जब कभी मौक़ा मिलता, उसके साथ कंचे खेलता। जिगना कोशिश अन्य खेलों में भी करता था, लेकिन उतना समय उसे नहीं मिल पाता था।

अनिरुद्ध के लिए ज़ैनुल चाचा का घर बेहद ख़ास था। दोनों घरों के बीच एक गलियारे का ही फ़ासला था। वो अक्सर वहाँ चला जाता। ज़ैनुल चाचा के कमरे में कुछ न कुछ खाने को ज़रूर होता जो उसे ऑफ़र होता था। ज़ैनुल चाचा जब अमूल दूध के पाउडर से चाय बनाते तो वो खड़ा होकर ध्यान से देखा करता। दूध के पाउडर में गर्म पानी डालने के बाद चम्मच से हिलाने पर जो ख़ास ध्वनि पैदा होती, वो उसे बहुत अच्छी लगती थी। अनिरुद्ध के घर में ऐसी पाउडर वाली चाय नहीं बनती थी। इसलिए जब भी वो ज़ैनुल चाचा को चाय बनाते देखता उसे बड़ा आनन्द मिलता था।

इन दिनों ज़ैनुल चाचा एक नया टेप रिकॉर्डर लाये थे। बेस्टन का टेपरिकॉर्डर। उसका बड़ा भाव था। एक स्टूल पर उसे अलग से सम्मान के साथ रखा गया था। हमेशा कपड़े के कवर से ढका रहता। सिर्फ़ बजाने के समय ही उसका कवर हटाया जाता था। उन दिनों असलम साबरी की क़व्वाली ज़ैनुल चाचा को बहुत पसन्द आ

रही थी। बाक़ी के लोग भी जब थक-हारकर शाम को घर लौटते तो ज़ैनुल भाई से क़व्वाली वाला कैसेट बजाने की डिमांड करते।

रविवार को जिगना रात में चिकन बनाता था। उसके साथ बढ़िया वाला ख़ुशबूदार पुलाव और ख़ूब घी डालकर परतदार और कुरकुरे पराँठे भी होते। मोईन या अकरम साथ में खाने के लिए खीरे, प्याज़ और टमाटर का सलाद काटते।

संडे की दावत के बाद असलम साबरी की मशहूर क़व्वाली बजा दी जाती—'तुझे दिल्लगी भूल जानी पड़ेगी, मोहब्बत की राहों में आ कर तो देखो।'

और फिर घण्टा-दो-घण्टा ये लोग बैठकर रमी खेलते। पढ़ाई ख़त्म करने के बाद अनिरुद्ध ज़ैनुल चाचा के घर आता-जाता रहता। दोनों घरों के दरवाज़े खुले रहते और बच्चों के वहाँ जाने की कोई मनाही नहीं होती थी।

अनिरुद्ध के घर में तब तक मांसाहार नहीं होता था, हालांकि वो और आनन्द बाहर खा लिया करते थे। लेकिन जिगना अगर कोई स्पेशल शाकाहारी व्यंजन बनाता तो वो भी अनिरुद्ध को ज़रूर खिलाई जाती। अनिरुद्ध भी शायद इसी खाने के लालच में वहाँ जाता था।

जिगना जब शनिवार और रविवार की दोपहर घोटकर दाल बनाता और लहसुन से छौंक लगाता तो उसकी ख़ुशबू अनिरुद्ध को दूर से खींच लाती थी। कई बार तो वो जाकर ये दाल माँग लाता जिगना से। ऐसी दाल माँ नहीं बना पाती थी। जिगना की उस दाल में कोई तो ख़ास बात थी। कोयले के चूल्हे की धीमी आँच पर दाल बनाने के बाद वो उसे काफ़ी देर तक लकड़ी की घोंटनी से घोंटता और फिर छौंक लगाता। अनिरुद्ध को तो लगता कि इस दाल के साथ चावल या रोटी खाने के लिए सब्ज़ी की भी कोई ज़रूरत नहीं है।

अनिरुद्ध को हर साल रमज़ान के महीने का इन्तज़ार रहता। उस दौरान शाम को वो खेल कर जल्दी लौटने की कोशिश करता था। हमज़ा को छोड़कर ज़ैनुल ख़ान, अकरम, रहमान, मोईन और अशरफ़ी सब रोज़ा रखते। हमज़ा कुछ साल बाद यहाँ रहने लगे थे। हमज़ा से भूख बर्दाश्त नहीं होती थी। डॉक्टर ने भी उन्हें सलाह दी थी कि हर घण्टे, दो घण्टे में कुछ खाते रहना है।

रोज़ा खोलते वक़्त ज़ैनुल ख़ान के घर का नज़ारा ख़ास होता था। अकरम चने की भिगोई दाल को पीसकर उसमें प्याज़ और मसाला इत्यादि मिलाकर कचरी फ्राई कर रहे होते। रहमान पुए का सामान तैयार करते। मैदे में ड्राइ फ्रूट्स डालने के बाद पके हुए मैश्ड केले डालकर पुए का घोल तैयार किया जाता। अशरफ़ी तरह-तरह के फल काट रहे होते। केला, सेब, अमरूद, अनार हर तरह के मौसमी फल हुआ

करते थे। अनिरुद्ध को ये सब देखना बहुत अच्छा लगता था। और जब सारी तैयारी हो जाती तो सबसे पहले खाने का सामान उसे ही दिया जाता। वो पुए, वो कचरी, वो फलों पर छिड़के गये मसाले। ऐसा दिव्य स्वाद उसे अपने घर के त्योहार के पकवान में भी नहीं मिलता था। और ज़ैनुल ख़ान के घर का अघोषित रूल भी था कि अगर कभी अनिरुद्ध को पहुँचने में देर हो जाती तो पहले उसे खिलाने के लिए बाक़ायदा इन्तज़ार किया जाता था। कोई न कोई आकर पूछ जाता—'भाभी जी, अनि आया नहीं है क्या अभी खेल कर?'

ज़ैनुल ख़ान बिजली कारख़ाने में स्क्रैपर चलाया करते थे। ये एक हेवी मशीन होती थी जिससे मिट्टी वग़ैरह को काटकर ढोया भी किया जा सकता था। क़रीब बीस मीटर की लम्बाई और छह मीटर की चौड़ाई वाली मशीन थी ये। कभी-कभी ज़ैनुल ख़ान अगर फ़ैक्ट्री के बाहर काम कर रहे होते तो लंच के समय स्क्रैपर लेकर मोहल्ले में चले आया करते थे ताकि खाना खाने और आराम करने के बाद सीधे काम की जगह पर पहुँचा जा सके। मोहल्ले के बच्चों को ऐसे मौक़ों का बेसब्री से इन्तज़ार रहता था। वो इसे भोंभा गाड़ी कहा करते थे। ये गाड़ी मोहल्ले वाली सड़क पर दाख़िल होती तो तेज़ आवाज़ की वजह से बच्चों को पता चल जाता कि ज़ैनुल चाचा भोंभा गाड़ी लेकर आ रहे हैं। सब घरों से बाहर निकलकर देखने लगते और फिर दौड़ पड़ते गाड़ी की ओर। इस स्क्रैपर के भीतर कोयला और मिट्टी रखने की बड़ी-सी जगह होती थी जो खुलती और फिर बटन दबाने पर बन्द हो जाती। अक्सर ज़ैनुल ख़ान बच्चों को इसी जगह पर खड़ा कर राइड दिया करते थे। भोंभा गाड़ी की तेज़ आवाज़ में भीतर खड़े होकर थोड़ी दूर जाना बच्चों को बहुत अच्छा लगता था। अनि अक्सर उनसे पूछता कि 'चाचा भोंभा गाड़ी कब लायेंगे?' वो मुस्कुराते और कहते 'जल्दी ही लायेंगे और जब लायेंगे तो तुमको बता देंगे। दिन में तो तुम होते नहीं, किसी छुट्टी के दिन लायेंगे।' अनिरुद्ध ये सुनकर ख़ुश हो जाता था।

पुटुसगंज में मुसलमानों की अच्छी ख़ासी तादाद थी। इनमें से बहुसंख्यक बिजली कारख़ाने में ही काम करते थे और फ़ैक्ट्री की तरफ़ से मिले सरकारी मकानों में रहते थे। समुदाय की कुछ आबादी शहर की मस्जिद कॉलोनी के आसपास भी रहती थी और बाक़ी छोटा-मोटा कारोबार करनेवाले मुसलमान शहर के बाहरी इलाक़ों में रहा करते थे। जंगल से भरे इस इलाक़े में ये लोग रोज़ी-रोटी की तलाश में ही बाहर से आये थे और यहाँ की ज़िन्दगी में रच-बस गये थे। ग़ैर-मुसलमान लोग ईद में वैसे ही शामिल होते थे जैसे मुसलमान लोग दीवाली और होली में। अनिरुद्ध के परिवार

और ज़ैनुल ख़ान के घर के बीच भी ऐसा ही रिश्ता था।

ज़ैनुल चाचा कभी-कभी अनिरुद्ध के घर आकर बैठा करते थे। अनिरुद्ध के पापा और माँ के साथ वो गाँव में रहनेवाले अपने परिवार की ढेरों बातें करते। एक दिन उन्होंने कुछ याद करते हुए कहा कि 'आप लोग नहीं होते तो आज ज़ैनुल यहाँ नहीं होता।'

इस पर पापा ने कहा था, 'अरे क्या बात करते हैं जैनुल भाई। सब लोग अपने व्यवहार और किस्मत का खाते हैं। और जब तक ईश्वर का आशीर्वाद बना रहता है तब तक इस दुनिया में बने रहते हैं।'

'अरे नहीं सिंह जी, उस दिन तो ज़िन्दगी ख़त्म ही था, आप लोगों ने बचा लिया। अल्लाताला के करम से आप लोग पैग़म्बर बन गये थे उस दिन हमारे लिए। हमारे बीवी बच्चों की दुआ हमेशा आपके साथ रहेगी। फिर उनकी आँखों में आँसू भर आये थे।'

अनिरुद्ध के पापा उठकर उनके पास चले गये थे और गले लगाकर कहा था। 'पुरानी बातें हैं, भूलना ही बेहतर है जैनुल भाई।'

माँ ने भी यही कहा था और चूल्हे पर उबल रही चाय लाने चली गयी थीं।

पास में बैठकर क्रिकेट बैट में ल्यूकोप्लास्ट चिपका रहे अनिरुद्ध के मन में ये सवाल कौंध रहा था कि 'आखिर क्यों जैनुल चाचा रुआँसे हो गये थे। क्या बात थी जो माहौल गमगीन हो गया था।'

रात को जब वो सोने के लिए बिस्तर पर गया तो माँ से पूछा कि 'जैनुल चाचा के साथ क्या हुआ था माँ?'

'अरे तुम सोओ। ये बच्चों की बातें नहीं हैं।' माँ अनिरुद्ध को शायद बताना नहीं चाह रही थीं।

'माँ तुम ही कहती हो कि अब मैं बड़ा हो गया हूँ। बताओ ना मुझे क्या बात थी?'

'अच्छा-अच्छा बताती हूँ।'

'ये सन् 71 की बात है जब तुम बहुत छोटे थे। बांग्लादेश को लेकर भारत और पाकिस्तान के बीच लड़ाई छिड़ी थी। पुटुसगंज में कर्फ्यू लग गया था। केवल आसमान से गुजरते लड़ाकू विमानों की आवाज सुनाई पड़ती। सरकार ने सारी खिड़कियाँ काले रंग से रँगवा दी थी। रात को हमें सारी लाइट्स बन्द कर देनी पड़ती थी क्योंकि अगर पाकिस्तानी विमानों की नजर लाइट्स पर पड़ती तो उन्हें लगता कि यहाँ लोग रहते हैं और वो बम गिरा सकते थे। सब लोगों को घर के भीतर रहने का आदेश था। लड़ाई करीब दो हफ्ते चली थी। दिन में बस थोड़ी देर के लिए

लोग बाहर निकलकर घर की जरूरत का सामान खरीद सकते थे। सड़क पर झुण्ड बनाकर चलने की मनाही थी। काफी डर और दहशत का माहौल था। हमेशा लगता कि हमारे ऊपर कहीं बम ना गिर जाये। रात को बिजली होते हुए भी घुप्प अँधेरा रहता। जंगली जानवरों की आवाज एकदम साफ सुनाई पड़ती। सियार हुआं-हुआं करते हुए घरों के नीचे से गुजरते। शायद उन्हें भी लगता कि इलाका निर्जन हो गया है। वो दो हफ्ते पुटुसगंज के लोगों पर बहुत भारी थे। पता चला था कि पाकिस्तान के लड़ाकू विमानों ने भारत के पूर्वी और पश्चिमी दोनों तरफ के इलाकों पर हवाई जहाज से हमला कर दिया है। लोग घरों में रेडियो सेट से चिपके रहते और समाचार सुनते। समाचार में भी केवल जंग से जुड़ी खबरें होतीं और लोगों से घरों में ही रहने की अपील की जाती। जहाँ-जहाँ पाकिस्तानी विमानों के हमले की आशंका थी वहाँ लोग घरों में बन्द होते थे और सरकारी आदेश को लागू कराने के लिए बाहर केवल पुलिस की गाड़ियाँ गश्त लगातीं। अचानक सायरन बजा करते थे जिसे सुनते ही हमें इक्का-दुक्का ढिबरीनुमा जरूरी लाइट भी बुझा देनी पड़ती थी। भइया भी छोटा ही था तब। लेकिन शायद उसे कुछ-कुछ याद हो। वो भी खेलकूद पर लगे प्रतिबन्ध और बाहर निकलने पर मनाही से बेचैन और घबराया रहता था। थोड़े दिन में लड़ाई खत्म हो गयी जिसमें भारत की जीत हुई और बांग्लादेश आजाद हो गया। देश भर में इस जीत की खुशी मनायी गयी। पुटुसगंज में भी खूब पटाखे छूटे थे। लोगों ने बाहर निकलकर एक-दूसरे को गले लगाया था। थोड़े दिन में हालात सामान्य हो गये थे। लेकिन समाज में कुछ लोग थे जो हिंसा के माहौल का फायदा उठाना चाहते थे, पुटुसगंज के शान्तिपूर्ण माहौल में ग्रहण लगाना चाहते थे।'

माँ की बातें बहुत ध्यान से सुन रहे अनिरुद्ध की जिज्ञासा और बढ़ गयी थी। 'क्या हुआ था माँ?' तब तक आनन्द भी वहाँ आ गया था।

'इतना मन लगाकर क्या कहानी सुनी जा रही है?'

'भइया डिस्टर्ब मत करो, माँ कुछ बहुत सीरियस बात बताने वाली है।'

'अरे बेटा सीरियस तो है ही, लेकिन इसमें जिन्दगी की सीख भी है। तुम लोग छोटे ही हो, लेकिन तुम्हें जानना चाहिए कि संसार में कैसे-कैसे लोग रहते हैं और उनकी सोच कितनी गन्दी होती है।'

'हाँ माँ, आगे बताओ।' जिज्ञासा से भरे अनिरुद्ध ने कहा था।

'बेटा हुआ ये था कि उसी दौरान एक दिन पुटुसगंज की अकेली मस्जिद में रात में किसी ने सूअर का मांस फेंक दिया। मुसलमान लोग सूअर को अपवित्र मानते हैं।

रात में ही हंगामा मच गया। ये तो पता नहीं चल पाया कि ये काम किसने किया है, लेकिन पुटुसगंज के जीवन में जैसे खलबली मच गयी। कल तक साथ मिल-जुल कर रहने वाले हिन्दू-मुसलमान एक-दूसरे को शक की नजरों से देखने लगे।

माहौल बिगड़ने के अन्देशे से शहर में धारा-144 लगा दी गयी। लोगों के जमा होने पर पाबन्दी लग गई। सड़कें सुनसान रहने लगीं।

ऐसा एक-दो दिन रहा। फिर एक रात भैरव मन्दिर के परिसर में किसी ने गाय के मांस का बड़ा-सा टुकड़ा फेंक दिया। फिर क्या था। शहर में जैसे आग लग गयी।

दंगा भड़क उठा। शहर में मुसलमानों की तादाद ठीकठाक है, लेकिन हिन्दू काफी ज्यादा हैं। देखते-देखते मार-काट मच गयी। लोग हाथों में तलवार लेकर एक-दूसरे को मारने लगे। कत्लेआम मच गया। खबर फैलते ही जो मुसलमान भाग सकते थे वे शहर छोड़कर भाग गये। जो यहाँ रह गये उन्हें ढूँढ़-ढूँढ़ कर मारा जाने लगा। ऐसा लगा प्रशासन के लोग भी दंगाइयों का साथ दे रहे हैं। जब दंगा भड़का तो जैनुल चाचा की तबीयत खराब थी। वो बुखार में तड़प रहे थे। हमजा, अकरम, रहमान, मोईन और अशरफी सब लोग खबर मिलते ही जैनुल चाचा को हमारे भरोसे छोड़ कर जान बचाने के लिए भाग गये। हमने जैनुल चाचा के घर के बाहर ताला लगा दिया और बीच-बीच में जाकर उन्हें खाना और दवा दे आते थे।

लेकिन दंगा भड़कने के तीसरे दिन कुछ लोगों ने आकर दरवाजा खटखटाया। दरवाजा खोलने से पहले पापा ने बाहर जाकर देखा तो सड़क पर एक ट्रक खड़ा था जिसमें सिर्फ लाशें भरी थीं। हमें समझ में आ गया कि ये लोग जैनुल चाचा को मारने आये हैं।

दरवाजा बार-बार पीटा जा रहा था। हमने उन्हें कहते सुना कि 'ताला तोड़ देते हैं। जैनुल भीतर ही होगा।'

तब तक पापा ने दरवाजा खोला।

सबके हाथों में तलवार, खंजर और दूसरे हथियार थे। पापा डर गये, लेकिन उन्होंने हिम्मत दिखायी।'

'क्या बात है?'

'इ जैनुल और उसके साथी कहाँ हैं सिंह जी?'

'वे लोग तो गाँव चले गये हैं।'

'कब गये? हमें तो पता ही नहीं चला।' उन्मादियों में से किसी ने कहा था।

'ध्यान रखिएगा अगर नजर आयें तो हमें जरूर बताइएगा। इ मुल्ला लोग बचना नहीं चाहिए। मन्दिर में गोमांस फेंकता है सब। पुटुसगंज से इनका नामोनिशान मिटा देना है।'

'पापा ने क्रोध में पागल लोगों से कहा था, 'हाँ हाँ, जैसे ही कुछ पता चलेगा आपलोगों को ख़बर कर देंगे।'

'शहर में अब कर्फ्यू लग गया था। सड़क पर सिर्फ पुलिस की गाड़ियाँ नजर आती थीं। या फिर दंगाइयों की आवाज सुनाई पड़ती थी।'

वो रात बेहद खौफनाक थी। हमें समझ में नहीं आ रहा था कि जैनुल चाचा को कैसे बचाया जाये। रात में मैं और पापा ताला खोलकर जब भीतर गये तो जैनुल चाचा बुखार में तड़प रहे थे। दिन में दिया खाना वैसे ही रखा था। ऐसा लग रहा था कि वो बचेंगे नहीं।

तब हमने सोचा कि उन्हें इस तरह छोड़ा तो वो बच नहीं पायेंगे। हम उन्हें किसी तरह घर ले आये और भीतर वाले कमरे में सुला दिया। वो बुखार में बड़बड़ा रहे थे। मैंने और पापा ने उनके माथे पर पट्टी की। उन्हें बहुत समझा-बुझाकर कुछ खिलाया, फिर दवा दी गयी।

बहुत मुश्किल थी वो रात। थोड़ी देर के बाद बुखार थोड़ा कम हो गया, लेकिन हमें दूसरा डर सता रहा था।

अगर दंगाइयों को पता चल गया होता कि हमने जैनुल चाचा को अपने घर में पनाह दी है तो वो हमें भी निश्चित तौर पर मार देते। कुछ समझ में नहीं आ रहा था।

अगले दिन फिर एक ट्रक वैसे ही बाहर आकर खड़ा हुआ। जैनुल चाचा के घर का ताला तोड़ दिया गया। भीतर कोई नहीं मिला तो उन्होंने सारा सामान तोड़-फोड़ डाला, इधर-उधर बिखरा दिया और दरवाजा खुला ही छोड़कर चले गये। हमें भी वहाँ जाकर देखने की हिम्मत नहीं हुई। जाते हुए वो हमसे फिर कह गये कि 'कुछ पता चले तो बताइएगा।'

दो दिन तक जैनुल चाचा का बुखार बना रहा। तीसरे दिन शरीर का तपना थोड़ा कम हुआ। मैंने और पापा ने उनकी सेवा में दिन-रात एक कर दिया। हम भूल गये कि हम भी मारे जा सकते हैं।

बाहर दंगाइयों की गाड़ियाँ वैसे ही गुजरती रहतीं। पुलिस भी गश्त लगा रही थी, लेकिन माहौल शान्त नहीं हो रहा था।

चौथे दिन बाद जब जैनुल चाचा का बुखार पूरी तरह उतर गया और वो ठीक महसूस करने लगे तो उन्होंने कहा, 'मेरी वजह से आप लोग भी मारे जायेंगे। अब मैं ठीक हो गया हूँ सही समय देखकर मैं पुटुसगंज से निकल जाता हूँ। क़िस्मत में हुआ तो बच जाऊँगा नहीं तो मरना तो अब तय ही लग रहा है। और अगर बच गया तो हालात सुधरने के बाद लौट आऊँगा।' वो लगातार रोये जा रहे थे।

मेरी आँखों में भी आँसू थे। पापा रो नहीं रहे थे, लेकिन स्तब्ध खड़े थे। उन्होंने कहा कि 'ऐसे हालात में यहाँ रहना शायद ठीक नहीं रहेगा जैनुल बाबू, लेकिन ये भी डर है कि आप जायेंगे कैसे?'

उन्होंने कहा, 'सिंह साहब आज रात मैं छत से पीछे की तरफ़ से उतरकर अँधेरे में ही निकलने की कोशिश करूँगा। अगर निकल पाया तो ठीक नहीं तो जो ख़ुदा की मर्ज़ी।

आप लोगों का ये एहसान तो मैं चुका नहीं पाऊँगा। आप जैसे फ़रिश्ते इस दुनिया में हैं, यक़ीन नहीं होता।'

उस रात पापा ने और मैंने चादर लटकाकर उसी के सहारे जैनुल चाचा को पीछे की तरफ से छत से नीचे उतारा था। वो रात के अँधेरे में झाड़ियों से होकर गुम हो गये थे। उनके जाने के बाद हमें पता नहीं चल पाया था कि उनके साथ क्या हुआ।

इधर दंगाइयों का आना जारी रहा।

करीब हफ्ते भर बाद हालात थोड़े सुधरे। हिंसा थमी, पुलिस की गाड़ियों की गश्त के बीच इक्का-दुक्का लोग बाजार में सामान के लिए निकलने लगे।

सही आँकड़ा तो पता नहीं चल पाया, लेकिन कहते हैं कि करीब 50 लोग मारे गये थे।

महीने भर में हालात सामान्य हो गये। लेकिन जैनुल चाचा का कोई अता-पता नहीं था। हमें लगता कि कहीं वो भी तो नहीं मारे गये?

पापा उनके गाँव जाकर पता करना चाहते थे। लेकिन मैंने ही रोका कि क्या पता वहाँ का माहौल कैसा हो। जाना ठीक भी रहेगा या नहीं। मेरे समझाने पर पापा नहीं गये थे।

करीब तीन महीने बाद एक दिन दरवाजे पर दस्तक हुई। दरवाजा खोला तो सामने जैनुल चाचा खड़े थे। उनका मुस्कुराता चेहरा देखकर यकीन ही नहीं हुआ। पापा ने उन्हें गले से लगा लिया। मैं आँसूओं में डूब गयी थी, मुझे उनके बचने की अब उम्मीद नहीं रह गयी थी।

फिर उन्होंने बताया कि वो किस तरह पैदल ही छुपते-छुपाते पुटुसगंज से बाहर निकले थे और कुण्डानगर पुलिस की मदद से अपने गाँव पहुँचे थे।

ये सब बताते हुए उनकी आँखों में भी आँसू थे।'

उन्होंने कहा, 'भैया-भाभी, आज मैं ज़िन्दा हूँ तो आप लोगों की वजह से। मैं अल्लाताला से यही दुआ करूँगा कि इस दुनिया में आप जैसे इन्सान और भेजे।'

'बच गया भाभी। शायद बीवी-बच्चों के लिए ज़िन्दा रहना लिखा था तभी उन्होंने आप जैसे फ़रिश्तों को मेरा पड़ोसी बनाया।'

'अरे जैनुल बाबू, छोड़िए उन बातों को, लोग बुरे नहीं होते। कई बार हालात ऐसे बन जाते हैं कि इन्सान हैवान बन जाता है।'

'और बाकी लोग कहाँ हैं?'

'सब लोग ठीक हैं भाभी जी। हमज़ा, मोईन सब लोग ठीक हैं, मैं गया था उन सबसे मिलने उनके गाँव। वो लोग भी दस-पन्द्रह दिन में आ जायेंगे।'

'उस दिन जैनुल चाचा ने खाना हमारे साथ ही खाया था। धीरे-धीरे सब कुछ पहले जैसा ही हो गया, लेकिन वो वक्त बहुत मुश्किल था बेटा।'

'चलो तुम लोग अब सोओ।' माँ आँसू पोंछ रही थी। आनन्द दूसरे कमरे में सोने चला गया था। अनिरुद्ध थोड़ी देर भय में रहा। माँ बालों को सहला रही थी। फिर उसे नींद आने लगी थी। थोड़ी देर बाद इवनिंग शिफ़्ट ख़त्म कर पापा आ गये थे। दरवाज़े पर दस्तक हुई थी। सोने की कोशिश कर रहे आनन्द ने दौड़कर दरवाज़ा खोला था। फिर माँ उनके खाने-पीने का इन्तज़ाम करने में जुट गयी थी।

अरे आगे बढ़ो रे चाचा

'अनि, ए अनि'...छत पर खेल रहे अनिरुद्ध को पापा ने पुकारा था।

अनिरुद्ध दौड़कर नीचे आया। 'हाँ पापा।'

'मैं मार्केट जा रहा हूँ सब्जी वगैरह लाने, आज साप्ताहिक हाट है। चलोगे तो चलो।'

'हाँ पापा, चलूँगा। एक बॉल खरीद सकता हूँ? फट गयी है मेरी कैनवस बॉल।'

'तुम्हारी एक न एक डिमांड लगी रहती है। जल्दी तैयार होकर नीचे आओ।'

फिर पिता-पुत्र पैदल ही बाज़ार के लिए चल पड़े थे।

'गोभी क्या भाव?' रामाश्रय सिंह ने बाबू बाज़ार में सब्ज़ी बेच रहे युवक से पूछा था।

'दो रुपये किल्लो।'

'अरे एक रुपये किलो वाली गोभी दो रुपये की कैसे हो गयी?'

'इ गोभी तो दो रुपये किल्लो ही है। लेना है तो लो, नहीं तो आगे बढ़ो।'

युवक के इस बदतमीज़ी भरे व्यवहार से रामाश्रय बाबू असहज से हो गये थे। एक सब्ज़ी वाले के ऐसे जवाब के लिए वो क़तई तैयार नहीं थे।

'तुम्हें लोगों से बात करने की तमीज भी नहीं है। इस तरह बोलते हैं। सब्जी तुम्हारी है चाहे जितने में बेचो, लेकिन इस तरह क्यों बात कर रहे हो।'

'अरे आगे बढ़ो रे चाचा। नहीं तो अच्छा नहीं होगा। जानता नहीं है रे हम किसका आदमी हैं।'

'किसके आदमी हो भाई?'

'हम राज बहादुर सिंह के आदमी हैं।'

राज बहादुर सिंह पुटुसगंज के बिजली कारख़ाने में बड़े अधिकारी थे। रसूख़दार व्यक्ति। ग़ौर वर्ण। छह फ़ीट तीन इन्च क़द। आकर्षक चेहरा। लन्दन में तालीम हासिल की थी। ख़ानदानी रईस थे। एंपाला कार पर चलते थे और नेता माने जाते थे।

नौकरी ज़रूरत के लिए नहीं बल्कि शौक़ के लिए करते थे। उनके सरकारी आवास पर हमेशा दो प्राइवेट सुरक्षाकर्मी तैनात रहते। बली सिंह उनके मुख्य अंगरक्षक थे।

शहर में बली सिंह का एक अलग ही जलवा था। जब वो बुलेट पर सीट के बीच में बैठकर शहर की सड़कों पर निकलते तो लोग रास्ता छोड़कर पीछे हट जाया करते थे। हालाँकि आज तक बली सिंह को किसी के साथ ख़राब व्यवहार करते नहीं देखा गया था। जब किसी से मिलते तो बड़े ही सौम्य अन्दाज़ में पूछते, 'सब ठीक है ना, घर में सब लोग अच्छे हैं ना बुआ?' लेकिन इस मीठे अन्दाज़ का क़हर ऐसा था कि लोग उनके साये से भी बचकर चलते। अब तक पुटुसगंज में हुए तमाम आपराधिक वारदातों में बली सिंह का हाथ माना जाता था। हालाँकि उनके ख़िलाफ़ आज तक कोई जुर्म साबित नहीं हो सका था।

राज बहादुर सिंह थे तो बड़े अधिकारी, लेकिन दफ़्तर कम ही जाते थे। घर से ही दफ़्तर का काम देख लिया करते थे। उनका मुख्य काम था नेतागिरी करना। शहर में चाहे मज़दूर यूनियन की राजनीति हो या फिर स्थानीय सियासत। आरबी सिंह उसके केन्द्र में होते थे।

पर आज उन्हीं आरबी सिंह का नाम सब्ज़ी वाले ने लेकर आतंक के अघोषित माहौल को एक नया रंग दे दिया था। तो क्या अब सब्ज़ी वाले भी आरबी सिंह के नाम पर दबंगयी से धन्धा करेंगे या फिर क्या आरबी सिंह का नेटवर्क ऐसे काम भी करने लगा है।

रामाश्रय बाबू सब्ज़ी वाले का ऐसा ख़ौफ़नाक चेहरा देखकर एक बार सहम गये थे। जवानी में पहलवानी करते थे, शरीर बलशाली नज़र आता था। लेकिन किसी ने इस अन्दाज़ में उनसे आज तक बात नहीं की थी। आरबी सिंह से उनकी व्यक्तिगत जान-पहचान थी। वो जानते थे कि आरबी सिंह चाहे कैसी भी राजनीति करते हों, लेकिन उसका असर आम लोगों की ज़िन्दगी पर नहीं पड़ने देते थे।

पर आज उनका नाम एक साधारण सब्ज़ी वाले ने लेकर ख़ौफ़ के एक नये दौर की शुरुआत कर दी थी। एक बार तो रामाश्रय बाबू ने सोचा कि मामले को नज़रअन्दाज़ कर आगे बढ़ जाया जाये। लेकिन इससे सब्ज़ी वाले का मन बढ़ सकता था और वो उन जैसे तमाम ग्राहकों को धमकाकर अपना धन्धा चमका सकता था।

तब तक दो-तीन लोग इस तनातनी के माहौल को भाँपते हुए वहाँ जमा होने लगे थे। ये सब देखकर अनिरुद्ध भी डर गया था।

सब्ज़ीवाला रामाश्रय बाबू को लगातार आँखें दिखा रहा था।

रामाश्रय बाबू अब क्रोध में भीतर ही भीतर उबलने लगे थे। वो भी लगातार सब्ज़ीवाले को देखे जा रहे थे।

'अरे आँख निकाल लेंगे रे चाचा। आँख नीचे कर, नीचे।'

रामाश्रय बाबू ने तेज़ी से आगे बढ़कर सब्ज़ीवाले को एक झन्नाटेदार झापड़ रसीद कर दिया।

'बदतमीज, आरबी सिंह का नाम बदनाम करता है रे। देखा भी है आज तक कि आरबी सिंह कौन हैं?'

फिर कई और थप्पड़ पड़े थे सब्ज़ीवाले को। वो क़तई इसके लिए तैयार नहीं था।

'चलेगा मेरे साथ अभी आरबी सिंह के पास। उनको भी तो पता चले कि उनके नाम पर शहर का आवारा और गुण्डा लोग क्या-क्या कारनामा कर रहा है।'

सब्ज़ी वाले ने रामाश्रय बाबू के पैर पकड़ लिए। वो समझ गया था कि उसने ग़लत आदमी को धमका दिया है। बोला, 'गलती हो गयी चचा। आइन्दा ऐसा नहीं करेंगे। आरबी सिंह को मत बताइएगा। नहीं तो बहुत गड़बड़ हो जायेगा। आपके पैर पकड़ते हैं, आपके आगे हाथ जोड़ते हैं।'

ये कहानी उड़ते-उड़ते आरबी सिंह के पास भी पहुँची थी। अगले कुछ दिन तक बली सिंह सब्ज़ी बाज़ार और बाबू बाज़ार वाले इलाक़े में गश्त लगाते पाये गये थे। बस दो-चार सब्ज़ी-फल वालों से पूछ लिया था कि 'साहब के नाम पर धन्धा तो नहीं कर रहा है ना कोई। बता देना, जिन्दगी से प्यार है ना बुआ?' और फिर वही थर्रा देने वाली मुस्कुराहट।

राज बहादुर सिंह और बली सिंह के ख़ामोश से आतंक का साम्राज्य उनके विरोधियों को खटकता था। वजह ये थी कि पुटुसगंज कारख़ाने के लिए कल-पुर्ज़े हों, बड़े संयंत्र हों या फिर छोटे-मोटे सप्लाई के सामान, इन सबके ठेके मिला करते थे। और ये कॉन्ट्रैक्ट किसे मिलेगा ये इस बात पर निर्भर करता था कि राज बहादुर सिंह उसे किसे दिलवाना चाहते हैं। कारख़ाने के प्रशासन पर आरबी सिंह का ज़बर्दस्त प्रभाव था। डर से कह लें या फिर रसूख़ का असर, कोई भी ठेका उनके प्रसाद के बिना पास नहीं होता था। और उसका चढ़ावा बली सिंह के ज़रिये आरबी सिंह तक पहुँच जाया करता था। यहाँ तक कि बिजली कारख़ाने के लिए कोयला लेकर जो सैकड़ों ट्रक शहर में दाख़िल होते थे, उनसे भी एक निश्चित रक़म वसूली जाती थी। यही था राज बहादुर सिंह की दौलत का राज़ और ये धन्धा बली सिंह के दिमाग़ और दबंगयी की वजह से बेहद स्ट्रक्चर्ड तरीक़े से चलता था। लेकिन ये व्यवस्था

माइकल लेज़्ली, धनुर्धारी पाण्डे, सिगमंड एक्का, जगबली राय और कौलेश शर्मा जैसे दूसरे बड़े ठेकेदारों को फूटी आँख नहीं सुहाती थी। उन्हें हर ठेके के लिए राज बहादुर सिंह और बली सिंह का मोहताज बनना पड़ता था। लेकिन लाचारी ऐसी थी कि सामने मुस्कुराने और ख़ुश रखने के अलावा कुछ भी कर नहीं पाते थे। मन मसोसकर रह जाते थे।

अरे जल्दी ओट लगाओ रे

मिठास स्वीट हाउस के सामने सड़क पर दो कुत्ते लड़ रहे थे। धीरे-धीरे वहाँ और भी कुत्ते जमा होने लगे थे। कुत्तों के भौंकने से काफ़ी शोर हो रहा था। कृष्णा ने दौड़ते हुए डण्डा चलाकर कुत्तों पर प्रहार किया था। एक को ज़ोरदार चोट लगी थी। वो कूं-कूं करता हुआ भागा था। बाक़ी कुत्ते भी तितर-बितर हो गये थे।

'मिठास' की बैठकी में चर्चा हो रही थी बनवारी रोडवेज़ की जिसका कल घाटी में बड़ा ऐक्सीडेंट होते-होते बचा था। सुबाश सिंह और पिनाकी राय भी बस पर सवार थे।

'का हुआ था सुबाश कल? तुम और पिनाकी भी तो थे बनवारी पर', रामाधार तिवारी ने पूछा था।

'अरे का बतायें रामाधार। कल तो हम दोनों बाल-बाल बच गये।'

'कल नौ बजे बनवारी बाबू बाजार में आयी तो पहले से ही भरी हुई थी। ऊपर तक लोग बैठा था। अरे भीड़ तो रहती ही है ना, लेकिन कल कुछ ज्यादा ही थी।'

'और बस में भी शायद कुछ दिक्कत थी। यहाँ से चली तो प्रेम नगर के चढ़ान पर ही घों-घों करने लगी। ऐसा लग रहा था कि चढ़ा नहीं जा रहा है।'

पिनाकी राय बोले, 'अरे जब बसवा पुराना हो जाता है तब मालिक सब इस रूट पर डाल देता है। पिक अप रहता नहीं है। सोचता है कि धीरे-धीरे घाटी की चढ़ाई पार कर ही लेगी और फायदा होता रहेगा। हमको तो प्रेमे नगर में लगा था कि आज कुछ गड़बड़ होगा। लेकिन बस में हम लोग चढ़ गये थे और काम भी जरूरी था। बचिया का दवा खत्म हो रहा था, अर्जेंट था और सुबाश को भी अपना दाँत दिखाना था।'

फिर सुबाश बोले, 'पंडुरा पुल तक तो सब ठीक रहा। लेकिन बस जैसे ही दूसरी घाटी चढ़ी न तो टर्न पर आगे जाने के बजाय पीछे लुढ़कने लगी। ड्राइवर डिम्पिया था। ब्रेक पर चढ़ गया। एक्सीलरेटर भी पूरा दबा दिया। बस जोर-जोर से घों-घों कर

रही थी, लेकिन आगे नहीं बढ़ रही थी। डिम्पिया चिल्लाया। अरे जल्दी ओट लगाओ रे झारी। लगता है ब्रेक भी फेल करेगा।'

अयोध्या सिंह, पिनाकी राय, जानकी महतो, नारायण साव, हरिशंकर प्रधान, ब्रज बिहारी चौधरी सब ग़ौर से सुबाश सिंह और पिनाकी राय की बातें सुन रहे थे।

सुबाश बोले, 'इतना सुनना था कि झारी खलासी जो पीछे के गेट से लटका हुआ था, कूदा और पीछे की सीट के नीचे रखी लकड़ी की बड़ी-बड़ी सिल्ली उतारने लगा। कुल छह सिल्ली थी, उसने तुरन्त बस के पीछे के पहिए के नीचे उन्हें इस तरह रख दिया कि बस लुढ़क ना सके।'

फिर चिल्लाया, 'ओट लगा दिया है। और फिर उसने बस में बैठी सवारियों से कहा कि जितने लोग खड़े हैं और ऊपर छत पर बैठे हैं, जल्दी से नीचे उतरें।'

'एक-एक कर सवारियाँ उतर गयी थीं। अब बस में सीट पर केवल महिलाएँ, बच्चे और बुजुर्ग बचे थे। कुल बीस लोग होंगे।'

'नीचे उतरी जनता किनारे खड़ी होकर ये नजारा देख रही थी।'

'झारी चिल्लाया, अब ठीक है बढ़ाइए गाड़ी।'

पिनाकी राय ने आगे बताया, 'डिम्पी ने एक्सीलरेटर लेकर ब्रेक छोड़ा। लेकिन गाड़ी दो-चार इंच आगे बढ़ती और फिर पीछे लुढ़क जाती और ओट से टकराकर रुक जाती थी। पीछे से आ रही गाड़ियों के लिए भी जगह नहीं थी।'

'डिम्पी ने फिर एक्सीलरेटर दबाया। गाड़ी फिर थोड़ी हिलकर पीछे लौट आयी।'

'डिम्पी ने एक बार फिर कोशिश की, पूरा एक्सीलरेटर दबा दिया और गाड़ी को आगे बढ़ाने की कोशिश की। गाड़ी थोड़ा आगे बढ़ी भी, लेकिन फिर तेजी से लौटी और लकड़ी के ओट को क्रॉस कर उछली और पीछे लुढ़कने लगी। डिम्पिया ने ब्रेक मारा, लेकिन बस अब रुक नहीं रही थी। दस मीटर पीछे ही सड़क के किनारे बैरिकेड से टकराई और उसका पिछला थोड़ा-सा हिस्सा हवा में लटक गया। लगा बस नीचे घाटी में गिर ही जायेगी। शोर मच गया। भीतर बैठी महिलाएँ जोर-जोर से चिल्ला रही थीं, रो रही थीं।'

'गनीमत ये थी कि बस वहाँ फँस गयी थी। धीरे-धीरे लेडीस, बच्चों और बुजुर्गों को आगे के दरवाजे से उतारा गया। हम लोग तो पहले ही नीचे उतर गये थे। फिर सवारी लोग पीछे से आ रही बस और जीप वगैरह में किसी तरह लटक-सटककर बरावलपुर गया। हम दोनों को प्लांट का जीप मिल गया था। ठाकुर जी जीएम को लेने बरावलपुर जा रहे थे। उसी में बैठकर हम दोनों चले गये।' सुबाश सिंह ने अपनी बात ख़त्म की थी।

होटल मालिक कामाख्या सिंह भी ये बातें ध्यान से सुन रहे थे। बोले, 'एक दिन इ घाटी में बस वालों की लापरवाही से बहुत बड़ा हादसा होगा। इ साला सब को खाली कमाई से मतलब है। बस का औकात बीस सवारी का होता है और बइठा सौ सवारी लेता है। चलिए भगवान का लाख-लाख सुकर है सुबाश और पिनाकी को कुछ हुआ नहीं।'

'हाँ ये बात तो है।' सबने समवेत स्वर में कहा था।

उसके बाद मण्डली के सदस्य चाय-सिंघाड़े और फिर चिलम में व्यस्त हो गये थे।

फिर देखेगा रे विनीता को

कड़ाके की ठण्ड के बाद मौसम बदलने लगा था। दो-तीन महीने तक अपनी ऊष्मा से लोगों को राहत पहुँचाने वाला सूरज अब थोड़ा-थोड़ा कठोर होने लगा था। सुबह दस-ग्यारह बजे के बाद गर्मी महसूस होने लगती। पुटुसगंज के लोगों पर होली का रंग चढ़ने लगा था। बच्चों को ख़ासतौर से होली का इन्तज़ार रहता। तमाम मोहल्लों में होलिका की तैयारी शुरू हो गयी है। अनिरुद्ध भी हर शाम स्कूल की छुट्टी के बाद जब घर लौटता तो मोहल्ले के दोस्तों राजे, मन्नू, पिंटू, नन्दन, फत्ते, संगल, टल्लू, ओपी, गाजी आदि के साथ अगजे (होलिका) के लिए झाड़ियाँ काटने चला जाता। आसपास के मोहल्लों में एक प्रतियोगिता रहती थी कि किसका अगजा इस बार ऊँचा होता है। बच्चे रोज़ घण्टा भर झाड़ी और पेड़ की डाल काटते और खींचकर मोहल्ले तक लाते। फिर उसे सड़क के किनारे व्यवस्थित तरीक़े से रख कर सूखने के लिए छोड़ देते। इस काम में शारीरिक रूप से लम्बे-तगड़े टल्लू लाल की भूमिका सबसे अहम होती थी। पेड़ की मोटी और भारी-भरकम शाखों को वही काटता और उसे खींचकर मोहल्ले तक लाता।

हर साल होलिका दहन से तीन दिन पहले मोहल्ले के दिनकरण पण्डित अगजा स्थल पर पूजा करते। फिर अरंडी के लम्बे तने को बीच में गाड़ा जाता। उसके बाद अक्षत वगैरह छिड़कने और आरती के बाद दिनकरण पण्डित बच्चों को झाड़ियों को एक के ऊपर एक सजाने का निर्देश दे देते। अब अगले दो दिन तक यही क्रम चलता। एक के ऊपर एक झाड़ियाँ रखने से अगजे की ऊँचाई काफ़ी ज़्यादा हो जाती जिसे देखकर बच्चों को बड़ा आनन्द आता था। वो आते-जाते उसे निहारते।

स्कूल में होली के लिए हफ़्ते भर की छुट्टी होने वाली थी। बच्चे बेहद ख़ुश थे। शर्ट पर लाल-नीली स्याही छिड़की जा रही थी। अनिरुद्ध ने अपनी तरफ़ से किसी पर स्याही नहीं डाली थी, लेकिन उसकी शर्ट पूरी तरह लाल-नीली-हरी स्याही के

छींटों से भर गयी थी। उस दिन स्कूल के शिक्षकों ने भी बच्चों की इस हरकत पर कुछ नहीं कहा था।

छुट्टी की घण्टी बजी तो बच्चे तेज़ रफ़्तार से कक्षा से बाहर भागे। कुछ बच्चों की योजना बाहर धूल-मिट्टी से होली खेलने की भी थी। अनिरुद्ध, विप्लव और राजन के साथ स्कूल के गेट पर पहुँचा तो काफ़ी भीड़ थी। लड़के और लड़कियाँ साथ-साथ ही निकल रहे थे।

स्कूल जाना और स्कूल से लौटना ही वो मौक़े थे जब लड़के और लड़कियाँ एक-दूसरे को देख सकते थे। स्कूल पहुँच जाने पर तो उनके फ़्लोर अलग-अलग हो जाते। स्कूल में एक-दूसरे को देख पाने की सम्भावना बस प्रिंसिपल के कमरे के पास वाले पानी के नलकों के पास होती थी जहाँ लड़कियों को आने की आज़ादी थी। वैसे उनके पीने के पानी के टैप ऊपर उनके फ़्लोर पर भी लगे थे।

होली के उमंग में भागते हुए अनिरुद्ध और उसके दोस्त जैसे ही गेट से बाहर निकले तो देखा कि कुछ लड़कों ने एक लड़के को घेर रखा है और उसकी लात-घूँसों से पिटाई कर रहे हैं।

पिटाई करने वाले लड़के दसवीं कक्षा के थे।

'फिर देखेगा रे विनीता को। साले वो मेरी है मेरी। आइन्दा उस पर नजर डाला या चिट्ठी लिखने की कोशिश की तो पैर-हाथ तोड़ देंगे।' ये उस लम्बे लड़के की आवाज़ थी जो पिटाई खा रहे लड़के पर सबसे ज़्यादा प्रहार कर रहा था।

कुछ बच्चे रुककर ये नज़ारा देख रहे थे, जबकि बाक़ी बच्चे तेज़ी से बचकर निकल रहे थे।

जिस बच्चे की पिटाई हो रही थी वो चिल्ला-चिल्लाकर रो रहा था और कह रहा था कि 'मैंने कुछ नहीं किया, क्यों मार रहे हो मुझे? अरे छोड़ दो भाई लोग।'

'कुछ नहीं किये तो ऐसे ही तुम्हारी कॉपी पर विनीता, विनीता लिखा है।'

'अरे तुम लोग क्या तमाशा देख रहे हो, भागो सब यहाँ से।'

उस लम्बे लड़के ने ये बात वहाँ खड़े तमाशबीनों से कही थी।

अनिरुद्ध पिटाई कर रहे सीनियर लड़के को नहीं पहचानता था। उसने राजन से पूछा कि 'ये कौन है?'

राजन ने बताया, 'अरे ये टर्मिनल टोला के लड़के हैं। वो लम्बा वाला रणविजय सिंह का भाई है, धनंजय नाम है। अरे वही रणविजय बॉस।'

'नाइन्थ में कोई विनीता नाम की लड़की है। देखने में सुन्दर है। उसी को लेकर उस लड़के की पिटाई कर रहे हैं ये लोग।'

'तुमको कैसे पता ये सब?'

'अरे सीनियर लोग से ही पता चला। बड़े बदमाश हैं ये लोग। चलो-चलो चलते हैं।'

अनिरुद्ध और विप्लव भी चल पड़े थे। पर धनंजय की आवाज़ कानों में अब भी सुनाई पड़ रही थी, 'आगे से ध्यान रखना बाबू। आइन्दा पता चला कि विनीता को लाइन मार रहे हो या आगे-पीछे करने की कोशिश कर रहे हो तो और पुष्ट पिटाई होगी। पूरा फेसप्लेट चेंज कर देंगे तुम्हारा। समझे।'

अनिरुद्ध ये सब देखकर डर गया था। तेज़ क़दमों से आगे बढ़ा तो उसकी नज़र एक लड़की पर पड़ी।

'अरे ये तो वही बस वाली लड़की है। अरे हाँ ये तो वही है।'

ये वही पार्वती शुक्ला थी जो अनिरुद्ध को बरावलपुर से लौटती बस में बहुत अच्छी लगी थी।

अनिरुद्ध ख़ुशी से भर गया था। बस वाली स्मृतियाँ ताज़ा हो गयी थीं। सिर के इशारे से विप्लव और राजन से पूछा, 'अबे! उस लड़की को जानते हो तुम लोग?'

'कौन वो बीच वाली?' राजन ने पूछा।

'हाँ हाँ वही।'

'तुम उसे नहीं जानते। वो पार्वती है। हमारे ही साथ तो है। पार्वती शुक्ला है पूरा नाम। विप्लव के बाद वाले सेमल पथ में रहती है। बहुत चर्चा है इसकी तो।' राजन ने बताया था।

'शाम को सेमल पथ में इसको लाइन मारने वालों की भीड़ रहती है। बहुत लड़का लोग आता है। इसको लेकर बहुत मार हो चुका है भाई।' विप्लव ने चेतावनी भरे स्वर में जानकारी दी थी।

'अलोकीदास माध्यमिक विद्यालय में थी पहले?' अनिरुद्ध ने पूछा।

'हाँ हाँ। अलोकीदास में ही थी।' राजन ने कहा।

'तुम क्यों इतना पूछ रहे हो इसके बारे में।' विप्लव हँस पड़ा था।

'अरे यार! जब मैं बैट खरीदकर बरावलपुर से पापा के साथ लौट रहा था तो बस में देखा था। बहुत अच्छी लगी थी। वो भी मुझे देख रही थी। मैं भी उसे देख रहा था। फिर कभी देखा नहीं। मुझे तो ना नाम पता था, ना ये कि कहाँ रहती है। सोचता था कि शायद हाई स्कूल में दिख जाये। और आज दिख गयी।'

'तो क्या इरादा है। तुम भी अब सेमल पथ का चक्कर लगाने वाले हो।' राजन ने चुटकी ली थी।

'अरे नहीं यार क्या बात करते हो।'

'नहीं नहीं, लगा लेना चक्कर। पर तुमको बता दें। ये पहले से ही बुक है। इसका ब्वॉय फ्रेंड है एक।' विप्लव ने बताया था।

अनिरुद्ध ये सुनकर थोड़ा उदास हो गया था। 'कौन है लड़का?'

'अलोकीदास में ही उसके साथ पढ़ता था। अभी उसके पापा का हनिसापुर ट्रांसफर हो गया है तो वो लोग चले गये हैं। लेकिन इनका चक्कर अभी भी चल रहा है।' विप्लव ने बताया था।

'कौन बताया तुमको ये सब।'

'अरे हमारे मोहल्ले में सारे लड़कों को पता है।'

तब तक अनिरुद्ध के घर का मोड़ आ गया था। 'अच्छा मिलते हैं होली में' ये कहकर अनिरुद्ध मुड़ गया था और राजन और विप्लव आगे बढ़ गये थे।

अनिरुद्ध रास्ते में पार्वती के बारे में ही सोचता जा रहा था। घर पहुँचकर उसने खाना खाया और छत पर बॉल से खेलने में व्यस्त हो गया।

थोड़ी देर बाद वो मोहल्ले के दोस्तों के साथ होलिका के लिए झाड़ियाँ काटने चला गया। यूकेलिप्टस के एक सूखे पेड़ को काटने की योजना बनायी गयी थी। पर इसमें दो दिन लगने वाले थे। सारे बच्चे बारी-बारी से कुल्हाड़ी चला रहे थे। उस दिन पेड़ को आधा ही काटा जा सका। जो झाड़ियाँ काटी गयी थीं उसे लेकर बच्चे अँधेरा होने से पहले लौट आये थे।

रात में अनिरुद्ध जब सोने के लिए बिस्तर पर गया तो फिर उसे पार्वती का ख़याल आया।

'उसका तो पहले से ही कोई खास दोस्त है। फिर वो मुझे बस में क्यों देख रही थी।' इस तरह के तमाम ख़याल उसके ज़ेहन में उठ रहे थे। 'शायद यूँ ही देख रही होगी। देखने की मनाही थोड़े ही ना है। क्या वो मेरी दोस्त नहीं बन सकती?' ख़ुद से ऐसी ही बातें करते-करते उसे नींद आ गयी थी।

होऽऽऽऽओ होऽऽऽऽओ

होली क़रीब आने पर मिठास स्वीट हाउस वाली मण्डली शाम के समय भैरव मन्दिर में शिफ़्ट हो जाया करती थी। यहाँ फगुआ गाने का कार्यक्रम चलता। रामाधार तिवारी, रामाशंकर चौबे, सुबाश सिंह, अयोध्या सिंह, पिनाकी राय, जानकी महतो, नारायण साव, हरिशंकर प्रधान, ब्रज बिहारी चौधरी, हरिशंकर दुबे—ये सब लोग भैरव मन्दिर के प्रांगण में दरी पर बैठकर होली के गानों का रंग जमाते। पर इस मण्डली के असल हीरो थे अयोध्या सिंह जो मिठास स्वीट हाउस में तो अक्सर बैठते पर जब ढोलक, झाल की संगत पा जाते तो कुछ और ही हो जाया करते थे।

लम्बा क़द, सिर पर घने बाल, लम्बी मोटी मूँछ, सधा हुआ शरीर। एक आकर्षक व्यक्तित्व के मालिक थे अयोध्या सिंह। बिना कुछ कहे रौब बन जाता था। हमेशा धोती-कुर्ते में नज़र आते। किसी ने अयोध्या सिंह को किसी और लिबास में नहीं देखा था। आवाज़ भी बहुत रौबदार थी। हमेशा भोजपुरी में बोलते। कोई कभी हिन्दी बोलता तो उसे जवाब हिन्दी में देते, लेकिन वो लगभग भोजपुरी ऐक्सेंट वाली हिन्दी होती थी। और इस शानदार पर्सनैलिटी के पीछे छुपा था एक गायक। भोजपुरी समाज और संस्कृति के रस-रंग को ख़ुद में समेटे अयोध्या सिंह जब तान छेड़ते तो सुननेवाला ठगा-सा रह जाता था। स्वरों का आरोह-अवरोह एक अलग ही माहौल रचते थे और समां बाँध देते थे। भोजपुरी गानों की अक्सर फूहड़ और अश्लील कहकर आलोचना की जाती है, लेकिन जिसने भी अयोध्या सिंह का संगीत सुना है, उसके ज़ेहन में भोजपुरी की एक अलग ही छवि बसी है। मधुर, मीठा, कर्णप्रिय, आत्मा को तृप्त कर देने वाला गायन।

फागुनी बयार में पेड़-पौधे भी मानो होली के रंग में मदमस्त होकर झूम रहे थे। भैरव मन्दिर में फगुआ का रंग जम चुका था। अयोध्या सिंह घुटनों के बल खड़े होकर तान लगा रहे थे। ढोलक पूरे रंग में बज रहा था। तीन लोग झाल पर संगत देकर संगीत को एक अलग मुकाम पर पहुँचा रहे थे। आगे-आगे अयोध्या सिंह गा

रहे थे—आहे बाबू कुँवर सिंह तेगवा बहादुर... होरिया में उड़े ला अबीर, आहे लाल होरिया में उड़े ला अबीर। पीछे से पूरी मण्डली सुर में सुर मिला रही थी। मन्दिर में दर्शन के लिए आनेवाले कई अन्य श्रद्धालु भी इस गान मण्डली में शामिल होते जा रहे थे। कुछ श्रोता बन जा रहे थे तो कुछ ताली बजा-बजा कर संगत दे रहे थे। लोगों की बढ़ती संख्या की वजह से दरी अब छोटी पड़ने लगी थी। कुछ लोग दरी से नीचे भी बैठते जा रहे थे। दूर खड़े लोग पूरे कौतूहल से संगीत में सराबोर बीस-पच्चीस लोगों की इस मण्डली के उल्लास और उमंग को निहार रहे थे, मन ही मन सराह रहे थे। 'होरिया में उड़े ला अबीर' अब अपने चरम पर था। पीछे-पीछे संगत देनेवाले भी पूरे जोश में गा रहे थे। तभी स्त्री जैसी एक पतली आवाज़ ने पूरे संगीत के आस्वाद को एक नया रंग दे दिया। होSSSSओ होSSSSओ। समझ में नहीं आ रहा कि ये आवाज़ किसकी है और कहाँ से आ रही है क्योंकि गान मण्डली के उन सभी लोगों में एक भी महिला नहीं थी। फिर ये आवाज़ कहाँ से आ रही है। जो नहीं जानते वे जिज्ञासा से भर कर मण्डली के एक-एक सदस्य को ग़ौर से देख रहे हैं। पर समझ में नहीं आ रहा कि आख़िर ये स्त्री जैसी आवाज़ है किसकी। बहुत देर तक ध्यान से निरीक्षण करने के बाद पता चलता है कि जब वो पतली आवाज़ कोरस में मिलकर वातावरण को चीरती है तो एक शख़्स अपने घुटनों के बल खड़ा हो जाता है और होSSSSSSSओ होSSSSSओ की तान में एक मिठास घुल जाती है। ये तिवारी जी हैं। रामाधार तिवारी। लेकिन इनकी आवाज़ तो बहुत मोटी और भारी है। ये ऐसी पतली आवाज़ में कैसे गा रहे हैं। फिर ग़ौर से देखने पर शंका का पूरा समाधान होता है। मतलब ये कि जब तिवारी जी पूरी ताक़त से गाते हैं तो उनकी आवाज़ पतली हो जाती है। और वो होली के संगीत में एक नयी आवाज़ घोल देते हैं। हमेशा शान्त से रहनेवाले तिवारी जी का एक और परिचय बन गया था। हाथों में पूजा की सामग्री लिए महिलाएँ आ-जा रही थीं। बच्चे मन्दिर के प्रांगण में खेल रहे थे। एक-दो पुरुष भी शिवजी के कक्ष में जाकर शीश नवा रहे थे। भवानी पण्डित शिवालय के बग़ल में अपनी चिर-परिचित जगह पर इत्मीनान से बैठे प्रसाद और चरणामृत बाँट रहे थे। फगुआ गान का रस भरा संगीत श्रोताओं को होली के उमंग और उल्लास से सराबोर कर रहा था।

रामाधीन को छोड़ेंगे नहीं

अभी हफ़्ते भर दूर थी होली, लेकिन मोहल्ले के बच्चों ने एक-दूसरे को रंग लगाना शुरू कर दिया था। बच्चे बाल्टी में रंग घोलकर सड़क पर खड़े हो जाते और आते-जाते लोगों पर पिचकारी से रंग डालते। कोई हँसकर तेज़ी से निकलता तो कोई डाँट लगाता कि 'होली में रंग डालना, ये क्या कि अभी से साफ-सुथरे कपड़ों को गन्दा कर रहे हो तुम लोग!'

अनिरुद्ध की दिनचर्या इन दिनों बहुत व्यस्त हो गयी थी। सुबह उठकर जल्दी से नाश्ता करता और फिर बड़े आकार के आलू को काटकर उस पर चाकू से उल्टे अक्षर में 'होली है' उकेरता। फिर उसे लेकर सड़क पर दोस्तों के बीच पहुँचता। हथेली पर थोड़ा रंग डालकर उसमें दो-चार बूँद पानी डाला जाता और आलू के उकेरे हुए हिस्से को उसमें डुबो दिया जाता। उसके बाद पहले दोस्तों के कपड़े पर 'होली है' की मुहर छापी जाती और फिर रास्ते से गुज़रने वाले लोगों की पीठ पर दौड़-दौड़कर छाप लगाने की कोशिश होती।

फिर दोस्तों के साथ मिलकर कुदाल से उस गड्ढे को गहरा करने का काम होता जिसमें होली के दिन के लिए कीचड़ और गोबर मिलाकर नारकीय एहसास वाला बदबूदार मिश्रण तैयार किया जाना था। इस कीचड़ में मल-मूत्र, जला हुआ डीज़ल, नाली का सड़ता पानी सब कुछ होता। 'बुरा ना मानो होली है' कहने के लिए पूरा आधार तैयार हो रहा था।

होली अब दो दिन रह गयी थी। बच्चे पूरे उत्साह से अगजा सजाने में लगे थे। बहुत ऊँची हो गयी थी इस बार उनकी होलिका। आस-पास के मोहल्लों में सबसे ऊँची। अगले दिन होलिका जलनी थी। बच्चे लुकारी तैयार कर रहे थे। होलिका जलने के बाद तार में बँधे और कैरोसीन तेल में डुबोकर बनाये गये आग के गोलों (लुकारी) को भाँजने का आनन्द ही कुछ और होता था। अनिरुद्ध के हमउम्र मोहल्ले के लगभग सभी बच्चे लुकारी बनाने में जुटे थे। अब बस कल की शाम का इन्तज़ार था।

बच्चे होलिका वाली शाम को एक-दूसरे के घर टिन-डब्बा बजाते हुए जाते थे और त्योहार के लिए बन रहे पकवान माँग कर खाते थे और फिर पण्डित जी की पूजा के बाद होलिका जलाई जाती थी।

ग्रामीण संस्कारों में रचे-पगे अनिरुद्ध के पापा ही हर साल होलिका दहन के दौरान गाया जाने वाला गीत शुरू करते थे। फिर मोहल्ले के दूसरे बड़े भी उसमें शामिल हो जाते थे। जब तक होलिका जलती फगुआ गाने का ये क्रम चलता रहता। बीच-बीच में लोगों के घरों से त्योहार के लिए बन रहे पकवान भी आया करते।

अनिरुद्ध, फत्ते, रैंकी, मन्नू, पिंटू, मुन्ना, दीपक, टल्लू, राजेश सब बेसब्र हुए जा रहे थे। किसी को आज घर जाने का मन नहीं कर रहा था। सब होली की योजना बनाने में जुटे थे।

'इस बार रामाधीन को छोड़ेंगे नहीं। हर साल छुप जाता है। इस बार घर से निकाल के रहेंगे और बुरी तरह रंग लगायेंगे' पिंटू ने कहा था।

'मैं तो फैक्ट्री जाकर जला हुआ तेल भी ले आया हूँ। पोटीन भी इस बार अलग खरीदा है। रामाधीन और शंकर दयाल दोनों को पकड़कर लाया जायेगा। पहले तेल, पोटीन और रंग लगाया जायेगा और फिर गोबर और कीचड़ वाले गड्ढे में डुबोया जायेगा। बड़ा मजा आने वाला है इस बार।' फत्ते ने ख़ुश होते हुए कहा था।

'चलो चलो अब चला जाये कल सुबह मिलते हैं।' अनिरुद्ध ने कहा था।

फिर बच्चे घर चले गये थे। पर मन में होली की मस्ती का ख़याल उमड़-घुमड़ रहा था।

आधी रात गये अचानक माँ की तेज़ आवाज़ से अनिरुद्ध की नींद खुली। आनन्द ज़ोर-ज़ोर से रो रहा था।

'जला दिया, सब जला दिया। कितनी मेहनत से हमने इतना ऊँचा अगजा जमाया था इस बार। देखा नहीं गया किसी से। पता नहीं किसने जला दिया।' आनन्द चीख़-चीख़ कर रोते हुए कहता जा रहा था।

बाहर उनके जमाये हुए अगजे की आग आसमान छू रही थी। चट्-पट् बूम् की धवनि के साथ बच्चों की महीने भर की मेहनत स्वाहा होती जा रही थी।

आनन्द की रुलाई में अब अनिरुद्ध की दहाड़ भी शामिल हो गयी थी। सड़क पर भीड़ जमा हो गयी थी। आनन्द भी भागकर वहाँ चला गया था। अगजा धू-धू कर जल रहा था। कुछ लोग पानी लाकर उसे बुझाने की कोशिश भी कर रहे थे, लेकिन ये आग इतनी भयंकर थी कि बाल्टी के पानी से कोई फ़र्क़ नहीं पड़ रहा था।

अब तक मोहल्ले के वे सारे बच्चे जमा हो गये थे जिन्होंने अपनी महीने भर की शाम होलिका दहन के लिए सामग्री जुटाने में होम की थी।

'अब कल क्या जलायेंगे हम लोग? ये जरूर पीछे के रोड वालों का काम होगा।'

आग बुझाने का प्रयास कर रहे बच्चों की ये सामूहिक पीड़ा थी। असहाय महसूस कर रहे थे बच्चे।

अनिरुद्ध की माँ होली के लिए गुझिया तल रही थीं। पर अब उसे भूल कर बरामदे में खड़ी हो गयी थीं। उनकी आँखों में भी आँसू थे।

घण्टे भर बाद जब आनन्द और अनिरुद्ध लौटे तो बोल भी नहीं पा रहे थे।

माँ ने साँत्वना दी थी कि 'कोई बात नहीं बेटा अगले साल फिर जब होली आयेगी तो इससे भी ऊँचा अगजा जमा करना तुम लोग। अगले साल मोहल्ले के बड़े लोग अगजे की रखवाली का पूरा इन्तजाम करेंगे।'

अगली शाम रस्म अदायगी के लिए जल्दी-जल्दी में सूखी लकड़ियों, पत्तों और झाड़ियों को जमा कर होलिका जलायी गयी थी। लेकिन बच्चों में इसे लेकर कोई उत्साह न था। बड़े ज़रूर औपचारिकता पूरी कर रहे थे। पर बच्चे गुमसुम से थे। बच्चों ने नाम के लिए अपनी लुकारी भी जलाई थी, लेकिन अपने अगजे की आसमान छूती और धधकती ज्वाला को देखते हुए लुकारी भाँजने का जो आनन्द था वो अब कहाँ रह गया था।

हर साल इसी अगजे की राख शरीर में मलकर अनिरुद्ध और पिंटू सुबह-सुबह होली खेलने की शुरुआत करते थे। इस बार भी दोनों ने यही किया था, लेकिन मन बुझा-बुझा था।

एक-दूसरे पर रंग डाला गया था। दोस्तों को कीचड़ में पटका भी गया था, लेकिन ये टीस रह गयी थी कि उनकी महीने भर की मेहनत स्वाहा हो गयी और वो देखते रह गये।

इस बार योजना के मुताबिक़ रामाधीन और शंकरदयाल को घर से निकालने कोई नहीं गया। वे भी अपने दरवाज़े पर उस लगातार होने वाली दस्तक का इन्तज़ार करते रह गये।

होली खेलने के बाद बच्चे एक साथ जब छोटे डैम पर रंग उतारने गये तो यही संकल्प लिया गया कि अब हर साल अगजे की अच्छी तरह रखवाली की जायेगी ताकि आइन्दा कोई और ऐसी जुर्रत ना कर सके।

थैंक्यू अगेन विभूति

पुटुसगंज में बड़ी-बड़ी विभूतियाँ यूँ ही घूमती-टहलती मिल जाया करती थीं। असाधारण प्रतिभा के धनी लोगों के साधारण रूप से पाये जाने के मामले में बनारस की बहुत ख्याति है। लेकिन पुटुसगंज भी कम नहीं था। बाबा उन्हीं प्रख्यात शख़्सियतों में से एक थे। वैसे तो माता-पिता ने उनका नाम बड़े प्यार से विभूति नारायण सिंह रखा था। पर उनके साथी-दोस्त उन्हें अपनी-अपनी श्रद्धा के अनुसार बाबा, बबवा, बमपिलाट, बौड़म जैसे तमाम नामों से बुलाया करते थे। बताते हैं कि बाबा को दो ही बातों से प्यार है। खाना और पढ़ना। उनका भोजन प्रेम तो गोलमटोल देहयष्टि में दिख जाता था, पर जम कर पढ़ाई करने का प्रताप कामयाबी के रूप में दिख नहीं पा रहा था। यूपीएससी की प्रिलिम्स परीक्षा हर बार फेल करने के बाद अपनी पढ़ने-लिखने और घण्टों अध्यवसाय करने की प्रतिभा उन्होंने अब प्रान्तीय सिविल सेवा की परीक्षा पास करने में झोंक दी थी। बस रिज़ल्ट ही नहीं आता था। हाँ, जब भी सड़क पर आते-जाते नज़र आते, कोई न कोई भारी-भरकम पुस्तक हाथ में ज़रूर होती। अगर कोई जूनियर टाइप का लड़का टकरा जाता तो अपने हिसाब से कोई न कोई कठिन सवाल पूछ ही लेते। मसलन—दारा शिकोह ने दर्शन पर जो किताब लिखी थी उसका नाम क्या है? जब सामने वाला बता नहीं पाता था तो नज़रों में व्यंग्य के भाव लाकर कहते, मज़्म उल बहरैन। और फिर कहते, 'ये भी नहीं मालूम। यही हाल रहा तो क्या बनोगे डीएम, एसपी। प्रिलिम्स ही नहीं निकल पायेगा। पता है ना 14-14 घण्टा पढ़ने के बावजूद अभी तक रगड़ ही रहे हैं। मन लगाकर पढ़ो बेटा नहीं तो यहीं रह जाओगे।' बेचारा सामनेवाला जूनियर मन ही मन मुस्कुराता और 'जी भइया' कहकर आगे बढ़ जाता। बाबा को ये बात क़तई नहीं मालूम थी कि उनकी पीठ के पीछे लड़के उन्हें पगलेट, अधकपारी जैसे नामों से भी पुकारा करते थे। वैसे इसकी वजह भी थी। वरना यूँ ही बाबा पुटुसगंज की विभूतियों में शुमार नहीं हो गये थे। गोरा, गोलमटोल चेहरा। मोटी मूँछ। उतना ही मोटा चश्मे का फ्रेम और लेंस। चश्मा उतार दें

तो कुछ भी नज़र नहीं आता था। एक बार किसी ने पूछा कि 'भइया इतना मोटा फ्रेम क्यों पहनते हैं।' जवाब मिला, 'पढ़ते-पढ़ते कई बार नींद आ गयी, टेबल पर सिर टकरा गया और चश्मा टूट गया। इसलिए अब मोटा फ्रेम पहनता हूँ।'

ग़ुस्सा बाबा की नाक पर बैठा रहता था और ज़रूरत पड़ने पर तुरन्त ज़ाहिर भी हो जाता था। एक बार पीसीएस की प्रिलिम्स परीक्षा का सेंटर रौनकपुर में पड़ा। ट्रेन का टिकट कटाने स्टेशन पहुँचे। उस ज़माने में इंटरनेट, मोबाइल हुआ नहीं करते थे। किसी भी ट्रेन यात्रा के लिए टिकट बुक कराने स्टेशन ही जाना होता था। बाबा स्टेशन पहुँचे। सारा काम मैनुअल होता था तो क्यू में पाँचवें नम्बर पर खड़े होने के बावजूद उनका नम्बर आने में घण्टा भर लग गया। उस एक घण्टे में व्यवस्था की कमियों को उजागर करने में उन्होंने एक कसर बाक़ी नहीं रखी। आगे और पीछे जो सज्जन टिकट की लाइन में खड़े थे, उन्हें बाबा ने—'सिस्टम सड़ गया है। चारों तरफ़ भ्रष्टाचार है, कोई ईमानदारी से काम नहीं करता। इस देश को भगवान ही चला रहे हैं। हमारे जैसा योग्य आदमी जब सिस्टम में पहुँच ही नहीं रहा तो भला उसमें सुधार कैसे आयेगा?' आगे-पीछे खड़े व्यक्ति थोड़ी देर तो बाबा की 'हाँ' में 'हाँ' मिलाते। फिर दूसरी तरफ़ मुँह कर लेते ताकि बाबा उनकी उदासीनता देखकर चुप हो जायें। पर बाबा अपनी धुन में रमे हुए थे।

काउंटर के अन्दर टिकट काट रहे सेवकराम भी बाबा की बातें सुन रहे थे। जब बारी आने पर बाबा काउंटर पर पहुँचे तो सेवकराम ने कहा, 'सिस्टम से बड़ा नाराज हैं, नहीं? ऐसा नहीं है कि सब यहाँ चोरे बैठा है। अरे कुछ हमारे जैसे लोग भी हैं जो इज्जत और मेहनत की रोटी खाते हैं। कहाँ का टिकट लेना है?'

'रौनकपुर का।' बहुत गम्भीरता से बाबा ने जवाब दिया था और रिज़र्वेशन फ़ॉर्म बढ़ा दिया था।

फ़ॉर्म देखने के बाद सेवकराम ने पूछा था—'अगले शुक्रवार का चाहिए?'

'जी।'

'कोई परीक्षा है का? कई लोग शुक्रवार के टिकट के लिए आ चुके हैं। मुश्किल ही लगता है।'

'अरे देखिए तो सेवकराम जी। आप कोशिश करेंगे तो मिल ही जायेगा।'

'अरे हमारा तो सब देखा ही हुआ है। सोलह टिकट का कोटा है पुटुसगंज से और सब बुक हो गया है।'

'अरे थोड़ा कोशिश कीजिए, देखिए तो एक बार फिर से। टिकट नहीं होगा तो आदमी जायेगा कैसे।'

सेवकराम ने चश्मा सिर पर ऊपर चढ़ाकर विभूति की ओर ग़ौर से देखा था और मुस्कुराये थे। फिर रजिस्टर में कुछ मुआयना करने लगे थे। दो-तीन मिनट तक गहन अध्ययन के बाद बोले—'मिल सकता है पर...'

'अरे जल्दी बुक कर दीजिए।'

'अच्छा-अच्छा, करते हैं।'

टिकट बुक करने के बाद सेवकराम ने कहा, '116 रुपये।'

बाबा ने चेहरे पर मुस्कुराहट का भाव लाकर सौ और पचास के दो नोट काउंटर में बनी छोटी-सी जगह से सरका दिये।

'एक नोट तो सड़ा हुआ है।'

'चल जायेगा, उतना भी खराब नोट नहीं है।'

फिर सेवकराम ने नोट को ऊपर उठाकर देखा था और गल्ले में रख लिया था। और फिर टिकट के साथ दस रुपये लौटाते हुए कहा, 'बहुत मुश्किल से हो पाया टिकट, बहुत कोशिश करनी पड़ी।'

'34 रुपये लौटेंगे ना सेवकराम जी?'

'अरे, टिकट का ठेकाना नहीं था। एतना मेहनत किये आपके लिए उसका कुछ तो सेवा शुल्क दीजियेगा। हम ये भी तो कह सकते थे कि किसी हाल में नहीं हो पायेगा। उ तो आप विद्यार्थी हैं, परीक्षा का मामला है तो किसी तरह जोगाड़ किया।'

विभूति नारायण समझ गये कि 24 रुपये रिश्वत के ले लिए गये हैं। कुछ कर नहीं सकते थे। सारा सिद्धान्त हवा हो गया था। बस मुस्कुराकर कहा, 'मैंने तो सौ का नोट थोड़ा सड़ा हुआ दिया था, आपने तो दस का घोर सड़लतम नोट पकड़ा दिया, इसे तो बदल दीजिए।' उनकी इस बात पर पीछे खड़े लोग समेत सेवकराम भी अपनी हँसी रोक नहीं पाये थे। फिर सेवकराम ने मुस्कुराते हुए ही दस का तक़रीबन गला हुआ नोट बदल दिया था।

विभूति नारायण जब कॉलेज में पढ़ते थे तो एक दक्षिण भारतीय लड़की से उन्हें एकतरफ़ा प्रेम हो गया। विभूति खैराबाद के सेंट मार्टिन कॉलेज में पढ़ते थे। लड़की भी उनकी ही क्लास में ही थी। कामिनी अय्यर नाम था उसका। उसके दोस्त उसे प्यार से कम्मो बुलाते थे। कोई बहुत सुन्दर तो नहीं थी, लेकिन नैन-नक़्श ठीक-ठाक थे। साँवला रंग था। पर स्मार्ट लगती थी। बातें बहुत अच्छी तरह करती थी और किसी से भी बिंदास बात कर लेती थी। बाबा का सौम्य और सकुचाया-सिमटा व्यक्तित्व देखकर कभी-कभी वो उनसे भी हाय-हलो कर लिया करती थी। उस बातचीत को

ही बाबा प्रेम समझने लगे थे। उन्हें लगता कि उनमें कुछ ख़ास है तभी तो कम्मो उनसे बातें करने का बहाना ढूँढ़ती है।

कामिनी कभी दोस्तों के साथ कैंटीन जा रही होती और सामने से बाबा आते नज़र आ जाते तो पूछ लेती थी कि 'विभूति चाय पीने चलोगे?' बाबा को लड़कियों से बात करने में काफ़ी दिक़्क़त होती थी। शरमा जाते थे। ऐसे निवेदन पर यही कहते, 'नहीं तुम लोग पीकर आओ, मुझे लाइब्रेरी में कुछ काम है।' पर मन तो यही होता था कि तुरन्त साथ चल दें और चाय पी लें। इसी बहाने कामिनी के साथ कुछ अच्छे पल मिल जायेंगे। पर हिम्मत नहीं होती थी।

कामिनी का ऑफ़र कभी चाय-सिंघाड़े से आगे नहीं बढ़ा और बाबा भी अपनी तरफ़ से कोई पहल करने की हिम्मत नहीं जुटा सके। नतीजा ये हुआ कि इंटरमीडिएट की परीक्षा का समय आ गया।

परीक्षा के लिए फ़ॉर्म भरा जा रहा था। कामिनी अपनी सहेलियों के साथ फ़ॉर्म भर रही थी और विभूति भी काउंटर से थोड़ी दूर बेंच पर बैठकर फ़ॉर्म ही भर रहे थे। उनकी नज़रें नीचे झुकी थीं कि सामने आकर एक लड़की खड़ी हुई। वो कामिनी थी।

'विभूति तुम्हारे पास सौ का चेंज है क्या?' विभूति ने तुरन्त जेब से बटुआ निकाला और साठ रुपये कामिनी को दे दिये।

'थैंक्यू विभूति। काउंटर पर ले ही नहीं रहे, कह रहे हैं कि साठ रुपये ही चाहिए, लौटाने के लिए खुले पैसे नहीं हैं।'

'अरे कोई बात नहीं कामिनी, काम होना चाहिए।'

'थैंक्यू अगेन विभूति। तुम्हारे पास पैसे हैं ना फ़ॉर्म के लिए।'

'हाँ हाँ, पैसे हैं मेरे पास। तुम आराम से लौटा देना।'

कामिनी की मदद कर बाबा दिल से ख़ुश थे। 'अगर प्यार नहीं कर रही होती तो मुझसे ही क्यों पैसे माँगती। बहुत चाहती है मुझे।' मन में ऐसे ही लड्डू फोड़ने वाले विचार उमड़ रहे थे।

फ़ॉर्म भरे कई दिन बीत गये थे। इन दिनों विभूति लाइब्रेरी में बैठकर लगातार एग्ज़ाम की तैयारी करते।

एक दिन कामिनी उन्हें लाइब्रेरी के गेट पर मिल गयी।

'अरे विभूति तुम्हारे पैसे देने थे। पर मेरी माँ तुमसे मिलना चाहती है। कह रही थी कि इतना अच्छा लड़का कौन है जिसने साठ रुपये दे दिये तुम्हें। तुम घर आ सकते हो क्या विभूति?'

इस प्रस्ताव पर बाबा की ख़ुशी का ठिकाना ना था।

'घर, हाँ हाँ क्यों नहीं। कब आ जाऊँ?'

'अगर बहुत बिज़ी नहीं हो तो कल आ जाओ ना, अच्छा रहेगा।'

'ठीक है कल कितने बजे?'

'शाम को पाँच बजे आ जाना।'

'ओके विभूति, बाय। मिलते हैं कल।'

बाबा को अपनी क़िस्मत पर यक़ीन नहीं हो रहा था। 'मैं न कहता था कि वो मुझे चाहती है, दिल से प्यार करती है। अब तो माँ भी मिलना चाह रही है। क्या किस्मत पायी है मैंने। अगर भगवान ने चाहा और सब कुछ ठीक रहा तो कामिनी से ही शादी करूँगा।'

फिर बाबा ने मार्केट जाकर एक नयी शर्ट ख़रीदी। फ़ेयरनेस क्रीम और परफ़्यूम भी ले आये थे। अब उनका किसी भी चीज़ में मन नहीं लग रहा था। सारा फ़ोकस कल पर था। उस पल का इन्तज़ार उनसे नहीं हो पा रहा था।

किसी तरह रात बीती, सुबह हुई। सुबह से दोपहर हुई और अब शाम के चार बजने वाले थे।

कामिनी ने जो पता बताया था वो ज़्यादा दूर नहीं था, पर बाबा फिर भी समय से पहले ही उसके घर के पास पहुँच गये और पाँच बजने का इन्तज़ार करने लगे।

ठीक पाँच बजे उन्होंने कामिनी के घर की बेल बजायी।

दरवाज़ा कामिनी ने ही खोला था।

'अरे! आओ आओ विभूति।'

'माँ, पापा, ही इज़ विभूति। माइ क्लासमेट।' कामिनी ने माता-पिता से बाबा का परिचय करवाया।

'गुड ईवनिंग अंकल, गुड ईवनिंग आंटी।'

'अरे आओ-आओ बेटा, बैठो। आने में कोई तकलीफ़ तो नहीं हुई।'

'नहीं अंकल, एकदम सीधा रास्ता है और मेरे हॉस्टल से बिल्कुल पास भी है।'

'बेटा तुम उस दिन कामिनी की मदद नहीं करते तो उसे फ़ॉर्म भरने में परेशानी हो जाती। थैंक्यू बेटा।' कामिनी की माँ ने कहा था।

'अरे आंटी इसमें थैंक्यू की क्या बात है। कामिनी मेरी क्लासमेट है ये तो मेरा फर्ज था।'

'हाँ बेटा कामिनी तुम्हारी बहुत तारीफ़ करती है।' माँ ने मुस्कुराते हुए कहा था।

बाबा ये सब सुनकर भीतर ही भीतर गद्गद हुए जा रहे थे।

बाबा जहाँ ड्रॉइंग रूम में बिठाये गये थे, वहाँ तीन-चार और भी लोग बैठे थे जो साउथ इंडियन ही थे और आपस में दक्षिण भारतीय भाषा में ही बात कर रहे थे जो बाबा के पल्ले बिल्कुल भी नहीं पड़ रही थी।

कामिनी किचन में माँ की मदद कर रही थी। विभूति के साथ कामिनी के पिताजी बैठे थे और वो विभूति के परिवार के बारे में, उनकी पढ़ाई के बारे में पूछताछ कर रहे थे।

विभूति भी अपनी बारीक और पारखी नज़रों से होनेवाले ससुर जी को परख रहे थे।

इतने में कामिनी सबके लिए स्टील के गिलास में पानी लेकर आ गयी। विभूति ने गिलास उठाकर सामने टेबल पर रख दिया और कामिनी को मुस्कुराते हुए 'थैंक्यू' कहा।

फिर कामिनी पानी की ट्रे लेकर दूसरी तरफ़ बैठे लोगों के पास गयी और सबको पानी का गिलास दे दिया।

वहाँ बैठे लोग तुरन्त गिलास उठाकर ऊपर से पानी पीने लगे। मतलब होठों से सटाकर नहीं, थोड़ा ऊपर से गिराकर पानी पीने लगे। बिना जूठा किये। बाबा को लगा कि इस दक्षिण भारतीय परिवार में पानी शायद ऐसे ही पिया जाता है। उन्होंने भी गिलास उठाया और ऊपर से ही पी लिया।

फिर कामिनी के पापा ने पूछा कि 'आगे क्या इरादा है बेटा?'

'अंकल मैं तो आईएएस बनना चाहता हूँ। उसी की तैयारी करूँगा। पापा की भी यही इच्छा है। मैंने तो अभी से तैयारी शुरू भी कर दी है।'

'बहुत अच्छी बात है बेटा। कामिनी बताती है कि तुम बहुत मन लगाकर पढ़ते हो।'

विभूति ने मुस्कुराकर सिर झुका लिया था और यही कहा था कि 'कहाँ अंकल, वो तो यूँ ही मेरी तारीफ करती रहती है। वो है ही इतनी अच्छी, वो सबकी तारीफ करती है।' विभूति ने बात को थोड़ा सँभाला था।

तब तक कामिनी ट्रे में कुछ और पेय पदार्थ लेकर आ गयी थी। ये भी छोटे-छोटे स्टील के गिलास में सर्व किया गया था।

बाबा ने देखा तो समझ में नहीं आया कि ये क्या है। हल्के पीले रंग का पेय पदार्थ था।

कामिनी के साथ भावी ज़िन्दगी के तमाम सुन्दर सपने सँजोए और अत्यधिक चौकन्ने बाबा भावी ससुराल में कोई ग़लती या ऐसी-वैसी हरकत नहीं करना चाहते थे।

वो बख़ूबी जानते थे कि 'फ़र्स्ट इम्प्रेशन इज़ द लास्ट इम्प्रेशन'। थोड़ी देर देखते रहे कि बाक़ी लोग इस नये सर्व किये गये पेय पदार्थ के साथ क्या बर्ताव करते हैं। मतलब कैसे पीते हैं। ऊपर से या सिप कर।

पर सब लोग आराम से बैठे थे। गिलास को नज़रअन्दाज़ करते हुए।

इसी बीच कामिनी के पापा ने कहा, 'लो ना बेटा लो। शरमाओ मत। अच्छा लगेगा तुम्हें।'

बाबा ने गिलास उठाया और पानी की तरह ही ऊपर से उसे मुँह में डाल लिया।

जैसे ही पानी मुँह में गया बाबा उछल गये।

ये गरमागरम जीरे का पानी था। प्रेमिका के घर में अत्यधिक सावधानी बरत रहे और कोई ग़लती ना हो जाये इसका पूरा ख़याल रख रहे बाबा ने सोचा कि यहाँ पीने की चीज़ें स्टील के गिलास में ही दी जाती हैं और उसे ऊपर से ही पीया जाता है। शायद यही इनका तरीक़ा है और गरम पानी मुँह में डाल दिया।

'अरे बेटा ये क्या किया, जला तो नहीं।' कामिनी के पिता ने रुमाल देते हुए कहा।

तब तक बाबा की हालत ख़राब हो चुकी थी, लेकिन किसी तरह रुमाल से मुँह पोंछते हुए स्थिति को सँभाला।

'नहीं अंकल सब ठीक है। मुझे लगा इतना गर्म नहीं होगा।'

'अरे बेटा ये तो जीरे का गर्म पानी है, ऐपेटाइज़र का काम करता है। आराम से चाय की तरह पीयो।'

'जी अंकल पीता हूँ। सब लोग विभूति को देख रहे थे और मुस्कुरा रहे थे।'

बाबा झेंप गये थे, बुरी तरह।

'सारा इम्प्रेशन ख़राब हो गया था। क्या सोच रहे होंगे ये लोग कि इतना भी नहीं पता इस लड़के को।'

वैसे किसी ने भी कुछ कहा नहीं, पर बाबा निगेटिव सोचते-सोचते बहुत दूर निकल गये थे। किसी तरह दाल बड़ा, इडली इत्यादि जल्दी-जल्दी खाकर बाबा ने कामिनी के घर से विदा ली। बाहर निकलते हुए कामिनी की माँ ने साठ रुपये उन्हें पकड़ा दिये थे और कहा था कि 'कामिनी का ऐसे ही ख़याल रखना बेटा।'

'जी आंटी जी, जरूर रखूँगा।'

कामिनी ने हाथ हिलाकर 'बाय' कहा था। बाबा तेज़ क़दमों से हॉस्टल लौट गये थे।

उस घटना के बाद कामिनी ने बाबा को नज़रअन्दाज़ तो नहीं किया, लेकिन केवल औपचारिक बातें ही करती थी। बाबा को लग गया कि उनकी प्रेम बेल अब

सूख गयी है, उसे किसी भी तरह हरा नहीं किया जा सकता है क्योंकि कामिनी ने उसे अपने प्रेम रस से सींचना बिल्कुल ही बन्द कर दिया था।

पर बाबा बहुत दिल से कामिनी को चाहते थे। विरह में दग्ध होकर प्रेम की कविताएँ लिखने लगे. लिखने ही नहीं लगे बल्कि दोस्तों को पकड़-पकड़कर सुनाने भी लगे। उनके प्रेम काव्य में उनकी विरह-वेदना, व्याकुलता, तड़प सबका मिला-जुला रूप बख़ूबी व्यक्त हो रहा था।

बाबा की विचित्र-सी प्रेम दग्ध कविताओं की संख्या जब पचास से ज़्यादा हो गयी तो उन्हें लगा कि 'प्रेम में दीवाना होकर जब कवि हो ही गया हूँ तो क्यों ना इन कविताओं को छपवा लिया जाये। कामिनी जब मेरी कविताओं की किताब पढ़ेगी तब उसे पता चलेगा कि मैं उसे किस हद तक चाहता हूँ और उसका प्रेम पाने के लिए कितना बेचैन हूँ।'

बाबा ने इन कविताओं को छपवाने के लिए एक पब्लिशर टाइप दोस्त से सम्पर्क किया। दोस्त ने कहा कि 'किताब छाप तो दूँगा, लेकिन पाँच हजार रुपये लगेंगे और इन्हें बेचने की जिम्मेदारी भी तुम्हें ही उठानी होगी, पब्लिकेशन इसमें कोई मदद नहीं कर पायेगा। किताब छापने का तुम मुझे पाँच हजार दे दो, बाकी अगर कोई कमाई हुई तो वो पूरी तरह तुम्हारी होगी।'

पब्लिशर मित्र का ये प्रपोज़ल सुनकर बाबा परेशान हो गये।

बोल पड़े, 'क्या मेरी ये प्रेम कविताएँ छपने लायक भी नहीं हैं?'

'अरे यार तुम तो बुरा मान गये। कवि टाइप लोगों का यही दिक्कत होता है। कोई भी बात दिल पर ले लेता है। सब कुछ छपने लायक होता है दोस्त, लेकिन धन्धा है ना यार। देखना पड़ता है कि छापने का खर्चा निकलेगा कि नहीं। और तुम तो अभी नये-नये उगते कवि हो, कोई सुमित्रानन्दन पन्त तो हो नहीं कि नाम से कविता छप और बिक जायेगी।'

ये सुनकर और निराश हो गये थे बाबा। उद्विग्न मन:स्थिति में शाम को टहलते हुए सेंट मार्टिन कॉलेज के क्रिकेट ग्राउंड पर पहुँचे। क्रिकेट देखना उन्हें बहुत अच्छा लगता था। ग्राउंड में ए डिविज़न लीग वाले खिलाड़ी प्रैक्टिस कर रहे थे। उनमें कई उन्हें जानने वाले लड़के भी थे। फ्रस्ट्रेशन में तो थे ही। चाहते थे कि उनकी प्रेम पगी कविताओं की कोई दिल खोलकर मुक्त कण्ठ से प्रशंसा कर दे।

गुलाबी काग़ज़ पर सुन्दर हैंडराइटिंग में लिखी कविता उन्होंने अपने एक क्रिकेटर मित्र की ओर बढ़ाई और कहा, 'मित्र, प्रेम की कुछ कविताएँ लिखी हैं लो पढ़ो।'

वो दोस्त चोट लगने की वजह से मैदान के बाहर था और खड़े-खड़े सुर्ती बना रहा था। जैसे ही बाबा ने कविता वाला काग़ज़ उसकी ओर बढ़ाया उसने कविता पढ़े बग़ैर उसमें से आधा पन्ना फाड़कर उसमें सुर्ती लपेट दिया।

'अरे अरे, तुमने मेरी प्रेम कविता को फाड़कर उसमें खैनी रख दिया, एक बार पूछ तो लेते यार।'

'अरे विभूति तुम भी यार कैसी बात करते हो, कविता का क्या है वो तो तुम फिर से लिख लोगे। ये सुर्ती ज्यादा जरूरी है यार। अरे कागज नहीं मिलता है तो हम लोग तो सुर्ती पाँच-दस रुपये के नोट में रख देते हैं, इ तो तुम्हारा सुथनी भर का कविता है यार। फिर से लिख लेना।'

पहले प्रेमिका ने दग़ा दे दिया था और अब अपनी आँसुओं से लिखी प्रेम की कविताओं का ऐसा हश्र देखकर बाबा बहुत व्यथित हो गये थे। ये कम्पलीट हार्ट ब्रेक था।

फिर कुछ दिनों में उन्होंने कामिनी का ख़याल दिल से निकाल दिया और पढ़ाई में जुट गये। मन में यही कचोट होती कि 'कामिनी ने अच्छा नहीं किया, और कामिनी ने ही नहीं किस्मत ने भी मेरे साथ मजाक ही किया है।'

तीन साल गुज़र गये। ग्रैजुएशन का एग्ज़ाम पास करने के बाद एक दिन बाबा खैराबाद के मेन मार्केट में किसी बुक स्टॉल पर प्रशासनिक परीक्षा की किताबें देख रहे थे कि उनकी नज़र कामिनी पर पड़ी।

वो तेज़ी से वहाँ से हट गये और दूर खड़े होकर कामिनी को देखने लगे। 'कितनी सुन्दर हो गयी है कामिनी। पर ये क्या शादी कर ली इसने, इतनी जल्दी। पर किससे की शादी। पता भी नहीं चला।'

तभी कार से एक स्थूलकाय आदमी बाहर निकला और कामिनी के पास जाकर खड़ा हो गया। उसने कामिनी को कन्धे से घेर लिया था, पूरा हक़ जताते हुए।

पर बाबा ये नज़ारा देखकर अपना पुराना दुख पूरी तरह भूल गये। चेहरे पर मुस्कान तैर गयी—मन में यही वाक्य कौंधा था—'चलो मेरे साथ शादी नहीं हुई तो बर्बाद ही हो गयी कम्मो रानी।'

इस घटना के बाद बाबा पूरी तरह प्रशासनिक परीक्षा की तैयारी में जुट गये थे। उन्होंने 14-14 घण्टे पढ़ाई की, लेकिन हो कुछ भी नहीं रहा था। परीक्षा दर परीक्षा बाबा फ़ेल होते जा रहे थे। पिता अफ़सर थे। पैसे की वैसी तंगी नहीं थी। पर बाबा को लगता कि 28 साल की उम्र के बाद पिता से पैसे लेना पाप है। जितना सम्भव

हो ख़ुद ही अर्थ का उपार्जन करना चाहिए। पर सिर्फ़ ये सोच भर लेने से तो आर्थिक समस्या हल हो नहीं सकती थी। पिता जब पैसे देते तो ना नहीं कर पाते थे। बस मन मसोसकर रह जाते थे। हाँ, पैसे ख़र्च करने में अब भरपूर किफ़ायत बरतते थे।

इन्हीं मानसिक दबावों के बीच एक बार बाबा जगेसरपुर से पीसीएस की परीक्षा देकर लौट रहे थे। पैसे बचाने के लिए जनरल डिब्बे में बैठे थे। जगेसरपुर से पीहरी कुछ घण्टे का सफ़र था, फिर वहाँ से पुटुसगंज की पैसेंजर ट्रेन पकड़नी थी। ये ट्रेन देर रात चला करती थी। बाबा की ट्रेन जब दगराहां स्टेशन पहुँचने वाली थी तो उन्हें शौचालय के इस्तेमाल की तीव्र इच्छा हुई। इच्छा क्या भारी ज़रूरत महसूस हुई। प्रेशर बहुत तेज़ हो गया था। पेट लगातार गुड़गुड़ कर रहा था। पर जनरल डिब्बे में भीड़ इतनी ज़्यादा थी कि टॉयलेट में भी लोग बैठे थे। स्टेशन आने से पहले अचानक किसी ने चेन खींच दी। गाड़ी तेज़ सीटी के साथ रुक गयी। बाबा ने वहीं सीट पर अपनी दो किताबें और एक छोटा बैग रखा और पास बैठे और परिचित से हो चुके सज्जन से अपनी कानी उँगली दिखाते हुए कहा कि सामान को देखते रहें, वो बस दस मिनट में आते हैं। ट्रेन में जनरल डिब्बा पीछे की तरफ़ लगा था। उस डिब्बे के पीछे एक स्लीपर बोगी थी। बाबा उसी बोगी में जाकर फ़ारिग होना चाहते थे। और कोई रास्ता भी तो नज़र नहीं आ रहा था। भागकर दरवाज़े पर पहुँचे तब तक ट्रेन खुल गयी। अब बाबा से बर्दाश्त नहीं हो रहा था। लग रहा था आज उनकी इज़्ज़त बच नहीं पायेगी। पैंट में ही सारा कारोबार सम्पन्न हो जायेगा। ट्रेन के दरवाज़े पर खड़े और हवा खा रहे सज्जन से पूछा कि 'स्टेशन कितनी देर में आयेगा?'

'बस अब क्या। सामने ही तो है दगराहां स्टेशन।'

सिर बाहर निकालकर देखा तो स्टेशन नज़र आने लगा था। ट्रेन की रफ़्तार धीमी होने लगी थी। थोड़ा सब्र हुआ, मगर हाल बेहाल था। ट्रेन जैसे ही स्टेशन पर रुकी बाबा पीछे वाले डिब्बे की तरफ़ भागे। वहाँ यात्री दरवाज़े से लगातार उतर रहे थे। बाबा को घुसने का मौक़ा ही नहीं मिल पा रहा था।

'अरे हमको जाने दीजिए, इमरजेंसी है।' पर उतरनेवालों की भीड़ में कौन उनकी बात सुनता। मौक़ा मिलते-मिलते पाँच-सात मिनट बीत गये। जब बाबा आख़िरकार टॉयलेट में पहुँचे तो ऐसा लगा धरती पर जन्नत और क्या हो सकती है। दस मिनट तक समाधि की मुद्रा में बैठे रहे, शंका का समाधान होता रहा। प्रेशर रोके रहने से ऐसा लग रहा था तबीयत बिगड़ जायेगी। 'पर ईश्वर का लाख लाख शुक्र है आज लाज बच गयी।' निपटने के बाद हाथ धोकर बाबा जैसे ही प्लेटफ़ॉर्म पर आये तो

देखा उनका डिब्बा नदारद है। ट्रेन जा चुकी थी। घबराये हुए पास से गुज़र रहे व्यक्ति से पूछा कि 'ट्रेन कहाँ गयी'?

'ट्रेन तो गयी पीहरी।'

'पर ये बोगी तो यहीं है।' उनका इशारा उन्हें स्वर्ग की अनुभूति करानेवाले डिब्बे की तरफ़ था।

'अरे ये तो यहीं कट जाती है', उस व्यक्ति ने बताया था।

अब बाबा की हालत ख़राब। दो किताबें और बैग के साथ ट्रेन जा चुकी थी। गुस्से से बाबा बेचैन हो गये। ऐसी भी क़िस्मत होती है क्या किसी की। लगता है ईश्वर ने धतूरा खाकर उनका भाग्य लिख दिया है। नौकरी मिल नहीं रही और रोज़मर्रा की ज़िन्दगी भी तमाम अड़चनों से भरी रहती है। मोटे चश्मे के पीछे बाबा की आँखें आँसुओं से भर गयी थीं। जो 40-50 रुपये थे वो बैग में ही रखे थे। अब क्या करें। शाम के पाँच बज रहे थे। गर्मी का मौसम था। अभी अँधेरा नहीं हुआ था। भारी क्रोध में बाबा ने एक ऐसा फ़ैसला ले लिया जिसकी कल्पना भी नहीं की जा सकती थी। दगराहां से पीहरी तक का क़रीब 20 किलोमीटर का सफ़र बाबा ने पैदल ही तय करने का फ़ैसला कर लिया। वो भी सड़क मार्ग से नहीं, रेल की पटरी के किनारे-किनारे। पास में पैसे ना होने पर कोई ऐसा भी संकल्प ले सकता है? पर बाबा तो अनोखे थे। ख़ास तौर से गढ़े गये थे। कैलकुलेट किया कि पाँच किलोमीटर प्रति घण्टे की रफ़्तार से भी पैदल चले तो चार घण्टे में पीहरी पहुँच जायेंगे। यानी नौ बजे तक और पीहरी से पुटुसगंज की उनकी ट्रेन रात में एक बजे खुलती थी। समय का सदुपयोग भी हो जायेगा। इन्हीं विचारों के साथ बाबा ने रेल की पटरी का मार्ग पकड़ लिया। और किसी को ये हरकत पागलपन भरी लग सकती है पर बाबा मन ही मन अपने लिए गये नायाब फ़ैसले पर प्रसन्न थे। तेज़ रफ़्तार से पैदल चले जा रहे थे। रास्ते में प्यास लगने पर ट्रेन की पटरी से सटे किसी घर से माँग कर पानी पी लेते। आती-जाती ट्रेनों को देखकर भी बाबा अपना मनोरंजन कर रहे थे और चले जा रहे थे। अँधेरा गहराने की वजह से एक दो जगह ठोकर खाकर गिरे भी, पर परवाह नहीं। अनुमान से ज़्यादा समय लेते हुए क़रीब पाँच घण्टे बाद जब बाबा पीहरी पहुँचे तो उनकी हालत देखने लायक थी। भूख से बुरा हाल था। होठों पर पपड़ी निकल आयी थी। थोड़ी देर यूँ ही प्लेटफ़ॉर्म पर बैठे रहे। थोड़ी राहत मिलने के बाद प्लेटफ़ॉर्म का दो चक्कर लगाया। ढूँढ़ रहे थे कि पुटुसगंज का कोई परिचित व्यक्ति नज़र आ जाये। तीसरे चक्कर में उनकी नज़र पड़ी साथ में ही पढ़ने वाले संजय शरण पर जिन्हें लोग सेटर के नाम से

ज़्यादा जानते थे। उनका नाम सेटर इसलिए पड़ा था क्योंकि वो हमेशा कुछ न कुछ जुगाड़ में रहते थे। ख़ैर! हैरान परेशान बाबा पर नज़र पड़ते ही संजय शरण ने पहले तो मिलने की ख़ुशी जताई और पूछा, 'बाबा कहाँ से आ रहा है?'

'अरे यार उ सब बाद में बताएँगे। पहले दस रुपया दो। भूखे जान जा रहा है।'

संजय से पैसे लेकर बाबा ने पास वाले ठेले पर पूड़ी-सब्ज़ी खायी और पानी पिया। फिर संजय को पूरी कहानी बतायी। संजय ने कहा कि 'पैसे नहीं थे तो दूसरी ट्रेन से डब्ल्यूटी यानी विदाउट टिकट आ जाते।'

'अरे किस्मत पर गुस्सा आ गया था और अपना स्टेमिना भी चेक करना था। गुरु दम है अभी हममें।' संजय शरण अवाक् बाबा का चेहरा देखते रह गये थे।

बाबा जब तक पुटुसगंज में रहे। कोई न कोई कहानी बनाते रहे, काण्ड करते रहे। एक बार पुटुसगंज के सीनियर और जूनियर खिलाड़ियों के बीच क्रिकेट मैच तय हुआ। ऐसे आयोजन आम तौर पर पुटुसगंज के बड़े ग्राउंड में हुआ करते थे। ये इलाक़े का सबसे मशहूर ग्राउंड था। नाम था छंगामल क्रीड़ा मैदान। एकदम समतल। हरी घास से भरा। इस ग्राउंड के उत्तर में पुटुसगंज का अस्पताल था और दक्षिण में बिजली कारख़ाने की ओर जानेवाला रास्ता। पूरब में सुरक्षा बलों की छावनी थी और पश्चिम में बरावलपुर से कुण्डानगर जानेवाली मुख्य सड़क यानी गांधी पथ। लोकेशन प्रॉमिनेंट थी तो कोई भी गतिविधि होने पर वहाँ दर्शक के रूप में कुछ लोग जमा हो ही जाते थे। वैसे भी पुटुसगंज में किसी को कोई जल्दी नहीं रहती थी। सब कुछ आराम-आराम से चलता रहता था। लोग तसल्ली से कोई भी काम इसलिए भी करते थे कि जल्दी कर दिया तो बाक़ी बचे समय में आख़िर क्या करेंगे।

मैच 20-20 ओवर का तय हुआ था। जूनियर टीम में दसवीं तक के खिलाड़ी थे और सीनियर टीम में ग्यारहवीं से लेकर सीनियर लेवल तक के खिलाड़ी। अनिरुद्ध जूनियर टीम में था। राजन, विपुल, पुलक शर्मा, रैंकी, रघु, विजय, संजय, नरेश और मनोज जैसे खिलाड़ी जूनियर टीम में खेल रहे थे। और बाबा सीनियर टीम में थे। कभी ठीक-ठाक बैटिंग कर लेते थे। दस-बीस रन भी बना लेते थे। पर जब से बचपन की दहलीज़ से बाहर आये थे, तब से क्रिकेट या अन्य किसी खेल में बाबा की गति थोड़ी धीमी पड़ गयी थी क्योंकि जवानी के बेशक़ीमती दिन नौकरी ढूँढ़ने में होम हुए जा रहे थे। सीनियर टीम के कप्तान डबलू पाण्डे थे। फ़ास्ट बॉलर और चौके-छक्के के सिकन्दर। बस बल्ला चलना चाहिए, रन की भरमार हो जाया करती थी। बाक़ी टुन्ना सिंह विकेटकीपर, राजेश खांडुर, सुजय चौहान, संजीव सिंह,

झमन पटेल, पिनाकी यादव जैसे धाकड़ खिलाड़ी सीनियर टीम के सदस्य थे। टॉस जीतकर जूनियरों के कप्तान पुलक शर्मा ने सीनियरों को पहले बल्लेबाज़ी का न्योता दिया था। राजेश खांडुर और पिनाकी यादव ने बल्लेबाज़ी की शुरुआत अच्छी की थी। पाँच ओवर में 35 रन बन गये थे। पर उसके बाद धड़ाधड़ विकेट गिरते जा रहे थे। सीनियर टीम के विकेटकीपर-बल्लेबाज़ टुन्ना सिंह भी स्लिप में कैच देकर बाहर बैठ गये थे। छह विकेट गिरने के बाद बाबा को बल्लेबाज़ी के लिए भेजा गया था। पर जब बाबा क्रीज़ पर पहुँच कर स्टांस ले रहे थे तो पैविलियन से सब एक साथ ज़ोर-ज़ोर से चिल्ला रहे थे—'बाबा, हाफ सेंचुरी से पहले नहीं लौटना है। बॉल का धागा खोल देना है। छक्का मारो बाबा।' 'विभूति भइया आज हाफ सेंचुरी चाहिए। उड़ाइए उड़ाइए।' ये टुन्ना सिंह की आवाज़ थी। पर बाबा एकदम सीरियस थे। पैविलियन से आती डिमांड पर कोई ध्यान नहीं दिया था उन्होंने। चुपचाप स्टांस लिया और बैटिंग को तैयार। तेज़ गेंदबाज़ रैंकी ने अपने 26 क़दम के रन अप से दौड़ना शुरू किया। इधर बाबा ने क्रीज़ पर बैट पटकते हुए पैनी नज़र बॉलर पर टिका दी। तभी टुन्ना सिंह की आवाज़ आयी—'भइया छक्का मारिए। धो दीजिए बॉल को।' पर ये क्या टन् टन् टन् टनाक्। बाबा का मिडिल स्टम्प उखड़कर हवा में गुलाटी खाता हुआ काफ़ी पीछे चला गया था। जूनियर कैम्प में ख़ुशी की लहर। बाबा सिर झुकाये चुपचाप बैट हिलाते हुए पैविलियन की तरफ़ लौट रहे थे। कुछ आवाज़ें सुनाई पड़ रही थीं।

'लगता है बॉल समझ नहीं आया बाबा को।'

'अरे बॉल बहुत तेज था शायद।'

'इन स्विंग मारा था रैंकिया।'

बाबा जब अपनी टीम के खिलाड़ियों के क़रीब पहुँचे तो किसी ने कहा, 'कोई बात नहीं बाबा। क्रिकेट में तो ये सब होता ही रहता है। लेकिन जीरो पर आउट नहीं होना चाहिए था।'

पर इन सब कॉमेंट्स को दरकिनार कर बाबा सीधे टुन्ना सिंह के पास पहुँचे और पीठ पर बैट से क़रारा प्रहार कर दिया।

'साला बैटिंग करने पहुँचे ही थे कि छक्का-छक्का क्यों चिल्लाया रे। मार देंगे कि कपारे फट जायेगा।' आँखें निकालकर बाबा ने बैट हवा में उठा रखा था। टुन्ना सिंह पीठ पर लगी चोट से बेचैन हो गया था। एक पल तो किसी को कुछ भी समझ में नहीं आया। फिर बाबा ज़ोर-ज़ोर से हँसने लगे।

'साला एक्को गो बॉल नहीं खेल सके।' इतना सुनते ही तनावपूर्ण माहौल वाले सीनियर कैम्प में खिलाड़ी मुस्कुरा उठे थे। अभी भी दर्द से तिलमिलाते टुन्ना सिंह ने पीठ सहलाते हुए कहा था—'बहुत ज़ोर से मार दिये भैया।'

'तुमको चोट का फिकिर हो रहा है, हम जीरो पर आउट हो गये, साला जीवनभर का रिकार्ड खराब हो गया। इसका चिन्ता ज्यादा है बाबू। चोट तो ठीके हो जायेगा। पर विभूति जीरो पर आउट हुआ ये रिकार्ड रह जायेगा। समझे तुम।'

बाबा को जानने वालों के लिए जो कुछ भी हुआ था वो असामान्य नहीं था। मैच जूनियरों ने सात विकेट से जीत लिया था।

खुस कर देंगे भइया

बुलाकी पुटुसगंज में कारोबारी सफलता का एक बेहतरीन उदाहरण था। शुरू में लोग उसे महत्त्व नहीं देते थे। पर वो लगातार अपने जीवन में संघर्ष कर रहा था। अपनी अभावग्रस्त दुनिया को बदलने की कोशिश कर रहा था। उसने लोगों के खेतों में मज़दूरी की, रेलवे प्लेटफ़ॉर्म पर कुली बना, सब्ज़ी बेची, रिक्शा चलाया और न जाने क्या-क्या किया। पर हालत थी कि सुधर ही नहीं रही थी। अपनी सीमित बुद्धि के अनुसार वो लगातार नये-नये कॉन्सेप्ट पर काम कर रहा था और किसी तरह अपने बूढ़े माता-पिता, चार बच्चों और पत्नी का भरण-पोषण कर रहा था। पर बेचैन रहता। 'अब क्या करूँ। कैसे परिवार के दिन बदलूँ।' एक रात सोचते-सोचते उसे ख़याल आया कि क्यों ना जूते-चप्पल बनाने का कारोबार किया जाये। बचपन में पिता को जूते बनाते और मरम्मत करते उसने देखा था। सहसा उसकी आखें चमक गयीं। कुछ दिन बाद यहाँ-वहाँ से थोड़े पैसे जुटाकर छंगामल क्रीड़ा मैदान के क़रीब और गांधी पथ से सटी एक जगह पर झोंपड़ी बनाकर जूतों की मरम्मत करने लगा। अनिरुद्ध, राजन, विप्लव वग़ैरह जब छंगामल मैदान से क्रिकेट खेलकर लौट रहे होते तो उस पर नज़र पड़ती। वो अक्सर अपनी दुकान से बाहर आकर कहता, 'नमस्ते भइया, हम बुलाकी हैं, जूता का दोकान खोले हैं। कुछ पालिस-वालिस कराना हो, मरम्मत कराना हो तो मौका दीजियेगा भइया। खुस कर देंगे काम से।' अनिरुद्ध ने देखा कि एक छोटे क़द का, साधारण शक्लोसूरत वाला आदमी लगातार मुस्कुराते हुए अपनी मार्केटिंग कर रहा है। वो आज के मार्केटिंग मैकेनिज़्म का पुरोधा था। वो जानता था कि लड़के उसे अपने जूते शायद नहीं देंगे। पर फिर भी जब भी उसकी नज़र खेल कर लौट रहे लड़कों पर पड़ती तो बाहर आकर 'नमस्ते भइया, कभी हमको भी सेवा का मौका दीजिए। बुलाकी निराश नहीं करेगा।' अब उसने अपना नाम भी बता दिया था। आते-जाते हर रोज़ ऐसे ही वो तमाम लोगों से बातें करता, मुस्कुराता और अपने काम के बारे में बताता।

एक दिन राजन का जूता खेल के दौरान टूट गया। 'अब क्या किया जाये।' राजन ने चिन्तित होते हुए कहा। रघु ने सुझाया कि 'बुलाकी की दुकान पास में ही तो है जाकर बनवा लो।'

'अरे हाँ हाँ। चलो बनवाकर आते हैं। पता भी चल जायेगा कि कैसा काम करता है।' राजन ने कहा।

साइकिल उठाई गयी और रघु के साथ राजन बुलाकी की दुकान पर पहुँच गया। 'अरे भइया आइए, आइए। आज हमारे लिए कितना बड़ा दिन है जो आप हमारे यहाँ आये हैं।' बुलाकी के चेहरे पर लगातार मुस्कान टंगी हुई थी। पूरे दाँतों से मुस्कुरा कर ग्राहक को ख़ुश करने की कोशिश कर रहा था।

'अरे बुलाकी, ये जूता टूट गया है, तुरन्त खेलने लायक बना सकते हो क्या?' राजन ने पूछा।

'अरे भइया दीजिए हमको, दस मिनट में नया जैसा बना देंगे।'

फिर बुलाकी पूरी तन्मयता से काम में जुट गया था। राजन और रघु वहीं बेंच पर बैठकर उसे काम करता देख रहे थे। दस मिनट में बुलाकी ने जूते की वाक़ई बहुत अच्छी तरह मरम्मत कर दी थी।

'लीजिए भइया ऐसा बना दिया है कि अब उस जगह से तो नहीं टूटेगा।'

'कितना पैसा हुआ बुलाकी?'

'अरे भइया पहला काम किये हैं आपका, क्या पैसा लें आपसे। बस ऐसे ही मौका देते रहिए, कभी निराश नहीं करेंगे। खाली आप लोगों का मेहरबानी होगा तो पैसा तो आ ही जायेगा। चाय-पानी कुछ लीजिएगा भइया?'

'अरे नहीं बुलाकी, वहाँ फील्ड में हमारा इन्तजार हो रहा है।' रघु ने कहा।

जूते को चेक करते हुए राजन बोला, 'बुलाकी बहुत अच्छा बना दिया है तुमने। हम जरूर आयेंगे तुम्हारे पास। ये दो रुपये तो रख लो।'

'अरे भइया छोड़िए ना पैसा।'

'नहीं, नहीं रख लो ये, मेहनत लगी है तुम्हारी।'

बुलाकी ने पैसे रख लिए और मुस्कुराकर विदा किया।

अब 20-25 खिलाड़ियों के ग्रुप में हर दिन कोई न कोई जूता रिपेयर करवाने बुलाकी के पास पहुँचता। चल पड़ी थी उसकी दुकान। छह महीने बाद बुलाकी का साथ देने के लिए दो और लोग आ गये थे। अब वो अकेले डिमांड पूरी नहीं कर पा रहा था। साल भर और बीता तो बुलाकी कि झोंपड़ीनुमा दुकान पक्की हो गयी।

मरम्मत के अलावा नये जूते भी बनने लगे। बुलाकी की काया पलट हो गयी थी। पर विनम्रता और व्यवहार कुशलता ज्यों की त्यों बरक़रार। कुछ और महीनों बाद देखा गया कि बुलाकी अब ख़ुद जूते नहीं बनाता बल्कि उसने तीन और कारीगर रख लिए हैं। अब वो बस ऑर्डर लेता है और साइकिल पर बैठकर दूर-दूर जाकर अपने जूतों की मार्केटिंग करता है। शॉप के बाहर उसने कई कुर्सियाँ लगवा दी थीं। अब पुटुसगंज के खलिहर टाइप लोग वहाँ बैठकर गप्पें भी लगाने लगे थे। बुलाकी का धन्धा बढ़ चला था। एक दिन बुलाकी मोपेड चलाता नज़र आया। ये एक बड़ा ट्रांसफ़ॉर्मेशन था। अपनी मेहनत और लगन से बुलाकी बदलता जा रहा था। बड़ा होता जा रहा था। पर व्यवहार में वही सौम्यता। कुछ समय पहले तक जिस बुलाकी को पुटुसगंज में कोई नहीं जानता था, उसे अब शादी के निमन्त्रण कार्ड मिलने लगे थे। वो अब क़स्बे के सामुदायिक जीवन का अहम हिस्सा बन गया था।

एक बार किसी शादी में बुलाकी सपरिवार पहुँचा। उस रात शहर में दर्जनों शादियाँ थीं। बुलाकी ने देखा कि बारात आने में देर होती जा रही है। पता किया तो मालूम हुआ कि ज़्यादा शादियाँ होने की वजह से बैंड वाले अभी तक नहीं पहुँचे हैं, इसीलिए बारात नहीं आ पा रही है। बाक़ी मेहमानों के लिए ये केवल एक सूचना थी, पर बुलाकी ने इसमें अवसर देखा।

अगले कुछ दिनों तक लोगों ने बुलाकी को मोपेड पर केवल भागते देखा। या तो वो कहीं जा रहा था। या कहीं से आ रहा था। एक व्यस्त आंत्रप्रेन्योर की तरह। कुछ दिन बाद बुलाकी की दुकान पर एक और बोर्ड लगा था—'लाटो बैंड'। नीचे लिखा था—'शादी ब्याह या किसी भी अवसर पर बैंड पार्टी के लिए यहाँ सम्पर्क करें।' पुटुसगंज की जनता फिर हैरान। 'ये बुलाकी को क्या हो गया है। जूते बनाने वाला बुलाकी बैंड पार्टी कैसे चलायेगा। उसे तो कुछ बजाना भी नहीं आता।' इस तरह की बातें हवा में तैर रही थीं। लेकिन जल्दी ही शादियों की भरमार वाले एक दिन लोगों को इस जिज्ञासा और कौतूहल का जवाब भी मिल गया। एक बारात चली जा रही थी। दूल्हे के साथ जो बैंड पार्टी चल रही थी उसके आगे दो लोग एक बैनर लेकर चल रहे थे जिस पर लिखा था—'लाटो बैंड'। बैनर के ठीक पीछे बुलाकी क्लैरिनेट बजाता हुआ चल रहा था। पीछे-पीछे बैंड पार्टी के दूसरे सदस्य थे। 'अरे बुलाकी ने क्लैरिनेट बजाना कब सीख लिया?' ये सवाल क्रिकेट टीम के मेम्बर्स को भी परेशान कर रहा था। अगले दिन खेलकर लौटते हुए अनिरुद्ध, राजन और रघु बुलाकी की दुकान पर पहुँचे।

'अरे बुलाकी तुम्हारे तो जलवे हैं। क्या क्लैरिनेट बजा रहे थे कल।' राजन ने कहा। पहले तो बुलाकी ने इस तारीफ़ को नज़रें झुकाकर स्वीकार कर लिया और अपनी उसी मशहूर स्माइल के साथ कहा, 'धन्यवाद भइया लोग।' पर फिर बोला—'भइया हमको अभी बजाना नहीं आता है। आप देखे नहीं हमरा ठीक पीछे एक और क्लैरिनेट बजाने वाला चल रहा था। बजा वही रहा था, हम तो केवल बजाने का नाटक कर रहे थे। भइया शादी के मौसम में बैंड से काफी कमाई हो जाता है, इसीलिए जल्दबाजी में ये बैंड पार्टी बना दिये। हर दिन का बुकिंग है। कुछ लोग को रोजगार भी दे दिये हैं। और धीरे-धीरे क्लैरिनेट बजाना भी सिखिए जायेंगे। भइया एक रिक्वेस्ट है। इ बात आप लोग अभी बजार में मत फैलाइएगा। आप लोगों से अपनापा है इसलिए बता दिया। बाहर लोग को पता चलेगा तो धन्धा पर असर पड़ सकता है।'

'अरे नहीं नहीं बुलाकी हम किसी को नहीं बतायेंगे। लेकिन तुम कम बड़े खलीफा नहीं हो। कहाँ-कहाँ दिमाग चलता है तुम्हारा।' रघु ने कहा।

बुलाकी की वही मुस्कुराहट और 'बस आप लोग का आशीर्वाद चाहिए भैया।'

बुलाकी हालात से सन्तुष्ट ना रहनेवाले वैसे लोगों का प्रोटोटाइप था जो नये-नये प्रयोग करने में घबराते नहीं। अपनी मेहनत से लगातार कामयाबी की कहानी लिख रहा था बुलाकी। हाँ, बाद में उसके लाटो बैंड के बोर्ड को कुछ शरारती बच्चों ने ज़रूर लाटो के पहले 'उ' अक्षर जोड़कर 'उलाटो बैंड' बना दिया था। आते-जाते लोगों की जब उस बोर्ड पर नज़र पड़ती तो चेहरे पर मुस्कान आ जाती थी।

आपका तबीयत खराब नहीं होता है क्या

पुटुसगंज में उस दिन मातम पसरा था। आमतौर पर ख़ुशहाल नज़र आने वाले शहर को जैसे साँप सूँघ गया हो। सड़कें सुनसान थीं। हमेशा गुलज़ार रहने वाले बाबू बाज़ार में भी कम ही लोग नज़र आ रहे थे। गाड़ियों की आवाजाही भी कम थी। बरावलपुर की ओर जाने वाली गाड़ियों को पुलिस बाबू बाज़ार में ही रोक रही थी और बता रही थी कि आगे रास्ता बन्द है। शहर के भीतर कारख़ाने के स्टाफ़ की सर्विस में लगी ज़रूरी गाड़ियाँ ही चल रही थीं। लोग अपने-अपने घरों में शोक की मुद्रा में थे। बच्चे भी बाहर जाकर खेलने की ज़िद नहीं कर रहे थे। जिसने सुना वो सदमे में था। नीम पथ पर जनार्दन तिर्की के घर के बाहर भीड़ जमा थी और घर से रोने-बिलखने की आवाज़ें आ रही थीं।

जनार्दन तिर्की के बड़े बेटे आलोक की मौत हो गयी थी। आलोक ने अभी-अभी बैंक पीओ की परीक्षा पास की थी। परिवार में ख़ुशी मनायी जा रही थी। ग्रेजुएशन के बाद तुरन्त ही आलोक की नौकरी लग गयी थी और वो भी बैंक के अफ़सर के रूप में। लेकिन नियति कुछ और ही कहानी लिख रही थी। आलोक उस दिन सुबह बनवारी रोडवेज़ से बरावलपुर जा रहे थे। वहाँ के गेलॉर्ड टेलर में कुछ कपड़े और एक सूट सिलने के लिए दिये थे जिन्हें लेकर आना था। थोड़े ही दिन में उन्हें जॉइन करने जाना था। पूरा परिवार उसी की तैयारी में जुटा था। माँ, बेटे को अफ़सर की नौकरी मिलने से बेहद ख़ुश थी, लेकिन इस बात से थोड़ी दुखी भी थी कि 'इतनी जल्दी आलोक घर से दूर चला जायेगा। कैसे मैनेज करेगा सब कुछ। इतनी जल्दी बड़ा हो गया आलोक। ऐसा लगता है कि कल की ही तो बात है जब आलोक पैदा हुआ था।' बीच-बीच में परिचित लोग बधाई देने आते थे। मिठाई खिलाने का दौर अभी चल ही रहा था कि ऐसी दुखों का पहाड़ गिराने वाली ख़बर आ गयी।

उस दिन बनवारी प्रेम नगर की चढ़ाई से ही रुक-रुककर चल रही थी। चिनार चौक पहुँचने पर ड्राइवर डिम्पी ने खलासी झारी के साथ मिलकर इंजन का कवर

खोला था और भीतर कुछ किया था। फिर बस नॉर्मल चलने लगी थी। जगह-जगह सवारियों को चढ़ाना और उतारना जारी था। लेकिन बनवारी जब पंडुरा पुल के बाद घाटी चढ़ने लगी तो फिर से वही समस्या होने लगी। पहले गियर पर काफ़ी एक्सीलरेशन के बाद ही बस चढ़ाई पर आगे बढ़ पा रही थी। भीतर बैठी सवारियाँ असहज हो रही थीं। लोग बातें कर रहे थे कि 'पुरानी-पुरानी बसों को इतनी भयंकर घाटी में चलाने का क्या मतलब है। बस वाले कमाई के लिए लोगों की जिन्दगी से खेलते हैं।' कंडक्टर जगेश्वर ने इस बातचीत को शान्त करते हुए कहा था कि 'मशीनरी है ना जी। आपका तबीयत खराब नहीं होता है क्या?'

'हमारा तबीयत खराब होता है तो हम बाहर नहीं ना निकलते हैं। गाड़ी खराब है तो रोड पर मत चलाइए', एक अधेड़ उम्र के धोतीधारी व्यक्ति ने कहा था।

मन में भावी ज़िन्दगी का सपना लिए आलोक तिर्की बस के आगे वाले गेट के सामने खड़े थे। दूसरी चढ़ाई पर पहुँचते ही बस रुक गयी। अब क़तई आगे नहीं बढ़ पा रही थी। कंडक्टर जगेश्वर ने कहा, 'गेट के सामने वाली सवारियाँ उतर जायें। लगता है फिर कोई दिक्कत हो गया है।'

क़रीब पन्द्रह लोग जो गेट के आसपास थे वो उतरकर पैदल चलने लगे। बस सरकते हुए घाटी चढ़ने लगी। पैदल चल रहे लोग बस के साथ ही चल रहे थे। ऐसे ही धीरे-धीरे दो घाटी पार हुई तो डिम्पी के कहने पर झारी ने पैदल चल रहे लोगों को बस में चढ़ने का इशारा किया। आगे थोड़ी दूर तक समतल सड़क थी। नीचे की सवारियाँ बस में चढ़ गयीं। बस चल पड़ी। आलोक को शायद लगा कि आगे भी उतरना पड़ सकता है, इसलिए वो आगे वाले गेट के पायदान पर पैर रखकर खड़े हो गये थे। शायद ये सोचा हो कि गाड़ी अगर पीछे की तरफ़ लुढ़की तो जल्दी से उतर सकेंगे। अब घाटी की सबसे खड़ी चढ़ाई वाली जगह आ गयी थी। डिम्पी ने मोड़ से काफ़ी पहले ही बस को पहले गियर में डाल दिया था और एक्सीलरेटर पर पूरा पैर रख दिया था। सोचा था कि पहले ही पूरा मोमेंटम बन जायेगा तो बस आराम से घाटी चढ़ जायेगी। लेकिन ये क्या, ठीक टर्न पर पहुँचकर बस पहले रुकी और फिर पीछे लुढ़कने लगी। डिम्पी ने ब्रेक पर पूरा पैर रख दिया, लेकिन ब्रेक ने काम नहीं किया। ब्रेक फ़ेल हो गया था। डिम्पी ने सोचा कि अगर बस खाई की तरफ़ लुढ़की तो कोई ज़िन्दा नहीं बचेगा। उसने सड़क के बायीं ओर के बैरिकेड की तरफ़ स्टीयरिंग को काटा कि शायद उसके अवरोध से बस रुक जाये। लेकिन तेज़ी से मोड़ने की वजह से पीछे लुढ़कती बस बायीं तरफ़ पलट गयी। बस में हाहाकार मच गया। रोना-धोना शुरू हो गया। कई लोगों को गम्भीर चोट आयी। सात-आठ लोगों

के हाथ-पाँव की हड्डी टूटी। पर लोग जान बचने की ख़ैर मना रहे थे। लेकिन एक शख़्स की बस के नीचे आकर जान चली गयी थी। ये आलोक तिर्की थे। क़िस्मत का खेल देखिए। सबने देखा था कि बस जब लुढ़कने लगी तो आलोक नीचे कूद गये थे। लेकिन गति में कूदने की वजह से आलोक का पाँव लड़खड़ा गया और वो ज़मीन पर गिर पड़े। बस जब पलटी तो ठीक उनके ऊपर गिरने लगी। आलोक ने उठकर बचने की कोशिश की, लेकिन उनका सिर बस की चपेट में आ गया। आलोक का पूरा शरीर सुरक्षित था बस सिर कुचल गया था।

बस सड़क के बीचोबीच पलटी थी। आवागमन रुक गया था। पुलिस की गाड़ी आ गयी थी। एक-एक कर सवारियाँ बस से उतार ली गयी थीं। लेकिन ये दुर्घटना पुटुसगंज के हृदय पर एक बड़ा आघात थी। हफ़्ते दस दिन तक लोग चाहे ददन पान दुकान पर जुटते या मिठास स्वीट हाऊस पर या फिर बाँके मैगज़ीन कॉर्नर पर, इस दर्दनाक हादसे का ज़िक्र आ ही जाता था। लोग यही कहते कि 'पता नहीं जनार्दन जी के घर को किसकी नजर लग गयी।' इतनी ख़ुशी का मौक़ा दुखों के पहाड़ में तब्दील हो गया था।

कई हफ़्तों तक पुटुसगंज के लोग बस यात्रा के भय में रहे। छोटा-सा शहर था ख़ुशी हो या ग़म लम्बे अरसे तक लोगों के दिलो दिमाग़ पर छाया रहता। अनिरुद्ध, राजन, विप्लव और रघु भी आलोक तिर्की भइया को अच्छी तरह जानते थे। अक़्सर बाँके मैगज़ीन कॉर्नर पर वो कोई कॉम्पिटिटिव मैगज़ीन ख़रीदते या खड़े होकर पढ़ते नज़र आते। उन्हें भी उनकी छवि भूल नहीं पा रही थी। वे दोस्त भी कई दिन तक ग़मगीन रहे थे।

'मिठास' से कलाकन्द ले आओ तो

अनिरुद्ध उस दिन स्कूल से लौटा तो देखा कि बदन बिहारी सिंह माँ-पापा के साथ ड्रॉइंग रूम में बैठकर बातें कर रहे हैं।

स्कूल बैग रखने के बाद वो ड्रॉइंग रूम में गया।

'प्रणाम चाचा जी।'

'खूब खुश रहो बेटा। पढ़ाई कैसी चल रही है?'

'अच्छी चल रही है चाचाजी।'

'भइया की तरह बोर्ड में अच्छा नम्बर लाना है बेटा। खेल-कूद जरूरी है पर पढ़ाई उससे भी ज्यादा जरूरी है। ये लो चॉकलेट खाओ।'

बिहारी चाचा ने मॉर्टन का एक चॉकलेट उसकी तरफ़ बढ़ा दिया था।

'थैंक्यू चाचाजी' बोलकर अनिरुद्ध बारामदे में चला आया था और क्रिकेट खेलने के लिए कपड़े और जूते वग़ैरह निकालने लगा था।

माँ ने आकर उसे खाने के लिए सूजी का हलवा दिया था। अनिरुद्ध को ये हलवा बहुत पसन्द था।

'खा लो, फिर खेलने जाना।'

'अरे वाह हलवा बनाई हो माँ। मजा ही आ गया आज तो। तुरन्त खाता हूँ।'

'पहले हाथ-मुँह धो लो अच्छी तरह।'

'हाँ माँ।'

फिर दो छोटी प्लेट में हलवा लेकर माँ ड्रॉइंग रूम में चली गयी थी।

'कहाँ से आ रहे हैं बिहारी जी और ये बैग में क्या है?'

'अरे भाभी जी। कैंटीन गये थे। घर के लिए राशन का कुछ सामान लाने।'

'क्या-क्या खरीद लिए भाई साहब?'

'अरे वही तेल, डालडा, चीनी, बिस्कुट, चायपत्ती वगैरह है।'

'हाँ सामान तो खत्म हो ही जाता है बीच में।'

'नहीं भाभी जी, हम सामान थोड़ा-थोड़ा ही लाते हैं।'

'क्यों महीने का सामान एक बार में ही क्यों नहीं ले लेते?'

'अरे रावण की सेना बैठी है घर में। एक बार में सारा सामान लाकर रखने पर एक हफ्ते में ही खा-पीकर खत्म कर देंगे सब।'

'पइसा-रुपया का हालत तो आप जानती ही हैं। इतना कम दरमाहा में इतना बड़ा परिवार का गुजारा चलता है? उ तो किसी तरह ठेकेदार लोग का छोटा-मोटा काम अलग से करने से दो पइसा अलग से मिल जाता है। उसी से ये सब सामान खरीद कर आ रहे थे। बहुत दिन हो गया था आप लोग से मिले हुए, सोचा मिलते चलें।'

'अरे बहुत अच्छा किये बिहारी जी।' पापा ने कहा था।

'और जानती हैं इस तरह छिटपुट सामान लाने से क्या फायदा होता है। रिंटू की माँ जब कहती है कि ये-ये सामान खत्म हो गया है तो एक दिन कह देते हैं कि समय नहीं मिला। दूसरे दिन जवाब देते हैं कि भूल गये। तीसरे दिन का बहाना होता है कि पैसा ले जाना याद नहीं रहा। इस तरह तीन-चार दिन लेट से जब सामान पहुँचता है तो खर्च इससे भी कंट्रोल हो जाता है। समझ जाइए कि गाँव से लाया चावल, गेहूँ और दाल को छोड़कर बाकी का सामान हम इसी तरह आगे-पीछे कर लाते हैं। का करें, कमाई होती तो किसको शौक नहीं होता कि बाल-बच्चा को अच्छा खिलाये-पहनाये। लेकिन का करें, मन का अरमान मने में रह जाता है।'

'ठीक कहते हैं बिहारी जी।' पापा ने कहा था।

'और आप लोगों से मिलने के साथ-साथ ये भी कहना था कि अनिरुद्ध जब नाइन्थ में चला जायेगा तो उसकी किताब किसी और को मत दीजियेगा। छोटकी बेटी पढ़ लेगी उससे। सोचा पहले ही कह दें नहीं तो आप किसी और को दे देंगे।'

'अरे ये भी कोई कहने की बात है। हर साल जैसे किताबें छोटकी बिटिया के लिए जाती हैं वैसी ही इस बार भी जायेंगी ही। मैं खुद ही पहुँचा दूँगा।' पापा ने कहा था।

'अरे नहीं आप काहे कष्ट कीजिएगा। मैं आ के ले जाऊँगा परीक्षा के बाद।'

'अच्छा! जैसा आप उचित समझें बिहारी जी।'

बदन बिहारी सिंह आठ बच्चों और पति-पत्नी से बना परिवार इसी तरह कतर ब्योंत कर चलाते थे। उनकी पत्नी भी इस उपक्रम में उनका पूरा साथ देती थी।

अगर कोई उनके घर मिलने चला गया तो बेटियों को निर्देश था कि जब तक कहा ना जाये पानी-बिस्कुट लाकर ना रखें।

ये मेहमान पर निर्भर करता था कि उसे पानी-चाय पिलाना है या नहीं या फिर पिलाना भी है तो कब।

जब मेहमान को बैठे हुए आधे घण्टे बीत जाते थे तो मेहमान की योग्यता के आधार पर आदेश होता था।

'बेटी टिंकी, चाची के लिए पानी तो ले आओ।'

फिर बेटी पहले ड्राॅइंग रूम की अलमारी खोलती थी और बिस्कुट का डिब्बा निकालती थी।

उसके बाद एक गिलास पानी के साथ दो बिस्कुट लाकर रख दिया जाता था।

मेहमान ने बिस्कुट खाया या नहीं खाया इस पर सबसे छोटे बेटे झामलाल का बड़ा ध्यान रहता था। मेहमान के जाते ही वो बिस्कुट पर टूट पड़ता था।

इस घर में बच्चों को बिस्कुट इसी तरह मिला करता था।

जब मेहमान उठकर जाने को होता तो बिहारी जी की पत्नी कहती, 'अरे बैठिए ना। आपने तो अभी चाय भी नहीं पिया।'

'अरे चाय रहने दीजिए फिर कभी पी लेंगे। मिलना जरूरी था। चाय वगैरह तो चलता ही रहता है।'

'हाँ वो तो है।'

लेकिन 'घोड़े के मूत' की संज्ञा से अभिहित की गयी बदन बिहारी जी के घर की चाय से मेहमान भरसक बचने की कोशिश करते थे।

कहते—'पी कर आये हैं।' 'अभी चाय पीने का मन नहीं है।' 'फिर कभी पी लेंगे।' 'अरे देर हो रही है। आज रहने दीजिए' इत्यादि-इत्यादि।

इस घर में किसी को मिठाई ऑफ़र हो जाये ये तो दैव संयोग जैसी बात होती थी।

एक बार बिहारी जी के अफ़सर पत्नी के साथ उनके घर पधारे। बिहारी जी हमेशा उन्हें बुलाते रहते थे।

ये एक एक्सेप्शनल मौक़ा था। यहाँ बिस्कुट के साथ चाय जल्दी आ गयी।

जब साहब उठने को हुए तो बिहारी जी ने कहा, 'अरे सर अभी तो आप आये ही हैं बैठिए ना। आप हमारे घर आये हैं ये हमारे लिए कितनी खुशी की बात है।'

'अरे बिहारी जी अब जाने दीजिए काफी समय हो गया है।'

'अरे नहीं मिठाई खाये बगैर हम आपको जाने नहीं देंगे। भाभी जी भी हमारे घर पहली बार आयी हैं।'

'ए बेटा रिंटू जल्दी से दौड़कर जाओ और 'मिठास' से कलाकन्द ले आओ तो।'

'जी पापा तुरन्त जाते हैं।'

'साइकिल ले लेना और जल्दी आना।'

बिहारी जी ने बाहर निकलकर रिंटू के कान में कहा था, 'बस चार कलाकन्द लाना। और जल्दी आना।'

दस मिनट में रिंटू चार कलाकन्द लेकर लौट आया था। बिहारी जी की पत्नी ने चारों कलाकन्द मेहमानों के सामने लाकर रख दिया था।

'लीजिए भाभी जी खाइए।'

आठों बच्चे पर्दे के बीच से मेहमानों को दी जा रही मिठाई देख रहे थे।

'अरे हम लोगों का मिठाई खाने का उमर है। मिठाई तो बच्चा लोग खायेगा।'

फिर दोनों पति-पत्नी ने एक कलाकन्द में से थोड़ा-थोड़ा तोड़कर ले लिया था और कहा था—'आओ बच्चों मिठाई ले जाओ। तुम लोग खाओ।'

ये बोलना था कि रिंटू भागकर आया मिठाई की प्लेट लेकर भीतर चला गया। फिर भीतर के कमरे से शोर आ रहा था—'हम लेंगे, मुझे दो। तुम अकेले नहीं खा सकते भइया।'

इस शोरगुल के बीच मेहमान बिहारी जी और उनकी पत्नी से विदा ले रहे थे।

'बहुत अच्छा लगा आप लोग हमारे घर आये।'

'अरे बिहारी जी, हमें भी आपके घर आकर बहुत अच्छा लगा।'

'अच्छा प्रणाम भाभी जी। प्रणाम सर। भूल-चूक माफ कीजिएगा। आपसे क्या छुपा है।'

गण्डकी में गोता लगाने चले जाओगे

शाम ढल रही थी। गांधी पथ पर गाड़ियाँ आ-जा रही थीं। सिलाव होटल के बाहर सिंघाड़ा-जलेबी खा रहे लोग आती-जाती गाड़ियों को देख रहे थे और आपस में बातें कर रहे थे।

बगल के बाँके मैगज़ीन कॉर्नर के बाहर शास्त्री जी की चर्चा गर्म थी।

मोहन पॉल ने फ्रंटलाइन मैगज़ीन पलटते हुए कहा, 'शास्त्री जी को ऐसा नहीं करना चाहिए था। क्या छवि थी क्या निकले।'

'अरे यार लालच से भी कोई बच सका है। शास्त्री जी के खाने के दाँत कुछ और हैं और दिखाने के कुछ और।' दिनकर सिंह ने पान मुँह में डालते हुए कहा था।

इतने में जॉन लेज़्ली की येज़दी आकर वहाँ रुकी।

'क्या भइया, क्या मजमा लगा है।' लेज़्ली ने बाइक स्टैंड पर लगाते हुए पूछा।

'आओ आओ लेज़्ली, बड़े दिन बाद दिखे।' मोहन पॉल फ्रंटलाइन को उँगलियों के बीच फँसाकर बोले।

'अरे लेज़्ली का क्या है, उड़ता रहता है फटफटिया से। पापा की ठेकेदारी यही तो सँभाल रहा है आजकल।' सुरेश शर्मा ने सिगरेट निकालते हुए कहा।

मैगज़ीन कॉर्नर के सामने उस रोज़ आम दिनों से ज़्यादा भीड़ थी। दो-तीन जगह लोग झुण्ड बनाकर बातें कर रहे थे।

लेज़्ली ने पूछा, 'कुछ खास चर्चा हो रही है। कुछ हुआ है क्या भइया?'

'अरे क्या नहीं हुआ है। पुटुसगंज में एक से एक धरोहर लोग है जो दिखता कुछ है और होता कुछ और है।' मोहन पॉल ने ग़ुस्से में कहा था।

'क्या हुआ भइया? परेशान नज़र आ रहे हैं।'

'अरे परेशान नहीं, बात ही कुछ ऐसी है। 'गेंदामल' वाले शास्त्री जी को जानते हो ना?'

'हाँ हाँ! बड़े विद्धान टीचर हैं। मुझे तो उनकी संस्कृत क्लास में कभी कुछ समझ नहीं आया। लेज़ली ने कहा था और मुस्कुरा दिया था। फिर चिल्ला कर मैगज़ीन कॉर्नर वाले बाँके सिंह से कहा था, 'स्पोर्ट्स स्टार निकाल दीजिए सिंह जी।'

'पढ़ाते तो बढ़िया हैं ये सब जानते हैं, लेकिन इतने निष्ठुर और लालची होंगे, ये हमने नहीं सोचा था।' दिनकर सिंह बग़ल में पीक थूकने के बाद बोले थे।

मैगज़ीन स्टॉल से पेपर लेकर निकलते अनिरुद्ध के कानों में भी शास्त्री जी का नाम पड़ा था, पर इतने सीनियर लोगों से वो कुछ पूछ नहीं पाया था।

जॉन लेज़ली ने सबको 'बाय' कहा था और अपनी मोटरसाइकिल स्टार्ट कर दी थी।

'चलते हैं भइया लोग। थोड़ा जल्दी है। जरूरी काम है।'

'ठीक है लेज़ली।' मोहन पॉल बोले और फिर शास्त्री जी पर हो रही चर्चा में शामिल हो गये।

शास्त्री जी गेंदामल उच्च विद्यालय के विद्धान शिक्षक थे। पूरा नाम था विद्याधर शास्त्री। दुबला-पतला शरीर। लम्बा क़द। धोती-कुर्ता स्थायी परिधान। पतला पर सुदर्शन चेहरा। बाल लम्बे, पीछे तक लहराते और आख़िर में ऊपर की ओर कर्व बनाते। एकदम सीधा चलते थे। कसरती शरीर था। बैठते भी तो शरीर तना हुआ रहता। ज़ुबान एकदम साफ़, तलफ़्फ़ुज़ ऐसा जैसे शब्द उनके मुँह से उच्चरित होकर और अर्थपूर्ण हो गये हों। शब्दों का सम्मान बढ़ जाता था शास्त्री जी के मुखारबिन्द से निस्सरित होकर। संस्कृत के उद्‌भट विद्धान थे। कक्षा में कभी उन्हें किसी ने किताब खोलकर पढ़ाते नहीं देखा था। पूरी की पूरी किताब उन्हें कण्ठस्थ होती थी। उनके ज्ञान का आतंक ऐसा था कि कक्षा में दाख़िल होते ही सन्नाटा पसर जाता। वो किसी से भी कुछ भी पूछ लिया करते थे। पीछे की बेंचों से उन्हें कुछ ज़्यादा ही स्नेह था। आमतौर पर छुपने के इरादे से जो छात्र पीछे की बेंच पर जाकर बैठ जाया करते थे, शास्त्री जी की क्लास में वो आगे बैठने की कोशिश करते थे क्योंकि पीछे वालों से कभी भी किसी सुभाषित का अर्थ या कोई शब्द या धातु रूप पूछा जा सकता था। नाराज़ कम होते थे। पर जब किसी छात्र पर ग़ुस्सा आ जाता तो चॉक फेंककर मारते या गाली देते, 'ऐसा मारेंगे तुमको कि गण्डकी में गोता लगाने चले जाओगे।' ये बात सुन कर छात्रों को बहुत हँसने का मन होता, लेकिन शास्त्री जी के आतंक की वजह से मन मसोसकर रह जाते थे। पर शास्त्री जी जैसे ही क्लास से बाहर जाते हँसी का शोर हो जाया करता था।

आगे बैठने वाले अनिरुद्ध की क्लास के आकाश, राजेश, रंजन, विजय जैसे कुछ छात्र संस्कृत में निपुण थे। हमेशा परीक्षा में अच्छा अंक लाते और क्लास में भी पीछे वाले छात्रों के उत्तर ना देने पर जवाब दिया करते। ऐसे छात्र शास्त्री जी के प्रियपात्र होते। ऐसे छात्रों को उन्होंने ये सुविधा दे रखी थी कि वो चाहें तो उनके घर पर आकर भी अपना संस्कृत ज्ञान बढ़ा सकते हैं।

कई बार कुछ कॉलेज के छात्र या संस्कृत विषय लेकर सिविल सेवा की परीक्षा देने वाले विद्यार्थी भी शास्त्री जी से पढ़ने उनके घर जाया करते थे। जब कोई छात्र शाम के समय उनके घर पहुँचता तो उन्हें कुछ ना कुछ पढ़ता हुआ ही पाता। या फिर वो संस्कृत का कोई श्लोक या हिन्दी की कोई सुप्रसिद्ध कविता गुनगुना रहे होते।

एक दिन जब दो सीनियर छात्र उनके घर पहुँचे तो वो जयशंकर प्रसाद की कविता, 'जहाँ पहुँच अनजान क्षितिज को मिलता एक सहारा, अरुण यह मधुमय देश हमारा' गुनगुना रहे थे।

'आओ शिवेन्द्र, बैठो बेटा सौरभ। सुना तुम लोगों का सिविल्स का प्री हो गया है।'

'जी सर', शिवेन्द्र ने कहा।

'बहुत अच्छी ख़बर है बेटा। मुख्य परीक्षा में संस्कृत लिया है क्या?'

'जी सर। संस्कृत में नम्बर अच्छे आते हैं और आपके आशीर्वाद और शिक्षण से हमारा संस्कृत अच्छा भी है, तो सोचा क्यों ना मेन परीक्षा में संस्कृत भी एक विकल्प रख लिया जाये।' सौरभ ने कहा।

'बहुत अच्छा विचार है बेटा।'

'सर अगर आप पढ़ा देते हमें संस्कृत?' शिवेन्द्र ने सकुचाते हुए पूछा।

'हाँ हाँ क्यों नहीं। मेरी बेटी भी आगे चलकर सिविल की परीक्षा में बैठना चाहती है। वो भी तुम लोगों के साथ बैठ जायेगी तो कुछ ज्ञान ही बढ़ जायेगा उसका।'

'जी सर। जैसा आप उचित समझें।' सौरभ ने कहा।

'क्या-क्या है पाठ्यक्रम में?'

'सर कई किताबें हैं जैसे कि 'अभिज्ञानशाकुन्तलम्, कुमारसम्भवम्, उत्तररामचरितम्, भगवद्गीता आदि आदि।' शिवेन्द्र ने याद करते हुए बताया।

'क्या ये पुस्तकें पूरी पढ़नी हैं?'

'नहीं नहीं सर, पूरी नहीं पढ़नी। कुछ-कुछ सर्ग या अध्याय पढ़ने हैं। गीता के द्वितीय अध्याय के कुछ श्लोक ही पढ़ने हैं।' सौरभ ने कहा।

'अच्छा अच्छा।'

'चलो फिर आज से ही कुछ शुरू कर देते हैं।'

'बेटा वैष्णवी, तुम भी आकर बैठ जाओ भइया लोग के साथ।' शास्त्री जी ने आवाज़ ऊँची कर कहा था।

'जी पिताजी', घर के भीतर से आवाज़ आयी थी।

अब वैष्णवी भी वहाँ आकर बैठ गयी थी।

'क्या पढ़ोगे बेटा। चलो आज गीता का द्वितीय अध्याय शुरू कर देते हैं। किस श्लोक से कहाँ तक पढ़ना है?'

'सर श्लोक संख्या 13 से 25 तक पढ़ना है।' शिवेन्द्र ने कहा।

'अच्छा, चलो शुरू करते हैं।'

देहिनोऽस्मिन्यथादेहेकौमारंयौवनंजरा।

तथा देहान्तरप्राप्तिर्धीरस्तत्र न मुह्यति।।

शास्त्री जी ने बिना पुस्तक देखे ही गीता पढ़ाना शुरू कर दिया था।

शिवेन्द्र और सौरभ हैरान थे। पर ये भी जानते थे कि शास्त्री जी इतने बड़े विद्वान हैं कि सिविल सेवा का सिलेबस उन्हें शायद पूरा ही याद हो।

बाद में पढ़ाई के दौरान उन्हें इस बात का प्रमाण भी मिल गया था क्योंकि वो केवल पुस्तक और श्लोक संख्या बताते और उसके बाद शास्त्री जी श्लोक बोलकर व्याख्या शुरू कर देते।

बच्चे कई बार सोचते कि इतने विद्वान व्यक्ति ने ख़ुद को केवल एक स्कूल शिक्षक तक ही सीमित क्यों कर दिया।

एक बार पढ़ाई के दौरान सौरभ ने पूछा भी तो शास्त्री जी ने बताया कि वो संस्कृत में पीएच.डी. करना चाहते थे, यूनिवर्सिटी में दाख़िला भी मिल गया था, लेकिन ऐन उसी वक्त पिताजी का निधन हो जाने से उनकी ये इच्छा अधूरी रह गयी थी और मजबूरन परिवार चलाने के लिए उन्हें शिक्षक की नौकरी करनी पड़ गयी थी। परिवार की तमाम जिम्मेदारियों को निभाते हुए उन्होंने अध्ययन तो बहुत किया, लेकिन डिग्री पूरी नहीं कर पाये। और फिर शादी के बाद जब ख़ुद उनका परिवार बड़ा हो गया तो उच्च शिक्षा की उनकी ख़्वाहिश अधूरी ही रह गई। हाँ, स्वाध्याय से उन्होंने ज्ञान अर्जन में कोई कमी नहीं रखी थी। संस्कृत की जो भी पुस्तक उपलब्ध हो सकती थी, वो सब उन्होंने पढ़ डाली थी।

पर शिक्षक जीवन तो शिक्षक का ही जीवन होता है। ज्ञान के आधार पर सम्मान में तो कोई कमी नहीं थी, लेकिन आर्थिक मोर्चे पर हमेशा पंगु बने रहते। वजह भी थी शायद। पत्नी से प्रेम ज़्यादा था या संस्कृत साहित्य के प्रेम प्रसंगों के गहन अध्ययन का प्रसाद, मालूम नहीं। पर शास्त्री जी देखते ही देखते दाम्पत्य जीवन के पहले दशक में

ही आठ बच्चों के पिता बन गये थे। पाँच लड़के और तीन लड़कियाँ। शुरुआत में जैसे कई लोगों को समझ नहीं आता वैसे शायद शास्त्री जी को भी समझ नहीं आया था कि परिवार का ये आकार आनेवाले दिनों में उनकी मुश्किलें बढ़ा सकता है। लेकिन शास्त्री जी तमाम ज्ञान-विज्ञान के बावजूद यही मानते थे कि सन्तान तो भगवत्कृपा से पैदा होती है। उसे नियन्त्रित करने में मानवीय दख़ल नहीं होनी चाहिए। बहरहाल जैसे-जैसे समय बीता शास्त्री जी आर्थिक बोझ के दलदल में धँसते चले गये। वो तो भला हो सरकारी सुविधाओं का कि बच्चों की शिक्षा-दीक्षा हो रही थी, लेकिन शिक्षक की सीमित आय में और किसी भी तरह के प्रयोग की गुंजाइश नहीं थी। पैसों की तंगी ने हाथ-पाँव इतना बाँध रखा था कि कहीं आने-जाने को भी शास्त्री जी पैसे की बर्बादी मानते। उन्होंने तर्क भी गढ़ लिए थे कि 'ज़्यादा आवागमन से जीवन पर ख़तरा बढ़ जाता है। बस का ऐक्सीडेंट हो सकता है। ट्रेन पलट सकती है। नाव डूब सकती है। इसलिए जहाँ तक सम्भव हो अपने परिवेश में ही रहना चाहिए और पैरों में जितनी शक्ति हो बस वहीं तक आना-जाना चाहिए। जीवन भले ही संघर्षों से भरा हो, लेकिन जीवन लम्बा होना चाहिए।'

पिता की ऐसी माली हालत का असर बच्चों पर पड़ना लाजिमी था। बच्चे परिस्थितिवश मितव्ययी तो थे ही, थोड़े ही समय में दो-चार पैसे कमाने की जुगत में भी लग गये। बड़ा बेटा स्वरांश कुशाग्र बुद्धि था। सुविधा मिली होती तो काफ़ी आगे तक जाता। लेकिन पिता की परिस्थितियों ने उसे जल्दी ही ये समझा दिया कि घर में अतिरिक्त पैसे लाना बेहद ज़रूरी है। पिता सिद्धान्ततः तो कहते कि जम कर पढ़ाई करो, लेकिन अच्छा पढ़ने के लिए संसाधन भी अच्छा चाहिए–इस शर्त को वो पूरा नहीं कर पाते थे। जब साथ पढ़ने वाले दूसरे बच्चे कॉलेज में जाने की तैयारी कर रहे थे तो स्वरांश दसवीं के आधार पर मिलनेवाली नौकरी ढूँढ़ने में जुटे थे। लेकिन शास्त्री जी को लगता कि प्रतिभाशाली स्वरांश उनकी सारी आर्थिक चिन्ता ज़रूर दूर करेंगे। उन्हें बस स्वरांश के बीएससी पास करने का इन्तज़ार था। लेकिन घर की परेशानियों को देख स्वरांश को लगता कि पहले कुछ न कुछ कर लिया जाये और फिर बाद में पढ़ाई कर आगे का रास्ता तय किया जायेगा। इसी सोच के साथ वो 12वीं के बाद सेना के लिए चयनित हो गये। जवान की नौकरी मिल गयी थी।

जब शास्त्री जी को ये सूचना मिली तो बहुत निराश हुए। दुखी मन से कहा, 'मुझे तो तुमसे बहुत उम्मीद थी स्वरांश, लेकिन तुम इस साधारण नौकरी के जाल में फँस गये। ठीक है बेटा कि मैं तुम लोगों को इतने पैसे नहीं दे पाता जितने तुम्हारी ज़रूरत के लिए चाहिए, लेकिन इस संघर्ष की अग्नि में तप कर तुम लोग ज़रूर

कुन्दन बनोगे ऐसा मेरा विश्वास है।' तब स्वरांश ने आज्ञाकारी पुत्र की तरह कहा था, 'पिताजी मैं भी बहुत कुछ करना चाहता हूँ। लेकिन मैं देख सकता हूँ कि आपकी आमदनी अब घर की गाड़ी को आगे नहीं खींच पा रही है। और मेरी नौकरी छोटी ज़रूर है, लेकिन ये तो बस शुरुआत है। मैं नौकरी के साथ-साथ पढ़ाई जारी रखूँगा और आपने जैसा सोचा है वैसा बनने की पूरी कोशिश करूँगा।' तब शास्त्री जी ने कहा था, 'बेटा एक बार जब नौकरी का चक्कर शुरू हो जाता है तो फिर शिक्षा लेने का क्रम रुक जाता है। ऐसा मैं अपने अनुभव से कह रहा हूँ। हो सकता है तुम अपवाद साबित होओ और ऐसा मेरा आशीर्वाद भी है। लेकिन एक पिता के रूप में अपनी ज़िम्मेदारियाँ पूरी ना कर पाने की लाचारी से आज मैं बहुत दुखी हो गया हूँ। तुम्हारे युवा कन्धों पर अभी परिवार की चिन्ता का बोझ नहीं पड़ना चाहिए था।'

'पिताजी आप परेशान ना हों। आपके दिये संस्कार मेरे साथ हैं। मैं थोड़े पैसे घर की मदद के लिए कमाने लगूँगा तो मेरे छोटे भाई-बहनों की शिक्षा सही तरीक़े से हो सकेगी। और मुझे ख़ुद पर भरोसा है। मैं भी हार नहीं मानूँगा चाहे मुझे कितनी ही मेहनत क्यों ना करनी पड़े।'

बेटे के ऐसा कहने और अपनी सीमाओं का ख़याल कर शास्त्री जी सन्तोष कर गये थे। पर कई दिन तक अपने जीवन की कड़वी सच्चाई और आर्थिक अभाव का दंश उन्हें चैन से बैठने नहीं दे रहा था। वो ख़ामोश से हो गये थे। बेटे की नौकरी की शुभकामना भी कोई देता तो उसका जवाब बेहद साधारण तरीक़े से देते। कोई उल्लास, उमंग चेहरे पर नज़र नहीं आ रहा था। क्या सोचा था और क्या हो रहा था।

बहरहाल, नौकरी जॉइन करने के बाद हर महीने जब स्वरांश अपनी छोटी-सी कमाई पिता को भेजने लगे तो शास्त्री जी को बहुत राहत महसूस हुई। कहते हैं ना कि अर्थ की माया का अपना सम्मोहन होता है। वो बड़े-बड़े सज्जन दृढ़प्रतिज्ञों का सिंहासन हिला सकती है। धीरे-धीरे शास्त्री जी बेटे के भेजे पैसे के इतने जरूरतमन्द हो गये कि अब ये ख़याल भी ना रहा कि स्वरांश आगे की पढ़ाई पर ध्यान भी दे रहे हैं या नहीं। अब तो उन्हें बस हर महीने मिलने वाली बेटे की तनख़्वाह का इन्तज़ार रहता। उसी के आधार पर अब वो आगे की योजनाएँ भी बनाने लगे। स्वरांश के भेजे पैसे से घर की सूरत भी थोड़ी बदल गयी थी। बच्चों के शरीर पर थोड़े अच्छे कपड़े नज़र आने लगे थे। खान-पान भी पहले से थोड़ा बेहतर हुआ था। बेटियाँ पहले से ज़्यादा अच्छी तरह रहने लगी थीं। जीवन की गाड़ी को खींचते-खींचते थक चुके शास्त्री जी अब अर्थ को बहुत महत्त्व देने लगे थे। उनके ज्ञानात्मक आचरण में मूलत: तो कोई बदलाव नहीं आया था, लेकिन पैसे को लेकर उनकी सोच बदल गयी थी।

सिद्धान्त रूप से शास्त्री जी दहेज का विरोध करते थे। लेकिन मन ही मन अब उन्हें लगने लगा था कि पक्की सरकारी नौकरी वाले स्वरांश की शादी में उन्हें काफ़ी धन मिल सकता है। अब वो मन ही मन स्वरांश के भावी ससुराल से मिलने वाले तगड़े धन के बारे में सोचकर ख़ुश हो जाया करते थे। 'अगर ऐसा हुआ तो उसी पैसे से बेटियों में सबसे बड़ी वैष्णवी की शादी के लिए धन जमा कर देंगे', ऐसा सोचकर प्रसन्न हो जाते थे शास्त्री जी।

उन्हीं दिनों एक बार स्वरांश अपने पुश्तैनी गाँव गये। लम्बी छुट्टी पर आये थे तो यहाँ-वहाँ रिश्तेदारियों में घूम रहे थे। पिता ने कहा कि 'गाँव भी घूम आओ। गाँव-जवार के लोगों को भी तो पता चले कि विद्याधर शास्त्री का पुत्र कितना योग्य और सुदर्शन है।'

पिता की आज्ञा का पालन करने स्वरांश अपने पुश्तैनी गाँव पहुँचे। वहाँ कुटुम्ब के लोगों ने उनका ज़बर्दस्त स्वागत किया। जहाँ जाते लोग घेर लेते और सेना के बारे में पूछने लगते। स्वरांश को बहुत मज़ा आ रहा था। सेना की अपनी नौकरी में भले ही उनका क़द बहुत छोटा था, लेकिन यहाँ गाँव में बेरोज़गारों की फ़ौज के बीच वो किसी हीरो से कम नहीं थे। लोग तरह-तरह के सवाल पूछते—'वहाँ तो कार पर ही चलते होगे? खाने-पीने को तो रोज मक्खन-मलाई ही मिला करती होगी?' जो हमउम्र होते वो शहर की लड़कियों को लेकर तरह-तरह के सवाल पूछते। इस मौज मस्ती और सत्कार के माहौल में स्वरांश ऐसे रमे कि भूल गये कि हफ़्ते भर में ही उन्हें लौट जाना है। डाकखाने में जाकर पिता को तार करवाया कि 'एक हफ़्ता और रुककर, और गाँव-घर का हाल जान-समझकर लौट आयेंगे।' पिता को जब ये सूचना मिली तो मन ही मन प्रसन्न हुए कि 'बेटा कितना संस्कारी निकला है। यहाँ परिवार का ख़याल तो रख ही रहा है, पुरखों की ज़मीन जायदाद से भी उसे कितना लगाव है।'

उधर गाँव में मिल रहे सम्मान से गद्गद स्वरांश हर रात जब सोने जाते तो आने वाले कार्यक्रमों को लेकर उत्साहित रहते। अगले दिन उन्हें पास के गाँव में अपने किसी दूर के सम्बन्धी के घर दोपहर के भोजन के लिए जाना था। सुबह तैयार होकर गाँव के अपने नये बने दो मित्रों के साथ एक कोस दूर के गाँव के लिए रवाना हुए। खेतों की आरियों पर चलते हुए स्वरांश को बहुत मज़ा आ रहा था। जब घण्टा भर में वो उस गाँव के क़रीब पहुँचे तो सूरज सिर पर चढ़ आया था। गाँव के मुहाने पर चार-पाँच लोग उन्हें लेने के लिए पहले से ही मौजूद थे।

'आइए आइए...आपका ही इन्तजार था।' इन्तज़ार कर रहे एक युवक ने कहा।

'और कितनी दूर है?' स्वरांश ने पूछा।

'बस पहुँच ही गये हैं। गाँव में पूरब पट्टी में द्वारकानाथ जी का घर है।' दूसरे युवक ने बताया था।

स्वरांश जब अपने साथियों के साथ वहाँ पहुँचे तो स्वागत की पूरी तैयारी थी।

पहले एक महिला आयी और दूर से पधारे अतिथियों के पैर बड़े से बर्तन में रख कर धोये गये। फिर मिठाई और बताशे के साथ पानी दिया गया। ये सब अभी चल ही रहा था कि चाय आ गयी।

द्वारकानाथ जी लगातार स्वरांश के साथ बैठे थे। शास्त्री जी का हालचाल पूछा जा रहा था। नौकरी के बारे में जानकारी जुटाई जा रही थी।

थोड़ी देर में वहाँ एक सुन्दर-सी लड़की आकर बैठ गयी। द्वारकानाथ जी ने परिचय करवाया, 'ये मेरी बेटी है जानकी। इसे सेना में काम करने वाले लोगों से बड़ा लगाव है। आपसे कुछ बातें करना चाहती है।' और फिर उन्होंने स्वरांश के मित्रों को अपने साथ आने का इशारा किया था। ये सब इतना अचानक हुआ कि स्वरांश को कुछ समझ ही नहीं आया।

लेकिन अपने आज तक के जीवन में उन्हें किसी परायी लड़की से बात करने का, वो भी इतने क़रीब से, कभी मौक़ा नहीं मिला था। वो हैरान तो थे, लेकिन उन्हें ये सब अच्छा भी लग रहा था।

जानकी ने बताया था कि वो 11वीं में पढ़ती है। खाना बनाना और फ़िल्में देखना उसे बहुत पसन्द है। लेकिन गाँव में फ़िल्म देखने के मौक़े बहुत कम मिल पाते हैं। फिर उसने स्वरांश से उनकी ज़िन्दगी के बारे में पूछा था। उनकी पोस्टिंग की जगह पठानकोट के बारे में पूछा था। स्वरांश भी पठानकोट में अपनी नौकरी और कैंटोनमेंट की ज़िन्दगी के बारे में काफ़ी उत्साह लेकर बता रहे थे। जानकी की आवाज़ बहुत मधुर थी। स्वरांश को उससे बातें करना बहुत अच्छा लग रहा था। ऐसा करते हुए घण्टा भर बीत गया पर स्वरांश को लग रहा था कि अभी तो कुछ बात हुई ही नहीं है। बीच-बीच में वो ग़ौर से जानकी की शारीरिक बनावट पर भी नज़र डाल लेते। वो उन्हें बहुत मोहक और आकर्षक लग रही थी।

दोनों हंस-बोल रहे थे कि तभी द्वारकानाथ जी खाँसने का अभिनय करते हुए दाख़िल हुए।

'हाँ बेटा पूछ लिए ना सब? अरे आप लोग तो इतनी ही देर में काफी घुल-मिल गये हैं। ऐसा लगता है जैसे बरसों से एक-दूसरे को जानते हों।'

'हाँ चाचा जी जानकी बहुत अच्छी बातें करती है, काफ़ी अच्छी तरह पढ़ाई करती है और काफ़ी ज्ञान है इसे।'

स्वरांश कुछ और बोल पाते उससे पहले ही अनुभव के धनी द्वारकानाथ जी ने कहा, 'चलिए भोजन तैयार है। ईश्वर ने चाहा तो आप लोगों की ज्ञानभरी बातें आगे भी जारी रहेंगी।'

स्वरांश कुछ समझ नहीं पाये थे। लेकिन मुस्कुरा ज़रूर दिये थे।

स्वरांश और साथियों को भोजन जानकी और उसकी दोस्तों ने ही कराया था। स्वरांश बीच-बीच में नज़र बचाकर जानकी को देख लेने का कोई मौक़ा चूक नहीं रहे थे।

द्वारकानाथ ने ये सब देख अपनी इच्छा को मूर्तरूप देने का मन भी बना लिया था।

भोजन के बाद जब बैठक में स्वरांश मित्रों के साथ बैठे थे तो जानकी पान लेकर आयी।

'मैं पान नहीं खाता।'

'अरे बेटा पान तो शुभ माना जाता है। खाइए आज।'

जानकी जब चली गयी तो द्वारकानाथ जी ने स्वरांश के मित्रों से थोड़ा बाहर जाने को कहा। फिर बोले, 'बेटा आपकी और जानकी की जोड़ी थोड़ी देर में ही बहुत अच्छी लगने लगी है। आप हमारे लिए सौभाग्य से ही यहाँ आये हैं। कितने दिनों की छुट्टी है आपकी?'

'दस दिन की छुट्टी बची है चाचाजी। लौटते ही पठानकोट चला जाऊँगा।'

'फिर कब आना होगा?'

'अब तो साल भर बाद ही लम्बी छुट्टी मिल पायेगी। सेना में छुट्टी मिलती तो ज़रूर है, लेकिन हम कुछ तय मानकर नहीं चल सकते। इसीलिए साल में एक बार ही दो महीने की छुट्टी पर आता हूँ।'

'अरे तब तो बहुत देर हो जायेगी बेटा।'

'किस बात में चाचा जी?'

'बेटा मैं तो चाह रहा था कि आपके पिताजी से मिलकर आपकी और जानकी की शादी की बात चलाऊँ। लेकिन आप तो अब लौट रहे हैं। कैसे हो पायेगा।'

स्वरांश इस बात को सुनकर थोड़े शरमा गये थे। हाँ मन ही मन उन्हें भी लग रहा था कि जानकी को जीवनसंगिनी बनाया जा सकता है।

'बेटा अब मैं जो बात कहने जा रहा हूँ वो हो सकता है आपको नागवार गुजरे। लेकिन मैं इतने अच्छे मौके को हाथ से जाने नहीं देना चाहता। फिर समय बीतने से असन्तोष भी बढ़ता है और कई बार हालात भी बदल जाते हैं। आप भगवान बन

कर हमारे घर आये हैं। भगवान राम और जानकी के विवाह का संयोग बड़ा अच्छा नजर आ रहा है। अगर आप राजी हों तो हम कल आपका और जानकी का विवाह करा देते हैं। फिर साथ में ही आप दोनों चले जाइएगा।'

ये सुनकर स्वरांश असहज हो गये थे।

'ये क्या कह रहे हैं चाचाजी?'

'बेटा आप अब कब छुट्टी पर आयेंगे, पता नहीं। तब तक देर हो जायेगी। जानकी को आपमें पता नहीं क्या अच्छा लग गया है, कहती है कि शादी करेगी तो आप से ही करेगी अन्यथा नहीं करेगी। ये सब कहते हुए थोड़ा अटपटा तो जरूर लग रहा है कि शास्त्री जी की राय लिए बगैर मैं ये सब करने की सोच रहा हूँ। लेकिन बेटा मेरी जानकी इतनी संस्कारवान है कि जैसे ही आपके घर में कदम रखेगी सबको मना लेगी, सबका मन मोह लेगी और सबमें घुल-मिल जायेगी। वो हीरा है हीरा।'

'मैंने अभी पण्डित जी से बात की तो पता चला कि कल का दिन विवाह के लिए बेहद उत्तम है। मैं तो यही आग्रह करूँगा कि आप कल विवाह कर लें और फिर जानकी के साथ जीवन का आगे का सफर मिलकर तय करें।'

मन ही मन में जानकी को संगिनी मान चुके स्वरांश को ये प्रस्ताव अटपटा तो ज़रूर लगा था, लेकिन वो इससे सहमत भी नज़र आ रहे थे। पर पिता का कोप टूटने की सोचकर मन आतंक से भर गया था। बोले, 'पता नहीं पिताजी इसे स्वीकार भी करेंगे या नहीं।'

'अरे बेटा दो-चार दिन नाराज रहेंगे फिर सब ठीक हो जायेगा। अनुभव से कह रहा हूँ।'

बहरहाल, अगले दिन स्वरांश जानकी के साथ परिणय सूत्र बन्धन में बंध गये। उपहार या कहें दहेज में मिला थोड़ा बहुत सामान लेकर अब पुटुसगंज वाली ट्रेन पर बैठने वाले थे। लेकिन उससे पहले डरते हुए ही उन्होंने पिता को टेलीग्राम किया, 'पिताजी, आपके लिए एक सरप्राइज़ ला रहा हूँ, बड़ी गाड़ी लेकर स्टेशन आइएगा।'

ये सब कुछ इतना अचानक हुआ था कि स्वरांश के दिमाग़ से ये भी निकल गया था कि उनके दहेज की मोटी रक़म का बेसब्री से इन्तज़ार कर रहे पिता पर आख़िर क्या बीतेगी। जब इस बारे में सोचते तो सिहर जाते। ट्रेन दौड़ी जा रही थी। नयी-नयी शादी का उमंग वर-वधू के चेहरे पर नज़र आना चाहिए था। ये उनके जीवन की साथ-साथ पहली यात्रा थी। इस यात्रा में हनीमून की मादकता होनी चाहिए थी। लेकिन हालात ऐसे थे कि दोनों के चेहरे पर गाम्भीर्य भाव ही नज़र आ रहा था। एक-दो बार

उन्होंने जानकी से खाने के बारे में पूछा था। बाक़ी समय ट्रेन पर इधर-उधर टहलते रहे थे। जब पास आकर बैठते तो हल्की-फुल्की बातें करते। उन्होंने ये भी कह दिया था कि उन्हें नहीं मालूम पिताजी कैसे रिऐक्ट करेंगे। इसलिए उन्हें हर परिस्थिति के लिए तैयार रहना चाहिए। बड़ा ही आशंकाओं से भरा सफ़र था। पिता की सम्भावित प्रतिक्रिया के बारे में सोचकर मन भय से भरा जा रहा था।

उधर, बेटे की ग़ैर-मौजूदगी में कई लड़की वालों से मिल चुके शास्त्री जी मन ही मन ये जान चुके थे कि स्वरांश की शादी से उन्हें मोटी रक़म मिलने वाली है। उन्हें लगा बेटा गाँव से लौट रहा है तो कोई बड़ा सामान लेकर आ रहा होगा, इसीलिए एक जीप लेकर स्टेशन पर बेसब्री से इन्तज़ार कर रहे थे। हैरानी की बात थी कि किसी और को लेकर स्टेशन नहीं गये थे। 'क्या पता सामान कितना बड़ा या कितना ज़्यादा हो!'

आज ट्रेन घण्टे भर लेट थी। लेकिन ये सामान्य बात थी। जीप वाले ने पहले ही कह दिया था कि जितना इन्तज़ार करना होगा उसके पैसे अलग लगेंगे। शास्त्री जी आने वाले भारी सामान के इन्तज़ार में हाँ कह चुके थे।

इन्तज़ार की मुश्किल घड़ियों के बाद आख़िरकार ट्रेन पुटुसगंज स्टेशन पर रुकी।

जब स्वरांश ट्रेन से उतरकर पिता के पास पहुँचे तो पिता को जैसे लकवा मार गया। स्वरांश के पीछे-पीछे घूँघट में आयी लड़की उनका पैर छूने को आगे बढ़ी।

'पिताजी ये जानकी है, आपकी बहू।'

'बहू। ये कब हुआ रे दुष्ट। तू गाँव क्या इसी कलंक के लिए गया था। मुझे ख़बर तक नहीं मिली और तू शादी कर आया।' गुस्से से शास्त्री जी आगबबूला हो गये थे। क्रोध इतना ज़्यादा था कि मुँह से शब्द भी सही-सही नहीं निकल रहे थे। जानकी जब पैर छूने के लिए झुकी तो शास्त्री जी पीछे हट गये।

'कलंकिनी मैं तुझे अपनी बहू कभी नहीं मान सकता। तूने मेरे घर का विनाश कर दिया है। तू कुल्टा है, तू मनहूस है।'

स्टेशन पर इस दृश्य को देखने के लिए लोगों की भीड़ जुटने लगी थी।

माहौल को भाँपते हुए स्वरांश ने कहा, 'पिताजी इस बारे में हम घर पहुँचकर भी बात कर सकते हैं, ये उचित जगह नहीं है इस विषय पर बात करने के लिए। आप घर चलिए, मैं आपको सब बताता हूँ। ये सब एक मजबूरी के हालात में हुआ है।'

'अरे खानदान का सर्वनाश करनेवाले लड़के। तू घर जाकर क्या बतायेगा। अब बताने के लिए बचा ही क्या है। मुँह तो काला करा आये हो। अब क्या बताओगे तुम।'

ये कहकर ग़ुस्से से फुफकारते शास्त्री जी पलट गये और जीप की तरफ़ तेज़ी से लौटने लगे। 'मेरे जीते जी तुम घर मत आना। मैं तुम्हें अपना बेटा नहीं मानता।'

स्टेशन पर जिसने भी ये नज़ारा देखा अवाक् रह गया।

स्वरांश भी अपनी नयी नवेली दुल्हन को लेकर स्टेशन पर ही एक होटल में रुके, इस उम्मीद में कि एक-दो दिन में पिता को जाकर मना लेंगे।

उधर, शास्त्री जी जब घर पहुँचे तो रोने लगे। ग़ुस्सा और रुदन एक साथ एक अजीब-सा दृश्य उत्पन्न कर रहे थे। ये कोई नहीं समझ पा रहा था कि शास्त्री जी इतना क्यों रोये जा रहे हैं। सारी बात पता चलने पर स्वरांश की माँ तो बहू से मिलने को बेताब थी। भाई-बहन भी भाभी को देखना और उनसे मिलना चाहते थे। लेकिन शास्त्री जी बुत बन गये थे। जिस बेटे में उन्हें आर्थिक मुक्ति का मार्ग दिखा था वो हाथ से निकल गया था। दहेज की सम्भावित रक़म मिट्टी में मिल गयी थी। 'हाय री ज़िन्दगी। ये भी खेल मेरे साथ ही खेलना था तुझे।'

पुटुसगंज में उस दिन हर तरफ़ इसी की चर्चा थी। मिठास स्वीट हाउस की बैठकी में भी शास्त्री जी के बहू को वापस भेजने को सही नहीं ठहराया गया था, लेकिन शास्त्री जी की उम्र के ही रामाधार तिवारी, रामाशंकर चौबे, सुबाश सिंह, अयोध्या सिंह, पिनाकी राय, जानकी महतो जैसे लोगों को शास्त्री जी से सहानुभूति भी हो रही थी। पिनाकी राय बोले, 'शास्त्री जी बेचारे क्या करते। इतना बड़ा परिवार है, चलाना मुश्किल हो गया होगा। आदमी बेटे से उम्मीद नहीं लगायेगा तो किससे लगायेगा। दहेज लेना कोई अच्छी बात नहीं है, लेकिन मजबूरिए में ना आदमी दहेज लेता है।'

बाँके मैगज़ीन कॉर्नर वाली मण्डली युवाओं की थी, ख़ुद को मॉडर्न समझने वाले लड़कों को शास्त्री जी के कृत्य में ही ग़लती नज़र आयी थी। जबकि मिठास स्वीट हाऊस की बैठकी की बातचीत में जीवन का अनुभव बोल रहा था।

अगले कुछ दिन तक गाहे-बगाहे पुटुसगंज में ये टॉपिक छाया रहा।

बहरहाल, स्वरांश और बहू को शास्त्री जी ने अगले पाँच साल तक नहीं स्वीकारा। उन्हें पूरी तरह दिल से निकाल दिया था शास्त्री जी ने। वो तो भला हो पोते की ख़बर का जो शास्त्री जी पसीजे थे और पुरानी बातें भूलकर स्वरांश, बहू और पोते से मिलने पत्नी के साथ ग्वालियर पहुँच गये थे। और जब पोते का सुन्दर चेहरा देखा था तो पिछली सारी बातें हवा हो गयी थीं। उन्होंने स्वरांश और बहू से छुट्टी में पुटुसगंज आने को कहा था। स्वरांश की माँ ये सुनकर मंगलगीत गाने लगी थी।

क्या करेगा तीन घण्टे परीक्षा हॉल में

फ़ाइनल परीक्षा नज़दीक थी। पुटुसगंज में बच्चों का खेलना-कूदना थोड़ा कम हो गया था। अनिरुद्ध के पापा ने भी कहा था कि 'साल भर तो खेलते रहते हो अब एक महीना थोड़ा बैठकर अच्छी तरह पढ़ाई कर लो।'

लेकिन अनिरुद्ध का पढ़ाई में बिल्कुल भी मन नहीं लगता था। हाई स्कूल में आने के बाद वो बिल्कुल बदल गया था। बस काम चलाने भर को या यों कह लें पिता को दिखाने के लिए थोड़ी देर पढ़ता और फिर इधर-उधर की हरकतों में लगा रहता। सुबह किसी तरह पिता के डर से थोड़ी देर के लिए पढ़ने बैठता। फिर स्कूल जाता। शाम को लौट कर क्रिकेट खेलने चला जाता। ग्राउंड से लौटता तो थोड़ी देर के लिए मन मार कर आनन्द के साथ पढ़ने बैठता। बीच-बीच में कहता कि 'माँ भूख लगी है। जल्दी खाना दो।'

'मन लगाकर पढ़ो खाना बन रहा है। बन जायेगा तो बुलाऊँगी ही।'

'भइया थोड़ी देर पढ़ लूँगा तो मेरे साथ कैरम खेलोगे?'

'तुम्हारा एकदम पढ़ने में मन नहीं लगता है अनि। एग्जाम होने वाला है और तुम्हें खाली खेलने की लगी रहती है।'

'पढ़ तो रहा हूँ। देखो इतनी देर में बीस पेज रीडिंग कर ली।'

'कुछ याद भी हुआ है?'

'हाँ सब याद है मुझे। तुम मेरी चिन्ता मत करो। मैं तुम्हारे जैसा पढ़ाकू नहीं हूँ। जितना होता है पढ़ता हूँ।'

आनन्द को हँसी आ गयी थी और छोटे भाई पर प्यार भी आया था।

घर में माता-पिता अक्सर बात करते कि अनि को क्या हो गया है। छोटा था तो पढ़ने में मन लगाता भी था। हाई स्कूल में आकर तो एकदम मनमौजी हो गया है।

फिर पापा कहते, 'बड़ा हो रहा है। शरीर में भी बदलाव आ रहे हैं। नयी-नयी चीजें देख रहा है। थोड़े समय में सब ठीक हो जायेगा।'

परीक्षा वाले दिनों में पुटुसगंज में ज़्यादातर बच्चे घरों में बन्द हो जाते।

पर अनिरुद्ध ऐसे बच्चों में क़तई नहीं था। वो थोड़ा-बहुत पढ़ने के बाद सड़क पर इधर-उधर भटका करता।

इसी क्रम में वो पीछे के मोहल्ले में रहने वाले क्लास मेट नरेश के घर पहुँचा।

शाम के पाँच बज रहे थे और नरेश पढ़ रहा था।

अनिरुद्ध ने बाहर गेट पर बुलाकर पूछा कि 'बैडमिंटन खेलोगे नरेश?'

'अरे यार पेपर शुरू होने वाला है और तुमको बैडमिंटन की पड़ी है। तुम्हारा सब तैयार हो गया है क्या?'

'अरे यार मैं हमेशा नहीं पढ़ता। एक बार पूरा कोर्स हर पेपर से पहले वाले दिन पढ़ूँगा। मुझे एक बार में ही सब याद हो जाता है। मुझे एग्जाम के लिए पढ़ाई की कोई चिन्ता नहीं। अभी तो एक हफ्ता है। बताओ ना खेलोगे बैडमिंटन?'

तभी नरेश के बड़े भैया की आवाज़ आयी।

'नरेश क्या कर रहे हो बाहर, जल्दी आकर एक्सरसाइज कम्प्लीट करो।'

'अरे यार एग्जाम के बाद खेलेंगे। जाता हूँ अब, नहीं तो भइया डाँटेंगे।'

मायूस हो गया था अनिरुद्ध।

फिर भैरव मन्दिर वाले मोहल्ले से घूमता हुआ घर लौट आया और राजन-इक़बाल का पढ़ा हुआ नॉवेल पलटने लगा।

माता-पिता और भाई सब उसकी हरकतों से परेशान थे। वो कोई ग़लत हरकत तो नहीं करता था, पर पढ़ाई से बिल्कुल मन उतर गया था उसका।

ख़ैर, परीक्षा भी आ ही गयी। पहला पेपर विज्ञान का था।

समय को टालते-टालते पढ़ाई तो हुई नहीं थी। जब कल के पेपर के लिए किताब खोली गयी तो कुछ समझ नहीं आ रहा था। ऐसी बुरी हालत कभी नहीं रही थी अनिरुद्ध की। पूरी की पूरी किताब में उसे कुछ भी याद नहीं था। अब क्या करे।

मन घबराने लगा। 'क्या करेगा तीन घण्टे परीक्षा हॉल में बैठकर?'

माँ ने कहा, 'जल्दी से खाना खाकर समय पर सो जाओ अनि। सुबह उठकर रिविजन कर लेना, फिर समय से परीक्षा देने चले जाना।'

'क्या रिविजन कर लेना। कुछ याद हो तब ना रिविजन भी हो।'

'माँ मैं रात में देर तक पढ़ूँगा। कुछ चीजें अभी तैयार करनी बाकी हैं।'

'अब क्या तैयार करोगे। समय पर तो पढ़ाई की नहीं है। अब रात में पढ़ने से क्या होगा।'

अनिरुद्ध को पहली बार अपनी दशा पर दया आ रही थी। पश्चात्ताप हो रहा था।

'मैं तो पढ़ने में अच्छा था, ये क्या हो गया मुझे।'

बहरहाल, उसने विज्ञान की किताब की एक रीडिंग करने की ठानी। पढ़ते-पढ़ते रात के तीन बज गये थे।

पापा रात में वॉशरूम जाने के लिए उठे तो अनि को परेशान होकर पढ़ते देखा।

'बेटा, अब सो जाओ। नहीं तो कल एग्जामिनेशन हॉल में नींद आयेगी।'

'अब पढ़ने का कोई फायदा नहीं। मैं देख रहा था कि तुम पढ़ाई में मन नहीं लगा रहे। कहने पर भी पढ़ाई से भाग रहे हो। पर मैंने सोचा कि तुम्हें एक बार ठोकर लगना जरूरी है। अब सो जाओ। रिजल्ट जो भी होगा देखा जायेगा।'

अनिरुद्ध की आँखों में आँसू आ गये थे। वो सुबकने लगा था। पापा ने गले लगाकर उसे ढाढस बँधाया और कहा कि 'अब भी जाग गये तो आगे की चीजें सँभल जायेंगी।'

अब उसे नींद नहीं आयी थी। जितना पढ़ सकता था पढ़ने की उसने कोशिश की।

पर साल भर का कोर्स एक दिन में पूरा करना कैसे सम्भव था।

परीक्षा केन्द्र में जब प्रश्न-पत्र मिला तो उसे पढ़कर अनिरुद्ध बुझ-सा गया। उसे दो-तीन सवाल छोड़कर कुछ भी नहीं आता था। बस ये लग रहा था कि देखा तो है किताब में, लेकिन याद कुछ भी नहीं आ रहा।

उसने सोचा कि 'पास मार्क के लिए जो ऑब्जेक्टिव सवाल हैं उनके उत्तर बगल वाले लड़के से पूछकर कर लिया जाये।' उसकी बग़ल वाली बेंच पर विजय बैठा था जो पढ़ने में अच्छा और मेहनती था।

पर एक मन ने कहा कि 'नहीं, चीटिंग से तो परीक्षा पास नहीं करूँगा।'

फिर उसे जो समझ में आया उसने लिखने की कोशिश की। तीन घण्टे के पेपर में आधे घण्टे के बाद वो ख़ाली हो गया था। उसके पास अब लिखने को कुछ भी नहीं था। वो बैठा रहा। मन में ये संकल्प चलता रहा कि 'ऐसी दुर्दशा अब कभी नहीं होने दूँगा। अब से मन लगाकर पढ़ाई करूँगा।'

उसके बाद अनिरुद्ध बाक़ी के पेपर्स की पढ़ाई में जुट गया। उसने सोचा कि अब जितना समय बचा है उसे वो गँवायेगा नहीं बल्कि जितना उससे सम्भव हो सकेगा, करेगा।

वो परीक्षा देने जाता और फिर लौटकर अगले दिन के पेपर के लिए पढ़ने बैठ जाता। इस दौरान उसे अब और किसी बात का ध्यान नहीं रहा था।

माता-पिता और आनन्द ये देखकर परेशान थे, पर भीतर ही भीतर ख़ुश भी थे कि लगता है भटक रहा लड़का अब रास्ते पर आ गया है।

रिज़ल्ट आया तो अनिरुद्ध बस उत्तीर्ण हो गया था। विज्ञान में पास मार्क ही मिले थे। शायद टीचर ने दया कर दी थी। सामाजिक विज्ञान और हिन्दी में थोड़े ठीक नम्बर आये थे। बाक़ी गणित, अंग्रेज़ी और संस्कृत में पास मार्क से दो-चार नम्बर ही ज़्यादा थे।

पर पापा ने अनिरुद्ध के इस रिज़ल्ट पर भी उसे मिठाई खिलाई थी। अनुभवी पिता जानते थे कि जीवन के रास्ते में ये भटकाव और उससे मिली सीख का ही महत्त्व है। उनका ख़लील गिब्रान की इस पंक्ति पर पक्का यक़ीन था कि 'बच्चे तो दरअसल स्रष्टा की रचना होते हैं और उनकी अपनी दिशा और नियति होती है। माता-पिता और समाज तो उसे केवल मंज़िल तक पहुँचने में मदद करते हैं।' अगर ऐसा नहीं होता तो एक ही माता-पिता की चार सन्तानें अलग-अलग क्यों होतीं।

फिर पत्थर मारोगे

नाइन्थ क्लास में अनिरुद्ध के क्लास टीचर विद्रोही सर थे। सभी बच्चों से परिचित तो थे ही। पहले ही दिन उन्होंने राजन को क्लास मॉनिटर बना दिया था। राजन की अनुपस्थिति में ये ज़िम्मेदारी विप्लव को सँभालनी थी। अनिरुद्ध जानता था कि नाइन्थ और टेंथ की पढ़ाई आसान नहीं होगी। विज्ञान के पेपर अलग-अलग हो गये थे और अर्थशास्त्र नाम का एक नया विषय भी एंट्री मार चुका था। इकोनॉमिक्स की किताब में शुरुआती अध्याय 'आर्थिक और अनार्थिक क्रिया' और 'माल्थस के जनसंख्या सिद्धान्त' के थे। अनिरुद्ध को ये चैप्टर आसानी से समझ में आ गये, इसलिए उसे लगा कि ये रोचक विषय है। मामला तो तब गड़बड़ हुआ जब आगे जाकर उपयोगिता ह्रास नियम और उत्पत्ति वृद्धि नियम पढ़ने की बारी आयी।

अर्थशास्त्र जय कुमार सर पढ़ाते थे। अच्छे शिक्षक थे। पढ़ाई को दिलचस्प बनाने के लिए रोचक प्रसंगों का ज़िक्र करते। बच्चों को उनकी क्लास में मज़ा आता। जीवन के उदाहरणों से अर्थशास्त्र के नियम समझाते। वैसे तो उनकी क्लास में शान्ति रहती क्योंकि वो पढ़ाते अच्छा थे, लेकिन अगर कोई छात्र कक्षा का अनुशासन तोड़ता था तो उसे वो चॉक या डस्टर फेंक कर मारते थे। इसलिए भी बच्चे सतर्क होकर उनकी बातें सुना करते।

भौतिकी रामसुजान सर पढ़ा रहे थे। रसायन विज्ञान बेलभद्र महाजन सर और बायोलॉजी के टीचर थे जयराम प्रसाद सर। प्रसाद सर, विद्रोही जी की तरह ही सुस्त मिज़ाज थे। धीरे-धीरे चलकर आते और फिर कुर्सी से चिपक जाते। जब पढ़ाते तो उनकी आवाज़ सामने की बेंच पर बैठे बच्चे भी ठीक से सुन नहीं पाते थे। पीछे वालों का तो भगवान ही मालिक था। हाँ, मुस्कुराते रहते थे। आज तक किसी बच्चे को उन्होंने मारा नहीं था। बेहद सौम्य स्वभाव के टीचर थे।

प्रसाद सर की क्लास को बच्चे रिलैक्सिंग क्लास कहा करते थे। थोड़ी-थोड़ी देर पर बच्चे पानी पीने या पेशाब करने का बहाना बनाकर बाहर निकल जाते और

क्लास ख़त्म होने से पहले लौट कर नहीं आते थे। जब कोई छात्र पूछता कि 'सर पानी पीने जायें' तो प्रसाद सर मुस्कुराते और हाथ से बाहर जाने का इशारा कर देते। उन्होंने इस बात का कभी हिसाब नहीं रखा कि बच्चे बाहर जा तो रहे हैं, लेकिन लौटकर क्लास में नहीं आ रहे। नतीजा ये होता था कि आधी से ज़्यादा क्लास ख़ाली हो जाया करती। लेकिन उनका शायद मानना था कि ज़बर्दस्ती किसी को पढ़ाया नहीं जा सकता, सरस्वती की उपासना सबके बस की बात नहीं। अगर किसी बच्चे का पढ़ने में मन नहीं लग रहा तो बेहतर है कि वो बाहर निकल जाये। कक्षा में वही बच्चे रह जायें जो वाक़ई पढ़ना चाहते हैं।

इतिहास तांती सर पढ़ाते थे। भूगोल वर्मा सर और नागरिक शास्त्र पाण्डे सर। गणित नारायण सर पढ़ाते थे। हिन्दी पिछली क्लास की तरह ही विद्रोही सर के ज़िम्मे थी और अंग्रेज़ी की क्लास प्रिंसिपल गौरी शंकर सिंह लिया करते थे।

उस दिन प्रसाद सर की क्लास छोड़कर निकले बच्चे बाहर टहल रहे थे। राजन, अनिरुद्ध, विप्लव और रघु भी पानी पीने के बहाने क्लास से निकलकर ग्राउंड में मटरगश्ती कर रहे लड़कों में शामिल थे। जो बच्चे क्लास बंक कर बाहर निकल जाते उनमें से कई लड़कियों की क्लास के नीचे मँडराया करते। कोई बड़ा इंसेंटिव तो था नहीं पर फिर भी उन्हें यही अच्छा लगता था।

जाड़े की दोपहर थी। चारों दोस्त लड़कियों की क्लास के नीचे ग्राउंड की तरफ़ हरी-नीली तितलियाँ पकड़ रहे थे और एक-दूसरे को दिखा रहे थे। तितली पकड़ने की कला में विप्लव सबसे माहिर था। वो ऐसा ऐंगल बनाकर तेज़ी से हाथ मारता और मुट्ठी बन्द करता कि तितली हर बार फँस जाती थी। हाँ, बड़ी वाली तितलियाँ ज़्यादा समझदार होती थीं, वो पकड़ में नहीं आती थीं। तितली पकड़ने के इस खेल के बीच लड़के ऊपर छत की तरफ़ भी देख लेते। क्या पता कोई सुन्दरी दिख ही जाये।

प्रसाद सर की क्लास ख़त्म होने वाली थी। तभी ऊपर लड़कियों के फ़्लोर पर ज़ोरदार आवाज़ हुई। खिड़की पर किसी ने बड़ा पत्थर मार दिया था जिससे शीशा टूटकर बिखर गया था। जो भी बच्चे क्लास गोल कर बाहर घूम रहे थे वो तेज़ी से क्लास रूम की ओर भागे। डर था कि पकड़े गये तो पिटाई हो सकती है।

अनिरुद्ध, राजन, विप्लव और रघु लौटते हुए नज़रें बचाते और छिपते-छिपाते जब प्रिंसिपल के ऑफ़िस के पास से गुज़रे तो वहाँ तीन लड़कों की ज़बर्दस्त पिटाई चल रही थी। ये दसवीं के सीनियर बच्चे थे। लड़कियों की कक्षा में पत्थर मारते हुए पकड़ लिए गये थे। चारों दोस्त कनैल के पेड़ के पीछे छिपकर सीनियर्स के पिटने का तमाशा देखने लगे।

'फिर करोगे तुम लोग? फिर पत्थर मारोगे ऊपर? पता नहीं माता-पिता ने क्या संस्कार दिया है।' प्रिंसिपल गौरी शंकर सिंह बड़ी छड़ी से तीनों लड़कों की पिटाई कर रहे थे। उनकी तेज़ आवाज़ दूर तक सुनाई पड़ रही थी।

'लड़की को चिट्ठी लिखने का बड़ा शौक़ है। पढ़ाई-लिखाई छोड़कर प्रेम निवेदन भेजा जा रहा है।'

पिटने वाले लड़के 'माफ कर दीजिए सर, गलती हो गयी सर। अब नहीं करेंगे सर', कह रहे थे।

तभी पीरियड ख़त्म होने की घण्टी बज गयी और कक्षाओं में शोर होने लगा। चारों दोस्तों में जिज्ञासा बनी हुई थी। तहक़ीक़ात करने पर बाद में पता चला कि दसवीं कक्षा के संजय वर्मा और उनके दो दोस्तों ने पत्थर में बाँधकर किसी सुनीता नाम की लड़की के नाम लिखा प्रेम पत्र ऊपर लड़कियों की क्लास में फेंका था जो सीधा कक्षा में संस्कृत पढ़ा रहे रामजीवन ओझा सर को जा लगा था और उनका सिर फट गया था। काफ़ी ख़ून बहा था। उन्हें तुरन्त अस्पताल ले जाना पड़ा था। तीन टाँके लगे थे। ये काफ़ी गम्भीर मामला था। इसलिए सज़ा भी उसके अनुकूल ही दी जा रही थी। पिटाई करने के बाद प्रिंसिपल सर ने तीनों छात्रों का पन्द्रह दिन के लिए स्कूल में प्रवेश वर्जित कर दिया था और उनके पिता को बुलाकर गम्भीर चेतावनी दी थी कि 'आइन्दा अगर इन बच्चों ने कोई ऐसी-वैसी हरकत की तो स्कूल से निकालने के अलावा कोई और रास्ता नहीं बचेगा।'

अगले कुछ दिन तक ओझा सर सिर पर बैंडेज के साथ स्कूल आते नज़र आये थे। हालाँकि लड़कों के बीच ये नैरेटिव भी तैर रहा था कि 'जब ओझवा को पत्थर लगा उस समय वो दसवीं की लड़कियों को बता रहा था कि लड़कियों की कमर पतली क्यों होती है और लड़कों की क्यों नहीं होती।'

ये महत्त्वपूर्ण जानकारी नलिन विश्वकर्मा क्लास के दूसरे लड़कों को दे रहा था।

'पता है ओझवा क्या बोला। बोला कि लड़कियों की कमर इसलिए पतली होती है क्योंकि वहाँ का मांस ऊपर और नीचे चला जाता है।'

नलिन को घेरकर खड़े लड़के ये सुनकर मुस्कुरा रहे थे।

'अब टीचर को ये सब तो नहीं पढ़ाना चाहिए ना। इ बात लड़की लोग को नहीं पता है क्या, ये तो सबको पता है कि लड़कियों की कमर क्यों पतली होती है। बड़ा ही बेशरम टीचर है ओझवा। ठीके हुआ उसके साथ। भगवान जो करते हैं ठीके करते हैं। तुरन्त न्याय हुआ उसके साथ।' नकुल ने अत्यधिक दिलचस्प चर्चा को ये कहते हुए विराम दे दिया था।

वाह डिम्पी सिंह वाह!

फ़रवरी का महीना था। पुटुसगंज में ठण्ड काफ़ी पड़ रही थी। सुबह और दोपहर की धूप बहुत प्यारी लगती। शाम होते-होते ठण्ड बढ़ जाती थी। चारों तरफ़ जंगलों से घिरा होने के कारण काफ़ी कड़ाके की ठण्ड हुआ करती थी। लोग दिन में भी स्वेटर में नज़र आते। शाम जल्दी हो जाती थी। बच्चों को खेलने का समय कम ही मिल पाता था। वो शनिवार और रविवार का इन्तज़ार करते ताकि दिन में जम कर खेला जा सके। ऐसे ही एक दिन गेम टीचर डीपी सर ने राजन, अनिरुद्ध, विप्लव, रघु और सर्वेश को बुलवाया था।

'कैसे हो तुम लोग?'

'हम अच्छे हैं सर।' राजन ने कहा।

'मैं सोच रहा हूँ कि इस साल तुम लोगों को क्रिकेट और फुटबॉल का कुछ अच्छा सामान दिया जाये।'

ये सुनकर लड़कों की आँखें चमक गयी थीं। पर ये समझ में नहीं आया था कि आगे डीपी सर क्या कहनेवाले हैं।

'पर बैट, पैड, ग्लब्स सब पुराना हो गया है। शनिवार को मैं बरावलपुर जाकर खेलकूद का नया सामान लाने की सोच रहा हूँ। मैं चाहता हूँ कि दो लड़के भी मेरे साथ चलें ताकि वो सामान पसन्द भी कर सकें और लेकर आने में मदद भी कर सकें।'

राजन ने कहा, 'सर ये तो बहुत अच्छी बात है। पापा-मम्मी से पूछना होगा। पर आपके साथ जाने की परमिशन तो दे ही देंगे।'

'और कौन जा सकता है?'

अनिरुद्ध ने कहा कि वो भी जा सकता है। पर उसे भी पापा से पूछना होगा।

'ठीक है आप दोनों लोग कल घर में पूछकर बता दीजियेगा। अभी तो दो दिन हैं। शनिवार को चलते हैं। सुबह बनवारी से चलेंगे और शाम को तीन बजे उसी से

लौट भी आयेंगे। गोठी के खुलने तक रात हो जाती है। हम दिन में ही लौट आयेंगे। ये बात घर में बता दीजियेगा।'

'जी सर कल पूछकर बताते हैं आपको।' राजन ने कहा था। अनिरुद्ध ने भी सिर हिलाया था।

अगले दिन दोनों ही लड़कों ने माता-पिता से पूछने के बाद डीपी सर को बताया कि वो शनिवार को उनके साथ बरावलपुर जा सकते हैं।

स्कूल में खेल का नया सामान आने वाला है ये स्पोर्ट्स में दिलचस्पी रखने वाले लड़कों के लिए चर्चा का रोचक विषय था। डीपी सर ने ये नहीं बताया था कि क्या-क्या ख़रीदने वाले हैं। मतलब उन्होंने लिस्ट डिस्क्लोज़ नहीं की थी। पर बच्चे बहुत रोमांचित थे। 'नया सामान आयेगा। इश्यू होगा तो कौन उसे रखेगा। मैच खेलने में बहुत मजा आयेगा।' इस तरह के तमाम विचार बच्चों के ज़ेहन में आ रहे थे।

बहरहाल, शनिवार को तय समय के अनुसार, डीपी सर, राजन और अनिरुद्ध बुक स्टॉल वाले बस स्टैंड पर पहुँच गये। आठ बजे की बनवारी सवा आठ पर आयी। आनन्द भी अनिरुद्ध को बस स्टैंड तक पहुँचाने आया था।

'कैसे हो आनन्द?' डीपी सर ने पूछा था।

'अच्छा हूँ सर।'

'तुम तो खैराबाद में पढ़ रहे हो ना, सेंट मार्टिन में?'

'जी सर।'

'साइंस है ना तुम्हारा?'

'जी सर'

'आईआईटी दे रहे हो?'

'जी सर।'

तब तक बस आ गयी थी।

'अपना खयाल रखना अनि। सर को तंग मत करना।' आनन्द ने बस पर चढ़ते अनिरुद्ध से कहा था।

'हाँ, तुम चिन्ता मत करो।'

फिर भीतर पहुँचकर राजन से कहा, 'घर में लोग समझते ही नहीं कि मैं भी अब बड़ा हो गया हूँ, अपना खयाल रख सकता हूँ।'

'अरे यार केयर करते हैं तभी ना। कोई दूसरा थोड़े ही ना तुम्हारे लिए परेशान होगा।' राजन ने कहा।

बस चल पड़ी थी। पूरी तरह भरी हुई थी। पर दोनों बच्चों ने डीपी सर के लिए सीट की व्यवस्था कर दी थी। एक जान-पहचान के लड़के ने राजन के इशारे पर सर के लिए अपनी सीट छोड़ दी थी।

दोनों लड़कों ने पौने दो घण्टे की यात्रा खड़े रहकर ही पूरी की। बरावलपुर में उतरकर एक रिक्शा लिया गया और तीनों लोग सीधे मशहूर मल्होत्रा स्पोर्ट्स पहुँचे।

क्रिकेट के चार बैट, बीस लेदर बॉल, छह विकेट, पाँच पेयर पैड, छह पेयर ग्लब्स, दो पेयर विकेट कीपिंग ग्लब्स, दस फ़ुटबॉल, चौबीस पेयर फ़ुटबॉल बूट, एंकलेट आदि तमाम चीज़ें ख़रीदी गयी थीं। काफ़ी सामान हो गया था।

जब सब कुछ हो गया तो डीपी सर ने कहा, 'ये सामान अभी यहीं छोड़ते हैं, एक बजनेवाला है। तीन बजे बस है। चलो तुम लोग कुछ खा लो। फिर यहाँ से सामान रिक्शे में रखकर बस स्टैंड चला जायेगा।'

तीनों लोग थोड़ी दूर चलकर बरावलपुर के फ़ेमस किशोरीमल स्वीट हाउस पहुँचे। वहाँ राजन और अनिरुद्ध ने छोले-भटूरे और मसाला डोसा खाया और डीपी सर ने पूरी सब्ज़ी खाने के बाद चाय मँगाई।

भोजन के बाद वो वापस मल्होत्रा स्पोर्ट्स पहुँचे। सारा सामान एक रिक्शे पर रखा गया। डीपी सर ने राजन और अनिरुद्ध को सामान के साथ रिक्शे पर बैठने को कहा और ख़ुद एक अलग रिक्शे पर सवार हो गये। कुछ सामान उनके रिक्शे पर भी रखा गया था। ढाई बजे तक तीनों लोग झरियातू बस स्टैंड पहुँच गये थे।

डीपी सर चाहते थे कि खेल-कूद का सारा सामान बस के भीतर ही रखा जाये। लेकिन बनवारी रोडवेज़ के खलासी झारी ने कहा कि 'नीचे पैसेंजरों को दिक्कत होगा, इसलिए सारा सामान ऊपर छत पर ही रखा जाये। हाँ जरूरी लगे तो सामान पर नजर रखने के लिए किसी को छत पर बिठाया जा सकता है।'

डीपी सर ने दोनों ही बच्चों को सामान के साथ ऊपर बैठने को कहा था। वो नहीं चाहते थे कि स्कूल की प्रॉपर्टी इधर-उधर हो जाये।

जाड़े की गुनगुनी धूप में ऊपर बैठना राजन और अनिरुद्ध को बहुत अच्छा लग रहा था। और खेल के नये-नये सामान की ख़ुशी तो थी ही।

बस खुलने से पहले डीपी सर ने चेतावनी देते हुए कहा, 'ज्यादा हीरोपनी मत दिखाइएगा। सामान गड़बड़ा ना जाये, इसलिए ऊपर भेज रहा हूँ, नहीं तो कभी भी बस की छत पर बैठने को नहीं कहता। सामान का और अपना खयाल रखिएगा। मैं बीच-बीच में पूछता रहूँगा।'

'जी सर, आप चिन्ता ना करें, हम अपना और सामान का पूरा ध्यान रखेंगे।' अनिरुद्ध ने उत्साह भरे स्वर में आश्वासन दिया था।

बनवारी पूरी तरह भर गयी थी। खलासी झारी ने सीटी बजाकर बस के चलने का संकेत दे दिया था। ड्राइवर डिम्पी ने भी इंजन स्टार्ट कर दिया था। ठीक तीन बजे बस चल पड़ी। झरियातू स्टैंड से निकलने के बाद जब बस ने रफ़्तार पकड़ी तो छत पर बैठे अनिरुद्ध और राजन को बहुत मज़ा आ रहा था। उनके ऊपर धूप पड़ रही थी और ठण्डी-ठण्डी हवा भी चल रही थी। ये उनके लिए जीवन का पहला ऐसा अनुभव था। माता-पिता ने कभी उन्हें बस की छत पर बैठने नहीं दिया था।

जुम्मनपुर होते हुए बनवारी घण्टे भर में झारीपारी पहुँच गई। डिम्पी ने बस का इंजन बन्द किया और नीचे उतर गया। वहाँ की सवारियाँ उतर रही थीं। कुछ लोग चढ़ भी रहे थे। डीपी सर ने नीचे उतरकर दोनों लड़कों का हाल पूछा था। शाम के चार बज गये थे। सूरज की रोशनी कम हो रही थी और उसकी गर्माहट अब मामूली-सी ही रह गयी थी।

'बस एक घण्टे की बात है। ठीक हो ना तुम दोनों?'

'जी सर, हम बिल्कुल ठीक हैं, आप चिन्ता मत कीजिए।' राजन ने कहा।

'नहीं नहीं, तुम लोग समझदार लड़के हो तभी तो तुम दोनों को लेकर आये। चलो घाटी शुरू होनेवाली है अच्छी तरह से पकड़कर बैठना।'

'जी सर आप निश्चिन्त रहिए।' अनिरुद्ध ने कहा।

ड्राइवर डिम्पी सिंह सामने के होटल में चाय पी रहा था और हाथ में सिगरेट भी थी।

तभी झारीपारी के डॉन मुश्ताक भाई बुलेट से वहाँ पहुँचे।

'सलाम, मुश्ताक भाई।'

'क्या डिम्पी, सब ख़ैरियत?'

'हाँ भाई अब तक तो सब खैरियत है। आओ चाय पीयो।'

'अरे नहीं भाई, थोड़ी देर पहले बरावलपुर में चाय पी के ही चले थे। अभी और मूड नहीं कर रहा।'

फिर दोनों एक-दूसरे को देखकर मुस्कुराये थे।

'मुश्ताक भाई घाटी में आज सब ठीक है ना?'

'अरे हाँ, आजकल एक-दो नया गैंग पैदा होने की कोशिश कर रहा है। दो राउंड हो चुका है हम लोगों के साथ। लेकिन बोल दिया है कि जब तक मुश्ताक़ ज़िन्दा है इ घाटी में उसी का राज चलेगा', मुश्ताक़ ने बुलेट को स्टैंड से उतारते हुए कहा था।

'पर बाबू थोड़ा ध्यान से। नया-नया लड़का लोग का कोई भरोसा नहीं है। लगता है आनेवाले टाइम में क़त्लेआम होगा घाटी में। वैसे तुम निश्चिन्त होकर जाओ। आज सुबह ही अपना टीम के साथ घाटी का दो चक्कर लगा के आया हूँ।'

ये सुनकर डिम्पी थोड़ा असहज हो गया, लेकिन चेहरे से पता नहीं चलने दिया। मन में यही आया कि ये तो रोज़ का काम है। सावधान तो हमेशा ही रहना पड़ता है।

'अच्छा भाई। चलते हैं फिर मुलाकात होगी।'

'हाँ हाँ, मिलते हैं कल।' मुश्ताक़ ने कहा था।

'ख़ुदा हाफ़िज़', कहते हुए मुश्ताक़ ने बुलेट का एक्सीलरेटर घुमा दिया था।

खलासी झारी ने सीटी बजायी। हवा-पानी लेने के लिए नीचे उतरी सवारियाँ बस में चढ़ने लगीं। बस के भीतर खड़े या बैठे लोग भी व्यवस्थित होने लगे। छत पर बैठे अनिरुद्ध और राजन अपनी बातों में व्यस्त हो गये थे।

बनवारी झारीपारी से आगे निकलने के बाद वनदेवी के मन्दिर के पास रुकी। झारी दौड़कर मन्दिर के भीतर गया और पाँच मिनट में प्रसाद लेकर लौटा। उसने डिम्पी सिंह और कंडक्टर जादन (जनार्दन) राय को प्रसाद दिया और बाक़ी ख़ुद खा लिया। प्रसाद के रूप में बुंदिया और कच्चा नारियल मिला था।

बनवारी धीरे-धीरे घाटी में उतर रही थी। सूरज की रोशनी और कम होती जा रही थी। छत पर बैठे लोगों को हवा अब ठण्डी लगने लगी थी। झारीपारी की घाटी से उतरने के बाद बनवारी हरहली पुल पर रुकी। चाय की दुकान और पान-सिगरेट की गुमटी खुली थी। दो-चार लोग वहाँ मौजूद थे। पाँच-छह लोग बस से उतरे, दो पुरुष चढ़े भी और बस चल पड़ी।

पुल क्रॉस करने के बाद घाटी का वो घुमावदार चढ़ाई वाला रास्ता शुरू होता है जहाँ गाड़ियों की रफ़्तार धीमी हो जाया करती है। बस धीरे-धीरे चढ़ाई चढ़ रही थी। तीन किलोमीटर आगे जाने के बाद चढ़ाई और ब्लाइंड टर्न वाली जगह आयी। डिम्पी ने देखा कि अगल-बगल के पेड़ों के पीछे सामान्य से कुछ ज़्यादा लोग कुल्हाड़ी लेकर खड़े हैं। हालाँकि कुछ लोग पेड़ काटने में भी जुटे थे। डिम्पी सिंह ने वहाँ से ध्यान हटाया और बस को सेकेंड गियर में डालकर रफ़्तार बढ़ा दिया। थोड़ा आगे चलने के बाद देखा कि रोड पर पत्थर रखे हैं और रास्ता बन्द है। उसे समझ में आ गया कि मामला कुछ गड़बड़ है। डिम्पी ने बस की रफ़्तार बढ़ा दी, पर देखा कि आगे की झाड़ियों से कुछ लोग निकल रहे हैं। उनके हाथ में हथियार थे। बन्दूक़, कुल्हाड़ी, गंड़ासा वग़ैरह। बीस-पच्चीस लोग थे। हथियार को ऊपर उठाकर बस को

रुकने का इशारा कर रहे थे। ये देखकर भीतर बैठी सवारियों की डर से हालत ख़राब हो गयी। महिलाओं ने रोना-चिल्लाना शुरू कर दिया। सबको समझ में आ गया था कि ये लुटेरे हैं, लकड़हारे नहीं।

लुटेरों ने बस को चारों तरफ़ से घेर लिया था। बस के ऊपर बैठी सवारियों ने जब ये नज़ारा देखा तो नीचे लेट गयीं। वो लुटेरों को कोई ऐसा संकेत नहीं देना चाह रहे थे कि ऊपर कोई है।

लुटेरों ने बस की बॉडी पर लाठी से प्रहार करना शुरू कर दिया।

'दरवाजा खोलो रे ड्राइवर। जान से प्यार नहीं है का?' लाल गमछाधारी लुटेरे ने डिम्पी सिंह के गेट पर लाठी पटकते हुए कहा था।

भीतर से सबने खिड़कियों के शीशे बन्द कर दिये थे। तभी शीशे से पत्थर के टकराने की आवाज़ आयी। एक खिड़की का शीशा चकनाचूर हो गया था। वहाँ बैठी महिला चिल्ला-चिल्लाकर रोने लगी थी। डीपी सर ने सिर पकड़ लिया था और चुपचाप बैठ गये थे। उन्हें समझ नहीं आ रहा था कि क्या करें। तभी बस के सामने खड़े लुटेरों में से एक ने दो बार हवा में फ़ायर किया और ड्राइवर पर सामने से बन्दूक़ तान दी।

डिम्पी सिंह को कुछ समझ में नहीं आ रहा था कि क्या करे। बचने की कोई सम्भावना नज़र नहीं आ रही थी। सामने खड़े लुटेरे बस के क़रीब आने लगे थे।

अचानक डिम्पी सिंह ने एक्सीलरेटर पर पूरा पैर रखा। बस तेज़ आवाज़ में चीख़ने लगी। और फिर क्लच छोड़कर डिम्पी ने बस को रफ़्तार दे दी। ऐसा लगा मानो लुटेरों पर ही बस चढ़ा देगा। लुटेरे ऐसी प्रतिक्रिया के लिए क़तई तैयार नहीं थे। जान बचाने के लिए झटके से सड़क के दोनों ओर हट गये। ये पूरा घटनाक्रम इतनी तेज़ी से हुआ था कि किसी को कुछ समझ नहीं आया। तभी ठाँय ठाँय ठाँय की आवाज़ हुई. सामने का शीशा टूट चुका था। एक गोली बस की छत से टकरायी। डिम्पी ने बस रफ़्तार से भगाई और उसे सड़क से उतारकर वहाँ ले गया जहाँ पत्थर नहीं रखे थे, लेकिन ठीक बग़ल में नीचे की तरफ़ खाई थी। वहाँ जगह ना के बराबर थी। हालात ऐसे थे कि बस का सन्तुलन बिगड़ा और वो खाई में नीचे गिरी। लेकिन अपनी हुनर में माहिर डिम्पी ने बस को किनारे पर ले जाकर तेज़ी से स्टीयरिंग सड़क की तरफ़ काटा।

बस पूरी तरह असन्तुलित हो गयी थी। लगा था कि अब गिरी, तब गिरी। पीछे से दौड़ रहे लुटेरों ने बस पर पीछे से फ़ायरिंग की और पत्थर चलाकर मारा। पीछे का शीशा भी चकनाचूर हो गया था। लेकिन तब तक बस आगे निकल गयी थी।

ऊपर बैठे लोगों ने डर के मारे अब तक सिर उठाकर देखा नहीं था कि आख़िर हो क्या रहा है। बस के हिचकोलों से कुछ सामान ज़रूर छत से नीचे गिर गया था। बनवारी घाटी में भागी जा रही थी। डिम्पी सिंह बस भगाता रहा और पंडुरा पुल पर पहुँचकर ही रुका। किसी को यक़ीन नहीं हो पा रहा था कि वो इतने ख़ूँख़ार लुटेरों से बच गये हैं। ज़ेहन में दहशत अभी भी बरक़रार थी। धड़कनें तेज़ चल रही थीं। सब ईश्वर का शुक्रिया अदा कर रहे थे कि आज जान बच गई। पिछले आधे घण्टे में कोई किसी से कुछ नहीं बोला था। लेकिन पंडुरा में जब डिम्पी सिंह नीचे उतरा तो सवारियाँ उसकी 'जय जयकार' कर रही थीं।

'आज तो जान बच गयी। 25-30 लुटेरे थे। सामान तो जाता ही, जान भी चली जाती। डिम्पी सिंह की बहादुरी ने बचा लिया। कमाल का ड्राइवर है। बस को पत्थर पर कुदा दिया। वाह डिम्पी सिंह वाह!' पैसेंजरों में से एक ने कहा था।

तमाम सवारियों की ऐसी आवाज़ें ही पंडुरा पुल वाले स्टॉप पर सुनाई पड़ रही थीं। लेकिन हमेशा बिंदास नज़र आनेवाला डिम्पी सिंह आज ख़ामोश हो गया था। लोगों की जय-जयकार का आनन्द तो मिल रहा था, लेकिन वही जानता था कि उस पर क्या गुज़री है। और ये तो आज की बात है। उसे तो हर दिन इसी रास्ते से हो कर जाना है। लुटेरों से उसका सामना पहले भी हुआ था, लेकिन ऐसे लुटेरे। ये तो जान लेने वाले ख़ूँख़ार लुटेरे थे। आज तो जान बच गयी पर आगे क्या होगा। ऐसे तमाम विचार उसके दिमाग़ में चल रहे थे।

बस जब पुटुसगंज पहुँची तो घाटी में हुई घटना की ख़बर आग की तरह फैली। सबकी ज़ुबान पर बनवारी रोडवेज़ के साथ हुए वाक़ये का ही ज़िक्र था। बाबू बाज़ार पर बस देर तक खड़ी रही। डीपी सर, राजन और अनिरुद्ध खेल के सामान के साथ यहीं उतर गये। फिर रिक्शे पर बैठकर बच्चों ने सारा सामान डीपी सर के घर पहुँचाया।

बची हुई सवारियों के साथ बनवारी सीधे टर्मिनल टोला के पास थाने पर जाकर रुकी। डिम्पी सिंह ने पूरा वाक़या दारोगा जी को सुनाया। रिपोर्ट लिखी जा रही थी। दारोगा जी ने पहले तो पेट्रोलिंग टीम को आदेश दिया कि 'गोठी के आने का टाइम हो गया है। दो जीप में हथियारों के साथ सिपाही जायें और घाटी में ही पेट्रोलिंग करें और गोठी को लेकर लौटें। फिर देखते हैं कि और क्या किया जा सकता है।'

तुरन्त पुलिसवालों से भरी दो जीप घाटी की तरफ़ रवाना हो गयी थी।

डिम्पी सिंह भी रिपोर्ट लिखवाने के बाद बस लेकर कुण्डानगर की तरफ़ बढ़ गया था।

अनिरुद्ध ने घर पहुँचने पर जब ये घटना सुनाई तो माँ उसे गले लगाकर रोने लगी। 'इसीलिए इसको अकेले कहीं नहीं भेजते हैं। पापा को ही लगता है कि अब ये बड़ा हो गया है।'

'अरे माँ, कुछ हुआ नहीं है ना। अब शान्त हो जाओ।' पर माँ उसे पकड़कर रोये जा रही थी।

'अब कहीं अकेले नहीं जाने देंगे। और बरावलपुर जाने की तो किसी को कोई जरूरत नहीं है। बहुत खराब समय आ गया है।'

पुटुसगंज में सबकी ज़ुबान पर यही चर्चा थी। मिठास स्वीट हाउस की बैठकी में चिन्ता और तनाव साफ़ नज़र आ रहा था।

'यही हाल रहा तो आदमी का बरावलपुर जाना तो बन्दे हो जायेगा। कोई जान देने थोड़े ही ना जायेगा भाई।' सुर्ती मुँह में डालते हुए रामाधार सिंह ने कहा था।

'लेकिन बरावलपुर जाये बिना काम भी तो नहीं चल सकता है पुटुसगंज का।' चाय सुड़कते हुए सुबाश सिंह बोले थे।

'इसका तो कुछ न कुछ उपाय होना चाहिए भाई। इ तो बहुत बड़ा बात हो गया है। 25-30 डाकू अगर घाटी में बस लूटने की तैयारी में हैं तो ये मामला यहीं थोड़े ना रुकेगा। और आज वो बस लूट नहीं पाये तो इसका गुस्सा तो निकालेंगे ही। अब तो भारी मुश्किल होनेवाला है।' अयोध्या सिंह की रौबदार आवाज़ में भविष्य की चिन्ता साफ़ झलक रही थी।

'इ साला पुलिस वाला लोग भी मिला हुआ होता है। उनको सब पता होता है, लेकिन वो पहुँचेंगे तब जब सब कुछ लुट जायेगा। चार दिन खूब ऐक्टिव नजर आयेंगे और फिर वही हाल हो जायेगा।' जानकी महतो ने ग़ुस्से में कहा था।

'अब अगर हम लोग चुप बैठ गये तो जल्दी ही सुनाई पड़ेगा कि फलाना जी घाटी में मारे गये। अब इ घाटी चलने लायक नहीं बचा है हो।' रामाधार तिवारी खैनी ठोकते हुए बोले थे।

'अब तो रात होनेवाली है पर कल नेताजी और पुलिसवालों से बात करनी ही होगी।' सुबाश सिंह ने सुझाव दिया था।

'हाँ हाँ। एकदम ठीक कहते हो सुबास। जब तक प्रेसर नहीं बनेगा तब तक सरकार और व्यवस्था कुछ भी नहीं करनेवाली है। कल भीड़ जुटाकर चला जाये सांसद जी के पास।' पिनाकी राय ने प्रस्ताव दिया था।

'हाँ हाँ, कल सुबहे चलते हैं।' कई लोगों ने एक साथ कहा था।

क़रीब सौ लोग ट्रक और जीप पर सवार होकर सुबह-सुबह ही सांसद हेमन्त नारायण सिंह के बँगले पर सेमलगढ़ पहुँचे थे और उन्हें अपनी इस बड़ी चिन्ता से अवगत कराया गया था।

हेमन्त नारायण सिंह ने उनकी बात ग़ौर से सुनी और कहा कि इसका हल वो आज ही देंगे। फिर उन्होंने लोगों के सामने ही फ़ोन पर खैराबाद के पुलिस अधीक्षक से बात की और आश्वासन दिया कि 'कल से ही घाटी में हर बस के साथ पुलिस पेट्रोलिंग की व्यवस्था रहेगी और जल्दी ही झारीपारी में एक थाना काम करने लगेगा।'

लोगों के विरोध और प्रदर्शन का फ़ायदा ये हुआ कि अगले तीन महीने में ही झारीपारी में एक छोटा थाना कार्यरत हो गया। अब बरावलपुर से आनेवाली हर बस में चार बन्दूक़धारी पुलिसवाले झारीपारी थाने से सवार हो जाते और पंडुरा पुल तक बस के साथ ही रहते। ड्राइवर के सामने वाली लम्बी सीट उनके लिए ख़ाली रखी जाती थी ताकि रास्ते पर सामने लगातार नज़र रखी जा सके। उसी तरह कुण्डानगर से बरावलपुर जाने वाली बस में पंडुरा पुल पर पुलिस के ये हथियारबन्द जवान बस में आगे की सीट पर बैठकर निगरानी करते। इस थाने के कार्यरत होने से पहले तक पुटुसगंज थाने की जीप लगातार घाटी में पेट्रोलिंग करती रही। इक्का-दुक्का छीनाझपटी की घटनाएँ छोड़ दें तो कुल मिलाकर घाटी अब शान्त हो गयी थी। लोग बेफ़िक्र होकर पुलिस के संरक्षण में बरावलपुर जाने-आने लगे थे।

मजा आ रहा है ना बाबू?

दो-चार दिन में डीपी सर ने आठवीं, नौवीं और दसवीं कक्षा के खिलाड़ियों को क्रिकेट और फ़ुटबॉल का सामान इश्यू कर दिया। शाम को बच्चे खेल के नये सामान के साथ जम कर प्रैक्टिस कर रहे थे। सर ने कहा था कि सब कुछ ठीक रहा तो गर्मी की छुट्टियों के बाद फ़ुटबॉल का और अक्टूबर-नवम्बर में क्रिकेट का एक टूर्नामेंट करायेंगे। ये टूर्नामेंट हर साल नहीं होता था। कभी फ़ण्ड की दिक़्क़त रहती तो कभी डीपी सर व्यस्त रहते। लेकिन जिस तरह इस बार खेल का सामान इश्यू किया गया था, उससे बच्चे बहुत उत्साहित थे।

एक शाम जब राजन, अनिरुद्ध, विप्लव वग़ैरह खिलाड़ी प्रैक्टिस के बाद लौट रहे थे तो पुटुसगंज टीम के कप्तान डबलू पाण्डे ने उन्हें रोका। वो अपनी लाल रंग की येज़दी मोटरसाइकिल पर कहीं से आ रहे थे।

'कैसे हो तुम लोग बाबू?'

'हम लोग अच्छे हैं भइया।' विप्लव ने जवाब दिया।

'सुनो ना, अगला संडे से रोनपुर में एक टूर्नामेंट शुरू हो रहा है। हम लोगों ने भी एंट्री डाल दिया है। पहला मैच चूरी की टीम के साथ पड़ गया है। तुम लोग तो जानते ही हो कि चूरी कोइलियरी की टीम कितनी स्ट्रॉन्ग है। पूरे इलाके की सबसे अच्छी टीम मानी जाती है। दो-तीन स्टेट प्लेयर खेलते हैं उसमें। पर टीम तो हमारी भी कोई खराब नहीं। ये शानदार मौका है। हम पूरा जान लगाकर खेलना चाहते हैं और चूरी को हराना चाहते हैं। एक बार ऐसा हो गया ना तो जिले में पुटुसगंज टीम का डंका पिट जायेगा।'

'अरे वाह इ तो बहुत बढ़िया बात है भइया। क्या हम लोग को भी मौका मिल सकता है? हम लोग रोज प्रैक्टिस कर रहे हैं आजकल। अगर खेलने का मौका मिल गया तो पूरा जोर लगा देंगे।' राजन ने उत्साह से भरकर कहा था।

'अरे हाँ हाँ। इसीलिए तो बाइक रोके कि तुम लोगों से बात करें।'

'कल छंगामल ग्राउंड में ट्रायल रखे हैं। सीनियर प्लेयर सब तो आयेगा ही, तुम लोग भी आना। अगर तुम जूनियर्स में से किसी का परफॉर्मेंस अच्छा दिखा तो ले चलेंगे टीम के साथ रोनपुर।'

'अरे वाह, सुनकर मजा ही आ गया भइया।' कई लड़कों की आवाज़ साथ सुनाई पड़ी थी। उनकी आँखें चमक उठी थीं।

अपनी येज़दी पर किक मारते हुए डबलू पाण्डे ने कहा, 'तो मिलते हैं कल ग्राउंड पर। स्कूल के बाद साढ़े चार बजे तक आ जाना तुम लोग।'

'ठीक है भइया।'

'जरूर आयेंगे भइया।'

'कल मिलते हैं भइया।'

राजन एण्ड कम्पनी इस नये प्रपोज़ल से बेहद ख़ुश हो गयी थी।

अगले दिन जब जूनियर टीम के सदस्य ग्राउंड में पहुँचे तो सीनियर प्लेयर्स पहले से ही मैट और नेट लगाकर प्रैक्टिस कर रहे थे। एक तरफ़ से छह लोग बॉलिंग कर रहे थे और बारी-बारी से बैट्समैन बैटिंग कर रहे थे। डबलू पाण्डे और कोच अमोल दा किनारे खड़े होकर खिलाड़ियों का प्रदर्शन ग़ौर से देख रहे थे। अमोल दा नोटबुक पर कुछ लिखते भी जा रहे थे।

जूनियर खिलाड़ियों से भी डबलू पाण्डे ने कहा कि 'सब लोग बारी-बारी से बैटिंग और बॉलिंग करेगा। चार-चार ओवर बॉलिंग करना है और दस-दस मिनट बैटिंग करना है। छह बॉलर हैं तो दस मिनट में काफी बॉल खेलने को मिल जायेगा और आराम से पता चल जायेगा कि कौन कैसा खेलता है। कौन कितना फॉर्म में है।'

'राजन तुम जूनियर टीम के कप्तान हो तुम ही तय कर दो कि कौन किस ऑर्डर में बैटिंग जायेगा और कौन-कौन बॉलिंग करेगा। चलो जल्दी-जल्दी करो। बहुत लोगों का खेल देखना बाकी है।' डबलू पाण्डे ने आदेश दिया था।

बारी-बारी से सभी जूनियर खिलाड़ियों ने बैटिंग और बॉलिंग की थी। और आख़िर में डबलू पाण्डे और अमोल दा ने नोटबुक में लिखे गये परफ़ॉर्मेंस के आधार पर जूनियर टीम से राजन, विप्लव, अनिरुद्ध और सर्वेश को रोनपुर ले जाने का फ़ैसला सुनाया था।

बाक़ी बच्चों से अमोल दा ने कहा, 'तुम लोग भी अच्छा खेलते हो, आगे तुम लोगों को भी मौका दिया जायेगा, लेकिन चूरी वाले मैच के लिए ये चारों जायेंगे। फिर बाद में देखा जायेगा। चलो जम कर तैयारी करो तुम लोग।'

अमोल दा ने अनिरुद्ध को अलग से बुलाकर स्पिन की ग्रिप समझायी थी। उन्होंने बताया कि बॉल कैसे फ़्लाइट करनी है, ऑफ़ स्पिन फेंकते हुए कैसे एक गेंद मिडिल स्टम्प से बाहर निकालनी है और कैसे तीन-चार गेंद के बाद एक सीधी बॉल फेंकनी है ताकि बैट्समैन बीट हो जाये।

तय कार्यक्रम के अनुसार, जूनियर टीम के चार और बाक़ी सीनियर टीम के खिलाड़ियों के साथ डबलू पाण्डे कारख़ाने की जीप में बैठकर पुटुसगंज रेलवे स्टेशन पहुँच गये थे। रोनपुर यहाँ से तीन स्टेशन बाद का पड़ाव था जहाँ पहुँचने में घण्टे भर का समय लगता था। अगले दिन सुबह दस बजे से मैच था। इसलिए टीम ने एक दिन पहले ही रात में पहुँचना तय किया था ताकि सुबह उठकर अच्छी तरह वॉर्म अप किया जा सके। लेकिन स्टेशन पहुँचने पर पता चला कि अरण्य मेल पाँच घण्टे लेट है। जबकि टीम की योजना शाम छह बजे की ट्रेन पकड़कर सात बजे तक रोनपुर पहुँचने की थी।

'अब क्या किया जाये भइया?' अनिरुद्ध ने पूछा।

डबलू पाण्डे दौड़े-दौड़े स्टेशन पर गये और स्टेशन मास्टर सेवकराम जी से मिल कर अपनी समस्या बतायी।

'चाचा समय पर पहुँचना बहुत जरूरी है। क्या किया जाये। सारा प्लैनिंग गड़बड़ा जायेगा।'

'अरे डबलू, दो मिनट रुको कुछ देखते हैं।'

फिर उन्होंने फ़ोन से कहीं बात की थी।

'सुनो आधे घण्टे में एक इंजन रोनपुर जाने वाला है। क्या तुम लोग उस पर बैठकर जा सकते हो? कम से कम पहुँच तो जाओगे, क्योंकि और कोई गाड़ी अभी नहीं है।'

डबलू पाण्डे ने कुछ सोचा और फिर कहा कि 'हाँ चाचा। हम लोग इंजन पर बैठकर एकदम चले जायेंगे। कहाँ मिलेगा इंजन?'

'तुम लोग स्टेशन से पीछे की तरफ यार्ड में चले जाओ। वहाँ बिकरमा प्रसाद होंगे। उनको बोल दिया है। वो बिठा देंगे रोनपुर जाने वाले इंजन पर।'

डबलू पाण्डे ने सेवकराम चाचा को धन्यवाद कहा और दौड़ते हुए प्लेटफ़ॉर्म पर पहुँचे।

जब ये योजना टीम को बतायी गयी तो सारे खिलाड़ी रोमांच से भर गये। 'वाह इंजन से जाने का नया अनुभव मिलने वाला है।' जूनियर टीम के सर्वेश ने कहा।

फिर सारे खिलाड़ी अपना सामान और किटबैग उठाकर डबलू पाण्डे के पीछे-पीछे यार्ड की तरफ़ चल पड़े। पन्द्रह मिनट चलने के बाद वे यार्ड परिसर में पहुँचे।

वहाँ बिकरमा प्रसाद ने उन्हें सामने खड़े इंजन की ओर इशारा करते हुए कहा कि 'इंजन के चारों तरफ़ गलियारेनुमा जगह है वहीं तुम लोग खड़े हो जाओ। बैठने की जगह तो नहीं होगी, लेकिन घण्टा डेढ़ घण्टा में रोनपुर पहुँच जाओगे तुम लोग।'

'चाचा, कोई दिक्कत नहीं है। हम खिलाड़ी लोग हैं। आराम से खड़े-खड़े चले जायेंगे।'

इंजन के भीतर से ड्राइवर ने उन्हें आने का इशारा किया था।

बिकरमा प्रसाद ने उँगलियों से दिखाकर बताया, 'वो हरेन्दर जी हैं। इंजन के ड्राइवर। जाओ तुम लोग चढ़ जाओ। और हाँ हैंडरेल पकड़कर रखना। कोई ऐसी-वैसी हरकत मत करना।'

'नहीं चाचा। हम लोग कोई गड़बड़ नहीं करेंगे।' डबलू पाण्डे ने भरोसा दिया और फिर एक-एक कर सारे खिलाड़ी इंजन पर सवार हो गये। अनिरुद्ध, राजन, विप्लव और सर्वेश तो इंजन के एकदम सामने वाली जगह पर जाकर खड़े हो गये। हेडलाइट के ठीक नीचे। उन्हें बहुत मज़ा आ रहा था। बाक़ी खिलाड़ी इंजन के दोनों तरफ़ बनी जगह पर खड़े हो गये थे और हैंडरेल को पकड़ लिया था।

इंजन के यार्ड से निकलते-निकलते साढ़े छह बज गये। ठण्ड काफ़ी हो गयी थी। पर रोमांच से भरे खिलाड़ियों को इस कड़ाके की ठण्ड की कोई फ़िक्र नहीं हो रही थी। वो तो मिल रहे नये अनुभव को सहेज लेना चाहते थे। इंजन अब मेन ट्रैक पर आ गया था और उसने रफ़्तार पकड़ ली थी। सारे लड़कों को अप्रतिम आनन्द मिल रहा था। इंजन जब पुटुसगंज स्टेशन के बाद सिगनल केबिन के सामने से गुज़रा तो केबिन के भीतर से एक व्यक्ति हरा लैम्प दिखा रहा था। मतलब ट्रैक क्लीयर है।

अब इंजन रफ़्तार में भाग रहा था। बीच-बीच में उसके तेज़ साइरन की आवाज़ जैसे ठण्डी हवा को चीरकर अन्तहीन अरण्य में दूर तक बिखर जा रही थी। रेलिंग को पकड़कर धीरे-धीरे डबलू पाण्डे जूनियर प्लेयर्स के पास आये और कहा कि 'हैंडरेल पकड़कर रखना। कोई रिस्क मत लेना।' फिर मुस्कुराते हुए पूछा, 'मजा आ रहा है ना बाबू?'

'हाँ भइया बहुत मजा आ रहा है।' सर्वेश ने कहा था। राजन, अनिरुद्ध, विप्लव ने भी सिर हिलाया था।

इंजन पुटुसगंज के दायरे से बाहर निकलकर अब किसी पहाड़ी गाँव के बीच से गुज़र रहा था। सामने से आकर टकराती ठण्डी हवा बुरी तरह चुभ रही थी। शुरुआती मस्ती के बाद अब सफ़र में कठिनाई हो रही थी। लेकिन इसे भी रोमांच का

हिस्सा समझ चारों जूनियर इंजन के सामने से हट नहीं रहे थे। वो चाहते तो सीनियर खिलाड़ियों के साथ पीछे जाकर खड़े हो सकते थे जिससे ठण्ड से थोड़ी राहत मिल जाती, लेकिन वे आगे ही बने रहे।

आधे घण्टे बाद वो ठण्ड से ठिठुरने लगे थे। सीनियर्स का भी बुरा हाल ही था। पर जीवन में पहली बार मिल रहे इस अनोखे अनुभव का सभी लड़के भरपूर आनन्द ले लेना चाहते थे। क्रिकेट के जुनून में ये खिलाड़ी सब कुछ सहने को तैयार थे।

क़रीब सवा घण्टे में इंजन रोनपुर पहुँच गया। नीचे उतरते हुए डबलू पाण्डे ने इंजन के ड्राइवर हरेन्दर जी का शुक्रिया अदा किया। बाक़ी खिलाड़ियों ने भी उनका साथ दिया।

साइरन बजाता हुआ इंजन आगे बढ़ गया था। इधर खिलाड़ियों के पैर अकड़ गये थे। क़दम आगे नहीं बढ़ पा रहे थे। थोड़ी देर तक वो वहीं खड़े होकर पैर-हाथ सीधा करते रहे। तभी दूर से दो लोग आते नज़र आये। वैसे स्टेशन एकदम ख़ाली था। किसी ट्रेन के गुज़रने का वक़्त नहीं था शायद।

ये दोनों लोग टूर्नामेंट के व्यवस्थापकों में से थे। हाय-हलो के बाद उन्होंने बताया कि 'टीम के रहने की व्यवस्था ग्राउंड के बगल के एक स्कूल में कर दी गयी है। सब वहीं चलें और आराम करें।'

सभी खिलाड़ी उनके पीछे-पीछे चल पड़े थे।

क़रीब पन्द्रह मिनट कोयले के धूल भरे रास्ते पर चलने के बाद वे एक स्कूल में पहुँचे। टूटी-फूटी दीवारों वाला बेहद पुराना सरकारी स्कूल था।

एक हॉलनुमा खपरैल की छत वाले कमरे में नीचे दरी बिछी थी। वहीं खिलाड़ियों को रात में रुकना था। खाने के लिए पाँच पैकेट ब्रेड, बॉयल अंडे और केले की व्यवस्था थी। ये चीज़ें वहीं दरी पर रखी थीं।

व्यवस्थापक लड़कों ने सारी ज़रूरी जानकारी देने के बाद ये कहकर विदा लिया था कि 'सुबह साढ़े नौ बजे आप लोग ग्राउंड में आ जाइएगा।' डबलू पाण्डे को ग्राउंड का डायरेक्शन समझा दिया गया था।

'इतनी कड़ाके की ठण्ड में जमीन पर कैसे सोया जायेगा भइया?' राजन ने ठिठुरते हुए पूछा था।

'अरे हम लोग बिछाने और ओढ़ने का सामान तो लाये ही हैं ना। एक रात की बात है। सब हो जायेगा। पहले हाथ-मुँह धोकर कुछ खा लेते हैं फिर जल्दी से सो जायेंगे। सुबह उठकर एक्सरसाइज करना है। टूर्नामेंट के लिए बाहर जाने पर ऐसा

अनुभव तो होता ही है। तुम लोग पहली बार आये हो इसलिए ज्यादा लग रहा है। हम सीनियरों को तो आदत पड़ गयी है।'

'चलो जल्दी-जल्दी तैयार हो जाओ सब। खा-पीकर सोते हैं।' डबलू पाण्डे ने आदेश दिया था।

सारे लड़के कहे अनुसार काम में जुट गये थे। बाहर लगे हैंडपम्प में पैर-हाथ धोने और कपड़े बदलने के बाद सबने दरी पर अपनी-अपनी चादरें बिछा ली थीं और ब्रेड-अंडे और केले खाना शुरू कर दिया था। खाने के बाद दो-चार सीनियर बाहर का जायज़ा लेने निकले थे। किसी को खैनी खानी थी तो किसी को सिगरेट पीनी थी। जूनियर्स को सोने को कह दिया गया। राजन, अनिरुद्ध, विप्लव और सर्वेश लेटकर बातें कर रहे थे। जयपुरी रज़ाई और कम्बल ओढ़ लेने के बाद भी ठण्ड लग रही थी।

आधी रात में अनिरुद्ध ठण्ड से ठिठुरते हुए उठकर बैठ गया था। डबलू पाण्डे भी सो नहीं पा रहे थे। उन्होंने ये देखा तो उसके पास पहुँच गये।

'ठण्ड लग रही है। नींद नहीं आ रही है?'

'हाँ भइया। बहुत ठण्ड है।'

'हाँ बाबू, इन लोगों को ओढ़ने का भी कुछ इन्तजाम करना चाहिए था। पर जाने दो। ये लो मेरा कम्बल भी ओढ़ लो। हम तो अभी जाग रहे हैं।'

'नहीं भइया फिर आप कैसे सोइएगा?'

'अरे हम किसी के साथ शेयर कर लेंगे। तुम सोओ आराम से।'

'अच्छा भइया।'

थोड़ी देर इधर-उधर करवट बदलने के बाद अनिरुद्ध सो गया था।

सुबह हुई तो सबकी हालत ख़राब थी। चर्चा का विषय एक ही था—रात में लगी भयंकर और हाड़ कँपाने वाली ठण्ड।

'बाहर से टीम बुलाने पर ऐसा खराब इन्तजाम नहीं करना चाहिए था भइया। ये लोग बहुत बुरा किये हैं।' राजन ने दातुन कर रहे डबलू पाण्डे से कहा था।

'हाँ इन लोगों को तो पता ही था ना कि स्कूल के हॉल में सोने में दिक्कत होगी, इसलिए बिछाने और ओढ़ने के लिए अच्छा इन्तजाम करना चाहिए था। सुबह चाय-पानी का भी कोई इन्तजाम नजर नहीं आ रहा है। टॉयलेट भी एक ही है जो खुला है।'

तभी टुन्ना सिंह, राजेश खांडुर और सुजय चौहान कहीं से आते दिखे।

'अरे कहाँ गये थे तुम लोग?' डबलू पाण्डे ने पूछा।

'प्रेशर बन गया और टॉयलेट में कोई था तो हम लोग दूर खुले मैदान में चले गये थे। अच्छा रहा। कम से कम बदबू से तो बच गये। पास में पानी का गड्ढा था वहीं सब कर लिया गया।' सुजय ने बताया था।

टुन्ना सिंह और राजेश खांडुर मुस्कुरा रहे थे।

तभी सामने से एक लड़का साइकिल से आता नज़र आया।

वो व्यवस्थापकों की तरफ़ से था।

'आप लोगों के लिए चाय का इन्तजाम थोड़ी दूर पर एक होटल में है। अगर सब लोग तैयार हैं तो हमारे साथ चलिए। थोड़ी देर बाद नाश्ते का पैकेट यहीं मिल जायेगा।'

ये सुनकर खिलाड़ी रात की ठण्ड थोड़ी देर के लिए भूल गये थे। 'चलो भाई सब लोग चलो चाय पीने।', डबलू पाण्डे ने हाथ हिलाकर सबको चलने का इशारा किया।

फिर सारे खिलाड़ी उस साइकिल वाले लड़के के पीछे हो लिए थे।

सुबह के सात बज रहे थे। कोयला खदान वाला इलाक़ा होने की वजह से सूरज अभी नज़र नहीं आ रहा था। चारों तरफ़ कोहरा ही कोहरा पसरा था। दो मीटर के बाद कुछ भी नज़र नहीं आ रहा था।

खिलाड़ी पैदल चलकर होटल पहुँचे तो वहाँ बाहर कोयले का चूल्हा जल रहा था और उसमें से धुआँ निकल रहा था। सारे लड़के उस चूल्हे के चारों तरफ़ जमा हो गये। कच्ची आँच से मिल रही गर्मी उन्हें काफ़ी राहत पहुँचा रही थी।

आग पर हाथ ताप कर लड़के हथेलियों को आपस में रगड़ रहे थे। तब तक लोहे के फ्रेम वाले कैरियर में गिलास और केतली लेकर एक शख़्स बाहर आया।

'लीजिए भाई, चाय लीजिए आप लोग।'

एक-एक कर सबने कैरियर से गिलास निकाल ली। चाय वाले व्यक्ति ने केतली से गिलास में चाय डालना शुरू कर दिया।

चाय उतनी कोई अच्छी नहीं थी पर सबको इस कड़ाके की ठण्ड में गरमागरम चाय से बहुत राहत महसूस हो रही थी। ठण्ड के मारे सबके मुँह से भाप निकल रही थी।

'चलो चलो जल्दी चाय खत्म कर स्कूल लौटा जाये। जल्दी तैयार होकर वॉर्म अप और स्ट्रेचिंग करना है' डबलू पाण्डे ने चाय का गिलास रखते हुए कहा था।

'हाँ हाँ जल्दी चला जाये अब, नहीं तो देर हो जायेगी भइया।' राजन ने भी कहा।

स्कूल पहुँचकर सारे लड़के जल्दी-जल्दी तैयार हुए। ठण्ड इतनी ज़्यादा थी कि डबलू पाण्डे और राजेश खांडुर के अलावा किसी की नहाने की हिम्मत नहीं

हुई थी। हाँ, सबने हैंड पम्प पर मुँह-हाथ और पैर अच्छी तरह धो लिये थे और सफ़ेद-सफ़ेद टीशर्ट और लोअर पहनकर तैयार हो गये थे। चूरी की टीम से खेलने का रोमांच सबके चेहरे पर साफ़ नज़र आ रहा था। उन्हें इस बात पर भी आश्चर्य हो रहा था कि चूरी की इतनी प्रतिष्ठित टीम रोनपुर में टूर्नामेंट खेलने के लिए तैयार कैसे हो गयी। वो तो केवल बरावलपुर, खैराबाद और चूरी में मैचेज़ खेलती रही है। अपनी शर्तों पर और अपने वेन्यू पर मैच खेलने के लिए जानी जाती है चूरी की टीम।

रघु ने कहा, 'भइया चूरी को जब पता चला होगा कि पुटुसगंज की धाकड़ टीम भी टूर्नामेंट में खेल रही है तो एंट्री के लिए हाँ कर दिया होगा। पिछले सीजन में पुटुसगंज की टीम की अखबार में जिस तरह की रिपोर्टिंग हुई थी उससे इलाके में सब लोगों को पता तो चल ही गया है कि पुटुसगंज टीम में कुछ बात है।'

'याद है ना भइया आपकी दाढ़ी वाली फोटो पिछली बार बरावलपुर के अखबारों में लगातार छपी थी।' अनिरुद्ध ने डबलू पाण्डे से कहा था।

'अरे डबलू तो बरावलपुर ए डिविजन लीग में 'टेरर' के नाम से फेमस हो गया है। इसका फास्ट बॉल तो किसी को समझ में ही नहीं आ रहा था। स्लिप में धड़ाधड़ कैच आउट हो रहा था सब बैट्समैन।' सुजय चौहान ने लेदर बॉल उछालते हुए जोड़ा था।

'अरे छोड़ो पुरानी बात, वो सब पिछले साल की कहानी थी। अभी यहाँ फोकस करना है, चूरी से हारना नहीं है। बड़ा घमण्ड हो गया है चूरी वालों को।' डबलू पाण्डे ने कहा।

'हाँ हाँ कैप्टन सही कहते हो। आज दिखा देना है।' पीछे बैठकर जूते पहन रहे झमन पटेल ने कहा था।

'हाँ हाँ, आज दिखा देना है।' समवेत स्वर में ये आवाज़ आयी थी।

'चलो-चलो नौ बज गया है। ग्राउंड में चलकर स्ट्रेचिंग और कैच प्रैक्टिस शुरू करते हैं।' डबलू पाण्डे बाहर निकलते हुए बोले।

सभी खिलाड़ी तैयार होकर इलाक़े की सबसे तगड़ी और पॉपुलर टीम का मुक़ाबला करने के लिए मैदान में पहुँच गये।

पर मैदान बिल्कुल ख़ाली था। अभी कोई नहीं पहुँचा था।

'अरे ये तो लगिए नहीं रहा है कि यहाँ टूर्नामेंट है।' डबलू पाण्डे ने ख़ाली मैदान देखकर हैरानी जताते हुए कहा।

'अभी नौ बज रहा है भइया, आते ही होंगे ऑर्गनाइजर।' राजन ने कहा।

'और चूरी की टीम तो सुबह से ही प्रैक्टिस करने लगती है। उसका भी कोई अता-पता नहीं।' राजेश खांडुर ने चिन्ता व्यक्त की थी।

'क्या पता भइया उन लोगों को कहीं गेस्ट हाऊस में ठहराया होगा। वहीं प्रैक्टिस कर रहे होंगे शायद। सीधा साढ़े नौ बजे ही पहुँचेंगे।' राजन ने कहा था।

'चलो चलो सर्किल बना लो। टुन्ना सामने खड़े हो जाओ। टुन्ना मुझे बैट पर बॉल देगा, मैं तुम लोगों को रैंडम कैच दूँगा, तुम लोग टुन्ना के ग्लब्स में बॉल रिटर्न करोगे। चलो स्टार्ट करते हैं।' डबलू पाण्डे ने टीम को मुस्तैद करने के लिए कमाण्ड दे दिया था।

पुटुसगंज टीम की कैच प्रैक्टिस शुरू हो गयी थी।

कैच प्रैक्टिस, ग्राउंड रनिंग और स्ट्रेचिंग करते-करते पौने दस हो गये थे, लेकिन अभी भी ग्राउंड में किसी का कोई अता-पता नहीं था।

तभी ऑर्गेनाइज़र्स में से वही लड़का नज़र आया जो उन्हें स्टेशन पर रिसीव करने आया था।

'अरे क्या यार यहाँ तो लग ही नहीं रहा कि टूर्नामेंट है। कोई नजर ही नहीं आ रहा है। तुम लोग का कोई टेंट वगैरह भी नहीं है। क्या इन्तजाम है ये?' डबलू पाण्डे थोड़ी नाराज़गी भरे स्वर में बोले थे।

'सब हो जायेगा। आप लोग थोड़ा धीरज रखिए। आधा घण्टा में सब हो जायेगा।'

'अभी छूरी का टीम भी नहीं पहुँचा है। इसलिए हम लोग भी आराम से आये।'

'क्या बोले। कहाँ का टीम नहीं पहुँचा है।'

'अरे छूरी कोइलियरी का टीम बोले कि अभी नहीं पहुँचा है।'

'क्या चूरी कोइलियरी की टीम से मैच नहीं है।' सुजय चौहान ने नाक फड़काते हुए पूछा था।

'चूरी? चूरी का टीम रोनपुर में टूर्नामेंट खेलने कइसे आयेगा? मैच तो छूरी से है। वो लोग पैदल-पैदल आ रहा है आधा घण्टा में पहुँच जायेगा।'

'क्या बकवास कर रहे हो यार, चूरी नहीं छूरी से मैच है ये बात पहले क्यों नहीं बताये तुम लोग।' डबलू पाण्डे ग़ुस्से से आगबबूला हो गये थे।

'अरे हम लोग तो शुरू से बताते आ रहे हैं कि छूरी से मैच है। आप लोग गलत सुन लिए होंगे, तो उसका हम का करें।'

'अरे यार। ये तो बहुत बड़ा धोखा है। छूरी पता रहता तो हम लोग आते ही नहीं।' राजेश खांडुर ने उबलते हुए कहा था।

'अरे छूरी का टीम भी कोई खराब टीम नहीं है भइया। अच्छा मैच रहेगा। सबर करिए ना।'

'क्या सब्र करें। सारा मूड खराब कर दिये।' डबलू पाण्डे और बाक़ी खिलाड़ियों को अब कुछ समझ में नहीं आ रहा था।

फिर डबलू पाण्डे ने कहा, 'हम लोग नहीं खेलेंगे छूरी से मैच। चलो सब वापस चलो। बहुत बड़ा धोखा हो गया है। चूरी बोल कर छूरी से मैच करवा रहे हैं। ये बहुत गलत हुआ है।'

'अरे भइया आप लोगों को सुनने में गलती हुआ होगा। चूरी का टीम आज तक रोनपुर नहीं आया तो आज कैसे आ जायेगा। हम लोग तो शुरू से ही बोले थे कि छूरी से मैच है।'

'नहीं तुम लोग चूरी बोलकर हम लोगों को फँसाये थे।' टुन्ना सिंह ने बैट पटकते हुए कहा।

'अब बहस छोड़िए। क्या पता छूरी का टीम ही आप लोगों पर भारी पड़ जाये।'

'दिमाग मत खराब करो। कहाँ है तुम्हारा छूरी का टीम।', डबलू पाण्डे ने तैश में कहा।

'बस आप लोग साइड में इन्तजार करिए आता ही होगा।'

'वो देखिए आ गया टीम।' उस लड़के ने दायाँ हाथ उठाकर घने जंगल की तरफ़ इशारा किया था।

पन्द्रह-बीस लोग सामने के जंगल से आते नज़र आ रहे थे। उनका रंगरूप और हावभाव देखकर पुटुसगंज के खिलाड़ियों का बचा-खुचा उत्साह भी जाता रहा था।

उनमें से कोई भी क्रिकेट खिलाड़ी नहीं लग रहा था।

'खैर, जब आ गये हैं तो खेल लेते हैं' ऐसा कहकर छूरी कोइलियरी की टीम के साथ मैच शुरू हुआ था। छूरी की टीम ने टॉस जीत कर बैटिंग करने का फ़ैसला किया था।

पूरी टीम डबलू पाण्डे की घातक और ग़ुस्से भरी गेंदबाज़ी के सामने मात्र चौदह रन पर आउट हो गयी थी। डबलू पाण्डे ने सात विकेट लिए थे और बाक़ी के तीन विकेट झमन पटेल को मिले थे। बीस ओवर के मैच में छह ओवर में ही छूरी की टीम ध्वस्त हो गयी थी।

और पुटुसगंज की टीम के ओपनर राजेश खांडुर और अनिरुद्ध ने दो ओवर में ही बिना विकेट गँवाये सोलह रन बनाकर टीम को जीत दिला दी थी।

मैच साढ़े ग्यारह बजे तक ख़त्म हो गया था और ग़ुस्से में ऑर्गनाइज़र्स को भला-बुरा कहती डबलू पाण्डे की टीम दो बजे की ट्रेन से पुटुसगंज लौट आयी थी।

शाम को ग्राउंड पर अमोल दा ने जब ये कहानी सुनी तो हँसते-हँसते लोटपोट हो गये।

'अमोल दा आपको मजा आ रहा है। हमारी तो ठण्ड में हालत खराब हो गयी। हम लोग तो गये ही चूरी के नाम पर थे।' डबलू पाण्डे ने कहा।

'अरे मुझे हँसी इस बात पर आ रही है कि ऐसा कभी मैंने सुना नहीं था। इतना मजेदार वाकया होता है क्या।' अमोल दा हँसे जा रहे थे।

अब डबलू पाण्डे के साथ खड़े राजेश खांडुर, सुजय चौहान, झमन पटेल को भी हँसी आ गयी थी।

'हाँ मजेदार तो है।' डबलू पाण्डे ने हँसते हुए कहा था।

'चलो चलो अब खैराबाद ए डिविजन लीग आ रहा है, उसका तैयारी शुरू करो कल से। मिलते हैं कल तीन बजे।' अमोल दा बोले थे।

ये कहकर अमोल दा अपने बजाज चेतक स्कूटर पर सवार हो गये थे।

उनका स्कूटर आँखों से ओझल हो रहा था।

जब बोलेंगे कुछ उल्टा ही बोलेंगे

फट् फट् फट् फट् फट्। पुटुसगंज बिजली कारख़ाने में ऑपरेटर का काम करने वाले गजानन्द गोप की फटफटिया घाटी से नीचे उतर रही थी। वैसे ही हमेशा की तरह धीरे-धीरे। पत्नी भी पीछे आराम से वैसे ही बैठी थी। बरावलपुर में डॉक्टर के यहाँ देर हो गयी थी। न चाहते हुए भी गोप जी को रुकना पड़ा था। पर क्या करते। साढ़े छह बजे शाम में जब चले तो अपने हिसाब से वो तेज़ ही चला रहे थे। लेकिन उनकी मोटरसाइकिल की रफ़्तार तो उन्हीं की थी। कितना तेज़ चला लेते। बीच-बीच में पत्नी बोलती कि 'इतना धीरे-धीरे क्यों चला रहे हैं, थोड़ा तेज चला लीजिए तभी ना झारीपारी में बस को पकड़ पायेंगे।' पर गोप जी की फटफटिया की स्पीड फ़िक्स थी। तीस की रफ़्तार से फट् फट् फट्। पुटुसगंज में भी वो ऐसे ही चलाते। पीछे से लोग हँसते, लेकिन उन पर कभी कोई असर नहीं हुआ था। उनकी दस साल पहले ख़रीदी गयी सेकेंड हैंड राजदूत मोटरसाइकिल की आवाज़ भी बिल्कुल अलग थी। दूर से ही लोगों को मालूम हो जाता कि गोप जी की सवारी आ रही है।

पर आज तो बरावलपुर से लौट रहे थे और चालीस की रफ़्तार से फटफटी भगा रहे थे। ये तो सर्वविदित था कि बरावलपुर से पुटुसगंज के बीच की घाटी ख़तरनाक है। यहाँ पुलिस की व्यवस्था होने के बावजूद लूटपाट की छिटपुट घटनाएँ हो जाया करती थीं। पर सुबह-शाम पूजा करनेवाले गोप जी को भगवान पर भरोसा था। अँधेरा गहरा गया था। घाटी में सन्नाटा पसरा था। केवल हवा साँय साँय कर रही थी। बीच-बीच में जंगली ख़रगोश मोटरसाइकिल की हेडलाइट की रोशनी में सड़क पर इधर-उधर भागते दिखते। पत्नी अब बुरी तरह डरने लगी थी।

'थोड़ा और तेज चलाइए ना?'

'अरे गिरा दूँ! जितना तेज चला सकता हूँ चला रहा हूँ। गाड़ी भी तो पुरानी है, बन्द हो जायेगी, बस यहीं घाटी में ही रह जाओगी।'

'अच्छा-अच्छा बोलिए। जब बोलेंगे कुछ उल्टा ही बोलेंगे।'

झारीपारी से आगे की घाटी से नीचे उतरने के बाद हरहली पार करते ही वो कुख्यात चढ़ाई थी जहाँ गाड़ी की रफ़्तार ख़ुद-ब-ख़ुद धीमी हो जाती थी। गाड़ी चार नम्बर गियर में चल रही हो तो उसे दो नम्बर में या कभी-कभी तो एक नम्बर में डालना पड़ता था। आगे-पीछे कोई और गाड़ी भी आती या जाती नज़र नहीं आ रही थी। पत्नी डर के मारे कुछ बुदबुदायी तो गोप जी ने कहा, 'चुपचाप रहो और गाड़ी चलाने दो।'

'हम कहाँ कुछ कह रहे हैं। आदमी अपने आप से भी बात नहीं कर सकता क्या?'

पूरी तरह सुनसान और बियाबान घाटी में सिर्फ़ उसी बाइक की आवाज़ सुनाई पड़ रही थी फट् फट् फट् फट्। गोप जी अपनी पत्नी के साथ इस घाटी से अनगिनत बार लौटे थे। पर आज पता नहीं क्यों डर बहुत ज़्यादा लग रहा था। अमूमन बाइक और कार वाले किसी बस के आगे-आगे चलते थे ताकि सुरक्षा का आभास होता रहे कि पीछे कोई है।

बनवारी रोडवेज़ में हुई लूटपाट के बाद पुलिस की व्यवस्था हो गयी थी। बरावलपुर से बस जैसे ही झारीपारी पहुँचती, थाने पर चार और कभी-कभी असामान्य परिस्थिति में दो बन्दूक़धारी पुलिसवाले बस में सवार हो जाया करते थे। पर इस व्यवस्था के मुताबिक़ बरावलपुर से आख़िरी बस शाम साढ़े छह बजे चलती थी जो आठ बजे तक घाटी क्रॉस कर जाती थी और साढ़े आठ बजे तक पुटुसगंज पहुँच भी जाती थी। इस आख़िरी बस का नज़ारा देखने लायक होता है। बरावलपुर से आनेवाली हर छोटी-बड़ी गाड़ी झारीपारी थाने पर इस बस का इन्तज़ार करती रहती। धीरे-धीरे वहाँ तक़रीबन सौ सवा सौ गाड़ियाँ जमा हो जातीं। गोठी ट्रांसपोर्ट बरावलपुर से आनेवाली आख़िरी बस थी। जब ये बस, बन्दूकधारी पुलिसवालों को झारीपारी थाने पर बिठाकर चलती, तब वहाँ इन्तज़ार कर रही तमाम गाड़ियाँ उससे आगे-आगे, थोड़ी-थोड़ी दूरी बनाकर चलने लगतीं।

पर आज ये कारवाँ गुज़र गया था। गोप जी अपने हिसाब से तेज़ चलाकर भी समय पर झारीपारी नहीं पहुँच पाये थे। उनकी मोटरसाइकिल चली जा रही थी। किसी अन्य गाड़ी या उसकी आवाज़ सुनाई नहीं पड़ रही थी।

'पता नहीं आज किसका मुँह देखकर उठे थे', गोप जी की पत्नी बुदबुदाई।

'रोज तो आईने में सबसे पहले उठकर अपना ही चेहरा देखती हो।'

पत्नी ने गोप जी के इस हास्य का उनके दायें कन्धे को हल्के हाथों से थपथपाकर उत्तर दिया था और मुस्कुरा उठी थी।

इस संक्षिप्त हास से तनावभरा माहौल थोड़ा हल्का हो गया था। पर अब बाइक वहाँ पहुँच गयी थी जहाँ सड़क की तीव्र ऊँचाई की वजह से सेकेंड गियर लगानी पड़ती है। गोप जी की पुरानी फटफटी ने तो फ़र्स्ट गियर लगवा दिया था। 'घों-घों' की एक चीख़ती-सी आवाज़ के साथ बाइक लगभग रुक गयी थी।

'आज लगता है अनहोनी होकर रहेगी।' गोप जी की पत्नी के ज़ेहन में ये वाक्य कौंधा था।

तभी...

'मारो स्साले को।'

'पकड़ो।'

'गिरा दो।'

दस लुटेरे थे। सामने से बाइक को रोक दिया था। रोक क्या दिया था। पुरानी बाइक थी, पहले ही रुक गयी थी। हाँ, भागने का कोई प्रयास नहीं किया गया था, क्योंकि उस चढ़ाई वाली जगह पर बाइक को लुढ़काकर ले जाना भी आसान नहीं था और गोप दम्पति उम्र की वजह से अपनी सीमाएँ जानते थे। एक लुटेरे ने चाबी निकाल ली। दूसरे ने सड़क पर डण्डा पटका। दो अन्य लुटेरों ने दोनों तरफ़ से गोप जी की कनपट्टी पर पिस्तौल सटा दिया।

'उतर साले नीचे उतर।' लुटेरों में से एक ने कहा।

'हमको छोड़ दीजिए। जाने दीजिए। आप लोगों के पैर पड़ते हैं।' गोप जी की पत्नी गिड़गिड़ायी।

'चुप रह औरत...चुप। चुपचाप दोनों गाड़ी से उतरो।'

मुँह में पान दबाये गोप जी की घिग्घी बन्ध गयी थी। जल्दी से उसे थूका और याचना के स्वर में बोले, 'छोटे-छोटे बच्चे हैं हमारे जाने दीजिए हमको।'

चटाक् चटाक्। दूसरे लुटेरे ने दो झापड़ गोप जी के गाल पर रसीद कर दिये थे। पत्नी तो तुरन्त उतर गयी थी। गोप जी ने भी उतरकर बाइक छोड़ दी थी। एक लुटेरे ने बाइक पकड़ ली। बिना देर किये लुटेरों ने गोप जी और उनकी पत्नी के हाथ पीछे कर बाँध दिये और चारों तरफ़ से घेर लिया।

'चल आगे चल, आगे।' एक लुटेरे ने गोप जी को पीछे से धक्का दिया था।

पति-पत्नी दोनों बुरी तरह रोने लगे थे।

'हमको जाने दीजिए। बच्चा सब इन्तजार कर रहा होगा। आपको जो लेना है ले लीजिए, लेकिन हमको जाने दीजिए।' पत्नी ने गिड़गिड़ाते हुए कहा।

फिर बोलने लगी, 'कह रहे थे आपसे कि बरावलपुर में ही रुक जाते हैं। बच्चा लोग को फोन से खबर पहुँचवा देंगे। बात मानते नहीं हैं ना। सब लुट गया, सब बर्बाद हो गया।'

चटाक्। एक झापड़ अब गोप जी की पत्नी को भी पड़ा।

'चुप रह स्सा...चुप रह, नहीं तो टेंटुआ यहीं दबा देंगे।'

'मुँह बाँधो रे इनका...तब से बकर-बकर कर रहा है इ दुनो।'

दो लुटेरों ने गमछेनुमा गन्दे कपड़े से दोनों पति-पत्नी का मुँह इस तरह बाँध दिया कि आवाज़ एकदम नहीं निकल पा रही थी। बीस क़दम चलने पर मेन सड़क से एक पतला रास्ता दायीं ओर जंगल की तरफ़ कट जाता है, बरझावन की ओर। लुटेरे उसी रास्ते पर दोनों को थोड़ा अन्दर ले गये। गोप जी का वॉलट, जूता, बेल्ट, शर्ट सब उतार लिया गया। बनियान और पैंट में खड़े रह गये। पत्नी की सोने की चेन, पर्स और सारा सामान जो उन्होंने बरावलपुर में ख़रीदा था, सब ले लिया गया था। दोनों पति-पत्नी बँधे मुँह में ही घिघिया रहे थे। एक अजीब-सी आवाज़ उनकी नाक से निकल रही थी। आँसू थमने का नाम नहीं ले रहे थे। वो ज़मीन पर बैठकर रोये जा रहे थे।

'मार दो सालों को, गोली मार दो।'

ये सुनते ही गोप दम्पति ने सामने खड़े लुटेरे के पाँव पर सिर पटक दिया।

दूसरे लुटेरे ने कहा, 'चाकू मार दो थोड़ी देर में छटपटाकर मर जायेंगे।'

अपने कट्टे को साफ़ कर रहे एक अन्य लुटेरे ने कहा, 'पेड़ से बाँध दो सालों को, जंगली जानवर खा जायेंगे।'

ये गैंग का सरगना था।

'हाँ ये ठीक रहेगा। बाँध दो स्सालों को।' दूर खड़े एक बुज़ुर्ग टाइप लुटेरे ने सरदार के प्रस्ताव का समर्थन किया था।

गोप जी और उनकी पत्नी की हालत बेहोशी का एंजेक्शन लिए और वध करने के लिए ले जाये जा रहे पशु की तरह हो गयी थी।

लुटेरों ने उन्हें आसपास खड़े दो पेड़ों के तने से बाँध दिया। मुँह तो पहले से ही बँधा था।

फिर मोटरसाइकिल स्टार्ट की जाने लगी। खट् खट् खट्। सौ दो सौ किक मारी गयी, लेकिन बाइक स्टार्ट ही नहीं हो रही थी। पसीने से भीगे एक लुटेरे ने सीट पर ज़ोरदार लात मारी। मोटरसाइकिल एक तेज़ आवाज़ के साथ ज़मीन पर गिर पड़ी।

'स्सालों ने फटफटिया भी अपनी ही तरह खटारा रखा है।' फिर वे जाने लगे थे।

एक ने कहा, 'इ दुनों तो मर जायेगा, रातभर में अकड़ जायेगा।'

फिर दूसरे लुटेरे ने अट्टहास करते हुए कहा, 'धरती पर बोझा थोड़ा कम होगा। हा हा हा।' और सब वहाँ से चल पड़े थे।

लुटेरों के जाने के बाद बुरी तरह काँप रहे गोप दम्पति को समझ में नहीं आ रहा था कि अब क्या करें। रात के आठ बज रहे होंगे। एक-दूसरे को बस देखे जा रहे थे। मुँह बँधा था तो कुछ बोल भी नहीं पा रहे थे। थोड़ी देर तक ऊँ ऊँ की आवाज़ निकालकर एक-दूसरे को सान्त्वना देते रहे। ठण्ड बढ़ रही थी। अचानक गोप जी ने तेज़ स्वर में ऊँ ऊँ करना शुरू कर दिया, इस उम्मीद में कि शायद कोई उनकी आवाज़ सुन ले। पर थोड़ी देर तक ऐसा करने के बाद थक गये और शान्त हो गये। पत्नी तो पहले ही चुप हो गयी थी। जंगल से गुज़रते एक ट्रक की तेज़ आवाज़ आयी। हिम्मत बँधाकर दोनों ने ख़ूब ज़ोर की आवाज़ निकाली, पर बेकार। अब तक क़िस्मत साथ थी कि किसी जंगली जानवर की नज़र उन पर नहीं पड़ी थी। बीच-बीच में किसी बड़ी गाड़ी के गुज़रने की आवाज़ आती, पर उसका अब कोई मतलब नहीं रह गया था।

हिम्मत हार चुके गोप दम्पति बस मद्धिम पड़ती चाँदनी के प्रकाश में एक-दूसरे को देखने की कोशिश कर रहे थे। ज़िन्दगी और बच्चों के ख़याल से पत्नी धारासार रोये जा रही थी। मुँह बँधा होने की वजह से साँस भी ठीक से नहीं ले पा रही थी। घिग्घी बँध जा रही थी। मन में विचार चल रहा था, 'पता नहीं बच्चे किस हाल में होंगे। क्या सोच रहे होंगे। अब शायद उनसे मुलाकात नहीं हो सकेगी। पता नहीं हँसती-खेलती जिन्दगी को किसकी नजर लग गयी।'

लगातार रोने और खड़े रहने से बुरी तरह थक चुके दोनों लोगों ने अब ख़ुद को भाग्य के भरोसे छोड़ दिया था। रात गहराती जा रही थी। ठण्ड से ठिठुरते-ठिठुरते अब शरीर जैसे सुन्न-सा हो गया था। नींद आने लगी थी। पर सो कैसे सकते थे। जान का डर जो था। बीच-बीच में खर-खर की आवाज़ होती तो घबराकर इधर-उधर देखने लगते। पर जब कुछ नज़र नहीं आता था तो डर और बढ़ जाता था। दरअसल जंगली ख़रगोश इधर से उधर भागते तो सूखे पत्तों की खरखराहट बढ़ जाती। थोड़ी देर में गोप दम्पति इस बात को समझ गये। पर कुछ भी हो जाने के अनदेखे डर से लगातार भयाक्रान्त रहे। ऐसे ही कुछ समय बाद कब उन्हें नींद आ गयी या वो बेसुध हो गये पता नहीं।

'अरे उठो, उठो'।

सुबह हो आयी थी। ये उन आदिवासी महिलाओं की आवाज़ थी जो जंगल में सूखी लकड़ियाँ चुनने आयी थीं।

'उठो-उठो।'

गोप दम्पति दरख़्त से बँधे बेहोशी में लटक गये थे। आदिवासी महिलाओं ने पानी की बूँदें चेहरे पर मारी थीं। कोई हरकत नहीं।

'लगता है मर गये हैं।'

'हाँ कोई हरकत नहीं शरीर में।'

पर तभी अगले छींटे पर गोप जी की पत्नी की आँख खुली थी। फिर गोप जी भी होश में आ गये थे। आदिवासी महिलाओं ने बन्धन खोलकर उन्हें ज़मीन पर बिठा दिया। पीने को पानी दिया था। गोप दम्पति को ये समझने में कुछ पल लगे थे कि वो ज़िन्दा हैं। पूरी तरह होश में आने पर उन महिलाओं ने उन्हें खाने के लिए कुछ जंगली फल दिये। जब उन्हें कुछ अच्छा महसूस होने लगा तो उन महिलाओं ने सड़क पर ले जाकर उन्हें पुटुसगंज जा रही बस में बिठा दिया।

उधर, पुटुसगंज में हाहाकार मचा था। पुलिस की गाड़ी रातभर घाटी में चक्कर लगाती रही थी। उस डॉक्टर के घर तक हो आयी थी जहाँ गोप दम्पति इलाज के लिए गये थे। बच्चों का रो-रो कर बुरा हाल था। घर में अड़ोस-पड़ोस की महिलाएँ बच्चों को सान्त्वना देने में जुटी थीं। छोटे से शहर को जैसे साँप सूँघ गया था। हर आते-जाते की ज़ुबान पर गोप जी का ही प्रकरण था।

नौ बजे के क़रीब जब रिक्शा गोप दम्पति को लेकर सेमल पथ पर उनके गेट के सामने रुका तो लोग दौड़ पड़े। फिर ये ख़बर जंगल की आग की तरह फैल गयी कि गोप जी का पता चल गया है।

गोप दम्पति बच्चों को गले से लगाकर रोये जा रहे थे। जो रात गुज़री थी, उसके बाद यक़ीन नहीं कर पा रहे थे कि ज़िन्दा हैं और घर लौट आये हैं।

अगले कई हफ़्तों तक किसी की हिम्मत नहीं हुई थी कि आख़िरी बस के झारीपारी से गुज़र जाने के बाद टू व्हीलर या दूसरी छोटी गाड़ी लेकर घाटी में प्रवेश करे। गोप दम्पति का क़िस्सा याद आ जाता था।

पिंटू जी! चार प्लेट सिंघाड़ा चटनी लगाइए

'अनि, देखो विप्लव आया है, जाकर मिलो।' माँ ने पुकारा।

रविवार की सुबह थी। दस बज रहे थे।

जूते पॉलिश करना छोड़कर अनिरुद्ध भागकर दरवाज़े पर गया।

'आओ आओ विप्लव। सुबह सुबह?'

'अरे तैयार होकर चलो। एक मजेदार खबर है।'

'क्या बताओ ना।'

'बाहर चलो फिर बताता हूँ।'

दो मिनट में अनिरुद्ध ने कपड़े बदले थे और विप्लव के साथ बाहर आ गया था।

'क्या है, अब बताओ?'

'अबे मॉस्कोवा हॉस्टल में एक नयी लड़की आयी है। डिम्पल नाम है। बहुत सुन्दर है। चलो एक चक्कर लगा के आते हैं। साइकिल ले लो।'

अनिरुद्ध साइकिल निकाल लेता है।

'चलो चलो।'

मॉस्कोवा हॉस्टल में कभी वे रूसी इंजीनियर रहा करते थे जिन्होंने पुटुसगंज कारख़ाने के निर्माण में अहम भूमिका निभायी थी। रूस की मॉस्कोवा नदी के नाम पर इस हॉस्टल का नाम रखा गया था। लेकिन उन रूसी इंजीनियरों के जाने के बाद इस हॉस्टल में उन अफ़सरों को रखा जाता था जो नये-नये ट्रांसफ़र होकर दूसरे शहरों से आते थे। ऐसे अफ़सर वहाँ तब तक रहते जब तक उन्हें स्थायी आवास नहीं मिल जाता था। एक तरह का ट्रांज़िट हाउस था मॉस्कोवा हॉस्टल।

पार्वती शुक्ला ने आज तक घास डाली नहीं थी, तो अनिरुद्ध उधर से उदासीन ही हो गया था। अनिरुद्ध और उसकी उम्र के अन्य लड़कों को लगता कि इतने बड़े हो गये हैं, एक गर्लफ्रेंड तो होनी ही चाहिए। किशोरावस्था में प्रवेश कर चुके लड़के इस मनोदशा में लगातार मिशन गर्लफ्रेंड पर रहते। हालाँकि पुटुसगंज के माहौल में

लड़के और लड़की की दोस्ती एक एलियन कॉन्सेप्ट था। पर उम्र का क्या करें, शरीर में हो रहे हॉर्मोनल चेंजेज़ का क्या करें। वो तो हिलोरें मारेगा ही। और हाँ, लड़की पटाऊ प्रोजेक्ट में एक म्युचुअल कोलैबरेशन भी था। मतलब तमाम दोस्त सामूहिक रूप से लाइन मारने के उपक्रम में लगे रहते। क्या पता लड़की किससे पट जाये या इंप्रेस हो जाये। पर इंप्रेस होकर भी क्या होना था। बहुत होगा तो लड़की एक नज़र देख लेगी और लड़का लगातार देखने की फ़िराक़ में घूमा करेगा। इससे ज़्यादा का कोई स्कोप था नहीं। पर उम्मीद पर दुनिया टिकी है। ट्राई करने में क्या जाता है। प्रेम जगत की इस समाजशास्त्रीय व्यवस्था का एक दिलचस्प पहलू ये भी था कि कोई लड़का अगर आज सेमल पथ की किसी लड़की को लाइन मारने की कोशिश कर रहा होता तो दाल नहीं गलने पर या कोई पॉज़िटिव संकेत ना मिलने पर कल चीड़ पथ के चक्कर लगा रहा होता। कई बार तो तीन-चार प्रोजेक्ट पर साथ-साथ काम चल रहा होता था। ऐसे ही पुटुसंगज के युवाओं के जीवन में प्रेम तरु पनपता, बढ़ता और कुम्हलाता रहता था, कभी पूर्ण विकसित नहीं हो पाता था।

रास्ते में राजन और रघु को भी साथ ले लिया गया। चारों मित्र पहले बुलाकी की दुकान के पास रुके। थोड़ा माहौल का जायज़ा लिया कि आख़िर शहर में आयी नयी-नयी सेंसेशन को देखा कैसे जाये।

पर्याप्त रिसर्च कर चुके विप्लव ने बताया कि वो मॉस्कोवा हॉस्टल के फ़र्स्ट फ़्लोर पर सबसे किनारे वाले फ़्लैट में रहती है। अगर वो बाहर आकर मेनरोड यानी गांधी पथ की तरफ़ देखे तो बुलाकी की दुकान से भी नज़र आ सकती है। इसी मक़सद से चारों दोस्त बुलाकी की दुकान के पास रुके थे।

पन्द्रह-बीस मिनट तक खड़े रहने के बाद भी वांछित परिणाम सामने नहीं आया था। उसी दौरान बुलाकी बाहर निकलकर अपना मोपेड स्टार्ट कर रहा था।

'कुछो काम है तो बताइए भइया?'

'नहीं बुलाकी बस ऐसे ही थक गये थे हम लोग तो थोड़ा सुस्ता रहे थे। तुम निकलो।' विप्लव ने बुलाकी को आश्वस्त करने के लिए कहा था।

बुलाकी ने ऊपर से नीचे तक चारों को ग़ौर से देखा, मुस्कुराया और फिर मोपेड पर सवार होकर निकल गया।

'इ साला बुलकिया भी थाह लेता रहता है। इसको सब जानकारी चाहिए।' रघु ने कहा था।

'अरे छोड़ो ना यार।' विप्लव बोला।

'चलो टर्मिनल टोला से होकर आते हैं, लौटते हुए वॉलीबॉल कोर्ट से देखने की कोशिश करेंगे। किसी की नज़र भी नहीं पड़ेगी और वहाँ से सीधा दिख भी जायेगा।' राजन ने सुझाव दिया।

'हाँ चलो-चलो, चलते हैं।' अनिरुद्ध ने साइकिल पर बैठते होते हुए कहा।

फिर चारों मित्र अपनी-अपनी साइकिल पर पहले टर्मिनल टोला तक गये जो वहाँ से तक़रीबन एक किलोमीटर की दूरी पर था और फिर लौटते हुए वापस बुलाकी की दुकान तक आये। इस दौरान उनकी नज़र लगातार नयी 'ड्रीमगर्ल' डिम्पल के घर पर टिकी थी कि काश एक झलक मिल जाये। पर फ़्लैट का दरवाज़ा बन्द था। वहाँ कोई हलचल नहीं दिखी।

अब चारों दोस्त वॉलीबॉल कोर्ट तक गये जहाँ कभी-कभी वो क्रिकेट खेला करते थे। चारों तरफ़ से लोहे की जाली से घिरा था वॉलीबॉल कोर्ट। आधे घण्टे तक वे वहाँ खड़े होकर बातें करते रहे, पर नज़र डिम्पल के घर पर ही लगी थी। वैसे वॉलीबॉल कोर्ट से डिम्पल के घर की दूरी क़रीब डेढ़-दो सौ मीटर की थी। अगर कोई लड़की नज़र भी आ जाये तो उसके चेहरे-मोहरे का पता यहाँ से क्या ही चल जाता, लेकिन मिशन गर्लफ्रेंड के ये जाँबाज़ सिपाही मोर्चे पर लगातार डटे थे। सबकी चिन्ता यही थी कि पता तो चले कि विप्लव ने डिम्पल को लेकर जो दावा किया है उसमें सच्चाई भी है या नहीं।

'देख देख देख...वो निकली है।' राजन ने सतर्क किया था।

बाक़ी तीनों मित्रों की निगाहें वहीं घूम गयी थीं। नज़रों से काफ़ी ज़ूम इन करने के बाद भी चेहरा तो पूरा क्लीयर नहीं हो पा रहा था, पर ये ज़रूर समझ में आ रहा था कि लड़की गोरी है। लम्बी है। मतलब विप्लव ने जो दावा किया था उसमें सच्चाई है।

'अरे टंच माल है यार।' विप्लव ने आहें भरी थीं।

'हाँ यार। ये मेरी है, मतलब तुम लोगों की भाभी है, तो इसको उसी नजर से देखो।' रघु ने हँसते हुए कहा।

'बेटा, रघुआ बहुत तेज है।' विप्लव ने कहा।

'चारों लोग लाइन मारेंगे, देखते हैं किसकी दाल गलती है। समझे। ये किसी की भाभी तब तक नहीं है जब तक कुछ फिक्स नहीं हो जाता। बड़ा आये भाभी बनाने वाले।' अनिरुद्ध ने चैलेंज देते हुए कहा था।

इस बातचीत के बीच उन सबकी डिम्पल बाहर के माहौल का जायज़ा लेकर घर के भीतर चली गयी थी। उसने इन चार प्रॉस्पेक्टिव रोड रोमियोज़ को देखा तक नहीं था।

आधे घण्टे तक और एक झलक पाने का बेसब्री से इन्तज़ार कर रहे चारों सखा अब मायूस होकर लौट गये थे।

अगले दिन शाम की मुलाक़ात में विप्लव ने आगे के रिसर्च से ये जानकारी दी थी कि 'डिम्पल के पापा इंजीनियर हैं। ये लोग दीदारपुर से ट्रांसफर होकर आये हैं। जब तक प्रॉपर घर अलॉट नहीं हो जाता, तब तक ये मॉस्कोवा हॉस्टल में ही रहेंगे।' और सबसे ख़ास इनफॉर्मेशन ये कि 'डिम्पल आठवीं क्लास में पढ़ती है, इसलिए मिशन पॉसिबल भी है क्योंकि स्कूल आते-जाते तो दिख ही जायेगी। फिर देखते हैं क्या होता है।'

'बेटा विप्लव, यूँ ही हम लोग तुमको ग्रुप का ब्रिटैनिका नहीं कहते। साला एक दिन में ही सारा इनफॉर्मेशन निकाल लिया। जियो मेरे लाल!' राजन ने कॉम्प्लीमेंट दिया था।

'हाँ ये बात तो है भई। विप्लव अगर मिशन गर्लफ्रेंड पर लग जाये तो लड़की से जुड़ी सारी जानकारी सबसे पहले निकाल लेता है।' रघु ने विप्लव की पीठ थपथपायी थी।

विप्लव ने मुस्कुराकर कहा, 'साला तुम लोग मजे ले रहे हो मेरा।'

अब चारों दोस्तों को स्कूल आते-जाते डिम्पल की तलाश रहती। पार्वती शुक्ला नज़र आ भी जाती तो अनिरुद्ध हसरत भरी नज़र से देखता, थोड़ा आगे-पीछे करता और फिर मिशन डिम्पल में जुट जाता। अब चारों दोस्त शाम को बाँके मैगज़ीन कॉर्नर वाले सिलाव होटल पर मिलते, सिंघाड़ा वग़ैरह खाते और वॉक करते हुए छंगामल क्रीड़ा मैदान की तरफ़ निकल जाते। मेन ग्राउंड से भी मॉस्कोवा हॉस्टल दिखता था। पर बारिश का मौसम होने की वजह से क्रिकेट बन्द था। जब बारिश कम होने लगी तो रघु ने आइडिया दिया कि 'अगर हम वॉलीबॉल कोर्ट में शाम को क्रिकेट शुरू कर दें तो बात कुछ आगे बढ़ सकती है।' ये प्रस्ताव प्रेममार्ग के अलमस्त अल्हड़ पथिकों को तुरन्त पसन्द आ गया था। अगले दिन से चारों दोस्त बैट, बॉल और विकेट लेकर वॉलीबॉल कोर्ट में जुटने लगे। खेल तो होता ही था, पर उनकी नज़रें डिम्पल के फ़्लैट पर लगी रहतीं। ये व्यवस्था शानदार थी क्योंकि अब खेल के दो घण्टों में वो अक्सर दिख जाया करती थी। अब अपने घर में तो कोई बाहर बारामदे में निकलेगा ही। डिम्पल को क़तई पता नहीं था कि वो लगातार फ़ॉलो की जा रही है। पर अपनी तरफ़ से हंड्रेड परसेंट प्रेम रस में डूबे चारों दोस्तों को ज़िन्दगी में एक बहुत महत्त्वपूर्ण मक़सद मिल गया था।

'यार अभी तक स्कूल में नहीं दिखी, ऐडमिशन नहीं लेगी क्या?' क्रिकेट खेलकर लौटते हुए राजन ने चिन्ता ज़ाहिर की थी।

अब मण्डली बुलाकी की दुकान के सामने आकर खड़ी हो गयी थी।

'क्या पता यार कहीं कुछ और चक्कर तो नहीं।' रघु ने आशंका ज़ाहिर की।

तभी सामने से एक नीले रंग की फ़िएट कार गुज़री। शहर में गिनती की कारें थीं तो सबको पता रहता था कि किसकी कार जा रही है। ये कार अलग-सी लगी थी। उसमें से एक लड़की बाहर झाँक रही थी।

'अरे ये तो डिम्पल है!' अनिरुद्ध ने चौंकते हुए कहा।

'हाँ हाँ, डिम्पल ही है।' विप्लव ने कन्फ़र्म किया।

एक झलक ही मिल पायी थी, लेकिन ये झलक अब तक का सबसे क्लोज़ लुक था।

'अरे यार, ये तो जबर्दस्त माल है। इतनी सुन्दर है और कार-वार भी है। बाप की मूँछें देखीं। कितना खतरनाक लग रहा था बप्पा?' राजन ने थोड़ा सशंकित होते हुए कहा।

'लगता नहीं कि हमारी दाल यहाँ गल पायेगी। हम लोग तो इसके सामने छछुंदर लग रहे हैं।' विप्लव ने चिन्ता जताई।

'क्या छछुंदर लग रहे हैं। अब थोड़ा लुक वगैरह पर भी ध्यान देना होगा। अगर कोई चीज इम्पॉसिबल लगे तभी तो उसे पाने का सुख है। ये क्या कि तीन दिन लाइन मारे और लड़की पट गयी। क्या मजा आयेगा उसमें।' राजन ने एक्सपर्ट कॉमेंट दिया था।

'राजन की बात तो ठीक है, लेकिन ये भी तो सच है यार कि आज तक हम चारों को किसी लड़की ने घास तक नहीं डाला है। बहुत बुरा रिकॉर्ड है हमारा। पता नहीं हम लोगों का क्या होगा।' रघु ने मायूसी से कहा था।

'खैर चलो। अब घर चलो। ये मामला भी टाँय-टाँय फिस्स ही लगता है।' अनिरुद्ध ने कहा था

उत्साह ठण्डा ज़रूर पड़ गया था, पर चारों मित्रों ने मिशन पर काम करना जारी रखा। रोज़ क्रिकेट खेलने जाते। अब आसपास के कुछ और लड़कों ने भी उनके साथ वॉलीबॉल कोर्ट क्रिकेट जॉइन कर लिया था।

दस-पन्द्रह दिन बाद चारों दोस्त स्कूल से लौट रहे थे तो उनकी नज़र डिम्पल पर पड़ी। वो आठ-दस सहेलियों के साथ आगे-आगे जा रही थी।

'देख-देख क्या लग रही है बे।' विप्लव ने कहा।

'हाँ यार इतनी सुन्दर लड़की तो पूरे स्कूल में नहीं। आते ही धाक जमा लिया है। इतनी जल्दी कई लड़कियों से दोस्ती भी हो गयी है।' राजन ने जोड़ा था।

अब चारों तेज़ क़दमों से उनके पीछे हो लिए थे। ज़ोर-ज़ोर से बातें भी की थीं ताकि डिम्पल की नज़र उन पर पड़े, पर डिम्पल ने पीछे मुड़कर नहीं देखा था। बाक़ी लड़कियों को ये चौकड़ी जानती थी, पर उनमें से भी किसी ने इन पर ख़ास ध्यान नहीं दिया था।

पर अब रोज़ का एक नया क्रम बन गया था। चारों दोस्तों ने स्कूल जाने, स्कूल से लौटने और शाम को वॉलीबॉल कोर्ट क्रिकेट के ज़रिये ज़्यादा से ज़्यादा डिम्पल के रेंज में रहने के मौक़े बना लिए थे।

वो एक-दो बार उनकी तरफ़ देखकर हँस भी देती तो उन्हें लगता कि रेसीप्रोकेट कर रही है। पर ऐसा कुछ था नहीं शायद।

हाँ, रोज़मर्रा की मेहनत से ये ज़रूर हो गया था कि कुछ हफ़्तों के बाद डिम्पल और उसकी दोस्तों का झुण्ड इनकी ओर देखकर आपस में कुछ बातें करने लगता था। इतना इशारा ही काफ़ी था इन मजनुओं के लिए जो इस उम्मीद में परिश्रम किये जा रहे थे कि 'वो सुबहा कभी तो आयेगी जब दुख के बादल पिघलेंगे, जब सुख का सागर छलकेगा।'

इन चारों दोस्तों की प्रेम यात्रा बस यूँ ही चली जा रही थी, पर डिम्पल के अनिंद्य सौन्दर्य का प्रताप ये था कि उसके तमाम प्रेमी पैदा हो गये थे। वही वन साइडेड हंड्रेड परसेंट वाले।

अब बुलाकी की दुकान से लेकर छंगामल मैदान तक और स्कूल आते-जाते कई लड़के उसके आगे-पीछे चक्कर लगाते नज़र आते।

एक दिन टर्मिनल टोला के एक छुटभैया बॉस टाइप सीनियर ने तो चारों को स्कूल से लौटते हुए रोककर पूछा भी कि 'तुम लोग तो लाइन नहीं मार रहे ना डिम्पल पर?'

वे कुछ बोलते उससे पहले ही उसने कहा था, 'डिम्पल मेरी है मेरी। गलती से भी मन में कोई सपना मत पालना बे, वरना हमसे बुरा कोई नहीं होगा। समझे।'

चारों दोस्तों को ग़ुस्सा तो बहुत आया था ये सुनकर, लेकिन जानते थे कि कोई भी रिऐक्शन उनके शरीर पर भारी पड़ सकता है। कष्टकारक हो सकता है। हीरो बन कर घूम तो रहे थे, लेकिन अपनी पंगा लेने की लिमिटेशन भी जानते थे।

किसी ने इस चुनौती का कोई जवाब नहीं दिया था। बस आपस में बुदबुदा कर रह गये थे। 'डिम्पल किसी की बपौती थोड़े ही ना है। वो जिसको पसन्द करेगी

वही ना उसका ब्वॉय फ्रेंड बनेगा। साला शकल तो देखा नहीं है शीशे में, आया है डिम्पल पर लाइन मारने।' राजन की इस बात पर चारों दोस्तों के मुखड़े पर थोड़ी मुस्कुराहट तैर गयी थी।

डिम्पल को इंप्रेस करने का प्रोजेक्ट इतना सीरियसली ले लिया था इन चारों ने कि फ़ाइनल परीक्षा कब सर पर आ गयी पता ही नहीं चला।

'अब पछताये क्या होत जब चिड़िया चुग गयी खेत।' दिमाग़ कमज़ोर नहीं था। चारों मित्रों ने मिलकर बचे हुए 15 दिन में पूरा ज़ोर लगाया, पर पास मार्क से कुछ ही बेहतर अंक ला सके।

नाइन्थ क्लास में पढ़ाई की ये हालत देखकर अनिरुद्ध के पिता बहुत परेशान हुए। उन्हें लगता था कि बड़े भाई आनन्द को देखकर अनिरुद्ध देर सबेर पटरी पर आ जायेगा। पर ऐसा हुआ नहीं था। जहाँ आनन्द दिन-रात पढ़ाई करने के बाद आईआईटी एंट्रेंस के रिज़ल्ट का इन्तज़ार कर रहा था, वहीं अनिरुद्ध हर पल इस चिन्ता में रहता कि 'पार्वती का खुद ही लिया दर्द भूलने के लिए जरूरी है कि कोई गर्लफ्रेंड हो और अब जब डिम्पल मिल गयी है तो वो उसे स्वीकार भी कर ले।' पर ये हो नहीं पा रहा था।

पिता ने अनिरुद्ध को बुलाकर कहा कि 'अगर यही हाल रहा तो क्या करोगे जीवन में। क्रिकेट भी कुछ ढंग का खेलते तो काम चल जाता, लेकिन वो भी तो मीडियॉकर टाइप ही खेलते हो। पढ़ाई में मन लगता नहीं, खेल में करियर बनाने की औकात नहीं, आखिर क्या करोगे तुम जीवन में?'

अनिरुद्ध सिर झुकाकर पिता की बातें सुनता रहा और फिर जैसे ही मौक़ा लगा वहाँ से सरक लिया।

पिता से डाँट सिर्फ़ अनिरुद्ध को ही नहीं पड़ी थी। शाम को जब चारों मित्र सिलाव होटल पर मिले तो सिंघाड़ा खाने का मन भी नहीं हो रहा था।

'यार लड़की के चक्कर में भारी नुकसान हो गया। कई महीने की मेहनत के बाद भी हममें से किसी को कुछ भी हासिल नहीं हुआ और परीक्षा में इज्जत गयी सो अलग।' राजन ने अफ़सोस जताते हुए कहा।

'बचपन में तो हम सबका नम्बर अच्छा ही रहता था, पता नहीं अब क्या हो गया है। पढ़ने का मन ही नहीं करता।' रघु ने जोड़ा था।

'क्या हो गया है नहीं पता है साले। दिन-रात लड़की के बारे में सोचोगे तो यही ना होगा। भगवान ने हमारे साथ एकदम ठीक किया है। हम जैसे लफाड़िया

टाइप लड़कों के साथ यही होना चाहिए।' विप्लव ने असलियत को आसान शब्दों में बयां किया था।

'अब तो टेंथ आ गया है। अगले साल बोर्ड होगा। अब हम लोगों को सम्भल जाना चाहिए।' अनिरुद्ध ने काफ़ी गम्भीर होकर ये बात कही थी।

इस पर सब हँस पड़े थे।

'लाइए पिंटू जी चार प्लेट सिंघाड़ा चटनी लगाइए।' राजन ने ऑर्डर दिया था।

'हाँ भइया लगाते हैं। पाँच मिनट में गरमागरम सिंघाड़ा निकलिए रहा है।'

पत्तों से बने दोने में दो-दो सिंघाड़े को तोड़कर उस पर छोले, प्याज़, काला नमक, धनिया पत्ता डालकर जब पिंटू ने दिया तो सिंघाड़े से निकलती भाप को देख चारों मित्र थोड़ी देर के लिए अपने रिज़ल्ट का दर्द भूल गये।

'छोड़ो यार इस साल मेहनत कर लिया जायेगा। लड़की वाला चक्कर भी कम करना पड़ेगा।' राजन ने हँसते हुए कहा।

सामने गांधी पथ पर गाड़ियाँ आ-जा रही थीं। बाँके बुक कॉर्नर के सामने चार-पाँच लोग गपशप कर रहे थे। सरजू की पान दुकान बन्द थी। ठण्ड गहरा रही थी। सिंघाड़ा ख़त्म करने के बाद चारों मित्र अपने-अपने घर की ओर चल पड़े थे।

अगले दिन जैसे ही अख़बार आया घर में हलचल बढ़ गयी। आईआईटी एंट्रेंस का रिज़ल्ट निकल गया था। आनन्द ने पेपर लपक लिया था और ईश्वर को याद करने के बाद पेपर में अपना रोल नम्बर ढूँढ़ना शुरू किया था। पिताजी साँसें थाम कर खड़े हो गये थे। माँ भगवान के सामने हाथ जोड़कर प्रार्थना करने लगी थीं।

'हो गया है पापा।' आनन्द ने पेपर में रिज़ल्ट देखकर बताया।

'जय हो, जय हो। शाबाश बेटा। तुम मेरा नाम रोशन कर दिये। मुझे लगता था कि तुम्हारी मेहनत एक दिन जरूर रंग लायेगी।' पिताजी ने आनन्द को गले से लगा लिया था। आनन्द ने उनके और माँ के पैर छुए थे।

अनिरुद्ध ये सब बैठा देख रहा था। फिर चलकर भइया के पास पहुँचा और बोला 'बधाई हो भइया। अब तुम इंजीनियर बन जाओगे।'

'अरे बेटा इन्जीनियर नहीं आईआईटी इन्जीनियर बोलो। भइया आईआईटी इंजीनियर बन जायेगा। बहुत गर्व महसूस कर रहा हूँ बेटा तुम पर।' पिताजी ने कहा था।

'आनन्द जाओ मिठास स्वीट हाउस से दो सौ रसगुल्ला ले आओ।' मोहल्ले में बाँटना है।

तभी पड़ोस के मिश्रा जी के चिल्लाने की आवाज़ आयी थी।

'सिंह साहब, सिंह साहब!' पिताजी बाहर बरामदे में चले गये थे।

'हाँ मिश्रा जी।'

'अरे क्या हुआ आनन्द का?'

बहुत ख़ुशी से मुस्कुराते हुए पिताजी ने कहा था, 'आप सब लोगों के आशीर्वाद से आनन्द आईआईटी के एंट्रेंस में पास हो गया है मिश्रा जी।'

'अरे वाह ये तो बहुत खुशी का समाचार है। हम कहते थे न कि आनन्द जिस तरह मन लगाकर पढ़ता है एक दिन जरूर अच्छा रिजल्ट देगा। देखिए आपको तो निश्चिन्त कर दिया बेटा। अरे मिठाई खिलाइए सिंह साहब।'

'हाँ हाँ आनन्द जा रहा है बाबू बाजार मिठाई लाने। बस मिठाई लेकर आते हैं आपके पास। आज तो वाकई सबको मिठाई खिलाने का दिन है मिश्रा जी।'

देखते-देखते आनन्द मोहल्ले ही नहीं पूरे पुटुसगंज में चर्चा का केन्द्र बन गया था। जहाँ देखो आनन्द की ही चर्चा थी। मिठास स्वीट हाउस की मण्डली, बाँके मैगज़ीन कॉर्नर, चिनार चौक, प्रेम नगर, टर्मिनल टोला–हर जगह ये ख़बर आग की तरह फैल गयी थी।

अनिरुद्ध के दोस्तों ने भी घर आकर मिठाई खायी थी और आनन्द भइया को बधाई दी थी।

अनिरुद्ध एक तरफ़ भइया की कामयाबी से ख़ुश था तो दूसरी तरफ़ उसे थोड़ी जलन भी हो रही थी। कहाँ भइया आईआईटी वाला और कहाँ वो नाइन्थ की परीक्षा में मुश्किल से पास होने वाला। सोचा कि अब वो भी जम कर पढ़ाई करेगा, पर पता नहीं क्यों भीतर मन ने इस विचार का समर्थन नहीं किया था।

पिताजी रात में सोते समय माँ से कह रहे थे कि 'आनन्द ने तो हमारा सीना गर्व से चौड़ा कर दिया है, अब पता नहीं अनि क्या करेगा। इसका तो पढ़ने में मन ही नहीं लगता।'

'अरे अभी बच्चा है सम्भल जायेगा। आप बेकार में चिन्ता करते हैं। इसका समय आयेगा तो ये भी पढ़ने लगेगा। देखिएगा मेरा अनि आपको निराश नहीं करेगा।'

ये सुनकर माता-पिता के बीच में सोने की कोशिश कर रहे अनिरुद्ध को माँ पर बहुत प्यार आया था। वो माँ के गले से लिपट गया था। माँ ने भी उसके माथे को चूम लिया था। बाहर जाड़े की रात गहरा रही थी। चाँदनी भी ठिठुरती जान पड़ती थी। माँ ने अनिरुद्ध के ऊपर रज़ाई अच्छी तरह डाल दी थी। वो नींद में सरकते हुए सपनों की नगरी में विचरण करने लगा था।

छोड़ो जी, बच्चे देख लेंगे तो क्या कहेंगे

कोहरे की हल्की चादर के साथ सवेरा हो रहा था। पूरब के क्षितिज पर सूरज की लालिमा पहाड़ों के बीच से झाँकने लगी थी। सामने अमरूद के पेड़ों पर बैठे पंछी चहचहा रहे थे। बिजली के तारों पर सुस्ताते कौए काँव-काँव कर रहे थे। अनिरुद्ध के माता-पिता सुबह की चाय लेकर बरामदे में बैठे तो देखा कि सरदार सुरिन्दर सिंह पिता बड़े सरदारजी को स्कूटर पर बिठाये आ रहे हैं। लाल रंग का घरघराता स्कूटर पड़ोस के जरनैल सिंह के घर के सामने रुक गया था।

'सरदार जी भी सुबहे सुबह तकादा करने निकल जाते हैं।' पिताजी ने चाय की चुस्की लेते हुए कहा।

'क्या करें यही टाइम होता होगा उनके पास। थोड़ी देर बाद तो दुकान खोलने का समय हो जायेगा।' माँ ने कहा।

'लेकिन कौन चाहेगा कि जाड़े की आलस भरी सुबह में सबसे पहले उधारी वसूल करनेवाला उसके घर आये।' पिताजी ने कहा।

'ऐसे ही तो सालों से चल रहा है। सरदार जी के बिना पुटुसगंज में काम भी तो नहीं चलने वाला। ना जाने कितने ही परिवारों का सुख-दुख सँभाला है सरदार जी ने', माँ ने जोड़ा था।

सुबह सात बजे से आठ बजे तक सरदार जी का उधार वसूल करने का समय होता था। सुरिन्दर सिंह की उम्र होगी कोई 35-40 साल और बड़े सरदार जी यानी सुब्बा सिंह 75 पार के थे। बँटवारे के बाद सुब्बा सिंह पाकिस्तान से हिन्दुस्तान पहुँचे थे और फिर रोज़ीरोटी की तलाश में भटकते-भटकते पुटुसगंज पहुँच गये थे। पहले सड़क पर चादर बिछाकर सस्ते दामों वाले कपड़े बेचा करते थे। कपड़े भी इसलिए क्योंकि वही एक कारोबार समझ में आता था। पंजाब में बाप-दादा भी कपड़े का ही कारोबार करते रहे थे। पुटुसगंज का बाबू बाज़ार पहले दैनिक हाट की जगह हुआ करती थी। उसी हाट में सुब्बा सिंह रोज़ मामूली से कपड़े बेचकर अपना,

पत्नी सतनाम कौर और तीन बच्चों का पेट पालते थे। किराये पर एक झोंपड़ी ले ली थी। बँटवारे का झंझावात झेलने के बाद ज़िन्दगी की गाड़ी धीरे-धीरे चलने लगी थी। बोलचाल में मृदुभाषी और आचरण में व्यवहार कुशल सुब्बा सिंह दिनभर ख़ूब मेहनत करते। पत्नी सतनाम कौर भी घरबार के काम से समय निकालकर उनका हाथ बँटाने की कोशिश करती। धीरे-धीरे पति-पत्नी के उद्यम से सुब्बा सिंह का कारोबार चल पड़ा और थोड़े ही समय में सड़क पर बिछनेवाली चादर, छोटी दुकान और फिर पक्की इमारत वाली बड़ी दुकान में तब्दील हो गयी। ज़रूरत के छोटे-मोटे कपड़ों से लेकर महँगे कपड़े भी अब सरदार जी की दुकान में मिलने लगे थे। यहाँ तक कि शादी ब्याह के कपड़े और सजावट वाले सामान भी सुब्बा सिंह बेचने लगे थे। और ये सारी तरक़्क़ी सम्भव हुई थी सरदार जी के शालीन और किसी को निराश ना करनेवाले उनके व्यवहार की वजह से। मीठी बोली में वो और उनकी पत्नी दोनों एक से बढ़कर एक थे। किसी के घर बेटी की शादी हो, पैसे कम पड़ रहे हों। कोई बात नहीं। सरदार जी हैं ना। बेटी के कपड़े से लेकर शादी में लेन-देन के सारे कपड़े सरदार जी बड़े आराम से उधार दे दिया करते थे। ज़रूरत में फँसा आदमी ये भी नहीं पूछ पाता था कि सरदार जी ने कपड़ों के दाम थोड़े ऊँचे क्यों रखे हैं। उस वक़्त तो ऐसा ही लगता कि सरदार जी कोई फ़रिश्ता हैं जो बेटी की शादी के एक बड़े ख़र्च को बाँटने में मददगार बन गये हैं। बाद में धीरे-धीरे पैसे तो चुका ही दिये जायेंगे।

सरदार जी की दुकान की एक और बड़ी दिलचस्प बात थी। अनुभव के धनी सुब्बा सिंह ग्राहक की चाल और मुखड़े के भाव से ही जान जाते थे ग्राहक नक़दी वाला है या उधारी वाला। नक़दी वाला ठसक से बैठता, मन मुताबिक़ चीज़ों की डिमांड करता। अगर उसे चीज़ पसन्द नहीं आती तो खुल कर कह देता 'सरदार जी कुछ जँच नहीं रहा' या फिर 'कुछ मजा नहीं आ रहा।' उस ग्राहक को अब तक सरदार जी ने दुकान के सामने वाले हिस्से की चीज़ें दिखाई थीं। ये उनकी स्ट्रैटेजी का हिस्सा होता। कोशिश होती कि उसी हिस्से में रखी चीज़ों से ग्राहक निपट जाये। पर जब कोई नक़दी वाला ग्राहक सन्तुष्ट नहीं होता था तो दौड़कर भीतर के तीन कमरों के गोदाम से और बेहतरीन चीज़ें लाकर दिखाई जाती थीं।

जब उधारी वाला ग्राहक आता तो आते ही 'सरदार जी नमस्ते।' 'आप तो पुटुसगंज की शान हैं।' 'आपने कितनों का भला किया है।' 'आपके बिना तो पुटुसगंज का काम ही नहीं चल सकता है,' जैसे सम्बोधन होते। सरदार जी समझ जाते कि बन्दा ज़रूरतमन्द है और ऐसे लोगों के लिए सरदार जी की रणनीति होती कि ग्राहक दुकान के सामने वाले हिस्से में रखी चीज़ों से ही सन्तुष्ट हो जाये।

जब ग्राहक कहता कि 'पसन्द नहीं आ रहा, कुछ और हो तो दिखाइए।' तो सरदार जी का बड़ा सपाट-सा जवाब होता 'अभी तो यही है जी। माल आने वाला है जब आ जाये तो ले जाइएगा।' ग्राहक जानता था कि उसकी ख़राब माली हालत में फ़िलहाल सरदार जी एकमात्र आसरा हैं। और कहीं उसे इतना बड़ा उधार नहीं मिल सकता था। मन मसोसकर ज़रूरतमन्द ग्राहक उन्हीं चन्द विकल्पों में से कुछ को बेहतरीन मान कर ख़रीद लेता। और सरदार जी पतले से गत्ते की स्लिप पर सामान और दाम का ब्योरा लिखकर थमा देते, साथ ही अपने बही खाते में भी रक़म दर्ज कर लेते। ग्राहक ख़ुशी-ख़ुशी घर लौट जाता।

दरअसल यही सरदार जी के कारोबार की तरक़्क़ी का मॉडल और राज़ था। इस व्यावहारिक अर्थशास्त्र में अच्छे से अच्छा और साधारण से साधारण सामान भी बिक जाता था। मुनाफ़ा चोखा होता था और सरदार जी हैसियत में बड़े से और बड़े होते चले जा रहे थे। अब दोनों बेटे भी दुकान में हाथ बँटाने लगे थे। थोड़े समय बाद सरदार जी गल्ले पर बैठकर केवल पैसे लेने-लौटाने लगे थे। बेटी गुणवन्त कौर की शादी पास के क़स्बे रादीपुर के एक बड़े घर में हो गयी थी। बेटों की बहुएँ भी आ गयी थीं। थोड़े ही समय में सरदार जी पोते-पोतियों वाले हो गये थे। दो-तीन दशक पहले एक झोला और क़िस्मत के भरोसे पुटुसगंज पहुँचे सुब्बा सिंह अब शहर के धनाढ्य और प्रतिष्ठित कारोबारी बन गये थे।

वही सरदार सुब्बा सिंह सुबह सात बजे बेटे सुरिन्दर के साथ स्कूटर पर पीछे बैठ तक़ादे पर निकलते थे। पूरे महीने में कब किस मोहल्ले में जाना है, उसका कार्यक्रम बना हुआ था। सरदार जी शहर के हर परिवार की ज़रूरतें इस हद तक पूरी करते थे कि हर महीने उनके आने का न तो उधार चुकाने वाला आदमी बुरा मानता था और ना ही अड़ोस-पड़ोस से देखने वाले। आलम ये था कि शहर में शायद ही कोई ऐसा होगा जिसका सरदार जी के यहाँ खाता ना चलता हो। हाँ, जिसे बहुत बुरा लगता वो सरदार जी के तक़ादे वाले चक्कर से पहले ही जो भी देना होता, जाकर दुकान पर दे आता।

शहर में सिख तो कई थे मगर नाम सरदार जी का ही था जो गाहे-बगाहे लोगों की ज़ुबान पर आता ही रहता था। एक सरदार और थे पुटुसगंज में। गुरुद्वारे वाले सरदार जी। गुरनाम सिंह नाम था। पढ़े-लिखे थे। दो बेटे-बेटी थे। पत्नी भी शिक्षित और सलीकेदार महिला थी। गुरनाम सिंह कारख़ाने में सीनियर इंजीनियर थे। पैसों से सम्पन्न थे। मगर इनकी प्रसिद्धि का कारण था शहर का अकेला गुरुद्वारा जिसकी

देखभाल और व्यवस्था इनका परिवार करता था। गुरुद्वारे की आमदनी से लेकर हर तरह के धार्मिक प्रबन्ध की ज़िम्मेदारी यही परिवार सँभालता था।

इन दोनों चर्चित सिख परिवारों के अलावा पुटुसगंज में और भी कई सिख परिवार थे जो सामान्य लोगों की तरह अपनी रोज़मर्रा की आम ज़िन्दगी जिए जा रहे थे।

सरदार सुब्बा सिंह ने दुकान के पीछे ही दस कमरों वाला मकान बना लिया था। पत्नी सतनाम कौर, बहू-बेटों, पोते-पोतियों और दो नौकरों के साथ सरदार जी उसी मकान में रहते थे। इसे बनवाते वक़्त सरदार जी ने बाप-दादाओं की पाकिस्तान वाली छोटी-सी हवेली की डिज़ाइन की नक़ल करने की कोशिश की थी।

एक रात ख़ुशहाल और हँसता-खेलता सुब्बा सिंह का परिवार खा-पीकर सोने की तैयारी कर रहा था। रात के ग्यारह बज रहे होंगे। सरदार जी अपने बेडरूम में पलंग पर लेटे थे। दूध का गिलास बग़ल में रखा था। पत्नी ने कहा, 'दूध पीकर जल्दी से सो जाइए, टैम काफी हो गया है।' सरदार जी ने पत्नी को ग़ौर से देखा था। फिर पास बुला लिया था और कन्धे से घेरकर कहा था, 'अरे सत्तो, अब उमर हो आयी है, इतना टैम का खयाल ना कर। अब कौन-सी भागमभाग है। पूरी जवानी और अब तो बुढ़ापा भी मेहनत करते बिता दिया सत्तो। अब तो टैम की फिकर छोड़ दे। बच्चे बड़े हो गये, कारोबार सँभाल लिया, अब तो वाहेगुरु का नाम लेने का टैम आ गया है।' सतनाम कौर नयी-नवेली दुल्हन की तरह सरदार जी के बाँहों के घेरे में शरमा गई थी। 'छोड़ो जी, बच्चे देख लेंगे तो क्या कहेंगे।'

जाड़े की चाँदनी रात थी। आसमान में तारे टिमटिमा रहे थे। बीच-बीच में कुत्तों के भौंकने की आवाज़ आ रही थी। पहरेदारों ने डण्डे पटककर गश्त लगाना शुरू कर दिया था। सरदार जी के खर्राटों की आवाज़ तेज़ हो गयी थी। सतनाम कौर भी छत को निहारते हुए ज़िन्दगी के पन्ने पलट रही थी। थोड़ी देर में उन्हें भी नींद आ गयी थी।

बेहूदा कहीं का! एकदम डफर है

टेंथ क्लास में अनिरुद्ध के क्लास टीचर थे जीतन प्रसाद। अंग्रेज़ी पढ़ाते थे। साँवला रंग। मझोला क़द, दुबली-पतली काया। पतली-सी तलवार कट मूँछ जो जीतन सर के कॉम्प्लेक्शन की वजह से दूर से नज़र नहीं आती थी। हमेशा पान खाते रहते। और मुँह में पान रखकर जब बोलते तो काफ़ी कुछ समझ में नहीं आता था। कक्षा में आते ही पहले अटेंडेंस लेते और फिर टेक्स्ट बुक की रीडिंग करवाते। अनिरुद्ध की अंग्रेज़ी माशाअल्लाह थी। बद्रीनारायण वशिष्ठ सर की ट्यूशन क्लास भी उसका कुछ भला नहीं कर पायी थी। अंग्रेज़ी के आतंक में जीता था बेचारा। बाक़ी क्लासेज़ में तो काम चल जाता था, लेकिन अंग्रेज़ी ज्ञान की दुर्दशा की वजह से जीतन सर की क्लास में सिर झुकाकर बैठा रहता। डर रहता कि कहीं जीतन सर रीडिंग के लिए ना कह दें। टेंस, आर्टिकल, प्रीपोज़ीशन, सिन्टेक्स, डायरेक्ट-इनडायरेक्ट स्पीच, क्लॉज़ इत्यादि उसे तमाम कोशिशों के बावजूद पहाड़ चढ़ने जैसे लगते थे। वो ये तो जानता था कि अंग्रेज़ी का ज्ञान समाज में हैसियत बढ़ा देता है, सम्मान दिलाता है, लेकिन अपने डर का क्या करे। विजय, ज्ञानरंजन, अर्जुन जैसे जो लड़के अंग्रेज़ी में अच्छे थे, उन्हें जीतन सर का अतिरिक्त स्नेह मिलता था।

हमेशा धोती-कुर्ते में नज़र आने वाले जीतन सर की एक अजीब आदत थी। उनका एक हाथ अक्सर पीछे धोती के ऊपर से कुछ खुजलाने में लगा रहता। कोई छात्र रीडिंग कर रहा होता और जीतन सर अपने उपक्रम में लगे रहते। लगातार पीछे चिकोटी से मसलने और खुजलाने से जब आनन्द मिलता तो उसका सुख उनके चेहरे पर साफ़ नज़र आता था। हालाँकि उन्हें लगता कि सारे लड़के पढ़ने में व्यस्त हैं और कोई उनकी इस हरकत को देख नहीं रहा। पर ऐसा था नहीं। जीतन सर की एक और ख़ूबी कहें या खामी ये थी कि क्लास के जिस बच्चे को बेहद पसन्द करते उसे पास बुलाकर बाँहों से घेर लेते और देर तक उसी मुद्रा में रहकर क्लास को सम्बोधित कर रहे होते। इस बीच उनके पैर हिलते रहते थे। वो बच्चा उनकी पकड़ में कसमसाता रहता,

लेकिन जीतन सर को कोई फ़र्क़ नहीं पड़ता था। बाक़ी बच्चे उनकी ये हरकर देख मन ही मन मुस्कुरा रहे होते। टेंथ सी में अर्जुन उनका चहेता छात्र था। अक्सर उसे ही बुलाकर कन्धे से पकड़ लेते। बाक़ी बच्चे अर्जुन का मज़ाक़ बनाया करते थे। पर बाद में यही कहते कि 'जीतन सर जिस हाथ से तुम्हें छू रहे थे...उसमें...।' राजन, रघु, विप्लव की अंग्रेज़ी की हालत भी अनिरुद्ध से बेहतर नहीं थी, लेकिन उन्हें ये 'ब्लेसिंग इन डिस्गाइस' लगता था कि अच्छा है जीतन सर उन्हें पसन्द नहीं करते, वरना उनकी भी हालत अर्जुन जैसी ही होती।

बहरहाल, उस दिन 'द टेंपेस्ट' पढ़ाते हुए जीतन सर ने अनिरुद्ध को रीडिंग के लिए कहा। पहले तो अनिरुद्ध ने सिर झुकाये रखा कि उसने सुना नहीं है।

'अरे अनिरुद्ध तुमसे कह रहा हूँ, विजय ने जहाँ तक पढ़ा है, वहीं से आगे पढ़ो।' पर अनिरुद्ध किताब को फ़ॉलो तो कर नहीं रहा था।

'खड़े हो जाओ बेंच पर और ज़ोर-ज़ोर से पढ़ो।'

अनिरुद्ध बेंच पर खड़ा हो गया था। सामने बैठे विजय ने फुसफुसाकर बताया कि 'द टेंपेस्ट' का दूसरा पैरा पढ़ना है।

अनिरुद्ध ने शुरू किया, लेकिन थरथराने लगा। उसके मुँह से आवाज़ ही नहीं निकल रही थी।

जीतन सर उसके क़रीब पहुँच गये।

'क्लास में मुँह छिपाकर हँसने में बड़ा मजा आता है और कुछ पढ़ने को कह दो तो नानी मरने लगती है। बेहूदा कहीं का! एकदम डफर है।'

चटाक्। एक करारा झापड़ जीतन सर ने अनिरुद्ध को रसीद कर दिया था।

जब अनिरुद्ध की पिटाई हुई तो आंग्लभाषा के आतंक में जीनेवाले बाक़ी के तमाम बच्चों ने सिर झुका लिया था। कहीं जीतन सर की नज़र उन पर ना पड़ जाये। पर तभी घण्टी बज गयी थी।

बच्चों ने राहत की साँस ली थी। कक्षा में शोर अचानक बढ़ गया था। दूर बैठे रघु, राजन और विप्लव, अनिरुद्ध के पास आ गये थे।

'अरे जीतन सर ने अनिरुद्ध को उसी हाथ से झापड़ मारा है जिससे वो...' रघु ने चुटकी ली थी।

अनिरुद्ध ने उसे दौड़ा दिया था।

'बताते हैं साले, एक तो पिटाई हुई ऊपर से तुम मजे ले रहे हो।'

तुम तो गुरु घण्टाल निकले बे राजन

स्कूल से लौटते समय उस दिन चारों दोस्त डिम्पल और उसकी सहेलियों के ठीक पीछे-पीछे चल रहे थे। सड़क पर सिर्फ़ 'गेंदामल' के बच्चे नज़र आ रहे थे। थोड़ा आगे ही पार्वती शुक्ला अपने दोस्तों के साथ चली जा रही थी। अनिरुद्ध की नज़र पड़ी तो वो तेज़ी से आगे निकलकर पार्वती के पीछे चलने लगा। पार्वती ने एक बार पीछे मुड़कर उसे देखा और मुस्कुराई। अनिरुद्ध को उसका मुस्कुराना बहुत अच्छा लगा था। वो चाहता था कि पार्वती दोबारा मुड़कर उसे देखे। लेकिन ऐसा नहीं हुआ था। फिर पार्वती दोस्तों के साथ बातचीत में खो गयी थी। अनिरुद्ध के घर का मोड़ आ गया था। उसने दोस्तों को कहा कि 'थोड़ी देर बाद वॉलीबॉल कोर्ट में मिलते हैं।'

डिम्पल मेन रोड पर चली जा रही थी। राजन, रघु और विप्लव थोड़ी दूरी बनाकर उसके पीछे-पीछे चल रहे थे। तभी एक अनजान लड़का साइकिल से उतरा। देहयष्टि में वो तगड़ा और उम्र में उनसे बड़ा लग रहा था।

'अरे तुम लोग सुधरेगा नहीं रे। डिम्पल मेरी है, मेरी। लगता है तुम लोगों को डर नहीं है जो इसके पीछे लगे हो। सुधर जाओ नहीं तो पता चल जायेगा। थोबड़ा का खयाल नहीं है का!' ये बोलते हुए वो लड़का साइकिल पर सवार हुआ और तेज़ी से आगे निकल गया।

जब वो उन तीनों को धमका रहा था तो ठीक आगे चल रही डिम्पल ने भी उसकी बात सुनी थी। वो घबरा गयी थी।

उसने पीछे मुड़कर राजन से पूछा, 'राजन जानते हो इसको, कौन है ये?'

राजन, डिम्पल के इस सवाल के लिए क़तई तैयार नहीं था। हड़बड़ा गया।

'नहीं डिम्पल आज पहली बार देखा। एकदम नहीं जानता इसको।'

डिम्पल ने राजन को ऊपर से नीचे तक ग़ौर से देखा था। उस देखने में कुछ बात थी। सामान्य नज़र नहीं थी ये। राजन ने नज़रें नीची कर ली थीं।

थोड़ी देर बाद डिम्पल ने फिर पीछे मुड़कर राजन को देखा था।

पुटुसगंज में ऐसी घटना सामान्य नहीं थी। पर जो भी हो इसने राजन को बेचैन कर दिया था।

अब राजन के घर का मोड़ आ गया था। रघु और विप्लव वहाँ रुक गये।

'तुम तो गुरु घण्टाल निकले बे राजन। ये कब हुआ?' रघु ने पूछा।

'अरे मुझे क्या पता है। ये तो मुझे भी नहीं मालूम कि ये कब हुआ।'

'साले तुमको कैसे नहीं मालूम है। ऐसे ही तुमको मुड़-मुड़ के देख रही थी।' विप्लव ने कहा था।

'और वो तो तुम्हारा नाम भी जानती है। कब से चल रहा है ये सब। जल्दी बताओ साले?' रघु ने पूछा।

'हाँ यार! सच में उसने मुझे नाम लेकर बुलाया। और सीधा राजन कहा। सीनियर की तरह ट्रीट नहीं किया। बहुत अच्छा लग रहा है यार क्या बतायें। जो कुछ हुआ उस पर विश्वास नहीं हो रहा। आज सिंघाड़ा का पार्टी मेरी तरफ से रहेगा।'

'हाँ हाँ क्यों नहीं। लड़की पट गयी है तो सिंघाड़ा पार्टी तो दोगे ही, लेकिन सिर्फ सिंघाड़ा से काम नहीं चलेगा।' विप्लव ने उसके बालों को छेड़ते हुए कहा।

वॉलीबॉल कोर्ट में जब अनिरुद्ध को ये बात बतायी गयी तो वो भी हैरान रह गया था। 'वाह गुरु, साले मेहनत हम चारों ने की। कई महीने से लगे हैं डिम्पल के पीछे, लेकिन इम्प्रेस तुम्हारे जैसे कार्टून से हुई। आखिर किया क्या बे तूने? हमारे पीछे अलग प्रोजेक्ट तो नहीं चला रहे थे तुम? अब आगे क्या इरादा है?' अनिरुद्ध ने मुस्कुराते हुए पूछा।

'आगे क्या, देखते हैं क्या होता है। फिलहाल तो जो हुआ है, उस पर यकीन ही नहीं हो रहा।'

सामने डिम्पल अपने कमरे के बाहर आ गयी थी और दूर से ही सही, वॉलीबॉल कोर्ट की ओर निहार रही थी। आज उसकी बाहर आने की फ्रीक्वेंसी पहले से ज़्यादा थी।

'छा गये गुरु राजन। थोड़ा हमें भी गुरुमन्त्र दो ताकि हमारा भी कल्याण हो जाये।' रघु ने हाथ जोड़कर राजन के सामने घुटनों पर झुकते हुए कहा था।

राजन मन्द-मन्द मुस्कुरा रहा था।

'साले मजाक बन्द करो। और चलो बॉलिंग करो।'

वैसे मन में ख़ुश अनिरुद्ध भी कम नहीं था। जिस पार्वती शुक्ला ने कभी उस पर नज़र तक नहीं डाली थी, उसने आज उसे मुड़कर देखा था। वो भी अप्रतिम आनन्द में डूबा था। उसे भी अब जीवन में थोड़ी उम्मीद नज़र आयी थी।

देर मत कीजिएगा

दोपहर का समय था। जामुन पथ वाले शम्भु राय स्कूटर से बरावलपुर से लौट रहे थे। बेहद डरपोक इन्सान थे। हाल ही में उन्होंने वेस्पा स्कूटर ख़रीदा था। वैसे घाटी के जो हालात थे उसमें वो स्कूटर से बरावलपुर जाने की तो सोच भी नहीं सकते थे। पुलिस की व्यवस्था होने के बावजूद दो बसों के अन्तराल के बीच छोटी-मोटी लूटपाट और छीना-झपटी की घटनाएँ कभी-कभी हो जाया करती थीं। शम्भु राय इस जोख़िम को जानते थे। लेकिन एक क़रीबी रिश्तेदार बीमार होकर बरावलपुर के बड़े अस्पताल में भर्ती था और उस दिन गाड़ियों की हड़ताल थी। इसी इमरजेंसी हालात में उन्होंने पत्नी को समझाया कि 'दो बजे दोपहर तक जल्दी से रिश्तेदार से अस्पताल में मिलकर लौट आयेंगे।' न चाहते हुए भी पत्नी राज़ी हो गयी थी क्योंकि मामला नज़दीकी रिश्तेदार का था। 'देर मत कीजिएगा', ऐसा कहकर पत्नी ने भारी मन से उन्हें विदा किया था। जब तक स्कूटर आँखों से ओझल नहीं हो गया, तब तक वो सड़क की तरफ़ देखती रही थीं। फिर ईश्वर को याद कर हाथ जोड़ लिया था। मन में भाव थे कि पतिदेव सकुशल बरावलपुर से लौट आयें।

शम्भु राय का स्कूटर चलाने का अन्दाज़ निराला था। एक ही गियर में दूर तक चलाते। मतलब ये कि फ़र्स्ट गियर डालकर स्कूटर बढ़ाया तो सेकेंड गियर तुरन्त नहीं लगाते थे। और छोटे से शहर में चौथा गियर लगाने की तो नौबत ही नहीं आती थी। उससे पहले ही गन्तव्य तक पहुँच जाते थे। घोंSSS घोंSSS की देर तक आती आवाज़ से दूर खड़े लोगों को भी अन्दाज़ा हो जाता था कि शम्भु राय का स्कूटर आसपास ही है।

बहरहाल, उस दिन बरावलपुर से झारीपारी तक तो सब ठीक था। पर झारीपारी पहुँचते ही भीतर बैठा डर जाग गया था। स्कूटर थाने पर रोककर पूछा तो पता चला आज कोई गाड़ी नहीं चल रही है, इसलिए पुलिस फ़ोर्स घाटी में ही पेट्रोलिंग पर है। और वैसे भी अभी तो दोपहर है। दोपहर में क्या डर है। 'जाइए-जाइए पेट्रोलिंग पार्टी

मिल जायेगा उधर घाटिए में', थाने के बाहर सुर्ती झाड़ते हुए एक सिपाही ने कहा था। शम्भु राय क्या करते। थाने से बाहर निकले और मेन रोड पर पहुँचकर किसी और गाड़ी के आने का इन्तज़ार करने लगे। कोई गाड़ी आ जाती तो साथ में चल देते। और कोई रास्ता भी तो नहीं सूझ रहा था। थोड़ी देर तक यूँ ही स्कूटर के बग़ल में खड़े रहे। सामने आदिवासियों के कुछ बच्चे हाथ में बस्ता लिए नीली-नीली पर मैली कुचैली ड्रेस में स्कूल से लौट रहे थे। दो-चार बकरियाँ घास चर रही थीं। वो बीच-बीच में मेमियाँ उठतीं। एक–दो लकड़हारिनें सिर पर लकड़ी का गट्ठर लिए घर लौट रही थीं। दूर से एक कार आती नज़र आयी। शम्भु राय को सम्बल मिला। तुरन्त स्कूटर स्टार्ट किया और गर्ररर से आगे बढ़ा दिया। पीछे मुड़कर तसल्ली भी कर ली कि कार आ तो रही है ना। 'हाँ आ रही है।' अब बीच-बीच में रियर व्यू मिरर में देखते रहते। पर झारीपारी की पहली घाटी उतरते-उतरते और हरहली पहुँचते-पहुँचते कार ने उनको ओवरटेक कर लिया। शम्भु राय थोड़ा घबराये। पर अब रुका नहीं जा सकता था। वो बीच घाटी में थे। उन्होंने स्कूटर की रफ़्तार और बढ़ा दी। पर स्कूटर तो स्कूटर है, कार का मुक़ाबला कैसे कर सकता था। ऊपर से शम्भु राय जैसा थोड़ा ही पुराना स्कूटर चालक। जिस तरह पीछे से कार को आता देख शम्भु राय ख़ुश हुए थे, अब सामने उसे नज़रों से ओझल होता देख दुखी हो गये थे। फिर अर्न्तमन से आवाज़ आयी। 'डरने की कोई बात नहीं। कार वाला जा ही रहा है ना। चलो बढ़ा के। भगवान सब ठीक करेंगे। और पुलिस पेट्रोल पार्टी भी तो घाटी में है ही। ऐसे में लुटेरा लोग हिम्मत थोड़े ही ना करेगा?' ऐसी उत्साह भरी बात सोचते-सोचते शम्भु राय का स्कूटर उसी कुख्यात जगह पर पहुँच गया था जहाँ गजानन्द गोप लूटे गये थे। घाटी की चढ़ान के साथ स्कूटर की रफ़्तार धीमी हुई। शम्भु राय ने सेकेंड की बजाय फ़र्स्ट गियर लगाकर एक्सीलरेटर घुमा दिया। आवाज़ इतनी तेज़ थी कि गहरी नींद में सोते लुटेरे भी जाग जाते। स्कूटर के पीछे धुएँ की लम्बी लकीर दिखती और धीरे-धीरे फैलकर ओझल हो जा रही थी। 'राम-राम, बचा लो भगवान, आज घाटी पार करा दो' जैसे विचारों के साथ स्कूटर भागा जा रहा था। वो कुख्यात जगह पीछे रह गयी थी जहाँ डरना ही सामान्य था, नहीं डरने को बेवक़ूफ़ी समझा जाता था।

स्कूटर तेज़ भगाते हुए शम्भु राय अब उस जगह पर पहुँच गये थे जहाँ से पंडुरा डैम नज़र आने लगता है। पहाड़ की ऊँचाई से दिखती दो मील तक फैली जलराशि। चारों तरफ़ हरियाली भरे पहाड़। अप्रतिम प्राकृतिक सौन्दर्य। यहाँ से जलेबीनुमा घाटी शुरू होती है जो पंडुरा पुल पर जाकर ख़त्म हो जाती है। घाटी के इस हिस्से

में लूटपाट की घटनाएँ ना के बराबर ही होती थीं। शम्भु राय का ख़ौफ़ से चकनाचूर हो चुका आत्मविश्वास थोड़ा लौट आया था। यहाँ से अब ढाल ही ढाल थी। नीचे ही नीचे उतरना था। पर एक लम्बा-सा चढ़ाव वाला स्ट्रेच था जहाँ गाड़ियाँ धीमी हो जाया करती थीं।

शम्भु राय जब वहाँ पहुँचे तो थोड़ी दूरी पर सड़क के किनारे चार-पाँच लोग लकड़ी काटते नज़र आये। जैसे ही स्कूटर उनके और क़रीब पहुँचा, सब अचानक खड़े हो गये और स्कूटर को रुकने का इशारा किया। शम्भु राय ने स्कूटर धीमा तो किया पर माजरा समझ गये कि हो न हो ये लुटेरे ही हैं। अचानक रफ़्तार बढ़ा दी और किनारे से निकलने की कोशिश करने लगे। एक ने देसी कट्टा निकालकर डराया 'रुक स्साले रुक'। शम्भु राय थोड़ा लड़खड़ाये। कुछ समझ में नहीं आ रहा था। ऐसा लगा एक लुटेरे पर स्कूटर चढ़ा ही देंगे। किसी तरह बचकर वहाँ से भागे। पर थोड़ी ही दूर पर फिर वैसे ही चार-पाँच लोग खड़े थे। इन सबके हाथ में कट्टा था। अब बचना मुश्किल था। पर शम्भु राय को पता नहीं क्या हुआ। उन्होंने जान की फ़िक्र किये बिना स्कूटर का एक्सीलरेटर पूरा घुमा दिया। तीन-चार फ़ायरिंग की आवाज़ हुई। स्कूटर की तेज़ रफ़्तार देख लुटेरे रास्ते से हट गये और शम्भु राय आगे निकल गये।

ये सब कुछ बस कुछ ही क्षणों में हो गया था। स्कूटर भागता जा रहा था। पहली, दूसरी, तीसरी, चौथी, पाँचवीं—घाटी को पार कर अब वो पंडुरा पुल के पुलिस पोस्ट तक पहुँच गये थे। उन्हें आता देख चाय की दुकान पर बैठे लोग खड़े हो गये थे। लोगों ने गोली चलने की आवाज़ें सुनी थीं। इसलिए उनके ज़ेहन में एक कौतूहल का भाव बना हुआ था कि घाटी में आख़िर क्या हुआ है। सब शम्भु राय की तरफ़ हैरानी से देख रहे थे। शम्भु राय ने स्कूटर धीमा करते हुए चिल्लाकर कहा, 'आज जान बच गया भाई लोग। समझ लो नया जनम हुआ है, साला दस डाकू था। हाथ में पिस्टल लिए। फायर भी किया। लेकिन किस्मत साथ था आज। बच गये।' हैरान लोग उनकी तरफ़ दौड़े। स्कूटर अब रुक चुका था। शम्भु राय ने स्कूटर का इंजन बन्द करने के लिए नज़रें नीची कीं तो देखा ख़ून ही ख़ून। पूरी शर्ट लाल। लहू बहा जा रहा था।

'अरे हमको तो गोली लग गया है।' ये शब्द बोलकर शम्भु राय बेहोश हो गये थे, और स्कूटर के साथ एक तरफ़ गिर पड़े थे। लोगों ने उनके चेहरे पर पानी मारा, पर कोई असर नहीं। संयोग से वहाँ एक कार खड़ी थी जिसका ड्राइवर चाय पी रहा था।

तुरन्त शम्भु राय को कार में लिटाया गया और पुटुसगंज के अस्पताल ले जाया गया जहाँ प्राथमिक उपचार और मरहम-पट्टी के बाद उन्हें होश आ गया था, लेकिन वो गोली लगने के आतंक में ही थे। उन्हें वापस पुलिस की निगरानी में बरावलपुर के बड़े अस्पताल ले जाया गया। सर्जरी कर सीने से गोली निकाली गयी। महीनों के उपचार के बाद ही वो ठीक हो पाये थे। उसके बाद जब भी ये चर्चा छिड़ती शम्भु राय ख़ूब रस ले लेकर अपनी बहादुरी का बखान करते।

इंग्लिश वाला तो नहीं देता ना

उस दिन के बाद अनिरुद्ध लगातार इस कोशिश में लगा रहता कि किसी तरह पार्वती शुक्ला का दीदार हो जाये। अगर स्कूल जाते या लौटते वक़्त पार्वती दिख जाती तो अनिरुद्ध का मन प्रफुल्लित रहता। वो लगातार पार्वती के बारे में सोचता रहता। हालाँकि जिस चितवन से पार्वती शुक्ला ने बरावलपुर से लौटती बस में अनिरुद्ध को देखा था वो कई बार आमने-सामने हो जाने पर भी दोबारा कभी नहीं दिखी थी। इस बात से अनिरुद्ध थोड़ा परेशान भी था। 'तो क्या बस में वो उसे बस यूँ ही निहारती रही थी। उनके बीच कुछ भी नहीं है।'

कई दिन तक पार्वती के साथ टाइमिंग मैच करने की कोशिश करते-करते ये तो हो गया था कि अनिरुद्ध उसे अब आते-जाते देख लेता था, लेकिन बात आगे नहीं बढ़ पा रही थी। मामला बिल्कुल एकतरफ़ा था।

फिर उसने सोचा कि सिर्फ़ स्कूल आते-जाते देखने से बात नहीं बनेगी उसे कुछ और करना होगा ताकि पार्वती को जताया जा सके कि वो उसे कितना चाहता है। उसने अपने ख़ास दोस्तों राजन, विप्लव और रघु से अपनी ये समस्या साझा की। चारों दोस्त बाँके बुक कॉर्नर वाले सिलाव होटल में सिंघाड़ा खाने पहुँचे थे।

'वाह बेटा, पूरा मजनूँ बनने के मूड में आ गये हो, है कि नहीं?' विप्लव ने चुटकी ली।

'अपना अनि अब प्रेम में पड़ गया है, अपने धर्मेन्द्र को पार्वती में हेमा मालिनी नजर आती है, इसीलिए दीवाना बन गया है अनि।' राजन ने हँसते हुए कहा था।

'दोस्त उसे बताना पड़ेगा कि तुम्हारे मन में क्या है। ऐसे तो ख्याली पुलाव पकाते और टहलते रह जाओगे।' विप्लव ने कहा था।

'पर कैसे, कैसे बताऊँ उसे, क्या करूँ?'

'एक-एक सिंघाड़ा और देना भइया।' रघु ने सिलाव होटल के बनवारी से कहा था।

'देखो वो मेरे पीछे वाले सेमल पथ में रहती है। जैसे उसके बाकी चाहने वाले शाम को उसके मोहल्ले के चक्कर लगाते हैं, वैसे ही तुम भी लगाओ। उसको नजर आते रहो। कभी तो उसका दिल पसीजेगा। लगे रहोगे तो क्या पता तुमसे पट ही जाये।' विप्लव ने सलाह दी थी।

'पर रोज-रोज सेमल पथ से जाना भी तो सम्भव नहीं।'

'क्यों सम्भव नहीं। रोड क्या किसी के बाप का है। जिसका मन करेगा वो जायेगा। कोई रोक थोड़े ही ना सकता है।' विप्लव ने थोड़ा तैश में आकर कहा।

'हाँ वो तो सही कह रहे हो, पर...'

'अब पर-वर कुछ नहीं। देखो ये काम इतनी आसानी से तो नहीं होगा। मेहनत तो करनी पड़ेगी तुमको। सब कोई राजन की तरह लकी तो नहीं होता है ना।' विप्लव ने कहा।

'क्यों राजन?' राजन मुस्कुरा रहा था।

अनिरुद्ध जब घर लौटा तो सोचता रहा कि रोज़ सेमल पथ में जाने का बहाना क्या हो सकता है।

'सुबह बलेसर के खटाल से दूध लेने जाया जा सकता है। लेकिन क्या पता, छह बजे वो उठती भी है कि नहीं। नहीं, शाम को अगर वो बुक कॉर्नर से पेपर लेने जाये तो सेमल पथ से होकर जा सकता है। हाँ ये ठीक रहेगा।'

वो पापा के पास गया और बोला, 'पापा अगर कल से मैं बाँके बुक कॉर्नर से पेपर लाऊँ तो कैसा रहेगा?'

'पेपर तो मल्कानन्द सुबह दे ही देता है, बुक कॉर्नर से लाने की क्या जरूरत है।'

'लेकिन पापा इंग्लिश वाला तो नहीं देता ना। भइया कहता रहता है कि दिल्ली वाला न्यूजपेपर अच्छा रहता है। लेकिन वो तो शाम को आता है। अगर आप कहें तो मैं रोज शाम को खेलकर लौटते हुए बाँके कॉर्नर से दिल्ली वाला पेपर लेता आऊँगा।'

'ठीक है ठीक है। ले आना। आजकल इन्हीं सब चीजों में तुम्हारा दिमाग चल रहा है। पढ़ाई पर ध्यान कम रहता है।'

'नहीं पापा, मैं समय निकालकर अपना कोर्स पढ़ लेता हूँ।'

अब अनिरुद्ध हर रोज़ न्यूज़पेपर के बहाने सेमल पथ के चक्कर लगाने लगा। कभी साइकिल से तो कभी पैदल। पर पार्वती शुक्ला का दीदार नहीं हो पाता था। उसे पता ही नहीं था कि अनिरुद्ध उसकी एक झलक पाने के लिए एक निश्चित समय पर उसके मोहल्ले से गुज़रता है। इत्तेफ़ाक़ तो हिन्दी फ़िल्मों में हुआ करते हैं।

यहाँ ऐसा कुछ नहीं हो पा रहा था। कुछ दिन तक पार्वती के मोहल्ले का चक्कर लगाने के बाद न्यूज़पेपर तकनीक भी बेअसर नज़र आने लगी तो समस्या फिर से दोस्तों के सामने रखी गयी।

चारों दोस्त मिठास स्वीट हाउस में डोसा खाने पहुँचे थे।

मसाला डोसा मुँह में डालते हुए विप्लव ने कहा, 'देखो यार उसको बताना तो पड़ेगा कि तुम उसे चाहते हो। ऐसे तो घूमते रह जाओगे। स्कूल भी साला हमारा ऐसा है कि लड़कियाँ ऊपर के फ्लोर पर होती हैं, मिलने का चांस ना के बराबर ही रहता है। समझ में नहीं आता कि हमारा हेडमास्टर इतना भिचक्कड़ क्यों है। उसे लड़के-लड़कियों से इतनी परेशानी क्यों है। बेमतलब हमारा फ्लोर अलग करवा दिया।'

'अब ये तो नहीं बदल सकते। और क्या किया जा सकता है ये बताओ।' रघु ने पूछा।

'एक काम हो सकता है। देखो, मेरे रोड में नन्दिनी रहती है। तुम तो जानते ही हो, अमन उस पर लाइन मारता है। वो पार्वती की अच्छी दोस्त है। दोनों कई बार साथ स्कूल आती-जाती हैं। मोहल्ले में मौक़ा मिलेगा तो मैं उससे पूछूँगा कि क्या वो एक चिट्‌ठी पार्वती को दे सकती है। अगर मान गयी तो हो जायेगा तुम्हारा काम।' विप्लव ने सलाह दी।

'लेकिन यार जब पार्वती को ये ठीक से मालूम ही नहीं है कि मेरी उसमें दिलचस्पी है। तो ऐसे में चिट्‌ठी देना ठीक रहेगा? कहीं चिट्‌ठी बैकफायर कर गयी और पापा तक पहुँच गयी तो हमारा तो काम ही तमाम हो जायेगा। खैर, तुम नन्दिनी से बात करके रखो। इस बीच मैं अपना काम करता हूँ। जैसे ही कुछ स्ट्रॉन्ग सिग्नल मिलेगा, चिट्‌ठी भेज दी जायेगी।' अनिरुद्ध ने चिन्ता भरे स्वर में कहा।

'ठीक है, ठीक है। ऐसा ही किया जाये।' विप्लव बोला।

'सिंह जी थोड़ा सांभर और चटनी भिजवाइएगा।' रघु ने पास ही में खड़े और कपड़े से चम्मच साफ़ कर रहे मैनेजर से कहा।

'अरे गनेस, तीन नम्बर पर सांभर, चटनी मारो और चार नम्बर में दो प्लेट सेव बुनिया दो।' सिंह जी ने चिल्लाकर ऑर्डर लक्ष्य तक पहुँचाया था।

कामाख्या सिंह चश्मा पहनकर कुछ हिसाब-किताब देख रहे थे।

शाम की बैठकी अभी गुलज़ार नहीं हुई थी।

चलिए आप लोग पीछे हटिए

पंडुरा डैम के उस पार सैकड़ों लोगों की भीड़ नारे लगा रही थी।

'हमारी जमीन वापस दो।'

'वापस दो, वापस दो।'

'विस्थापितों के साथ इंसाफ करो।'

'इंसाफ करो, इंसाफ करो।'

'नहीं देंगे, नहीं देंगे।'

'एक इंच जमीन भी नहीं देंगे।'

प्रदर्शन कर रहे कई लोगों के हाथ में कुल्हाड़ी, भाला, तलवार, गँड़ासा जैसे हथियार थे। कई लोग लाठी-डण्डे से लैस थे।

ये वे लोग थे जिनकी ज़मीन बिजली कारख़ाना बनाते वक़्त ले ली गयी थी। कुछ लोगों को बदले में नौकरी और मुआवज़ा मिला था। पर तमाम लोग पन्द्रह-बीस साल गुज़र जाने के बाद अभी भी अपनी माँगों को लेकर प्रदर्शन कर रहे थे। ताज़ा समस्या ये थी कि डैम के उस पार जो आदिवासियों की खेती की ज़मीन थी वहाँ बाड़ लगाने के लिए सरकारी आदेश पर बुलडोज़र और लेवलर जैसी हेवी मशीनें पहुँच गयी थीं। लेकिन विस्थापित हुए लोग अब एक इंच ज़मीन भी सरकार को देने को तैयार नहीं थे और लगातार विरोध प्रदर्शन कर रहे थे। प्रदर्शनकारियों में महिलाएँ भी शामिल थीं। वो भी नारे लगा रही थीं। पुलिस की गाड़ी पहुँच गयी थी और चालीस-पचास लाठीधारी जवान लोगों को पीछे हटा रहे थे, माहौल को नियन्त्रित करने की कोशिश कर रहे थे।

तभी एक जीप आकर रुकी। इसमें कोई अफ़सर बैठे थे। वो उतरे तो प्रदर्शनकारियों के नारे और तेज़ हो गये।

'हमारी जमीन वापस दो।'

'वापस दो, वापस दो।'

'विस्थापितों के साथ इंसाफ करो।'

'इंसाफ करो, इंसाफ करो।'

'नहीं देंगे, नहीं देंगे।'

'अब एक इंच जमीन भी नहीं देंगे।'

अफ़सर ने हाथ के इशारे से सबको शान्त होने को कहा था।

'देखिए सरकारी काम में दखल मत दीजिए। डैम में पानी कम हो गया है। बरसात की वजह से डैम की गहराई कम हो गयी है। पूरा मिट्टी भर गया है। गर्मी शुरू होने से पहले ही पानी खत्म हो जाता है। इसलिए जरूरी है कि डैम को गहरा किया जाये और इसका विस्तार किया जाये। ये बात ठीक है कि कैचमेंट एरिया की जमीन पर आप लोग सालों से खेतीबाड़ी करते आ रहे हैं, लेकिन ये जमीन तो सरकार की ही है। सरकार ने कभी विरोध नहीं किया तो आप लोग इसका इस्तेमाल कर रहे थे। अब सरकार को जरूरत है तो आप लोगों को सहयोग करना ही होगा।'

तभी एक नेता टाइप व्यक्ति आगे आया था।

'अभी पहले के विस्थाषितों को न्याय नहीं मिला है और आप नये सिरे से हम लोगों को जमीन से बेदखल करने आ गये। हम ये नहीं होने देंगे, और जिस जमीन पर हम पुरखों से खेती करते आ रहे हैं वो सरकार की कैसे हो गयी। आप कुछ भी बोलेंगे तो हम मान लेंगे। जबर्दस्ती वाला बात करते हैं।'

'हमारी जमीन वापस दो।'

'वापस दो, वापस दो।'

'नहीं देंगे, नहीं देंगे।'

'अब एक इंच जमीन भी नहीं देंगे।'

'विस्थापितों के साथ इंसाफ करो।'

'इंसाफ करो, इंसाफ करो।'

'अरे देखिए गुम्साने से कुछ नहीं होगा। हम लोग बैठकर बात कर सकते हैं, आप लोग कल ऑफिस में आकर मिलिए। लेकिन यहाँ काम मत रोकिये नहीं तो ठीक नहीं होगा।'

'अरे क्या ठीक नहीं होगा। हमको धमकी दे रहे हो। अब हम एक इंच जमीन भी इस सरकार को नहीं देंगे। ये हमारे बाल बच्चों की जिन्दगी और हमारी रोजीरोटी का सवाल है।' नेता ने आँखें दिखाते हुए कहा था।

तब तक पुलिस वाले सामने आ गये थे और लोगों को डण्डे से पीछे हटाने लगे थे।

‘चलिए आप लोग पीछे हटिए। सरकारी काम में खलल डालने के जुर्म में हम आप लोगों को गिरफ्तार कर सकते हैं।’ पुटुसगंज थाने के दारोगा हरबंस दुबे ने कहा था।

‘ये अन्याय हो रहा है दारोगा साहब। आप हम लोगों के साथ सरासर गलत कर रहे हैं।’ प्रदर्शनकारियों के नेता ने कहा था।

‘हमारी जमीन वापस दो।’

‘वापस दो, वापस दो।’

‘विस्थापितों के साथ इंसाफ करो।’

‘इंसाफ करो, इंसाफ करो।’

‘नहीं देंगे, नहीं देंगे।’

‘अब एक इंच जमीन भी नहीं देंगे।’

फिर से नारे लगने लगे थे।

पुलिस वालों ने डण्डों को जोड़कर एक घेरा जैसा बना दिया था और लोगों को थोड़ा धक्का देते हुए पीछे हटा दिया था। पर वे लोग वहीं से नारे लगा रहे थे।

अफ़सर ने बुल्डोज़र वालों को आगे बढ़ने का इशारा किया था।

दो बुल्डोज़र थे। प्रदर्शनकारी भीड़ के ठीक सामने वाला बुल्डोज़र अनिरुद्ध के पड़ोसी ज़ैनुल ख़ान चला रहे थे।

इंजन की तेज़ आवाज़ के साथ बुल्डोज़र ने मिट्टी समतल करने का काम शुरू कर दिया था।

ज़ैनुल ख़ान पूरी तन्मयता से बुल्डोज़र आगे-पीछे कर रहे थे।

उधर पुलिस ने डण्डे से जो बैरिकेड बना रखा था, प्रदर्शनकारी उसे तोड़कर आगे बढ़ना चाहते थे। ये लोग लगातार नारे लगा रहे थे और हवा में हथियार लहरा रहे थे।

‘जब तक बात नहीं हो जाती तब तक काम शुरू मत कीजिए साहब।’ प्रदर्शनकारियों के नेता ने कहा था।

‘कल तुम लोग आना तो बात हो जायेगी। काम नहीं रुकवाया जा सकता है।’

‘साहब आप बुल्डोजर जमीन पर नहीं हमारी जिन्दगी पर चला रहे हैं। यहाँ जो फसल उगती है, उससे हमारे बच्चों का पेट पलता है।’

‘आप आकर बात करो। सरकारी काम में दखल मत डालो।’

अफ़सर ने दोनों बुल्डोज़रों को काम जारी रखने का इशारा किया था। बुल्डोज़र की आवाज़ और तेज़ हो गयी थी।

तभी कहीं किनारे से तलवार लिए एक प्रदर्शनकारी बुल्डोज़र पर चढ़ा और उसने ड्राइवर के दायें हाथ पर पूरी शक्ति से तलवार से प्रहार किया।

ड्राइवर का हाथ आधे से कटकर नीचे गिर गया। ख़ून फ़व्वारे की तरह फूट पड़ा। ये ड्राइवर ज़ैनुल ख़ान थे। अनिरुद्ध के ज़ैनुल चाचा।

पहले तो उन्हें कुछ समझ नहीं आया। जब समझ आया तो दर्द से चीख़ते हुए उन्होंने बायें हाथ से अपने कटे हुए हाथ को उठाने की कोशिश की, पर तब तक मूर्च्छित हो गये थे

प्रदर्शन ये रूप ले लेगा ऐसा शायद आन्दोलन कर रहे लोगों ने भी नहीं सोचा था।

काम रुक गया। ज़ैनुल ख़ान को पुलिस की गाड़ी में तुरन्त अस्पताल पहुँचाया गया। पुटुसगंज के अस्पताल में अंगों को जोड़ने वाली सर्जरी की कोई व्यवस्था नहीं थी। डॉक्टर झा की निगरानी में उन्हें बरावलपुर के बड़े अस्पताल में ले जाया गया, लेकिन पहुँचते-पहुँचते काफी देर हो गयी और उनके हाथ के रेस्टोरेशन की सर्जरी नहीं हो पायी।

उनके परिवार के लिए ये बड़ा आघात था। पुटुसगंज सकते में था। अनिरुद्ध के पापा लगातार बरावलपुर के अस्पताल में उनके साथ थे। पुटुसगंज में ऐसी घटना कभी नहीं हुई थी।

मिठास स्वीट हाउस की बैठकी में इसी पर चर्चा गर्म थी।

'ये तो गजब हो गया भाई। विस्थापितों का मुद्दा ये रूप ले लेगा ये तो किसी ने सोचा ही नहीं था।' रामाधार तिवारी बोले।

'उ तो जान बच गया है जैनुल खान का।' कामाख्या सिंह ने कहा।

'लेकिन जो डैमेज हुआ है उसका भरपाई तो नहीं हो सकता है ना।' जानकी महतो ने कहा।

'हाँ जिन्दगी ही बदल गया बेचारे जैनुल खान का।' अयोध्या सिंह ने अफसोस जताया था।

इस घटना ने ज़ैनुल ख़ान की ज़िन्दगी पूरी तरह बदल दी। कुछ दिन में उनका ज़ख़्म तो भर गया, लेकिन एक हाथ से अब वो ड्राइविंग नहीं कर सकते थे। अचानक वो लाचार और अनुपयोगी हो गये थे। सरकार ने उनकी ईमानदारी से की गयी सेवा का ख़याल रखते हुए उनकी जगह उनके बेटे को नौकरी दे दी थी और मुआवज़े के रूप में अच्छी ख़ासी रक़म भी दी गयी थी। लेकिन इससे 45 साल की उम्र में बेकाम से हो गये ज़ैनुल ख़ान की ज़िन्दगी की वो ख़ुशियाँ तो नहीं लौटाई जा सकती थीं जो वो अपने दोनों हाथों से हासिल करते थे।

बहुत दिन तक वो अपने दायें हाथ को कपड़े से ढक कर घर के बरामदे में बैठे रहते। पूरा व्यक्तित्व बदल गया था उनका। अब बहुत कम बोलते थे। बाहर आना-जाना भी छोड़ दिया था।

अनिरुद्ध के माता-पिता जब भी मिलने जाते तो बिना कुछ कहे उनकी आँखें नम हो जाती थीं। मोहल्ले के बच्चे भी उदास थे। उन्हें मालूम हो गया था कि हीरो जैसी छवि वाले उनके ज़ैनुल चाचा अब कभी भोंभा गाड़ी लेकर नहीं आयेंगे।

चलो मिलते हैं शाम को

पार्वती से एकतरफ़ा प्रेम का प्रताप ये था कि अब तक कपड़ों आदि पर ख़ास ध्यान ना देने वाला अनिरुद्ध अपने लुक को लेकर काफ़ी सजग हो गया था। बाक़ायदा आइरन किये कपड़े पहनने लगा था। बाल करीने से सँवारकर ही निकलता। बालों में शैंपू लगाना अब शायद ही कभी छूटता था। जूते एकदम साफ़ रहते। कोशिश ये रहती कि पेपर लेने जाते वक़्त हर रोज़ नयी शर्ट या टीशर्ट पहनी जाये।

'क्या पता पार्वती घर के बरामदे में आकर उसे नहीं देखती, पर भीतर से देखती हो। अरे लड़कियाँ थोड़े ही ना एक्सप्रेसिव होती हैं। बस में जिस तरह उसने मुझे देखा था, वैसे अब नहीं देखती। क्या पता वो भी देखना चाह रही हो कि आखिर मैं उसे कितना चाहता हूँ। वो समय ले रही है।' ऐसे ख़याल अनिरुद्ध के मन में आते रहते।

गर्मी की छुट्टियों वाले दिन अनिरुद्ध ने बहुत मुश्किल से काटे। स्कूल के दिनों में तो अक्सर पार्वती को देखना हो भी जाता था, छुट्टियों के एक महीने में वो एक बार भी नज़र नहीं आयी। बेचैन हो गया था अनिरुद्ध। दिनभर तेज़ धूप और लू की वजह से घर में बन्द रहना पड़ता, लेकिन शाम होते ही सारे दोस्त क्रिकेट के मैदान पर मिलते। खेलकर लौटते हुए अनिरुद्ध बुक कॉर्नर से पेपर लेता और सेमल पथ से होता हुआ लौटता। पहले गर्मी की छुट्टियों का इन्तज़ार रहा करता था, लेकिन इस बार ये छुट्टियाँ काफ़ी खल रही थीं। अनिरुद्ध चाहता था कि दिन जल्दी से गुज़र जायें ताकि कम-से-कम स्कूल के रास्ते में आते-जाते वो पार्वती को देख तो सके। हमेशा इन्हीं ख़यालों में खोए रहने की वजह से अनिरुद्ध थोड़ा चुप-चुप भी रहने लगा था।

एक दिन विप्लव सुबह-सुबह आया। उसके साथ रंजय भी था।

अनिरुद्ध की माँ ने दरवाज़ा खोला।

'प्रणाम चाचीजी।'

'खुश रहो बेटा। बुलाते हैं अनि को।'

फिर माँ ने दूसरे कमरे में कैरम प्रैक्टिस कर रहे अनिरुद्ध को पुकारा था।

'अनि, देखो विप्लव और एक लड़का आया है।'

'विप्लव के साथ कौन है माँ?'

'क्या बोलते हो तुम लोग उसको—हाँ! दस पैसी।'

भागकर बाहर आता हुआ अनिरुद्ध माँ के मुँह से दस पैसी शब्द सुनकर हँस पड़ा था।

'क्या माँ तुम भी ना। दस पैसी तुम थोड़े ही ना बुलाओगी।'

'अरे मुझे नाम याद नहीं आ रहा था।'

फिर उसने देखा कि रंजय ख़ुद ही हँस रहा है।

'चाची, स्कूल में नाम रंजय है।'

'हाँ हाँ, तुम प्रभाकर जी के लड़के हो, जानते हैं हम। गलती हो गया बेटा। बुरा मत मानना।'

'कोई बात नहीं चाची जी।' रंजय ने कहा।

'अच्छा-अच्छा, बैठो बेटा, बैठकर बातें करो तुम लोग।' फिर वो भीतर चली गयी थीं।

'साले अनि, चाची को मेरा ये नाम तुमने ही बताया होगा। देखे लेंगे साले तुमको।' रंजय ने मुक्का दिखाते हुए कहा और हँस पड़ा।

फिर उसने शर्ट के भीतर, पेट और पीठ से चिपकाकर छुपाई किताबें निकालीं और अनिरुद्ध की ओर बढ़ायीं। अनिरुद्ध ने राजन इक़बाल के दो उपन्यास ले लिए थे और बीस पैसे रंजय के हाथ में रख दिये थे।

दरअसल रंजय दस पैसे लेकर नयी-नयी किताबें दोस्तों को पढ़ने के लिए देता था। इसलिए दोस्त उसे दस पैसी बुलाते थे।

फिर विप्लव अनिरुद्ध को किनारे ले जाकर बोला, 'अबे दरोगाइन की बहन की शादी में आज जा रहे हो?'

दरोगाइन पुटुसगंज के थाना प्रभारी हरबंस दुबे की बेटी थी जिसका असल नाम लीला दुबे था। लड़के उसे दरोगाइन बुलाते थे। उसी की बड़ी बहन की शादी हो रही थी।

'हाँ कार्ड तो आया है। पता नहीं माँ जायेगी कि नहीं। कई शादियों में तो पापा ही जाते हैं और लिफाफा देकर आ जाते हैं।'

'माँ जायेगी तो मैं भी जाऊँगा।'

'अबे बोलो माँ को जाने के लिए वहाँ पार्वती भी आयेगी, नन्दिनी को बोलते सुना मैंने।' विप्लव ने कहा।

'क्या कह रहे हो। पूछता हूँ माँ से।'

माँ से पूछकर अनिरुद्ध ने बताया कि सपरिवार निमंत्रण आया है और सब लोग जायेंगे शादी में।

'बस समझ लो आज रात तुम पार्वती को मनभर देख पाओगे। तैयारी कर लो बेटा।'

अनिरुद्ध मुस्कुरा पड़ा था।

'चलो मिलते हैं शाम को शादी में।'

'हाँ हाँ मिलते हैं।'

विप्लव और रंजय के जाने के बाद अनिरुद्ध सोच में पड़ गया था।

'कौन सी शर्ट पहनूँ? पैंट का रंग क्या हो।' पूरी तैयारी में जुट गया था अनिरुद्ध। बहुत ख़ुश था वो।

अपने हिसाब से पूरी तरह सज-सँवरकर अनिरुद्ध शाम में माँ-पापा के साथ शादी में पहुँचा।

दारोगा साहब के घर में पहली शादी थी। ख़ूब पैसे कमाये थे उन्होंने। शीशम पथ का उनका घर जगमगा रहा था। पूरी बिल्डिंग लड़ी वाली लाल-पीली-नीली-हरी-बैंगनी लाइट से सजी थी। दूर से ही शादी की भव्य तैयारी नज़र आ रही थी।

बारातियों के स्वागत के लिए विशाल और आकर्षक तोरण द्वार बनाया गया था जिसे ताज़े फूलों से सजाया गया था। गेंदा, बहुरंगी डाहलिया और लाल गुलाब से सजा प्रवेश-द्वार चारों ओर ख़ुशबू बिखेर रहा था। सड़क से गुज़रते लोग ठहर कर इस सजावट को देख रहे थे, सराह रहे थे। लेकिन अनिरुद्ध को जल्दी से भीतर पहुँचने की बेताबी थी।

मन में आंशका भी थी कि अगर वो नहीं आयी तो?

जैसे ही वो भीतर पहुँचा तो देखा विप्लव, राजन, रघु तीनों लॉन में लगी कुर्सियों पर बैठे कैम्पा पी रहे हैं।

माँ अन्दर चली गयी थी और पापा अपने दोस्तों के बीच पहुँच गये थे।

अनिरुद्ध दौड़कर दोस्तों के पास पहुँचा। 'आयी है क्या?' अनिरुद्ध ने हाय-हलो से भी पहले यही पूछा था।

'ओ ओ, बेचैनी देखो इनकी। इनको हमसे कोई मतलब नहीं। सिर्फ माशूका के बारे में जानना है।' विप्लव ने चुटकी ली थी।

'अबे मजाक छोड़ो ना यार, बताओ ना आयी है क्या?'

'बैठो कैम्पा शैम्पा पीयो। नहीं आयी है तो आ जायेगी।' राजन ने मुस्कुराते हुए कहा।

शादी के मेहमानों की भीड़ जमा हो गयी थी। थोड़ी देर में बारात पहुँचने वाली थी। बारात नॉवेल्टी क्लब में ठहरी थी।

बारातियों के द्वार पर आने से पहले स्थानीय मेहमानों को भोजन कराया जा रहा था। पर अनिरुद्ध को इन सबमें कोई दिलचस्पी नहीं थी। दोस्तों ने कहा भी कि चलो गुपचुप खाते हैं। पर अनिरुद्ध ने मना कर दिया था।

फिर वो उसे खींचकर गोलगप्पे वाले स्टॉल पर ले गये थे।

'पण्डित जी, अलग से मसाला बनाकर खिलाइए। आलू में छोले, पापड़ी, दही, काला नमक, इमली का पानी सब डालकर अलग मसाला बनाइए और पूरा भर-भर कर बड़ा-बड़ा गुपचुप खिलाइए।' राजन ने गोलगप्पे वाले को निर्देश दिया था।

'हाँ हाँ बुआ, बनाते हैं। आओ इधर आओ और ये लो दोना पकड़ो।'

फिर चारों दोस्त गोलगप्पे के चटपटे और खट्टे स्वाद में गोते लगाने लगे थे। पण्डित जी पुटुसगंज के सबसे उम्दा गोलगप्पे वाले थे जिन्हें शादियों में स्टॉल लगाने के लिए ख़ास तौर से बुलाया जाता था। सबसे ज़्यादा भीड़ इनके स्टॉल पर ही होती।

लॉन और मुख्य दरवाज़े के कोने में बनी जगह पर राजस्थानी परिधान में चार लोग शहनाई बजा रहे थे। अनिरुद्ध की नज़र द्वार पर ही टिकी थी।

गोलगप्पे खाने के बाद चारों दोस्त फिर से लॉन में आकर बैठ गये थे। मेहमान आते जा रहे थे, लेकिन अनिरुद्ध को जिसका इन्तज़ार था, उसका कहीं अता-पता नहीं था।

थोड़ी देर में गाजे-बाजे के साथ बारात दरवाज़े पर आयी। बारातियों का स्वागत हुआ। दूल्हे की द्वार पूजा हुई। उसके बाद शामियाने में दूसरी तरफ़ बनाये गये स्टेज पर रखे सिंहासन पर दूल्हे को बिठा दिया गया। कुछ समय बाद लीला अपनी सहेलियों के साथ दुल्हन यानी दीदी को लेकर जयमाल स्टेज पर आयी। जयमाला डालने में दूल्हे-दुल्हन के बीच जो खेल होता है वो हुआ। वही कि दूल्हा झुकेगा नहीं, दुल्हन को उचककर जयमाला डालनी होगी। सारे मेहमान इस दृश्य का भरपूर लुत्फ़ उठा रहे थे, लेकिन अनिरुद्ध की नज़रें अभी भी पार्वती शुक्ला को तलाश रही थीं। उसे ये सब कुछ भी अच्छा नहीं लग रहा था। जयमाला हो गयी। सबका खाना-पीना भी हो गया। अब जिन्हें शादी देखनी थी वो रुक गये थे और बाक़ी के मेहमान लौटने लगे थे। अनिरुद्ध की माँ ने भी हरबंस जी की पत्नी को शगुन का लिफ़ाफ़ा पकड़ाया था और विदा ली थी।

‘चलो अनि चलते हैं।’ माँ की आवाज़ कानों में पड़ी थी।

‘हाँ माँ आता हूँ।’

फिर अनिरुद्ध ने विप्लव की ओर देखा था।

‘गलत इन्फॉर्मेशन निकला यार।’ विप्लव ने खेद जताते हुए कहा।

‘खैर, तुम्हारी तो कोई गलती नहीं। क्या पता कार्ड ही ना दिया हो। चल कोई बात नहीं, कल मिलते हैं।’ अनिरुद्ध ने कहा था।

‘हम लोग भी माँ-पापा के आते ही निकलेंगे। मिलते हैं कल ग्राउंड पर।’ राजन ने कहा था।

ॐ जयन्ती, मंगला, काली, भद्रकाली, कपालिनी

धरती को भिगोकर और फ़सलों को सींचकर बारिश विदा हो चली थी। खेत-खलिहान जंगल-मैदान सबने जैसे हरियाली की चादर ओढ़ ली हो। चारों ओर हरे-भरे पहाड़ों से घिरे पुटुसगंज में दशहरे की तैयारियाँ शुरू हो गयी थीं। लेकिन उससे पहले आने वाले विश्वकर्मा पूजा को लेकर भी कारख़ाने के कर्मचारी और उनके बच्चे कम उत्साहित नहीं थे। देवलोक के इंजीनियर माने जाने वाले भगवान विश्वकर्मा की पूजा हर साल सितम्बर की सत्रहवीं तारीख़ को होती है। पंचांग के अनुसार इसकी तिथि नहीं बदलती। फ़ैक्ट्री में विश्वकर्मा की क़रीब चालीस से पचास प्रतिमाएँ रखी जाती थीं। इस दौरान विभिन्न विभागों के कर्मचारियों में मूर्ति और पण्डाल की सजावट को लेकर प्रतिस्पर्धा रहती। हर साल नये-नये अन्दाज़ में पण्डालों की साज-सज्जा की जाती, प्रतिमा का सौन्दर्य बढ़ाने के लिए तरह-तरह के प्रयोग किये जाते। कई विभागों में प्रतिमा में बिजली से गति लाने की भी कोशिश रहती। कभी विश्वकर्मा की मूर्ति का सिर हिल रहा होता तो कभी हाथ, कभी उनकी सवारी हाथी के सूण्ड और सिर में हरकत डालने की कोशिश होती। एक और महत्त्वपूर्ण बात ये थी कि विश्वकर्मा की पूजा वो एकमात्र मौक़ा होती थी जब शहर के आम लोगों को कारख़ाने में जाने और स्वतन्त्र रूप से घूमने की आज़ादी होती थी। बच्चों में तरह-तरह की भारी मशीनरी को देखने का अलग ही रोमांच होता था।

विशालकाय कारख़ाने में गैरेज डिपार्टमेंट की पूजा बच्चों को सबसे ज़्यादा भाती थी। ये वो विभाग था जहाँ फ़ैक्ट्री की हेवी व्हीकल्स की देख-रेख की जाती थी। बड़े ही क्रिएटिव थे यहाँ के कर्मचारी। गैरेज, कारख़ाने के निकास-द्वार के क़रीब था, इसलिए प्रतिमा दर्शन के क्रम में लोग इसे सबसे आख़िर में रखते। लेकिन ये क्लाइमेक्स वाला पण्डाल भी था। हर साल सजावट के अनोखे प्रयोग और नयी थीम की वजह से यहाँ की पूजा सबसे अलग नज़र आती थी। बच्चों को यहाँ जाने का इन्तज़ार इसलिए भी रहता था क्योंकि बाक़ी जगहों पर जहाँ उन्हें हाथ में प्रसाद दिया जाता,

वहीं गैरेज के पण्डाल में बिना किसी भेदभाव के सबको काग़ज़ के डिब्बे में प्रसाद मिलता। बच्चों को भी। इसलिए यहाँ आकर उन्हें अच्छा महसूस होता था।

अनिरुद्ध के लिए ये पूजा इसलिए भी अहम हो जाती थी क्योंकि पड़ोस में रहने वाले रामप्यारे चाचा गैरेज में ही काम करते थे और पूजा में मुख्य भूमिका निभाते थे। ऐसे में अनि जब माता-पिता के साथ तमाम पण्डालों को देखते हुए आख़िर में गैरेज पहुँचता तो मूर्ति दर्शन के बाद रामप्यारे चाचा उन्हें स्पेशल प्रसाद दिलवाते थे।

अनिरुद्ध जब छोटा था तो विश्वकर्मा और दुर्गापूजा से पहले के दिनों में उसकी सुबह मूर्ति बनाने की प्रक्रिया को देखने से ही होती थी। भैरव मन्दिर के परिसर में विभिन्न धार्मिक प्रयोजनों के लिए बने विशालकाय मण्डप में बाहर से आये कलाकार महीने भर पहले से ही मूर्ति बनाने में जुट जाते थे। पहले डिमांड के मुताबिक़ पुआल से तरह-तरह की मूर्तियों का ढाँचा तैयार किया जाता, फिर उन पर मिट्टी चढ़ाई जाती। सूखने के बाद आख़िर में प्रतिमाओं को रंग-रूप देने का काम शुरू होता। दर्जन भर कलाकार लगातार मूर्ति को अन्तिम रूप देने में जुटे रहते। अनिरुद्ध सुबह उठते ही सबसे पहले इन्हें देखने के लिए मन्दिर पहुँच जाता था। वो हर दिन इनमें आते बदलाव को देख लेना चाहता था। प्रतिमाओं को बनते देखना उसे बहुत अच्छा लगता था। उसे पुआल के ढाँचों पर सौन्दर्य की सर्जना बेहद रोचक लगती थी। ये मूर्तिकार उसके लिए किसी महापुरुष से कम ना थे। वो अक्सर सोचता कि 'इनके हाथों में कितना जादू है जो तरह-तरह के आकार की मूर्तियाँ सहजता से गढ़ लेते हैं।' पन्द्रह-बीस मिनट तक सारी मूर्तियों का अवलोकन करने के बाद अनिरुद्ध घर लौटता। थोड़ा पढ़ता और फिर स्कूल जाने की तैयारी करता। इन दिनों अनिरुद्ध के धार्मिक प्रवृत्ति वाले पिता भी उसे कुछ नहीं कहते थे।

पर समय गुज़रने के साथ और जीवन के पन्द्रह वसन्त देख चुके अनिरुद्ध की दिलचस्पी अब दुर्गापूजा में ज़्यादा थी। वो भी किलकारी केन्द्र की दुर्गापूजा में, जहाँ अपनी परम्परागत वेशभूषा में बंगाली महिलाएँ सुबह-शाम पुष्पांजलि में जुटा करती थीं। पण्डाल में व्यवस्था ऐसी होती थी कि दुर्गा प्रतिमा के सामने हॉल में एक तरफ़ महिलाएँ खड़ी होती थीं और दूसरी तरफ़ पुरुष। बीच की जगह अनुष्ठान और उससे जुड़ी गतिविधियों के लिए ख़ाली रखी जाती थी। इस मौक़े पर सजी-सँवरी महिलाओं के साथ उनकी लड़कियाँ भी मौजूद होती थीं। पुटुसगंज के नव-युवकों को इस पल का पूरे साल बेसब्री से इन्तज़ार रहता। ये वो मौका था जब ढाकी बाजे की ताल पर हो रही पूजा-अर्चना में माँएँ व्यस्त होतीं और बनी-सँवरी लड़कियों को अपने सपनों के राजकुमार को निहारने या उसकी एक झलक पा लेने का मौक़ा मिल जाता था।

लेकिन मदनोत्सव मना रहे इस पण्डाल में कॉन्ज़र्वेटिव समाज की अनुभव में पगी माँएँ सतर्क रहती थीं। वो अपनी बेटियों की नज़रों का पीछा करतीं कि आख़िर वो किसे देख रही हैं और जैसे ही लक्ष्य का पता चल जाता, फिर पूरे साल बिटिया पर नज़र किस अन्दाज़ में रखनी है, इसका निर्णय कर लिया जाता था। पुटुसगंज में लड़के-लड़कियों के मिलन के लिए मुग़लों के बनाये गार्डन जैसी कोई माकूल जगह तो थी नहीं। माता-पिता रूपी खलनायक की मौजूदगी में एक-दूसरे को मन भर निहार लेना ही प्रेम को पा लेने के एहसास से कम न था क्योंकि ये मौक़ा भी साल में बस एक बार ही आता था।

प्रेमातुर युगलों के लिए इस बंगाली पण्डाल की महिमा इसलिए भी थी क्योंकि प्रेम रसायन का स्वाद चखने को आतुर जो बालाएँ बंगाली नहीं भी थीं वो भी किसी ना किसी बांग्लाभाषी सखी की बदौलत इस पण्डाल में पहुँचती थीं और अपनो मार्केट वैल्यू पता करती थीं कि कितने लड़के उसमें दिलचस्पी ले रहे हैं या ले भी रहे हैं या नहीं। सिनेमा का असर कह लें या रति और काम का प्रसाद, मिलन की तमाम सीमाओं के बावजूद ये पण्डाल जीवन में प्रेम का उत्सव मनाता-सा नज़र आता था। देवी दुर्गा की प्रतिमा इस प्रेम लीला की गवाह बनती थी। देखना, लजाना, पुन: देखना, छुपाना, देखकर मुस्कुराना, ध्यानाकर्षण के लिए कोई हरकत करना या भंगिमा बनाना—ये तमाम गतिविधियाँ इस प्रेमोत्सव मनाते पण्डाल का बेसिक इंग्रेडिएंट थीं। श्रद्धालु लोग पूरी तन्मयता से पूजा में रमे रहते, उमंग और उल्लास से भरे ढाकी बाजा वादक उछल-उछलकर अपने ढाक से ख़ास धुन निकाल रहे होते। लाल-गुलाबी कपड़े में लिपटे ढाक के किनारे का मयूर पंख झूम रहा होता, पण्डित धूप-दीप और मन्त्रोच्चार के साथ माँ दुर्गा की आरती में लीन होते, महिलाएँ देवी को फल-फूल चढ़ाकर आशीर्वाद ले रही होतीं और पुटुसगंज के राधा-कृष्ण रूपी प्रेमी युगल इसी मौक़े का फ़ायदा उठाकर नयनों की भाषा में अपनी-अपनी लव स्टोरी को आगे बढ़ा रहे होते। इस प्रेम लीला का अंजाम क्या होगा ये किसी को नहीं पता था, पर जवानी की दहलीज़ पर क़दम रखता आवेग कहाँ सीमाओं में बँधता है।

अनिरुद्ध ने इस बार दुर्गा पूजा के लिए कपड़ों के चुनाव में ख़ास दिलचस्पी दिखाई थी। काले रंग का बेलबॉटम और गुलाबी रंग की शर्ट के साथ ब्राउन कलर का लेदर शू। वैसे तो बंगालियों की पूजा सार्वजनिक रूप से सातवें दिन शुरू होती है, लेकिन अनिरुद्ध पहले दिन से ही पण्डाल में जाकर मूर्ति और सजावट का जायज़ा ले रहा था। इससे पहले उसे भैरव मन्दिर की मूर्ति और वहाँ की सजावट भव्य और सुन्दर लगा करती थी, लेकिन इस बार किलकारी केन्द्र की पूजा में उसे ज़्यादा रुचि थी।

वहाँ सब कुछ ही उसे अच्छा लग रहा था। उसे पूरी उम्मीद थी कि इस बार पार्वती को वो यहाँ देख पायेगा। विप्लव ने पहले ही बता दिया था कि पार्वती किलकारी केन्द्र की पूजा में ही सुबह की पुष्पांजलि और शाम की आरती के लिए आती है।

पूजा की औपचारिक शुरुआत से एक दिन पहले ही ढाक वादकों की टोली बंगाल से पुटुसगंज पहुँच गयी थी और उन्होंने बजाना भी शुरू कर दिया था। किलकारी केन्द्र में गूँजती ढाक की धुन दूर-दूर तक सुनाई पड़ रही थी। ये एक एलान होता था कि 'बंगाली दुर्गा पूजा को एक ख़ास पहचान देने वाले वादक कलाकार शहर में पधार चुके हैं, नगरवासियों जीवन को उमंग और उल्लास से भरने के लिए तैयार हो जाओ!'

अगले दिन अनिरुद्ध नौ बजे सुबह ही तैयार होकर पहले राजन के घर गया, फिर विप्लव को लेकर तीनों रघु के घर गये। चारों दोस्तों ने पहले ही किलकारी केन्द्र में जमावड़ा लगाने की योजना बना ली थी। वहाँ पहुँचकर उन्होंने पहले बाहर लगे स्टॉल्स पर गोलगप्पे खाये, टिक्की-चाट का ज़ायका लिया और फिर पण्डाल में जगह पकड़ ली। ग्यारह बजे पुष्पांजलि का समय था। भीड़ जुटने लगी थी। रंग-बिरंगे पहनावे में स्त्री-पुरुष-बच्चे पण्डाल में जमा होने लगे थे। लेकिन अनिरुद्ध को केवल पार्वती का इन्तज़ार था। उसकी आँखें लगातार दरवाज़े पर लगी थीं। उसके साथ पढ़ने वाली कई लड़कियाँ अपनी माँओं के साथ आ चुकी थीं, लेकिन पार्वती नज़र नहीं आ रही थी। अनिरुद्ध दोस्तों के साथ कई बार बाहर-भीतर कर चुका था। पूरा पण्डाल भर चुका था। पुष्पांजलि शुरू ही होने वाली थी। पण्डित जी ने आरती और धूप की थाल उठा ली थी कि तभी पार्वती शुक्ला और नन्दिनी अपनी माँओं के साथ भीड़ के बीच नज़र आयीं। अनिरुद्ध की ख़ुशी का ठिकाना न रहा। समझ में नहीं आ रहा था कि अपनी ख़ुशी कैसे व्यक्त करे। 'अबे देख-देख आ गयी है।', उसने विप्लव के हाथ में चिकोटी काटी थी। सभी दोस्तों की नज़रें वहाँ पहुँच गयी थीं।

'वाह बेटा अनि। तेरी तो लॉटरी लग गयी।' विप्लव ने कहा।

अनिरुद्ध बस मुस्कुरा रहा था।

पार्वती ने लाल रंग का सलवार-कुर्ता पहना था। बाल खुले थे। सुन्दर लग रही थी। ये पहला मौक़ा था जब अनिरुद्ध उसे सामने से निर्बाध देख सकता था। आँखों में उसकी छवि क़ैद कर सकता था। और वो लगातार ऐसा कर भी रहा था।

पार्वती को अनिरुद्ध की इस हरकत की कोई ख़बर नहीं थी। वो बस अपनी माँ के बगल में खड़ी होकर पुष्पांजलि देख रही थी। उसके हाथ में एक कैमरा था जिससे वो बीच-बीच में प्रतिमा के सौन्दर्य, सजावट और वहाँ के माहौल को क़ैद कर रही थी। पण्डित जी ऊँचे स्वर में पुष्पांजलि मन्त्र का उच्चारण किये जा रहे थे—

ॐ जयन्ती, मंगला, काली, भद्रकाली, कपालिनी।
दुर्गा, शिवा, क्षमा, धात्री, स्वाहा, स्वधा नमोऽस्तु ते।।
एष सचन्दन गन्ध पुष्प बिल्व पत्रांजलि ॐ ह्रीं दुर्गाय नमः।।

चमकते अभ्रक के हरे-भरे पहाड़ों के बीच देवी दुर्गा की प्रतिमा का सौन्दर्य देखते ही बन रहा था। लाल वस्त्र, भुजाओं में अस्त्र-शस्त्र, चमकती आँखें, श्वेत मुकुट, गले में फूलों की डिज़ाइन वाली माला और चक्राकार आभामण्डल वाली देवी, शक्ति और सौन्दर्य का दिव्य रूप लग रही थीं। रंगों के कुशल संयोजन से पर्वत का सौन्दर्य और भी ज़्यादा उभरकर सामने आ रहा था। माँ दुर्गा के बायीं ओर पर्वत की गुफाओं में माँ लक्ष्मी और भगवान गणेश की प्रतिमा रखी थी तो दायीं ओर की गुफा में भगवान कार्तिकेय और देवी सरस्वती विराजमान थे। महिषासुरमर्दिनी के पीछे ऊँचे शिखर पर विराजमान ब्रह्मा-विष्णु-महेश जैसे बादलों के पीछे से सृष्टि को आशीष दे रहे हों।

अनिरुद्ध चाहता था कि पार्वती एक बार उसे भी देख ले। पार्वती ने पुरुषों की भीड़ की तरफ़ देखा भी, उसकी दृष्टि तमाम लोगों पर पड़ी, लेकिन अनिरुद्ध उसके रेडार पर नहीं था। पार्वती की नज़रों ने माहौल का अवलोकन किया और फिर पुष्पांजलि पर स्थिर हो गईं। अनिरुद्ध के लिए ये बड़ा ही बेचैनी भरा पल था।

अबे अनि, 'कुछ ऐसा करना होगा ताकि उसे पता तो चले कि तुम उसके बारे में क्या सोचते हो।' रघु ने सलाह दी।

'पर क्या कर सकते हैं?'

'उसके एकदम सामने जाकर खड़े हो जाओ, क्या पता उसे बस वाला सीन याद आ जाये।'

'पर कैसे?'

'अबे तुम्हारे पड़ोस वाली बंगालन आंटी उसके बगल में खड़ी हैं, उनसे मिल आओ।' विप्लव ने सुझाव दिया।

'तुम भी चलो साथ में।'

'मैं क्या करने जाऊँगा।'

'चलो ना यार। हिम्मत मिलेगी।'

'अच्छा, चलो चलता हूँ।' विप्लव ने कहा।

तब तक पुष्पांजलि ख़त्म हो गयी थी।

दोनों दोस्त तेज़ क़दमों से चलकर पहले पण्डित जी के पास गये, टीका लगवाया और फिर लौटते हुए महिलाओं वाली जगह से बिल्कुल सामने से गुज़रे, और जब

पड़ोस वाली महिला के पास पहुँचे तो अनिरुद्ध ने कहा, 'आंटी प्रणाम। पान्तू नहीं आया?' पान्तू उनका बेटा था जो अनिरुद्ध के साथ मोहल्ले में खेलता था।

'आया है बेटा, बाहर होगा। तुम्हारी माँ नहीं आयी?'

'माँ भैरव मन्दिर गयी है आंटी।'

'अच्छा बेटा। तुम एन्जॉय कर रहे हो ना?'

'हाँ आंटी।'

'अच्छा आंटी नमस्ते।'

ठीक बग़ल में खड़ी पार्वती ने इस बार अनिरुद्ध को देखा था। ग़ौर से देखा था। उसी बस वाली नज़र से। दोनों की नज़रें थोड़ी देर के लिए मिली रह गयी थीं।

फिर पार्वती की माँ पर अनिरुद्ध की नज़र पड़ी थी और वो सहमकर आगे बढ़ गया था।

'वाह अनि वो तो तुम्हें देखती रह गयी।' विप्लव ने अनिरुद्ध का हाथ दबाते हुए कहा।

अनिरुद्ध भी मुस्कुरा रहा था। बेहद ख़ुश हो गया था वो।

'हाँ यार जब से हाई स्कूल में गया हूँ तब से कोशिश में लगा हूँ कि उसे पता तो चले कि मैं उसके बारे में क्या फील करता हूँ।'

पर उसके मन में आशंका भी थी कि पार्वती का उसे देखना यूँ ही था या इसमें कोई ख़ास बात भी थी।

तब तक राजन और रघु भी आ गये थे।

'वाह बेटा आज लैला-मजनूँ ने एक-दूसरे को ढूँढ़ ही लिया।' राजन ने कहा था।

'चलो-चलो पार्टी दो।' रघु ने हँसते हुए कहा।

'अभी नहीं, अभी मुझे उसे और देखना है। चलो वहीं चलते हैं, पहले वाली जगह पर।'

चारों दोस्त पुरुषों वाले दीर्घे में फिर से जम गये थे। लेकिन ये क्या, पार्वती अपनी माँ के साथ बाहर निकल रही थी।

चारों दोस्त भी धीरे-धीरे बाहर निकलने लगे।

पार्वती से कुछ दूरी पर पीछे-पीछे चल रहे थे चारों।

पार्वती बाहर निकली। उसने माँ से कुछ कहा। माँ ने हाथ से इशारा कर मना कर दिया और तेज़ी से कैम्पस से बाहर जाने लगीं। भीड़ काफ़ी थी। महिलाएँ, पुरुष, बच्चे, सब एक-दूसरे से लगभग चिपककर चल रहे थे। बाहर खाने-पीने की

तरह-तरह की चीज़ों की दुकानें सजी थीं। बैलून वाला, खिलौने वाला, झूले वाला, बाँसुरी वाला—इन सबको पार कर पार्वती और उसकी माँ अपनी जीप में जाकर बैठ गयीं।

पार्वती की नज़रें बाहर कुछ ढूँढ़ रही थीं। अनिरुद्ध पर उसकी नज़र पड़ी। वो मुस्कुरा दी। जीप आगे निकल रही थी।

अनिरुद्ध आँखों से ओझल होती जीप को देखता रह गया था। बिल्कुल खो गया था वो।

'अबे अनि, तुम्हारी राजकुमारी गयी, अब सपनों की दुनिया से लौट आओ मेरे शहजादे।' रघु ने कन्धे पर थपकी देते हुए कहा।

'यकीन नहीं हो रहा है यार कि पार्वती मुझे देख रही थी। क्या सचमुच मेरी किस्मत चमकने वाली है? क्या लग रही थी आज वो।' अनिरुद्ध अपनी ख़ुशी व्यक्त नहीं कर पा रहा था।

'चलो-चलो कुछ खिलाओ अब। अब तो स्पेशल पार्टी बनती है। क्यों अनि?' राजन बोला।

'हाँ, हाँ! दोस्तों जरूर। आज मैं बहुत खुश हूँ। तुम लोगों को जो भी खाना है खा लो। माँ ने बहुत पैसे दिये हैं। आज मैं दिल खोलकर खर्च करना चाहता हूँ।'

चारों दोस्त एक बार फिर गोलगप्पे के ठेले पर पहुँचे। पानी वाले, सूखे, मीठी चटनी के साथ, काला नमक और मसाला डालकर—हर तरह के गोलगप्पे का लुत्फ़ उठाया गया। प्रेमानन्द में डूबे अनिरुद्ध ने किसी को नहीं रोका था।

अनिरुद्ध जब घर पहुँचा तो उसे आज की घटना पर विश्वास नहीं हो रहा था। बीते कई महीनों से जो वो चाहता था, आज वो हो चुका था। मन इन्द्रधनुष हुआ जा रहा था। लेकिन एक आशंका भी थी जिससे वो लगातार जूझ रहा था, 'पार्वती का उसे देखना यूँ ही था या वाकई जैसा वो सोच रहा है वैसी ही बात थी। अगर वो शाम को भी आरती में आयी तो पता चल जायेगा।'

इस बीच अनिरुद्ध दोस्तों के साथ जाकर भैरव मन्दिर का दुर्गा पण्डाल देख आया था। हर साल की तरह इस बार भी वहाँ की पूजा भव्य और रोचक थी। देवी दुर्गा, उनके वाहन शेर और दैत्य महिषासुर की प्रतिमा में मूवमेंट तो था ही, बाक़ी के देवी देवता भी बिजली के प्रभाव से आगे-पीछे हो रहे थे। उनके हाथ ऊपर-नीचे हो रहे थे। दुर्गा का वाहन शेर जब मुँह खोलता था तो दहाड़ने की आवाज़ होती थी और फिर वो आगे बढ़कर महिषासुर पर हमला कर देता था। माँ दुर्गा का त्रिशूल ऊपर जाता था और फिर नीचे जाकर महिषासुर के सीने में धँस जाता था। भैरव मन्दिर

की पूजा में ये नया और विलक्षण प्रयोग था। पर अनिरुद्ध का मन तो किलकारी केन्द्र में रमा था। घूम-फिर कर दोपहर तक वो घर लौटा। फिर शाम का बेसब्री से इन्तज़ार करने लगा।

सूरज ढलते ही उसने अच्छी तरह आइरन की हुई बैंगनी रंग की टीशर्ट और ब्लैक ट्राउज़र पहनी। दोनों थोड़ी पुरानी थीं, लेकिन अनिरुद्ध ने उन्हें बहुत सँभाल कर रखा था। नये कपड़े उसने महानवमी के लिए बचाकर रखे थे।

अँधेरा होते ही राजन, रघु और विप्लव के साथ वो किलकारी केन्द्र पहुँच गया। भीड़ सुबह की तरह ही थी। स्त्री-पुरुष-बच्चों से हॉल खचाखच भरा था। सात बजे आरती शुरू हुई।

अनिरुद्ध की नज़र लगातार प्रवेश-द्वार पर लगी रही। आरती ख़त्म हो गयी, लेकिन पार्वती नहीं आयी। अनिरुद्ध का मन उदास हो गया।

'अबे हो सकता है वो लोग किसी और पण्डाल में पूजा देखने गये हों अनि। कल सुबह यहाँ फिर मुलाक़ात हो जायेगी। निराश मत हो।' राजन ने सान्त्वना देने की कोशिश की।

ये तो कहने की बात थी, लेकिन अनिरुद्ध ख़ामोश हो गया था। मन में तरह-तरह के विचार आ रहे थे।

'अबे चल चल, टर्मिनल टोला चलते हैं। सारी मूर्तियाँ भी तो देखनी हैं। अगर सुबह शाम यहीं रह गये तो बाकी सब छूट जायेगा।' रघु ने प्रस्ताव दिया था।

'हाँ हाँ, ठीक कहते हो रघु। चलो हम टर्मिनल टोला चलते हैं।'

फिर चारों दोस्त वहाँ की पूजा देखने चले पड़े थे।

ये पूजा रणविजय सिंह की देख-रेख में होती थी। उनकी पूरी मण्डली हर समय पण्डाल में मौजूद रहती। इस बात का ख़ास ध्यान रखा जाता कि प्रसाद हर किसी को मिले। रणविजय सिंह इन दस दिनों में परम्परागत परिधान में होते थे। सफ़ेद धोती-कुर्ता, लाल तिलक और पीले गमछे में वो काफ़ी आकर्षक लगते। इस पण्डाल में भैरव मन्दिर वाली भव्यता नहीं थी क्योंकि चन्दा उतना ज़्यादा नहीं हो पाता था, लेकिन श्रद्धालु प्रतिमा दर्शन के अपने कार्यक्रम में इस पण्डाल को भी शामिल करते थे।

अनिरुद्ध और दोस्तों को देखते ही रणविजय सिंह ने पूछा, 'क्या अनि, आनन्द कहाँ है?'

'भइया छुट्टी में आया है, घर पर ही है। पर दिन भर पढ़ाई ही करता रहता है। उसे पूजा से कोई खास मतलब नहीं। जब से इंजीनियरिंग पढ़ रहा है, भइया काफी बदल गया है।'

'हाँ, इंजीनियरिंग की पढ़ाई हार्ड भी तो है बहुत।' रणविजय सिंह ने मुस्कुराते हुए कहा था।

'बहुत हुआ तो भैरव मन्दिर तक चला गया और फिर लौटकर वही पढ़ना-लिखना।'

'हाँ आनन्द है ही पढ़ाकू। चलो उसको बोलना कि मैं याद कर रहा था। समय निकालकर यहाँ भी आये। अरे ददन, इ चारों छोटा भाई है। अच्छी तरह प्रसाद खिलाओ इन सबको।'

ये बोलकर रणविजय सिंह दुर्गा प्रतिमा के पीछे वाले पण्डाल की तरफ़ चले गये थे। चारों दोस्त प्रसाद खाकर और डेकोरेशन वग़ैरह देखकर पण्डाल से बाहर निकले और घर लौट आये।

रात के दस बज रहे थे। अनिरुद्ध को काफ़ी देर तक नींद नहीं आयी। वो लगातार पार्वती के बारे में सोच रहा था और थोड़ी-थोड़ी देर पर करवट बदल रहा था।

माँ ने पूछा भी कि 'नींद नहीं आ रही है क्या अनि?'

'आ रही है माँ। सो रहा हूँ।'

पार्वती के ख़यालों में डूबा वो नींद के आगोश में चला गया था।

अगले दिन दुर्गा अष्टमी थी। माँ ने सुबह ही दोनों भाइयों से कहा कि भैरव मन्दिर की पुष्पांजलि में चलना है। लेकिन अनिरुद्ध वहाँ क़तई नहीं जाना चाहता था।

अनिरुद्ध ने कहा कि उसने दोस्तों को सुबह किलकारी केन्द्र की पूजा में मिलने का वादा किया है। वो वहीं जाना चाहता है।

'पता नहीं बंगाली पूजा में इसको इस साल क्या दिलचस्पी हो गयी है। दिन भर वहीं रहना चाहता है। ठीक है जाओ जहाँ जाना है। आनन्द बेटा, तुम मेरे साथ चलना।'

'ठीक है माँ', नहाकर बाल पोंछते हुए आनन्द ने कहा।

साढ़े नौ बजे तक अनिरुद्ध नहाकर तैयार हो गया। आज उसका क़ुर्ता-पायजामा और सैंडल पहनने का प्रोग्राम था। अनिरुद्ध ने लाल रंग का कुर्ता और सफ़ेद पायजामा पहना था। अच्छा दिख रहा था।

योजना के मुताबिक़ चारों दोस्त दस बजे किलकारी केन्द्र में मिले। भीड़ कल से भी ज़्यादा थी। अनिरुद्ध को बेचैनी हो रही थी। भीतर कुछ अजीब-सा लग रहा था। वो सोच रहा था, 'कल नवमी है, विजयादशमी को पूजा खत्म हो जायेगी। पार्वती को देखने के कितने कम मौके बचे हैं। कल रात तो देख भी नहीं पाया था।'

पूजा पण्डाल में जमा होती भीड़ पुष्पांजलि शुरू होने का इन्तज़ार कर रही थी। आज उसके साथ पढ़ने वाली माया, उदिता, रेवती, अपरा, रश्मिका जैसी लड़कियाँ

साड़ी में नज़र आ रही थीं। ये मिडिल स्कूल से ही अनिरुद्ध के साथ थीं तो उसे जानती थीं। ऐसा लग रहा था कि अनिरुद्ध, राजन, रघु और विप्लव को देखकर वो आपस में कुछ बातें कर रही हैं। पर क्या बातें कर रही थीं, ये जानने का कोई ज़रिया नहीं था। हाँ, लड़कियाँ उन्हें देखकर बार-बार मुस्कुरा ज़रूर रही थीं।

पण्डित जी पुष्पांज़लि शुरू करनेवाले थे कि तभी हॉल के एंट्रेंस से पार्वती, नन्दिनी और दोनों की माँएँ आती नज़र आयीं।

पार्वती और नन्दिनी ने भी साड़ी पहनी थी। प्यारी लग रही थी पार्वती। पीले और लाल रंग की थी उसकी साड़ी। नन्दिनी ने बैंगनी साड़ी पहनी थी। साड़ी में दसवीं कक्षा में पढ़नेवाली लड़कियों का सौन्दर्य और निखर आया था। अनिरुद्ध के साथ पढ़नेवाली तमाम लड़कियाँ आज अलग ही नज़र आ रही थीं। मौक़े की अहमियत समझते हुए रघु और विप्लव भी अपने लिए स्कोप तलाशने में जुटे थे।

घुसते हुए ही पार्वती ने अनिरुद्ध को देख लिया था और मुस्कुरा पड़ी थी। अनिरुद्ध शरमा गया था। नज़रें मिलीं फिर नीचे हो गयीं। फिर उसने हिम्मत जुटायी और पार्वती को देखने लगा। उसकी नज़रें अब पार्वती से हट नहीं रही थीं। नयनों की भाषा में हो रहे प्रेम संवाद को देख नन्दिनी ने पार्वती का हाथ दबाया और मुस्कुरायी। शायद वो इशारा कर रही थी कि अब बस कर दो। फिर दोनों सखियाँ ज़ोर से हँस पड़ी थीं।

पुष्पांजलि शुरू हो गयी थी। पार्वती की माँ ने पूजा की थाल पण्डित जी को दे दी थी और प्रतिमा के सामने ही कुछ दूरी पर बाक़ी महिलाओं के साथ खड़ी हो गयी थीं। पार्वती नन्दिनी के साथ पीछे खड़ी थी। वहाँ से वो अनिरुद्ध को साफ़-साफ़ देख सकती थी। अनिरुद्ध चाहता था कि ये पल बस ठहर जाये। वो बस पार्वती को निहारता रहे। अपलक, निर्निमेष। कभी पार्वती नज़रें उठाती तो कभी अनिरुद्ध। और जब दोनों की नज़रें मिलतीं तो दृश्य ठहर-सा जाता। उन्हें ऐसा प्रतीत हो रहा था जैसे सामने हाथ उठाये देवी दुर्गा उनके प्रेम को आशीर्वाद दे रही हों। दोनों वहाँ होते हुए भी जैसे वहाँ नहीं थे। आसपास हो रही गतिविधियों से पूरी तरह अनजान। पुष्पांजलि कब ख़त्म हो गयी, उन्हें पता ही नहीं चला।

अनिरुद्ध के दोस्त बग़ल में ही खड़े थे, पर वो अपने कार्यव्यापार में व्यस्त थे। सबकी तन्द्रा तब टूटी जब ढाकी बाजा बजना बन्द हो गया और लोग प्रसाद लेकर बाहर निकलने लगे। पार्वती भी नन्दिनी और माँ के साथ बाहर जाने लगी थी। लेकिन आज मामला कुछ अलग था। बाहर निकलते हुए वो बार-बार पीछे मुड़कर देख रही थी। अप्रतिम आनन्द में डूबा अनिरुद्ध थोड़ी दूरी पर पीछे-पीछे ही चल

रहा था। वो तीनों बाहर निकलीं और गाड़ी में बैठकर जाने लगीं। अनिरुद्ध देर तक रास्ते को देखता रहा।

पीछे से राजन ने कन्धे पर हाथ मारा,'क्या अनि! लगता है पार्वती को देखते-देखते तुम ये भूल गये हो कि हम भी साथ में आये थे।'

अचानक जैसे अनिरुद्ध की नींद खुली हो।

'अरे नहीं यार। यकीन नहीं हो रहा कि ये सब हो रहा है। और अब डर भी लग रहा है कि विजयादशमी के बाद तो पार्वती को इस तरह देख पाना सम्भव भी नहीं हो सकेगा।'

'इसमें डरने की क्या बात है। जब ये हुआ है तो आगे भी कुछ न कुछ उपाय निकाला जायेगा। अभी तो मस्त रहो तुम। और हम लोगों की सेवा करते रहो। पार्वती शुक्ला का प्रसाद ऐसे ही मिलता रहेगा।' विप्लव ने आश्वस्त किया था।

महानवमी को किलकारी केन्द्र में होने वाली धुनुची नृत्य प्रतियोगिता का लोगों को बेसब्री से इन्तज़ार रहता था। धुनुची नृत्य के ज़रिये देवी दुर्गा को प्रसन्न करने की मान्यता है। कहा जाता है कि ये नृत्य करने पर माँ दुर्गा भक्तों की मनोकामना पूर्ण करती हैं। धुनुची एक प्रकार का मिट्टी का पात्र होता है जिसमें सूखा नारियल, जलता कोयला और कपूर जैसी सामग्री डालकर भक्त माँ देवी भगवती की प्रतिमा के सामने नृत्य करते हैं। पात्र को दोनों हाथों में पकड़ ढाकी के ताल पर नृत्य किया जाता है। कई लोग तो पात्र को मुँह में दबाकर भी धुनुची नृत्य करते हैं।

किलकारी केन्द्र में धुनुची नाच देखने के लिए भारी भीड़ जुटी थी। पूरा हॉल खचाखच भरा था। दुर्गा की प्रतिमा के सामने नृत्य के लिए घेर कर बनायी गयी जगह को छोड़कर हॉल में लोग ही लोग नज़र आ रहे थे। कक्ष में चारों ओर धुआँ ही धुआँ फैला था।

सात बजे धुनुची नाच की प्रतियोगिता शुरू हुई। सामने कुर्सी पर चार लोग बैठे थे। ये जज थे जिन्हें विजेता का निर्धारण करना था। प्रतियोगी एक-एक कर आते और प्रतिमा के सामने हाथों में धुनुची लेकर ढाकी कलाकारों के बीच अपने नृत्य का प्रदर्शन करते। ढाक का स्वर जैसे-जैसे तेज़ होता, नृत्य की रफ़्तार भी बढ़ती जाती। पार्वती शुक्ला और नन्दिनी भी अपनी माँओं के साथ धुनुची नाच का आनन्द ले रही थीं। अनिरुद्ध, राजन, विप्लव और रघु भी दूसरी तरफ़ भीड़ के बीच से नाच देख रहे थे। पर पार्वती और अनिरुद्ध का मन नाच से ज़्यादा एक-दूसरे को देखने में रमा था। पार्वती ने इशारों में कहा कि अनिरुद्ध भी नृत्य करे। अनिरुद्ध ने 'ना' में

सिर हिला दिया था। दोनों के बीच ये पहला सांकेतिक संवाद था जिसमें प्रेमिका ने कुछ चाहा था और प्रेमी ने शरमाकर ना कर दिया था। फिर दोनों मुस्कुरा पड़े थे। पार्वती ने फिर एक बार नृत्य करने का इशारा किया। इस बार विप्लव ने उसे ऐसा करते देखा। विप्लव समझ गया कि पार्वती अनिरुद्ध से क्या चाहती है। उसने अनिरुद्ध को धक्का देकर कहा कि वो जाये और धुनुची करे। लेकिन अनिरुद्ध ना-ना करता रहा। उधर, पार्वती अब थोड़ी गम्भीर हो गयी थी। मानो उलाहना दे रही हो कि तुम मेरे लिए इतना भी नहीं कर सकते।

इस बीच प्रतियोगी आते और अपनी कला का प्रदर्शन करते जा रहे थे। लेकिन वहाँ मौजूद लोगों को इन्तज़ार था तिरलोकी दा का। लड़की को स्कूटर से गिराकर बदनाम भले ही हो गये थे। लेकिन किलकारी केन्द्र की धुनुची प्रतियोगिता उनके बिना अधूरी लगती। बीते तीन साल से वही इसे जीतते आ रहे थे। तिरलोकी बंगाल से नहीं थे, लेकिन कलाप्रेमी होने की वजह से उन्होंने ये नाच अच्छी तरह सीख लिया था और किसी को मैदान में टिकने नहीं देते थे। वो जब मुँह और दोनों हाथों में धुनुची लेकर देवी दुर्गा को प्रसन्न करने के लिए नाच करते तो उनकी भाव भंगिमा और लयात्मकता देखते ही बनती थी। आयोजक जानते थे कि नाच प्रतियोगिता का शो स्टॉपिंग परफ़ॉर्मेंस तिरलोकी दा ही देंगे, इसलिए उनका नृत्य सबसे आख़िर में रखा जाता।

अनिरुद्ध को अब बुरा लग रहा था कि पार्वती ने उससे कुछ चाहा और उसने उसे पूरा नहीं किया। अचानक वो आगे बढ़ा और जजों के पास जाकर अपना नाम लिखवा आया।

ये देखकर पार्वती के चेहरे पर सन्तोष का भाव था। वो मुस्कुरा पड़ी थी। अब वो ताली बजा-बजाकर प्रतियोगियों का उत्साह बढ़ा रही थी।

अनिरुद्ध का नाम पुकारा जा चुका था। उसने कभी भी धुनुची नृत्य नहीं किया था। वो जानता था कि उससे ये हो नहीं पायेगा, लेकिन वो पार्वती की इच्छा पूरी करना चाहता था। वो प्रतिमा के सामने पहुँचा। दूसरे प्रतियोगियों की तरह ही उसने धुनुची पात्र को दोनों हाथों से उठाया। ढाक की धुन तेज़ होने लगी। लोगों को करता देख कर अनिरुद्ध जितना सीख सका था, वो उसी की नक़ल करने लगा। लेकिन पहली बार होने की वजह से उसने जैसे ही हाथ उठाया धुनुची की आग नीचे गिर पड़ी। कुछ लोग हँस पड़े। व्यवस्थापकों में से दो लोग दौड़कर आये और वापस आग को उठाकर पात्र में डाल दिया। अनिरुद्ध समझ गया था कि उससे ये हो नहीं पायेगा।

उसने पात्र को सामने नीचे रख दिया और माँ दुर्गा के सामने सिर नवाकर दोस्तों के पास पहुँच गया। फिर उसने पार्वती को देखा। वो बहुत ख़ुश नज़र आ रही थी। उसने उसकी ओर देखते हुए ताली बजायी। अनिरुद्ध समझ गया था कि ये ताली उसके लिए थी। वो धुनुची नाच नहीं कर पाया था, लेकिन पार्वती की इच्छा पूरी कर उसे बहुत अच्छा लग रहा था। पार्वती को उसने ये सन्देश दे दिया था कि वो उसके लिए कुछ भी कर सकता है। उसकी ख़ुशियों के लिए हास्य का पात्र भी बन सकता है।

पार्वती उसे बार-बार देखे जा रही थी। नन्दिनी ने कहा भी था कि ये क्या कर रही हो। लेकिन पार्वती को फ़र्क़ नहीं पड़ रहा था। माँ जब-जब धुनुची नाच देखने में व्यस्त होतीं पार्वती अनिरुद्ध को देखती, अपलक। अनिरुद्ध भी प्रेम रंग में सराबोर होकर वैसा ही कर रहा था। दर्शक नृत्य का आनन्द ले रहे थे, ढाकी वादक झूम-झूम कर धुनुची में हिस्सा ले रहे प्रतिभागियों का उत्साह बढ़ा रहे थे। और अनिरुद्ध और पार्वती ज़िन्दगी को एक नया रंग और अर्थ देने में जुटे थे। नृत्य प्रतियोगिता ख़त्म हुई। इस बार भी विजेता तिरलोकी दा ही रहे। धुनुची के बाद लोग अपने-अपने घरों को विदा हो रहे थे। अनिरुद्ध के मन में यही चल रहा था कि काश वो पार्वती को जाते हुए बाय कह पाता। काश वो उससे दो बातें कर पाता। आज जो सुख उसे मिला था उसे वो पूरी तरह सहेज लेना चाहता था। उसमें डूब जाना चाहता था।

पार्वती जब नन्दिनी और माँ के साथ बाहर निकली तो वो दोस्तों के साथ पहले की तरह ही पीछे-पीछे गया। लेकिन आज का जाना पहले से बिल्कुल अलग था। आज वो एक नयी अनुभूति से भरा था। पार्वती जब जीप में बैठी तो उसने अनिरुद्ध को एक बहुत ही मीठी नज़र से देखा। उस नज़र में बहुत कुछ था।...शब्दों और अभिव्यक्ति के परे...।

जीप जब नज़रों से ओझल हुई तो अनिरुद्ध उदास हो गया। 'क्या अब ऐसी नजर के लिए साल भर इन्तजार करना पड़ेगा।' ऐसा लगा जैसे बीते तीन दिन एक सपने की तरह आये और उड़ गये। इन तीन दिनों ने उसे ज़िन्दगी का एक मक़सद दे दिया था, लेकिन फ़िलहाल उसे कुछ भी समझ में नहीं आ रहा था।

तभी राजन ने पीछे से उसे झकझोरा, 'देवदास बनकर यहीं खड़े रहोगे या घर भी चलना है। पारो तो चली गयी।'

ये सुनकर विप्लव और रघु हँस पड़े थे।

'अरे अनि, अब तो पूरा ग्रीन सिग्नल मिल गया। अब क्या चिन्ता है। अब तो तुम हमारे बारे में सोचो। हमारा भी कुछ कल्याण कर दो महाराज। कुछ गुरुमन्त्र दे दो।' रघु ने मुस्कुराकर हाथ जोड़ते हुए कहा।

फिर चारों दोस्त बातें करते हुए घर लौट गये थे।

अगले दिन किलकारी केन्द्र में जब सिन्दूरखेला के साथ देवी दुर्गा की विदाई हो रही थी तो माहौल ग़मगीन था। महिलाओं की आँखों में देवी को विदा करते हुए आँसू थे। अनिरुद्ध को इन्तज़ार था कि पार्वती भी वहाँ पहुँचेगी। लेकिन ऐसा हुआ नहीं था। तरह-तरह के विचार अनिरुद्ध के मन में आ रहे थे। प्रतिमा, विसर्जन के लिए बड़े ट्रक पर रखी जा रही थी। अनिरुद्ध उदास मन और भारी क़दमों से घर का रुख़ कर रहा था। अब आगे क्या। पार्वती के प्रेम संकेतों से उसे अप्रतिम ख़ुशी मिली थी, लेकिन इसकी भावी दिशा क्या है? विचारों में खोये अनिरुद्ध की नज़रें शून्य में स्थिर हो गयी थीं।

बाबू अब कोहबर से बाहर निकलिए

श्रीकान्त पाण्डे बिहारी पाण्डे के घर नौकरी की तलाश में गाँव से आये रिश्तेदार थे। शहर के मशहूर क्रिकेटर और पुटुसगंज टीम के कप्तान डबलू पाण्डे के पिता थे बिहारी पाण्डे। छोटे क़द, गठीले शरीर, गोल से चेहरे पर सवा आठ बजा रही मूँछों वाले श्रीकान्त पाण्डे गाँव से छूटकर सीधा पुटुसगंज में आ गिरे थे। गाँव में उनके पिता जगन पाण्डे को लगता था कि शहर में रहनेवालों के तो बस मज़े ही मज़े हैं। कमाई बेइन्तेहा और भरपूर ऐशोआराम। गाँव में खेती करवाते कई दशक बीत गये थे पर माली हालत सम्भलने का नाम ही नहीं ले रही थी। और शहर में रह रहा भाई बिहारी पाण्डे है कि नौकरी के दम पर ऐश काट रहा है। परिवार में अभी बँटवारा नहीं हुआ था, इसलिए श्रीकान्त को क़िस्मत चमकाने और परिवार की दशा सुधारने के लिए पुटुसगंज भेज दिया गया। पाँच भाइयों में श्रीकान्त ही पिता को थोड़े समझदार लगते थे। हालाँकि उनकी शिक्षा-दीक्षा की कहानी भी कम दिलचस्प नहीं है। पुटुसगंज में उनके कारनामों को ठीक से समझने के लिए पढ़ने-लिखने के प्रति उनकी लगन और समर्पण को जानना ज़रूरी है।

श्रीकान्त जब नौवीं कक्षा में दो बार फ़ेल हो गये तो पिता की चिन्ता बढ़ी। पाँच बेटों में जो अकेला थोड़ा समझदार है उसका ही ये हाल है तो बाप-दादाओं की सहेज कर रखी गयी ज़मीन-जायदाद की चिन्ता होने लगी। जगन पाण्डे के ससुर सूर्यकान्त तिवारी विद्वान व्यक्ति थे। उमरांव में हाईस्कूल में प्रिंसिपल थे। संस्कृत का अच्छा ज्ञान था। झक सफ़ेद धोती-कुर्ते में छह फ़ीट लम्बा और गोरा शरीर काफ़ी प्रभावशाली नज़र आता था। जगन पाण्डे को लगा कि श्रीकान्त अगर ससुरजी के सानिध्य में चले जायें तो खस्ताहाल तालीम थोड़ी सँभल सकती है। सो बड़ी उम्मीदों के साथ श्रीकान्त दस किलो घी और चावल, दाल, गेहूँ की बोरियों के साथ उमरांव सूर्यकान्त तिवारी के घर पहुँच गये। उनकी माता सूर्यकान्त तिवारी की बेटी थीं, लेकिन बुद्धि विवेक में उन जैसी एकदम न थीं। और शायद वही गुण और मेधा शक्ति श्रीकान्त और

उनके भाइयों में आ गयी थी। प्रिंसिपल साहब के घर के रुटीन में श्रीकान्त एकदम अनफ़िट थे। गाँव में श्रीकान्त दस बजे सूरज के तीव्र होने पर आँखें खोलते और बिस्तर छोड़ते थे, यहाँ सुबह छह बजे ही उठा दिये जाते। स्कूल जाने से पहले दो घण्टे बैठकर पढ़ना श्रीकान्त को सेल्यूलर जेल की कालकोठरी की सज़ा सा लगता। थोड़ी देर पहले ही जागी आँखों में नींद फिर से समा जाती। बार-बार आती नींद के झोकों से पुस्तक से ही सिर टकरा जाता। वो तो भला हो नौकर गनेशी का जो नाश्ते के लिए आवाज़ लगा देता। पर नाश्ते के बाद स्कूल जाना होता, जहाँ फिर पढ़ाई। महीने भर में ही श्रीकान्त को समझ में आ गया कि पिता ने उनसे कोई बदला लेने के लिए नानाजी के पास भेजा है। ज़्यादा दिन वहाँ टिक गये तो पागल हो जायेंगे। स्कूल पहुँचते ही लौटने का इन्तज़ार करने लगते। सौभाग्य से एक-दो आवारा टाइप के दोस्त मिल गये थे कि किसी तरह पीछे की बेंच पर कट्टमकुट्टी और इंक को सादे काग़ज़ पर गिराकर और पन्ने को मोड़कर स्याही के फैलने से बनी आकृतियों में कला ढूँढ़ते हुए दिन बीत रहे थे। स्कूल में लड़कियाँ भी नहीं पढ़ती थीं कि उन्हें देखते हुए मन लग जाता। अब लगातार उदास रहने लगे थे श्रीकान्त पाण्डे।

अनुभव से अर्जित किये हुए सफ़ेद बालों वाले प्रिंसिपल साहब को भी समझ में आ गया था कि इस कैसेट से एक भी कर्णप्रिय गाने की उम्मीद नहीं है। एक दिन शाम को चाय पीते हुए बुलवाया और कहा, 'बेटा, मुझे नहीं लगता कि तुमसे देवी सरस्वती की उपासना हो सकेगी। तुम्हारे हाथों में शिक्षा की कोई लकीर नज़र नहीं आती हमें। तुम्हारे पिता ने बड़ी उम्मीदों से तुम्हें यहाँ पढ़ने के लिए भेजा है, पर मुझे नहीं लगता है कि ज्ञान के मार्ग पर तुम कुछ और क़दम चल सकोगे। पर यहाँ आ गये हो तो मैं जो कुछ भी तुम्हारे लिए कर सकता हूँ करूँगा। फ़ाइनल इम्तिहान में कुछ महीने बाक़ी हैं। किसी तरह दिन व्यतीत करो। परीक्षा में मैं प्रबन्ध कर दूँगा कि कोई तुम्हारी जगह बैठकर उत्तर लिख दे। पास होकर तुम अपना आगे का भाग्य कैसे सँवारते हो, तुम ख़ुद देख लेना। स्कूल ना जाना चाहो मत जाओ।'

श्रीकान्त के जीवन में लम्बे अरसे से छायी मुर्दनी अचानक ख़त्म हो गयी थी। जैसे जीवन अचानक उल्लास और उमंग से भर गया हो। पढ़ने से छुट्टी, स्कूल जाने से छुट्टी, पास होने की गारंटी। और क्या चाहिए था उन जैसे आराम पसन्द नाकाबिल इन्सान को जिन्हें फ़ितरतन पैदा होना चाहिए था किसी अमीर ख़ानदान में जबकि जन्म ले लिया था जगन पाण्डे जैसे संघर्षशील किसान के घर में।

अब सुबह पहले जैसी ही आराम से होने लगी। प्रिंसिपल साहब ने बोलना-टोकना एकदम बन्द कर दिया। उठने के बाद श्रीकान्त नाश्ता-वास्ता कर शहर भ्रमण

को निकल जाते। अब तक सिनेमाहॉल में उन्होंने फ़िल्म नहीं देखी थी। पर अब हर दूसरे-तीसरे दिन एक फ़िल्म देखते। अगर फ़िल्म न बदलती तो एक ही फ़िल्म बार-बार देखते। घर से थोड़ी दूरी पर उन्होंने जिन लफ़ंगे लड़कों से दोस्ती कर ली थी, उन्हीं के साथ दिन भर यानी प्रिंसिपल साहब के लौटने तक कंचे खेलते, लट्टू नचाते, डोलपात-गोबरलाठी खेलते, चीका और रुमाल छू में अपना हुनर आज़माते। धरती पर स्वर्ग की अनुभूति करने लगे थे श्रीकान्त। दिन हवा में उड़ने लगे और देखते-देखते फ़ाइनल परीक्षा सामने आ गयी। पर श्रीकान्त निश्चिन्त। चिन्ता बस यही थी कि पास होने के बाद गाँव लौटना पड़ेगा। 'काश! ये व्यवस्था आगे भी चलती रहती।' पर क्या करते। हर सुख और दु:ख की एक उम्र तो होती ही है।

अगले दिन से परीक्षा शुरू होनी थी। नानाजी ने बुलाकर बता दिया था कि परीक्षा के दौरान श्रीकान्त उनके चैम्बर में बैठे रहेंगे और एक अन्य लड़का उनकी जगह परीक्षा देगा। इस व्यवस्था से पूरी तरह आश्वस्त होकर बीते अच्छे दिनों को याद करते हुए श्रीकान्त सोने चले गये थे। थोड़ी देर बिस्तर पर करवट बदलते रहे और आगे की ज़िन्दगी के बारे में अच्छी-अच्छी योजनाएँ बनाते रहे। फिर उन्हें नींद आ गयी। पर अचानक रोने-पीटने की तेज़ आवाज़ के साथ मध्यरात्रि में ही नींद खुल गयी। बिस्तर से उछलकर बैठ गये। थोड़ी देर के लिए कुछ भी समझ में नहीं आ रहा था। भागकर बाहर पहुँचे तो पता चला कि प्यारे नानाजी मायामोह का ये संसार छोड़कर परलोक की लम्बी यात्रा पर निकल गये हैं। पूरा परिवार बिलख रहा था। ये दृश्य देख श्रीकान्त भी चीख़-चीख़ कर प्रलाप करने लगे। कमरे में मौजूद लोग उन्हें आर्तनाद करता देख सान्त्वना देने लगे। पर ये कोई नहीं जानता था कि अत्यधिक चीत्कार पूर्ण रुदन की वजह नानाजी का स्वर्गारोही होना नहीं, बल्कि उनकी शिक्षा यात्रा का यूँ ही अचानक समाप्त हो जाना था। रोते-रोते भीतर उनके ज़ेहन में एक ही वाक्य कौंध रहा था—'बुढ़ऊ नाना ने धोखा दे दिया। अब कल परीक्षा दे भी पाऊँगा या नहीं। और यदि बैठ भी गया तो लिखूँगा क्या। हाय री जिन्दगी! सारा दु:ख मेरे ही भाग्य में लिखा था।' और नानाजी क्या गुज़रे, श्रीकान्त की शिक्षा यात्रा भी ताक़ई वहीं समाप्त हो गयी।

फिर कई साल गाँव-देहात में ठोकरें खाने के बाद श्रीकान्त पुटुसगंज पहुँच गये थे। इस बीच जो बदलाव उनकी ज़िन्दगी में आया था वो ये कि एक बहुत ही सुन्दर लड़की से उनकी शादी हो गयी थी। सिर के बाल थोड़े कम हो गये थे। ललाट दृढ़ होता जा रहा था। कुछ महीने पहले जब मंजू मिश्रा उनकी अर्धांगिनी बनकर उनके घर आयीं तो वर्षों से बेमक़सद घिसटती उनकी ज़िन्दगी को एक मक़सद मिल गया था।

दिन-रात श्रीकान्त पत्नी सेवा में लगे रहते। शक्ल-ओ-सूरत में वो मंजू मिश्रा के सेवक लगते। पर पत्नी को ख़ुश रखने की उनकी कोशिश और लगन ने जल्दी ही मंजू मिश्रा का दिल जीत लिया था। अब क्या मज़ाल कि पहले हमेशा सड़क पर मटरगश्ती करते नज़र आनेवाले श्रीकान्त घर के बाहर झाँक भी लें। वो बाहर तभी निकलते जब बँगला चौराहे से मंजू मिश्रा के लिए सिंघाड़ा, जलेबी लाना होता या फिर कोई और ख़ुश करने का सामान जुटाना होता। पुराने दोस्तों की कभी नज़र पड़ जाती तो वो चिल्लाकर कहते, 'देखो मउगड़ा (स्त्रैण) जा रहा है। अरे कभी हमसे भी मिल लिया करो जोरू के गुलाम।' ऐसे सम्बोधन और टिप्पणी सुनकर श्रीकान्त भीतर से जलभुन जाते पर जवाब नहीं देते थे कि झगड़ा हो जायेगा।

दो चार महीने तो नयी-नयी शादी के नाम पर पिता जगन पाण्डे ये सारे लक्षण सहते रहे। पर एक दिन पूछ डाला, 'ऐसे ही बहू के पल्लू से बँधे रहोगे कि कुछ करोगे भी। कल तक तुम बोझ थे। अब तुम्हारी मेहरारू को खिलाने का जिम्मा भी मैं ही उठाऊँ और वो भी कब तक। बाबू अब कोहबर से बाहर निकलिए और बूढ़े बाप पर थोड़ी दया कीजिए। कुछ कमाने-धमाने की सोचिए। कहीं पोते की जिम्मेदारी भी मुझे ही ना उठानी पड़े। बिहारी को चिट्ठी लिख दी है, पुटुसगंज जा के कुछ कामधन्धा करो।' पिता के ये बेहद कड़वे शब्द रागरंग में डूबे श्रीकान्त पर शराब के नशे में मदहोश व्यक्ति के चेहरे पर बर्फ़ीले पानी की तरह पड़े थे। तिलमिला कर रह गये थे पर कुछ बोल नहीं पाये थे क्योंकि पिता ने जो भी बात कही थी वो सच ही थी। पर चोट गहरी लगी थी। पत्नी को जाकर सारी बात बतायी तो सुखसमुद्र में गोते लगाती पत्नी भी थोड़े पल के लिए अवाक् रह गयी। दृढ़ आलिंगन में लेकर कहा, 'पता नहीं आपके बिना कैसे रह पाऊँगी। पर पहुँचकर चिट्ठी लिखते रहिएगा और जैसे ही सब ठीक हो जाये मुझे बुला लीजिएगा। मैं दौड़ी चली आऊँगी आपके पास।' दोनों प्राणी कुछ देर यूँ ही आलिंगनबद्ध रह गये थे।

पुटुसगंज पहुँचकर श्रीकान्त ने दनादन कई चिट्ठियाँ मंजू मिश्रा के नाम लिख डाली थीं। कुछ दिन तो भरपूर विरह की अग्नि में जले थे, पर बिहारी पाण्डे के हमउम्र बेटे के रोमांचक साथ ने उन्हें सँभाल लिया था। दिनभर उनकी मोटरसाइकिल पर पीछे सवार रहते। डबलू पाण्डे अपनी बाइक पर बेपरवाह मस्ती करते नज़र आते। डबलू हीरो टाइप लड़के थे। या तो क्रिकेट खेलते या फिर फटफटिया पर घूमते रहते। अब श्रीकान्त के साथ ने उनकी भी मटरगश्ती को एक अल्हड़-सी दिशा दे दी थी। कभी दोनों पान की दुकान पर नज़र आते तो कभी कुण्डानगर के अनीता टॉकीज़ के बाहर। कभी बाइक डाकबँगला चौराहे पर खड़ी कर पंडुरा डैम में तैराकी का

आनन्द लेते तो कभी किसी दूसरे बाइकबाज़ को रेलवे ब्रिज पर बाइक चढ़ाने का चैलेंज दे रहे होते। डबलू पाण्डे के साथ इस मौज मस्ती में श्रीकान्त भूल गये कि वो नौकरी ढूँढ़ने आये हैं। हाँ बीच-बीच में पत्नी को ख़त ज़रूर लिखते कि नौकरी की तलाश पूरे दमखम से कर रहे हैं।

एक दिन यही श्रीकान्त, डबलू पाण्डे की बाइक के पीछे बैठे बरावलपुर से रात नौ बजे के क़रीब लौट रहे थे। डबलू पाण्डे तेज़ तर्रार थे, मेलजोल में निपुण थे। क्रिकेटरों की जमात में तो लोग उन्हें जानते ही थे, बरावलपुर से लेकर खैराबाद के बीच भी अत्यधिक घुमक्कड़ी की वजह से उनका परिचय-संसार विस्तार पा गया था। डबलू पाण्डे जानते थे कि पुटुसगंज और झारीपारी के बीच की घाटी में लूटपाट का क्लू या यों कहें निर्देश झारीपारी चौक पर बैठे मुश्ताक़, नसीम, रज़्ज़ाक, राधे, बिल्टू जैसे कुछ दादा टाइप लोग ही दिया करते थे। वो आते-जाते इन दादा टाइप लोगों के साथ दुआ-सलाम कर लिया करते थे। डबलू की मानें तो घाटी की क़ानून व्यवस्था के असल ज़िम्मेदार ये लोग उनके ख़ास दोस्त थे। साढ़े नौ बजे झारीपारी पहुँचकर डबलू पाण्डे ने गाड़ी रोकी।

मुश्ताक़, नसीम और रज़्ज़ाक के बारे में पूछताछ की तो पता चला पीछे की गली के एक मकान में वे लोग चाय पी रहे हैं। पर जब पूछते हुए वहाँ पहुँचे तो देखा कि दारू का दौर चल रहा है।

'अरे आओ डबलू कैसे हो?' रज़्ज़ाक ने नज़र पड़ते ही पूछा था।

साढ़े छह फ़ीट क़द, चेहरा दाढ़ी-मूँछ से भरा। ख़ौफ़नाक आकृति। रज़्ज़ाक को देखते ही भय उत्पन्न होता था।

'मैं ठीक हूँ भाई।'

'ये कौन है?' श्रीकान्त की ओर इशारा था।

'गे गाँव से आया भाई है। बरावलपुर गये थे हम लोग।'

'आओ कुछ लो।' रज़्ज़ाक ने गिलास बढ़ाया था।

'नहीं-नहीं भाई। अभी घाटी पार करना है। मोटर साइकिल चलाना है। फिर कभी भाई।'

'तुम तो हमेशा हड़बड़ी में रहता है।' हँसते हुए नसीम ने कहा था।

'क्या करें भाई। बैठते हैं ना किसी दिन।'

एक समवेत ठहाका गूँजा था जिसका साथ वहाँ बैठकी में शामिल सभी लोग दे रहे थे।

'भाई, आज घाटी क्लीयर है ना?' डबलू ने पूछा।

'हाँ, हाँ क्लीयर है। तुम हमरा आदमी है रे, इ बात सब जानता है, हमरा रहते तुमको कौन छुएगा रे।' रज़्ज़ाक ने कहा था।

'अच्छा भाई। अब चलते हैं। घर वाले टेंशन कर रहे होंगे।'

'जाओ-जाओ। ख़ुदा हाफ़िज़।' नसीम ने कहा था। बाक़ियों ने भी हाथ उठा कर विदा किया था।

डबलू पाण्डे और श्रीकान्त मोटरसाइकिल पर सवार होकर चल पड़े थे।

श्रीकान्त ने घाटी में लूटपाट की घटनाओं के बारे में सुन रखा था। बाइक पर बैठ तो गये थे, पर डर से बुरा हाल था। रात के अँधेरे में बिना साइलेंसर के बाइक दहाड़ती हुई चली जा रही थी। चारों तरफ़ जंगल ही जंगल। मोटरसाइकिल की हेडलाइट की रोशनी के अलावा कुछ भी नज़र नहीं आ रहा था। गाड़ी 70-80 की रफ़्तार में भाग रही थी। श्रीकान्त कुछ पूछना चाहते थे, पर ये सोचकर चुप हो गये कि एक बार घाटी निकल जाये तो पूछ लेंगे। हरहली पुल क्रॉस करने के बाद अब गाड़ी उसी कुख्यात जगह पर पहुँच गयी थी जहाँ घाटी की घुमावदार ऊँचाई की वजह से गाड़ियों की रफ़्तार ख़ुद-ब-ख़ुद धीमी हो जाती थी और गाड़ी दूसरे या पहले गियर की डिमांड करती थी। डबलू पाण्डे ने भी गाड़ी सेकेंड गियर में डाल दी थी। वो जानते थे कि मुश्ताक़ और रज़्ज़ाक की हरी झंडी के बाद घाटी महफ़ूज़ हो जाती है। गाड़ी अब उस ख़तरनाक जगह पहुँच गयी थी जहाँ से लुटेरे लूटपाट कर जंगल के रास्ते बरझावन भाग जाया करते थे। आश्वासन के बावजूद डबलू पाण्डे पूरी तरह चौकन्ने होकर गाड़ी चला रहे थे। श्रीकान्त भी सतर्क थे। तभी थोड़ी दूर पर सामने झाड़ियों में हरकत हुई। हाथ में डण्डा लिए दो लोग सामने से लपके और सिर पर प्रहार किया ताकि बाइक चलाने वाले का बैलेंस गड़बड़ हो जाये और वो गिर जाये।

'श्रीकान्त नीचे झुको' ऐसा कहते हुए दोनों ने लाठी के हमले से ख़ुद को बचाया और एक्सीलरेटर पूरा घुमा दिया। एक्सपर्ट ड्राइवर डबलू ने बाइक को तेज़ भगाने की कोशिश की थी। सामने सड़क पर बड़े-बड़े पत्थर रखे थे। रास्ता ब्लॉक। डबलू ने बाइक धीमी की, गाड़ी सड़क से नीचे उतारी। किनारे थोड़ी-सी जगह थी। वहीं से बाइक को निकालने की कोशिश की। फ़ुटरेस्ट पत्थर में फँस गया। पीछे से लुटेरे दौड़ रहे थे। डबलू ने पैर से पत्थर को धक्का दिया और गाड़ी तेज़ कर दी। अब वो सड़क पर आ गये थे। पर सामने से दो और लुटेरे डण्डा लिए दौड़े। डबलू ने गाड़ी रोक दी। जब लुटेरे एकदम क़रीब आ गये तो डबलू ने गाड़ी एकदम तेज़ कर दी

और लुटेरों की तरफ़ ही दौड़ा दी। ऐसा लगा रौंदकर निकल जायेंगे। लुटेरे इसके लिए क़तई तैयार नहीं थे। पीछे हट गये। डबलू ने बाइक की रफ़्तार एकदम से तेज़ कर दी। पीछे से गालियों की आवाज़ें आ रही थीं।

'माधर... । रुको स्सालो... । बच गये रे... ।'

गाड़ी महज़ तीन सौ मीटर आगे निकली होगी कि भट् भट् भट् की आवाज़ के साथ अचानक बन्द हो गयी।

घाटी में सन्नाटा पसरा था। पीछे से आवाज़ आयी।

'गाड़ी बन्द हो गया। दौड़ो, पकड़ो सालों को।'

लुटेरों के दौड़ने की आवाज़ तेज़ हो गयी।

उधर डबलू पाण्डे बाइक को स्टार्ट करने के लिए किक पर किक मारे जा रहे थे।

'पकड़ो सालों को। आज तो जान से मारिए देंगे।'

श्रीकान्त भय से काँप रहे थे।

'आज तो नहीं बचेंगे। कह रहे थे कि रात में नहीं चलते हैं। पर तुम कब सुनते हो।'

'अरे यार चुप रहो, गाड़ी स्टार्ट करने दो।'

अब लुटेरों के दौड़ने की आवाज़ एकदम क़रीब आ गयी थी। श्रीकान्त को मंजू मिश्रा याद हो आयी थी। एक पल में ही जीवन के कई दृश्य सामने घूम गये थे।

'गोली मार दो सालों को'—लुटेरे बमुश्किल पचास क़दम दूर रह गये थे। डबलू ने किक मारने की रफ़्तार और बढ़ा दी थी। बुरी तरह हाँफ़ रहे थे। पहली बार हिम्मत टूटी थी।

'लगता है आज नहीं बचेंगे। साला मुश्ताक और रज्जाक धोखा दे दिया।'

तभी भड़-भड़-भड़ की आवाज़ के साथ बाइक स्टार्ट हो गयी। डबलू पाण्डे ने क्लच दबाकर एक्सीलरेटर पूरा घुमा दिया ताकि गाड़ी बन्द ना हो जाये।

'बैठो-बैठो जल्दी बैठो।' श्रीकान्त लपककर बैठ गये थे।

लुटेरे क़रीब पहुँच चुके थे। एक लाठी श्रीकान्त की पीठ पर पड़ी।

वो चिल्लाये, 'जान गइल हो दादा।'

तब तक गाड़ी आगे भागी। दो-तीन गोलियों की आवाज़ पीछे से आयी।

टन् । मडगार्ड पर गोली लगी थी।

पर देखते ही देखते डबलू की बाइक लुटेरों की पहुँच से दूर निकल गयी थी। पीछे से लाठी पटकने और गाली देने की आवाज़ें सुनाई पड़ रही थीं।

थोड़ी देर तक कोई कुछ नहीं बोला था। बस बाइक घाटी में दौड़ी जा रही थी।

पंडुरा पुल पर पहुँचकर श्रीकान्त ने पूछा था, 'अब तो कोई डर नहीं है ना डबलू?'

'नहीं अब सब सेफ है। साला रज्जाक धोखा दे दिया। या फिर घाटी पर उसका कंट्रोल कम हो गया है। कहीं कोई नया गैंग तो पैदा नहीं हो गया?'

'छोड़ो यार जान बच गया। अब भूलकर भी तुम्हारे साथ मोटरसाइकिल से नहीं आयेंगे। आज तो मर ही गये थे समझो।'

'अरे तुम नहीं आओगे, पर मुझे तो इसी घाटी में चलना ही है। पता नहीं रज्जाक फेल कैसे हो गया?'

दोनों क़रीब पौने ग्यारह बजे घर पहुँचे तो पूरा परिवार बाहर बैठकर इन्तज़ार कर रहा था। श्रीकान्त के साथ तय हुआ था कि घाटी की घटना के बारे में इस वक्त नहीं बताना है। सुबह बताया जायेगा।

उस वक़्त माता-पिता को यही बताया गया कि काम में देर हो गयी थी तो बरावलपुर से चले ही लेट। फिर सुबह जब घरवालों को सारी बात बतायी गयी तो पिता का फ़रमान आया—'जब तक घाटी के हालात सामान्य नहीं होते, मोटरसाइकिल से बरावलपुर नहीं जाना है। इमरजेंसी में जाना भी पड़े तो लास्ट बस के आने से पहले लौट जाना है।' डबलू पाण्डे फ़िलहाल तो इन शर्तों के लिए पिटने या बवाल खड़ा होने के डर से मान गये थे।

उसी दिन श्रीकान्त ने मंजू मिश्रा को चिट्ठी लिखी—

प्यारी मंजू, तुम्हारे पूजा-उपवास का फल है कि आज तुम्हारा सुहाग जिन्दा है। कल रात तो जैसे नया जन्म हुआ मेरा। डाकुओं ने बरावलपुर घाटी में घेर लिया था। गोली भी चलाई थी। पर तुम्हारे पुण्य प्रताप के कारण आज धड़कन चल रही है। तुमसे जुदाई के गम में जिन्दगी तो वैसे ही बेकार हो गयी थी। पर कल तो लगा कि अब इस जन्म में हमारा साथ यहीं तक था। डाकुओं की लाठी से चोट लगी है, पर जान बच गयी है। पता नहीं कब हमारा मिलना होगा।

तुम्हारे इन्तजार में...

तुम्हारा केवल तुम्हारा श्रीकान्त

श्रीकान्त की ये चिट्ठी मंजू मिश्रा पर वज्रपात की तरह गिरी थी। पढ़ते ही छटपटा कर रोने लगी। 'उनको वहाँ चोट लगी है और हम यहाँ आराम से बैठे हैं। मुझे जल्द से जल्द उनके पास पहुँचना है। पता नहीं किस हाल में होंगे।' जब सास ने देखा कि बहू का रो-रोकर बुरा हाल है तो बात जगन पाण्डे तक पहुँची। अनुभव के धनी ससुर ने कहा कि 'अब तो सब ठीक है। थोड़ी चोट लगी है, चिट्ठी पहुँचने तक ठीक भी हो गयी होगी या फिर थोड़े दिनों में ठीक हो ही जायेगी। अभी तो श्रीकान्त ही बिहारी

पर बोझ हैं। बहू वहाँ जायेगी तो और गड़बड़ हो जायेगी। बोल दो सब्र रखे। ईश्वर सब ठीक करेंगे।' मंजू मिश्रा को ससुर का ये जवाब पेट में छुरे की तरह लगा था। पर और कर भी क्या सकती थी। छटपटाकर रह गयी। एक शब्द भी किसी से कुछ नहीं कहा। सास को लगा था कि बात-बात पर नाक-भौं सिकोड़ने वाली बहू उनसे लड़ेगी। पर बहू तो एकदम शान्त हो गयी थी। जाकर पति से कहा कि 'दो-चार दिन के लिए भेज क्यों नहीं देते।' पर जगन पाण्डे अपने फ़ैसले पर अटल थे। घर में बेटे की चोट की ख़बर सुनकर बना दुख का माहौल चंचल स्वभाव की बहू की ख़ामोशी से और ग़मगीन हो गया था। पर इस होनी की कल्पना तो किसी ने भी नहीं की थी। सुबह जब बहू के कमरे का दरवाज़ा देर तक नहीं खुला तो उसे तोड़ा गया। बहू ने फाँसी लगाकर ख़ुदकुशी कर ली थी। पति से विरह और ससुर की बेरुख़ी को सँभाल नहीं पायी थी मंजू मिश्रा और अगले जन्म में श्रीकान्त से मिलने की आस में प्राण त्याग दिये थे। श्रीकान्त को जब अपनी चिट्ठी के प्रभाव की ख़बर मिली तो ऐसे सनके कि नौकरी-वौकरी की ज़रूरत ही ख़त्म हो गयी। गाँव लौट आये और कई साल तक प्रिय पत्नी की याद में शान्तचित्त महात्मा जैसे हो गये।

इस दुखद घटना के बाद डबलू पाण्डे का भी बरावलपुर जाना लगभग बन्द हो गया था। ये एक पारिवारिक त्रासदी थी जिसका असर पाण्डे परिवार में लम्बे समय तक रहा था।

पण्डू के पटाखे आ गये हैं

दशहरे के बाद पुटुसगंज में मौसम बदलने लगा था। बढ़ती ठण्ड में लोग सुबह-शाम गर्म कपड़े पहनने लगे थे। पर बच्चे अब नये उमंग में थे। दीवाली जो क़रीब थी। पटाखों की दुकानें सजने लगी थीं। चॉकलेट बम, मिर्ची बम, सीटी, घिरनी, ट्रेन, साँप, अनार, फुलझड़ी, रस्सी जैसे तमाम पटाखों और सजावट के सामान की टेम्परारी दुकानें जगमग करने लगी थीं। थोड़े-थोड़े अन्तराल पर पटाखों की आवाज़ अब आम बात थी। बैरागी जी और मिश्रा जी की दुकान के बाहर हर साल लगने वाली पटाखों की दुकान भी सज गयी थी। मोहल्लों के बच्चे मौक़ा निकालकर वहाँ का चक्कर लगा आया करते।

अनिरुद्ध भी मोहल्ले के रैंकी, राजे, मन्नू, पिंटू, नन्दन जैसे दोस्तों के साथ दीवाली की तैयारी में जुट गया था। बाँस की कमानियों से आकाशदीप तैयार किया जा रहा था। बल्ब, तार और रंग-बिरंगे कैप से लड़ीवाली लाइट बनायी जा रही थी। रंगीन काग़ज़ से विभिन्न तरह के सजावट के सामान बनाये जा रहे थे।

रैंकी के पापा मोहल्ले के बच्चों के हीरो थे। वो दीवाली बहुत धूमधाम से मनाते थे। बिजली का काम अच्छी तरह जानते थे, इसलिए वो हर साल लाइट्स में नये-नये प्रयोग करते। सजावट के लिए कभी केले के तने पर झाड़ू की सींक लगाकर दीया सजाने की जगह बनाते तो कभी घर के आगे लगायी गयी लाइटों में विविधतापूर्ण पैटर्न का संयोजन करते। अनिरुद्ध इस दौरान उन्हें तल्लीनता से काम करते देखता और मन ही मन सराहना करता कि रैंकी के पापा कितने क्रिएटिव हैं, वो दीवाली पर होने वाले पैसों के खर्च की भी परवाह नहीं करते।

बाबू बाज़ार में पटाखों की दर्जनों दुकानें सज गयी थीं। लेकिन लड़कों को पण्डू के पटाखों का इन्तज़ार था। पण्डू, पुटुसगंज में साइकिल से घूम-घूमकर मछली बेचा करता था। लेकिन दीवाली में इस काम को विराम देकर वो पटाखे सेल करता। कलकत्ते से लाये उसके पटाखे सस्ते, पर दमदार हुआ करते थे।

उसकी ये ख़ास दुकान दीवाली से ठीक तीन दिन पहले लगती और ये ख़बर जंगल की आग की तरह फैलती कि पण्डू के पटाखे आ गये हैं। देखते ही देखते उसके सारे पटाखे बिक जाते। बाक़ी के दुकानदार पण्डू के दीवाली के धन्धे को देखकर रश्क किया करते थे। लेकिन वो चाह कर भी पण्डू के पटाखों के रेट को मैच नहीं कर पाते थे।

इस बार अनिरुद्ध ने दोस्तों के साथ मिलकर चॉकलेट बम (नाज़ी बम) के साथ एक नया प्रयोग किया था। बच्चे नारियल तेल के टिन के डिब्बे के नीचे चॉकलेट बम रखते और पलीते में आग लगा देते। पाँच से दस सेकेंड में ज़ोरदार धमाका होता और फिर लड़कों की नज़र आसमान पर टिक जाती। दरअसल विस्फोट के बाद टिन के डिब्बे की पेंदी ऊपर उड़ जाया करती थी और जब वो नीचे गिरती तो डिज़ाइनदार कटोरी की शक्ल ले चुकी होती। लड़कों को ये नया खेल बहुत दिलचस्प लग रहा था।

आनन्द दीवाली में आने वाला था। पर छुट्टी ज़्यादा नहीं थी। इसलिए वो दीवाली से एक दिन पहले ही पहुँचने वाला था। सारी तैयारी अनिरुद्ध अकेला कर रहा था। ज़ेहन में पार्वती का ख़याल भी आता-जाता रहता। मन उमंग से भरा था। पार्वती को साथ लेकर उसने भावी जीवन की लम्बी योजना बना डाली थी। पर हक़ीक़त ये थी कि बात देखने और बार-बार देखने से एक क़दम भी आगे नहीं बढ़ पायी थी। हाँ, ये ज़रूर था कि अब वो शाम को जब अख़बार लेने बाँके बुक कॉर्नर जाता तो पार्वती घर के बरामदे में या खिड़की पर उसे एक झलक दे दिया करती थी या कुछ इशारा कर दिया करती थी। उसी एक झलक और इशारे से अनिरुद्ध को लगता कि जीवन में सब कुछ ठीक है और उसके प्रेम का भविष्य उज्ज्वल है।

दीवाली के दिन अपने-अपने मोहल्ले में पटाखे छोड़ने के बाद चारों मित्र बुक कॉर्नर पर मिले। पहले वो मॉस्कोवा हॉस्टल गये। डिम्पल से राजन की मुलाक़ात सम्भव नहीं थी। दूर सड़क पर ही अनार जलाकर उन्होंने ये जताया था कि राजन ख़ासतौर से डिम्पल को दीवाली विश करने पहुँचा है। उस रात डिम्पल भी बार-बार बारामदे में आकर खड़ी हो जा रही थी। कभी फुलझड़ी छोड़ने के बहाने तो कभी यूँ ही। वो भी लगातार उन चारों की तरफ़ देख रही थी। दूर से ही सही, लेकिन डिम्पल का यूँ देखना और देखते रहना राजन को ख़ुशी और रोमांच से भर रहा था। उसका वहाँ से लौटने का मन नहीं हो रहा था।

'अब आगे चलें या यहीं रह जाने का इरादा है।' अनिरुद्ध ने राजन से मुस्कुरा कर पूछा था।

'हाँ हाँ, चलते हैं।' राजन ने एक बार फिर डिम्पल के बारामदे की तरफ़ नज़र डाली थी। वो वहाँ नहीं थी। राजन थोड़ी देर रुका रहा। रघु ने उसे खींचते हुए कहा, 'अब चलो भी।'

'बस एक बार और देख लेने दो'।

तभी डिम्पल दौड़ती हुई बरामदे में आयी थी और फुलझड़ी जलाते हुए उसने उन चारों की तरफ़ देखा था।

राजन से बर्दाश्त नहीं हुआ, उसने हाथ उठाकर उसे बाय कहा था।

डिम्पल ने भी बहाने से हाथ उठाकर उत्तर दिया था। भारी क़दमों से राजन दोस्तों के साथ लौटने लगा था। इस बार की दीवाली उसके लिए भी बहुत ख़ास हो गयी थी।

फिर तय कार्यक्रम के अनुसार, चारों दोस्त पार्वती के मोहल्ले में पहुँचे थे। वहाँ भी अनार जलाकर अनिरुद्ध और दोस्तों ने पार्वती को दीवाली का सरप्राइज़ दिया था। पार्वती ने उस दिन नीले रंग की घाघरा-चोली पहनी थी। वो भी फुलझड़ी जलाकर प्रत्युत्तर दे रही थी। थोड़ी देर पटाखे चलाकर चारों दोस्त लौटने लगे थे। ज़्यादा देर रुका नहीं जा सकता था क्योंकि पार्वती के मोहल्ले के लड़कों की अब अनिरुद्ध पर नज़र थी।

इस बार हर त्योहार अनिरुद्ध को अलग लग रहा था। वो यही सोचता कि ज़िन्दगी कितनी ख़ुशहाल हो गयी है। काश वो जल्दी से बड़ा हो जाता और पार्वती से उसकी शादी हो जाती। ऐसा सुन्दर ख़्वाब बुनते-बुनते उसे नींद आने लगी थी। बाहर छिटपुट पटाखों की आवाज़ें अभी भी सुनाई पड़ रही थीं।

अरे चाय तो पी लीजिए

दसवीं की बोर्ड परीक्षा को अब दो ही महीने बचे थे। अनिरुद्ध के पिता ने बिठाकर बहुत प्यार से समझाया था। 'बेटा, भइया आईआईटी से निकल कर इंजीनियर बन जायेगा। तुम पढ़ाई में एकदम मन नहीं लगाते। बोर्ड की परीक्षा जीवन का आधार होती है। इसके नम्बर से ही इंटरमीडिएट का कॉलेज तय होता है। भइया ने खैराबाद के सबसे मशहूर सेंट मार्टिन कॉलेज से इंटरमीडिएट किया, फिर आईआईटी चला गया। तुम अगर पढ़ोगे नहीं तो क्या करोगे बेटा?'

अनिरुद्ध नज़रें झुकाये पिता की बातें सुन रहा था। उसे पिता के चेहरे पर वाजिब चिन्ता नज़र आ रही थी। लेकिन वो अपनी भी मजबूरी जानता था। पढ़ाई में उसका एकदम मन नहीं लगता था तो वो क्या करे।

'पापा, बचे हुए समय में मैं मन लगाकर पढ़ाई करूँगा और अच्छा रिजल्ट लाने की पूरी कोशिश करूँगा।'

'हाँ बेटा, बड़े हो गये हो, अब मार-पीट कर मैं तुम्हें पढ़ने के लिए तो नहीं बिठा सकता। अब तुम्हें अपनी चिन्ता खुद करनी चाहिए।'

'जी पापा। आप बिल्कुल परेशान मत होइए।'

पिता की इस बातचीत का ये असर ज़रूर हुआ था कि दिनभर आवारा लड़कों की तरह घूमने वाला अनिरुद्ध अब थोड़ा घर में रहने लगा था। उसे भी चिन्ता सता रही थी कि परीक्षा में क्या लिखेगा। सुबह-शाम वो किताब खोलकर बैठा करता। क्या पढ़ता वो तो वही जानता था। पिता ने पूछा भी कि 'ट्यूशन की जरूरत हो तो वो बताये।' लेकिन ट्यूशन का समय भी अब शायद जाता रहा था।

'नहीं पापा। मैं कर लूँगा।'

'ठीक है बेटा।'

बोर्ड परीक्षा में अच्छा करने का दबाव राजन, रघु और विप्लव पर भी था। उन्हें भी घर में ऐसी ही नसीहत मिली थी। स्कूल में बोर्ड की परीक्षा की तैयारी के

लिए छुट्टी हो गयी थी। अनिरुद्ध और राजन के लिए पार्वती और डिम्पल को स्कूल आते-जाते देखने का अवसर भी ख़त्म हो गया था। अब चारों दोस्त दिनभर पढ़ाई करने के बाद केवल शाम को मिलते। पहले टहलते हुए डिम्पल के घर तक जाते। राजन अपनी प्रियतमा के दर्शन करता। फिर चारों लौटकर पार्वती के मोहल्ले से गुज़रते। वहाँ भी पार्वती उनका इन्तज़ार कर रही होती। अगर किसी दिन वो नज़र नहीं आती थी तो अनिरुद्ध बेचैन हो जाता था। रघु और विप्लव की कोई गर्लफ्रेंड बन नहीं पायी थी तो उनका कोई अलग ठिकाना नहीं था। इसी दिनचर्या में बँधा समय मार्च में होने वाली बोर्ड परीक्षा की ओर सरकता जा रहा था।

परीक्षा से ठीक महीना भर पहले उस दिन जब अनिरुद्ध शाम को घूम-फिर कर घर लौटा तो देखा कि पार्वती के पापा जनार्दन शुक्ला और उनकी पत्नी बेहद गम्भीर मुद्रा में बैठे हैं।

'प्रणाम चाचा जी, प्रणाम चाची जी।'

उन्होंने कोई उत्तर नहीं दिया था।

अनिरुद्ध के माता-पिता का चेहरा क्रोध से तमतमाया हुआ था।

वो जल्दी से भीतर चला गया। डर से उसका बुरा हाल था।

फिर वो दीवार से चिपककर उनकी बातें सुनने की कोशिश करने लगा।

'स्कूल में बच्चा लोग यही करने जाता है। ये पढ़ने-लिखने की उम्र है और ये लोग प्रेम करने में लगे हैं। मैंने बहुत दिन तक गौर किया कि पार्वती पढ़ती-लिखती ही नहीं है। फिर मैं उस पर नजर रखने लगा। मैंने देखा कि हर रोज एक निश्चित समय पर आपका लड़का हमारे मोहल्ले से गुजरता है और मेरी बेटी भी उसी समय बरामदे में निकलती है। जब मैंने ये पैटर्न समझ लिया तो मुझे मेरी चिन्ता का जवाब मिल गया।'

'भाई साहब आपका बड़ा लड़का कितना अच्छा निकला है। अब इंजीनियर बन जायेगा। लेकिन छोटे वाले का ट्रैक मुझे गड़बड़ लग रहा है। आवारागर्दी करता फिरता है। हमारी लड़की को भी बर्बाद कर रहा है।'

जनार्दन शुक्ला की बातें सुनकर रामाश्रय सिंह क्रोध में फुफकार रहे थे। उन्हें अनिरुद्ध से क़तई ऐसी उम्मीद नहीं थी।

क्रोध में ही उन्होंने कहा, 'शुक्लाजी आप निश्चिन्त होकर घर जाइए। आप बेटी को देखिए। इनका इलाज मैं करता हूँ।'

'अरे चाय तो पी लीजिए।' अनिरुद्ध की माँ ने कहा था।

'नहीं भाभी जी आज मन नहीं कर रहा। फिर किसी दिन पी लेंगे चाय।' और शुक्ला दम्पति चले गये थे।

उनके जाते ही रामाश्रय सिंह ने पलँग के नीचे रखा बाँस का डण्डा निकाला और बिना कोई बात पूछे या कहे अनिरुद्ध पर बरसाने लगे। अनिरुद्ध दर्द से चीख़-चिल्ला रहा था, लेकिन पिता के सिर पर जैसे भूत सवार हो गया था। क्रोध में उबलते रामाश्रय सिंह ने अनिरुद्ध को सफ़ाई पेश करने का भी मौक़ा नहीं दिया था।

'पढ़ता-लिखता है नहीं। दिन भर आवारा लड़कों के साथ घूमता रहता है, ये भी मैंने बर्दाश्त कर लिया था। लेकिन घर में ऐसी भी शिकायत आयेगी ये मैंने सपने में भी नहीं सोचा था।'

'औलाद ना हो कोई बात नहीं, लेकिन तुम्हारे जैसी औलाद नहीं होनी चाहिए जो माँ-बाप को समाज में रहने लायक नहीं छोड़ती। मैं सोचता था कि अब सँभल जायेगा, अब सँभल जायेगा, लेकिन तुम्हारा लाड़ला तो पढ़ाई-लिखाई छोड़कर प्रेम लीला रचाने में जुटा है। वही कहूँ कि पढ़ने में इसका मन क्यों नहीं लगता। बाबू साहब तो मजनूँ बनकर घूम रहे थे, पढ़ाई में मन कैसे लगता।'

'जाओ अनिरुद्ध बड़ा दुख दिये।' पीट-पीटकर थक चुके रामाश्रय सिंह अब रोने लगे थे।

डण्डे से पड़ी ज़बर्दस्त मार के बाद अनिरुद्ध कोने में पड़ा बिलख रहा था। लेकिन जब माँ-पापा को रोते देखा तो किसी तरह उठकर उनके पास गया और यही कहा कि 'अब से ये सब नहीं होगा।'

अगले कई दिन तक अनिरुद्ध को केवल किताबों के साथ देखा गया था। पार्वती दर्शन का कार्यक्रम पूरी तरह बन्द हो गया था। अनिरुद्ध का पूरा स्वभाव बदल गया था। अब वो हमेशा ख़ामोश रहता। ना किसी से बातचीत और ना ही कहीं आना-जाना। माँ के कुछ पूछने पर भी हाँ-ना में जवाब देता।

आगे जो होगा देखा जायेगा

बोर्ड परीक्षा के बाद पार्वती का परिवार अचानक ग़ायब हो गया। कुछ दिनों बाद केवल उसके पिता जनार्दन शुक्ला नज़र आये थे।

विप्लव ने काफ़ी तहक़ीक़ात के बाद बताया था कि 'पूरा परिवार कानपुर चला गया है। शायद अब पार्वती लौटकर ना आये। उसके पिता उधर ही उसकी आगे की पढ़ाई का इन्तजाम कर रहे हैं।'

ये ख़बर अनिरुद्ध के लिए हिला देने वाली थी। 'ऐसी क्या गलती कर दी थी मैंने। किसी लड़की को पसन्द करना या देख भर लेना कोई पाप है क्या।' लेकिन दोष उसका नहीं पुटुसगंज के उस माहौल का था जहाँ देखने और मुस्कुराने वाले प्रेम की उम्र भी ज़्यादा नहीं होती थी। यहाँ प्रेम सम्बन्धों की ये स्वाभाविक परिणति थी। प्रेम का अंकुर फूटता था। पौधा बनता था। लेकिन वृक्ष बनने से पहले ही उसे काट दिया जाता था। सुखा दिया जाता था।

परीक्षा का परिणाम आया तो पार्वती फ़र्स्ट डिविज़न में पास हुई थी। राजन का भी फ़र्स्ट डिविज़न आया था। विप्लव, रघु और अनिरुद्ध सेकेंड डिविज़न में पास हुए थे। अनिरुद्ध के सबसे कम नम्बर थे। बस थर्ड डिविज़न आने से रह गया था। अब आगे की तैयारी हो रही थी। ये तय होना था कि इंटरमीडिएट में कौन क्या पढ़ेगा और कहाँ पढ़ेगा।

अनिरुद्ध के नम्बर देखकर पिता ने कह दिया था कि 'इसे तो कहीं बाहर भेजने का कोई मतलब नहीं। यहीं पुटुसगंज के कॉलेज में आर्ट्स पढ़ेगा।'

रिज़ल्ट के दो-तीन दिन बाद जब चारों दोस्त वॉलीबॉल कोर्ट में क्रिकेट खेलने के लिए मिले तो कुल मिलाकर दुखी थे। जीवन में चल रहा उमंग और उल्लास का मौसम जैसे चिर पावस में बदल गया था। डिम्पल सामने नज़र आ रही थी, इसलिए राजन ख़ुश था। पर अनिरुद्ध, रघु और विप्लव के मूड को देखते हुए वो सामान्य ही दिखने की कोशिश कर रहा था।

'चलो यार आगे जो होगा देखा जायेगा। अभी क्रिकेट खेलते हैं।' राजन ने कहा था।

फिर सब बॉलिंग-बैटिंग में व्यस्त हो गये थे।

राजन रन लेकर नॉन स्ट्राइकर एंड पर पहुँचा था और धीरे-धीरे चलकर क्रीज़ की तरफ़ पहुँच रहा था कि एक लड़का वॉलीबॉल कोर्ट में दाखिल हुआ। वो सीधा विकेट की तरफ़ गया और उसने एक विकेट उखाड़ लिया। फिर वो राजन की तरफ़ बढ़ा।

दोस्तों को कुछ समझ में आता इससे पहले ही उसने तड़ाक्-तड़ाक्, विकेट से राजन को मारना शुरू कर दिया।

'साले डिम्पल को लाइन मारते हो बे। मना किया था ना रे कि डिम्पल पर नजर मत डालो। साले सुनते नहीं हो तुम लोग।'

पूरी ताक़त से किये गये प्रहार से राजन ज़मीन पर गिर गया था और दर्द से छटपटा रहा था।

फिर वो लड़का विप्लव, रघु और अनिरुद्ध की ओर मुड़ा।

'तुम लोग भी सँभल जाओ। आज के बाद कोई डिम्पल के आसपास दिखा तो उसका हाल इससे भी बुरा करेंगे, समझे बाबू लोग।'

वो लड़का अब विकेट लेकर वॉलीबॉल कोर्ट के बाहर तक गया और उसे ज़मीन पर पटककर साइकिल चलाता हुआ ग़ायब हो गया।

राजन ज़मीन पर गिरा पड़ा था और दर्द से कराह रहा था। उसके सिर से ख़ून बहे जा रहा था और बायें हाथ का कन्धे के नीचे का हिस्सा बुरी तरह सूज गया था। तीनों दोस्तों ने उसे हाथों से सहारा देकर उठाया। फिर राजन को रिक्शे पर बिठाकर वे पुटुसगंज अस्पताल पहुँचे। कम्पाउंडर रोशन तिग्गा ने सिर पर तीन टाँके लगाये थे। हाथ की गर्म पानी से सिंकाई की थी और दर्द से राहत के लिए इंजेक्शन लगा दिया था। डॉक्टर झा ने दवा लिखते हुए कहा, 'अब लड़ाई-झगड़ा का उमर है जी तुम लोगों का। पढ़ने-लिखने पर ध्यान दो। क्या गार्जियन को तंग करते हो तुम लोग?'

'जी सर, आगे ध्यान रखेंगे हम लोग।' अनिरुद्ध ने डॉक्टर झा को आश्वस्त किया था।

राजन अब थोड़ा बेहतर फ़ील कर रहा था। घर पहुँचने पर जब पिता शशिमोहन प्रसाद को पूरी बात पता चली तो गम्भीर चिन्ता में डूब गये थे।

'पता नहीं खेलने जाता है या क्या करने जाता है कि बाहर के लोग आकर पीट देते हैं। जान चली जाती तो। क्रिकेट खेलने जाते हो कि लड़की से दोस्ती करने। इसी की गलती होगी तभी गुण्डा बदमाश इसके पीछे पड़ा है।'

इस घटना के बाद वॉलीबॉल कोर्ट के क्रिकेट पर भी पूर्ण विराम लग गया था। फिर चारों दोस्तों की हिम्मत नहीं हुई थी कि वहाँ जाकर खेलें।

महीने भर में राजन स्वस्थ हो गया। टर्मिनल टोला वाले रणविजय सिंह ने मारने वाले लड़के की ख़ूब खोज-बीन की थी, लेकिन कुछ पता नहीं चल पाया था। निष्कर्ष ये निकला था कि मारने वाला लड़का बाहर से आया था और उसे किसी ने राजन को मारने के लिए पैसे दिये थे।

इस घटना के बाद राजन पर उसके बड़े भाई पैनी नज़र रखने लगे थे। शायद डिम्पल ने अपनी आँखों से राजन का पिटना देखा था, वो भी डर गयी थी और राजन की तरफ़ से उदासीन-सी हो गयी थी।

ठीक होने के बाद राजन इंटमीडिएट की पढ़ाई के लिए दीदारपुर भेज दिया गया था। विप्लव का एडमिशन सुभागपुर में हो गया था। पुटुसगंज में रह गये थे केवल रघु और अनिरुद्ध।

अनिरुद्ध का तो जैसे व्यक्तित्वान्तरण हो गया था। उसकी पूरी शख़्सियत बदल गयी थी। ना पढ़ने में दिल लगता था और ना खेलने में। बस ज़िन्दगी यूँ ही अपनी गति से चली जा रही थी। वो पुटुसगंज कॉलेज में क्लास के लिए जाता, लेकिन अनमना ही रहता। वो और रघु साथ-साथ आते-जाते। महीनों बाद एक दिन रघु ने बताया कि पार्वती दिल्ली में पढ़ रही है। अनिरुद्ध ने कोई प्रतिक्रिया नहीं दी थी। शायद वो समझ गया था कि पार्वती के साथ उसके हिस्से के जो कुछ पल थे वो बीत चुके हैं और अब कुछ भी बाक़ी नहीं बचा है। पर मन में एक टीस थी जो जा नहीं रही थी। वो उसे भूल नहीं पा रहा था। उसने सोचा नहीं था कि इतने कम समय में वो पार्वती को इतना चाहने लगेगा कि उसके बिना ज़िन्दगी का कोई अर्थ नहीं रह जायेगा। और कुछ कर ना पाने का एहसास उसे भीतर ही भीतर और जला रहा था, सालता जा रहा था।

चलो बच्चो घर चलो

ठण्ड बढ़ने लगी थी। सुबह बिस्तर छोड़ने में आलस होता। उस दिन सरदार सुब्बा सिंह भी देर से उठे थे। ऐसा कभी नहीं हुआ था। पत्नी और बच्चे चिन्तित हो गये थे। 'कहीं तबीयत तो गड़बड़ नहीं हो गयी?' पर थोड़ी देर में ही उठकर सरदार जी अपनी दिनचर्या में जुट गये थे।

दुकान खोलने के थोड़ी देर बाद ही रेडियो पर ख़बर आयी—'प्रधानमन्त्री इन्दिरा गांधी को उनके ही बॉडी गार्ड्स ने गोली मार दी है। उनका इलाज एम्स में चल रहा है।' ये पता चलते ही कि गोली चलाने वाले गार्ड्स सिख थे, अनुभव के धनी सरदार जी ने सबसे पहले बेटों को कहा कि दुकान बन्द कर दें। भीतर-भीतर किसी आसन्न ख़तरे का डर सुब्बा सिंह के ज़ेहन में समा गया था। वो रेडियो खोलकर बैठ गये थे। बेटों को सख़्त हिदायत दे दी थी कि कोई बाहर ना जाये। शाम को प्रधानमन्त्री इन्दिरा गांधी के निधन का एलान होने से पहले ही दिल्ली और भारत के अन्य शहरों से सिखों के साथ हिंसा की ख़बरें आने लगी थीं। हालाँकि बीबीसी ने दोपहर एक बजे ही प्रधानमन्त्री के निधन की ख़बर प्रसारित कर दी थी। सुब्बा सिंह के ज़ेहन में सन् सैंतालीस के बँटवारे का हिंसक और क्रूर दौर ताज़ा हो गया था। पर किसी से कुछ कहा नहीं। बस ये आदेश दिया कि 'कोई बाहर ना जाये, हालात ठीक नहीं लग रहे।'

घर के भीतर बन्द सरदार जी इस बात से बेख़बर थे कि पुटुसगंज भी साम्प्रदायिक हिंसा की आग में जलने लगा है। सड़क पर निकले सिखों को उन्मादी मार-पीट रहे थे। कुछ सिखों ने एहतियातन गुरुद्वारे में जाकर शरण ले ली थी। रात होने पर कुछ असामाजिक तत्त्वों ने सरदार जी के घर पर भी पत्थर फेंका था और दुकान के शटर पर ज़ोर-ज़ोर से डण्डे पीटे थे। सुब्बा सिंह कमरे में बैठ गये थे और सिर झुका लिया था। पत्नी से यही कहा, 'लगता है हमारी खुशियों को किसी की नजर लग गयी सत्तो।'

रात होते-होते शहर का पूरा माहौल बदल गया था। धारा 144 लगा दी गयी थी। पुलिस की गाड़ियाँ गश्त लगा रही थीं। पेट्रोलिंग के सायरन से बुज़ुर्ग सरदार जी को

थोड़ी तसल्ली होती, पर अनहोनी को कौन जानता था। रात के बारह बज गये थे, छोटे बच्चों को सुला दिया गया था। पर बड़ों की आँखों से नींद नदारद थी। बुज़ुर्ग सरदार जी ने रोनी सी सूरत बनाकर कहा था, 'पुटुसगंज में किसकी मदद नहीं की मैंने। किसके सुख-दुख का खयाल नहीं रखा। क्या वाहेगुरु उसका यही सिला देंगे मुझे।'

पता नहीं क्या ख़याल आया। बड़े बेटे से कहा कि दुकान से जाकर बही-खाता लेता आये। सरदार जी की सारी जमा-पूँजी लोगों को दिये उधार के पैसे ही थे। बही-खाते को कुछ हो गया तो पता भी नहीं चलेगा कि किसकी कितनी देनदारी है। सुरिन्दर घर के भीतर के रास्ते से दुकान की ओर बढ़े ही थे कि देखा पूरी दुकान धू-धू कर जल रही है। मदद की गुहार लगाने लगे, पर शोर सुना—'मारो साले सरदार को।' सुरिन्दर भागकर घर में दुबक गये। ऐसा लगा पूरे परिवार को लकवा मार गया हो। मौत का ख़ौफ़ सबके चेहरे पर साफ़ नज़र आ रहा था। भय के मारे अपनी जगह से कोई हिल तक नहीं रहा था। यूँ ही बैठे-बैठे सुबह हो गयी। डर था कि कहीं घर पर हमला न हो जाये। सुबह पुलिसवालों ने दरवाज़ा खटखटाया। उनके साथ जाकर दोनों भाइयों ने दुकान देखी तो सिर्फ़ कालिख पुती दीवार बची थी। सारे कपड़े और दूसरे सामान जलकर ख़ाक हो गये थे। अब रोने की भी हिम्मत नहीं बची थी उनमें। पुटुसगंज के कई पुलिसवाले भी सरदार जी के क़र्ज़दार थे। सरदार जी ने उनके सुख-दुख का भी ख़याल रखा था। सब इंस्पेक्टर रामलखन सिंह ने बेटों को आश्वासन दिया कि 'दोषियों को पकड़ेंगे और पूरा न्याय दिलायेंगे।' पर सरदार जी के दोनों बेटे जैसे पत्थर बन गये थे। तभी लड़खड़ाते क़दमों से सरदार जी वहाँ पहुँचे। पसीने से सींच कर बनायी दुकान का जब उन्होंने ये हश्र देखा तो थोड़ी देर तक बुत बने रहे। फिर हिम्मत जुटाकर कहा, 'चलो बच्चो घर चलो। जिन्दगी रही तो फिर जोड़ लेंगे दुकान।' पुलिसवालों को हाथ जोड़ दिये थे बड़े सरदार जी ने।

कई दिन तक सरदार जी के घर का कोई शख़्स बाहर नहीं निकला था। घर में जो था उसी रूखे-सूखे से काम चलाया जा रहा था। इतनी भी हिम्मत नहीं बची थी कि बैंक जाकर कुछ पैसे निकाल लिए जायें। अड़ोस-पड़ोस पर भी भरोसा नहीं रह गया था। देखते-देखते शहर के दुख-सुख को सँभालने वाला परिवार ख़ुद दया का मोहताज बन गया था। कुछ दिनों तक पुटुसगंज में यही माहौल रहा। हर सिख डरा हुआ था। जिन लोगों ने गुरुद्वारे में पनाह ली थी, वो वहीं रहते रहे। उनके खाने-पीने का सारा प्रबन्ध गुरुद्वारे वाले सरदार जी के परिवार ने किया। महीने भर बाद जब हालात सामान्य हुए तो बूढ़े क़दमों से चलकर बड़े सरदार जी जली हुई दुकान को

देखने पहुँचे। उन्हें देखते ही लोगों की भीड़ जमा हो गयी थी। सरदार जी को लग रहा था कि सब उन पर हँस रहे हैं और कह रहे हैं कि 'बड़ा पैसेवाला बना फिरता था। सारी अमीरी हवा हो गयी।' सिर नीचा किये खड़े थे सरदार जी। किसी से आँख मिलाने की हिम्मत नहीं हो रही थी। पर ये क्या। एक व्यक्ति आगे बढ़ा और मुट्ठी में भरे नोटों को सरदार जी की तरफ़ बढ़ाते हुए बोला, 'सरदार जी आपने किस जरूरतमन्द की लाज नहीं रखी। किसके सुख-दुख में साथ नहीं दिया। हम आपके एहसानों का कर्ज तो कभी नहीं चुका पायेंगे पर आप अपने ये रुपये रख लीजिए। यकीन मानिए मेरे ऊपर दो हजार का बकाया था। मैं ढाई हजार लौटा रहा हूँ। आपके अच्छे कर्म बेकार नहीं जायेंगे सरदार जी। आपने हमारे बाल-बच्चों को खुशियाँ दी हैं, हम आपको आपकी वही शान वापस दिलाकर रहेंगे।' तब तक सरदार जी के बेटे भी वहाँ पहुँच गये थे। लोगों की और भीड़ जमा हो गयी थी। अद्भुत नज़ारा था। लोग आते जा रहे थे और सरदार जी के हाथों में रुपये थमाते जा रहे थे। सरदार जी की आँखों से झर-झर आँसू बहे जा रहे थे। सिर वाहेगुरु की बन्दगी में झुका जा रहा था। थोड़े ही दिन में लोगों ने पैसे जुटाकर सरदार जी की दुकान पहले जैसी ही बनवा दी थी। सरदार जी के जितने पैसे बकाया थे, शायद उससे ज़्यादा ही उन्हें लौटा दिये गये थे। जीवन कुछ ही महीनों में फिर सामान्य हो गया था।

एक शाम सरदार जी ने आँखों में आँसू भरकर पत्नी सतनाम कौर से कहा, 'सत्तो! इस छोटी-सी जिन्दगी में थोड़ी इज्जत और इन्सानियत मैंने भी कमाई है, वही बच्चों के काम आ गयी। हम तो अपनी उमर जी चुके हैं। वाहेगुरु पर भरोसा है कि हमारे कर्मों से बच्चे सुखी रहेंगे।'

ये सुनकर सतनाम कौर की आँखें भी डबडबा गयी थीं। दुपट्टे के कोर से आँखों को पोंछते हुए उन्होंने अपने सरदार जी की तरफ़ फ़ख्र से देखा था और देखती रह गयी थीं।

यही प्यार है तुम्हारा

'अनि, ए अनि...दो बजे से सो रहे हो, पाँच बजने को आये। जब देखो तब सोये रहते हो। जल्दी उठो और बाबू बाजार से जाकर कुछ सामान ले आओ।' माँ ने नाराज़ होते हुए कहा था।

अनिरुद्ध माँ की आवाज़ सुनकर भी थोड़ी देर तक यूँ ही करवट बदलता रहा। उसकी आँखें खुली थीं और वो लगातार कुछ सोच रहा था।

थोड़ी देर बाद माँ फिर उसके पास आयी और तेज़ आवाज़ में कहा, 'उठते क्यों नहीं हो? क्या हो गया है तुमको बेटा। हमेशा खोये-खोये से रहते हो। तुम्हारा तो पूरा स्वभाव ही बदल गया है।'

बार-बार कहने पर भी जब अनिरुद्ध नहीं उठा तो उसके बग़ल में बैठकर बालों को सहलाते हुए माँ बोलीं, 'बेटा, क्या हो गया है? हमेशा गुमसुम से रहते हो। कोई बात है तो बताओ बेटा। माँ हूँ तुम्हारी, दुश्मन नहीं। माँ से सब बताते हैं। मन हल्का ही होगा और हो सकता है कि मैं तुम्हारी कुछ मदद भी कर सकूँ।'

माँ की लाड़ भरी बातें सुनकर अनिरुद्ध के भीतर की दमघोंटू कचोट जैसे बाँध तोड़ कर बाहर आ गयी। वो माँ के गले लगकर फूट-फूट कर रोने लगा। ऐसा लग रहा था जैसे भीतर की बेचैनी को बाहर निकलने का एक मार्ग मिल गया हो।

'क्या हुआ बेटा? ऐसे क्यों रो रहे हो? बताओ ना क्या बात है? बताओ नहीं तो मैं भी रो पड़ूँगी। क्या बात हो गयी है?'

माँ उसे थपथपाकर पूछती जा रही थी, लेकिन अनिरुद्ध माँ के गले से लिपट कर रोता ही जा रहा था। माँ की पीठ उसके आँसुओं से गीली हो गयी थी।

माँ ने ज़ोर लगाकर उसे ख़ुद से अलग किया और आँचल से आँसुओं को पोंछते हुए पूछा, 'आख़िर बात क्या है बेटा?'

'माँ मुझे समझ में नहीं आ रहा है कि मुझे क्या हो गया है। मैं खुद को नॉर्मल करने की बहुत कोशिश कर रहा हूँ, लेकिन मुझसे हो नहीं पा रहा है माँ।'

‘बताओ तो क्या बात तुम्हें परेशान कर रही है?’

‘माँ, मुझे पार्वती की बहुत याद आती है। मैं जानता हूँ कि ये गलत है। लेकिन मैं क्या करूँ माँ। मुझे कुछ समझ में नहीं आ रहा। मैंने उसे भुलाने की बहुत कोशिश की माँ, लेकिन जितनी कोशिश करता हूँ, उसका चेहरा सामने आ जाता है।’

ये बात सुनकर माँ सन्न रह गयी थीं। लगा ग़ुस्सा करेंगी और कुछ कहेंगी। लेकिन आज माँ का रूप कुछ अलग था। आज उन्हें अपने बच्चे की चिन्ता हो रही थी। अनिरुद्ध को गले लगाकर बोलीं, ‘बेटा उम्र है। इस उम्र में लगता है ऐसा। अच्छा किया जो तुमने माँ से अपने मन की बात कह दी। हल्का लग रहा होगा अब। मन को किसी और चीज में लगाने की कोशिश करो। तुम इतने अच्छे खिलाड़ी हो। खेल-कूद पर ध्यान दो। कहानियों की किताब पढ़ो। धीरे-धीरे अच्छा महसूस करने लगोगे। समय आने पर सब कुछ होता है बेटा। शादी भी होती है। अभी तो तुम बहुत छोटे हो। कल जब खूब मेहनत कर बड़े आदमी बन जाओगे तो क्या पता जो तुम्हारे मन में है वो सच भी हो जाये। अभी से इतना परेशान होनें की जरूरत नहीं है बेटा। जब समय आयेगा तब देखा जायेगा।’

माँ की ऐसी सान्त्वना और स्नेह भरी बातें सुनकर अनिरुद्ध को बहुत अच्छा महसूस हो रहा था। ऐसा लग रहा था जैसे भीतर उमड़ती-घुमड़ती और परेशान करती कोई चीज़ बाहर निकल गयी हो। वो बहुत हल्का महसूस कर रहा था।

उसका रोना भी अब थम गया था। उठकर वो मुँह धोने चला गया। लौटकर बोला, ‘माँ तुम बाबू बाजार से कुछ लाने को कह रही थी। क्या लाना है?’

‘अरे, दो-चार सब्ज़ी और एक दर्जन अंडा ले आओ। घर में कोई सब्जी नहीं है। जल्दी जाकर ले आओ तो बेटा। और हाँ स्वेटर पहन लेना। ठण्ड बढ़ गयी है।’

अनिरुद्ध कपड़े पहनकर बाबू बाज़ार जाने को तैयार हुआ तो माँ ने उसे पचास रुपये का नोट और थैला पकड़ा दिया था।

माँ से मन की बात शेयर कर उसे वाक़ई बहुत अच्छा लग रहा था। घर से बाहर निकला तो एक बार फिर उसके ज़ेहन में पार्वती का ख़याल आया। माँ की बातों से पार्वती के मामले में उसे बहुत उम्मीद बँध गयी थी।

‘अब मैं बहुत मेहनत से पढ़ाई करूँगा और एक दिन जब बड़ा आदमी बन जाऊँगा तो पार्वती से ही ब्याह करूँगा।’ मन में ये ख़याल आते ही वो मुस्कुरा पड़ा था।

तभी मोहल्ले के दोस्त मन्नू ने टोका।

‘अबे अनि, सुना तुमने। कल किलकारी केन्द्र में वीडियो फिल्म दिखाई जा रही है।’

'कौन दिखा रहा है?'

'मोहन पॉल और दिनकर सिंह के ग्रुप ने बरावलपुर से वीसीआर मँगाया है। उसी पर 'अर्पण' और 'अवतार' फिल्में दिखाई जा रही हैं। पता चला है कि पिछले साल इंडिया ने क्रिकेट का जो वर्ल्ड कप जीता था, उसके हाइलाइट्स भी दिखाये जायेंगे। पाँच रुपये का टिकट रखा है मोहन पॉल ने।'

'ये तो बहुत महँगा टिकट है!'

पर वीडियो फ़िल्म के बारे में जानकर अनिरुद्ध को अच्छा लगा थां। ये पहली बार था कि पुटुसगंज में वीडियो फ़िल्म दिखाई जा रही थी।

'अच्छा मन्नू, अगर घर से पैसे मिले तो कल मैं जरूर आऊँगा। अभी चलता हूँ, माँ ने बाबू बाजार से सामान लाने को कहा है। देर हो रही है।'

'ठीक है, ठीक है। मिलते हैं कल।' मन्नू ने कहा था।

और फिर अनिरुद्ध तेज़ क़दमों से बाबू बाज़ार की तरफ़ चल पड़ा था।

शाम के क़रीब सात बज रहे थे। अँधेरा हो गया था। ठण्ड काफ़ी ज़्यादा थी। बाबू बाज़ार बस स्डैंड पर तीन-चार रिक्शे खड़े थे। ठण्ड से राहत पाने के लिए रिक्शेवालों ने अलाव जला ली थी और उसके चारों ओर बैठ कर आग तापते हुए बातें कर रहे थे। गोठी के आने में अभी टाइम था।

चाट और गोलगप्पे वाले ठेले पर स्वेटर-टोपी पहने दो-तीन ग्राहक खड़े थे। पैसेंजर जहाँ बैठकर बस का इन्तज़ार करते थे वो शेड ख़ाली था। सामने सरबती होटल में कुछ लोग भीतर बैठे थे। सिंघाड़े और जलेबी की शायद आख़िरी खेप तली जा रही थी।

रघु होटल के बाहर तीन-चार लोग बेंच पर बैठकर चाय पी रहे थे। दूसरी तरफ़ जोगिन्दर, हरेराम और गजेरू अपने भूंजे के ठेले पर ग्राहकों का इन्तज़ार कर रहे थे।

दमदम के अंडे के ठेले पर पाँच-छह ग्राहक खड़े थे। वो तेज़ी से हाथ चला रहा था। उबले अंडों के छिलके निकालकर और उन पर नमक, चाट मसाला, कटे प्याज़ आदि डालकर फटाफट दे रहा था। फिर स्टील के गिलास में अंडे तोड़कर और उसमें प्याज़, अदरक, हरी मिर्च, टमाटर डालकर ऑमलेट भी बना रहा था। ठण्ड के समय बॉयल अंडे और गरमागरम ऑमलेट की सेल बढ़ जाती है। दमदम को एकदम फ़ुर्सत नहीं थी।

अनिरुद्ध को सब्ज़ी के बाद यहीं से अंडे लेने थे। वो सब्ज़ी मार्केट की तरफ़ ऊपर बढ़ रहा था। इधर-उधर देखता जा रहा था।

मोहनीश मेडिकल हॉल पर चार-पाँच लोग मौजूद थे। गिरधारी की आटे की चक्की अब बन्द हो गयी थी। सामान समेटा जा रहा था। सड़क के दूसरी तरफ़ के दोनों सैलून बन्द हो गये थे। मिठास स्वीट हाउस की मण्डली बैठी थी। चिलम का आख़िरी दौर चल रहा था।

आगे सरदार जी की दुकान के बाहर आरबी सिंह की एम्पाला कार खड़ी थी। तीन-चार लोग बाहर निगरानी कर रहे थे। बली सिंह बुलेट पर एक तरफ़ पैर लटका कर बैठे थे। चौकन्ने नज़र आ रहे थे। दुकान के भीतर आरबी सिंह और उनकी पत्नी कपड़े देख रहे थे। बड़े सरदार सुब्बा सिंह गल्ले पर बैठे थे। सुरिन्दर सिंह और उनकी पत्नी पूरे उत्साह से पुटुसगंज के इस प्रतिष्ठित दम्पति को साड़ी, बेड शीट वग़ैरह दिखा रहे थे। ये उनके लिए स्पेशल मोमेंट था।

अनिरुद्ध ने कभी आरबी सिंह की एम्पाला कार बाबू बाज़ार में नहीं देखी थी। वो थोड़ी देर रुका। बली सिंह से आँखें मिलीं और फिर वो आगे बढ़ गया।

विनोद इलेक्ट्रोनिक्स, अब्बास ड्राइक्लीनर्स, स्टूडेंट बुक सेंटर से गुज़रता हुआ वो सब्ज़ी मार्केट में पहुँचा। सब्ज़ी की तमाम दुकानें अब बन्द होने लगी थीं। अनिरुद्ध सीधा बिहारी की दुकान पर पहुँचा। वो भी दुकान समेटने लगा था।

'बड़ा देर से आये बाबू? जल्दी बोलो क्या दें। जाड़ा बहुत है। हाथ नहीं चल रहा है।'

'दो किलो आलू, दो किलो प्याज, एक किलो टमाटर, एक गोभी, एक किलो मटर, एक गोल बैंगन दे दीजिए।'

बिहारी माँगी गयी सब्ज़ियाँ एक-एक कर तौलने लगा था।

अनिरुद्ध ने सब्ज़ियों को थैले में डाला, पैसे दिये और लौटने लगा।

थैला भारी हो गया था। उसने उसे उठाकर कन्धे पर रख लिया था।

पीछे से आवाज़ आयी, 'सत्तू नहीं लीजिएगा?' ये विशम्भर सत्तूवाले की आवाज़ थी।

'अभी जरूरत नहीं विशम्भर। बाद में ले जाऊँगा।' अनिरुद्ध ने मुस्कुराकर कहा था।

दमदम के अंडे के ठेले पर रुककर उसने थैला नीचे रख दिया और दो बॉयल अंडे की डिमांड की। लोगों को गरमागरम अंडे खाता देखकर उसका भी मन हो गया था।

'दे रहे हैं, दो मिनट लगेगा। पहले से दो प्लेट का ओडर है।' अंडे तोड़ते हुए दमदम ने कहा था।

तीन लोग और वहाँ खड़े थे। दमदम का इशारा उन्हीं की तरफ़ था।

'एक दर्जन अंडा पैक भी कर देना।' अनिरुद्ध ने कहा।

'ठीक है। पहले बॉयल खा लो। फिर देते हैं।'

अनिरुद्ध इन्तज़ार करता हुआ इधर-उधर देखने लगा था।

भूंजेवाले जोगिन्दर, हरेराम, गजेरू अब वाइंड अप मोड में थे। सामान समेट रहे थे। ठेले के सामने लटकी चीज़ों को उतारने लगे थे।

सामने रघु होटल पर अभी भी दो-तीन लोग बैठे थे।

अनिरुद्ध ने नीचे से ऊपर की ओर बाबू बाज़ार की मुख्य सड़क पर नज़र दौड़ाई। कुछ लोग ही आते-जाते नज़र आ रहे थे।

'जल्दी करो ना दमदम।'

'हाँ बस हो गया। ये लो। खाओ। तुम्हारा एक दर्जन अंडा पैक कर रहे हैं।'

अनिरुद्ध अंडे खाने लगा था।

'कल किलकारी में वीडियो पर सिनेमा दिखाया जा रहा है। मालूम है ना?' दमदम ने वहाँ खड़े लोगों से पूछा था।

'हाँ, हाँ मालूम है। पुटुसगंज में पहली बार वीडियो आया है। मजा आयेगा। हम तो जायेंगे।' सामने बॉयल एग खा रहे एक शख़्स ने जवाब दिया था।

'लेकिन टिकट बहुत महँगा है। पाँच रुपया तो बहुत ज्यादा है।' अनिरुद्ध ने कहा था।

'अरे पहली बार वीडियो लाया है तो कमा लेना चाहता है मोहन पाल और दिनकर सिंह। का कीजिएगा।' दमदम ने ऑमलेट को पलटते हुए कहा था।

फिर बोला, 'आज तो सरदार जी का चाँदी है आरबी सिंह फैमिली के साथ पहुँचे हैं।'

तभी बुलेट के स्टार्ट होने की आवाज़ आयी।

अनिरुद्ध ने मुड़कर देखा। सरदार जी की दुकान के सामने से दो मोटरसाइकिल चल पड़ी थी। आरबी सिंह की बड़ी सी एम्पाला पीछे आ रही थी।

अनिरुद्ध ने अंडा मुँह में डाला और उधर ही देखने लगा।

बली सिंह की बुलेट जैसे ही वहाँ पहुँची....ठाँय...ठाँय...ठाँय...ठाँय...ठाँय।

'मारो स्साले को...ख़तम कर दो।' रघु होटल के बाहर खड़े तीन लोग तड़ातड़ गोलियां चलाते हुए चिल्ला रहे थे।

आरबी सिंह की कार तेज़ी से आगे निकल गयी थी। बली सिंह लहूलुहान नीचे गिरे हुए थे। उनकी बुलेट सड़क पर पड़ी थी। दूसरी बुलेट गोलियों से बचकर निकल गयी थी। उस पर आरबी सिंह का दूसरा ख़ास आदमी मंतोख सिंह सवार था।

गोली की आवाज़ सुनकर बाज़ार में अफ़रातफ़री मच गयी। दमदम बचने की कोशिश में नीचे गिर गया था। ज़मीन पर लेटा रहा। साँसें तेज़ चल रही थीं।

अनिरुद्ध ठेले के सामने मूर्च्छित पड़ा था।

गोली चलाने वाले वही लोग थे जो काफ़ी देर से रघु की दुकान के बाहर शॉल ओढ़ कर बैठे थे। चाय पर चाय पिये जा रहे थे।

वो निस्तेज पड़े बली सिंह के पास पहुँचे और दो गोली और उनके लहूलुहान शरीर पर दाग़ी।

'साला...बहुत काबिल समझता है अपने आप को। हो गया खेला खतम।'

एक जीप आकर रुकी थी। तीनों उस पर सवार हुए और जीप तेज़ी से बरावलपुर की तरफ़ निकल गयी।

मिठास स्वीट हाउस की मण्डली गोली की आवाज़ सुनकर भीतर भाग गयी थी।

बाज़ार में सन्नाटा पसरा था।

क़रीब पाँच मिनट बीते होंगे। दमदम उठा और धीरे-धीरे चलकर सामने गया।

अनिरुद्ध पेट के बल ज़मीन पर गिरा पड़ा था। पीठ पर ख़ून ही ख़ून। थोड़ी दूर पर बली सिंह पड़े थे। कोई हरकत नहीं हो रही थी।

लोग धीमे क़दमों से वहाँ जमा होने लगे थे। जोगिन्दर, हरेराम और गजेरू भी पहुँच गये थे।

दमदम ने अनिरुद्ध की साँसें टटोलीं।

'साँस चल रही है। जल्दी हॉस्पिटल ले चलो।'

बली सिंह के सीने पर भी दमदम ने हाथ रखा। जीवन का कोई निशान नहीं था।

जिस शख़्स के देख लेने भर से लोग दहशत में आ जाते थे, वो ज़मीन पर बेजान पड़ा था।

लोग बातें कर रहे थे।

'निशाना आरबी सिंह पर था कि बली सिंह पर?'

'पता नहीं। जीवन भर आरबी सिंह के लिए काम करता रहा बली सिंह। देखो छोड़कर भाग गया।'

'अपना जान से प्यारा कुछो नहीं होता है हो।'

'चलो-चलो उठाओ। रखो जीप में। क्या पता जान बची हो।' दमदम ने अनिरुद्ध को उठाते हुए कहा था।

भीड़ जमा हो गयी थी। स्टैंड पर खड़ी जीप बुला ली गयी थी।

बली सिंह और अनिरुद्ध को उठाकर जीप में लिटा दिया गया। दमदम ने अनिरुद्ध का सिर अपने पैरों पर रखा था। एक-दो और लोग जीप में बैठ गये थे। ड्राइवर ने तेज़ी से जीप हॉस्पिटल की ओर भगा दी थी।

सुबह के अख़बार में स्थानीय पन्ने पर हेडलाइन थी— पुटुसगंज के बाबू बाजार में गोलीबारी, दबंग बली सिंह की मौत, एक लड़का जख्मी

बली सिंह की घटनास्थल पर ही मौत हो गयी थी। अनिरुद्ध को पुटुसगंज में प्राथमिक इलाज के बाद बरावलपुर ले जाया गया था। वहाँ के मुख्य सरकारी अस्पताल में उसका इलाज चल रहा था।

आरबी सिंह की कार बुलेटप्रूफ़ थी। शीशे पर गोलियों के निशान थे। बली सिंह की मौत ने उन्हें हिलाकर रख दिया था। अपने घर में क़ैद हो गये थे। बदहवास इधर-उधर टहलते नज़र आते।

'आख़िर किसकी इतनी हिम्मत हो गयी कि आरबी सिंह पर गोली चला दिया।', ये फ़िक्र उन्हें खाये जा रही थी।

घर के बाहर पुलिस तैनात कर दी गयी थी। उन्होंने अपनी निजी सुरक्षा भी बढ़ा दी थी।

पुलिस की जीप कई दिन तक गोलीकाण्ड के दोषियों की तलाश करती रही। खोजी कुत्ते घटनास्थल से बरावलपुर के रास्ते में दूर तक दौड़े थे, लेकिन कोई सुराग़ नहीं मिल पाया था।

पूरा शहर दहशत में था। पुटुसगंज में ऐसी गोलीबारी पहले कभी नहीं देखी गयी थी। लोगों ने घरों से निकलना बन्द कर दिया था। हालात को सामान्य होने में काफ़ी वक़्त लगा था।

डेढ़ महीने के इलाज के बाद अनिरुद्ध घर लौट सका था। पर अभी भी बिस्तर पर ही लेटा रहता। या तो पेट के बल या फिर साइड करवट लेकर। डॉक्टरों ने और एक महीने बेड पर ही रहने की सलाह दी थी। माँ दिन-रात उसकी तीमारदारी में लगी रहतीं। आनन्द भी दिल्ली से आ गया था। बेटे की सेहत को लेकर पिता चिन्ता में चहलक़दमी करते नज़र आते।

पहले पार्वती के जाने का ग़म और अब ये सब। अनिरुद्ध बिस्तर पर पड़े-पड़े न जाने क्या-क्या सोचता रहता। कई बार ज़ेहन में ये ख़याल भी आता कि उसकी

जान चली ही जाती तो अच्छा था। जी कर भी क्या करना है। बिना किसी कसूर के पहले जनार्दन शुक्ला ने पार्वती को उससे दूर कर दिया और अब जख्मी होकर बिस्तर पर पड़ा है। ठीक से सो भी नहीं सकता।

आनन्द उसे हँसाने की कोशिश करता। माँ भी उससे तरह-तरह की बातें करती। लेकिन अनिरुद्ध के चेहरे से मुस्कुराहट जैसे ग़ायब हो गयी थी।

मोहल्ले के दोस्त उसे देखने आते रहते। रघु तो लगभग हर रोज़ आता था।

'अबे अनि, अब तुम जल्दी ठीक होकर चलने लगोगे।' एक दिन रघु ने कहा था।

'क्या ठीक हो जाऊँगा। दो महीने से बिस्तर पर पड़ा हूँ। लगता है ऐसे ही चलता रहेगा। मेरी किस्मत लगता है भगवान ने गुस्से में लिखी है।'

'अरे यार, निराशाजनक बातें मत सोचो। तुम अब जल्दी ठीक हो जाओगे। फिर हम साथ में खेलेंगे।'

'रघु, क्या पार्वती को पता होगा ये सब?'

'मालूम नहीं यार। उसके बारे में कोई खबर नहीं। हाँ, राजन और विप्लव को मैंने चिट्ठी लिख दी थी। पर उनका कोई जवाब नहीं आया है। शायद कोई एग्जाम चल रहा है उनका।'

'यार, मुझे नहीं लगता कि अब पार्वती से कभी मिल भी पाऊँगा। भूल नहीं पाता यार उसे। पता नहीं किसकी नजर लग गयी हमारे प्यार को।'

अनिरुद्ध की आँखें नम हो आयी थीं।

'अरे यार अनि, पहले तुम ठीक हो जाओ। फिर देख लेंगे सब। पार्वती दिल्ली में ही तो है। मिलना होगा तो मिल जायेगी।' उसके आँसू पोंछते हुए रघु ने कहा था।

'यार, पार्वती ने भी तो पलटकर नहीं पूछा कि कैसे हो अनि। हमारे बीच जो कुछ हुआ वो सब यूँ ही था। उसका कोई मतलब नहीं?'

'अरे अनि, छोड़ो इन सब बातों को अभी। चलो अब मैं निकलता हूँ। अच्छी-अच्छी बातें सोचो। पॉजिटिव रहो।'

अगले दिन अनिरुद्ध बिस्तर पर लेटा-लेटा दीवार में लगी पेंटिंग को निहार रहा था। तभी माँ ने बताया कि विप्लव और रघु आये हैं।

बहुत दिनों बाद विप्लव को देखकर अनिरुद्ध को बहुत अच्छा लग रहा था। अर्से बाद उसके चेहरे पर मुस्कान दिख रही थी। अनिरुद्ध के माँ-पापा भी बेटे को मुस्कुराता देखकर ख़ुश थे।

'बेटा कब आये सुभागपुर से?' अनिरुद्ध की माँ ने पूछा था।

'आज ही आया चाची जी।'

'कैसा है अनि अब?'

'ठीक है बेटा। बस अब जल्दी से चलने-फिरने लगे। बैठो तुम लोग बातें करो, कुछ खाने के लिए लाती हूँ।'

'और सुनाओ अनि। दम है बेटा तुममें। पहले प्यार में घायल हुए और अब गोली का जख्म लिए लेटे हो। रघु की चिट्ठी से सब पता चला। मौका मिलते ही भागा तुमसे मिलने। और तुम्हारी पार्वती का कुछ अता-पता?'

'अरे छोड़ो यार। कहाँ वो अब पुरानी बात हो गई। और सुनाओ अपनी?'

'क्यों इतनी जल्दी हार मान गये मजनूँ मियाँ। यही प्यार है तुम्हारा। मोहब्बत की राह में तो क्या-क्या झेलना पड़ता है। क्या-क्या पापड़ बेलना पड़ता है बच्चू। बाद में तुम्हारा ससुर जनार्दन शुक्ला तुमको गोली मारता उससे पहले ही गोली खाने का प्रैक्टिस हो गया। अब तुम जनार्दन के वार के लिए पूरी तरह तैयार हो गये हो।' ये कहते हुए विप्लव हँस पड़ा था। रघु ने भी उसका साथ दिया था।

'अरे यार, हमारे जैसे टुटपुँजिए के प्यार की कोई कीमत थोड़े ही ना है। उसका वही हश्र हुआ जो होना चाहिए था। छोड़ो ये सब। सुभागपुर में तुम्हारा कैसा चल रहा है?'

'अबे तुम तो एकदम देवदास बन गये हो बे। ये लो तुम्हारे लिए है।'

'क्या है?'

'तुम्हारी पारो की चिट्ठी आयी है। नन्दिनी ने दिया मुझे। पढ़ो क्या लिखा है।'

घबरा गया था अनिरुद्ध। चिट्ठी खोलकर पढ़ने लगा।

मेरे प्यारे अनि,

कैसे हो तुम? उम्मीद करती हूँ और भगवान से प्रार्थना भी कि तुम जल्द से जल्द स्वस्थ हो जाओ। पहले ही क्या कम दुख थे हमारी ज़िन्दगी में जो अब ये सब हुआ। लगता है हमारे प्यार को किसी की नज़र लग गयी है अनि। सब ठीक ही तो चल रहा था। पता नहीं किसने पापा-मम्मी को हमारे बारे में बता दिया। तुम कितने बजे आते हो। कब से हमारा ये सब चल रहा है। एक-एक बात बता दी। पापा ने उस दिन से ही मुझे घर में बन्द कर दिया। फिर हम कानपुर चले गये। बस बोर्ड की परीक्षा देने लौटी थी, पर तुम्हें देख भी नहीं पायी। पापा ने मेरा ऐडमिशन दिल्ली में करा दिया है। अनि, मैं तुमसे बहुत प्यार करती हूँ और ये चिट्ठी बहुत सोच-समझकर लिख रही हूँ। आज भले ही हम एक-दूसरे से दूर हैं, लेकिन अगर हम सोच-समझकर चले और ठीक से मेहनत की तो भविष्य में हमें एक होने से

कोई नहीं रोक सकेगा। ना पापा-मम्मी, ना समाज। लेकिन इसके लिए सबसे ज़रूरी है कि तुम कुछ बन कर दिखाओ। अनि, मुझे अपनी पसन्द पर नाज़ है। मैंने किसी ऐरे-गैरे से दिल नहीं लगाया है। मैं जानती हूँ कि तुम मेरे लिए कुछ भी कर सकते हो। ये हमारे प्यार के लिए परीक्षा की घड़ी है अनि। जल्दी से स्वस्थ हो जाओ और खूब मन लगा कर पढ़ाई करो। वो हासिल करो जो पुटुसगंज में किसी ने हासिल ना किया हो। आईएएस अफ़सर बन कर दिखाओ अनि। मैं भी मन लगाकर पढ़ाई कर रही हूँ। सब कुछ ठीक रहा तो हम मिलेंगे और मिलकर रहेंगे।

अनि, तुम जल्दी से अच्छे हो जाओ और अपना अच्छी तरह ख़याल रखो। मैं उस दिन का इन्तज़ार करूँगी जब हम एक होंगे। मुझे निराश मत करना और मेरा साथ मत छोड़ना अनि।

मैं फिर चिट्ठी लिखूँगी और तुम्हारी चिट्ठी का इन्तज़ार करूँगी।

तुम्हारी, सिर्फ़ तुम्हारी

पारो

चिट्ठी पढ़ते हुए अनिरुद्ध की आँखें नम हो गयी थीं। पर ये अरसे बाद मिली ख़ुशियों की नमी थी। बीते एक-डेढ़ साल का सारा विरह और सन्ताप जैसे धुल गया था। थोड़ी देर के लिए वो भूल गया था कि गोली के ज़ख़्म के साथ वो बिस्तर पर पड़ा है। ज़िन्दगी में उसे उम्मीद नज़र आने लगी थी। ऐसा लग रहा था जैसे सारा जहाँ उसके साथ मुस्कुरा रहा हो। मानो एक काली अँधेरी रात के बाद उम्मीदों का सवेरा हुआ हो और पुटुस के फूल दिल से मुस्कुरा रहे हों।

विप्लव और रघु भी दोस्त के चेहरे पर ख़ुशी देखकर प्रफुल्लित थे।

माँ उनके खाने के लिए सूजी का हलवा और चिप्स ले आयी थी।

■■■